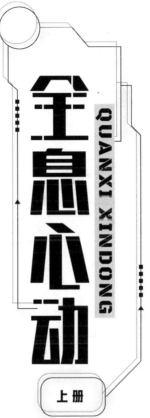

全息心动

QUANXI XINDONG

米西亚 著

上册

青岛出版集团 | 青岛出版社

图书在版编目（CIP）数据

全息心动/米西亚著. —青岛：青岛出版社，2023.10
ISBN 978-7-5736-1472-8

Ⅰ.①全… Ⅱ.①米… Ⅲ.①幻想小说－中国－当代 Ⅳ.①I247.5

中国国家版本馆CIP数据核字（2023）第169518号

QUANXI XINDONG

书　　名	全息心动
作　　者	米西亚
出版发行	青岛出版社（青岛市崂山区海尔路182号）
本社网址	http://www.qdpub.com
邮购电话	18613853563
责任编辑	郭红霞
特约编辑	杨婉莹
校　　对	李晓晓
装帧设计	千　千
照　　排	梁　霞
印　　刷	三河市良远印务有限公司
出版日期	2023年10月第1版　2023年10月第1次印刷
开　　本	32开（880mm×1230mm）
印　　张	19
字　　数	580千
书　　号	ISBN 978-7-5736-1472-8
定　　价	69.80元（全2册）

编校印装质量、盗版监督服务电话 4006532017　0532-68068050

目录
上册

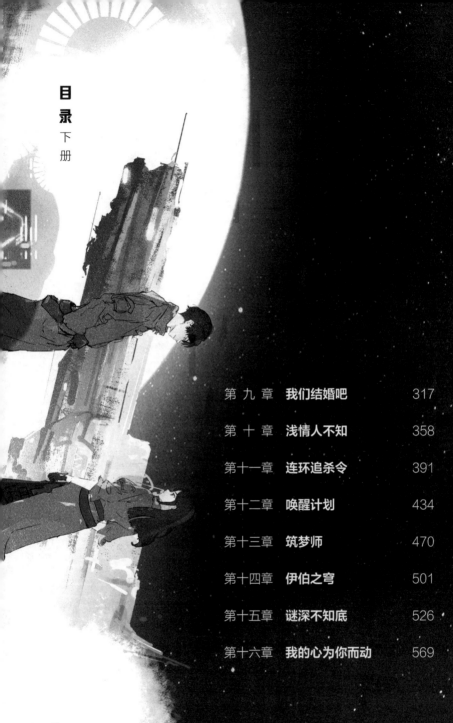

目录

下 册

第一章
心动是池烆

B 市科技园 D 座 9 号楼 21 楼的会议室。

"请说说你对'心动'这个词的理解。"身着白色西装的乔溪向每一个前来应聘 in 科技旗下新女性向游戏的编剧一职的人提出这个问题。

有人回复：心动是小鹿乱撞，是不知所措，是一眼万年。

有人回复：心动是房子，是车子，是票子。

也有人回复：心动是池烆。

说这句话的是一个年轻可爱的女孩儿，她的回复让所有人的目光都集中在她的脸上。

池烆！池烆是谁？他可是 in 科技的创始人，乔溪等人的顶头上司，游戏圈里的知名人士，科技圈里的后起新贵。他本人极其低调，但再低调，也是名声在外，这名声自然是建立在才华和财富的基础上。池烆颜值逆天却仍旧单身，这让他更加"出圈"了。像他这样的男人，对他心动的小姑娘自然不少。

不过，在面试场合说出这种话的应聘者，给人的第一印象是：花痴。

乔溪看了下桌上的个人资料，这女孩儿的名字很有意思，叫房子多，她的颜值说不上有多高，但一头齐肩短发、满脸洋溢着朝气的她会让人不由得多看两眼。

"你对我们的老板心动？"乔溪问道。

"嗯！"房子多很坦然地点了点头。

乔溪身旁的两个面试官不约而同地笑了起来。

面对这么直率的女孩儿，乔溪嘴角微扬，脑海中不由得浮现出自己当年来 in 科技面试的情景。当时，乔溪也如对面的女孩儿一样率真，只是没她这么大胆。

"那你恐怕要失望了，我们公司禁止内部恋爱！"乔溪的身体往后倾，她靠着椅子，对着房子多说道。

"我只是说我对池炜心动，可没说要追他或跟他恋爱！"房子多回道。

其他两个面试官听后，脸上露出"算你有自知之明"的表情，坐在他们中间的乔溪却很淡然。

"那你所谓的心动只是欣赏吗？"

"与其说欣赏，不如说崇拜！"

乔溪微微一笑。崇拜池炜的人简直多如牛毛，而她本人也是其中的一个。可是，话又说回来，当一个女人崇拜一个男人时，这崇拜里面绝对饱含着满满的喜欢，甚至是满满的爱。所以，房子多的这句话其实有很大的漏洞。

"我看过你的履历，你写过几部悬疑网剧的剧本，反响都不错，你的前途应该不可限量，而我们这儿的薪资待遇相比你之前的稿酬可有着一定的差距。你来我们这儿，岂不是屈就了？"乔溪说道。

房子多听完，嫣然一笑："不屈就。还有，我最近不差钱。"

听到"不差钱"这三个字，几个面试官的脸色变得有些微妙。

乔溪靠着椅子，身体直了起来："不差钱，厉害！不过公司的新游戏项目涉及保密条款，我们招的编剧需要把项目从头跟到尾，而不是玩儿票的那种。还有，你创作的内容不行的话，公司具有优先解约权。"

"我做事历来遵循有始有终的原则，关于保密条款，我懂行的。至于待遇，我听闻你们的项目奖金及年终奖都很高。内容方面交给我，你们尽管放心。"房子多回道。

乔溪看了下房子多，她所说的公司待遇倒是大实话，in 科技这几年的创收在业界都是有目共睹的，员工的收入也很可观。不过，拥有不俗资历的她，明明有更好的发展空间，却跑来这儿应聘游戏编剧，她的动机着实让人摸不准。

她是因为池烆，或是想玩儿票，还是……?

没等乔溪细想，她听到房子多又补充了一句："还有，但凡我参与的项目都特别顺利，而且特别火。"

来这儿应聘之前，房子多所处的影视圈特别吃这套，每部影视剧开机之时，剧组必须杀猪祭天。影视圈确实特别喜欢自带"锦鲤"体质的明星或工作人员。

乔溪听后，思考了几秒，随后直视着房子多的眼睛，郑重地说道："你被录用了！"

房子多咧着嘴角走出会议室，穿过办公区，前往电梯口。

她自然是要分享被录取的好消息的，于是在"饭盆姐妹"这个三个人的群聊里发了四个字："晚上火锅。"

所谓"饭盆姐妹"就是经常在一起吃吃喝喝的好闺密。火锅是闺密三个人最爱的美食，最重要的是，吃火锅的意义非凡。大家每次接了项目，一定会约着吃火锅，因为火锅带"火"字，越吃越火，寓意好。

"饭盆姐妹"孙可可和白宴一看到消息，便知道房子多去应聘 in 科技的事儿成了。

房子多和"饭盆姐妹"聊了几句后，收起手机，走进空无一人的电梯。电梯门关上时，房子多的脸上露出一抹窃笑。随后，她低声哼起了一首 N 年前风靡一时的又红、又土、又上头的歌："心里的花，我想要带你回家，在那深夜酒吧，哪管它是真是假……"

…………

乔溪定了录用房子多之后又面试了两个人。面试结束后，她和其他两个面试官聊了几句。

"乔姐，你直接录用的那个房子多，我感觉她不是很靠谱！"男面试官张艺说道。

乔溪笑着回道："我觉得她还行啊！"

另外一个女面试官柳柳附和："乔姐定她，自然有乔姐的道理。有作品，有人气，外加'锦鲤'体质，她都不觉得屈就，我们为什么要拒绝呢？是吧，乔姐？"

乔溪笑而不语。

柳柳继续说道："会写剧本的人有一堆，但拥有'锦鲤'体质的人可不多，新项目要是顺利进行，还能火，那多好哇！"

这话直接堵住了张艺的嘴，因为他知道：在职场，工作能力固然重要，运气这东西却不可求啊！

"乔姐英明！"张艺立即拍了拍领导的马屁。

乔溪笑了下，起身："张艺，你把今天的面试结果汇总一下，下午三点之前给我。"

张艺点头："好！"

下午三点半，乔溪把新项目的编剧面试结果及新项目编剧团队的分组方案呈递给池烆。

池烆的办公室很简洁，没有太多繁复的装饰。不过，身着黑色衬衣坐在白色办公桌前的池烆永远是传说中 in 科技最为迷人的那道风景。

"丰神俊朗"这个词就是用来形容池烆的。

如果可以的话，乔溪是不愿亲自上楼来找池烆的，虽然老板的容颜赏心悦目，但表情冰冷无比。她走进办公室的那一刻，身体的第一感觉是寒冷，这空间里的温度明显比外面低好几摄氏度，令人哆嗦。

池烆看文件时，脸上没有一丝表情，当然，乔溪也不指望池烆会给她任何反应。

因为池烆就是个面瘫。

他不是故意要酷，也不是性情高冷，而是少年时经历了一次车祸，脑部遭到撞击，前额叶出现严重创伤。这导致他的有关情感的神经系统受损，他丧失了共情能力，成了一个"冷血无情"的面瘫。

在这样的老板手下做事，就算是人精也完全理解不了他的喜怒哀乐。他"冷血无情"，对待工作还十分严苛，令知道他性情的下属"闻风丧胆"。所以，上午面试时，当房子多说"心动的人是池烆"时，乔溪心里想到一句话：小女孩儿的自我幻想。

现实中的池烆就是一具没有灵魂的肉体，不可能对任何人心动，更不会爱上任何一个人。

不过，这次的情况有点儿出乎乔溪的意料，当池烆看到房子多的个人简历时，他竟然说了两个字："是她！"正在发呆的乔溪迟疑了几秒，才张口说道："池总，你认识她？"

池烣抬起头看了眼乔溪，冷冷地吐出三个字："不认识！"

乔溪听完之后，眼里闪过一抹疑惑的神色。池烣一眼认出房子多，却又称不相识，这是什么情况？

"还是说，池总，你在哪里见过她？"乔溪小心翼翼地询问。

池烣没有正面回复。他确实见过房子多，至于在哪里见的，没有告诉乔溪，只是冷冷地问了一句："你定她的理由是……？"

乔溪快速收起八卦的小心思，认认真真地回道："她有心动的人，内心充满了爱，这跟我们新项目的游戏宗旨十分契合！"

in 科技旗下有一款针对全球玩家的体感游戏，名为《无极（The Promise）》。这款游戏通过将神经元感应器连接至虚拟世界，让每个玩家充分体验身临其境的感受。

《无极》的游戏内容涵盖动作、科幻、战争、悬疑、爱情等一系列板块，前四个板块已经上市，并引发了全球玩家的热烈追捧，唯独爱情这个板块的内容一直存在争议。

玩家玩虚拟的爱情游戏是不是等同于精神出轨？这个问题一直没有结论。市场部针对此类游戏做了大量的调研，给了池烣一份较为精准的市场数据。看过市场数据后，池烣决定于明年春天推出游戏的爱情板块，至于游戏内容，他更倾向于给予人温暖和慰藉的内容。

"她有男朋友？"池烣问道。

乔溪非常惊讶，因为她所认识的池烣绝对不会问这种问题。她摇头答道："应该没有！"

池烣听后，直接道："我相信你的眼光！"

乔溪每次听到池烣对她说这句话，都会不自觉地激动："谢谢池总的信任！"

汇报完毕后，乔溪很快退出办公室。在电梯口，她碰见了池烣的助理朱跃，亲切地和他打了个招呼。

朱跃既是池烣的助理，也是池烣的心腹，同时，两个人还是发小。大家都不敢上前巴结"冷血无情"的老板池烣，但朱跃不同，他的性格特别好，他对男生和气，对女生体贴，大家都特别喜欢他。所以，大家时不时巴结朱跃一番，也可以从侧面打听老板对自己的评价。

当年，乔溪就是被朱跃亲自招进来的，现在升职为新项目的负责人，这个过程少不了朱跃的引荐。

"乔溪，听说你们上午面试的时候，有个女孩儿当着你们的面表白池总？"朱跃笑着说道。

乔溪闻言，不由得在心里吐槽张艺的大嘴巴，肯定是中午吃饭的时候，他故意说给朱跃听，以此跟朱跃套近乎。

乔溪回答道："算不上表白吧！她只不过有点儿语出惊人罢了，可能是想让我们加深对她的印象吧！"

朱跃听后，温和一笑。就冲着乔溪帮新人解释这一点，他便知晓她的为人——踏实、客观、利落。短短几年之内，她能在公司立足并坐上现在的位子，靠的就是她的为人处世之道。

"原来如此！我还有事，回头聊。"朱跃说道。

乔溪微笑点头，之后乘电梯下楼。朱跃拿着文件，推开了池炘的办公室大门。

朱跃手中有三份需要池炘签署的文件，在池炘签字时，站在桌前的朱跃开口说道："有个八卦，你听吗？"

拿着笔签字的池炘依旧面无表情，没有做出回应。

朱跃站在一旁，从他的角度可以清晰地看见池炘那长长的睫毛和高挺的鼻梁。池炘确实遭遇过不幸，但在相貌上绝对是天之骄子。

朱跃笑了笑，即便池炘没有反应，他还是要把这个八卦说出来："上午有一个来应聘的小姑娘，在面试官面前对你公然告白！"

被人告白这种八卦在池炘眼里一点儿价值都没有，他把签好的文件推给朱跃，又给了朱跃一个"你可以离开了"的眼神。

这时，朱跃却突然低头凑了过去，拿起桌上的文件，眼神在上面停留了几秒后，他用手指着房子多的简历，说道："就是她！"

池炘闻言，将视线拉了回来，目光落在房子多的简历上。

朱跃与他对视，笑着说道："她就是当着几个面试官的面向你告白的那个女孩儿！"

顾长的身躯靠向椅背，池炘仰头看着朱跃："乔溪告诉你的？"

朱跃摇头："乔溪肯定不会跟我说这种八卦。她刚才跟你汇报工作，肯定对这件事一字也没提。"

池烆对乔溪这个女下属也是有一定了解的，她做事很有分寸，不是那种爱跟同事聊八卦的人。

"查一下她的底细！"池烆发话。

闻言，朱跃眼里尽是兴奋，相识二十几年的池烆竟然叫他帮忙查一个女孩儿的个人资料，看来这个八卦对池烆来说似乎有点儿不一样。

"我都已经帮你查好了！"朱跃掏出手机，滑动了几下屏幕，直接投屏给池烆观看。

池烆对工作是十分严苛的，但朱跃作为助理，真让人没的挑，做事滴水不漏、尽善尽美。

"房子多，S市人，26岁，毕业于S大中文系，职业是编剧，代表作品有《新魔》《双子迷局》《犯罪帅》等几部热门网剧的剧本，小有名气。当然，这些信息简历上都有，不过，简历没有写的我也查到了一点儿。她除了写小说、剧本外，最擅长的是投资，曾参投自己写的两部作品，得到两千多万的盈利分账。"朱跃简单地叙述了房子多的个人资料。

池烆听完之后，开口问道："这么厉害的人来我们公司的目的是……？"

"我估计她想追你！"朱跃开玩笑道。

池烆面无表情，但他的眼神透露出来的信息是让朱跃正经点儿。

朱跃收起笑容，又仔细看了下房子多的照片，随后说道："这女孩儿看着有点儿眼熟哇，我好像在哪里见过？"

"深北医院！"池烆回复道。

朱跃听到提示后，总算想起来了："没错，我在深北医院见过她。"说到这儿，朱跃看了下池烆，调侃道："说起来，她还是你的救命恩人哪！"

池烆听到"救命恩人"这四个字，脑海中不由得浮现当时的情景。房子多跪在地上，边询问他的情况，边打电话叫救护车。当时，他头疼得厉害，呼吸急促，根本无法作答。尚存着最后一点儿意识的他，只觉得眼前一黑，两片温热的唇贴在了他的唇上。

她在给他做人工呼吸。

之后，池烆陷入昏迷，直到在医院醒过来，看到坐在病床边的朱跃，朱跃正拿着纸巾轻轻地给他擦嘴角。

池炘下意识地推开朱跃的手，朱跃随后将纸巾递给他，示意他擦掉嘴角残留的口红印。看到纸巾上的口红痕迹，他想起了昏迷前的情景。

池炘询问朱跃送他来医院的人在哪儿，朱跃说她已经离开了。

他本以为与这个好心的女孩儿不会有任何交集，没想到她却来自己的公司应聘编剧。这是巧合，还是她的蓄谋？

"你怎么看？"池炘询问朱跃的想法。

朱跃想了想，笑着说道："也许别人对你一见钟情！"

池炘面无表情地看着他，朱跃继续笑着说道："管她的目的是什么，就当老天爷给你一个报恩的机会呗！"

"报恩？"池炘念着这两个字。

朱跃点头："嗯哼！"

"你晚上去找她，给她一笔钱，就当是报恩，我们就此两清！"池炘说道。

朱跃听后，微微挑眉，他果然是没有一点儿人情味的老板啊！

第二章
裂缝中的阳光

晚上六点半，夜色笼罩着S市，星星点亮了万家灯火。

房子多和"饭盆姐妹"孙可可、白宴在店名为"焱"的火锅店集合。

白宴最先到，选了一个靠窗的位置。桌上的火锅汤底已经沸腾，辣椒的香气在空气中弥漫，让人直咽口水。

穿着白T恤的房子多围着一条黑色的围裙，正拿着筷子吃她最爱的毛肚。她把毛肚在锅中烫了十秒，捞起来，酱着调料。毛肚入口又脆又香，十分筋道。

坐在对面的白宴喝了一口椰奶，看着房子多："多多，好端端的，你跑去in科技应聘，你这葫芦里到底卖的什么药哇？"

房子多没有着急回答，而是把碗里的牛百叶送进嘴里，吃完后，"嘻嘻"地笑着说道："我不是说了吗？工作实践哪！我要给自己一个落地的机会。"

"信她的这张嘴，不如相信这个世界有鬼。我看她八成是看上池烆了。"孙可可才不信房子多说的理由，"不过，多多，不是我打击你，虽然你是小富婆，但跟池烆的身价相比还是有点儿距离的！"

房子多喝了几口奶茶："你们要我解释几遍？我就是想去职场寻找

一下写作灵感而已，而且，我之后的作品也需要职场经验做支撑，免得出现一堆漏洞。"

"得了吧！"白宴不信。

"我真是为了下一个剧本！"房子多信誓旦旦地说道。

"这么说，你想好下部剧本的主题了？"白宴问。

房子多点头："想好了，我去 in 科技累积职场经验，还能赚到钱，多好哇！"

"可是你当着面试官说'心动是池炘'，这话你怎么解释？"白宴不依不饶。

"让面试官加深对我的印象啊！"房子多说完，又喝了口奶茶。

白宴听了之后，竖起大拇指："牛！"

房子多得意地扬眉："不要崇拜我！"

话音刚落，房子多的电话响了起来。

电话是陌生号码打来的，房子多边接电话，边让孙可可给她烫牛肉。

"你好，是房子多女士吗？"

"哪位？"

"我是 in 科技的朱跃，请问你现在有空吗？"

"你好，我现在没空，正在吃晚餐！请问有事吗？"房子多回道。

"我有事找你，你方便发个地址给我吗？"朱跃问道。

房子多还没入职，也没想提前和同事搞好关系，于是说道："不方便！"

正在烫牛肉的孙可可看了一下房子多，金钱真的可以改变一个人，房子多可能没感觉到，但在旁人眼里，现在的她举手投足间都充斥着嚣张。

孙可可没有贬低房子多的意思，就是觉得金钱能在一定程度上给人带来自信，她希望房子多能一直这么自信。随后，她熟练地将烫好的牛肉夹到了房子多的碗里。

朱跃极少吃这样的闭门羹，不由得亮出自己的身份："我是池炘的助理！"

听到池炘的名字，房子多并没有改变自己的态度："我在吃饭，八点后你再跟我联系，行吗？"

朱跃十分和气："好的，那我八点后再跟你联系！"

房子多挂了电话，白宴随口问了一句："谁的电话？"

"池烆的助理！"房子多没有隐瞒。

白宴和孙可可听完，不约而同地看着她，异口同声地问："池烆的助理，他找你干吗？"

房子多耸耸肩："不知道！我让他八点以后再找我！"

"多多，你知道吗？现在的你实在是太嚣张了！不过我喜欢！"白宴道。

白宴拍的马屁，房子多很受用，脸上露出满意的笑容，她一边笑一边夹起牛肉往嘴里送。

不过，孙可可倒是给她泼了一盆冷水："多多，职场可不比宅在家里写剧本哪！你别那么任性！小心被人穿小鞋！"

白宴听后，连忙站在孙可可这边："可可说得对，不怕君子，就怕小人！"

房子多也觉得有理，于是说道："那要不我给他打电话，叫他过来一起吃火锅？"

"同意！"孙可可和白宴举双手赞成。

半个小时后，朱跃出现在火锅店。孙可可和白宴招呼着朱跃，比房子多还要热情。

朱跃和房子多坐一块儿，四人边吃边聊。

"朱助理，多多是个'一根筋'，平时老是宅在家里写剧本，在为人处世方面不太上道，以后还请您多费心关照哇！"孙可可说道。

房子多听这话，觉得可可就像一个老妈子。不过，她还是有那么一点儿小小的感动。

朱跃很和气。他来这儿是带着工作任务的，就是想给房子多一笔钱，对她表示感谢，并且通知她不用到in科技上班了。

叫是，被二个青春貌美的小姑娘包围着，他实在不好当着人家的面说出来。

所以，在用餐结束前，朱跃先偷偷把账结了，送走房子多的两位朋友后，再找房子多私聊。

一顿饭下来，房子多对朱跃的印象不错，他温润儒雅，是一个教养极高的男人。

两个人找了一家咖啡馆，面对面地坐着。

房子多虽然吃得很撑，但是还可以再喝一杯奶茶。毕竟，女人的胃都很神奇。

"朱助理，找我何事？"房子多主动出击。

经常写悬疑剧本的她非常敏感，接到朱跃的电话后，就有种不太好的预感。所以，她的第一反应就是避而不见。

朱跃也不再拖延，打开公文包，掏出了一张银行卡，推到房子多的面前："我是代表池总来见你的，对你那天送他去医院的事表示感谢，这里面有 10 万块，是感谢金，还请你收下！密码是 6 个 8。"

房子多看了下桌上的卡，随后把视线挪到朱跃的脸上："你们池总认出我了？"

朱跃点头："池总的记忆力超群，向来过目不忘！"

房子多听后，笑着将卡推给朱跃："我不要钱，我要工作！"

朱跃见了，笑道："你很聪明，看来已经猜到了！"

房子多点头："嗯，你给我打电话，想必是通知我别去上班！"

朱跃收起笑容："这个决定是池总下的。"

"为什么？"房子多反问。

朱跃摇头："不清楚！"

房子多道："那你带我当面去问他！"

朱跃愣了下："这不太合适吧！"

"我只是给他做了人工呼吸而已，他就这么躲避我，好没道理呀！"房子多辩驳道。

朱跃听后，又将卡推给房子多："还请你收下！"

房子多不收，一本正经地说道："如果他觉得那不是人工呼吸，而是男女接吻，那么我责无旁贷，一定对他负责到底。"

朱跃被房子多的话逗乐了，但只能憋着。这丫头的思维逻辑实在太跳跃，着实让人跟不上，不过她似乎有点儿好玩。

"你面试时说的话很容易让人产生误会！"朱跃说道。

"你没有误会，我就是对他心动，就是对他一见钟情！"房子多直言道。

车载时钟显示晚上九点整时，朱跃正在开车回家的途中，打电话给池烆汇报事情的处理结果。

池烆刚洗完澡从浴室出来，下半身只围着一条浴巾，头发还滴着水，健硕的上半身暴露在空气中。接起电话，听完汇报，池烆以为出现了幻听："没解决？"

朱跃回应："嗯！她不要感谢金！"

"没解决，那你就继续解决！"池烆没给他退路。

跟随池烆多年的朱跃知道池烆会说这句话，所以他也早就想好了答复："她说，如果你介意那天的事，把人工呼吸当成了男女之间的亲吻，那么，她会对你负责！"

池烆从冰箱拿了瓶水，刚喝了一口，听到朱跃的话，立即将水咽下，问道："这是你说的，还是她说的？"

"她说的！她说，她来公司应聘就是想知道游戏公司是怎么运作的，积累一些职场上的工作经验，拓展自己的视野，为今后的创作积累素材。"朱跃回答道。

"你信？"池烆反问。

"我信！"朱跃说道，"阿烆，其实你也没必要做得那么绝。"

池烆沉默了几秒，实话实说道："我对她出现在我们公司这件事有种不好的预感！"

朱跃雀跃不已："你对她……有感觉？"

池烆冷着一张脸："没有！"

池烆的口气，朱跃太熟悉了，他知道自己白兴奋一场。池烆的情况，他是最清楚不过的，池烆不会跟任何人产生感情上的纠葛。

"这只是你的直觉，对吗？"朱跃问。

池烆没正面回答："既然她不要感谢金，那就算了。你待会儿记得把这件事通知乔溪。"

池烆做的决定，朱跃大多数会直接执行，但这次，他鬼使神差地帮房子多说话："阿烆，直觉这东西有时候确实很准，不过，我觉得我们没必要拒绝她入职，拒绝了反而让人多想。还有，倘若她真的有其他目

· 13 ·

的，还不如我们将她留在身边静观其变，岂不是更好？"

池炬见朱跃为房子多说话："你想留下她？"

朱跃解释道："我只是觉得她是一个善良的女孩儿！"

听他这么一说，池炬也迟疑了，毕竟，房子多救过自己。于是，池炬松了口："那你看着办吧！"

朱跃见状，脸上露出了开心的笑容。作为助理的他是池炬的左膀右臂，在很多决策上，他都会贡献自己的意见。池炬有时会听取，有时会反驳，大多数时候，他还是以池炬的意见为主。但此刻，他说服了池炬。

朱跃会帮房子多说话，其实是因为她说了一段话，这段话是一段歌词："人生不会只有收获，总难免有伤口，不要害怕生命中不完美的角落，阳光在每个裂缝中散落，不如就勇敢打破生命中的裂缝，阳光就逐渐洒满了其中。"

朱跃非常熟悉这首歌，因为这也是池炬喜欢的一首歌，他还亲耳听过池炬唱这首歌，那个瞬间，朱跃直接红了眼眶。他感觉池炬在通过歌声倾诉内心深处的声音，在绝望中带着希望。

房子多还说，她肯定成不了池炬心里那道"裂缝中的阳光"，但愿意成为一棵对着池炬绽放笑容的向日葵！

朱跃听完这些，便知道房子多了解池炬的病情，他的内心有些动摇，因此他没再执行池炬交代的任务。他比任何人都清楚池炬这些年经历了什么，在很多不知情的人眼里，池炬就是一个无感情的怪物。而也许……也许哪一天，他就真的成了怪物。

在 in 科技内容部，乔溪给大家介绍了新招的三位编剧。

"这三位是我们内容部新招进来的编剧。"乔溪又转向他们三位说，"欢迎你们加入 in 科技这个大家庭！"

房子多第一个进行自我介绍："大家好，我叫房子多。一听我这名字，大家是不是觉得这人特别有钱？但事与愿违啊，我家要是房子多，我肯定去海岛晒太阳，去巴黎喂鸽子。提到我这个名字，还有一个职业很适合我，那就是房产中介。可惜呀，少壮不努力，长大干编剧。"

内容部的同事被面前这个短发齐肩、长相可爱又自带萌点的房子多逗笑了。

之后做自我介绍的两个编剧中，男的叫成文，女的叫王莉莉。

他们自我介绍完，乔溪接过话："我叫乔溪，是新项目的游戏剧情设计师。今后，大家在一个团队里工作，要齐心协力、共创佳绩。"

听完，大家都热烈鼓掌。

乔溪接着说道："柳柳，你带他们熟悉一下公司。"

于是，他们在柳柳的带领下参观了下 in 科技的办公区。运营部、技术部、设计部、人事部、公关部……他们路过这些部门时，里面的人反应不一，有些人面带微笑，有些人全程黑脸，还有些人面无表情。

于是，房子多低声询问柳柳："柳姐，听闻 IT 行业职场里的各个部门之间经常明争暗斗，是不是真的？"

柳柳对公司新人对她的称呼甚为满意，脸上露出和蔼可亲的笑容："有人的地方就有江湖。不过，我们公司的整体氛围还是特别好的，大家都是相亲相爱的一家人。"

转悠了半个小时后，柳柳带着他们回到了内容部办公区。这时，柳柳好像想起什么，又补充道："对了，忘了介绍老板的办公室，楼上左边最里面的那一间就是池总的办公室。想必大家都看过我们老板的照片了吧，他是不是很帅？"

"是！"

柳柳嘴角露出笑容，但这个笑容真诚中带着一丝狡黠："有眼光。不过，我提个良心建议，你们尽量少在那个区域瞎转悠。"

"是！"

"最后，我在这里对即将上岗的你们赠诗两首，第一首是'海阔凭鱼跃，天高任鸟飞'。第二首是'千里修书只为墙，让他三尺又何妨。万里长城今犹在，不见当年秦始皇'！"

房子多听懂了第一首，诗的大致意思是：公司可以给大家提供广阔的平台，大家尽情发挥自己的才干。但第二首让三个人一头雾水。

"其中的意思，大家慢慢领悟！"柳柳又露出一个真诚的笑容。

把几个新员工安置好之后，柳柳准备回自己的位子。没走几步，她的脚步突然停了下来，随后，她的嘴角扬起空姐般标准的笑容。

因为老板正向她走来。

在 in 科技的老板池炘的眼里，柳柳的笑容一点儿都不真诚，反而特别谄媚。

身为内容部 F1 工作室的领导，柳柳连忙乘机汇报："池总，我们内容部刚招了几个新编剧，个个才华横溢、年轻貌美，今后一定会给我们公司添砖加瓦的。"

池炘点了点头，本想直接离开，却停下了脚步，看了下柳柳："'千里修书只为墙，让他三尺又何妨。万里长城今犹在，不见当年秦始皇。'这首诗是什么意思？"

柳柳闻言，一脸窘笑。她真的不好意思在老板面前解释呀！

在等待柳柳的回答时，池炘的目光无意间扫到房子多。房子多坐在靠窗的位置，阳光透过百叶窗的细缝洒在她的脸上，而此刻，她那双明亮的眼睛也正望着他，两人的视线在空气中相交了。

这是房子多第二次见池炘，她本想咧嘴冲着他微笑，但又觉得那样做很傻，于是目光平和地看着他。

上次见他时，让房子多印象深刻的是池炘那极度痛苦的表情和额上的青筋，这次，见到正常状态下的池炘，房子多觉得他的五官就是完美的艺术品，尤其是那双眼睛，眼神干净又冷漠。

没错，这是一双没有温度的眼睛。

可就算如此，在房子多的眼里，这双眼睛也是最让人着迷的，就像神秘的深渊，让人想跳进去一探究竟。

上次见她时，池炘唯一记住的是房子多着急的表情和干净利索的动作。

前两天看过她的照片，今天他再次见到房子多本人，虽然她不是那种特别漂亮的女孩儿，但是她那双眼睛就像星星一样，让他过目不忘。

此刻，她的目光带着探索的意味。

她想探索他？

柳柳也算是个人精，老板的表情一年四季没有换过，让人无从揣测，但此刻，他看向房子多的目光很特别，只要柳柳不瞎就能察觉出异样。

房子多面试时说的那些话，柳柳可是把每个字都记住了。

房子多算是一朵奇葩吧？用奇葩的方式让人记住她也是一种

本事。

这不，她成功引起了老板的注意！

柳柳"嘻嘻"笑着，试图将池炘的目光拉回来："池总，这首诗是赞美您的！我的男神就是秦始皇，所以这首诗绝对是赞美您的。"

池炘收回视线，口气冷冷地回应柳柳："你拍马屁的功夫一点儿都没有见长！"

柳柳窘了。为了保住年终奖，她再次"嘻嘻"地笑，乖乖说出实话："池总，这首诗是忍让的意思！"

如果公司其他部门的同事听到"忍让"二字，一定会发出猪叫般的笑声。

内容部是用笔杆子打仗的，也是跟其他部门纠缠最多的团队，所以，柳柳说出"忍让"跟贼喊捉贼没什么区别。

池炘对了这些情况都是知情的，知道内容部有几个女同事的行事作风不一般，于是说道："不错，这首诗可以拿来当你们部门的座右铭！"

柳柳有点儿想抽自己几个大嘴巴子，但还是保持笑容："池总，您这个建议非常好，我待会儿就去落实。"

池炘没有再多说什么，直接走了。

柳柳长长地舒了一口气，动了动嘴巴，幸好老板在这儿停留的时间不长，不然她的脸都会笑僵。

房子多目送着池炘离开，直到看不见他的背影才收回视线。眉眼弯弯的房子多心里有点儿小开心！

池炘与她对视了！池炘记得她！

正当房子多暗自高兴时，跟她一起新来的成文大胆地问道："柳姐，那首诗的潜台词是别怕明争暗斗的意思吗？"

柳柳看了一眼成文，这人的理解能力一流，但就是太没眼力见儿了。

"没听到池总的话啊？多干活，少折腾！"柳柳回道。

老职员都在偷笑，柳柳说了一句："别笑了，小郭，你明天把这首诗打印出来，裱一下，挂在左边这面墙上。"

小郭露出一副不接受的表情："真挂啊？"

"老板发话，岂敢不从？！"柳柳说道。

"我感觉我们的好日子到头了！"另一个女生叹了口气。

"呸，呸，呸，新项目马上就要启动了，少给我说不吉利的话啊！"柳柳说道。

"没事，我们团队不是来了'锦鲤'吗？"坐在房子多右边的女孩儿说道。

话音刚落，几个老职员的视线都落在房子多的脸上，房子多感觉自己就像被一堆人拿着狙击枪瞄准，脸上瞬间布满了红点点。

房子多微窘，这年头，"个人隐私"这个词都成了笑话，她面试时说过的那些话估计早被传开了。于是，她连忙赔笑："不敢当，不敢当！小的初来乍到，还请各位小姐姐、小哥哥多多照拂。"

王莉莉和成文一脸蒙，还没等别人给他们解释，乔溪就把大家叫去开会了。

坐在主位的乔溪率先发话："再次欢迎我们F1工作室的新鲜血液。"

大家鼓掌欢迎。

"在座各位便是新成立的F1工作室的成员，我们共同的目标是开发公司旗下新女性向游戏，新游戏的名称为《心动》，内容以爱情为主。大家有什么好的想法，可以说出来，一起讨论。"

房子多听完之后，心里嘀咕：不是让我们写悬疑游戏剧本，而是写爱情游戏剧情。我的乖乖，这可不是我擅长的内容啊！

柳柳第一个发问："乔姐，新游戏是重新构建游戏框架，还是可以套用《无极》里的游戏背景模板？"

乔溪听后，开口说道："在这之前，我跟池总讨论过这个问题，他的意思是可以套用《无极》里的游戏背景模板，这样一来，我们不仅可以节约开发成本，还可以让现有的玩家更容易接受新的游戏。"

柳柳笑："那就看内容方面是如何设定的，对吧？"

乔溪点头："没错，关于游戏设定，大家可以根据《无极》里的模板充分展开自己的想象，譬如太空爱情、战争爱情、悬疑爱情等等，可以是主角历险的剧情，也可以是任务内容，只要游戏好玩，没有限制！"

房子多平时也会玩一些游戏，但玩的都是对抗类游戏。在游戏里，输赢靠的是玩家的智商和技巧，当然也包括金钱。房子多属于"技术不够，金钱来凑"的类型。不过这也没什么可被吐槽的，因为有钱也算是一种实力。

　　她觉得，市面上很多女性向的游戏没有多大吸引力，虽然科技发展，游戏设备在不停地升级，从手机升级到 AR（增强现实）设备、VR（虚拟现实）设备，再到《无极》利用的神经元感应器设备，但游戏内容还是以角色养成为主。当然，也有不少的游戏与时俱进，进行内容上的改变。

　　房子多举了下手："游戏内容的主题就是爱情吗？"

　　乔溪点头："是的，以爱情为主题的游戏市场是很广阔的。现在，60% 的人会将打游戏作为首选的消遣娱乐方式。大家越来越享受自我的世界，却在现实生活中丧失了爱的能力，或者说不懂得如何去爱。我们这款游戏的主题，就是要唤醒每个人内心的爱，每个人都可以在游戏里寻找真爱，寻找慰藉。"

　　"也就是说，玩家可以在这款游戏里寻找到精神伴侣？"房子多问。

　　乔溪再次点头："嗯，可以这么说。但是这个精神伴侣是真人，他可以跟你长期互动，不像以前的游戏，玩家只能跟 NPC（非玩家角色）互动。"

　　"可是，这类爱情游戏一直都受到争议，因为在游戏里人们很容易失去判断。这是游戏，还可能是……精神出轨！"房子多说道。

　　"关于游戏规则，新游戏要求玩家注册采取信息实名制，未婚人士可进入更多的游戏区域，已婚人士则只可以与自己现实生活中真正的伴侣进行游戏。关于游戏模式，系统会根据个人信息数据匹配三至五个合适的人选，每个玩家都可以挑选自己喜欢的人进行一对一游戏，但至于双方能不能成为真正的精神伴侣，得经过各种考验。这个考验也是我召集你们来这里的原因，我们需要设计一些内容去考验一个人的真心。"乔溪说道。

　　"我们的规则绝对不够完美，会存在一些漏洞，新的规则恐怕也会引起一部分人的抗议。至于游戏模式，这个跟以前的婚恋节目相似，玩家跟不同的人约会，最终找到最适合自己的那位！"乔溪继续说道。

"至于有争议的部分，我们只能在游戏运营的过程中不断完善。"乔溪说道。

"我大致明白了！"房子多说道。

乔溪冲她笑了笑。

房子多发言踊跃，如果从事其他职业，肯定会被大家认为是爱表现，可她是编剧，在参与内容讨论的环节中，有想法总比没想法好。

"乔姐，游戏尺度有限制吗？"成文跟着提问。

乔溪回答道："尺度？你指的是哪方面，是任务内容，还是……"

"譬如血腥、暴力的程度！"成文说道。

乔溪笑："记住，这是恋爱游戏。当然，和玩家们一起对战的怪物、游戏里的 boss（实力最强的敌人）可以参照现在上线的《无极》的尺度。"

"好吧，既然是恋爱游戏，那么对性的尺度有限制吗？"成文问道。

游戏利用神经元感应器设备，也就意味着人的意识可以进入游戏世界。在游戏世界里，玩家可以做任何自己想做的事情。

"关于这方面，我们会设定一个安全线。譬如说，监测到男、女游戏玩家的不悦情绪值偏高，系统会自动开启安全隔离防护机制。而对于一些不尊重游戏伴侣的玩家，我们会对其游戏账号进行全面封禁。"

乔溪顿了顿，继续说道："进入游戏世界，玩家的意识是自由的，也是独立的。"

"懂了！"成文点头。

"你们还有什么问题，尽管提！"乔溪接着说道。

王莉莉开口："我们是各自创作，还是由团队分配写作任务？"

"是这样的，我知道在座的各位都有自己擅长的题材，譬如子多擅长写悬疑文，莉莉擅长写小甜文，成文擅长历史题材，其他几个老员工也是如此，每个人都有自己擅长的领域。不过，关于这次游戏故事线的写作任务划分，我想让你们打破桎梏，大家可以尝试一下新的题材，在新题材里阐述你们所向往的爱情故事。"乔溪笑着说道。

大家闻言，有点儿傻眼，尤其是新来的三个编剧。

"乔姐，打破桎梏岂不是反倒束缚了我们每个人发挥？我个人认为，大家还是写自己擅长的题材比较稳妥！"成文第一个站出来反对这种写作模式。

"大家刚开始的时候可能会有点儿不适应，不过我个人对刚才的建议持保留意见。你们都有自己的代表作，看过你们作品的读者或观众很容易就能猜到你们的写作套路，自然也能猜到你们设置的任务或关卡的套路。这样，玩家会有被剧透的感觉，游戏可玩度也没那么高。我刚才说的就是想让你们打破套路，即便某些人对某些领域完全不熟悉，即便写的内容会出现很多漏洞，你们也可以呈现一个新奇的故事。"乔溪说道。

房子多觉得乔溪的话很有道理，但操作起来未必可行。

乔溪接着说道："目前，我们的团队算上我有十个人，大家先梳理出三条故事主线，三个人组成一个小组，以老带新，相互探讨，共同创作。"

于是，乔溪很快进行了人员分配，房子多、柳柳、郭美心为A组，成文、范琪琪、邓一卿为B组，王莉莉、邱天、郑伦为C组。

房子多这一组分到的故事线是战争背景下的爱情，这条游戏故事线特别热血，可是也令房子多头痛不已。

架构悬疑故事对她来说信手拈来，可是写恋爱故事实在有点儿为难她。而且，对于枪械相关的知识，她也知之甚少。不过没过一会儿，她就不头痛了。因为她找到了可以帮她的人。写军旅爱情故事，她的恩师可以给她指点一二；至于枪械知识，她恩师的老公可以给她指点许多。

于是，房子多顿时喜笑颜开。

大家开了一上午的会，时间不知不觉就到了饭点。

乔溪这个上司还是很不错的，散会的时候，不忘交代柳柳带他们几个新人去食堂吃饭。

房子多将电脑放到办公桌上，准备和柳柳一起去食堂吃饭。不过就在这时，她收到了朱跃的微信。

“池总邀请你中午一起吃个便饭。”

房子多看完这条微信，差点儿发出土拨鼠般的尖叫。

可是，房子多很快就冷静了下来，思考了一下，心道：这是什么操作啊？

前两天，池烊派朱跃通知自己不要来上班，她第一天上班池烊却点名请她吃饭。

“子多，走了！”柳柳叫道。

房子多闻声看向柳柳，说实话，第一天上班就应该主动和同事及队友打成一片，这有利于她快速融入团队。

可是池烊向她发出了午饭邀请，她能不去吗？她敢不去吗？

再说作为池烊的倾慕者，她舍得拒绝吗？

“那个……柳姐，不好意思，我有约了！”房子多来了一把“见色忘义”的操作。

柳柳听后，笑着说道：“你不习惯吃食堂，对吧？没关系，你随便！”

房子多有点儿窘。她不是那个意思呀！

房子多完全可以不必理会这个误会，但为了避免第一天就给人留下不好的印象，开口解释道：“柳姐，我跟别人事先约好了，明天我们再一起吃午饭！”

在女多男少的团队里混，她还是收敛一点儿比较好哇！

柳柳没有再说什么，和内容部的其他同事离开了。

房子多虽然恨不得第一时间奔到池烊的面前，但为了维护自己的形象，先去洗手间补了妆。

十分钟后，房子多到办公大楼楼下的路边等车。很快，一辆黑色的豪车停在房子多的面前。

房子多愣了下，虽然习惯了坐商务专车，但从没坐过这么豪华的商务专车。

下一秒，车窗降了下来，房子多看到了池烊那雕塑般的侧脸。

池烊亲自来接她？哇，这也太隆重了吧？！

池烊见她半天不上车，不由得转过脸，面无表情地看着她：“上车。”

他的声音冷得让人不知道是该上车还是不该上车。

房子多不敢耽搁池烊宝贵的时间，“噌”的一下就坐了上去。此刻是吃饭时间，路边都是人，一辆豪车停在路边，实在太显眼了。

房子多系好安全带后，看了下池炘："池总，就我们两个人一起吃午饭吗？"

修长的手指搭在方向盘上，目光看向前方，池炘没有回应她的话。

车内一片安静，房子多隐隐听见自己的心跳声，"咚咚咚"，跟打鼓似的。跟池炘这么近距离地接触，她做不到淡定，没过几秒，手心就开始冒汗了。

不行，气氛再这么安静下去，她会窒息的。于是，她主动找话："你是为了那天我送你去医院的事而请我吃饭吗？"

池炘还是没有回应。

房子多窘了，身体变得更加局促起来，她只好继续没话找话："如果是，我觉得你请我吃一顿饭是不够的。"

话音刚落，池炘侧过脸看了她一眼。

房子多见状，暗喜不已。虽然她刚才的话有点儿蹬鼻子上脸，但池炘终于有反应了。

于是，房子多得寸进尺："毕竟，我对你有救命之恩！"

池炘收回视线，声音清冷地说："那天你如果收下朱跃给你的十万块，这些钱够你吃半年的饭了！"

房子多直接被噎到，咽了下口水，开口说道："十万块有点儿多，几顿饭就够了。"

然而，池炘回了四个字："仅此一顿！"

喀喀喀，仅此一顿，他真是小气！

房子多微微撇嘴，心里嘀咕：年轻人，话别说满哪，知道什么叫作"来日方长"吗？

池炘带房子多去了一家素菜馆，这家店是朱跃推荐的，当然，请房子多吃饭这件事也是朱跃提议的。

池炘虽然丧失了情感功能，但也是受过高等教育的，"知恩图报"这四个字他还是能理解的。

素菜馆的装修特别雅致，包间里禅意十足。

房子多喜欢吃肉，所以去过的素菜馆比较少。

两人面对面地坐着，耳边传来低低的古琴声。

房子多看到左边的案桌上放着一个冒烟的香炉，配上这古琴声，她的脑海里冒出修仙的画面。

菜还没上，两个人这么坐着，实在有点儿尴尬。

不过幸好有人主动开口打破了这份尴尬。

"你来公司是因为我？"池炜目光清冷地看着房子多。

看来纸是包不住火的，她那天面试时说的话应该是一字不漏地传到他那儿了。

不过，池炜这话也说得太直接了，房子多有点儿措手不及。

她回答"是"，感觉自己太不矜持了；她回答"不是"，又太违心了。

"一半一半！"房子多看着他的眼睛回答道。

"你跟朱跃说是为了寻找创作灵感？其实，你是想研究我，对吗？"池炜继续问道。

我的天哪！这人简直会读心术啊！这都能被他猜着！

"我想写游戏相关题材的剧本，所以借贵公司积累素材！"房子多半真半假地回道。

"撒谎！"池炜直白地说道，"如果你想研究我，以我为素材，那么届时我会让律师团处理这件事！"

闻言，房子多心里"咯噔"一下。池炜声音冷，说话直，真是让人招架不住哇！

房子多壮着胆回复道："就算以你为素材写剧本，只要我标上'纯属虚构'四个字，你的律师团也奈何不了我！"

对池炜这种成功人士一味示弱没有任何作用，对方根本不会把你放在眼里。想让他记住你，你就得进攻！

这是很多"霸气老板爱上我"的剧情套路，房子多学以致用，开始挑衅了起来。

池炜看着她："这么说来，你的目的被我猜中了！"

"算你猜中了，但我现在又改变主意了！"房子多回答道。

"你还想干吗？"池炜问。

房子多傲娇了一把："秘密！"

聊到这儿，服务员开始上菜，两个人的谈话也停了下来。

第一道是开胃菜，一个很精致的盘子装着一丁点儿东西。

摆盘很精致，让人舍不得下口。

不过，没吃早饭的房子多确实饿了，拿起旁边的小叉子开始吃了起来。

东西虽然就那么一丁点儿，但味道着实好。

吃完之后，房子多看向池烆，他没有动筷子。

"开胃菜的味道不错，你可以尝尝！"房子多分享了一下美食心得。

池烆还是没有动筷子，房子多纳闷了，于是轻声问："你跟我一起吃饭，觉得倒胃口？"

池烆看了她一眼，拿起叉子吃了起来。

房子多顿时扬起嘴角，觉得此刻的池烆有点儿像闹别扭的小孩子。

不过，她搞错了，池烆刚才没动筷子，是因为他在思考。

他在想：房子多所说的"改变主意"是什么意思？

开胃菜吃完，池烆放下叉子，开口说道："如果你是为了我才来公司，那我劝你趁早离开，别在我身上浪费时间！"

房子多听后，回道："我不否认来这里应聘是因为你，但我肯定不会轻易离开。因为《心动》这个新女性向游戏项目挺有趣的，我想挑战一下！等完成这个项目，不用你请我离开，我也会自己走！"

池烆很重视新项目，也看过房子多的简历，她肯定有能力。

"你只是为了工作，积累素材？"池烆问道。

房子多点头："嗯！"

既然她都这么说了，池烆也很爽快，不再纠结："希望你说到做到！"

房子多也郑重其事地点头："我说到做到。"

这顿答谢的午餐，池烆半个"谢"字都没说，两个人倒是达成了这个约定。

房子多没有当面对他表露一丝爱慕的心意，这倒使池烆对她的印象更加深刻了。

不过，这就是房子多想要达到的目的。她知道，池烆不会对任何人产生感情，因此，想入他的眼是非常难的，她得一点点地走进他的心。

虽说任何感情都是需要用心经营的，但她的这份感情，经营成功的概率实在太低了。

说不定，她这一辈子都没有指望！

午餐结束，两人一起离开餐厅。

"池总，谢谢你的午餐，我待会儿自己打车回去！"房子多说道。

池烆听后，也没拒绝，自己去了停车场。

房子多用打车软件叫了车，随后，站在路边的树下等候。

池烆开着豪车从她面前的大马路经过，房子多微笑着冲他挥手："池总，再次谢谢你的午餐！"

池烆没停车，却通过后视镜看到站在树下的房子多，她的脸上绽放的笑容就像一束温暖的阳光。

第三章

绯闻的旋涡

半小时后，房子多拎着两袋打包的咖啡和奶茶回到办公室。

"中午我没能和大家一起吃午餐，实在抱歉。为表达我的歉意，我请大家喝咖啡和奶茶！"房子多对着大家笑道。

有人微笑，有人不屑，也有人没有任何反应。

她就是中午没和大家一起吃饭，这便引起了矛盾？

大学毕业之后，第一次正式走入职场的房子多在心里犯嘀咕：果然职场就是江湖哇！

房子多放下咖啡和奶茶之后，去了洗手间。

出来洗手时，房子多遇见一个"大长腿"，身高在178厘米以上。

身高只有160厘米的房子多，站在他的身旁就是一个小矮子。

"大长腿"见房子多看她，不由得开口："你就是内容部新来的编剧房子多？"

房子多愣了下。就入职半天，她便名声在外了？

房子多微微点头："我是房子多。您是……？"

"李奕然！技术部的！""大长腿"回道。

"我看过你写的剧本，评价只有两个字。"李奕然说道。

房子多独立完成的剧本有两个，与恩师共同创作的有两个，这些房子多参与做编剧的影视剧在某瓣的平均分是 7.4 分,其中有两部还算优质,一个 8.0 分,另一个 8.2 分。

能达到这个分数的影视剧算是质量比较好的,所以,房子多收到的夸奖自然也多。

房子多正准备多接收一个剧迷,但她万万没想到,李奕然的评价竟然是"垃圾"!

听到这两个字,房子多内心的第一反应便是:我和他不能愉快地做同事了!

"你别不服哇,别人觉得你写的剧本还行,可我觉得很垃圾。剧情不切实际就算了,好几处都有逻辑问题,漏洞不少!"李奕然还点评上了。

房子多当然知道有漏洞,可已经尽最大的努力在限定内容的基础上弥补了。

有些东西不能怪她呀,只能说每个时代都有对应的规则,要是什么都能写,她保证剧情会更加出彩。

面对吐槽她的同事,她该怎么回应呢?

最后,房子多回了一句:"我把笔给你,你来写!"

没错,你行你上啊!

李奕然听后,笑了起来:"哟,你写出来还不能让人评价啊?"

"能啊!"房子多回答道。

李奕然笑:"还能啊?我说完'垃圾'两个字,你的脸就黑了,你就这么生气呀?"

房子多仰起头:"我的脸哪儿黑了?我白着呢,还有我的心也宽着呢!"

李奕然笑得更欢了,接着,压低声音说道:"我中午看见你坐上池总的车了。告诉你一个小秘密,我私下也追过池总,足足两年!可他看都不看我一眼,所以我给你一个良心建议,别浪费时间!"

房子多愣了下,这么漂亮的大美人池炘都不看一眼,那凭借自己这等身材和容貌,岂不是……无望了?!

"我没打算追池总!"房子多回答道。

李奕然感到很意外,用探究的眼神看着她:"你不是在面试时直接告白了吗？"

"那是我想来 in 科技上班的策略而已！"房子多回答道。

李奕然听后，笑着看她："有意思！中午池总和你一起吃饭了？你们之前就认识？"

"我们认识与否，好像跟你无关！"房子多跩了起来。

李奕然见她跩起来，不由得笑着说道："你还挺有意思的，我交你这个朋友！"

房子多听后，呈现出一张问号脸。李奕然这是什么操作？先抑后扬？

"我能拒绝吗？"房子多问道。

李奕然听后，顿时笑得花枝乱颤："你实在太有意思了，你这个朋友我交定了。"

房子多又是一脸问号。

两人一同从洗手间出来，一路碰见的同事都主动跟李奕然打招呼。

要分开的时候，李奕然说道："你晚上有空不？我们一起吃饭？"

房子多拒绝："没空，得回家写垃圾剧本！"

见房子多傲娇的模样，李奕然嫣然一笑："那等你有空再约！"说完这话，李奕然摸了摸房子多的头。

被大长腿美女摸头，房子多感觉自己就像被抚摸的小狗一样。

"告辞！"房子多直接躲了。

房子多回到工位上，柳柳看了她一眼："子多，我们小组碰个小会，捋一下剧本思路。"

于是，房子多、柳柳和郭美心占用了一个小会议室。

郭美心喝了一口房子多买的咖啡，随后对着房子多说道："子多，我刚才看你跟李奕然在一起，你要小心点儿啊！"

房子多闻言，不解："为什么要小心？难道他喜欢我？"

"人家压根对我们没兴趣！"郭美心说道。

"对了，子多，你刚来，作为前辈我得给你提个醒：少树敌，多做事。不然在公司被人排挤，你的日子会很难过的！"柳柳好心地提醒道。

"树敌？"房子多不解。

"中午你跟池总出去吃饭的事，大家都知道了！"柳柳说道。

房子多眨巴了几下眼睛："你们怎么知道的？"

"池总的车太扎眼了！"柳柳说道。

房子多默默点头，那车确实很扎眼！

"子多，你跟池总是什么情况？"郭美心好奇地问。

房子多看着面前两张好奇的脸，决定实话实说："我之前帮过池总一个小忙，他为了答谢我，今天请我吃饭！"

"就这么简单？"郭美心不信，"你帮了池总什么忙？"

"这个我就不细说了，总之就是池总想表达谢意，我们一起吃了顿饭而已。"房子多说道。

柳柳看了看房子多："也就是说，你和池总之前就认识，可你那天应聘时说的话……"

"我只是为了让面试官加深对我的印象！"房子多说道。

房子多竟然跟乔溪所说的一致，这么说来，这个房子多还挺鬼的。她的话能让人相信几分呢？

不过，房子多这么一说，倒是解除了两位队友些许的潜在"敌意"。

虽然大家私下都清楚池炘的行事作风，在工作的时候，他眼里没有任何性别差异，对谁都无情又严苛，但公司的很多女生依然对他保留着一丝美好的幻想。可是，第一天上班的房子多竟然能和池炘一起吃午饭，这一新闻导致整栋办公大楼都"炸锅"了。

"炸锅"程度如何，房子多自然不太清楚，但她不傻，吃完饭回来的时候她感觉到了很多异样的目光，便猜到了一二，所以，才决定跟柳柳她们说实话，免得在之后的工作中发生各种不和谐的事情。

八卦结束，三个人开始工作，一起捋剧情大纲。

因为这顿午餐，房子多瞬间在 in 科技有了存在感。

她有存在感，自然就会被人注意，被人注意就意味着会被人调查。于是，仅一个午休的时间，她的个人资料就成了大家共享的娱乐信息。

池炘跟没有事情发生一样，因为他就是请房子多吃顿饭，表达感谢而已。

朱跃却有点儿担心房子多，他怎么也没想到，池炘会亲自接房子多去吃饭，他隐隐预感房子多接下来的处境会有点儿惨。

毕竟，她初入公司就成为女人们的公敌，这并不是一件好事。

果然不出他所料，接下来的几天，恭维的话、尖酸刻薄的话也开始充斥着房子多的耳朵。当然随之出现的还有各种传闻。

传闻说她傍大款，不过，这些大多是私下的议论，没有传到房子多的耳朵里。

可是房子多也不傻，从大家看她的眼神便猜到一二了。她上下班饱受同事们的注目礼，就跟到访的明星一样。

其实不论恭维、酸话或者传闻，无非都透露出一个信息——忌妒。

别人忌妒房子多。毕竟她才 26 岁就拥有多部代表作，对于很多人而言，房子多不仅幸运，简直就是命运的宠儿。

对于自己很幸运这件事，房子多是百分之百承认的，因为她现在拥有的一切，除了自己的努力，也离不开一个人的栽培。

那个人既是指点她写作的恩师，也是带她投资的大佬。

而她的这份幸运也靠祖上积德，给她积德的人是她的亲妈白秀雯。

白秀雯给房子多的影响是巨大的。白秀雯酷爱阅读，虽然她读的都是些言情小说，不过，因为她爱看书，经常捧着书，也算以身作则，给年幼的房子多做了好榜样，让房子多爱上了阅读，也为房子多今后走上写作之路打下了基础。

因为喜欢阅读，白秀雯结识了影响房子多一生的人，那个人就是著名编剧、言情作家及影视出品人孙萌萌。

在孙萌萌未成名时，白秀雯就开始追看她的小说，因为太喜欢这个作者，白秀雯还热心地当起了孙萌萌读者群的管理员。

孙萌萌每次办签售会，白秀雯都会帮忙筹备，并组织读者去助阵。有好几次活动，白秀雯还带上了房子多。

一来二去，白秀雯和孙萌萌建立了深厚的友情。房子多在考大学选择学校时选择了孙萌萌所在城市的 S 大，就读于中文系，并从大一下学期开始担任孙萌萌的写作助理。

与其说孙萌萌找了个助理，不如说孙萌萌收了一个徒弟，手把手地指导房子多写作。

当然，房子多这个徒弟也算是有天分，她初中时就开始创作。到了大学，得到孙萌萌的指导之后，她的写作能力有了质的飞跃。

因为年轻人的精力旺盛，写作速度又快，房子多很快就写出了一些小说和剧本，孙萌萌从中选了三个出众的故事，把它们拍成了影视剧。

除了作品得到肯定外，孙萌萌对房子多最大的恩惠便是带房子多投资。

孙萌萌以出品人的身份建议她不收剧本费用，而是把剧本作为影视剧的投资份额。在很多人眼里，这或许有点儿空手套白狼的感觉，但房子多十分信任孙萌萌，就直接答应了。

孙萌萌平时就待房子多很好，虽然她只是孙萌萌的写作助理，但是孙萌萌从头到尾都没有用条条框框的合约去束缚她，只跟她简简单单地签了一份保密协议。

这要是换成其他人，肯定要老老实实地给孙萌萌这种级别的编剧打个十年工才有出头之日。

而接受孙萌萌的建议给房子多带来的是翻天覆地的变化，几部影视剧接连爆火，房子多的收益和身价也与日俱增。

没错，她是幸运的，她是命运的宠儿！

就连孙萌萌也时常说她是"锦鲤"，非常喜欢她。

关于自己的那些传闻，房子多去洗手间蹲坑的时候还是听到了。那一瞬间，她裤子都没提就想直接跳出去反驳她们，但房子多还是忍住了。

在拥有名气之后，她开始被各种言论包围时，孙萌萌就对她说过一句话："任何时候，任何人的好话或者歹话，你各听一半就好。"

那个传闻，房子多就当作没听见，因为她行得正、坐得端，没有做过亏心事，可以不惧流言。

可是听得多了，心态再平和的人也难免会产生一丝烦躁的情绪。

房子多一烦躁，就喜欢靠运动解压。

孙可可家里有事，今天飞回了S市，房子多只能给白宴发了条短信：白白，晚上七点一起去击剑馆运动，帮我把击剑带上，么么哒。

五分钟后，白宴给予回复：我下午来大姨妈，现在在床上躺着呢。你要是去的话，我叫"跑腿"把你的击剑服送过去。

于是，下班后，房子多一个人去了击剑馆。

房子多事先预约了击剑馆的馆长兼教练，到了击剑馆换上击剑服后，便抱着击剑面罩和她的个人佩剑去了VIP训练室。

所谓 VIP 训练室，就是专门提供给 VIP 客户的单独训练室，收费很高，但客户可以享受私人的运动空间。

房子多开 VIP 不是因为钱多，而是因为她跟馆长是熟人，馆长直接为她和她的闺密们三个人开了"直通车"。

一走进 VIP 训练室，房子多便看到一个穿着白色击剑服、戴着面罩的男人站在休息椅的旁边，他手里拿着布，擦拭着手中的佩剑。

房子多为什么会喜欢击剑？一是因为动作帅气，击剑比赛中，戴着面罩的运动员迈着有力的步伐，打出致命的招数，举手投足都让人觉得帅气十足；二是因为教练帅气，击剑教练大多是又高又帅的男人。

而她的教练就更了不得了，又高又帅就算了，还是一个获得过很多金牌的人。

房子多以为是她的金牌教练等候她多时，不由得说道："我已经准备就绪！"

话音刚落，房子多直接戴上了面罩，拿着佩剑，准备上场。

房子多走上击剑赛道，挥了几下手中的佩剑，随后说道："开始吧！"

站在休息椅旁擦剑的男人迟疑了几秒，还是带着佩剑上场了。

可能是因为心情烦躁，房子多进攻得很猛烈，但也正是因为烦躁，她在进攻时出现很多失误，外加身高的劣势，导致她一次次被击中。

但她没有停下来，一次次地进攻，又一次次地被击中。

打完第一场，直到全身大汗淋漓、气喘吁吁，房子多才喊停。

"教练大人，你今天是不是把我当成国家队的队员打呀？你一点儿都不让我！"房子多喘得厉害，一边摘面罩一边不忘吐槽教练。

还没等对方回复，房子多就听到清脆的掌声："刚才这一场打得很激烈啊！"

摘下头盔的房子多闻声，转过头，见她的教练朝她走了过来。

教练也身着白色击剑服，亮眼的大长腿，外加帅气的脸庞，即便房子多跟他很熟，每次见到他穿着这身装扮出场，内心也会忍不住赞叹：真帅啊！

房子多怔了下，喘气问道："诺诚，你……刚才跟我对打的人不是你？"

许诺诚走到房子多跟前，冲她一笑："肯定不是我，我又不会分身术！"

房子多闻言，快速转过身，看向站在赛道那端的那个人。

那个人也摘下了面罩，颀长的身躯立在那儿。

她竟然看到了池炘！房子多以为自己刚才打得太过激烈，导致大脑缺氧出现了幻觉。

她晃了下头，再仔细一看，真的是池炘。

"炘哥，不好意思呀，刚才我一进来看到你们打得激烈，没敢打扰你，就先在旁边观看了。"许诺诚主动跟池炘道歉。

额头冒着汗的池炘看向许诺诚，微喘："没事！"说完，他的目光落在正喘着粗气的房子多的脸上。

知道对方是池炘后，房子多整个人都不好了，心里的那匹狼在不停地"嗷嗷"叫：啊！啊！啊！是池炘，刚才跟她对打的人竟然是池炘！

许诺诚递给房子多一条毛巾，房子多接了过来，猛擦了几下脸，随后，再次看向池炘。

他真的是池炘！不是她的幻觉！

他也来许诺诚开的这家击剑馆运动？可她之前怎么一次都没碰见过他呀？

"池炘，怎么是你？"房子多按住自己心中那匹亢奋不已的狼，微笑着跟池炘打招呼。

不过，她这一声"池炘"，让许诺诚蒙了。

"多多，你们认识？"许诺诚问道。

"我刚进入 in 科技上班！"房子多主动回答。

许诺诚听后更蒙了，房子多不是自由编剧吗？好端端的，她怎么跑去 in 科技上班了？

不过，许诺诚还没明白过来，池炘已经开口："诺诚，可以开始了吗？"

许诺诚回神，连忙说道："可以！"

回复完池炘后，许诺诚跟房子多致歉："多多，不好意思呀，我今天忘了看预约，导致你和池炘的训练时间重叠了。我安排了乔一带你训练，他已经在隔壁训练室等你了。"

房子多听后没有生气，因为这个 VIP 本身就是许诺诚给她的特惠。再者，许诺诚是她的恩师孙萌萌的儿子，她和许诺诚认识多年，这点小事根本不足挂齿。

"没事，那我去隔壁训练室训练！"房子多说道。

"抱歉哪，回头我请你吃饭作为补偿！"许诺诚带着歉意说道。

"道歉算了，吃饭可以！"房子多说道。

许诺诚笑："回头你定个时间！"

房子多在离开之前，不忘看池烆一眼："池烆，我们下次有机会再比一场！"

池烆听后，看向她，他没说答应，但也没拒绝。

房子多去了隔壁训练室，池烆和许诺诚开始对战。

房子多知道许诺诚的对手是池烆之后，与乔一训练时，明显有些分心。

两个一等一的大帅哥对战，那该是多么好看的画面哪！

"集中注意力！"作为临时教练的乔一看不下去了，提醒道。

房子多只好收回小心思，集中注意力，全心投入，与乔一对打。

时间很快过去，训练结束后，房子多直接去洗澡。平时洗头、洗澡，房子多最少也得折腾四十分钟，但这次，她洗的速度极快，洗头、洗澡，外加吹头发，她换完衣服出来一看时间，不到二十五分钟就全搞定了。

让她的动作如此迅速的原因，无非就是她想跟池烆碰上。

她如愿了。在吧台，她喝着许诺诚递过来的水时，看见池烆准备离开。

看到房子多，池烆没有任何表情，径直走了过去。

许诺诚也递给池烆一瓶水："周一再来。"

池烆微微点头，拿着水，拎着包，直接离开了。

房子多也不再耽搁，跟许诺诚告了个别。

"多多，你还没跟我解释清楚呢！"许诺诚喊住她。

许诺诚还在好奇房子多跑去 in 科技上班的事，房子多挥手："回头再跟你说！"

池烆走进电梯准备下楼时，电梯门又被打开，只见房子多站在外面。

房子多看了池烆一眼，大步走进电梯。

门关上后，房子多看到面前玻璃镜里的画面，顿时想捶胸顿足。

运动完的房子多换了一身便装，没穿高跟鞋，而是换上了运动鞋。所以，此刻身高160厘米的她，站在身高185厘米的池烆身边，显得巨矮。

以前流行过"最萌身高差"的说法，可是这哪里萌啊？

她妥妥地是个矮冬瓜！

就算对着玻璃镜，房子多想看池烆的脸也得微微仰着头。

电梯里很安静，房子多不喜欢这种感觉，于是开口："池总，你是什么时候开始来这儿运动的？我怎么一次都没碰见过你？"

池烆本没有反应，但眼睛看了下玻璃镜，镜子里，房子多的那双眼睛一闪一闪的，好像特别期待他的回答。

"我来这儿运动快两年了，击剑馆一开业我就成了这里的会员。"房子多继续说道。

许诺诚从国家队退役后，在 B 市开了一家击剑馆，房子多是第一个来捧场的人，她和孙可可、白宴一起成为击剑馆的第一批会员。

池烆依旧没有反应。

房子多继续说道："我跟诺诚——也就是许教练——认识了很多年。他还在国家队时，他的每场比赛我都会看！"

池烆还是没有回应。

房子多不管，继续说道："我今天真是荣幸，竟然能和你交手。"

池烆无动于衷。

"你练击剑练了多久？跟你交手的时候，我发现你的技巧和战术都超过了我。"房子多继续说道。

池烆还是无动于衷。

房子多有些气馁，微微撇嘴，电梯门开了，两个人到了地下停车场。

池烆看了她一眼，拎着包走出电梯。

房子多也跟了出来："池烆，你能送我一程吗？"

池烆顿了下脚步，侧过脸看了她一下，声音清冷地说："我有这个义务吗？"

房子多被噎到了，但还是厚着脸皮继续说道："有，我是你的员工！作为老板，你有义务爱护员工！"

池烆没理她，直接往前走。

池烆的车子离电梯口不到十米，所以，他们没走两步就到了。

房子多厚着脸皮跟着他，跟到那辆黑色的豪车面前。

池烆将包放到后备厢里，房子多跟了过去，也将自己的包放了进去。

池烆瞪了她一眼，房子多秒怂，想伸手将包拿出来，但转念一想之后，她直接一个闪身——

没错，她直接闪身坐进了池烆的车里。

池烆见过厚脸皮的，但没见过像房子多这么厚脸皮的。

坐上副驾驶座后，房子多马上系好了安全带，一脸灿烂地对他说："你送我到地面出租车拦车处就好。"

池烆听后，冷声说道："我是你老板，不是你的司机！"

房子多笑："我是你员工，也是你的救命恩人！"

虽然提救命恩人这件事有点儿无耻，但房子多眼下只能拿这个挡挡了。不然，她被赶下车会很没面子。

"救命恩人"这四个字让池烆没再说话，他直接启动了车子。

房子多内心长舒了一口气，其实池烆也没那么不近人情嘛！

可是她错了。到了地面出租车拦车处，池烆直接停车，还说了两字："下车！"

咯咯咯，他还真是听她的话啊！

房子多撇了下嘴，万般不情愿地解开安全带，正要伸手打开车门时，池烆又说："回来！"

房子多有点儿反应不过来，就这么几秒钟，池烆的想法转变得如此之快。

既然老板大人不让她下车，那她自然乖乖地系好安全带，正要告诉池烆家里的住址时，她却听到池烆说了一句："回公司加班！"

回公司加班！房子多听到这句话，觉得有一句歌词特别适合此刻的自己：她应该在车底，不应该在车里。她恨不得连滚带爬地逃下车。

自从去 in 科技上班后，她已经连续几天在公司加班到九点半才回家。然而，现在这个点她再回公司加班，岂不是要半夜一两点才能回到家啊？

这是实打实的"996（早上 9 点上班，晚上 9 点下班，一周工作 6天）"工作制！诚不我欺！

大学毕业后，房子多没正经上过班，一直从事自由创作的她有点儿调整不过来，每天一回到家就想直接躺在床上，早起简直要了她的命。

如果不是有池烆作为支撑她上班的强大动力，她早就在第二天逃跑不干了。

今天下班时，房子多特意跟柳柳申请不加班，说自己肩膀疼，想去运动一下，柳柳直接允许了。可谁能想到，她会在击剑馆遇见池炘？

房子多本来觉得这是一段意外又浪漫的邂逅，谁知道竟然演变成了加班的噩梦。

"池总，我们团队今天不加班，大家各自回去梳理大纲，明天再一起汇总讨论。"房子多斗胆说道。

池炘转过头，目光看向房子多，眼神也没多严厉，但他面无表情的模样让人有点儿发怵。

房子多连忙改口："我回去加班！"

房子多是这么安慰自己的：就当多半个小时跟池炘独处的时间吧！

可是，接下来这半小时的独处实在太闷了。

房子多都快闷死了，不由得微微侧过脸，看了下池炘，小声问道："能听音乐吗？"

池炘没有回应，房子多也不管了，直接打开音乐 App（手机软件）。

熟悉的前奏、熟悉的嗓音、熟悉的歌词，不到十秒，动人的音符已洒满车内的每一个缝隙。

池炘听到这首《裂缝中的阳光》，再次侧过脸："你调查过我？"

房子多一愣，不过很快反应过来："你说这首歌吗？你喜欢这首歌？"

"房子多，你到底想干吗？"池炘问。

这是池炘第一次叫房子多的名字，尽管声音饱含疏离之感，但房子多觉得格外好听。

"你真喜欢这首歌？"房子多很兴奋，"我也很喜欢这首歌！"

"你到底想干吗？"池炘的声音又冷了几度。

房子多瞬间觉得全身被冷意包围，眼睛怯怯地眨巴了几下："我确实在网络上搜索过你的相关资料，但那些资料都很官方，从来没有报道过你喜欢这首歌。"

房子多阐述的是事实，池炘确实没有在任何场合透露过这些个人喜好。

房子多接着说道："我上次遇见你之后，觉得这首歌很适合你，所以最近一直在听这首歌。我发誓，我说的每一句话都是真的，我没骗你！"

房子多一脸郑重地发誓，反倒显得池烆小题大做。

其实没有几个人知道他喜欢这首歌，因为他平时不怎么听歌，他的世界里只有工作。

他身边非常亲近的人中，只有朱跃接触过她，是朱跃透露给她的？这似乎不可能，朱跃不是那种不靠谱的人。

房子多喜欢这首歌，并且觉得这首歌契合他，也就是说，她能看穿他。

她的靠近，是巧合，还是蓄谋已久？

池烆转过头去，清冷的声音再次响起："关掉！"

房子多只好乖乖关掉音乐，车内再次恢复安静。

在之后的路程中，房子多偷偷瞥了他好几次，那张没有任何情绪的脸根本让人猜不出他此刻是否正在生气。

十分钟后，池烆的车停在 in 科技办公大楼楼下的路边。

房子多狼狈地下车，本想快速逃跑，但她的包还在后备厢里，她只能乖乖地走到后面去取包。

房子多打开后备厢的时候出了一点儿岔子，最后还得劳烦池烆亲自下车帮她取出来。

这么一来，两个人坐一辆车的一幕又被人看见了，这事后果有点儿严重。

在 IT 行业上班，加班是常态，房子多回到办公室，看到办公区加班的同事依旧坐得整整齐齐。

不过今天的加班有点儿不同，房子多直接成了动物园的猴子，被各个部门的人打量，她的脸都快被人看出无数个洞了。

她需要申明：她可以在池烆面前厚脸皮，但是面对这么多人的打量，似乎有点儿招架不住。

还有，都这么晚了，大家怎么还不下班回家啊？！

自然没人敢去打扰池烆，除了朱跃。

"什么情况？"朱跃把两人被拍的照片投屏给池烆看。

池烆抬了下眼睛，照片拍得很清晰，两人一高一矮站在车尾，特别像情侣。

池炘回了两个字："偶遇！"

"这都能偶遇？"朱跃不信，"她跟踪你？"

池炘懒得解释，朱跃不依不饶："如果是她跟踪你，我马上去警告她。"

池炘懒得理他，低头做事。

朱跃来劲了："你们俩到底在哪儿偶遇的？"

"我有必要向你说明吗？"池炘冷淡地回道。

朱跃笑："你是没必要——向我说明，但我得知道大概怎么回事，才好帮你处理呀！"

"处理什么？"池炘问。

"绯闻哪！"朱跃答道。

池炘再次抬头："绯闻？"

这是池炘第一次跟女职员闹绯闻，按理说，无论是作为助理，还是作为发小，朱跃都是开心的。毕竟，池炘这个感情绝缘体终于恢复正常了。

可是，朱跃还是怕这件事影响不太好，万一出圈了，搞不好他们还得多花一笔公关费。

"你可以不操心，但作为助理，我得提前做好公关方案！"朱跃说道。

提及房子多，池炘看着朱跃："什么公关方案？"

"这张照片哪！"朱跃说道。

"一张照片而已！"池炘说道。

朱跃无言："既然你觉得无所谓，那就算了！"

池炘面无表情地看着他："你向房子多透露过我的个人喜好吗？"

"怎么可能？"朱跃闻言，断然否定，"那个房子多对你做了什么？"

"没做什么！"池炘又低下头。

朱跃在他身边久了，耐心也被磨炼出来了："你不会无缘无故地问这句话。"

"她知道我喜欢的那首歌！"池炘说道。

朱跃闻言，顿时了然，这个他真不知道该怎么解释。

那天房子多跟朱跃说起那首歌时，他也感到很意外。如果真的没有事先调查，那么她跟池炘之间所产生的契合是不是一种缘分呢？

"我真没透露！"朱跃保证道。

池炘没说什么，朱跃却一点儿都没有离开的意思。

池炘没抬头，由着他站在那儿。

"阿炘，这件事真不需要处理？"朱跃再次问道。

池炘一边用修长的手指敲着键盘，一边说道："我们只是偶遇，无须解释！"

朱跃知道池炘行事一直都是这么直来直去的，他可以对自己这么直来直去的，可是外人不这样想啊！还有，他实在低估了大家的八卦能力。

池炘确实低估了大家的八卦能力。他是高高在上的上位者，可以不用理会这些，但房子多这个普通的新员工就得遭受绯闻所造成的各种挤对。

事情发生一次，她可以用实话去解释，第二次她又该怎么解释呢？

房子多还是选择了说实话，说自己是在击剑馆碰见池炘的。因为只有说实话，她才不用再去费心思圆谎。同组的柳柳和郭美心了解了事情的大致情况，但其他人并不知情。

结合她应聘时说的话，最后传闻演变成：房子多是池炘的"私生粉"，是跟踪狂。

即便传闻很难听，房子多也懒得解释。因为跟她闹绯闻的人是池炘。

她可以忍！就让八卦的人"羡慕忌妒恨"吧！

不过忍的结果便是她得孤零零地一个人去食堂吃饭。

科技园的食堂占据一整层，有快餐区，有商务餐区，还有包间，各种食物口味齐全，可以满足员工们的不同需求。

房子多去了商务餐区，点了一份糖醋排骨、一份青菜、一份鸡蛋羹、一盅乌鸡汤，坐在靠窗的位置独自就餐。

从她身旁路过的人免不了低声议论她。

房子多不予理睬，吃得甭提有多香了。

"可以拼个桌吗？"

房子多抬头，见站在面前的是李奕然，不由得跐跐地回道："不可以！"

李奕然没理会她的拒绝，直接坐了下来："旁边没位置了，拼个桌，拼个桌。"

房子多也没辙，只好随他。

李奕然吃的是素食，一盘沙拉，房子多看着就没食欲。

房子多将排骨推了一下："这家的红烧排骨做得不错！"

李奕然拒绝："我是素食主义者！"

看来，李奕然为了保持身材也是够辛苦的。

"传闻你跟踪池总？胆儿够肥的啊！"李奕然边吃边说道。

"你觉得可信吗？"房子多反问。

"半信半疑吧。"李奕然坦然地说道，"不过，池总似乎对你挺特别的！"

李奕然这话，房子多还算爱听："特别吗？哪里特别？"

李奕然见房子多来劲了，不由得说道："你这表情，挺欠揍的。"

房子多扯扯嘴角，笑问："池炀以前是不是没跟其他女生走得这么近过？"

"你算是第一个吧！向我传授传授，你用了什么手段靠近他的？"李奕然问道。

房子多夹了一块排骨："独家秘籍，岂能外传？"

李奕然笑："德行！"

房子多开心地吃着排骨，李奕然继续说道："你向我传授一下你的秘籍，我好帮你代为广播，让你免受排挤之苦。"

说到排挤，房子多一点儿都不在意："我很乐意独自忍受这个排挤之苦！"

李奕然又笑："你的内心还挺强大的啊！有点儿意思！"

"你不要欣赏我，当我是陌生人就好！"房子多说道。

李奕然笑："你这个朋友我交定了！"

房子多一脸嫌弃："我是肉食主义者，咱俩不同道。"

"那我为你放弃素食，改吃肉食可行？"李奕然问道。

房子多说道："你这立场也太不坚定了吧？"

李奕然笑："为了你，我愿意。"

房子多被噎，连忙喝了一口水，结巴道："你……你喜欢我？"

李奕然盯着房子多，嘴角的笑看起来特别诡异："如果我说是呢？"

房子多有点儿紧张，虽然李奕然长得很美，但她对他没有想法呀！

于是，房子多再次结巴："那个……那个我又矮又矬，配不上你，就不耽搁你了！"

李奕然见状，笑得更加嚣张肆意："瞧把你吓得！"

房子多确实有点儿被吓到。她虽然没有任何歧视的意思，但不太愿意成为李奕然的目标。

李奕然接着说道："不过又矮又矬，这倒是很中肯的自我评价！"

李奕然挤对人可真够直接，惹得房子多瞪眼。

李奕然挑眉："你敢跟我媲美？"

要说比美，房子多甘拜下风。

房子多是个实在人，回了三个字："我不配！"

李奕然笑："行了，我对你没那方面的兴趣！吃饭吧！"

本身就受到排挤，中午又跟出了名的李奕然一起吃午饭，房子多早已名声在外了。

要知道，想约李奕然一起吃饭的人得拿号排队。

比起宅在家里写稿，职场可谓是"修罗场"。

房子多觉得，她多了一些麻烦的同时也吸收了不少职场素材，这可不是她闭门造车能想象出来的。

好不容易熬到周末，终于可以不用面对这些人和事，房子多直接睡了个昏天黑地。

白宴打开房子多的卧室门："吃午饭啦！"

房子多没吱声，白宴走了过去，将她的空调被掀了："吃午饭啦！"

"让我再睡一会儿！"房子多把空调被拖了回来。

"我做了狮子头！"白宴决定用美食诱之。

房子多扯了下空调被："让我再睡一会儿！"

"可可从家里带了芋子包！"白宴继续说。

听到芋子包，房子多二话不说，直接起床了。

白宴笑，就知道房子多是个吃货。

闺密三个人一起租了一套四室一厅的房子，各自拥有独立的卧室，还有一个房间作书房，大家可以在那里一起写稿，一起讨论剧情。房子的地理位置还不错，房租自然也不便宜，这地方是房子多挑的，她的个人收入也是三个人中最多的，所以她主动承担了一半的房租。

房子多洗漱完，直接去了餐厅。桌上摆着四菜一汤，外加芋子包。

房子多伸手拿了一个芋子包，先吃为快，啃了好几口才说话："可可不是说要回家多住几天吗？怎么这么快就回来了？"

孙可可叹道："我不赶紧回来，就得被我妈抓去相亲了。"

"相就相呗，反正你也到了晚婚晚育的年龄！"房子多笑着说道。

孙可可骂道："去你的！"

"萌妈的旅行结束了没？"房子多又问。

萌妈是房子多对孙萌萌的尊称，而孙可可则是孙萌萌堂兄的女儿，也就是孙萌萌的侄女。

孙萌萌和许烨磊最近去大西北旅行，房子多不便打扰，想着等他们旅行结束后再打电话问候一番，顺带讨教一些事情。

"说是今天回来！"孙可可说道，"对了，你去 in 科技上班的事，事先跟我姑报备没？"

房子多边吃边说："之前说过，不过我只说想去取材，没说得太具体。"

"你说你，就是闲得慌，跑去上班，每天早出晚归，累得跟狗一样，活该。"白宴一边给房子多盛汤一边说道。

"我乐意！"房子多不客气地回道。

"她呀，取材是假，想追池炘才是真的！"孙可可揭穿了她。

白宴将汤碗递给房子多："多多，你真想追池炘啊？他的资料我也看过了，像他这种情况，是不可能对任何人产生感情的，我劝你还是别在他的身上浪费时间了。"

"我知道他不会对任何人产生感情，但我不觉得这是在浪费时间！"房子多倔强地回道。

"以他为原型收集写作素材，我不反对，但你要是一厢情愿，我劝你在还没陷得太深时，赶紧撤出来！"白宴劝道。

"我赞成白白的话！"孙可可也加入劝说行列。

房子多看了下她俩，先喝了一口汤："我还没投入感情呢，你们这么着急干吗？"

孙可可说道："那是因为，有些感情，还没开始就注定会结束。"

"可可，你这是诅咒我，是不是？"房子多抗议。

"可可是实话实说！让你彻底清醒一点儿！"白宴说道。

房子多知道自己在这件事上是得不到任何支持的，所以不想继续这个话题："可可，芋子包真好吃，你带得多吗？"

"冰箱里还有一大袋。我妈知道你爱吃，包了很多，一直念叨着'多多爱吃'，让我多带一点儿，也不管我的行李会不会超重。这让我产生一个错觉——你才是她的亲生女儿！"孙可可佯装吃醋。

房子多笑："我是她的亲生女儿最要好的闺密，也相当于女儿。"

孙可可和白宴笑了起来。论相貌，三个人中，白宴肯定是最好看的，不过，孙可可身上的亲和力也是让人羡慕不来的。说到房子多，大家不知道该怎么形容她，她算不上很漂亮，也并非特别有亲和力，但散发着一股魔力，让人情不自禁地向她靠拢。

这可能跟"锦鲤效应"是一个道理，虽然转发"锦鲤"这个行为没有特别的意义，但大家还是会主动转发。

"多多，记住我们的话啊！别拿鸡蛋碰石头，不然到时候心碎的人只会是自己。"白宴还是不忘叮嘱房子多一句。

白宴和房子多同岁，房子多大她两个月，但在相处的过程中，房子多总有一种白宴才是姐姐的错觉。不过，白宴会这般操心房子多，也因为两个人是亲戚——白宴是房子多舅舅的女儿。

她们三个人能凑在一块儿，都是因为热爱写作。现在，三个人都跟孙萌萌的编剧工作室有着紧密的合作关系。与其说合作，不如说她们三个人都在接受孙萌萌的指点。孙萌萌在工作室接下剧本后，会根据题材需求，让她们参与不同的剧本创作。

房子多叹道："我又没打算对他怎么样！"

白宴和孙可可听后，目光一致地看向房子多，完全不理解她的动机。

"你没打算怎么样？这话什么意思？你没打算追他？"孙可可抛出

一连串的追问。

"追他有用吗？没用！"房子多非常有自知之明。

"那你到底想干吗？"孙可可又问。

房子多卖了个关子："不告诉你们！"说完，她伸手想再拿一个芋子包。

孙可可直接将盛着芋子包的盘子端到一边："你不说，我就不给你吃！"

房子多无奈："二位请放一百个心。第一，我肯定不会主动去追求他；第二，我也不会亲口对他表白的。"

"那你去 in 科技真的只是为了收集写作素材？"孙可可半信半疑。

房子多探过身体，抢了一个芋子包，继续卖关子："欲知真相，等我吃饱再说。"

不过，就算吃饱了，白宴和孙可可也没从房子多的口中套出真正的答案。

房子多本想接着回房间躺着，但想起孙萌萌的生日快到了，于是，她和白宴、孙可可一起出门去了商场。

孙萌萌只有过生日时才会收大家的礼物，在平常的节日里，都是孙萌萌给大家发礼物。

每次给孙萌萌挑礼物，房子多都会很用心。毕竟，人生难得遇见像孙萌萌这样的恩师。

"我上次见孙老师的卡包有点儿磨破皮了，要不，我送她一个小卡包。"白宴说道。

房子多惊叹于白宴的观察力，她都没有注意到这个细节。

孙萌萌的卡包是 C 品牌的，用了十几年了。现在大家都使用移动支付，很少能看见孙萌萌使用卡包。白宴能注意到这个，其观察力可见一斑。

"那就去看看 C 品牌！"孙可可说道。

于是，三个人去了 C 品牌专柜。

三个人身上背的都是名牌包，进去之后，服务员很热情。

不过，她们没有看到合眼的卡包。房子多提议道："我们再去对面 L 品牌的店看看吧！"

于是，白宴放下手中的卡包，和房子多、孙可可准备离开。

离开之时，服务员嘀咕："背假货还敢来真店，头一次见。"

房子多听见后，顿了下脚步，转过身看向柜台里的服务员，笑问："谁背假货啊？"

这些奢饰品牌年年出新货，素质低的服务员也屡见不鲜。

房子多对这些奢侈品没那么痴迷，但也买了一些。这不是她的主观需求，而是她被动购买的。这几年，她会跟孙萌萌一起去见制片人，见资方，见演员，需要这些奢侈品撑一下门面。她的包都是花真金白银买的，至于白宴和孙可可身上的包，也是她陪同购买的。

听到服务员的诋毁，她免不了来气。

服务员以为房子多会心虚，灰溜溜地逃走，但没想到她竟然折回来了。

"谁背假货啊？"房子多重复一遍。

店里的服务员及其他顾客的目光都往房子多身上集中。

服务员的话引起这样的骚动，主管自然很快现身，赔礼道歉。

房子多收下道歉，不过同时也收到一句话："女士，你这个包确实是高仿。"

房子多震惊，连忙低头看了下身侧的 C 品牌的包。

"不可能！"房子多断然回道。

因为这包是她半年前花了三万多块买的，票据都还放在家里的抽屉里。

主管指了一下包内的裁剪边缘："高仿确实已经到了以假乱真的水平，但是对于这个部位，我们的裁剪手法是很独特的。"

房子多之前没注意到这种细节，于是说道："你们这个品牌好像是采用用户实名制，麻烦你们查下我的购买记录，这要是假货，我会追究的！"

主管很快帮房子多确认购买记录，她确实购买过。

"女士，你确实购买过这款包，但你身上这个包也确实是假货！"主管回复道。

房子多不得其解："专卖店还卖假货？"

"我们专卖店都是正品。如果你有疑问，可以联系一下之前的那家店，问一下具体情况！"主管的回应有礼有节。

房子多谢过了主管，带着尴尬和气愤走出店。

她竟然买了一个假包！冤死她了！她必须马上打电话处理这件事。

不过，正当她拨打主管给的电话时，她突然想起了什么，直接挂了电话，还顺带说了一句粗话。

"多多，那边不给处理吗？"白宴问。

房子多摇头："这包，可能被人调包了！"

孙可可和白宴一脸蒙，满眼都是疑惑。

于是，房子多跟她们大致讲了一下前几日发生的事情。

那天，房子多带着一对熊猫眼去上班，从电梯出来时，发现自己和王莉莉背着同款的包。

撞包这种事总比衣服撞衫好，不存在谁丑谁尴尬的局面，只会让大家觉得两个人的品位相似。

两个人一起走进办公区，直接被人发现撞包这件事。

"你们今天背的包竟然跟我的一样！"

邓一卿的话让大家的目光直接集中在房子多和王莉莉的身上。

IT 行业的薪资比一般人高，员工背奢侈品包是常态。这款包虽是去年春季推出的新款，但经过一年多的时间，已经成了街上随处可见的包，办公区有好几个女孩儿都有这款包。

于是，大家便开始谈论各自在哪儿买的，花了多少钱。

房子多如实告知。她是在国外旅行的时候买的，花了三万多人民币。有人说她买贵了，在欧洲买要便宜好几千人民币。轮到王莉莉时，她虽然也大致说了一下什么时候买的，但表情有点儿不自然。

房子多有段时间特别喜欢心理学，看了很多相关的书籍，研究过人的微表情，所以，她的观察力也会更为敏锐一些。

女人谈论奢侈品的时候，大都眉飞色舞的，一脸开心。毕竟"包"治百病这个理论，至今还适用于大部分女性。

当时，看到王莉莉的那番表情，房子多心里的猜想是：那个包可能是王莉莉节衣缩食买的。毕竟，职场里一直存在着一种无形的攀比，买个包充门面也是在职场新人身上经常发生的事。

房子多也是新人，她个人的经济实力，大家在八卦中大多已经了然于心，但同样作为新人的王莉莉，大家还有待了解。

之后，房子多没有过多在意这件事，但第二天中午吃饭回来，无意间听到一些话。

这些话的大意是：王莉莉的包是高仿，还有人说"背不起就别买，买个高仿算什么"。

女人的世界说简单也简单，吃吃喝喝，嘻嘻哈哈，甭提多开心；可要说复杂也复杂，钩心斗角，你争我夺，甭提多阴险。

房子多听到那些话时，完全不知道王莉莉就站在她的身后。

两个人一起出现，又背着同一款包。

房子多活得比较粗糙，没有每天换包"走秀"的爱好，于是跟王莉莉撞包。

王莉莉听到那些话后，越过房子多，直接走到自己的办公桌旁，要坐下时，面无表情地说了一句："没错，我的包确实是高仿的，我暂时买不起真包。"

当时办公区瞬间安静，大家的表情各异。

房子多也慢慢地走到自己的办公桌旁，看了眼斜对面的王莉莉，张口打破这个尴尬的气氛："我的包也是高仿的！"

大家的表情直接凝固。

房子多随后冲着王莉莉笑了笑，拉开椅子坐了下来，打开笔记本电脑，开始工作。

她的举动给当时的王莉莉解了围，但也让她被人孤立了。更让她万万没想到的是，自己真金白银买的包，竟然真的是高仿。

"我的天哪，这是什么操作？你的包被她调换了？"白宴听完之后也跟着吃惊。

房子多暂时不能确定这事是王莉莉干的，于是说道："我周一上班去查查。"

包被调换一事让房子多烦恼了两天，周一去公司上班后，她便开始着手调查。

房子多第一步就是去咨询前台的工作人员如何调公司内部的监控，不管是恶作剧也好，还是真偷窃也罢，被监控拍到，那就是证据，到时候法律会教这个小偷怎么做人。

可是，房子多没想到，自己的第一步竟然迈不出去。

因为除了前台的上方有监控，整个办公区没有再安装任何的监控设备。

房子多差点儿骂人，什么破公司，竟然没有一点儿安全防范措施？

第一步就行不通，看来她只能另想办法。

房子多准备离开前台时，刚好跟朱跃碰上，朱跃见她耷拉着脑袋，不由得主动将手中的咖啡递了过去。

房子多抬起头，见是朱跃，愣了一下，也没跟他客气，接过他手中的咖啡，直接灌了两口。

此刻的她必须降降火，不然要急火攻心了。

可是下一秒，房子多直接喷了朱跃一身咖啡。

我的天哪，大夏天的，他竟然喝热咖啡？！

朱跃低头看看自己身上的白衬衣，眉头慢慢地皱了起来。

房子多见状，连忙赔不是："朱助理，对不起，对不起！"说完，房子多连忙找纸巾给朱跃擦拭。

前台的美女同事动作很迅速，拿着纸巾奔了过来。

朱跃试图自己来擦拭，但前台的美女同事已经向他伸出了"魔爪"。

朱跃被前台的美女同事"下手"的画面刚好又被李奕然看到，李奕然不由得走了过来："哟，朱助理，一大早就有如此艳福哇！"

朱跃听后，连忙后退一步，李奕然这才看到他胸口的咖啡渍，不由得笑着问道："谁干的呀？"

房子多主动承认："朱助理，回头我赔你干洗费！"说完，房子多离开了前台。

李奕然和朱跃看着她离开，之后，李奕然转过头看了下朱跃："朱助理，快去换身衣服吧，免得影响你高大英俊的形象。"

朱跃没理他，而是走近前台的同事问道："房子多刚才跟你咨询什么？"

前台的美女同事如实告知："她想调监控。"

朱跃闻言，满脸疑惑："调监控？"

李奕然凑了过来："她干吗要调监控？"

前台的美女同事摇头："不知道！"

朱跃见状，也没再说什么，转身往电梯口走去。

李奕然也没多做停留，不过非常好奇房子多调监控一事。

朱跃上了楼，没有直接进自己的办公室，而是去了池炘的办公室。

此刻，池炘已经上班，端坐在位子上，见朱跃一身污渍地进来，没主动问缘由，只是默默地看着朱跃。

因为就算不问，朱跃待会儿也会主动告知。

"你的衬衣，借我一件！"朱跃边说边进了池炘的休息室。

因为池炘经常加班，朱跃特意让人在他的办公室多设计了一间休息室，空间占地不大，但里面五脏俱全，有洗漱台、单人床、衣架和鞋架。

两分钟后，朱跃穿戴整齐出来，不过意外的是，他没有跟池炘说缘由，只是说了一句："你这一年的健身效果显著哇，看样了，胸肌发达不少，我穿你的衣服明显感觉大了一号。"

池炘看了他一眼："通知乔溪和她的组员下午三点开会！"

池炘工作讲究效率，给了他们一周时间，也该验收成果了。

朱跃点头："好，我去通知！"

朱跃说完，没急着走，似乎还有话要说，但话到嘴边，他又咽了回去。

房子多调监控一事，他打算先问清楚，再跟池炘汇报。

老板要验收新游戏的故事大纲，乔溪上午便先组织大家开会，将内容进行汇总。

几个新人明显还不适应 in 科技的工作节奏，只完成了不到三分之一的内容，房子多也明显准备不足。

乔溪看了大家一眼："进度这么慢，我们下午怎么跟老板交差？"

大家都闷不作声。

乔溪抬起手腕，看了下手表："离下午开会还有五个小时，我希望到时候每组都给我准备好三个完整的方案。"

作为 F1 工作室领导的柳柳没有挣扎，其他人更是不敢反对。

房子多认为自己的潜力是不错的，每次被资方提出问题后，都会快速修改好相应的剧情。不过，资方一般会给几天时间让她修改，而 in 科技竟然只给五个小时。

这简直是生死时速哇！

房子多暂时顾不了查包的事，散会后一心扑在大纲上。

趴在电脑前敲了一个多小时的字，也到了饭点，房子多见王莉莉起身，不由得说道："莉莉，一起去吃饭！"

王莉莉却拒绝了她："我已经有约了！"

房子多吃了闭门羹，有点儿没面子，不过还没等其他组员表态，李奕然就跑了过来："小房子，中午我请你吃饭！"

小房子？！她怎么感觉像是在叫小太监？

房子多本想跐跐地拒绝李奕然，可是转念一想，直接答应了。

于是，大家看着房子多再次跟李奕然走在一起。

房子多不是故意想要吸引眼球，而是有事咨询李奕然。

吃饭期间，还没等房子多开口，李奕然主动问起了早上的事："你早上让前台的同事调监控干吗？你被人猥亵了？是谁？你告诉哥哥，哥哥替你教训他！"

房子多正在喝汤，差点儿喷出来，咽下去后，回了一句："你才被猥亵了呢！"

李奕然笑："那你好端端的调监控干吗？"

房子多也没遮掩，实话说道："我的包被人调换了，我想查一下是谁干的。"

"包？什么包？"李奕然问。

房子多知道李奕然对名牌的熟悉度超过她，于是直接告诉了他。

李奕然听后，觉得不可思议："还有这种事？"

"前台的同事说只有公司入口有监控，其余地方没有，我感觉无从查起！"房子多说道，"为什么不在公司办公区装一台监控啊？"

李奕然听后，笑了笑："你愿意在监控下工作啊？"

房子多撇了撇嘴，确实没人喜欢在监控下工作，要是真在监控下工作，那得多压抑呀！看来她要查包没那么容易。

李奕然接着说道："不过也不能说无从查起。"

房子多顿时眼睛一亮："这么说，你有办法？"

李奕然微微挑眉："那是当然！"

房子多连忙说道："快告诉我！"

李奕然没有直接告之，而是提出要求："你叫我哥哥，我就告诉你。"

房子多知道自己初来乍到，人生地不熟，要想查清此事，还真得放下身段去求李奕然这个"地头蛇"。

"奕然哥哥！"房子多认屃，甜甜地叫了一句。

李奕然听了之后，嘴角露出微笑："真乖！"之后，他伸手指了一下房子多背后的方向，"他有办法！"

房子多转过头，顺着李奕然指的方向看去，隔着五六米，有个独立却不私密的包间，池烆和朱跃正坐在一块儿吃饭。

房子多不明白李奕然指的是谁，不由得问："他？池烆？还是朱跃？"

李奕然笑："当然是池烆啦！"

这时，池烆的目光刚好看过来，他将房子多的目光逮个正着。

这一眼让房子多的心"咯噔"了一下，慢跳了半拍，她猝不及防地收回视线。

李奕然却和池烆对视了几秒，随后收回目光，对着房子多笑道："让池烆再给你买一个包！"

这人说的办法竟然是这个，房子多有点儿想拿筷子敲他的脑袋。

"说点儿人话，行吗？"房子多瞪他。

李奕然笑："这怎么不是人话？你们可是绯闻的男、女主角啊！不过话说回来，你的包被人调换，极有可能就是因为这个绯闻。"

房子多呆愣住："什么意思？"

"你的出现成了特例，犯了众怒哇！"李奕然说道。

如果这是事发缘由，那也实在是太过分了，一个绯闻竟然让她损失几万块！

房子多不由得生气："特例？我要是特例，还会跟你一起吃饭哪？"

李奕然笑："你想过去就过去，我又没拦着你！"

房子多赏了他一个白眼，夹起一根青菜嚼了起来。

李奕然突然挑了下眉头，视线再次看向池烆的方向："他在看你呢。"

他？池烆吗？

房子多内心窃喜，但不敢转过头："真的？还是你骗我的？"

"你自己回头看看不就知道它假了！"李奕然笑道。

房子多没敢回头，当作李奕然在诓她。

不过，池炘还真看了她的背影几眼，顺带也看了一下李奕然。朱跃自然察觉到池炘没有专心吃饭，于是他也转过头，看到李奕然和房子多在一块儿吃饭，便了然池炘为何会多看两眼。

这两个人不仅让池炘印象深刻，也给所有人留下了深刻印象，现在还凑在一块儿，自然是焦点。

"有何想法？"朱跃笑问一句。

池炘收回视线，故作没听懂的样子，继续安静地吃饭。

朱跃笑："你和房子多的绯闻已经传到伯母的耳朵里了，昨天她还打电话问我绯闻是真是假。"

池炘闻言，看了下朱跃："她跟你联系了？"

朱跃点头："嗯，她问了一下你的身体情况。"

池炘没再接话，朱跃看着他："她顺带让我关照一下你的妹妹。"

池炘面无表情，依旧没有说话。

朱跃知道池炘对这个妹妹没有任何感情，笑着道："放心，我不会让人知道她是你的妹妹。"

池炘却清冷地回了一句："这个世界没有不透风的墙！"

…………

下午三点，乔溪带着组员给池炘汇报新项目的剧情大纲。

F1工作室的人坐在会议桌的两边，左右各坐五个人，乔溪坐在次席，房子多坐在左边第四个位子上，大家一起等待着老板的到来。

门被推开，池炘和朱跃一前一后走了进来。

池炘依旧面无表情，但身上散发出来的气场很有震慑力。

房子多第一次出席老板亲临的会议，虽说不上紧张，但从池炘进来的那一刻，便觉得会议室的气氛有种说不出的威严感。

没错，就是威严感，池炘往那儿一坐，便让所有人都精神抖擞，不敢有一丝懈怠。

会议开始后，由三个小组的组长进行解说。

F1工作室的整体颜值较高，尤其是两个美女小组长，颜值上乘，而且都是 985、211 院校毕业的，可以说都是集才华和美貌于一身的女子。当然房子多也听说，高颜值多少都有些整容微调的成分。不过，这也不算个事，毕竟，爱美之心，人人皆有。

如此才华与美貌并存的女子们，在池烆的眼里似乎没有任何吸引力。听完她们的解说后，他抛出一个又一个尖锐的问题，让她们给予合理的解释。

气氛很严肃，问题很犀利，从两个美女组长的脸色来看，其他人便知她们的紧张程度。

池烆听完三个小组的汇报后，环视一周，最后落在房子多的脸上："你来补充一下，你们这组所写剧情存在的漏洞。"

房子多没想到自己是小组汇报完后第一个被点名的人，连忙调整状态，张口说道："用一周时间准备的大纲确实有很多不足，在很多情节点上都存在一些漏洞……"

可是房子多刚说到这里就被池烆打断："废话少说，请直接切入重点。"

池烆真够犀利的，一点儿都不给她这个绯闻对象留情面哪！

而这时，旁边的柳柳将笔记本往房子多面前挪了挪，上面写着三个字：讲三点。

看到这三个字，房子多想起柳柳之前的话：在老板面前汇报工作有个硬性规定，那就是汇报人一定要准备好三种不同的方案，以备不时之需，不然一定会死翘翘的。

可是刚才她们这一小组的组长柳柳已经将三个方案讲完了。

至于剧情的漏洞，说实话，房子多只对自己写的内容了如指掌，柳柳和郭美心所写的大纲，她只是看了两遍，要找出其中剧情的漏洞也不是难事，毕竟，每个人的思维方式不同，看待问题的方式也有所不同。不过，作为新人的房子多就算再傻，也不敢公然去挑她们的刺。

于是，她只好从自己写的大纲里挑出几个衔接较为薄弱的情节。

可是即便这样，她还是没能过关。

池烆又问："其他内容的漏洞呢？"

房子多看了下池烆，端坐在主位的他，帅气的脸自然是耀眼夺目的，可那面瘫的表情也是恐怖吓人的。看着他的脸，房子多又想起柳柳的话：她来 in 科技上班就是冲着池炘的颜值。房子多本以为柳柳也暗恋池炘，但没想到柳柳的答案是：老板长得帅，在工作中遇到再生气、再窝火的事，她也可以因为颜值而消气。

在丑与帅的老板之间抉择，柳柳义无反顾地挑帅的那个。

房子多也觉得很有道理。可是此刻，面对帅气的老板，房子多只有一句话：即便帅气，他也是个"黄世仁"哪！

房子多知道自己是逃不过了，于是，也没考虑其他人的感受，直接说出自己认为不合理的情节。

池炘听完之后，又环视了一下大家："这样的剧情大纲，你们觉得OK（可以）？"

新项目的内容负责人乔溪主动认错："池总，我会在三天之内再给你一份满意的剧情大纲。"

池炘却不领情，说了六个字："全部推翻，重做。"

这句话算是将大家一周的劳动成果定义成没用的垃圾。

入行后，孙萌萌对房子多说过："写小说，写出来的字就是钱，但写剧本不同，当资方不认可时，那它就是垃圾。"

写小说，作者就是王，主宰笔下的一切；写剧本，作者就是狗，得满足资方的一切。

写过几个剧本的房子多受过的折磨也不少，对修修改改也早已习以为常。

劳动成果被否认，那她就重来呗！

散会之后，大家回到座位。

"不是说我们的团队里有'锦鲤'吗？怎么失灵了呀？"F1 工作室B 组的邓一卿叹了一句。

她的话就像扔进湖里的一颗石头，瞬间激起层层波澜。

"或许是她自吹自擂的！"同在 B 组的范琪琪回应道。

柳柳听后，开口说道："少说两句。从来没有哪个剧本一次性过的，你们别把责任推到别人身上。"

"柳柳，你还真是维护你的组员！"邓一卿嘲讽道。

柳柳笑："你刚来公司的时候，我也没少护着你！"

邓一卿没有再说话，房子多对柳柳投去一个感激的眼神。

房子多对柳柳和乔溪的印象超级好，初入职场遇到这样的上级，她应该算是幸运的。于是，房子多在想，包被调换一事，她要不要跟柳柳透露，让柳柳帮一下忙。

　　"柳姐，晚上有空吗？一起吃饭！"房子多用微信对柳柳发出邀约。

　　几秒后，柳柳回复："不好意思，今天是我闺密的生日，我们改天行吗？"

　　房子多只好作罢，之后看了下斜对面的王莉莉。中午房子多被她拒绝过一次，她是心虚不敢与自己吃饭，还是真的有约呢？

　　房子多盯着王莉莉看了许久，王莉莉似乎也察觉到了，特意转了下身，给了房子多一个背影。

　　她这个动作代表着回避，难不成真是她做的？

　　没有证据，房子多不敢贸然下结论，于是再次对王莉莉发出邀约："莉莉，晚上有空不？一起吃饭。"

　　"没空！"王莉莉再次拒绝。

　　"那明天中午有空吗？"房子多没有放弃。

　　王莉莉打了两个字："没空！"

　　房子多觉得自己已经算是很践的了，但没想到闷不吭声的王莉莉比她还践。

　　既然王莉莉不赏脸，房子多只能直接进攻："莉莉，有一事告知，我的包被人调换了！"

　　房子多发完这条信息之后，眼睛紧紧地盯着王莉莉的背影，想看她是何反应。

　　几秒后，房子多的聊天页面多了一行字："如果你怀疑是我，请拿出证据！"

　　房子多修长的手指搭在笔记本电脑的键盘上，回了一句："我没怀疑你！"

　　背对着房子多的王莉莉看到这句话，肩膀微微抖动了一下："也许就是我做的呢？"

　　房子多看到这句话，嘴角微扬，打了一行字："就凭你这句话，你便洗清嫌疑了。"

　　王莉莉猛地转过头，看向房子多。

房子多冲她微微一笑，王莉莉与她对视两秒，又转过头继续背对着房子多，回复一句："不是我做的，我也不屑做这种事。"

王莉莉的嫌疑算是解除了，那么嫌疑人的范围也就缩小了一点点。

"不过，你知道是谁做的，对不？"房子多打了一行字发过去。

"不知道！"王莉莉回了三个字。

房子多扯了下嘴角，眼睛再次看向王莉莉的后背，如果她没有猜错，王莉莉肯定知道是谁干的。

因为乔溪在池炘面前承诺，三天后给他一份满意的剧情大纲，所以内容部不得不晚上加班。

按房子多的设想，内容部完全没必要留在公司加班，他们可以各自回家，有需要的话，开个电话会议就好。因为搞创作的人不应该受到太多束缚，无论是身体的束缚，还是思想的束缚。

摆脱身体上的束缚自然有利于思想的延展。房子多平时就喜欢宅在家里码字，不穿内衣，只穿着舒适的睡衣，在床上、在沙发上、在书房……不限制地方，怎么舒服怎么来，她能写出来就行。当然，这是房子多习惯的工作模式，而有些人就喜欢在公司或咖啡厅干活，觉得这些地方有氛围，工作起来效率高。

六点下班，和房子多同组的郭美心、柳柳都有约了，房子多也只能自己一个人去吃饭。

说自己有约的王莉莉也一个人，房子多直接去堵她。

"一起吃饭！"房子多执着地再次发出邀约。

王莉莉依旧高冷："我只想自己一个人吃饭！"

房子多算是又吃了一次闭门羹，不过，这次刚好被朱跃撞见。

朱跃看了下王莉莉，之后又看了下房子多。

王莉莉见到朱跃，有点儿躲避的意思，很快就走了，留下房子多一个人站在朱跃身旁。

"我也是一个人吃饭，你能赏个脸吗？"朱跃主动开口。

房子多要是答应朱跃，肯定又要成为别人的焦点。不过，已经不止一次成为焦点的她，也不怕再多一次。

"听说你的包被人调换了？"往餐厅走的时候，朱跃问道。

房子多听完，直接反应过来："李奕然告诉你的？"

朱跃没有正面回答："你怀疑王莉莉？"

房子多摇头："没有，她已经排除了嫌疑，不过她应该知道是谁干的。"

朱跃侧过脸看了下房子多："你怎么知道？"

"我试探过王莉莉，得出了结论！"房子多回道。

"你有证据？"朱跃问。

"没有，不过我确定不是她干的！"房子多说道。

"何以见得？"朱跃追问。

"我是写悬疑剧本出身的，还是懂得一点儿察言观色的技巧的。"房子多回道，"你既然已经知道这件事了，能不能帮忙调查一下呢？虽然只是一个包，但事关公司员工的素质和公司的风气。"

房子多将这件事牵扯到公司风气，身为高管的朱跃是没办法推托的，于是朱跃说道："找会介入调查的。"

"那我先谢过朱助理！"房子多谢道。

朱跃领着房子多到了他熟悉的包间落座。

房子多点菜之前，多嘴地问了一句："你晚上不用陪池总就餐？"

朱跃看了下房子多："他有事，出去吃饭了！"

房子多听后，没再多问，开始点菜。

一人点了两道菜，在等待上菜时，房子多和朱跃互看了对方几次，有点儿尴尬，又有点儿好笑。房子多绷不住，直接笑了起来。

"笑什么？"朱跃问。

"我社恐（社交恐惧症），觉得尴尬！"房子多说道。

"我看你性格还挺开朗的！"朱跃评价道。

"我面对不熟悉的人就有点儿社恐！"房子多说道。

朱跃笑："我们好歹一起吃过饭，不算陌生。"

"但我们也不算熟悉！"房子多回道。

朱跃笑："对我感觉陌生，对池总，你可是个自来熟哇！"

房子多闻言，看着朱跃："池总什么事都跟你说？"

"差不多！"朱跃自信地回道。

房子多撇嘴："我好生羡慕，好生忌妒哇！"

朱跃又笑，正要回房子多的话时，突然顿住了，目光看向房子多的身后。

房子多见状，转过头，看见身材高大的池炜正站在她身后一米处。

房子多此刻所处的包间属于半开放式设计，是朱跃和池炜在公司的固定就餐之地，外观有点儿像镂空的鸟巢，左右两边都可以进人。

因为池炜喜欢这家厨师做的菜，所以经常在这里就餐。为此，一般人都不会靠近这里，除非老板和朱跃出差去了，又或者被朱跃约谈，其他人才会进来一坐。而池炜固定搭伙吃饭的小伙伴只有朱跃，考虑到池炜的习惯，朱跃通常不会在吃饭的时候约谈相关员工。

一般情况下，员工都会迎合老板的脾性、喜好。但池炜谈论的话题，除了工作就是工作，所以，再有进取心的员工也不太愿意和池炜一起吃饭，实在太有压力了。

见池炜出现，朱跃的眼底露出诧异："你不是说有事，去外面吃饭吗？"

池炜看了眼房子多，走向朱跃身旁的座位，直接拉开椅子坐了下来："对方没有明确的合作态度，我暂时不见他们！"

朱跃知道池炜在谈游戏背景音乐的合作，合作方是一位歌坛的谱曲大咖（在某个领域里比较成功的人），喜欢端着架子。

与其说大咖端着架子，不如说双方在价格上有分歧。大咖的经纪人觉得 in 科技给的价格没有他们期望的那么高，不匹配大咖的身价，所以跟公司的商务部在打价格拉锯战。

商务部原定今晚请池炜出面，和谱曲大咖见个面，签订合同。这个要求是对方提的，没想到池炜拒绝出面了。

朱跃见他出现在这里，便知商务部捅娄子了，合作方肯定在合约上又起幺蛾子了。

见池炜坐了下来，房子多内心自然是窃喜的，但也是犹豫的。

她要不要主动离开呢？

转念一想，她先到的，要是就这么离开的话，显得特别厌。

朱跃见她还坐在那儿，没有离开的打算，不由得笑了起来，这个房子多还真不是一般人哪！

要是别人，肯定二话不说，主动离开。

又和池炜一起吃饭了，房子多觉得池炜被打脸了。

因为上次她单独和他一起吃饭时，池炜还信誓旦旦地说仅此一次。这不，池炜被活活打脸了吧？

所以说嘛，年轻人，话不能说得太绝了！

朱跃没给池炜菜单，而是直接给他点了两道菜、一个汤。

坐在一旁的房子多深知朱跃对池炜的个人喜好非常熟悉。

池炜见房子多没有离开的意思，面无表情地看了她一眼。房子多还是有眼力见儿的，现在在公司，她是员工，面对池炜这个大老板，还是很殷勤地站起身给他倒了一杯茶。

池炜没有任何表情，但也没表现出任何抗拒，端起茶杯喝了一口。

可能是情人眼里出西施，在房子多眼里，池炜喝茶的姿势简直就是高雅至极，她的眼里不由得闪着星星般的光芒。

朱跃见状，脑海中竟然萌生一种从未有过的想法：他觉得此时此刻坐在这里的自己有点儿多余。

上菜后，朱跃故意不说话，饭桌上静悄悄的。

房子多也没说话，却偷偷记下池炜的饮食喜好，譬如他爱吃辣，回头她得记在小本本上。

朱跃和房子多不说话，倒是池炜开了口："房子多，关于你的故事架构水平，你是发挥失常还是有所保留？又或者你在吹嘘自己的水平？"

朱跃听后，猛地咳嗽了几声。池炜说话这般犀利他早就习以为常，可那是在工作场合，现在他们正在吃饭，池炜说这样的话，确定不会让对面的房子多噎到？

房子多和池炜不在同一层办公，她想要见他，得看运气。不过，今天算是房子多撞大运的一天，一连见到了池炜三次。她本以为他们两个是相亲相爱的缘分，结果却是虐心虐肝的缘分。

比起朱跃的反应，房子多倒是淡定许多，不仅没有被噎到，还慢条斯理地咽下口中的食物。

被老板质疑工作能力，这对于房子多而言，是一种失败。

结果确实是失败的，她的第一版游戏故事大纲，她自己也不满意。要说非得给自己找个借口的话，那就是她还没适应 in 科技的工作模式。因为按房子多自己的工作节奏，大纲是最耗时间的，少说她也得磨上一两个月，定了大纲主线，写后续剧情就很快了。

朱跃的担忧确实有点儿多余，房子多的心理素质远比他想象的要好许多。房子多喝了一口茶后，开口说道："我承认，下午呈现给你的故事大纲不够好，但我从未吹嘘过自己。"

房子多承认自己的不足，但依然保持自信。

池炘面无表情地看着她："这么说，你知道问题的根源在哪儿？"

房子多想了想："换了新题材，我对其驾驭能力不足。"

池炘一针见血："错，不是题材的问题，是你太自负了。"

房子多呆住了，她一直都保留初心，哪儿来的自负？！

房子多否认："我把每个项目都视为自己的第一个项目，用心去做。"

"我相信你对你之前的项目是用心的，但对《心动》这个项目，你没有用心！"池炘说道。

房子多知道辩驳无用，只好请池炘明示："有首诗是这么说的，'只缘身在此山中'，自己确实难以看清自己的缺陷，还请池总明示。"

"新游戏的项目名称叫什么？"池炘问。

"《心动》！"房子多答。

"你写的剧情有令人心动的感觉吗？"池炘问道。

房子多总算明白池炘对她挑刺的点在哪儿了：她写的爱情戏码太蹩脚了。

关于这一点，房子多承认自己确实存在很大的不足。她从小喜欢看科幻、悬疑和历史类的书籍和电影，不太喜欢黏黏腻腻的爱情小说。她跟她妈妈在这方面完全相反。

她长大后从事写作，擅长写悬疑故事，自己独立写的两部剧本都是以悬疑、动作为主，很少有感情戏。也正是因为少了黏黏腻腻的感情戏，她的两部剧受到了很多观众的追捧。

不是房子多故意不写感情戏，而是她自己没有太多心得，写不出那种缠绵悱恻的爱情故事。

被池炘击中要害，房子多对他佩服之余，又多了一份好奇。

他不是丧失了共情能力吗？怎么会懂得心动的感觉呢？

房子多抿了一下嘴唇："我写的爱情戏码，确实存在不足。因为我没有谈过恋爱，而且我的思维也一直是'钢铁直女'的模式。"

朱跃听了之后，强忍住笑意。房子多虽然是在承认自己工作能力上的欠缺，但在他眼里，这些话多了一层意思——她是在跟池炘坦白自己是个情感空白的女孩儿。

"你不是有心动的人吗？"朱跃故意来了一句。

房子多闻言，眼睛看向朱跃，确定了一件事：这个人是友军！

而池炘听到朱跃这话，面无表情地看了他一眼，也确认了一件事：这个人已叛变！

房子多在白宴和孙可可面前倔强地说自己不会主动追求池炘，这其实不算假话。因为她追了也白追，不会有任何结果，弄不好还会给池炘留下不好的印象。

所以她的策略便是，她先给池炘来个重击，在面试时说出惊人的话语，之后便不再主动。

这个策略能否成功，房子多根本没有把握，但一点她能够确定，这招绝对能引起池炘对她的注意。有了这份注意，即便她对池炘的这份单恋没有任何结果，她也不会后悔，因为至少她在池炘心里留下了一丝痕迹。

作为池炘的助理，朱跃公然帮她，房子多自然是开心的，于是回复道："我是有心动的人，但那只是一份单恋，没有任何结果的单恋。"

朱跃听后，还蛮欣赏房子多的那份自知之明。

池炘看了眼房子多，明明知道她在面试时点他名字公然表白的事，此时此刻却像是完全不知情的样子，言辞依旧犀利："这是你对自己工作能力不足的借口吗？"

大部分女孩儿听到这句话绝对会难过，但房子多倒还好："与其说这是借口，不如说这是问题根源。我写不出心动剧情的根源在于我在犹豫是否要对他保持这份心动！"

朱跃听后的直观感受是：房子多应该是个爱情高手。这么有手段，她绝对是个恋爱经验丰富的人才对，可不像她所说的，她是"钢铁直女"。

她没有当着池炘的面说仰慕他的话，却在不停地试探。

她真的是个极为聪明的女孩儿，懂得如何拿捏一个人的心理。

池炘就算没有共情能力，但也不是一个傻子，不会听不懂房子多话中有话。

可就算听懂了，他的内心也不会有任何的波澜。

"犹豫？为什么要犹豫？怕自己的真心付之东流？"朱跃主动问道。

房子多摇头："我怕自己带给他困扰！"

朱跃闻言，笑道："你这么自信，能给他带来困扰？"

房子多再次摇头："我没自信，但我相信自己足够幸运。"

朱跃觉得房子多实在有趣，不由得看了下池炘，期待他的反应。

面对不停地对他发出爱的信号的房子多，池炘看着她说道："自信是好事，但太过自信，一不留神就会演变成自负。"

房子多直视着他的眼睛："池总，谢谢你对我的指点，既然我的自信在你眼里已经趋向于自负，那么我也就不再谦虚了，就当着你的面再自负一把，对你发出一个不情之请。"

朱跃有种看戏的感觉，心里很好奇：房子多的不情之请到底是什么？

池炘却一点儿都不好奇："你暂时没有资格跟我谈任何条件。"

池炘真够绝情的！

房子多没有气恼，反而笑脸相迎："池总，话不要说得太绝对！我的不情之请一旦被说出来，你一定会出手帮忙的！"

朱跃想给房子多竖大拇指，但碍于池炘的威严，只能主动替他提问："你的不情之请是……？"

房子多看了下朱跃，随后目光镇定地看着池炘，开口说道："帮你妹妹洗去偷窃嫌疑。"

朱跃愣了一下，眼神露出一丝慌张，她怎么知道池炘的妹妹也在公司上班？

池炘闻言，眼神也闪过一抹异样："什么意思？"

房子多接着说道："我的包在公司被人调换了，你妹妹是嫌疑人，作为哥哥的你，肯定不会袖手旁观，对吧？"

朱跃慌了，不由得说道："房子多，这事由我出面解决就行，根本不需要劳烦池总。"

池炘放下筷子，手微微抬起，制止朱跃说话。他看着房子多的眼睛：“说清楚！”

房子多的目光移至朱跃的脸上：“是你说，还是我说？”

池烆闻言，也将目光转到朱跃身上：“怎么回事？”

朱跃被房子多的这招杀得措手不及，公司根本没人知道池烆妹妹的存在，她到底是怎么知道的？

还有，刚才来吃饭的时候，她明明和现在说的不一样，她到底想干吗？

朱跃只好用最简短的话总结一番，将事情原委告诉了池烆。

最后，朱跃肯定地说：“她的包被人调换这件事真不是莉莉干的。”

房子多听后，微微点头：“看来，跟你透露调包一事的人是王莉莉。”

房子多刚才在落座后给李奕然发了一个信息，问他是不是把自己丢包的事告诉了朱跃，得到的答案是没有。

“莉莉跟你说了什么？”池烆问。

“莉莉只是跟我说了这件事，还说不是她干的。”朱跃说道。

池烆听后，看向房子多：“你是怎么知道莉莉是我妹妹的？”

房子多晃了下手机：“刚才有人发了一条信息给我，说王莉莉是你妹妹，他还说，公司办公区明面上只有前台有监控，暗地里却不止一台，而能查阅监控的人，只有眼前两位。”

“是谁给你发的信息？”朱跃追问。

“这我就不透露了！怕你们秋后算账！”房子多说道。

池烆看着房子多：“你的包确定是在公司被调换的？”

“池总，你这话什么意思？难不成你怀疑我撒谎？你们只要查看一下监控记录，就知道是不是我撒谎！”房子多说道。

“你已经有证据证明这件事是莉莉干的，是吗？”朱跃问道。

“在查看监控记录之前，我不会指认任何一个人！”房子多说道，“不过，王莉莉的真实身份确实可以为她洗去嫌疑，大老板是她的哥哥，她不至于干出这样的事情。不过有一点我确信，她肯定知道这件事是谁干的。”

“那你刚才那句话是什么意思？”池烆问道。

“‘为你妹妹洗去嫌疑’那句话吗？这件事即便不是王莉莉干的，我也得查清楚是谁做的。我的包三万多块，这钱说多不多，说少不少，朋友劝我吃点儿哑巴亏，但我觉得这事不容忽视。池总，你觉得呢？"房子多反问池烆。

"公司办公区没有其他监控，不过，这件事我会处理！"朱跃回道。

房子多觉得朱跃这句话的可信度不高，如果公司办公区真没有其他监控，李奕然怎么可能发这种消息给她呢？

池烆的两只眼睛盯着房子多："给你发信息的人是李奕然，对吗？"

房子多心里"咯噔"了一下，池烆这人会读心术吗？这都能被他猜到。

为了不给李奕然惹麻烦，房子多摇头："不是他！"

池烆确定了："就是李奕然。"

房子多想继续否认，但似乎无用，于是说道："是谁给我发的信息不重要，重要的是，既然办公区有其他监控，这件事解决起来就简单多了，我们可以尽快将调包之人绳之于法。"

朱跃否定了她的话："声明一点，办公区没有其他监控。不过，我会想办法处理这件事，不让你蒙受损失。"

房子多问道："可我觉得，办公区有其他监控这件事并不是空穴来风，只是你们不想承认罢了！"

池烆看着她："你就那么信任李奕然？"

房子多摇头："说不上信任，但我也没必要怀疑他，因为他没有害我的理由！"

池烆转过头对朱跃说道："明天中午之前，把这件事解决了。"说完，池烆站起身，一副要离开的样子。

房子多条件反射地喊住他："池烆，你不吃了吗？"

池烆顿了下脚步，看了房子多一眼："在公司，叫我池总。"

房子多窘了，忘了此刻还在公司，于是冲着池烆傻笑："池总，你才吃两口……"

面无表情的池烆没再理她，直接走了。

朱跃总觉得哪里不对劲，池烆似乎对这个房子多比对别人多一份包容。

包间里剩下房子多和朱跃两个人，房子多见朱跃坐在那里没动筷子，不由得说道："你不会也想离开吧？"

朱跃倒是够意思，拿起筷子继续用餐："吃饱了才能干活！"

房子多笑："这个想法跟我的一致。"

朱跃接着说道："我虽然不知道你为什么要在池炘面前讲那些话，不过，奉劝你一句，别跟李奕然走得太近。"

房子多不解："为什么？"

朱跃看了下房子多："小心被人当枪使！"

房子多听后，思考了一会儿，觉得朱跃的提醒也有一定道理。

房子多主动承认自己的冲动："刚才是我欠考虑了，不过，王莉莉真的是池炘的妹妹，对吗？"

朱跃没有接话，埋头吃饭。

"这有什么不能说的吗？"房子多好奇。

朱跃抬眼看她："有些事，别深挖，点到为止就好。"

"为什么？"房子多问。

朱跃微微皱眉："每个人都有自己的隐私。"

房子多听后，大致猜到："你是怕王莉莉的身份被众人知晓后，大家去探究池炘的个人隐私，是吗？"

"房子多，你很聪明，聪明的人通常容易自以为是。记得你进公司之前说过的话吗？你说你想当池炘的向日葵，但是现在的你，不是向日葵，倒像是狗仔记者。"朱跃说道。

房子多听完朱跃这番话，知道他生气了，不由得说道："我大致知道你生气的缘由了，其实，真正知道池炘病情的人不多，是吗？"

朱跃没有反驳，也没有承认："记住你曾经说过的话！"

房子多连忙保证："我不会泄露这个秘密的！"

朱跃盯着她几秒："我希望我当初支持你来公司上班的决策不会给池炘带来伤害。"

房子多放下筷子，发誓道："我保证不会给池炘带来伤害。我只是……想多了解他，仅此而已。"

第二天中午，朱跃主动和池炘汇报这件事的调查进度。

池炘听了汇报之后，抬起头："她不追究了？"

朱跃点头："昨晚你离开后，房子多就说她不打算追究了。还有，我今天上午也跟莉莉再次沟通，她确实知道是谁调换了房子多的包，但还是不肯说。"

池炘看着朱跃："莉莉为什么不肯说？"

"我也问了她原因，莉莉说这件事刚好被她撞见，倘若她站出来，那人肯定会反咬一口。她不想给你惹麻烦！"朱跃回道。

池炘听后，面无表情地说道："这件事已经和她有关，她就别指望撇清关系了。"

"我知道，不过这件事我个人认为息事宁人比较好！至于房子多的包，我会再给她买一个。"朱跃给出意见。

池炘看着他："朱跃，你这是处理问题的方案吗？"

朱跃知道此事的处理方案不好，郑重地说道："我只想保护你！"

池炘目光深沉："你真以为纸能包得住火？"

"阿炘，难道你希望你的病情被大众关注吗？"朱跃问道。

池炘自然不想被人关注，但幽幽地回了一句："越是遮掩，越是引人好奇！"

"是，确实引人好奇，但只要我待在你身边一天，就会将这个秘密保守到底。"朱跃说道。

池炘听完朱跃的话，没有像常人一样流露出感动，但他清楚地知道朱跃这么多年对他的付出，不由得说道："这么多年，辛苦你了。不过，你已经允许房子多靠近我，就别耗费精力替我遮掩了。"

朱跃连忙解释："房子多在送你去医院的时候知道了你的病情，在入职一事上，我替她说情，其实也是想就此封她的口。"

"可是事实证明，你的这个决策是错误的。"池炘说道。

朱跃默认了："是我轻率了。"

池炘不再纠结这件事："我没有怪你的意思，既来之，则安之吧。午餐时间我找莉莉谈一下！"

朱跃点头："我马上通知她来见你。"

到了午餐时间，房子多终于不是自己一个人，而是和柳柳、郭美心一起吃午餐。

不过，三个人也是因为公事才聚在一起，为了尽快给出一个完整又完美的故事大纲，三个人除了不在一起住，其余时间都待在一起。

房子多被池炘嫌弃剧情不够让人心动后，也深刻地自我反省了一下，可是反省之后，还是觉得自己写不来黏黏腻腻的东西。为此，她几乎要抓破头皮。

时间不多，她们准备多个方案不太现实，作为小组长，柳柳的意见是采用她所写的武打剧情，外加房子多设置的悬疑剧情，以及郭美心的甜蜜任务。这样，既有动作又有悬疑，加上甜蜜任务，整体故事的内容是比较饱满的。

这跟房子多的想法不谋而合，倘若只有恋爱的剧情，实在太无趣了，估计很多人玩一局就想放弃游戏。

从昨晚到今天上午，三个人一直在讨论如何避免出现漏洞，如何增设好玩的环节。

"在过关环节，我们可以设置默契指数，根据默契指数的数值，玩家可获得相应的活动碎片，集齐所有碎片后，可以兑换相应的奖金或奖品。这样不仅可以增加一些游戏的趣味性，同时也能调动玩家的积极性。"房子多建议道。

"子多的这个意见可以采纳！"柳柳边吃边认可房子多的建议。

郭美心也点头，眼睛却盯着手机，随后，她神秘兮兮地对房子多说："子多，王莉莉在挖你的墙脚呢！"

房子多不解，郭美心将手机递给她，房子多点击小视频，看到王莉莉上了池炘的豪车的画面。

房子多看完，心里叹了一句："这些人还真像狗仔啊！"

柳柳凑了过来："什么东西？"

房子多直接把小视频关了，说了两个字："无聊！"

郭美心看着房子多，笑嘻嘻地说道："哟，你吃醋了！池总以前可从不让女员工坐他的车，就连乔姐这个级别的都没坐过。你是第一个，算是开了先例，王莉莉是第二个，你们两个人都是新来的，还真是与众不同啊！"

房子多知道王莉莉和池炘之间的真正关系，但她不会透露给柳柳和郭美心，于是说道："别八卦了，我们继续聊关卡设置。"

见房子多回避，郭美心意味深长地看了下房子多，本想挖点儿小道消息，但柳柳已经将话题转了回来，她也只好作罢，回归工作状态。

下午，房子多又在洗手间遇到李奕然。

房子多跟他打了个招呼就想出去，但李奕然拉住她："你还没跟我反馈呢！"

房子多看了一眼他的手，李奕然只好放开她。

房子多抬眼："反馈什么？"

"我给你提供的信息啊！"李奕然说道。

"李奕然，你提供的信息半真半假，你是不是真把我当枪使啊？"房子多问道。

关于监控一事，朱跃再三申明办公区没有其他监控，甚至让她亲自去问池炘。既然他把池炘都搬出来了，房子多没有理由不信。

但她也从中明白一件事，那就是李奕然想通过她去验证办公区监控传闻的真伪。

在职场，房子多还是要小心一些呀！

李奕然笑："我是真没想到你这么单纯，这完全出乎我的意料呀！"

"你真把我当枪使？浑蛋！以后离我远一点儿！"房子多忍不住骂了一句。

李奕然没生气，反而笑得更加灿烂："我认定一个人，就会和她长长久久地做朋友！"

"谁稀罕做你的朋友？！"房子多嫌弃道。

李奕然依旧没生气，反而摸了摸房子多的头。

房子多不喜欢跟人这么亲昵，直接拍掉他的手。

"小房子，我这么做也是为了你呀！"李奕然一副委屈的表情。

"什么意思？"房子多瞪着李奕然。

李奕然笑道："我在帮你试探你在池炘心目中的分量。"

"我的事还轮不到你操心！"房子多一点儿都不领情。

李奕然笑："嘴上是这么说，可你心里开心得不行！"

"你哪只眼睛看我开心了？"房子多顶了回去。

李奕然笑："两只眼睛！"

房子多看着李奕然，一本正经地说道："我以后还是离你远一点儿为妙！"

　　"别啊！小房子，我跟你说实话吧！我是没那个运气了，但你这个'锦鲤'或许还有一丝希望！"李奕然说道。

　　"谢谢你这么看得起我！"房子多回道。

　　"事实证明，池炘对待你很特别。而你不是也喜欢他吗？或许哪一天，我真的可以见证奇迹！"李奕然说道。

　　"我呢，实在不理解你的脑回路。不过，我还是要谢谢你这么看好我！从今往后，你我各不相干，你走你的阳关道，我走我的独木桥。拜拜！"房子多还是要跟李奕然划清界限。

　　她这副模样在李奕然的眼里显得特别可爱，李奕然不由得再次伸手想摸她的头。

　　不过，他还没摸到就被房子多挡住了："男女授受不亲。"

　　李奕然笑："你实在太可爱了！"

　　她可爱？房子多要吐了。

　　对于李奕然，房子多有自己的判断。这个人不坏，何况他本人是个特别有意思的存在，不失为一个典型的写作素材。但房子多认识他就好，不想跟他深交，最好也少跟他待在一块儿，因为他实在太扎眼了。

　　房子多初来乍到，认识的人不多，一些小道消息别人只有高兴的时候才会分享。但不用猜，最近她才是大家背后重点讨论的对象。

　　成为被关注的焦点是每个明星追求的终极目标，不过，作为编剧，房子多还是多给自己创造一点儿安静的空间为好。毕竟，喜欢写作的人，通常既敏感又脆弱，心灵坚强者是少数。

　　更何况成了焦点之后，她损失了一个包，为了及时止损，还是低调做人吧！

　　而跟人绝交这种事，肯定是出现了很严重的原则性问题才会被提出，所以，房子多所谓的"绝交令"其实也只是她嘴上说说而已。为了这几天能安静一些，她还是对着李奕然下了"隔绝令"："这几天别来找我，我赶稿！"

　　李奕然笑："好吧，等你赶完稿，我再去'骚扰'你！"

下午，房子多忙坏了，趴在电脑前面写了近万字的细纲，然后开始删删减减，提炼精华部分。

下班时，房子多才回过神来，动了下肩膀，整个脖子快僵成石头了，痛得她"嗷嗷"叫。

柳柳见了，不由得笑了起来："你下午聚精会神地写稿的样子，简直就像一个没有感情的打字机。"

房子多仰了下脖子："我快成僵尸了！"

柳柳见了，说："你待会儿直接下班吧，把写好的细纲发给我，要是有什么问题，我晚上直接打电话跟你沟通！"

房子多活动着肩膀，表情有些痛苦地回道："谢谢柳姐，我待会儿直接去按摩，不然明天就残了！"

房子多把写好的大纲发给了柳柳，将桌上橘红色封皮的小本本塞进白色的帆布包里，起身准备离开。

邓一卿看到她的帆布包，不由得问了一声："你这帆布包是哪家高奢品牌的？我怎么没见过这个款式啊，要多少钱啊？"

房子多低头看了眼帆布包，随后笑着回道："我在路边摊上买的，二十块。"

邓一卿听后，有点儿不敢相信："骗谁呢？"

"不相信？"房子多看着邓一卿。

"你不是不差钱吗？怎么会背这么便宜的包？"邓一卿的语气带着淡淡的酸味。

房子多笑："就算不差钱，我也可以背这么便宜的包啊！"

房子多的话还是不太妥当，引得F1工作室的所有人都抬起头。

而房子多借此环视了一圈，想捕捉一下大家的反应。

所有人都把目光聚焦在房子多的身上，唯独王莉莉没有，她依旧看着自己的电脑，继续工作。

"子多，你说这话是在炫耀！"郭美心第一个回应。

"我们团队的炫耀大王非你莫属！"范琪琪紧随其后。

房子多笑，这两位第一天对她还挺热情的，但自从她坐过池烆的车后，她们两个就变了。

房子多该怎么形容这种感觉呢？她感觉就像粉丝听到喜欢的偶像闹

绯闻，粉丝可以原谅偶像，却疯狂指责偶像的绯闻对象，觉得对方配不上偶像。

如果房子多没记错的话，邓一卿和范琪琪也有跟她同款的 C 品牌的包。

这两个人对名牌包的敏感度极高，给人的印象是行家。只有自己经常关注或经常购买才会对高奢如此熟悉，才会如此敏感地注意到别人的配置。

说到这个话题，房子多又觉得有点儿讽刺，当你经济实力不足时，就算背着名牌包，在别人眼里，名牌包也极其像假货；而当你经济实力雄厚时，就算背个假包，大家也都会将其误以为真品。

这两个人如此关注房子多的配置，是出于女性对包的敏感，还是另有原因？譬如说，她们心虚。

可房子多从两个人的表情里看不出一丝心虚。

倘若她们其中一位是嫌疑人，那么只能说她们的演技比奥斯卡最佳女主角还要精湛。

不过，王莉莉的反应在这些人当中显得很突兀，她是不想掺和，还是……？

房子多正在思索时，收到了朱跃的微信：房子多，池总要见你！

十分钟后，房子多坐上了朱跃的车。这次，池烨没有亲自接她，而是让朱跃代劳。

"去哪儿？"房子多系好安全带后，主动问了一句。

"吃饭！"朱跃回了两个字。

房子多侧过脸看朱跃："调包的事情有进展了？"

"到餐厅后我再跟你说这件事！"朱跃回道。

房子多没再说什么，她的大脑却开始浮想联翩。她不是在想自己与池烨的浪漫晚餐，而是将这两天所注意到的细节都串联在一起。

中午，王莉莉和池烨吃完饭回来，自然也吸引了不少目光，但王莉莉似乎根本不在乎，一脸冷漠地继续工作。

晚上，池烨又来找房子多，看来事情有了进展。

开着车的朱跃见房子多一声不吭，不由得看了她一眼。其实，他对房子多的印象还是很不错的，但池烨说过，对于这女孩儿的出现，池烨有种不好的预感。

所以，朱跃此时的心理是矛盾的。倘若池烆的预感应验，那么，自己的决策就是严重失误。

车内太安静了，所以，朱跃找了一个话题："你会开车吗？"

虽然房子多才来公司不久，但朱跃已经把她的个人信息调查得一清二楚。她拥有两套房产，但没车。

沉寂被打破，房子多的目光自然地看向朱跃，她回道："我有驾照，但没买车！"

"为什么不买？你又不差钱！"朱跃说道。

看来，她应聘时说的那句"不差钱"已经广为流传了。

"这可能是作家的通病吧，我的脑子容易想七想八，老是分神。我爸妈不放心我开车，所以一直都不让我买车。"房子多如实回道。

"原来如此！"朱跃说道。

"朱助理，调包一事跟王莉莉有关，对吗？"房子多刚才联想一番后得出的结论就是这个。

朱跃闻言，整个人僵了一下，车子差点儿撞到前面的车。

房子多也跟着惊魂未定。此刻是下班高峰期，路上拥堵，车辆密度高，人要是分神就容易出事故。

朱跃的异常让房子多的内心生疑，她可以断定一点，此事确实跟王莉莉有关。

可是昨天她观察王莉莉时，得出的不是这个结论啊！

房子多定了定神，开口道："朱助理，你的反应未免太大了吧？！"

朱跃很快恢复正常："实在不好意思，我其实跟你一样，也容易开车分神！"

房子多根本不信这话，揪着朱跃不放："真跟王莉莉有关？"

朱跃侧过脸看了下房子多，但很快又转了回去："如果跟她有关，你会怎么处理？"

果然！房子多想了想："她为什么要这么做？"

王莉莉有个这么有钱的哥哥，何必去偷包啊？

关于王莉莉和池烆之间的关系，她昨天就餐时在微信上问过李奕然，李奕然的回复是：他们是同母异父的兄妹，这就是两人不同姓的原因。

不过，他们都在 in 科技上班，可见，两兄妹不是完全没有联系。

"你认定是她做的？"朱跃反问。

"你的反应给了我答案！"房子多说道。

朱跃闻言，笑了笑："是不是写悬疑小说的人，思维都比别人快许多？当然这些人也更容易臆想。"

房子多也笑："别人怎么样，我不知道，但我坚信一件事，细节出卖内心。你刚才已经暴露了你的内心！"

朱跃笑："看来，人不可貌相！"

"什么意思？"房子多不解。

"你的长相是一副人畜无害的样子，但本人心思细腻，让人有点儿恐惧！"朱跃说道。

房子多笑："我给你留下这种印象？"

"此刻就是如此！"朱跃实话实说。

房子多解释："我在生活中真的是人畜无害，但是，一旦陷入某个剧情或者案情分析中，就会变成另外一个样子，喜欢刨根问底，还是特别轴的那种。"

房子多的坦诚让朱跃不知道说什么好，他幽幽地说道："不知道让你进我们公司是对还是错。"

看出朱跃的担心，房子多连忙说道："我不会做伤害池炘的事，我向你保证！"

朱跃听后，却叹了一句："最好不要出现'我不杀伯仁，伯仁却因我而死'的事！"

房子多再次保证："朱助理，你可以不相信我，但我会遵守自己的诺言。"

朱跃看了下房子多，对于她的保证，他心里没底，但倘若房子多做出伤害池炘的事，他绝不手软。

朱跃带着房子多来到一家私房菜馆。

这是用一套 260 平方米的房子改造成的餐馆，风格偏国风，高端又私密。

朱跃引着房子多到了最里面一间名为"长坂坡"的包间，房子多注意到这里的包间名都与《三国演义》有关，不由得猜测这家私房菜馆的老板应该是个三国迷。

推开门，包间的装饰果然充满了三国的味道。

池炘还没出现，房子多拉开椅子坐了下来。

朱跃对老板说了一句："按池总的口味安排！"

老板微微点头，随后问道："这位女士呢？"

房子多闻声抬头："不用考虑我，按池总的口味安排就行！"

老板憨笑着点头："二位稍坐！"

老板出去后，房子多再次打量了一下包间的布置，随后笑着问："池总喜欢三国？"

朱跃对房子多的聪明算是领教了，应了一声："嗯！"

"你们小时候是不是很喜欢玩三国题材的游戏？"房子多又问。

朱跃看了她一眼："你这么聪明，我都不敢透露太多信息给你，免得你联想太多。"

房子多笑："朱助理，别把我想得那么恐怖，我这不是想多了解一下池炘嘛！"

"别对他产生太多好奇，要知道好奇会害死猫的！"朱跃说道。

房子多笑："喜欢一个人自然会对他产生好奇，我对池炘的好奇心都是出于对他的……"

房子多话还没说完，直接哽在那里，因为池炘刚好走进来。

池炘接着她的话题无表情地问："对我的好奇心出于对我的什么？"

房子多仰头看着池炘的脸，还没落座的他站在桌边，身躯高大伟岸，眸光冷厉地看着她。

房子多有种被抓包的感觉，因为她本想说的是"对他的好奇都是出于对他的喜欢"。

见池炘没听到答案不打算落座的架势，房子多咽了下口水，张口说道："出于对池总的……景仰！"

朱跃听后，看了眼池炘，池炘没有反应，他又看了下房子多，她明显心虚了。

这个丫头，在他面前一直都很勇敢地表达对池炘的喜欢，但是一面对池烜本人，又是另外一番论调。

这是女孩儿们都擅长使用的手段——欲擒故纵？

可惜欲擒故纵这招对池烜是没有任何作用的。

池烜听完之后，拉开椅子坐了下来，目光看着房子多，他直接切入主题："关于你的包被调换一事已经有了结果，我代替莉莉向你道歉！"

在来的路上，房子多根据朱跃的反应已经猜到了，但是她没想到池烜会这么坦率，一点儿都不掩饰。

可她还是有不解的地方，于是问："她向你承认了？可她为什么要这么做？"

"她这么做，是想引起我的注意！"池烜回道。

房子多不解："引起你的注意？"

池烜解释："我和你之间的关系让她产生了误会！"

房子多听得有点儿蒙，猜测道："我们之间的关系？她吃醋了？"

有些兄妹感情过好，当一方有了恋爱的苗头，另外一方就会不开心。

房子多不知道自己的话里透着满满的暧昧，朱跃在一旁静静地看着她。

"就当是她吃醋吧！"池烜回道。

房子多明显对此感到不满，什么叫"就当是她吃醋"？这句话给人一种冷漠无情的感觉。

不过，话说回来，有关情感的神经受损的池烜，就是一个彻彻底底冷漠无情的人。

"你们兄妹的感情不好？"房子多弱弱地追问。

池烜听后，眼神锐利："不要对我有太多的好奇！"

房子多被噎到，而且因为池烜的眼神过于锐利，她不得不移开视线。

接着，包间陷入诡异的安静，幸好这时服务员进来上菜了。

但池烜站了起来，一副要离开的样子。

见状，没等朱跃开口，房子多抢先说："池总，你不吃饭吗？"

"不想跟你一起吃！"池烜很直接。

房子多又被噎了一把，但她胆大地说："我也不想跟你一起吃！"

池炘闻言，顿在那里，看着她，声音很冷漠地说："你想引起我的注意？"

房子多自信地仰起头："你不是已经注意到我了吗？"

池炘看了房子多几秒，随后，将目光移到朱跃脸上："你接着善后吧！"

朱跃点头："好！"

池炘转身离开，朱跃看着他，一点儿都没叫住他的想法。

房子多撇嘴："不吃拉倒，我一个人都吃了！"

朱跃觉得这个时候的房子多显得特别孩子气，是不是喜欢写作的人都有点儿性格多变呢？

房子多拿起筷子吃了起来，不过刚吃到嘴里就被辣得不行，赶忙喝水解辣。

"这菜怎么这么辣呀？！"房子多崩溃。

朱跃说道："这是池总的口味！"

"他口味真重！"房子多吐槽。

朱跃又说道："你的口味也重！"

房子多瞥了他一眼："什么意思？"

"明知山有虎，偏向虎山行。可见你的自虐倾向严重！"朱跃总结道。

"你的意思是明知道池炘不会对任何人产生任何的情感，我却还是痴心妄想地往上扑，是吗？可我乐意，怎么着啊？"房子多横了起来。

"你不会真觉得自己是'锦鲤'吧？"朱跃问道。

"是啊，我就是'锦鲤'，也许不久之后，我就拿下了池炘！"房子多狂了一把。

朱跃听后，笑着摇头："子多，虽然现在是晚上，但你真不适合做这样的梦！"

房子多看向朱跃，执拗地说道："我偏要！"

朱跃见她来劲，挤对她道："你有本事在池炘面前说这些话啊！一到他跟前，你就㞞成一只小猫咪，在我面前却跟狗一样'汪汪'叫。"

房子多被挤对，想瞪朱跃一眼，但是想到这人是帮她的，于是学狗叫："汪汪汪！"

朱跃没想到房子多这般接招："你还真是狗啊！"

房子多继续"汪汪汪"。

朱跃被她此举逗笑，心想：池炘要是在这儿，会不会也被她逗乐呢？

吃完饭，他们一起去前台结账，朱跃结了两份账单。

房子多恍然醒悟，池炘并没有直接离开，而是也在这里吃饭了，于是她的眼睛瞄了下四周，想寻找他的身影。

朱跃见状，开口说道："别看了，池总走了！"

房子多收回视线："我还以为他是不吃饭的钢铁呢！"

朱跃听后，轻笑一声，有时候吐槽也是一种关心。

别人都不太敢靠近池炘，而房子多是个例外。多个人关心他，未尝不是一件好事。

朱跃有东西要给房子多，于是两人一起去了车库。

到了车库，房子多一脸意外，池炘竟然站在朱跃的车旁。

朱跃的车也不低调，是一辆白色迈巴赫，而池炘站在那里，简直就是一个令人心动的车模。

池炘要身材有身材，要相貌有相貌，最重要的是有气质，穿着衬衣和西裤的池炘从头到脚都透着一股精英的气质，让人挪不开视线。

如果这是汽车广告的话，就冲着这个模特，房子多便会狂热地做出决定：买它！买它！买它！

池炘手里拎着东西，面无表情地看着他们朝自己走过来。

朱跃大概猜到池炘没带备用钥匙。于是，他加快脚步，奔到池炘面前："我这辆车的备用钥匙，你放在办公室了？"

池炘没回应，而是将手中的东西递给朱跃，朱跃接了过来，房子多也刚好走到他俩的面前。

池炘看了她一眼，又直接走了。

房子多似乎也习惯了，目送他的背影远去。

朱跃将手中的袋子递给房子多："赔给你的包！"

房子多收回视线，低头看了下袋子："赔给我的？"

朱跃点头："虽然很抱歉，但我们希望这件事到此结束。"

房子多没有抗议，欣然接受了这个处理方案："好，王莉莉的事我就当什么都不知道！"

"谢谢你大人有大量！"朱跃感谢道。

房子多也不客气："你既然要谢我，就送我一程吧！"

朱跃没有拒绝，为房子多打开车门，房子多拎着包坐了上去。

两个人到车道的三叉路口，刚好和池炘的车遇上。

房子多将车窗降下，冲着对面的池炘喊道："池总，谢谢你的包！"

坐在车内的池炘显然听到了房子多的声音，但他没有降下车窗，甚至都没有看她。

朱跃见状，侧过脸看了过去，看到池炘没有任何反应，觉得这很反常。

之后，池炘的车子先走，朱跃开车跟上去。

坐在副驾驶座位上的房子多看着前面的车，幽幽地说道："池炘不理睬我，是不是讨厌我了？"

朱跃听后，看了眼房子多，脑海里莫名其妙地冒出一句话：也许这丫头还就是一个货真价实的"锦鲤"。

房子多回到家快九点了，计划好的按摩 算是泡汤了。

白宴听到声响，从书房走了出来，见房子多拎着一个高级定制的包的纸袋，不由得说道："你又买包了？！"

房子多把纸袋往客厅的茶几上一放，随后直接瘫在沙发上："是别人赔给我的！"

白宴走到她的跟前："你查清楚了？谁偷的包？"

房子多不想告诉白宴内幕，就没说那人的名字："是我们组的一员。白白，我的肩膀快痛死了，你帮我按摩一下！"

白宴见她撒娇，说道："找我按摩得收费！一分钟一百块！"

"太黑心了吧？！"房子多仰头回击。

不过，白宴嘴上虽拒绝，手却伸了过来："坐直了！"

房子多立马坐直，白宴用许诺诚教给她的方法，给房子多拉了拉脖子的筋，房子多痛得嗷嗷叫，不过，拉完之后，房子多的脖子舒服了许多。

"既然查出是你们组的人，那么除了赔偿外，还有其他处理方案吗？"白宴按了按房子多的肩膀，顺带追问一句。

对于这个问题，房子多不知道怎么回答比较好。王莉莉是池炘同母异父的妹妹，谁敢动她呢？

如果真是因为王莉莉吃醋惹的祸，这件事也就过去了，可是万一……

不是房子多把人往坏处想，根据她这两天的观察，她总觉得王莉莉这人有点儿怪。

具体怎么怪，她一时也说不上来。

还有，王莉莉背的包真是假包吗？这似乎不太可能。

房子多在享受白宴的按摩服务时，孙可可也从书房走了出来。穿着睡衣的孙可可伸了伸懒腰，对着房子多说道："多多，我姑妈说她明天来 B 市！"

房子多闻言，立马兴奋地说："真的吗？萌妈明天几点到？"

"下午两点半左右到，到时候我和白宴去接她！"孙可可说道。

房子多要上班，不由得说道："可可，你明天见了萌妈，先替我跟她道歉，明晚我做东，给她赔罪！"

孙可可笑："白白，那我们可得选个贵的地方，让她'大出血'一次！"

白宴笑："必须的！"

房子多没反抗："记得帮我说好话！"

白宴抖了下房子多的肩膀："就算不替你说好话，萌妈的心也是偏袒你的！"

孙可可附和："就是！"

房子多笑。提到她和孙萌萌之间的关系，孙可可有时候都会忌妒。这个徒弟跟孙萌萌没有血缘关系，却胜似孙萌萌的亲女儿。

白宴的按摩疗法效果显著，房子多舒坦了一些，随后回房给孙萌萌打了一个电话，表达自己不能亲自接机的歉意。孙萌萌很和气，让她先忙自己的事，明晚见面再聊。

通话结束后，房子多又投入工作，她和柳柳、郭美心在线沟通，修改大纲。

因为 in 科技的新游戏项目处于保密阶段，所以，房子多近来都是在自己的房间里"吭哧吭哧"地干活，书房留给白宴和孙可可二人使用。

临近十一点，房子多的耳边响起敲门声，之后，白宴探头进来："我和可可准备点夜宵，你吃不？"

房子多转过头："吃，再帮我点杯咖啡续命！"

白宴拒绝："大半夜的，喝什么咖啡？！"说完白宴关上了门。

房子多只好拿起桌边的矿泉水灌了几口，继续干活。

半小时后，三个人齐聚客厅吃烧烤。

房子多边吃边说："我们真不能再这样下去了，不然，迟早要变胖。"

白宴和孙可可闻言，不约而同地看着她。

"你嘴上吃得正香，又嚷嚷减肥，精神分裂啊？"孙可可吐槽道。

房子多放下筷子："你们是不知道，我们公司的同事天天'吃草'，人家一个大老爷们都这般注重身材。再看看我们，我们现在年轻，新陈代谢还好，吃了不胖，可过不了几年，也许就成了胖子！"

白宴觉得有道理："上周我去见了一个小明星，人家的脸就巴掌那么大，再看看我们的脸，一个个像大饼。"

孙可可翻了个白眼："你们不吃了，是吗？那都留给我吃！"

房子多又拿起筷子："吃完这顿夜宵，再讲减肥的事！"

白宴道："赞同！"

孙可可拨开她们的筷子："都别吃了！减你们的肥去吧！"

三个人开始打闹起来，少女们的笑声充斥着整个客厅。

第四章

第十三区

酷暑炎炎，知了声声，又是新的一天。

坐在后排正昏昏欲睡的房子多被商务车的司机叫醒。

她每天忙到半夜，却要早起上班，这实在是太折磨人了。

房子多不想挤地铁，所以选择每天打车，幸好公司离她住的地方不算很远，但是，她早晚来回也得花个 130 块左右的车费。这么一算，一个月下来，光交通支出就差不多得四千块，外加吃饭、房租和其他花销，最少也得一万五千块。

房子多平日里不是一个花钱大手大脚的人，喜欢宅在家写稿，经常和孙可可、白宴一起做饭吃，日常最大的开销就是房租。可是现在这么一算，她一个月累死累活的，算是白干了，工资都给各行各业做贡献了。她的心在流血。

来 in 科技上班是房子多自己选择的，一是为了写作取材，二是为了接近池炘。她虽然心疼自己，但是还要继续向前走。

到了办公大楼的大堂，房了多远远地就看到王莉莉站在电梯口。

上班高峰期，大家通常都在争分夺秒，房子多也不由得加快脚步。

王莉莉走入电梯时，房子多刚好奔到电梯口，门又刚好要关上，王莉莉帮忙按了一下开门键。

房子多总算挤了进来，对着王莉莉说："谢谢！"

王莉莉冲着房子多一笑："不客气！"

这种场面，在很多人眼里都是再平常不过的画面，但房子多心里生疑。

因为，眼前的王莉莉跟她昨天见到的王莉莉不太一样。王莉莉昨天很冷漠，今日却很热情。

是她想多了？还是王莉莉昨天被池炘"召见"，在态度上有了明显的改变？

房子多宁愿自己想多了，因为她所联想到的东西，实在令人难以接受。

到了办公室，房子多开始新一天的工作。她和柳柳、郭美心又去了这两天固定预约的小会议室，展开新一轮思想火花的碰撞。

忙碌时，房子多几乎感受不到时间的流逝，待到大家准备去吃晚餐时，她才意识到已经下班了。

早上上班时，她就和柳柳说自己今晚有事，不能加班，柳柳只说了一句"今天下班前把大纲定稿就行"。

她们三个人的小组做到了，所以，除了柳柳主动留下来加班，郭美心也溜了。

孙萌萌去了许诺诚在B市的家，房子多直接打车过去。

到了小区门口，房子多下车，在保安亭填下自己的大名后才被放行。

即便是晚上进入许诺诚住的小区，房子多也能感受到金钱的魅力。这是高档住宅小区，每平方米十万元以上。房子多之前在白天来过这里几次，非常羡慕住在这里的人，每一次来这里都在心里发誓，要好好干活，赚更多钱，住更好的房子。

到了九栋，房子多直接输入密码，这是许诺诚之前告诉她的，让她自己随时来家里做客。

进了门厅，高档的大理石瓷砖直接彰显出昂贵的房价。房子多走到电梯口，按了一下上行键，只见电梯正从车库上来。

几秒后，电梯门开了，房子多正要进去，却瞬间僵在那里，因为在电梯里面站着的人，竟然是池炘。

房子多一脸错愕，池炘面无表情地看着她。三秒后，清冷的声音响起："不进来吗？"

房子多连忙奔进电梯，内心既欢喜又疑惑，他怎么也在这里？

难道……许诺诚今晚也叫上了他？

可是，想想又似乎不太可能，她从李奕然那边了解到的池炘几乎不怎么应酬，跟他最亲近的人只有朱跃。许诺诚就算是他的击剑教练，也不至于关系好到要他赴许诺诚的家宴。

房子多偷偷地瞥了下池炘，随后弱弱地问："池总，你怎么在这里？"

池炘没回应。

房子多主动解释："那个……我没有跟踪你，我是来见朋友的。"

池炘看了她一眼，还是没有理她。

他不理就不理吧！房子多盯着镜子里的池炘，其实能这么近距离地欣赏池炘俊美的容颜，已经很满足了。

不过，两人又这么巧地遇见，一高一矮地站在电梯里，这让她的脑海里想起一首很老很老的歌：

> 一个是阆苑仙葩
> 一个是美玉无瑕
> 若说没奇缘
> 今生偏又遇着他
> 若说有奇缘
> 如何心事终虚化
> 啊
> 一个枉自嗟呀
> 一个空劳牵挂
> 一个是水中月
> 一个是镜中花
> 想眼中
> 能有多少泪珠儿
> 怎经得秋流到冬尽
> 春流到夏

她就是那个对池烆一见钟情的奇葩，而池烆这个美玉有瑕，然后两个人又是"枉自嗟呀""空劳牵挂""水中月""镜中花"……

房子多猛地晃了下脑袋，绝对不能用这首歌形容她和池烆的关系，不然太虐心了。

池烆见她摇头晃脑，只当她抽风，电梯门一打开，直接跨步走了出去。

房子多这才反应过来，刚才自己没按电梯楼层，不过，巧合再次出现，池烆到达的楼层就是许诺诚住的楼层。

房子多跟了出来："池烆，你也来诺诚家吃饭？"

池烆看了她一眼，随后，往右边的方向走去。

房子多连忙提醒："池烆，你走错方向了，诺诚家在这边！"

池烆终于理她了，清冷地回了一句："我回自己家！"说完，他走到右边的房门前，用修长的手指输入密码，之后，高大的身躯消失在门后。

房子多原地呆住，原来，池烆跟许诺诚是对门邻居。

许诺诚的小区是一梯两户，她以前来的时候，从来没有遇见过池烆。

人与人的缘分是不是很奇妙呢？会遇见的人，她终将遇见。

池烆家的房门刚关上，许诺诚家的房门恰好打开。

"我就说你到了，听声音就是你！"孙萌萌开门说道。

房子多直接扑了过去："萌妈，我想死你了！"

孙萌萌一脸慈爱地抱着房子多："我们才一个月没见，你有什么可想的？"

"想，超级想！"房子多在孙萌萌的怀里撒娇。

"多多，你别撒娇了，快进来摆碗筷！"房子多的耳边传来白宴的声音。

房子多这才放开孙萌萌，两人进门后，看见了一个老帅哥，即便岁月染上他的容颜，他依旧精神饱满，气场强大。

"磊爹！"房子多开心地奔了过去。

许烨磊看到房子多，满脸笑容地跟房子多来了一个拥抱。

许诺诚见了，故意酸道："爸、妈，你们见我冷冷淡淡，见多多却这般热情！偏心啊！"

许烨磊听后，脸一拉，直接说道："是你自己不热情！怪谁呢？"

许诺诚笑着说道："好，好，好，是我的错。来，来，来，热情一个！"说完，他要去抱许烨磊。

许烨磊挡住他的手，嫌弃地说道："去抱你妈妈吧！"

许诺诚吃了闭门羹，只能收回手，转身对着孙萌萌告状："妈，我爸嫌弃我！"

孙萌萌满脸笑容："我也嫌弃你！"

许诺诚不管，直接抱住孙萌萌，撒娇地说道："我伤心了！"

孙萌萌推开他："这么大的人，还在几个小姑娘面前跟妈妈撒娇，你好意思啊？"

许诺诚厚着脸皮说道："好意思啊！"

孙萌萌笑着用手戳了一下他的脸："脸皮真厚！"

房子多知道许诺诚跟父母的关系很好，刚才的酸话是故意这么说的，也算是他们之间的一种情感调剂。

"多多，过来摆碗筷！"白宴再次喊道。

房子多接到召唤，二话不说，过去帮忙。

五分钟后，大家齐齐落座。

房子多给孙萌萌倒了一杯孙可可亲手榨的果汁："萌妈，你和磊爹刚结束旅行就往我们这边赶，是有什么急事吗？"

孙萌萌接过房子多倒的果汁："我们也没什么急事，就想过来看看你们！"

房子多笑："是怕我们几个偷懒吗？"

也只有房子多敢跟孙萌萌调皮，作为堂侄女的孙可可在孙萌萌面前一向规规矩矩，白宴更是如此。

"你们做事我一直都很放心！"孙萌萌还是知人善任的，也没有什么作为老板的架子。

"那你们是有项目要谈？"房子多又给许烨磊倒了一杯果汁。

"嗯，有个项目要谈。我在大西北旅行的时候，资方团队一直发微信给我，我们回家放下行李，还没休整好就被催着飞过来！"孙萌萌说道。

"你可以让资方飞过去找您啊！"房子多知道孙萌萌的行业地位，只要孙萌萌提出来，很多资方都会给面子配合她。

孙萌萌笑了笑："我们这不是想你们了吗？飞过来见你们，你们还不欢迎啊？"

房子多笑："欢迎啊！热烈欢迎！"

许烨磊喝了几口果汁，放下杯子："多多，我听你萌妈说，你最近去上班了？"

房子多点头："嗯，我想收集一些职场素材，就去游戏公司应聘了！萌妈，这件事事先没跟你商量，我便私自做了决定，你不会生气吧？"

孙萌萌笑："生气什么呀？写作来源于生活，你去体验一下真正的职场也挺好的。"

房子多见孙萌萌这么说，便放下心来，笑着说道："我回头会交作业的！"

所谓交作业，就是交剧本，即便没有剧本，房子多也会给孙萌萌一个具有可行性的故事大纲。

孙萌萌笑："我们先吃饭，不谈公事！"

房子多点头，孙萌萌给她夹了一筷子菜："我感觉你去上班后变瘦了！"

房子多开心："真的吗？"

许烨磊给了肯定的答案："是瘦了！"

"磊爹说我瘦了，那我肯定就瘦了！"房子多笑道。

孙萌萌听后，故意来了一句："难道我说你瘦了就是假话？"

"没有，萌妈，你的话都是真话！"房子多立马打圆场。

房子多来了之后，她就开始成为谈话的主导者，孙可可和白宴都没怎么说话。

孙萌萌知道这两个孩子表面放松，实则有点儿怕她，这可能跟她们平时跟组写剧本有关。孙萌萌在工作上对她们有点儿严厉，导致她们在她面前变得有点儿拘束。

虽然孙萌萌现在是知名的影视剧出品人，但她骨子里还是个贤妻良母，不是那种职场女强人，她希望孩子们能把她当成慈爱的长辈看待，于是也一视同仁，给孙可可和白宴夹菜。

"女孩儿别太瘦，更别刻意减肥！不过，我也不赞成你们长期吃夜宵。"孙萌萌叮嘱她们。

孙可可憨笑："姑妈，昨天多多劝我和白白少吃夜宵，免得真变胖了。"

孙萌萌笑："多多，你什么时候有这种觉悟了？"

房子多嫣然一笑："上班后，我看到办公室的女同事们都很注重身材，就我一个人肆无忌惮地吃，所以产生了一点儿危机感！"

"反正，我就一句话，别刻意减肥，健康就好！"孙萌萌笑道。

"吃得再多也不打紧，但你们得积极锻炼啊！这个月，我就见多多来了我的击剑馆一次，你们两个一次都没来！"许诺诚插话道。

"许教练，等我们完成手中的剧本，一定天天去你那边报到！让你见我们见到烦为止。"孙可可接话道。

许诺诚笑："你们几个宅女能天天去我那儿报到，那一定是太阳从西边出来了！"

"我做不到天天去，不过可以一周去几次。对了，我要换教练！"房子多说道。

许诺诚看着房子多："你想换谁？"

"乔一！"房子多回答道。

"你跟乔一上了一节课就开始嫌弃我？"许诺诚笑着问。

房子多笑了笑："换个教练，我也许更有动力去呀！"

孙萌萌虽然不明白最近他们之间发生了什么，不过，总觉得房子多有点儿情况。

"多多，你还没告诉我，你怎么跑去炬哥的公司上班了？"许诺诚问道。

"我不是已经说了吗？我要收集写作素材！"房子多说道，"对了，我刚才上来的时候遇见了池炬，要不要叫他一起过来吃饭啊？"

许诺诚看着房子多，眼神有点儿意味深长。

"你这么看着我干吗？"房子多被许诺诚看得发毛。

许诺诚笑："炬哥不喜欢人太多，不过，既然你说了，我过去邀请他一下！"说完，许诺诚起身。

"是不是你对门的池烆？"孙萌萌问道。

显然孙萌萌也认识池烆，房子多突然有点儿后悔自己刚才多嘴了。

房子多笑："诺诚，池总确实不喜欢人多，还是算了吧！"

许诺诚闻言，顿了下脚步，转过头看向房子多："你是想让他过来，还是不想让他过来？"

房子多想瞪他，不过当着孙萌萌和许烨磊的面只能假笑一番："你是主人啊！一切由你做主！"

"我听你的，你想，我就叫他过来！"许诺诚又把皮球踢给她。

孙萌萌见他们讲话像踢皮球似的，更加确定房子多最近有点儿情况。对门的那个池烆，她见过一次，人帅话不多。

"大家都是邻居，叫他过来一起吃饭，热闹一下！"孙萌萌发话道。

"那我听我妈的，叫池烆过来吃饭！"说完，许诺诚去请池烆了。

坐在位子上的房子多内心开始紧张起来，孙萌萌对人际关系还蛮敏感的，而许烨磊更是有一双火眼金睛。她对池烆的心意，估计吃个饭的过程中就在他俩面前彻底暴露了。

她得收敛，得淡定，绝不能露馅儿。

没过一会儿，许诺诚自己一个人回来了。

"池烆呢？"孙萌萌没见到池烆的身影，不由得问道。

"他有事又出去了！"许诺诚说道。

房子多听到这个答案，一半欢喜，一半失落。

许诺诚拉开椅子坐了下来，看了眼房子多，像跟她汇报似的："他回来换套衣服再出去赴约，让我跟您二老说声抱歉！"

房子多闻言，有点儿不相信许诺诚的说辞，因为池烆拒绝别人都很直接，房子多目前还没听过池烆说有礼节的话。

孙萌萌听后，也看了下房子多："多多，你在池烆的公司上班？"

房子多点头："嗯！"

"诺诚介绍的？"孙萌萌又问。

房子多看了下许诺诚，许诺诚也在盯着她，她总感觉许诺诚像是知道一些什么。

"不是，我自己去应聘的！"房子多实话实说。

"那这次还真是不凑巧，不然，我可以当面让他多关照一下你！"孙萌萌说道。

房子多笑："萌妈，我在公司只是个编剧，负责把公司项目所需的内容写出来就行，要是写不出来，他也关照不了什么！搞不好我还会被他扫地出门！"

孙萌萌听后，笑了一声："既然你是去收集素材的，有熟悉的人肯定更方便让你深入熟悉各个部门的工作流程。"

"萌妈，你就别操心我了，我们公司的池总日理万机，你就别打扰他了，我自己慢慢地熟悉游戏公司的工作流程就行。其实，最重要的还是我想感受一下真正的职场，让人关照就没意义了。"房子多说道。

孙萌萌只好由着她："那你自己看着办吧！"

房子多笑："谢谢萌妈！"

一旁坐着的许烨磊见她俩聊完，不由得说道："我待会儿给你们看看我去西北拍的照片，你们给我指点指点。"

房子多满口答应："好！"

孙可可和白宴也笑着答应。

许烨磊退休之后在家闲着，一时半会儿适应不了，孙萌萌又有自己的事业要忙，刚开始的那一段时间，老两口儿没少拌嘴。许烨磊之前一直在部队，和孙萌萌相处的日子都可以数得清，退休后，他便想尽力弥补孙萌萌，多花些时间陪伴在她的身边，可是孙萌萌手中有影视项目在做，她经常飞来飞去，整天忙得跟陀螺一样。

两个帅气的儿子都还单身，老两口儿的膝下没有孙子、孙女，孙萌萌也不知道该怎么帮助许烨磊排解情绪。

刚开始，她还想帮许烨磊培养一些兴趣爱好，譬如养花种草、书法绘画等，让他以此排遣寂寞。然而，许烨磊觉得自己还没老到在家折腾这些，便主动请缨，当孙萌萌的助理。

孙萌萌起初以为许烨磊是开玩笑的，但许烨磊表示他是认真的。孙萌萌清楚老公的想法，他只是因为内疚，想多陪伴在她的身边，于是孙萌萌笑着答应了。

本想妇唱夫随，两人只是多些时间在一起而已，没想到，许烨磊的个人能力直接让孙萌萌刮目相看。

总之一句话，男神就算老了，依旧是男神，还是孙家的主心骨、两个儿子的人生导师、孙萌萌心中的不老男神。

用孙萌萌的话来说，他的身上有着浓厚的铁血军人的特质，做任何事总是尽全力，做得高效又极致。譬如，当时剧组里的统筹工作遭遇十分令人头痛的问题，从来没有涉足过娱乐业的他参与进来后，不仅快速恢复剧组的统筹、运转，之后还将各方协调得井井有条，做事特别高效。最重要的是，在他的影响下，工作气氛一点儿都不紧绷。

用制片人的话来总结：有许烨磊在，制片人都可以直接下岗了。

本来，大家还担心许烨磊得花个几年的时间去适应退休生活，但没想到他轻轻松松地就将生命的余光发挥得如此灿烂。

之后在片场时，许烨磊还跟掌镜的摄影师学习摄影。他还挺有天赋的，拍的好些照片都很有意境。

合作的导演建议孙萌萌将许烨磊的摄影作品做成个人展，许烨磊却直接拒绝了，因为现在还是某军校的特聘军事教授。

他做这些事，无非是想多陪陪妻子。妻子在工作中遇到问题和困难，他想力所能及地帮忙解决。

当然，由于身份特殊，他几乎不参与孙萌萌工作室的任何工作谈判，免得落人口实，说他利用身份谋取利益。

不仅孙萌萌打心眼儿里崇拜他，他同时也收获了一堆迷妹（女性忠实粉丝）。为此，孙萌萌的内心也是得意的、开心的，她时常在他面前露出年轻时的娇态和星星眼。

"爸，要是当年我比赛时，你能到现场给我拍照，我肯定会多拿几个金牌！"许诺诚笑道。

许诺诚才退役两年，而许烨磊已经正式退休三年，但他一次也没出现在许诺诚的比赛场上。当然，许烨磊退休的第一年，许诺诚因为脚伤，也缺席了好些赛事。

"我要是真去了，你在比赛时说不定会更紧张！"许烨磊回道。

许诺诚笑："那倒也是，搞不好我连前八都进不去，更别说拿奖牌了！"

许诺诚小时候去练击剑就爱上了这项运动，最终虽然没有像哥哥许诺一那样接许烨磊的班，成为一个铁骨铮铮的军人，但也没给许烨磊丢过脸，而是一直在竞技体育的赛场上为国争光。许烨磊之前一直在部队，许诺诚比赛时，他没办法做到实时收看，但一直都关注着比赛。看不了现场直播，他也会将许诺诚每场比赛的重播回看一遍，尤其是许诺诚得到世锦赛金牌的那场比赛，他看了几十遍。

他每次看都会湿了眼眶，从心底为这个小儿子感到骄傲。

要不是许诺诚的脚踝受伤严重导致他不得不退役，他肯定还想让许烨磊继续为他骄傲。

许诺诚很贴心，许烨磊却很内疚："可我还是很遗憾，我从来都没有到现场为你加油助威。"

许诺诚笑了笑，曾经站在赛场上时，他也有过无数次这样的想法，期盼许烨磊能来看他的比赛。虽然他的愿望一次也没实现过，但他也没有任何怨言。

"爸，别遗憾了，你明天来击剑馆跟我对战几局，我就很开心了！"许诺诚笑。

"明天什么时候？"许烨磊退休后，也跟着练习击剑。

"你和妈什么时候忙完，就什么时候过来！"许诺诚说道。

"行，我们明天忙完就去你那儿活动活动、锻炼锻炼！"许烨磊对着孙萌萌说道。

孙萌萌点头，笑着给许诺诚夹菜。这时，门铃响了。

许诺诚起身去开门，几秒后，房子多看到他的身后跟着一个人。

我的天哪，是池烆！

房子多百分之百确定自己刚才没有听错，许诺诚分明说池烆又出去了，可现在他现身在这里，只能说，大家都被许诺诚骗了。

许诺诚在大家追责前承认了错误："哈哈哈，刚才我是开玩笑的，池烆换件衣服再过来……赴约！"

孙萌萌看见池烆后，热情地站起来："池总，好久不见！"

可是即便孙萌萌再热情，池烆依旧面无表情，只是微微点了下头："许叔，孙阿姨！"

用这副表情待人接物，一般人都会觉得这个人特别摆谱儿，但许烨磊笑着招呼他："池烆，坐这儿！"

池烆听从了，坐到许烨磊的身旁，也就是房子多的对面。

这时，作为下属的房子多还是殷勤地表现了下，赶忙去厨房拿了一副碗筷。

白宴和孙可可在网络上查过池烆的资料，她们第一次见到真人，眼睛都看直了，也瞬间明白房子多跑去 in 科技上班的真实原因了。

其实，白宴和孙可可见过的帅哥不少，毕竟编剧跟影视行业是紧密相连的，帅气的男明星她们还是认识一些的。再者，在现实中她们也有好几个外貌一等一的帅哥朋友，譬如，许诺诚就是其中之一，另外还有许诺一。

这两兄弟的照片只要给姑娘们看，姑娘们都想认识他们。

许诺诚和许诺一都属于阳光又阳刚的型男，而眼前的池烆则完全是另外一个类型。他本人比网上发布的那些照片好看好几倍，尤其是他冷酷的表情，有种特别撩人的感觉，让人想去探索他、征服他、温暖他。

池烆的加入让这顿饭变得更加可口，饭桌边既有许烨磊这样的不老男神，又有阳光帅气的许诺诚，再加上撩人的池烆……

用孙可可的心里话来说，她便是不吃也饱了。

孙萌萌对池烆热情极了，一是因为他是许诺诚的对门邻居，二是因为他是房子多的上司。

池烆面对孙萌萌的热情有点儿不知所措，他的反应在房子多看来有些可爱。

"喝酒吗？"许烨磊问。

池烆回了两个字："不喝！"

许烨磊也没勉强他："那就喝果汁吧！"

话音刚落，房子多就殷勤地给池烆倒了一杯果汁递过去。

孙萌萌见房子多这么积极，有点儿欣慰，房子多去了真正的职场似乎更懂人情世故了，于是孙萌萌说道："池总，吃菜！"

池烆动筷子，孙萌萌也招呼其他人吃饭。

吃了一会儿，孙萌萌拿起果汁："池总，我敬你，祝你旗下的游戏部部大卖。"

池烆举杯跟孙萌萌碰了下，喝了两口放下杯子。

孙萌萌也放下果汁杯，随后笑着道："池总，我给你介绍一下，这三位小美女，房子多、白宴、孙可可，都是我工作室旗下的编剧。"

池炽听后，看了眼房子多："她既然是您工作室旗下的编剧，为何还能去其他公司应聘？"

池炽的直接让孙萌萌意外，而且他从进来之后一直没有任何表情，这也让孙萌萌起疑。

不过，对于他的这个问题，孙萌萌是这么解释的："她们虽是我工作室旗下的，但也都是自由之身。多多去你公司上班的事我知道，以后还请你多多关照她！"

池炽又看了眼房子多："她的个人能力很强，根本不需要我的关照！"

正喝着果汁的房子多差点儿被呛着，池炽对她的这个评价是好呢，还是不好呢？

不仅房子多被呛到，孙萌萌的感受也不是很好，此刻的池炽就像是一个一点儿都不懂人情世故的愣头青。

没等孙萌萌回神，许诺诚连忙出来打圆场："看来，多多到哪儿都是一枚闪闪发光的金子！"

房子多的表情微窘，她在池炽面前可不是金子，说不定是坨狗屎呢！

许烨磊也插话："吃饭就别聊工作的事了！池炽，见谅，你孙阿姨现在都快成工作狂了！"

池炽闻言，长长的睫毛眨了一下："许叔，我其实是想找您谈点儿公事。"

许烨磊对池炽的直接似乎没有觉得有什么不妥，笑问："什么事？"

"我想聘请您做我们公司旗下游戏的顾问！"池炽回道。

三年前，池炽就向刚退休的许烨磊发出过邀请，许烨磊以脱密期未到为由拒绝了。

许烨磊笑："恐怕我们又是无缘合作啊！"

池炽没有放弃："许叔，我不会让你做泄密的事，只是想让你感受一下我们的游戏，你在体验后给我们提供一些建议！"

"体验后的建议多少带着个人的主观意识，这跟个人经历紧密相关。"许烨磊笑道。

"我知道，它确实会带着浓厚的主观色彩，不过你放心，我们的游戏内容不会涉及任何的军事机密。"

"我听诺一说过，你公司旗下的战争游戏已经上线，他说还不错！"许烨磊说道。

"诺一也给了我们不少的指导意见，我们尽可能地吸收精华，上线后，玩家的反响确实还不错！"池烆跟许烨磊汇报了公司旗下的游戏《无极》的客户体验。

"诺一做事还是不太稳重啊！"许烨磊叹道。

池烆解释："许叔，你放心，我们做的游戏肯定不会涉及任何军事机密，内容新颖是其一，我们更多的是考虑用户的体验感。你是位老兵，经历多，你对战争的看法肯定比我们年轻一代更为深入。游戏是现在年轻人社交的重要方式之一，其实也可以成为一种时代精神的传达之地。这也是我一直想聘请你做我们游戏的顾问的原因。"

许烨磊听后，看着池烆："你的这个想法很好，通过游戏来表达战争的本质、和平的重要性、时代的精神。对企业来说，我看到的是一种责任，而对你个人而言，我看到的是一种成长。池烆，几年时间，你成长不少！"

面对许烨磊的夸奖，池烆没有表现出任何激动的情绪，非常淡然地说："许叔，你是否愿意呢？"

"愿意与否，等我体验一下再说！"许烨磊没有答应，也没有拒绝。

听到他的回答，池烆觉得还有机会。

"吃完饭，请您去我家体验一番！"池烆说道。

"池烆，你家装备太先进了！每次我想玩游戏都想去你家，可你几乎每天都在加班，害得我都不敢打扰你！"许诺诚说道。

"门禁密码我待会儿给你，以后你可以自由出入！"池烆说道。

许诺诚听后，很开心："那我可就不客气了！"

见池烆对许诺诚这么慷慨，房子多不由得对池烆刮目相看，看来，池烆这个人也不是完全不近人情嘛！他对自己的击剑教练很大方，允许许诺诚自由出入自己的住所，这应该是把许诺诚当朋友了吧？

"池总，我待会儿能一起过去看看吗？"房子多不由得斗胆问道。

房子多喜欢一个人就想试图了解他的一切，而进入他的私人领域，是最好、最快、最高明的方式。

池烆看了下她，清冷地回了两个字："可以！"

他竟然没有拒绝！房子多开心得想蹦起来，笑眯眯地说道："谢谢池总！"

写作之人通常很敏感，孙萌萌注意到，今天的房子多跟平时不太一样，她像是遇见了自己的偶像，兴奋中还带着娇羞。

在这之前，房子多大多时候都是一副"钢铁直女"的形象，思维直，说话也直。孙萌萌见过她写作时的兴奋模样，但很少见她面露娇羞。

有情况！一个月不见，她恋爱了？

即便没恋爱，房子多也很可疑，从她去 in 科技上班开始就很可疑。

难不成她看上了池烆？

姜还是老的辣，孙萌萌花了不到一分钟就可以确定一些事了。

可是，确定之后，孙萌萌的心里便开始着急。

孙萌萌喜欢房子多，一是因为她和房子多的妈妈是多年的朋友，二是这孩子很有写作天赋，三是这孩子自带"锦鲤"体质，四是房子多的性格有点儿像年轻时候的自己……

喜欢一个人，她可以罗列出一堆缘由，当然，也可以用一句话概括：喜欢就是有眼缘。

倘若房子多真看上对面的池烆，那么她这次岂不是白跑一趟？

这次来 B 市，除了谈业务，孙萌萌还带着一份私心啊！

如果真是如此，她是要加快执行计划呢，还是就此停下呢？

白宴和孙可可对池烆也是好奇到极点，不由得被他吸引——她们产生这种反应应该是女性自带的母性导致的。

"我们也可以一起去看看吗？"白宴也跟着大胆地问。

池烆扫了白宴和孙可可一眼："如果我说不可以，你们接受吗？"

喀喀喀，白宴和孙可可被呛到了。

这算是拒绝吗？白宴有点儿尴尬。

许诺诚见状，又连忙打圆场："池总是开玩笑的，开玩笑的！"

池烆听后，也没再说什么，因为许诺诚将手搭在他的肩膀上，示意他别说了。

不过许诺诚很快将手拿开，因为作为教练的许诺诚很清楚地知道池炘的习惯：池炘不喜欢别人触碰他的身体。

池炘也清楚，许诺诚这么做其实是想维护他的形象，所以池炘没再去驳许诺诚的话。

白宴和孙可可不知道池炘是真开玩笑还是假开玩笑。不过话说回来，他允许房子多去他家，为何就不能多带两个人呢？

难不成他对房子多有着特别的照顾？

这是对员工的照顾，还是对女性的照顾？

白宴不由得和孙可可对视一眼，彼此的眼神告诉对方：这里面有问题。

一小时后，池炘的家正式对外开放。

房子多在踏进去的那一刻，觉得自己进入了一个实验基地。

这是一个纯白的空间，墙壁、装饰及家具全都是白色的。

房子多怀疑池炘是不是有洁癖，不过，没等她纠结完这件事，池炘便带着大家进入了他的个人游戏室。

如果不是在游戏公司上班，房子多真以为自己此刻就置身于 in 科技。

池炘家的格局和许诺诚家的是一样的，房屋面积约三百平方米，但两家的装修风格完全不同，许诺诚的家装修得规规矩矩的，而池炘对屋子改造了一番，光游戏室就差不多有一百平方米。游戏室里面放着九台不同类型的大型游戏设备，左边靠墙立着五六套体感服，右边靠墙摆着各种游戏手办（收藏性人物模型）。

孙可可和白宴见状，又彼此对视一眼，告诉对方：有钱人的世界是普通人根本想象不到的。

"许叔，你坐这儿！"池炘让许烨磊坐上靠窗的一台设备椅子上。

许烨磊坐了上去，感受之后笑着道："这椅子蛮舒适的！"

许诺诚同时也坐在旁边另外一台设备的椅子上："爸，我带你玩儿！"

许烨磊笑："好啊！"

"许叔，我待会儿也会上线，带您体验游戏地图里的几条路线！"池炘说道。

"玩游戏我是新手，你们可要多担待啊！"许烨磊笑道。

"爸，说不定玩了一局后，我们就成了你这个游戏新手的手下败将！"许诺诚笑道。

"你就哄我开心吧！"许烨磊笑了笑，但是眼底露出一抹自信。

池炘伸手拿起设备右边凹槽里的两粒神经元感应器，交代许烨磊："许叔，别紧张，放轻松就行。"

许烨磊微笑："不紧张，来吧！"

池炘说道："我用内测号给你体验。进入游戏后，你先别动，我和诺诚会先教你一些基本技能！"

坐在设备椅子上的许烨磊点头："好，开始吧！"

池炘将两粒神经元感应器贴在许烨磊的太阳穴上，许烨磊缓缓地闭上了眼睛，进入了虚拟游戏世界。

"池炘，我们能跟你们一起玩吗？"房子多再次大胆地问。

池炘没有拒绝："你们自己找位置坐吧！我们在第十三区的神庙集合。"

于是三个女孩儿都坐上设备的椅子，池炘是最后一个坐上椅子的，选择了房子多旁边的位子。

房子多看了他一眼，池炘逮住了她的眼神，房子多屄了，收回目光，拿起神经元感应器贴在自己的太阳穴上。

全部就绪，六个人进入游戏世界。

《无极》里的世界使用了最新的 CG（计算机动画）技术，画面的真实感时常会让人分不清这是现实还是虚拟世界。在这个虚拟游戏世界里，其他人根本分辨不出玩家是男是女、是猫是狗，玩家可以根据自己的喜好进行身份选择，共有三十六个种族可供选择，包括人类、神仙、妖精、僵尸、魔鬼……

《无极》游戏最让玩家追捧的是它宏大的地图和多样的分区。游戏刚发行时就有二十四个分区可供玩家探索，发行五年，到目前为止已经增加到了三十个分区，有人间、天宫、地狱，也有火星、木星、土星，还有中土世界、末日世界、赛博朋克，以及梦幻的超新星和新型的 AI 世界，等等。

每个分区都包罗万象，各自有不同的主题。人间也就是地球，是游戏的起始区，在这里，玩家不仅可以身临其境般地探索现实中世界闻名的标志性建筑，同时还可以通过各种主题游戏的任务进行经验积累，获得的经验值可以作为传送成本，玩家可以被扣除一定经验值去其他区探索。不过也有一条捷径，那就是充值获取游戏币，玩家用付费的游戏币去探索其他各区。

池炽最初架构《无极》时，一定程度上受到二十一世纪著名科幻小说《玩家一号》的影响，他结合中西方的各种元素，跳出现实的思维局限，为全球玩家打造了一个全新的《无极》世界。

第十三区是一个因战争被废弃的虚拟自由区，玩家进入这个领域，入眼便是破旧不堪的建筑、坑坑洼洼的道路、形形色色的角色，以及路边臭气熏天的尸体。

神经体感游戏的宗旨就是追求给玩家身临其境的体验，所以当房子多进入第十三区时，扑面而来的便是刺激的硝烟味和尸臭味，她被呛了好几口后，连忙启动了防毒防臭面罩。

听到池炽交代大家在神庙这个地标集合后，房子多、孙可可、白宴三个人便结伴而行。

房子多是"人民币玩家"（在游戏里大量花费人民币的玩家）。她启动了悬浮飞车，载着孙可可和白宴前往神庙。

玩家步行到神庙只需一分钟，当然，使用传送门的话两秒就够了。不过很多玩家为了体验游戏地图，不在乎耗费多长时间。

房子多远远地就看到神庙的上空停着一艘炫酷的悬浮飞船，她猜这飞船是池炽的，因为许诺诚没有这么高级的装备。

这就是游戏创造者和游戏玩家的区别。房子多买她正在驾驶的这艘悬浮飞车还花了不少钱呢，而池炽想要多少外太空飞船都是他一句话的事儿。

"哇，这飞船太炫酷了吧！"孙可可和白宴仰头望向飞船，不由得发出惊叹。

不过，她们刚感叹完，飞船就不见了，想必是玩家将飞船隐身了。

到达后，许诺诚和两个游戏虚拟形象已经在那里等候了，房子多几个人跳下车，走到许诺诚的面前。

许诺诚旁边站着的两个虚拟形象，一个是电影《魔戒》里的魔戒之主索伦[1]（Sauron），另一个是中国历史上著名的军事家曹操。

看到这两个不同的虚拟形象，房子多开始猜池烆此刻使用的是索伦还是曹操。

许诺诚似乎跟她心有灵犀，只听到他问："猜猜哪个是我爸，哪个是池烆？"

房子多第一个抢答："曹操是磊爹！索伦是池烆！"

白宴和孙可可一致赞同。

"不错，不错，火眼金睛！"许诺诚赞道，接着反问池烆和许烨磊："轮到你们啦，猜猜她们三个分别对应哪个虚拟形象？"

在虚拟游戏世界里，除了形象可以改变，声音也是可以改变的，他们要想猜对，除非对方做出具有个人特色的小动作，可三个女孩儿现在一动不动地站在那里，他们实在不好猜。

化身曹操的许烨磊笑道："猜不出来！"

池烆扫了她们三个人一眼，三个虚拟形象是完全不同的物种，一个精灵、一个外星人、一个人类，她们都启动了防毒面罩，只露出眼睛，所以他现在很难分辨出来她们。

但只看了一眼，他便认出房子多来，张口说道："中间站着的精灵是房子多！"

池烆竟然一眼就认出她，这让房子多很意外。她能一眼猜到那个索伦是池烆，是因为眼神。

在虚拟游戏世界里，玩家所有的东西都可以隐藏，但动作、表情依旧能露出破绽。池烆的虚拟形象是索伦，索伦是电影《魔戒》里的大反派，他整个人立在那里，给人的感受就是死亡来临，刚硬的面具之下是个让人看不到任何东西的黑洞。这样的虚拟形象堪称一绝，因为他堵住了所有能暴露真实自己的漏洞。

房子多学过心理学，懂得察言观色，所以先观察了曹操。她对许烨

1　索伦是J.R.R.托尔金的作品《魔戒》《霍比特人》《精灵宝钻》《未完成的故事》《中土的历史》等故事中的人物，属于迈雅族，曾跟随维拉奥力，是迈雅族里的饱学之士，也是一个大帅哥。

磊很熟悉，即便他退休了，那双眼睛依旧炯炯有神，犹如鹰眼。她从虚拟形象的眼神确定了背后的玩家，再用上排除法，另外一个虚拟形象自然便是池烆。

可池烆又是用什么方式辨别出她的呢？

"错，我不是！"化身为中土世界精灵族的房子多开口否认。

孙可可和白宴是房子多多年的闺密，自然很快就反应过来房子多想干吗，于是两个人开始配合房子多，静静地看着对面的三个人。

"别狡辩，你的眼睛已经出卖了你！"池烆非常确定自己的判断。

进入游戏后，玩家的声音和虚拟形象是融合的，池烆用索伦的口吻说这句话，按理说会让人瑟瑟发抖，可房子多的内心瞬间澎湃起来。

他与她竟然还有这种默契？！两个人都能通过眼神认出彼此。

房子多想：是不是自己平日里看他的眼神太过火热了？她竟然被人一眼看穿了！

"我是白宴！"房子多还是不承认自己是房子多。

然而这次池烆没再搭理她，转过身，对着身旁的曹操说道："许叔，我知道你的时间宝贵，我们开始吧！"

"好！"许烨磊很爽快地答应道。

"这个分区的主题有很多，玩主线内容耗时很长，所以我们可以选择一个支线任务。这座废墟之城是个'三不管'地带，有不法分子绑架了第十八区的异国公主并将其藏于此城，我们的任务便是营救公主。"池烆跟许烨磊简单地说明了游戏任务。

"接下来我们的任务是确定公主的藏身之处，再实施营救，对吗？"许烨磊问道。

池烆点头："许叔，这种任务对你来说是小菜一碟，没什么新奇感，你就当陪我们玩过家家！"

许烨磊的虚拟形象曹操摆了摆手："池烆，你太谦虚了。还有，我要说一句，现实中的任何一次任务都是艰巨的，我相信你设计的游戏也不会那么简单！"

池烆说道："游戏确实设计了很多关卡，我就不透露了，你们当中有玩过的人，可以直接给许叔提供线索，大家合作过关！"

"池烆，你不跟我们一起玩吗？"房子多问道。

索伦看向化身为精灵的房子多："作为游戏的设计者，我是不能参与游玩《无极》游戏的！"

房子多去in科技上班后，听到过这样一条禁令：in科技旗下的所有员工禁止参与游玩《无极》游戏。当时，房子多觉得这条禁令有点儿扯，开发部门的员工被禁也就算了，毕竟他们知道部分分区的游戏任务的设定，可是宣发部门的员工很无辜啊！

"那我现在算不算违反了公司规定？"房子多说了一句让池炘打脸的话。

房子多会戚，是因为被索伦面具之下的那团黑洞凝视绝对是件让人毛骨悚然的事。

可是下一秒，房子多又挺直了身板，因为现在他们可是在游戏世界里，他不是她的老板。

"你不算违反规定，而我也只能送你们到这里了！"池炘回道。

房子多进公司不久，对《无极》的游戏内容一概不知，而且池炘看她的等级以及刚才那辆悬浮飞车，一眼便知道她是位"人民币玩家"，如果他以这样的借口封了她的游戏账号，有点儿不太人道。

"炘哥，那我们自己组队玩了！"诺诚说道。

池炘点头，随后对许烨磊说道："许叔，我期待您体验后提出的建议！"

许烨磊笑："你别过于期待。期待越高，失望越大！"

"不会的！"池炘相信许烨磊会给他不一样的反馈。

见池炘对自己这么信任，许烨磊也不好再耽搁时间，不由得说道："那就有请你这些游戏高手带我这个老人家见识一下你们的游戏世界。"

组队完毕，房子多却没有跟他们一起走。

"多多，你不来吗？"许诺诚有些意外。

化身为精灵的房子多看了下索伦："你们玩吧，我现在不太方便！"

许诺诚闻言，也看了下池炘："刚才炘哥不是说了，你没违反公司规定吗？"

房子多笑："你们玩吧，期待磊爹打破榜上的过关纪录。"

许烨磊笑："规则就是铁律，应当遵守。多多你在这里等候，我们出发了！"

房子多双手握拳给许烨磊加油鼓劲儿："磊爹加油，你永远是我心中的宇宙最强。"

池炣听了这句话，看了房子多一眼，这丫头还挺会拍马屁的！

许诺诚带队出发，留下池炣和房子多在原地等候。

此刻，两人的虚拟形象一黑一白，站在神庙门口，宛若门神。

世界突然变得安静无比，尴尬的气氛在两人之间蔓延。

房子多不知道池炣会不会尴尬，但她会。为了化解尴尬，她瞅了瞅身旁的池炣。

如果他不是索伦的虚拟形象，或许房子多还可以一边察言观色一边跟他套近乎。可惜，她只能看到一团黑洞。

不过，就算这样，她还是能找到话题："池炣，你也很喜欢彼得·杰克逊导演的《魔戒》三部曲，对吗？"

两个人都是中土世界的造型，可见，他俩在某些方面上还是有一定默契的。房子多会选择精灵，就是源于她对《魔戒》三部曲的热爱。

池炣看了她一眼，但没回应。

房子多不是第一天跟他打交道了，就算他不回应，她也不会就此打住。她继续说道："我小时候就很喜欢《魔戒》三部曲，反反复复地看了不下二十遍，当时我心想，长大后我也要创造自己的魔幻世界。"

池炣还是没有回应。

房子多继续："我们现在的虚拟形象，一黑一白，又站在神庙门口，是不是有点儿像黑白无常？"

池炣依旧没有回应。

房子多突然调皮起来，变出自己的精灵剑，剑尖指着面前的索伦，说着《魔戒》的两句经典台词："No man can kill me（凡夫杀不死我）！I am no man（我非凡夫）！"

在电影里，一个公主杀了被索伦掌控的亡灵首领。

可是房子多面前的索伦似乎一点儿都不配合，没有任何行动，任她一个人唱独角戏。

唱独角戏就唱独角戏，房子多写剧本、梳理台词时，自己一个人在书房跳来跳去同时演好几个角色呢！

"想活命的话，答应我三个条件！"房子多继续演。

房子多把接下来自圆其说的台词都想好了，索伦却在这时开口："什么条件？"

房子多万万没想到池炘竟然回应了，顿时窃喜不已，于是学起《倚天屠龙记》里的赵敏："哪三个条件，我还没想好，等我想好了再告诉你。"

池炘的回复竟是："我的意思是，什么条件能让你不说话？"

喀喀喀，房子多顿时尴尬得想钻地洞。

这里是《无极》的虚拟游戏世界，房子多想要逃离这尴尬的气氛，直接退出游戏是最快的选择。但是房子多没有选择退出游戏，也没有使用传送门离开，而是依旧站在池炘身边。

"嫌我聒噪？"房子多瞅着他，试探地问。

化身为索伦的池炘回复道："算你有自知之明！"

"想让我不说话可以，但你必须答应我三个条件！"房子多将这场戏继续了下去。

"你当自己是赵敏吗？"池炘清冷地问。

"不，我不是赵敏，你也不是张无忌。我是房子多，你是池炘，这是我们之间的约定！"房子多说道。

"我为什么要跟你做约定？"池炘一点儿都不给她面子。

"不做约定就不做约定咯，但你不许嫌我吵，否则我就去世界频道发广播，说你用内测号登录游戏，所有在线玩家知道后肯定会瞬间围过来。还有，in科技旗下的所有工作人员也就都会知道，身为老板的你说一套做一套！"房子多利用公司的规定威胁池炘。

池炘闻言，钢铁般的身躯动了一下："房子多，你威胁我？！"

索伦的声音带着强大的震慑力，但是房子多一点儿都不畏惧，而且见他的反应，她便知道他不想把这事闹大。于是，她直接来个趁火打劫："我可以不威胁你，不过你得答应我三个条件！"

池炘其实完全不用理会她，因为身为老板的他用内测号登录游戏并没有违反规定。但这个场景让他脑海里闪过一个以"心动"为主题的新游戏项目的内容设计点，于是，他打算陪她玩下去："什么条件？"

房子多见他屈服，捂嘴偷笑，随后仰起头看他："你答应了？"

"什么条件？"池炘重复道。

房子多嘴角上扬，笑道："我想想！"话音刚落，房子多便装出一副思考的模样。

高大的索伦静静地看着她思考，许久，房子多抬头，开口说道："第一个条件，你……抱我一下！"

说完，房子多立马低头，因为这个条件实在太流氓了！

可是，如果她不在游戏里揩他的油，现实中就更别想了。

池炘以为自己幻听了："你让我抱你？"

房子多低着头，不敢看他，厚着脸皮点头。

可是，她得到的不是池炘的拥抱，而是池炘的拒绝："我不喜欢和别人有身体接触！"

这话让房子多瞬间回到现实，池炘是一个没有共情能力的人，不会对人产生任何感情，更不会对人产生任何欲望。

房子多本想对他耍次流氓，结果无疾而终。

房子多有些气馁，喜欢上池炘这样的男人，注定是不可能有任何结果的。

就在房子多悲伤之时，一堆玩家从神庙里面出来。房子多见状收起精灵剑，往池炘身旁靠，可是她身后的精灵长裙不知道被谁踩住，房子多踉跄了一下，整个人扑到了池炘的怀里。

扑到自己喜欢的男人怀里，这般浪漫的桥段房子多自己没写过，但看了不少。每每看到这样的镜头或文字，就算是她这样的"钢铁直女"也免不了少女心澎湃。

可是，这个桥段此刻一点儿都不浪漫，反而让房子多疼痛不已。

池炘的虚拟角色是《魔戒》里的索伦，一身钢铁，那可是扎人的钢铁啊！房子多这个精灵美少女扑过去，没有感受到一丝温暖，反而被扎了一下。

《无极》的宣传广告号称自己是业界体感做得最极致的游戏，房子多以身试法之后便觉得果然如此。此刻，房子多痛得"嗷嗷"叫。

说好的浪漫，说好的心动，说好的……温情，都没有，只给房子多留下满身痛感。

其实，以池炘的游戏等级来看，他所持有的技能应该都是很强的，快速闪躲、避开她的接触是轻而易举之事，但他没有使用任何技能，而是让她得偿所愿，扑进了自己怀里。

因为让她摔在地上，似乎有点儿不太绅士。

可是，接住她的后果，就是他看到房子多眉头紧皱，痛到想哭。

身旁路过的玩家看到这个投怀送抱的画面，不由得起哄。

"两位是在扮演黑白无常吗？"

"黑暗魔王索伦和精灵相恋，这是什么神仙爱情？"

这两个玩家显然不是同一个派系的。

神仙爱情？神仙……才怪！

亏得房子多先前想借机跟池烆索要拥抱，现在，恨不得立马推开他。

池烆也没有挽留她的意思，将她的身躯扶正，直接松开手，还不忘毒舌地挤对她一句："还想投怀送抱吗？"

他真是一点儿人性都没有啊！

房子多一边朝被扎痛的手吹气，一边回击："我又不是故意投怀送抱的！"

池烆说道："一分钟前你不是还想让我抱你吗？"

房子多瞪他："当我没说过！"

池烆却没有放过她："游戏的云端里记录着你的言行。"

房子多撇嘴，回击道："你不是不喜欢别人触碰你吗？就算我说过这话又有什么用？"

"当然有用！"池烆回道。

房子多看着他，完全搞不懂他想干吗："有什么用？"

"新女性向游戏的内容设计！"池烆指点了房子多一下。

房子多有点儿疑惑："什么意思？"

"两个不熟悉的人在游戏里携手同行，考验的不仅是默契，更是信任。"池烆说道。

房子多听后，恍然大悟，池烆的这个观点特别好，可以延伸到游戏的内容设计里。同时，房子多也在心里默默吐槽，在这种时候他还能想着新项目的内容设计，这个人真是一个工作机器啊！

房子多赞同他的提议："这个观点不错。我也认为，一段好的爱情，心动只是开始，要走得长远，更需要双方用默契去续航，用信任去巩固。"

"你不是说你没谈过恋爱吗？怎么这么清楚？"池烆问道。

房子多闻言，看着眼前高大的索伦，缓缓地说道："没有吃过猪肉还没有看见过猪跑吗？反倒是你，你不是有关情感的神经受损吗？你对爱情的见解是从哪里来的？"

不过，房子多说完立马后悔了，不该戳池烆的痛点，于是连忙改口解释："我的意思是，你对爱情的理解挺好的。"

索伦没接话，退出了游戏。

房子多慌了，池烆生气了？她踩到老虎尾巴了？

于是，房子多也急忙退出游戏，想着如何补救自己刚才的过失。

房子多睁开眼睛后，太阳穴上的神经元感应器都来不及摘下，就对着旁边的池烆道歉："对不起，我刚才不该那样说话！"

池烆面无表情地摘下神经元感应器放在游戏设备椅子左边的凹槽里，随后起身往门口的方向走去。

房子多也站了起来，追了上去，拉住池烆的手臂："你生气了？"

池烆没有回答，没有温度的眼神落在了房子多的手上。

房子多连忙收回手，池烆接着往前走，房子多又紧跟两步："池烆，对不起，我不是故意的！"

突然，走在前面的池烆停下脚步，房子多没反应过来，整个人直接撞上了他的后背。

"啊……"房子多轻呼一声。

比起游戏里的撞击，现实里的撞击力度小了许多，但她的脑袋还是有点儿疼。

池烆转过身，看着揉额头的房子多："我没有生气，我只是想上洗手间而已！"

房子多有点儿窘，但还是再次确认："你真没生气？"

池烆回了两个字："没有！"说完，他转身去了洗手间。

房子多站在原地，揉了几下脑袋，自我安慰道："他没生气就好，不然我就得上他的黑名单了。"

池烆去了洗手间，偌大的客厅就房子多一人。拥有自己的大房子是很多人的梦想，也是房子多的梦想，可是，池烆的家装饰得太简洁了，空荡荡的，让人心中生出一丝寂寞感。

或许因为她是一个正常人才会产生这样的感受，而有关情感的神经受损的池烆住在这样的空间里，感受到的应该是科技感吧？

下一秒，房子多的目光落在沙发上，沙发的角落放着一摞书，她走过去仔细看书名后，眼珠瞬间瞪大，露出一副发现新大陆的表情。

池烆从洗手间出来，见她站在沙发边发呆，走了过去："你在干吗？"

房子多连忙转过身，顺手将手中的书藏于身后，冲着池烆笑道："没干吗！"

"手里拿着什么？"池烆知道她的手里藏着东西，直白地问。

房子多笑："池烆，没想到你竟然爱看言情小说！"

池烆闻言，目光落在那摞书上，那是朱跃特意甄选之后给他送过来的书，都是言情小说，池烆还特意翻过几本。

高冷无比的老板为何会翻看和他的身份不太搭的言情小说呢？

一切都跟新游戏项目有关。

池烆很干脆："为了新项目！"

房子多听后，意味深长地"哦"了一声，随后，晃了一下手里的书，那是房子多写的小说《新魔》。

"这本书你看完了吗？谈谈你的读书心得？"房子多一副采访书友的架势。

被女孩子发现自己看言情小说，而且是被下属发现自己在看她写的小说，大部分男人都会觉得没面子。

可是，池烆没有这种反应，他私下的生活也跟工作密不可分。

房子多问他读书心得后，他没有逃避，而是直接讲出自己的读后感："开篇不错，悬念十足，不过，中间转折部分太平淡了，如果结局没有反转，这部小说没有任何价值。"

房子多听完评价之后，抿了下嘴唇："你的评价还算中肯，没有恭维，也没有贬低！"

"你还想得到恭维？"池烆反问。

池烆很高冷，反问别人的时候特别容易让人觉得他话中带刺。

"不敢！不过，你可以对我多说几句鼓励的话，因为我是需要被鼓励的作者，得到的鼓励越多，我下笔就越自信，写得也会更精彩。"房子多自我剖析道。

池炘看她："如果打击你呢？你就自甘堕落？"

房子多有点儿窘："被打击我的心情肯定会不好，但我也不是那种不堪一击的人。文章写出来，就是要被人评论的，毕竟，一千个读者的眼中有一千个哈姆雷特。"

"这些书你看过没？"池炘问道。

房子多跳跃的思维本身就让人捉摸不透了，可是，池炘的思维比她还跳跃。刚才他还在评价她的小说，这会儿却问她是否看过沙发上的那堆言情小说。

房子多扫了一眼，摇头："没有，我平时不爱看言情小说！"

池炘听后，发话道："这些，你抱回去阅读一遍！"

房子多呆住了："让我读？"

《心动》这个项目的主要内容是如何恋爱，你之前的大纲写得太生硬了，你自己不知道吗？"池炘说道。

房子多点头："知道啊，所以我们的大纲改动很大，我负责悬疑、动作部分，爱情部分由美心和柳柳完成。"

"你们的第二稿完成了？"池炘问。

房子多点头："差不多了！"

池炘语气变冷："在工作上，我最讨厌别人跟我说'差不多'这三个字！"

房子多感受到了池炘的严肃，连忙说道："今天下午我们小组已经将大纲完善好了，明天开会请您验收！"

"希望不要像上次一样令我失望！"池炘说道。

房子多不知道该怎么接话，毕竟满足老板的要求可不是一件容易的事。

于是，她弱弱地问了一句："如果又令您失望，会怎么样？"

池炘看着她，回了四个字："三振出局（棒球或垒球运动的术语，是指击球员三击不中而出局）！"

也就是说，算上明天的汇报，她只剩下两次机会了。房子多瞬间感受到了在池烆手下做事的压力，于是笑道："池烆，现在是下班时间，你能不能暂时不提工作啊？"

池烆闻言，回她一句："不想让我提工作，你就别在我面前晃。"

喀喀喀，她又不是故意要在他面前晃的。

"我来诺诚家吃饭，又不是为了见你！"房子多为自己辩解道。

池烆听后，反击她一句："你敢说，你并不想见到我？"

房子多想张口回击他，可是她的话还没吐出口便很快被咽了回去，她在脑子里回味了一下他说的话，接着，嘴角咧开了："池烆，你知不知道你刚才的那句话特别容易让人产生误会？"

"误会？什么误会？"池烆面无表情。

房子多的脸上露出一抹娇羞："你刚才说的那句话特别像情话！"

房子多的表情池烆看在眼里，他回了一句："希望你把想象力多用在写作上！"

房子多听了之后没有不高兴，反而笑着点头："嗯，我会的！"

池烆难得见她这么乖顺，有点儿不太习惯，所以没再说什么，转身朝游戏室走去。

房子多紧跟上去，再次向他道歉："池烆，刚才在游戏里我真的不是故意的！对不起。"

池烆没有停下脚步，却回复了她："那是实情，我并不介意！你也别再道歉了！"

房子多很想问一句"你真的不介意吗？"，但又觉得自己这么问很傻。谁会愿意面对一个不完整的自己呢？

房子多没再道歉，因为只要说一次，就是戳他的痛处一次。于是她直接转移话题："我们去看看磊爹的进展吧！"

池烆返回游戏室的目的就是这个，两人回到游戏室后，池烆打开了全息影像，进入《无极》的内测系统，输入许烨磊正在使用的内测账号，几秒后便追踪到了他的位置。

池烆将全息影像调成二维画面，随即他们看到了激烈的战斗画面。

曹操正手持德国 MG4 型机枪进行战斗，这个画面估计也只有在游戏里才能被看到。曹操火力全开，不到十五秒就扫除了一个敌方的火力据点。

房子多看了之后，连连拍手："哇，磊爹太帅了！奇怪，其他人呢？"

池烆也注意到了，画面里许烨磊自己一个人上阵，他没见到许诺诚等人。

房子多满脸疑惑："难不成磊爹想一个人打过这个副本？"

池烆接过她的话："有可能！"

房子多再次惊叹："磊爹，从今天起，你就是我心中的兰博（电影《第一滴血》的男主角）！"

池烆看了下房子多："你和诺诚的爸妈很亲近？"

房子多愣了下，随后回道："我是诺诚妈妈的亲徒弟！"

池烆懂了，没再问什么，目光盯着画面。曹操端掉一个火力据点之后，翻墙而上。人工智能 NPC 的火力也很猛，它正朝着曹操扫射。

退出游戏后的房子多此刻只是个看客，但还是为正在执行任务的许烨磊捏把汗。神经体感游戏好玩的点就是玩家能身临其境，但不好玩的点也是这个。要是中弹，疼痛感将在玩家身上持续五秒，在那一刻，玩家虽然不会体验到死亡的感觉，但是绝对能感受到战争的残酷。

"池烆，我能问个问题吗？"房子多忍不住发问。

面无表情的池烆没有拒绝她："说！"

"你为什么要设置营救公主的任务呢？你不觉得很老套吗？我们可以设置更有趣的任务，譬如某个区的能量驱动石被抢之类的剧情！"房子多说道。

池烆听后，很迅速地回了她："这条故事线确实很老套，但它代表着一种精神，就是骑士精神。"

身为编剧的房子多瞬间清醒："我明白这条故事线的用意了！现实中的玩家处于人际关系非常冷漠的环境，大家都想通过虚拟世界来逃离现实世界的各种痛苦。你特意在游戏里设置这些内容，试图唤起他们对人类同胞的爱，对吗？"

池烆没有直接回复，但说了一句话："一旦发生战争，没人可以置身事外。"

房子多赞成这个观点，一旦发生战争，无人能幸免。

在画面里，身手敏捷的曹操此刻占据了敌方基地建筑的第二处制高点，同时寻找敌方的狙击手。

房子多还清晰地记得自己第一次打这个副本时的情形，她事先就跟队友说自己是菜鸟，没想到这话一点儿都不假，好几个游戏大神带着她，她也多次险些被炸飞，幸好大神们手疾眼快，帮她化险为夷。所以那一次，房子多直接躺赢（即便不作为也能赢）。

后来，孙可可和白宴也开始玩《无极》，三个人拉上两个游戏大神组了一个战队，一起打过了这个副本。房子多带队的技术进步很多，为此，她在孙可可和白宴面前长脸不少。

现在，房子多的等级更高，拥有的装备也更精良，但是要让她独自一人打副本，她绝对会直接拒绝。因为这实在太难了，她做不到。

画面里响起一记枪声，那是许烨磊的枪声，这一记枪声让他暴露了自己的藏身之处。

他主动暴露自己，以此引出对方的狙击手。

可是他一暴露行踪，所藏之地的墙体瞬间变成了马蜂窝。

在现实世界观战的房子多替许烨磊捏了一把汗，毕竟敌众我寡，没有旁人帮忙策应，他很难摆脱局面上的劣势。

"这下不好了，诺诚他们几个怎么都不出手帮忙啊？"房子多着急地说道。

她刚说完，许烨磊又射出了一枪。

接着，画面显示狙击手身亡。

"我的天哪，这是什么神仙操作啊？！"房子多看呆了。

说完，她连忙捂住自己的嘴，看了看身旁的池烆。

池烆根本没有在意这些，继续盯着画面里的曹操。

狙击手被消灭了之后，曹操观察了一会儿地形，之后下楼，再次到了隔壁那栋楼。接着，一番激烈的枪战又开始了。

很快，他又捣毁一个据点。房子多简直要给许烨磊跪下了："磊爹要是一个人破了榜上的团队用时纪录，会不会引起风波呀？"

池烆回了一句："这是内测号，成绩不会上榜！"

房子多觉得有点儿可惜："那磊爹的厉害之处岂不是只有我们几个能亲眼见到？"

"许叔根本不稀罕这点儿虚名！"池烆回道。

房子多点头："也是！"

在他们两人交流之时，许烨磊已经逼近了营救目标，这是游戏最为惊险的一个环节。

用房子多的话说，设计者就是一个变态。

无论玩家选择正面营救还是曲线营救，都会伤及公主。一旦公主受伤或死亡，营救结果就被判定为失败。唯一能解救公主的选择竟然是牺牲自己，为公主挡下子弹。

当时，房子多对这个设计吐槽了好久。不过这个副本的结局并不以悲剧结束，在营救者牺牲自己之后，人工智能 NPC 会给牺牲的玩家续命，玩家继续战斗便可成功完成营救任务。

当时她不能理解这个剧情的设计目的，听池烆解释后，房子多才明白，为别人挡子弹的勇气不是每个人都有的，而能够为别人挺身而出的每一个人都是勇士。

作为军人，许烨磊守护了这个国家这么多年，对他来说，牺牲自我根本不算事儿。不过，许烨磊接下来的操作，让池烆和房子多大开眼界。

当歹徒挟持公主并让曹操放下手中的枪时，曹操照做了。他缓缓地将枪放在地面上，随后举起双手，又将枪踢开，歹徒随后朝曹操开枪。按照正常的剧情，曹操会被射杀，倒在公主的面前。可是，房子多看到的却是另一个版本的剧情，曹操竟然以迅雷不及掩耳之势变出弓箭，朝歹徒射去。公主注视着曹操，左脸瞬间被血染红。

公主并没有受伤，而是歹徒被射中了。歹徒挟持公主的手松开了，他缓缓地倒在了公主的身旁。

内测号的系统显示任务完成，玩家仅用时 12 分 38 秒，许烨磊以几秒优势打破了团队过关的用时纪录。而且，剧情完全出人意料，曹操竟然在没有牺牲自我的前提下，将公主营救出来了。

"这……"中文系毕业的房子多在这一刻竟然词穷了。

用现在的流行语来形容：这就是神仙操作。

一年四季没有换过表情的池烆看到这一刻，嘴角也毫无预兆地微微上扬。

这个微笑刚好又被站在一旁的房子多捕捉到了，此刻房子多惊讶的样子比看见许烨磊顺利通关更夸张。

"池烆，你笑了！"房子多直接叫了起来。

就在她叫出声的那一刻，池烆的表情又恢复了面瘫模式，刚才那个微笑如昙花一现，让她难以分清幻觉和现实。

池烆完全没有意识到发生了什么，面无表情地看着房子多。

房子多凑了过去："你刚才真的笑了，我亲眼看见的！"

房子多凑得很近，像是在寻找他笑过的痕迹一样。然而她靠得太近了，池烆产生抗拒，本能地后退了一步。

"你不信？"房子多以为池烆不信她。

池烆回道："这一点儿都不重要！"说完，他的手滑动了一下画面，将其关掉。

房子多并不这么认为："这很重要！这对我来说很重要！"

池烆看她："对你来说很重要？"

房子多点头："当然重要，我见过你的笑，特别好看！"

池烆面无表情："或许是你看走眼了！"

"我没有，我真的看见了！"房子多争辩道。

池烆对这个话题不感兴趣："房子多，别对我有过多关注，因为这是一件没有任何意义的事情！"

池烆的这句话很直白，就是拒绝她靠近他的意思。

房子多想大声回答他，这并不是没有意义的事。这对于她而言，或许是这辈子最浪漫的事。

可是没等房子多开口，许烨磊、许诺诚、孙可可及白宴四个人已经退出游戏，回到现实世界。三个人在游戏里已经给许烨磊跪下了，许诺诚好像还没从游戏世界出来，兴奋地念叨着："爸，您实在太厉害了，不愧是我的偶像！"

许烨磊笑："我就是一个游戏菜鸟，可不能跟你们这些年轻人比！"

许诺诚连忙说道："您是菜鸟，那我们的游戏水平就更差了。"

父子俩在互相"吹捧"之时，池烆走了过去："许叔，感觉如何？"

许烨磊摘下神经元感应器："池烆，你让我进入了一个全新的世界，让我产生了很多新的想法！"

池烆说："我很乐意听听你的想法！"

许烨磊笑："或许，今后我们战士的部分模拟训练可以在虚拟世界里实现！"

"诺一提过这个想法！"池炘回道。

"诺一？"许烨磊叫着许诺一的名字，"看来，还是我们老一辈落后了，没办法做到与时俱进，所以在任何时候，世界都是属于你们年轻人的！"

"没有你们老一辈的奠基，我们这一辈又怎么可能做到这些呢？"池炘很谦虚地回道。

许烨磊笑了起来，笑声特别爽朗："没错，一代人有一代人的责任，我们退休了，你们接过接力棒，继续推动社会前进。"

池炘点头："除了这些，许叔对我们游戏内容的设计以及相关环节还有什么指导吗？"

许烨磊看了下池炘："在这里说吗？"

池炘为人处世向来直来直去的，所以没等池炘开口，许诺诚便连忙道："我们去外面聊吧！"

于是他们去了客厅，孙可可和白宴第一时间发现了那一摞言情小说，为了帮池炘维护高大伟岸的形象，房子多先开了口："那些都是我的书！"说完，房子多奔了过去，把书整理了一下，抱到一边。

孙可可和白宴满眼都是怀疑的神色，因为房子多的书架上根本没有摆过这类型的书籍。平日里，孙可可和白宴拿着手机赖在沙发上看言情小说的时候，房子多都是在翻科幻小说或者悬疑小说，三个人形成了两个风格迥异的阵营。

尽管房子多看起来很可疑，但白宴没有当着大家的面拆穿她，因为现在的主角并不是她们。

大家在池炘的客厅落座后，都感觉有点儿怪，这场面像在公司开会。

作为下属的房子多还是想帮老板分担一点儿，开口道："池炘，你家有水或饮料吗？"

话一出口，房子多就觉得自己说错话了，果然，大家的目光都集中在她的身上。

作为下属，房子多直呼老板的名字显得有点儿没规矩，于是她又笑着问："池总，你家有水或饮料吗？"

池炘没有跟房子多计较，开口说道："厨房的冰箱里有水！"

于是房子多屁颠屁颠地跑去厨房给大家拿了几瓶水。

许烨磊喝了几口水之后，开始描述他对这次游戏体验的心得："游戏画面很逼真，让人分辨不出自己身在真实世界还是虚拟世界。就技术层面而言，这是好事；但对玩家而言，这是坏事，因为玩家很可能会沉迷于虚拟世界。另外，游戏内容的核心是什么？是让人热衷于战争还是远离战争？"

"关于游戏内容的核心，我们没有统一的定义，每个人玩游戏的出发点不同，感受也就不同。"池炘说。

许烨磊听后，开口说道："你的答案有点儿模棱两可，你的游戏给我的感受也是模棱两可的。你希望大家重视真实世界的生活，但是你设计的游戏容易让人沉迷。这其实是矛盾的，是不是？"

池炘点头："这个矛盾确实存在，我也没有能力去解决这个矛盾。我能做到的事就是不断优化内容，使它不仅是一个游戏，还是玩家自我成长的世界，让每个人都可以勇敢地面对现实世界。"

许烨磊对池炘的设想很满意："你的想法很好，希望你能实现。"

虽然许烨磊的意见并不具体，但对于池炘而言，这些意见已经很珍贵了。他大致清楚了《无极》战争内容板块发展的方向。

虽然游戏公司存在的目的是为玩家提供娱乐服务并从中获取收益，但对池炘来说，除了通过游戏赚钱，企业家也需要承担一定的社会责任。这也是池炘创建《无极》的初衷，他希望通过自己创造的虚拟世界去改变这个世界。他正走在这条路上。

听取完许烨磊的意见之后，池炘也询问了另外三个游戏玩家的意见。

房子多在一旁亲眼看到了池炘认真工作的样子，觉得他特别有魅力。

创建《无极》的他本身就是一个时代的创造者，也是许多年轻人崇拜的偶像。一个人的成功绝非偶然，他肯定比别人更专注、更用心、更执着。

房子多得知池炘的病情时，脑子里闪过一种想法：是那样的遭遇成就了他吗？因为有关情感的神经受损，所以他无须在这方面浪费太多的精力，从而能创造出一个划时代的虚拟游戏世界。

这是好事还是坏事呢？

房子多不清楚池炟内心真实的感受，但如果这件事发生在她的身上，她肯定会觉得这是件坏事。如果房子多有关情感的神经受损，那她的内心世界是没有色彩的，就算给她再多的财富、再高的地位，她都不愿接受这样的人生。

讨论结束之后，房子多抱着一摞书跟着大家回到了许诺诚的家。

在池炟关上门的那一刻，走在最后的房子多转身看了一眼，她的内心竟然有一丝心疼的感觉。

没错，她感受到的是心疼！大家离开之后，那个家里就剩下池炟一个人了，他是多么孤独哇！

即便池炟体会不到孤独感，可是旁人看了会心疼不已。

留在家里收拾的孙萌萌见他们回来，笑着问："这么快就结束了？"

许诺诚说道："我们也想多玩一会儿，可是老爸的战斗力太强了，他一个人打破了团队玩家的通关用时纪录，搞得我们这么快就回来了。"

孙萌萌听后，满眼崇拜地看着许烨磊："真的吗？"

"妈，你不信哪？不信我可以给你看游戏里的云记录哇！"许诺诚认真地说道。

"我怎么可能不信？你爸破什么纪录我都相信，更何况他只是玩个游戏而已！"孙萌萌对丈夫的能力还是很信任的。

许烨磊笑着摆手："你们别把我捧上天了，到时候我摔下来可就疼了！"

"别怕，我会在下面接住你的！"孙萌萌笑道。

许诺诚听后，笑着打趣："我们几个还是赶紧散了吧，不然要被塞满嘴的'狗粮'！"

房子多、白宴和孙可可三个人也非常默契地起哄："嗯，我们赶紧散了，散了！"

孙萌萌笑着拍了下许诺诚的后背："你就知道瞎起哄！"

房子多和白宴几个人也算懂事，主动提出告辞，让孙萌萌夫妇好好休息。

"你们三个有空就过来吃饭，我最近一个月都在这里！"孙萌萌交代道。

房子多听后，笑着说道："那我天天过来蹭饭！"

孙萌萌拉了下她的手："好，我天天给你们煲靓汤！"

房子多几个人离开后，许诺诚被孙萌萌拉到沙发上："诺诚，多多最近是不是有情况啊？"

许诺诚看着孙萌萌："什么情况？"

"个人情况！"

"她有没有情况……你该问多多啊？"

孙萌萌紧盯着许诺诚："我不太方便问她，才来问你的。她是不是有情况？"

许诺诚摇头："不知道！"

孙萌萌不满意，直接说出自己的猜测："我感觉她对池灼有点儿特别！"

许烨磊走了过来："你也有这种感觉啊？"

夫妻俩真是太有默契了，孙萌萌转过身看向许烨磊："老公，你是不是也有这种感觉？"

许诺诚见状，站了起来："你们聊，我去洗澡！"

孙萌萌拦住他："你还没回答我的问题呢。"

许诺诚一脸无辜："我回答了呀，我不知道！"说完，许诺诚就跑了。

客厅里就剩下孙萌萌和许烨磊，夫妻对视一眼，许烨磊便知孙萌萌的心思，不由得安抚她："这种事由不得我们的。"

孙萌萌叹气："要真是这样，我这一趟岂不是白跑了？"

许烨磊拍了拍孙萌萌的后背："顺其自然吧！"

孙萌萌心里还是有点儿急，拍了下大腿："如果真是这样，那就只能怪我太磨蹭了。"

许烨磊笑："事情还不明朗呢，你过几天再下定论也不迟！"

孙萌萌知道许烨磊在试图安慰她，但她还是有点儿担心："做事呀，就得干脆利落，绝不能拖延！"

许烨磊拍了下她的后背："顺其自然，顺其自然！"

孙可可开车载着房子多和白宴回家，房子多一个人坐在后排座位上，拿着手机发信息，写了一行，删除，接着又写了一行，又删除。

反反复复好几遍，她最终发了一句话给池炘："你送的书我一定会看的！"

发完之后，房子多没指望他回复，池炘肯定不会理她的。

没想到，一分钟后，池炘回了一句："记得写读后感！"

房子多看了回复之后，皱了皱眉头，感觉自己像个被老师教导的小学生。她回复："要写读后感？那我不看了！"

池炘吩咐下属做事，所有人的回复都是"好的"，看到房子多的回复之后，他正想回复她一句"这是任务"时，房子多又发了一条过来："爱情这种事，与其让我看书学习，不如让我亲自实践。"

池炘看着这句话，停顿了几秒才回复："别在我身上实践！"

看到这句话，房子多感觉胸口被插了一刀，鲜血四溅。她不由得皱紧眉头，整个人就像一朵枯萎的小黄花。

坐在副驾驶座位上的白宴见房子多有点儿不对劲，不由得转过头去："怎么啦？你身体不舒服？"

孙可可闻声，也连忙通过后视镜看了看房子多："多多，怎么了？"

房子多努力控制自己的面部表情："没事！"

"多多，今天见到池炘本人后，我便知道你为何跑去 in 科技上班了！他这样的男人确实诱人，可你得考虑一下实际情况，你的付出池炘他能感受得到吗？据我吃饭时的观察，他根本感受不到任何人对他的情谊，完全是一个没有感情的机器人！"白宴一口气说了一堆话。

"我赞成白白的话，那个池炘确实很帅，不过是个工作机器。多多，你是真的喜欢他，还是对他好奇啊？"正在开车的孙可可问道。

坐在后排座位的房子多看了下她们两个人，幽幽地说道："我要是喜欢他，你们是不是坚决反对啊？"

白宴转过头盯着房子多："你真喜欢他啊？"

房子多点头："嗯，喜欢！"

白宴皱眉："多多，你的口味能不能别那么重啊？"

房子多不满："你会不会说话啊？他明明这么帅！"

"我承认他很帅，可他是个机器人啊！"白宴语重心长地劝道。

房子多辩解："谁说他是机器人？"

白宴看房子多为池烆说话，不由得对着孙可可说道："完了，可可，她已经彻底沦陷了！"

目光看着前方的孙可可再次跟房子多确认："多多，你真的喜欢他啊？"

"一见钟情，二见倾心，三见定终身！"房子多回道。

孙可可听后，"啧啧"道："完了，完了！"

房子多不理她们，拿起手机再看一遍池烆回复的那句话，不知道该怎么回复他。

"多多，咱们换个目标好吗？你还记得那个尹导吗？他最近一直都在跟我打听你，说想追你。你们是同行，共同话题更多，在一起更合适！"白宴说道。

"我也觉得那个尹导不错，而且他前途无量！"孙可可也帮忙说话。

房子多见这两个人着急斩断自己的情丝，不由得说道："你们说的是尹鸿导演吧？我上次撞见他跟剧组里的女演员在一起！"

孙可可和白宴听到这话，彼此互看一眼，表情很震惊："真的假的？"

"我什么时候骗过你们？"房子多说道。

"没想到尹鸿如此人面兽心！"白宴吐槽。

"亏我对他印象极好！"孙可可也吐槽。

因为扯出了尹鸿导演，房子多算是转移了白宴和孙可可的注意力，坐在前面的两个人继续疯狂吐槽，房子多却还在想该如何回复池烆。

他非常直白、非常明确地拒绝了她！

她要是硬贴上去，肯定被池烆嫌弃，于是房子多选择不回复了。

第五章

被掩藏的秘密

第二天，房子多照常打着哈欠去上班，在电梯口又遇到了王莉莉。

这次，房子多帮她按住电梯的开门键，王莉莉走了进来，没有笑容，也没有道谢。

房子多特意看了她一眼，总觉得昨天见到的那个热情的王莉莉像是一场幻觉。

电梯里面很挤，房子多也不便和王莉莉交流，到了 21 楼，两人一起从电梯里走了出来。

"莉莉，你中午有空吗？我们一起吃饭呀！"房子多主动邀约。

王莉莉冷着脸往前走："我跟你熟吗？"

房子多追了两步："正因为不熟，所以我才想跟你一起吃饭，我们可以彼此熟悉一下！"

王莉莉停下脚步，转过身，看着房子多："房子多，你还想丢包，是吗？"

房子多愣了下，连忙回道："不想！"

王莉莉直视着她："不想就离我远一点儿！"

王莉莉的口气很冷，像是在对房子多发出郑重的警告。

房子多听后，瞬间放弃要跟她套近乎的想法，不过房子多心中的疑问越来越多。

回到自己的工位后，房子多的目光再次看向王莉莉的背影，随后，她拿起手机给朱跃发信息："王莉莉是不是有双重人格？"

信息发出去半个小时了，她还没有收到朱跃的回复，房子多猜想他可能因为太忙没有看到消息，也可能不知道该怎么回复。

没有等到回复，房子多便跟大家一起去会议室开会了。

按照池烁的说法，这是他们的第二次机会，倘若这次的大纲还是不行，那么他们就只剩下一次机会。房子多这个小组负责围绕《无极》现有的游戏体系去设定新女性向游戏《心动》的故事情节。

"游戏的第一板块——权力的游戏。男女玩家之间既是相亲相爱的恋人，也是争夺王位的对手，江山与爱人孰重孰轻，考验着玩家彼此心中的爱意，最终谁又会坐上王位则是一个很有趣的博弈。这个环节，会验证玩家彼此的真心。"柳柳讲解着第一板块的内容。

池烁听完，开口道："'权力的游戏'这几个字你们拿到授权了？如果没有拿到，请你们再想一个合适的名称。还有，这么老套的故事，会有人喜欢？我想问问在座的女士，你们一旦拥有权力，还会稀罕男人吗？"

什么叫一针见血？

跟池烁一起开会的人立马就领教到了。

面对池烁的提问，在座的女性想法一致：女人一旦有了钱，就不怎么稀罕男人了，要是她们拥有至高无上的权力，男人都得靠边儿站！

柳柳面对老板的质疑，不紧不慢地回道："故事确实老套，然而老套的故事往往是最吸引人的。我相信在座的女孩儿的想法都跟我的差不多，女人拥有了权力，谁还稀罕男人啊？正是因为我们都有这种想法，所以，现实中的我们几乎都想单身，不想恋爱，不想结婚。然而《心动》这个新项目的出发点不就是想让大家重拾对爱情的向往吗？如果抛开金钱、权力这些世俗之物，只考虑爱情，人会做出哪种选择？只有通过了这一层的考验，玩家才能进入第二板块。"

"普罗大众大多是俗人，玩游戏不是为了逃避现实就是为了娱乐消遣，老套的故事往往玩家的接受度会更高。当然，我们直接用'权力的游戏'这个名称确实不合适，涉及版权的问题。不过我的想法是，公司是否可以获取这个授权？"柳柳说出自己的提议。

"不可能，重新想！"池炘直接拒绝了。

柳柳死心了："那关于第一板块我们重新想想！接下来是第二板块——生存与毁灭，这个板块的故事考验玩家的三观是否契合，具体内容为战争背景，面对一个生灵涂炭的星球，玩家可以选择保留它，也可以选择毁灭它。如果玩家选择保留它，那么人类势必会经历更多的战争、更多的死亡，能源短缺、瘟疫肆虐、核战爆发……整个星球的人类会陷入无限的痛苦中。而如果玩家选择直接毁灭它，玩家自身也无法幸免，会跟着星球一起毁灭，之前所累积的游戏积分会回到初始状态。如何抉择，是男女玩家要面临的最大挑战！"

池炘听完之后，说道："这个板块不错！不过，具体细节还需要强化。"

柳柳嘴角上扬："好的，接下来是第三板块——死亡与永生……"

没等柳柳展开讲解，池炘直接点评："这个主题不是跟第二板块的内容重复了吗？"

"这两个板块的名称听起来确实有重复之感，不过第二板块侧重从宏观角度讲述故事，而第三板块则更侧重微观角度，更注重玩家的个人感受。"柳柳解释道。

听完柳柳这一组的汇报后，面无表情的池炘扫了大家一眼："目前呈上来的这些大纲，A组的内容勉强及格，其余两组，你们只剩下最后一次机会。这次我给大家的时间多一点儿，最后期限是这个月的月底。A组要给我一份完整的故事线，B组和C组要给我一份让我满意的大纲和故事线，否则，game over（游戏结束）！"

池炘扔下这话离开，F1内容部的成员坐在会议室里面面相觑。

"Game over？池总这话是什么意思？"邓一卿张口。

"倘若月底没拿出一个好的方案，全组的成员都要离开？"成文也开口。

乔溪看了大家一眼："大家也别瞎想！任何内容都需要不断完善，这次，池总给我们的时间多一些，大家再好好构思一下！我们一起加油！"

在这种高压氛围下，乔溪的鼓励没有起到任何作用，不过，她这个领导还是要给大家传递一些正能量的。

朱跃跟着池炘走进电梯，门关上之后，朱跃开口："如果月底F1内容部没给出一份让你满意的大纲和故事线，你真的打算把他们全部裁员？"

池炘看了朱跃一眼："不然呢？"

"阿炘，你是因为莉莉才做的这个决定，对吗？"朱跃问道。

电梯到了22楼，池炘走了出去，没有直接回答朱跃的问题。

朱跃没有放弃沟通，跟着池炘一起进了他的办公室。

池炘坐下，见朱跃站在他面前不想走，不由得抬眼看朱跃："你有更好的办法吗？"

"你这样做对老员工不公平！"朱跃道。

池炘回了一句："优胜劣汰！"

朱跃皱眉，"我知道，但你也没必要做到如此地步。这样吧，我来劝莉莉辞职。"

池炘回了一句："我的话都不起作用，你劝会有效果？"

朱跃眉头皱得更紧了："当初我不知道莉莉的情况，要是知道，我肯定不会让她来参加公司的面试。"

"事已至此，你说这些也没用。她说，即便她离开，也得走得合情合理！"池炘道。

朱跃点头："怎么合情合理？其他人是无辜的啊！"

见朱跃心软，池炘不由得说道："那你告诉我，有什么更好的办法吗？"

朱跃叹气，看着池炘："这件事越拖越麻烦，已经有人看出莉莉不对劲了！"

"只要有点儿观察力的人就会有所察觉！"池炘道。

"房子多已经知道了！"朱跃主动报告道。

听到房子多的名字，池炘的眼皮动了一下："她说什么了？"

"她问我莉莉是不是有双重人格！"朱跃道。

"你的回复呢？"池炘问。

"我还没回复！"朱跃如实回答，"不过，我觉得她应该不会对别人乱说。"

"你就这么相信她？"池炘反问。

"直觉！"朱跃回道。

池烆没再聊房子多的事情，接着问道："关于莉莉的病情，我不打算外泄，她的主治医生确定了没有？"

"确定了，我也在积极地跟阿姨做沟通，让她出面劝莉莉就医！"朱跃道，"话说回来，人格分裂这种病大多跟患者小时候的遭遇和创伤有关，没想到阿姨却对此一无所知！"

"她是不是一个合格的母亲，作为儿子的我不方便评价，但莉莉出现这种情况，她有着不可推卸的责任！"池烆道。

朱跃看着池烆，劝说道："阿烆，我能理解你，但你在阿姨面前还是说得稍微委婉一点儿。"

池烆没有点头，也没有摇头。

朱跃也没再说什么。他跟池烆一起长大，池烆的人生经历了什么，他差不多都知道。

在池烆五岁那年，池烆的父亲带池烆出门却遭遇了车祸，父亲当场死亡，而池烆的前额叶遭遇撞击，有关情感的神经受损，丧失了共情能力。也就是说，从那场车祸之后，池烆原本丰富的内心世界就变成了空白，他再也感受不到这个世界上任何的情感牵绊了。

失去父亲是无可奈何的事，可是，他随后又失去了母亲。

爷爷奶奶对他的母亲不满，甚至将这场车祸的所有责任推到了她的身上。因为发生车祸的那天是池烆母亲的生日，池烆的父亲忘了，为了弥补这个过失，父子俩一起出门给她挑礼物。

池烆出事半年后，在爷爷奶奶的逼迫下，他的母亲因为难过和自责不得不选择离开，而他也被爷爷奶奶带回B市抚养。

朱跃和池烆是邻居，他们相识于幼儿园。起初，朱跃觉得池烆就是木头人、机器人，没有小伙伴愿意跟他一起玩。朱跃的母亲私下了解情况之后，鼓励朱跃跟池烆交朋友，让他们一起玩。之后，朱跃就成了池烆的小跟班，一直到现在。

小时候，朱跃发现有个奇怪的阿姨经常跟踪他们，他把这事告诉了他的妈妈，这才知道那是池烆的母亲。

池烆面对亲生母亲时，一点儿都不像其他小朋友那般依赖母亲，只是默默地看着她。

也是在那个瞬间，朱跃觉得池炘很可怜，想要好好保护他。

两人一起长大，朱跃为池炘摆平了很多人际上的麻烦。

而池炘的母亲偷偷跟踪他们的事被池炘的爷爷奶奶知道后，她便就此消失了好多年。池炘和母亲再见面的时候，她带着一个小女孩儿，那就是王莉莉。

她没有过多打扰池炘，不过偶尔会给朱跃打电话，询问池炘的一些情况，朱跃变成了两人之间的传话人。

久而久之，朱跃也把王莉莉当半个妹妹看待，所以，王莉莉毕业后要找工作时联系了他，他没有拒绝。

可是谁能想到，王莉莉的身上会出现这种情况？

"阿炘，要不我出面，让莉莉从明天起不用来上班了，对外宣称莉莉请假了，之后我再跟莉莉提辞职的事。"朱跃试图寻找办法。

"从今天开会时她的状况来看，现在掌控身体的并不是她的主人格，你去跟她谈是没用的！更何况我现在根本不知道她究竟有几重人格！"池炘道。

朱跃皱眉，王莉莉现在就是公司的一颗定时炸弹，也是他心里的一根刺。他不想因为自己的过失给池炘造成不好的影响，因为这关乎的不仅仅是池炘的个人隐私，也关乎 in 科技的股价。

临近中午，房子多收到一个朋友的午餐邀约，对方是一个自媒体的大咖。

房子多之前的几部剧播出时，这个自媒体大咖是电视剧的战略宣传伙伴，跟房子多也算熟悉，所以，房子多爽快地答应了邀约。

吃饭的地方是一家非常有名的日料店。而让房子多没想到的是，她在料理店的门口又遇见了池炘和朱跃。

他们又遇见了！这是缘分吗？

池炘看到她时，房子多主动解释："别误会，我没跟踪你，朋友约我在这里吃饭！"

池炘没说什么，直接往里走，朱跃却回头看了房子多一眼。

她早上发出的信息，朱跃至今没有回复。

"朱助理，我真的没跟踪你们！"房子多再次解释，甚至拿出证据给朱跃看。

朱跃看了一下，冲着她笑笑："我们也约客户在这里吃饭！"

谁也没提王莉莉的事，之后他们各去各的包间，各吃各的日料。

池烆会见的客户是日本的一位音乐大咖。上次，国内大咖因不满意价格，迟迟没签合同。这位日本音乐大咖刚好来国内演出，朱跃将他推荐给池烆，于是才有了这次的会见。

房子多这边则是朋友聚餐，各自聊了一下彼此最近的情况。

吃完饭，房子多和自媒体大咖抢着买单，不过，最终还是房子多抢赢了。

回办公室的时候，房子多还主动带了几杯咖啡和奶茶。

池烆和朱跃同日本音乐大咖吃完饭后，两个人一起回公司。

"没想到我们的合作这么顺利，我回去就叫法务部拟合同，在下周内敲定合作！"朱跃笑道。

坐在副驾驶的池烆面无表情地看着窗外，冷不丁地问了一句："我是不是被房子多定位了？"

朱跃怔了一下："没有，她给我看了信息，这顿饭是她的一位自媒体朋友主动约她的。"

"你真的这么信任她？"池烆反问。

朱跃已经不是第一次面对池烆的质疑，开口道："我只能说，你发病是没人能预料的，她救你是事实，之后发生的事可能多少有点儿刻意，但也有一定的缘分吧！"

"缘分？"池烆冷漠地说着这两个字。

"至于是善缘，还是孽缘，目前不好下定论！"朱跃道。

"莉莉的事，你回复她了吗？"池烆问。

"没有！"朱跃回道。

朱跃话音刚落，手机响了起来，朱跃看了下来电，是公关部的电话。

朱跃接了起来，只听到对方急促地说道："朱助理，网上有两则关于池总的热搜。"

"什么热搜？"朱跃问。

"有关池总以及他家庭的热搜！"

朱跃快速地挂了电话，将车子拐到路边停了下来，迅速查看了热搜。

见朱跃的脸色非常难看，池烆开口："出了什么事？"

朱跃转头看向池炘："你上热搜了！"

池炘拿过他的手机，看了一眼，热搜第一条：in科技创始人池炘是个精神病患者。

朱跃没让他看第二条，便将手机拿了过来，再次跟公关部通话："是谁发的第一条新闻？"

公关部的回复："××自媒体！"

朱跃听后，直接命令道："马上发律师函过去！"

挂掉电话之后，朱跃猛然想起在日料店门口房子多给他看的信息、上面标注的人名以及所属自媒体。

在F1内容部，房子多正坐在办公桌前，修长的手指落在虚拟的键盘上，感觉像是在弹琴一样。孙可可和白宴都说过，她的这双手不弹钢琴，简直就是一种浪费。所以，房子多被夸多了之后，也觉得自己这双手是她全身上下最漂亮的部位。

不过，房子多专注的状态很快被打破，因为周围的同事都在窃窃私语。

房子多不由得抬头看了下四周，开口询问："怎么啦？"

大家的表情都很微妙，柳柳没有直接回答，而是在三人的小群里发了一条消息：去看热搜。

房子多很快打开热搜，池炘的新闻明晃晃地呈现在她的面前。

热搜标题：in科技创始人池炘是个精神病患者。具体内容则是：池炘患有先天性精神病，五岁的时候做了手术，成了一个没有情感神经的机器人。

看完这一条，房子多又点开了另外一条：池炘同母异父的妹妹也患有人格分裂症。

房子多看完立马抬起头看向王莉莉，同时，她也发现其他同事的目光都集中在王莉莉的身上。

而王莉莉好像没有察觉，还在自顾自地干活。

工作组三个人的群又发来一条消息，郭美心问："这个王莉莉真是池总的妹妹？"

没有得到回复，郭美心特意问了柳柳："柳姐，你当时可是面试官，情况是否属实啊？"

几秒后，柳柳回复："我不知情！"

"真不知情？"郭美心追问。

"真的不知情！"柳柳重申。

房子多看完消息，一时之间没法儿冷静，因为现在所有人都把王莉莉当成了精神病患者。王莉莉待在这里不是一件好事。于是房子多站起来，快步走到王莉莉的身边，拉起她直接往外走。

"房子多，你干什么？"王莉莉被房子多的突兀吓到。

"先离开这里！"房子多不管不顾地拉着王莉莉离开办公室。

内容部的人看着王莉莉被房子多拖走。

往电梯口走去的时候，王莉莉察觉到了一丝不对劲，大家看她的眼神就像看到怪物一样，她也就由着房子多将她拉走。

还好现在是上班时间，乘电梯的人少一些，房子多拉着王莉莉走进一个空荡的电梯里。

王莉莉甩开房子多的手，之后逼近房子多："你把我换包的事捅出去了？"

说实话，眼前的王莉莉给人一种特别强悍的感觉，而面对王莉莉的逼视，房子多没有害怕："没有，是其他的事！我们先离开这里！"

"其他的事？什么事？"王莉莉逼问。

"离开这里，我再跟你说！"房子多道。

"我现在就想知道！"王莉莉强势地逼问。

电梯一路往下，到了12楼停了下来，有人想进来，但房子多直接阻止："不好意思，请你等下一班电梯！抱歉。"说完，她连忙按了关门键。

电梯门再次关上，王莉莉拉过房子多："到底什么事？"

房子多很和气，但立场很坚定："离开这里再说！"

很快，到了1楼，电梯门打开，房子多拉着王莉莉出来，但在门口，她们与池烆、朱跃撞个正着。

五分钟后，朱跃开车载着池烆、房子多及王莉莉离开了科技园。

车内一片安静，气氛很微妙。

王莉莉张口打破这气氛："出了什么事？"

朱跃侧过脸看了下池烆，池烆没有回应，朱跃也只好沉默。

"去哪儿？"王莉莉又问了一句。

朱跃又看了下池炘，代为回答："去池总家！"

王莉莉听完这个消息之后，看着坐在前排的池炘，开口道："哥，我的事被曝光了？"

坐在王莉莉身边的房子多闻言，转过头看着王莉莉，以她目前所学到的浅薄的心理学知识来分析，此刻的王莉莉不是主人格，而是一个特别聪明的副人格。

车内一片安静，没人主动去回应这个问题。

紧接着王莉莉又开口："是谁曝光的？"

朱跃为了稳定人心，回应道："我们已经在查了！"

王莉莉又道："马上关掉你车子的自动驾驶系统和定位系统，还有手机的定位系统。还有，我们现在去我哥家并不安全，估计有一堆记者在那里等着我们！"

这是房子多第一次遇见有双重人格的人，听完他们的对话，她没有新奇感，反而有点儿害怕。

没错，此刻的她，开始害怕了起来，因为眼前的王莉莉绝对是个高智商的人。

朱跃听了，赞同王莉莉的提议，新闻一被曝光，肯定有一堆人围追堵截他们。

"阿炘，要不去我家？"朱跃建议道。

"你家也不行，肯定也有人去蹲点！"王莉莉道。

"那去哪儿？"朱跃询问。

池炘不说话，房子多也沉默。

这时，王莉莉转过头看着房子多："去你家！"

房子多愣了一下，这是什么操作？

"我家？"房子多疑惑。

"现在只有你家是最安全的！"王莉莉道。

房子多看着王莉莉，就目前而言，王莉莉在操控全局，池炘好像没存在感一样。

房子多转过头看向池炘，似乎在等池炘发话，但是池炘没吭一声。

"我家……我家，我得先打个电话，还有两个女孩儿跟我一起住！"房子多被紧张的气氛搞得有点儿结巴起来。

"马上打！"王莉莉命令道。

房子多不喜欢别人命令她，但是就目前的情况来看，她也没办法去计较这些，直接拨通了白宴的电话。

跟白宴说了几句之后，房子多收起电话："我已经叫她们出去了！朱助理，我把我家的地址发给你。"

王莉莉却拦住她："用你的手机导航，现在他们两位的手机都只能关机。"

房子多照做，用自己的手机导航，半个小时后，四个人到了房子多合租的套房。

房子多招呼他们在客厅落座，王莉莉打量了一下房子的布局，随后挤对了房子多一句："房子多，你不是不差钱吗？为什么还要跟人合租？"

房子多直接回击："我喜欢，我乐意！"

回击完之后，房子多后悔自己嘴快，不该用激烈的言语刺激一个人格分裂症患者，因为可能会出意外。

王莉莉"哼"了一声："给我一杯橙汁！"

作为主人的房子多只好去冰箱里取饮料，她将饮料递给朱跃的时候，听到朱跃的质问："是你泄露消息给××自媒体的吗？"

房子多愣了一下："这话什么意思？"

"你中午不就是跟××自媒体的人一起吃饭吗？你向她泄露了池总的个人信息？"朱跃质问道。

房子多把手中的饮料放下，一脸正色："是××自媒体曝出池总和莉莉的事的？"

"不管你是失误也好，是刻意也罢，倘若这事是你泄露的，房子多，你等着被起诉吧！"朱跃没了平日里的和气，一脸严肃。

面对质疑，房子多没有紧张，因为她一直坚信"身正不怕影子斜"。

"有证据吗？"房子多冷静地回了一句，"要是没有证据，就别急着冤枉好人！"

"你做没做过，自己心里清楚！我只要你一句话！"朱跃道。

"我说我没有做过，你们相信吗？"房子多反问。

朱跃看着房子多，在这件事发生之前，他一直都非常信任她，此刻，他却完全拿捏不准，因为这个世界上最难懂的就是人心。想到池烆最初的预感，他的心里也有点儿不安起来。或许，他当初就应该听从池烆的建议，不让房子多靠近池烆。

王莉莉听完两人的对话，开口道："房子多，只要你亲口说没做过，我就相信你！"

房子多把目光移到王莉莉的脸上，回了两个字："谢谢！"

话音刚落，朱跃的手机响了起来，朱跃很快接了起来，同时起身走向阳台。

客厅太安静了，房子多和王莉莉的目光不约而同地投向池烆。从上车到现在，池烆没有发表一句言论，像是受到了巨大的冲击一样，还没有回过神来。

池烆察觉到两人注视着自己，不过，他没有给任何回应，还沉浸在自己的思考中。

"哥，你受刺激了？"王莉莉开口道。

池烆收起思绪，目光看向王莉莉："向××自媒体泄露你和我的隐私的人是你，对吗？"

房子多闻言，极为震惊。池烆没有怀疑她，却怀疑王莉莉。

王莉莉怔了一下，随后笑道："我会做搬起石头砸自己脚的事吗？"

"你的目的是什么？"池烆追问。

王莉莉见状，又笑："哥，你搞错了！"

池烆再次逼问："目的是什么？"

王莉莉直视着池烆，很郑重地回道："不是我！倘若消息是我曝出来的，对我有什么好处呢？"

池烆直接回答了她："当然有好处，你想占有莉莉的主人格。"

王莉莉轻蔑地笑道："你电影看多了吧？"

看着王莉莉脸上的笑意，房子多觉得特别瘆人，精神病患者的精神世界是正常人无法想象的。

面无表情的池烆凝视着王莉莉："目的是什么？还有，是谁指使你这么做的？"

看着池烆严肃的表情，房子多感觉这件事没有表面看起来的那么简单。擅长写悬疑剧的她，在这个瞬间已经脑补了很多剧情，譬如说，竟争对手利用了王莉莉的副人格，对池烆进行致命性的打击。

王莉莉收起脸上的笑意："你一点儿也不信任我！池烆，我可是你的妹妹，你对我没有丝毫的信任。你真的就是一个名副其实的机器人！"

"你，不是我的妹妹，你只是在她躯体里藏着的一只猛兽！"池烆冷漠地回道。

房子多见池烆在刺激王莉莉，觉得不是很妥，于是插嘴道："池总，你先喝点儿果汁，冷静一下！"

房子多说完，连忙将果汁的瓶盖拧开，递给池烆。

池烆没有接，继续凝视着王莉莉："我不管你有什么目的，你都不会达成的！"

池烆话音刚落，去阳台打电话的朱跃走了进来，看到这样的对峙，他第一反应便觉得池烆搞错怀疑对象了。房子多才是第一嫌疑人啊！

朱跃走了过来，跟池烆汇报："公关部已经发了律师函，同时也在撤热搜，技术部也在协助做关键词条的屏蔽工作。还有，阿姨刚才也打电话过来了。"

池烆转移目光，看着朱跃说道："除了发律师函，其他可以不用做。我们越是遮掩，越是让人怀疑，一旦在人心里埋下好奇的种子，不用别人浇水、施肥，它也会长成一棵充满八卦和阴谋的参天大树。"

朱跃不赞同池烆的说法："你是君子，可以坦荡荡，但这个世界遍地都是戚戚小人。"

房子多从朱跃的言语里可以窥见他对池烆的忠心，他是在保护池烆，但也似乎有点儿被害妄想症。

遍地都是戚戚小人，这有一点儿贬低了人类的友爱之情。

这个世界确实有很多坏人，但同时也有很多好人，在房子多的认知里，好人占压倒性的比例。

房子多忍不住了，纠正道："朱跃，你这话我不认同，你保护池烆我理解，但不该敌视所有人。"

朱跃闻言，看向房子多："房子多，公司的公关部已经在查消息泄露的来源了，我希望最好不是你，不然，别怪我无情！"

被警告的房子多有点儿想笑，但忍住了，开口道："池烆丝毫没有怀疑我！"

朱跃听后，看了池炘，又看了王莉莉，恍然大悟："阿炘，你怀疑莉莉？"

池炘开口道："房子多，我也不是没有怀疑你，你接近我的动机又是什么？"

房子多面对突如其来的逼问，尿得咽了下口水，看着池炘："我接近你的动机是我……我想收集写作素材，就这么简单！"

"你撒谎！"池炘直接反驳道。

池炘本身就是一个面瘫，没有表情，没有笑容，只要气氛稍微变冷，就给人一种……一种索隆（英国奇幻小说《魔戒》中的人物）的压迫感。

没错，他就是索隆本人啊！暗黑魔王！至尊魔戒的主人！

"接近你的动机是我喜欢你！"

房子多想这么回复池炘，但这等于她直接跟他告白。

当面告白这种事，她没有经验，但是，她从池炘昨天那句绝情的回复得出，告白等于斩断一切情丝。

于是，房子多开口回道："我没有撒谎，这就是我的目的，至于你相不相信是你的事。反正我不接受你的反驳！"

王莉莉听后，笑了起来："房子多，你喜欢我哥就明说，装什么啊？"

房子多看向王莉莉："'喜欢'这个词，只要不是从我口中说出来的，那都是你们的猜测！"

王莉莉又笑："你很有心机啊！"

房子多回了一句："如果你的动机真如池炘所说，那'心机'这个词更适合你！"

王莉莉与房子多对视，嘴角露出一抹让人猜不透的笑意："房子多，你这个人有点儿意思，我想跟你交个朋友！"

跟人格分裂症患者交朋友这种事，普通人是绝对不敢做的，房子多却胆大无比，伸出手，对着王莉莉道："你好，朋友！"

王莉莉凝视了房子多几秒，却没有伸出手："你竟然不怕我？"

房子多很直接地回道："为什么要怕你？"

"你不是看过报道吗？不害怕吗？"王莉莉道。

房子多摇头："不怕，其实每个人都想为自己而活。不同的是，你的身体里有多个人格，你们都想战胜彼此，成为唯一！"

王莉莉闻言笑了下："你学过心理学？"

"皮毛而已，为了写剧本看过一些专业书籍！"房子多如实说道。

"你说，每个人都想为自己而活，你是支持我的意思？"王莉莉注视着房子多。

房子多迎着她的目光，随后道："这是你自己的战争！"

房子多刚说完，池烆打断她的话："房子多，专业的事交给专业的人去做，无须你插手！"

房子多明白池烆这句话的意思，她不是心理学专家，对于如何治疗人格分裂症患者，她也没有相应的能力去帮助，如果她继续和王莉莉对话，可能会造成不可挽回的后果。

王莉莉见池烆阻止房子多，不由得将目光移到池烆的脸上："哥，你不支持我？"

池烆没有共情能力，有话都是直说，但是还没开口，房子多便扑过去，捂住了他的嘴。

朱跃对房子多的举动是赞成的，刺激王莉莉不是什么好事。

池烆本身不喜欢跟人有肢体接触，而房子多捂住他的嘴的这个行为特别亲密，两人的眼神不由得交织在一起。

房子多的睫毛扑闪了几下，尽管眼前对视的这双眼睛没有任何温度，但依旧夺人心魄。

一眼万年，房子多对这个词慢慢有所领悟了。

接着，她安分多年的小心脏开始不规律地跳动起来。

"咚咚咚，咚咚咚，咚咚咚……"这节奏像是在演绎激越昂扬的乐章。

在池烆拨开她的手之前，房子多因为担心自己心脏病发作而提前放开手，她的脸上浮现一抹浅浅的桃粉色，同时，她岔开话题："你说得对，专业的事交给专业的人做！"

王莉莉闻言，脸上的笑意覆上一层寒霜："你想把我交给心理医生？"

房子多开口道："看医生这种事，最好是你自愿的。而作为你的新朋友，我建议你最好去看心理医生，至于你能不能战胜其他人格，成为这个身体的主人，那就要看你的本事了！"

王莉莉听后，冷笑道："我是最强的，比莉莉强百倍、千倍，她就是一个胆小鬼，一个懦夫，一个失败者！"

　　看着王莉莉控诉主人格的口吻和神情，房子多觉得此刻的她跟池炘有些相似之处。池炘是强者，她也想成为强者。

　　房子多很想知道，王莉莉儿时到底经历了什么，竟然导致她出现人格分裂的症状？

　　"既然你是最强的，那你为什么怕心理医生呢？"房子多反问。

　　王莉莉看着房子多，冷笑一声："房子多，你的激将法对我没用！""你怕了？"房子多笑道，"如果你害怕，那也就是说，你自认为的强，只是自我感觉良好而已！"

　　"我为何要怕？"王莉莉强势地回道。

　　"那你就去看心理医生，在医生面前，你要是能像你所说的那么强，我们也无话可说。"房子多又将话题绕了回来。

　　王莉莉凝视了房子多几秒："房子多，我是不会上你的当的！"

　　房子多笑："不会上当，说明你很聪明，当然，你也是一个不敢面对挑战的胆小鬼！"

　　"房子多，你说什么？"王莉莉的脸直接黑了下来。

　　房子多继续："你也是一个胆小鬼！"

　　"你再说一遍！"王莉莉的口气变得特别恐怖。

　　"房子多，你别说了！"朱跃原本以为房子多是来帮忙的，结果她其实是来搅局的。

　　房子多却继续说道："你之所以诞生，是因为你想保护莉莉，你想帮她战胜自己，战胜别人。可是，真实的你很胆小，你害怕消失，所以你开始掠夺。"

　　王莉莉冷笑："你以为你很了解我？"

　　"我不了解你，你只不过是跟我同时进入 in 科技、相处不到半个月的同事而已，我们没有一起吃过饭，没有一起喝过酒，我们只是知道彼此的名字却不熟悉的同事。不过，我很欣赏你的才华，你的游戏大纲天马行空，给我带来不少灵感。"房子多道。

　　王莉莉听后，怔了几秒："你改策略了，开始哄我开心了，房子多，你的脑子转得很快啊！"

"我说的都是真话！正因为看过你写的大纲，我们小组有了新的启发，才写出池总认为及格的那份大纲！"房子多道。

"及格的大纲？你刚才所说的话都是废话，在我哥眼里，我所写出来的东西都是垃圾，他还想着月底把我直接踢出公司！"王莉莉说这话的时候，目光看向池炘。

房子多也看了下池炘，帮着解释道："你哥应该是个完美主义者、'细节控（过分注重细节的人）'！"

王莉莉突然笑了起来："你形容得很准确，不过我要补充一点，他还是个机器人！"

这算是两兄妹互相伤害吗？

房子多听后，特意观察了下池炘的表情，可池炘的脸色看不出任何变化，唯一能让人窥探的地方就是那双眼睛。

此时此刻，他的那双眼睛就像一摊没有一丝波澜的死水。

"莉莉，我不允许你这么形容你哥！"朱跃第一个跳出来驳斥。

池炘却伸手拦住他："让她说！"

王莉莉看着池炘，笑了笑："我哥都不在意，你在意什么呢？"

朱跃的脸色有些复杂："莉莉，我曾经跟你说过你哥的遭遇，他对你冷淡，不是出自本意，你不能怪他。"

"我没怪他，我只是想知道，他的遭遇是真实的还是杜撰的？"王莉莉道。

朱跃凝眉："什么意思？"

"我们都是同一个母亲生的，我患有人格分裂症，我哥曾经是不是也是一个精神病患者？只不过，他通过做手术改变了一切。于是，之前的一切被掩藏，成为一个不为人知的秘密。"王莉莉直言道。

听到王莉莉抛出的这个话题，房子多心里"咯噔"了好几下。

她的手紧张地握起了拳头，倘若王莉莉说的是事实，那么，池炘就是一个先天性精神病患者。

这个结论特别吓人。

喜欢上一个精神病患者，这绝对是件令人恐慌的事。

房子多的眼睛看着坐在自己身旁的池炘，他的侧脸真的很好看，房子多却在心里不停地问：他是吗？他是先天性精神病患者吗？

"莉莉，你胡说什么？"朱跃对于王莉莉的猜测给予大声的斥责。

王莉莉没有抬眼看朱跃，而是定定地看着池炟："哥，你心里是不是也有这个疑惑？"

池炟凝视着她，既没有承认，也没有否认。但是，自从知道王莉莉具有人格分裂症后，池炟确实对这个问题也产生了疑惑。为此，他还打电话给奶奶，问起小时候的事。奶奶说那些都是陈年往事，叫他别去想，往前看。所以现在，他自己也不清楚。

"你想过自曝的后果吗？"池炟没有回答她的问题，却开口询问她热搜的事。

"你还没回答我的问题！"王莉莉揪着不放。

"自曝的后果，就是毁灭，自我毁灭！当然，毁灭之后，也伴随着新生！"池炟道。

"毁灭？新生？你想跟我讨论哲学吗？"王莉莉笑道。

"我没多余的时间跟你讨论哲学，不过，我可以跟你讨论一下就医的问题！"池炟道。

"就医？"王莉莉笑，"哥，你的回避似乎给了我答案。毁灭也好，新生也罢，我们兄妹一起面对，有伴儿，挺好的！"

"莉莉，你想干吗？"朱跃的口吻十分严肃。

王莉莉抬眼看他："朱跃哥，我哥都不紧张，你紧张什么啊？"

"你到底想干吗？想报复？报复你哥对你冷淡，对你不闻不问？"朱跃质问。

"朱跃哥，你果然对我哥很忠心，除了他，任何人在你眼里都可能是加害者！"王莉莉道。

"我没觉得别人是加害者，而你哥除了我，也确实没有别的朋友。或许，你在小时候遭遇了不好的事，可能是让人同情也让人愤怒的事，但这不是你哥的错，你不能把责任强加在他的身上。"朱跃道。

"我说过自己遭遇什么了吗？我有说这件事跟我哥有关吗？我有说要报复他吗？我什么都没说，你却开始把这些罪责强加在我身上，朱跃哥，你这是神经过敏呢，还是保护过度啊？"王莉莉直接反问道。

"如若没有，那是最好的，倘若有……"朱跃的口吻严厉到让人感到害怕。

"如果有，你会怎样？"王莉莉接了他的话。

"最好没有，否则别怪我翻脸不认人！"朱跃直言。

王莉莉笑："你一直都只认我哥，如果不是我哥的缘故，你会认我？"

"莉莉……"朱跃叫她的名字，"我对你的关照，也是从一个哥哥的身份出发，但是我不允许你做出伤害你哥的事。"

王莉莉笑："看你这么保护我哥，我都怀疑你对我哥的感情不是朋友之间的感情。"

"你胡说什么？"朱跃再次驳斥。

不过，王莉莉的话，让一直沉浸在池炘是否有先天性精神病这个问题里的房子多回过神来。随着社会发展，有些关系不再是见不得光的事，有人大胆地追求，大胆地宣扬，大家也早已见怪不怪。

"恼羞成怒？"王莉莉笑。

朱跃确实有些恼了，不过没等他回复，房子多便说："我们都是你的朋友，大家都在关心你。"

王莉莉看着房子多："房子多，你当我是你的朋友？"

"有何不可？即使你没把我当朋友，我也会把你当朋友！"房子多回道。

"为什么？"王莉莉问。

"因为我们每一个人都是寂寞的人，我们都想拥抱他人，都想拥抱温暖！"房子多道。

王莉莉听了答案之后，笑了起来："你很会煲心灵鸡汤。"

"那我煲的汤，你喝吗？"房子多反问。

王莉莉看着她："不喝！"

"也就是说，你刚才说跟我做朋友的话是假话？"房子多反问。

"你别故作天真，会让人觉得做作。不过，跟你交谈之后，我觉得你确实很有意思，但是要成为我的朋友，你还不配！"王莉莉回道。

"我不配？我哪里不配了？"房子多不服。

"你太丑了，也太蠢了！"王莉莉直接进行了人身攻击。

房子多面对她的评价，没有生气，而是回复道："说我蠢我认，但是说我丑，我不认！在我们学校，我的颜值虽比不上校花，但好歹我也是系花！"

池焓和朱跃听了她的话，目光不约而同地看向她。房子多确实不是那种让人眼前一亮的美女，但是看久了之后，会让人觉得这丫头长得也还行。但要说系花，房子多有点儿言过其实了。

不过，朱跃跟她接触之后，很快感受到了她的个人魅力，就像现在，她在用自己的方式，吸引王莉莉的注意，其目的应该是让王莉莉放下心中的芥蒂。

"你们学校的品位未免太差了吧！"王莉莉继续攻击。

"你骂我可以，骂我的母校不行。我们的校友有不少各行各业的成功人士，他们的品位不容置疑！"房子多道。

王莉莉听后，笑了起来："房子多啊，你还真有意思。"

"你是不是想交我这个朋友呢？"房子多乘胜追击。

"我考虑考虑！"王莉莉道。

"给你三分钟时间考虑！"房子多道。

王莉莉笑了起来："好，我交你这个朋友！"

房子多也笑，豪气地说道："既然我们是朋友，我定会为你两肋插刀！"

"你会吗？"王莉莉不相信。

"会！"房子多的回答十分肯定。

王莉莉定定地看着房子多，房子多也看着王莉莉。虽然房子多不知道此刻王莉莉心里在想什么，但是有一点她知道，目前占领这具躯体的王莉莉，即便很聪明、很狡猾、很强势，但同时也很渴望温暖，渴望人与人之间的温暖。

房子多和王莉莉的交流，池焓全都看在眼里。在这个过程中，他对房子多的认识更进了一步。她很聪明，也很勇敢，至于她是否真正善良，他还无法确定，毕竟，她接近他的目的也未必单纯。

热搜一事，势必给池焓及公司带来一定的影响，朱跃借用了房子多的书房，用远程办公模式跟公司的公关部进行沟通。

有朱跃这么能干的助理，池焓自然轻松许多。当然，这个时候，朱跃也不想让他插手。所以，池焓只能无聊地坐在客厅，跟王莉莉四目相对。

此刻，房子多的手机信息不断，白宴、孙可可、许诺诚以及公司的同事都在询问她有关池焓的事。

房子多只回了朋友几句，暂时没回同事们的信息。

看到池炘和王莉莉坐着无聊，房子多不由得打开电视机，结果一打开，电视频道刚好在播电视剧《新魔》，房子多是这部剧的编剧。

房子多觉得尴尬，想要换频道，王莉莉却叫住她："就看《新魔》。"

"看别的吧！"房子多边建议边换频道。

"就看《新魔》！"王莉莉再三强调。

房子多无语，只能换回刚才的频道。

《新魔》与"心魔"同音，讲的是一个闻名遐迩的男心理医生和一个初出茅庐的女警察一起破案的故事，他们一起治愈别人，同时也治愈了彼此。故事以一个个案件展开，里面有爱情线，但内容很少。而对爱情线的不同看法，让剧迷们形成了两个阵营，一个阵营觉得恋爱线太浅，让人遗憾；另一个阵营觉得正是恋爱线较少才成就了这部剧。

当前电视里的情节是其中的一个故事单元，男主角在协助警方调查案件，女主角成了他的小跟班。同时，这个故事里面有一个人格分裂症患者的角色。

这部剧算是房子多的得意之作，但是，让她和池炘兄妹一起看这部剧，她总觉得有点儿怪，于是，房子多以切水果为由逃进了厨房。

在厨房磨蹭了几分钟后，房子多端了一盘切好的哈密瓜出来。

王莉莉看了她一眼，随后问："你的心理学学得不错！"

房子多回道："皮毛而已！"

"王洋这个人物刻画得很生动！"王莉莉点评。

房子多对于王莉莉的评价很惊喜，因为王莉莉自己就是患者。

"我当时在写剧之前，做了大量的采访工作，采访了很多心理学专家。"房子多实话实说。

"作家算不算人格分裂症患者呢？在自己的大脑中构建不同的世界、不同的人物、不同的故事，虽不是自己亲身经历，却让人感觉特别真实！"王莉莉问。

"我只能说，作家的共情能力是超强的！"房子多回道。

不过，说完这句话，房子多主动看了下池炘，池炘正好也看着她。

以往，房子多肯定会立马跟池炘解释，这话不是针对他说的，此刻的房子多却没有解释。她知道，越刻意解释，越容易伤害别人。

王莉莉见房子多看着池炘，也将目光移到池炘的脸上，开口道："哥，如果你有共情能力，你会爱上她吗？"这算助攻吗？可是这个助攻来得让人措手不及，直接让房子多都不敢看池炘了，她连忙收回视线，看着水果盘里的哈密瓜。

这问题就跟射出弦的箭一样，直接命中池炘。接下来，就看他怎么回答了。

说到答案，如果房子多说自己不在意，这是不可能的。可是过于期待，也是会让她失望的。

果然，池炘没有直接回复，而是伸手拿了一块哈密瓜，啃了起来。

"哥，你选择逃避，看来，答案已经出来了！"王莉莉道，"房子多，我哥喜欢你！"

房子多闻言，抬起头看向王莉莉："你哪只眼睛看到他喜欢我？"

"以你的思维应该能理解，就算不喜欢你，我哥也不讨厌你！"王莉莉道。

房子多觉得王莉莉只是随口说说，于是回道："你哥肯定不敢讨厌我，因为我是他的救命恩人！"

池炘啃完了哈密瓜，抽了一张纸擦了擦那修长好看的手，随后拿过手机，看了看朱跃刚刚发给他的信息。

看完之后，池炘将手机递到房子多的面前："解释一下！"

房子多看着屏幕上的信息，极为震惊："这简直就是诬蔑！"

王莉莉探身过来，看到了信息内容：热搜内容的消息源于 in 科技内部员工，有录音为证。而这个矛头，直接指向了房子多本人。

池炘直接播放了录音，房子多听到了自己的声音，录音是她与××自媒体大咖的聊天对话。

房子多连忙摇头："真的不是我说的，我没有跟她谈及任何跟你们有关的内容！"

池炘看着房子多，收回手机，回复朱跃："去做语音对比，还有联系警方，去查××自媒体大咖的所有资料。"

接到任务的朱跃立马照办，同时，他也接到消息，现在 in 科技楼下有一堆记者，池炘家的小区里也有一堆记者，王莉莉的家也是如此。

幸好他们提前离开公司，不然真的很麻烦。

房子多看着池烆，强调道："请你相信我！"

坐在一旁的王莉莉道："我哥也没有怀疑你！他怀疑的人是我！"

话多之人容易自找麻烦，池烆听了这句话，再次反问："是你干的吗？"

王莉莉笑："看吧，我哥怀疑我，却信任你！"

房子多此刻没空理会这些，她需要自证清白，于是想打电话给中午一起吃饭的自媒体大咖。

可是她打电话过去，对方是关机状态。

房子多忍不住骂道："想不到老子竟然有被人陷害的一天。她无缘无故约我吃饭，就是想陷害我。"

见房子多这么激动，王莉莉笑："不过，被陷害也是有好处的，至少证明了你在我哥心中的地位。"

房子多闻言，两只眼睛直视着王莉莉："不会是你为了这个目的，跟媒体自曝的吧？"

王莉莉笑着道："我有这么无聊吗？"

"你不是无聊，你是……你是忌妒！"房子多道。

"我为什么要忌妒？"王莉莉不承认。

"从丢包一事来看，你对我很在意，你想通过我来测试一些东西，对不对？"房子多追问。

王莉莉笑："你有这个分量吗？"

"我有没有这个分量，你很想知道。莉莉，我不是筹码，不是测试品，你哥与你之间有任何问题，你们直接摊开来说，无须把我牵扯进去！"房子多道。

听到房子多的话，王莉莉的眼皮眨了几下："我和我哥几乎不联系，怎么会有问题呢？"

一直不怎么说话的池烆其实在观察王莉莉，知道她的病情之后，池烆没敢轻举妄动。她看起来很强势，似乎一切都在她的掌控之中，让人找不到破绽。不过，房子多刚才的那番话好像触动到她的某个点。

"莉莉，我们之间肯定存在某种问题，它甚至成了你的心结。你能告诉我具体的症结吗？"池烆问道。

王莉莉笑："没有，我们之间能有什么症结呢？"

"一定有，只是你不肯说而已！"池烆道。

王莉莉看着池烆："也就是说，你认定上热搜的事是我做的，对吗？"

"肯定与你有关！"池烆直言。

"真的好让人伤心啊！不过任何指证都需要证据，还有，你为什么不怀疑她？她都已经被曝出音频证据了！"王莉莉指了一下房子多。

房子多看了看他们兄妹俩，王莉莉是不是自曝者，她没有十足的把握，但在刚才跟王莉莉交流的过程中，房子多也笃定一件事，王莉莉和池烆之间肯定是有心结的，具体是什么，只有王莉莉本人才知道。

"证据暴露得越快，房子多的嫌疑就越小。"池烆回复道。

房子多听了这句话，很想给池烆一个大大的赞，他的智商真的很高。

"那你指证我，有证据吗？"王莉莉问。

"暂时没有，不过很快就有了！"池烆道，"你的动机我猜不到，但你肯定因为我而受到过伤害！说得具体点儿，是另外一个莉莉因我而受到过伤害！"

王莉莉闻言，脸色僵了一下，房子多见状，更加笃定自己的猜测，于是伸手握住王莉莉的手，想给她一丝温暖。

王莉莉却非常厌恶地拨开她的手，脸色也跟着黑了下来："池烆，你现在才知道自己是罪魁祸首吗？"

面对王莉莉的指责，池烆眼皮微微眨动，这或许是打开她的心结的机会，于是道："我不知道！"

王莉莉冷冷地道："哼，你当然什么都不知道，所有的罪孽都是你的爷爷奶奶造成的。"

池烆听到王莉莉提及他的爷爷奶奶，便知这件事跟长辈有牵扯："他们对你做了什么？"

"这个问题，你可以亲自去问你的爷爷奶奶！"王莉莉冷声道。

"你也可以直接跟我说！"池烆不喜欢这样绕来绕去。

"你真的想听？"王莉莉冷眼看他。

"想！我想知道缘由！"池烆道。

"我不会告诉你缘由，但我会报复你！报复你们一家！"王莉莉露出了自己的真实面目，"新闻自曝，只是开端，而我就是开端的引子，后面才是真正的大戏！还有我说的那句话，你也好好问问你的爷爷奶奶，你的事到底是天生还是车祸？"

池炘凝视着她，此刻的王莉莉就像影片里黑化的反派，开始对主角进行疯狂的报复。

这个问题再次让房子多的神经紧张起来，她两只眼睛紧紧地盯着池炘，心里重复王莉莉的话：是天生还是车祸？

就在这时，朱跃从书房里出来，跟池炘汇报最新情况，但是他也很快察觉到气氛不对。

池炘抬眼看他："说！"

朱跃连忙回复："池总，语音对比出来了，不是房子多，那个××自媒体的账户多了一千万，律师函已经发过去，我们准备起诉！警方在调查账户，看看钱的具体来源。"

池炘道："也查查莉莉的账户，以及我妈的账户！"

朱跃愣了一下，没等他吱声，王莉莉便开口："别浪费时间查了，我没有收任何人的钱，纯粹出于自愿。"

朱跃反应很快："莉莉，真是你干的？"

"是！"王莉莉变得很坦然，而且还带着一副"你又能奈我何"的表情。

"动机是什么？"朱跃追问。

"刚才说了，报复我哥以及他的家人！"王莉莉笑道。

"你……"朱跃有种气不打一处来的感觉。

王莉莉看着他："你能不能保护我哥，就看你的本事了。不过我一定会将他拉下深渊！"

朱跃觉得眼前的王莉莉就像一个疯子，不，她就是疯子。

"我马上报警！"朱跃拿起手机要报警。

池炘拦住他："别报警！"

"她是……"朱跃话到嘴边，却没敢讲出来。

王莉莉笑："我是疯子，是不是？没错，我就是疯子！"

王莉莉脸上的笑，让人心里产生恐惧。

房子多在一旁看着，没有恐惧，反而生出一抹心疼。她不知道王莉莉到底遭遇了什么，竟然变成今天这个样子，而曾经所发生的事一定是令王莉莉无比痛苦的事。

房子多张了张口："你不是疯子，你是莉莉的骑士。"

王莉莉听了之后，目光看向房子多，随后冷笑："你那点儿心理学知识别用在我身上，没用的！"

"我确实没能力帮助你，但我真的想跟你做朋友！"房子多靠了过去，伸手抱住王莉莉。

王莉莉想要拨开她的手，但是，房子多紧紧地抱住她，在她耳边道："我会保护你，尽我最大的能力保护你！"

"房子多，你给我放开！"王莉莉生气地说道。

房子多没放开，继续抱着她："我说到做到。"

王莉莉见她不放开，直接低头咬她的手臂，房子多痛得眉头紧皱，但她依旧没有放开王莉莉。

王莉莉咬得更加用力了，而房子多咬牙坚持，朱跃看了之后，连忙想将她们两人拉开，但没有成功。

"阿炘，过来帮忙！"朱跃向无动于衷的池炘求助。

池炘却让他松手，朱跃不理解，池炘道："让她们自己解决。"

朱跃纳闷："怎么解决？再咬下去，房子多的手臂就受伤了！"

池炘拉开朱跃："她们会自己解决的！"

这个时候，朱跃真心觉得池炘是没有任何情感的。

而朱跃被拉开之后，房子多和王莉莉两个人就这么僵持了一分钟。

房子多的眼泪都流出来了，因为王莉莉咬得太狠了，可是她也只能咬牙坚持着。

朱跃看不下去了："房子多，你快放开她！"

房子多不听，朱跃只能去劝王莉莉："莉莉，别咬了，求你了，别咬了！"

池炘却依旧无动于衷，默默地看着。

又过了半分钟，咬着房子多的手臂的牙齿松开了。王莉莉先投降了。

池炘的眼皮动了几下。结果出来了，房子多赢了，她的目的达到了，她会成为王莉莉眼里非常特别的人。

房子多也知道自己赢了，但是也被咬哭了。

王莉莉看着眼角流着泪的房子多："你真的会保护我？"

房子多连连点头:"我会保护你,我说到做到!"

王莉莉听后,继续看着她,没有相信的意思,但也没有否定的意思。

"子多,你的手臂出血了,赶紧去处理一下!"朱跃看到房子多手臂上的牙印,心疼不已,对她的称呼也变得亲近起来。

房子多看了下自己的手臂,长这么大,她第一次经历被咬出血的状况,真的好痛啊!

池烆开口了:"药箱在哪儿?"

"在厨房,第一个柜子里!"房子多道。

池烆听后,直接去取药箱,却没有找到。

房子多想了想,终于想起药箱被她拎进房间里,没有放回原来的位置。

房子多没脸让池烆进入自己的"狗窝",于是只能自己起身:"我知道在哪儿,我去拿!"

说完,房子多直接去了自己的卧室。

池烆见状,直接跟了过去。

朱跃则站在王莉莉的身旁,咬完房子多的她,此刻整个人愣愣地坐在那里,似乎在思考什么。

房子多在自己房间的工作台上拿到了药箱,转身直接跟池烆撞个正着。

如果不是池烆手疾眼快,估计她整个人就往后倒了。

所以,最终的结果便是,她的腰被池烆的手臂给揽住了,两人的身体贴在了一起。

上次两人这么亲密是在游戏里,而且体验感不太好。不过,这次的体验感也没好到哪里去,因为房子多的头撞到了池烆的胸膛,也是一阵痛。

思春的少女,一旦有了喜欢的人,就会自我脑补,譬如牵手,譬如拥抱,譬如接吻……

被自己喜欢的人抱着,这应该是一件非常幸福的事。

不过,没等房子多慢慢回味,池烆便放开了她,利索地拿过她手中的医药箱,打开箱子,拿出消毒水和棉签。

"手臂！"池烆道。

房子多有点儿不太情愿，因为这里是她的卧室啊，早上起来，被子没叠，还有昨天换下来的衣服也堆在一旁。

"能不能出去消毒？"房子多想跟池烆打个商量。

池烆扫了她的房间一眼："都已经进来了，该看到的也看到了！"

喀喀喀，这人真的会读心术啊！

房子多有点儿害羞，也不再做作了，将手臂伸了过去。

池烆用棉签蘸了消毒水，随后轻轻地给房子多消毒止血："先给你止血，待会儿送你去医院包扎！"

房子多听后，摇头："为这点儿小伤去医院，有点儿小题大做了！"

"你不怕得狂犬病？"池烆直言道。

房子多连忙用另外一只手戳他，压低声音："小声点儿，外面会听到的，还有，哪个哥哥会说自己妹妹是犬啊？"

池烆看了一眼她讲悄悄话的样子，她就像电视剧里面跟男朋友撒娇的女生，这让他有点儿恍惚。他继续给她消毒，药水有些刺痛，房子多的眼泪又挤了几滴出来，她抽泣道："痛，痛，痛！"

在客厅的朱跃自然听到了房子多的声音，本想进去问一下，但是手机又响了起来，他只好先去处理手中的事。

见房子多喊痛，池烆手上的动作变得温柔了许多，甚至还给她吹了口气。

房子多有点儿怀疑自己的眼睛，这是刚才那个"见死不救"的池烆吗？

"你刚才为什么不上前拉开莉莉？"房子多轻声问道。

"你又为什么任她咬你呢？"池烆反问。

"我是……"房子多讲了两个字，声音再次压低几分，"我是想赢得她的信任！"

"所以我没有拦着！"池烆回道。

房子多看着池烆，心里泛起一丝涟漪，这算是心有灵犀吗？可是这份默契是伴随着痛意而来的，房子多被消毒水刺激得又想掉泪。

池烆看到桌上有纸巾，伸手抽了几张纸巾，递给房子多。

房子多低头，快速地擦干眼泪，这时，头顶上传来一声："谢谢！"

房子多缓缓抬起头，看着池炘："我也谢谢你信任我！"

池炘给她简单包扎之后，看着她，突然觉得眼前这女孩儿刚才的行为有点儿傻，于是道："听了莉莉的话，你面对我不害怕吗？"

房子多道："害怕，也不害怕，甚至有点儿心疼！"

说完，房子多抿了抿唇，因为她的表达太直接了。

听到"心疼"两个字，池炘的眼皮又眨了一下，随后开口："我劝你的胆子别太大！"

池炘的语气依旧清冷，但似乎比以前温和一些，这让房子多更加大胆了："池炘，你知道我现在想做什么吗？我想给你一个拥抱！"

池炘怔了一下，而房子多说完之后，不管不顾地抱住了他。

池炘彻底地愣在那里，几秒后，他缓缓地低头，看着抱住他的房子多，他的鼻尖全是她的发香味。

他真的很讨厌跟别人有肢体接触，但是此刻，他没有推开她。

此时此刻，她给他的拥抱，不是占便宜的拥抱，而是单纯且温暖的拥抱，因为房子多没有过多留恋，很快就放开了他。

房子多主动放开了他，因为知道池炘不喜欢跟别人有肢体接触，不想让他对自己产生反感。

池炘看着她几秒，心里确定了一件事：这个人在妹妹眼里非常特别，在他眼里，也很特别。

"我送你去医院！"池炘道。

"不用！"房子多拒绝，"我们出去吧！"

"去医院！"池炘不容房子多拒绝，拉着她的手，走出房间。

房子多有点儿意外，池炘不是讨厌跟人有肢体接触吗？他还主动拉她的手臂？！

不过，房子多来不及想太多，两人已走到客厅，客厅却空无一人。

"朱跃，莉莉呢？"池炘快速打开书房的门，询问朱跃。

此刻，正跟公关部沟通的朱跃对着电话那头吩咐道："待会儿再跟我联系！"说完，他关闭投屏，朝池炘奔了过来。

他们找了一遍，没有看到王莉莉。

朱跃急了："应该是跑了！"

于是，三人夺门而出，急忙去寻找王莉莉。

直奔小区门口,他们始终没见着王莉莉的身影,她的手机也关机了,联系不上。

"怎么办?"房子多着急地问。

朱跃也不知道该怎么办,只能问池炣:"要不,报警吧!"

池炣冷静地叮嘱朱跃:"别报警立案,私下跟熟悉的警官商量一下,看他们能不能协助查找。还有,跟我妈随时保持联系,她或许会联系我妈!"

朱跃点头:"我一直都跟阿姨保持着联系!"

之后,池炣又道:"房子多,我送你去医院!"

都这个时候了,他还想着拉她去医院,房子多不愿意,此刻寻找王莉莉才是大事:"没事,一点儿小伤而已!"

"找莉莉的事,朱跃会去处理,你跟我去医院!"池炣很执着。

"真的不用!"房子多回绝了。

朱跃见状,开口:"子多,你最好去医院打个消炎针,包扎一下!"

"子多"?!房子多这次才意识到朱跃对她称呼的改变了,这代表朱跃把她当朋友了?

房子多没再推辞:"池炣,你现在出去不方便,我自己打车去!"

"朱跃,车钥匙给我,你打车回去。"池炣吩咐道。

朱跃连忙把车钥匙给他,下一秒,池炣便拉着房子多离开了。

朱跃见状,有点儿吃惊。他既担心又开心,担心池炣去医院被人认出,开心的是池炣懂得关心别人了!这个别人,竟然还是女性!这真是太阳打西边出来了。

至少,朱跃觉得此刻的池炣很反常。作为一起长大的小伙伴,朱跃了解池炣,池炣很少关心别人,朱跃勉强算得上他关心的对象之一,但他俩有二十几年的交情啊!

"阿炣,车上备有口罩,记得戴上!"朱跃冲他喊了一句。

房子多这才感觉安心一些,由着池炣拉着她的手去车库。

走到朱跃的迈巴赫面前,池炣才放开她的手。房子多有点儿害羞,因为这一路走过来,她那颗少女心又开始疯狂跳动了。

池炣还是那副表情,放开她的手之后,看见她脸红的样子,什么都没说便钻进了驾驶座。

房子多快速调整自己的心绪，上车后的第一件事就是找出口罩，让池炘戴上。

"在车上，没必要戴！"池炘拒绝了。

房子多也没强求，只好将口罩拿在手里。

从房子多的家到最近的医院需要十分钟左右的车程，两个人又有了单独相处的时光。

不知为何，在给池炘那个拥抱后，房子多觉得自己面对他的心境都不一样了。

她全身的肌肉紧张，脸也不自觉地发热。

要是这么下去，房子多觉得自己到医院后，可能会被送去心血管科。于是，她想主动化解这一局面。

池炘自然不会主动找话，到头来，还是要房子多主动出击。

"池炘，你妹妹说的话，你别往心里去。"房子多说道。

池炘沉默。

房子多看了他一眼，过了一会儿，又说道："你也别在意别人的想法和看法。"

当然，房子多知道自己的这句话有点儿多余，因为池炘根本不会在意这些。对没有共情能力的人来说，这也许是好事，因为即便人的内心再强大，多多少少也会被舆论影响。

池炘还是沉默。

房子多聊不下去了，因为独角戏其实挺不好唱的。

于是，她也沉默了起来，但池炘开口了："你就不好奇我妹妹问我的那个问题的答案吗？"

房子多立马来了精神，小心翼翼地说："哪个问题？"

是精神疾病遗传的问题，还是……那个假设的问题？可是，这些问题对于房子多而言，都很重要。

"你想知道哪个问题？"池炘反问。

房子多平日里最不喜欢别人踢皮球给她，但听到池炘的提问，她感到莫大的欣慰。

精神疾病的遗传问题完全就是池炘的一个雷点，所以房子多挑了一个轻松的问题问。

"如果你没有损伤有关的情感的神经，会喜欢上我吗？"房子多说完这句话，窘得想立马跳车，因为她的意图实在太明显了。

池烆听后，开口说道："在你的认知里，爱情排第一位吗？"

房子多摇头："不是，爱情固然重要，但面包才是第一位！"

"既然你推崇独立，为何还执着于我？"池烆反问。

喀喀喀，房子多被戗得不行。

她要直接对他坦白自己的心意吗？

"我没执着于你！"房子多嘴硬起来。

池烆转过脸看了房子多一眼："一个不敢说实话的人，是一个懦夫！"

他们俩还能不能愉快地聊天啊？

房子多没有反驳他："这个世界就是如此，懦弱是常态，勇敢不是每一个人都能做到的！"

"你是承认自己懦弱了？"池烆问道。

房子多侧过脸看他："你希望我勇敢，还是希望我懦弱？"

没错，踢皮球谁不会？我现在就看你怎么接招！

池烆闻言，也侧过脸看她，但他又很快收回目光，给出答案："你很聪明，我不讨厌你！"

房子多有点儿无语，这个回答未免太敷衍了吧？！

她还是不知道自己该如何选择。

"不能有第三种答案，只能二选一！"房子多执着起来。

"是勇敢还是懦弱，这是你个人的选择，旁人无法代答！"池烆回道。

他这算是在撇清关系吗？

房子多撇嘴："这确实是我个人的选择，所以，你也别做任何评判。"

池烆的目光看向前方，他算是被房子多戗了一回。

这时，车子也到了目的地。

池烆解开安全带，准备下车，房子多叫住了他。

"口罩！"

"没必要！"池烆回复。

房子多也算是混娱乐圈的人，不由得多说了一句："你要是被人认出来了，朱跃的工作量又要增加了！"

池炘听后，这才把口罩接了过去，主动戴上。

这么听话的池炘，房子多难得一见，不由得说道："怕勒耳朵的话，可以把带子绕到后脑勺上去。"

池炘尝试了一下，但他的动作有点儿笨拙，房子多有点儿想笑，主动探过身体帮他处理。

房子多刚靠近，池炘立即产生条件反射，停顿了一下，要是以前，他肯定直接发出口头警告，但现在他不知为何地信任她，让她处理。

房子多很快就帮他弄好了，池炘的脸被口罩遮住了，但他那双没有温度的眼睛依然炯炯有神。

房子多看了之后，再次确认一件事：池炘的帅气，口罩也遮不住。

"房子多，你对每个人都这么热心吗？"在房子多退回到自己的座位时，池炘开口问了一句。

每个人？他这是在试探还是……

房子多摇头："我去公司上班之前就是一个宅女，天天窝在家里写剧本，怎么可能天天出去给别人送温暖啊？"

池炘听后，没再问话，打开车门走了出来。

房子多在他的陪同之下，去了外科，她跟医生说明情况后，医生建议她打消炎针，并且重新清洗、包扎伤口。

池炘在一旁站着，高大的身躯特别引人注目。

给房子多包扎的是个中年女医生，包扎好伤口后，她对池炘说道："小情侣吵架很正常，可千万别对女朋友动手或动口啊！"

房子多听后一脸蒙，这医生是不是误会了？难不成她刚才的描述不符合逻辑，所以医生自行想象，把罪责全都算在了池炘的身上？

不过，医生的脑补也不是没道理，因为陪她来这里的池炘戴着口罩，就像做了亏心事一样，不想被人认出。

"医生你误会了，他不是我男朋友！"房子多主动解释。

医生没理会房子多的话，而是叮嘱道："三天后再来换药。还有，遇到有暴力倾向的男生，早分手，早安生。"

房子多很尴尬，看来，医生认定池炘是她的男朋友，而且还是让她受伤的罪魁祸首。

走出门诊大楼，房子多和池烆一起往左边的停车场走去。

"池烆，你刚才为什么不解释啊？"房子多开口问道。

被人误解却一声不吭，这实在不符合池烆直来直去的处事风格。

"有些人认定了一件事，不管你怎么解释都没用！"池烆回道。

房子多赞同这个观点，刚才包扎的中年女医生应该是个很强势的女人，竟然毫不顾忌地劝说别人分手。

"委屈你了！"房子多说道。

池烆没有接话，因为他向来不会讲客套话。

两人继续往前走，一高一矮，不远不近，保持着普通朋友该有的正常距离。

大概是池烆太帅了，口罩遮掩不住他的帅气，身旁路过的几个女孩儿都不自觉地回过头看他。

房子多见了，心里想：要是自己有权力干涉池烆的个人行程，她会把池烆藏在家里或办公室里，不让其他人觊觎他的美色。

可惜啊，她没这个权力，还有，就算她有权力干涉，池烆会听她的吗？

房子多觉得此刻胡思乱想的自己完全贴合网络上的那段描述：在遇见你的那一刻，我连孩子的名字都想好了。

"你的回头率真不是一个口罩能阻挡的！"房子多叹了一句。

池烆听后，侧过脸看了下房子多，对于回头率这种事，他其实挺麻木的。他本人的活动范围基本上是两点一线——公司或家里，他偶尔参加的一些科技大会是规格比较高的会议，大部分活动是朱跃或公司副总以及技术部负责人代为参加。

参加科技大会轮到他发言时，台下总是能传来尖叫声，但池烆没有因为台下女生的热情而跟她们友好互动，依旧摆着一张毫无波澜的脸，一本正经地陈述自己的观点。

"忌妒？"池烆回了两个字。

房子多摇头："长得帅自然令人赏心悦目，但有时候也会成为一种烦恼。"

"没什么烦恼，你这说辞属于典型的吃不到葡萄说葡萄酸的心理！"

池烁反驳她的观点。

房子多听后，有些不爽："才没有！我长得有那么丑吗？我美着呢！"

"你平时都不照镜子的吗？"池烁说道。

"你这话的意思是说我丑，对吗？"房子多纠结了起来。

池烁看了她一眼："反正不美！"

房子多听完评价，有点儿暴躁，毕竟，这是自己喜欢的男生的直观感受。

"还能不能愉快地做朋友了？"房子多撇嘴说道。

"你是我的下属，不是朋友！"池烁纠正道。

房子多生气了："池烁，你简直就是全世界最硬核的钢铁直男。"

"'全世界'这个词别随便用，一定要用的话，需要先提供相应的数值作为比对。"池烁说道。

尽管被池烁气得不行，但房子多没有跟他计较，因为在她面前，池烁的话明显多了一些，这是一个好的进展。

"好吧，撤回'全世界'这个词，你是我所认识的男生中，最硬核的钢铁直男，行了吧？"房子多退了一步。

"你认识几个男生？"池烁接话。

房子多闻言，侧过脸看他，心中暗喜，他这是在意她的表现吗？

"我认识多少男生，不需要跟你汇报吧？"房子多傲娇地回道。

"别误会，我不关心这个！"池烁回道。

他不关心？什么意思？

房子多回复道："那你关心什么？"

"既然认识很多男生，你为何还要在我面前晃悠？"池烁问道。

房子多脱口而出："那是因为……"

可是话说到这里，她又卡住了。表白这种事，说简单也简单，说复杂也复杂，具体操作跟人的性格有关。

每个人遇到自己喜欢的人之后，当然希望对方也喜欢自己，两情相悦是最好不过的。

而房子多很清楚，目前自己是剃头挑子一头热，因为池烁不会喜欢上任何人，包括她。所以她即便性格爽朗，敢爱敢恨，却无法直接对他开口。因为一旦她被拒绝，那不只是死心的问题，还意味着离开。

"因为什么？"池炘看她卡壳，继续问道。

"我从头到尾都没有刻意在你面前晃悠，可我每次都跟你偶遇，我能有什么办法？"房子多为自己辩解。

"答非所问！"池炘反驳她。

不过似乎每次都这么巧，两人刚聊到关键时刻，就到了朱跃的车前，这次也是。于是，两人一左一右地上了车。

池炘上车后的第一件事便是摘下口罩。

这会儿刚好是夏天，他闷了半个小时，实在有些难受，拿起一瓶未开封的水，打开之后微微仰头，"咕噜噜"地喝了下去。

房子多在一旁欣赏。她发现，长得好看的人，就连喝水都很优雅。

不过，房子多的目光注意到了一个点——男性特征之一，喉结。池炘的头微微仰着，性感的喉结很吸引人。

平时，她看过不少广告，模特喝水时，喉结在动。那时，房子多便觉得那个画面很性感。这会儿，坐在池炘身旁的她直接成了他的迷妹。

作家的头脑可能都特别活跃，她的思维开始发散……她想起"歌唱家的喉结是被上帝亲吻过的"这句话，还想起了吸血鬼，吸血鬼想要吸食人的血液，会直接咬人的脖子。

此刻的房子多就有点儿想幻化成吸血鬼，去啃一下眼前这个性感的喉结。

不过，没等她继续联想下去，她丰富的想象力就直接被外部的声音打断了。

"真的是池炘！热搜上的那个池炘！"

"我就说是他。"

车窗外面有几个女孩儿围着朱跃的迈巴赫"叽叽喳喳"，还拿着手机一个劲地拍。

房子多下意识地用手挡住了脸，同时也赶忙提醒池炘："快把口罩戴上！"

池炘面对这个阵仗，觉得没有什么好大惊小怪的。

见他还在磨蹭，房子多急了："快把口罩戴上，不然又要上一次热搜！"

池炘没戴，直接启动了车子，顺带鸣笛几声。

站在车前面的几个女生只能乖乖闪开，给他们让出一条道。

车子呼啸而去，留下一阵风尘。

即便这样，房子多还是格外担心，担心自己跟池炘一起上热搜。

上热搜，她个人完全不怕，电视剧播出的时候，她就上过好几次。但是此刻，她不希望池炘再次登上热搜，毕竟，他的个人隐私刚被无良自媒体暴露出来，吃瓜群众正在兴头上。

见房子多不说话，池炘不由得转过头看了她一眼，她的表情不太明媚。

"现在知道害怕了吗？以后离我远一点儿！"池炘开口说道。

房子多回过神来，侧过脸看他："我没害怕，你也用不着天天赶我走。还有，你刚才为什么不遮掩一下？还想再上一次热搜啊？撤热搜可是要钱的，你的钱太多没地方花，是不是？"

房子多直接化身机关枪，对着池炘扫射，不过，她的语气里充满了担忧。

"遮掩能解决问题吗？这件事被捅了出来，反而让我有种释然的感觉！"池炘回道。

房子多听后，怔了下，池炘跟她说这些，算是放下设防，袒露心扉吗？

"你……觉得释然？"房子多问道。

"外界一直对我有各种猜疑，而朱跃一直处于保护我的模式，每次出席一些活动，他都需要跟人解释一堆，这是件非常累的事。现在，事情被曝光了，他就不需要再解释了。"池炘说道。

池炘的感受房子多不能完全感同身受，但是听他这么说，隐藏真相已经成了他心里的一个负担。

倘若真的能令他释然，那曝出新闻算是好事。

"那你不怕股价暴跌吗？"房子多回道。

池炘现在代表的可不只是他个人，这些消息还影响着公司的股价。

"你比我还关心公司。"池炘说道。

房子多点头："当然关心，毕竟你可是老板！"

"你刚才的那句话算是说到点子上了。有人利用莉莉曝出我的事，从而冲击公司股价，看来，他们对我的公司很感兴趣。"池炘说道。

房子多愣住，紧接着，她看到池炘跟朱跃联系，让朱跃往这个方向去查。

房子多已经见识过池炘的高智商，他就算不开发游戏，去做个刑警什么的，也绝对会成为破案高手。

朱跃接完池炘的电话，公关部又来汇报再次冒出一条池炘的热搜。

朱跃连忙看一眼：池炘与绯闻女友现身××医院。

这个标题已经够让人吃惊了，但跟后面的评论比起来，标题根本不算什么。

评论才是精华：池炘家暴，女友怀孕，女友流产……

朱跃看了一下评论之后，不由得眉头紧皱，再次吩咐公关部去撤热搜。

经历一些事情后，朱跃知道房子多很善良，但她出现在池炘身边后，池炘状况不断，她是福星还是灾星呢？

坐在车上的房子多收到了太多的信息，本想关机，但看到屏幕上闪过的信息后，连忙去看了下热搜。

看完之后，她后悔不已。早知道她就不看了，毕竟动怒伤身。

房子多把手机放在一旁，努力调整自己的情绪，突然，她的手机响了起来。

是白宴打来的电话，房子多接了起来，耳边传来一句话："你现在跟池炘在一起？"

房子多轻声应着："嗯！"

"怎么回事啊？你上热搜了，你的资料也被扒出来了。还有，池炘那件事是不是真的？"白宴说个不停。

"我回去再跟你说！"房子多应道。

"我们现在已经往家里赶了，你回来好好跟我们解释解释！"白宴的口气极像生了气的家长。

房子多"哦"了一声便挂掉电话，再次看了下池炘，用自嘲的口吻说道："我们上热搜了，成了绯闻男女！你变成了家暴男，我变成了流产女。唉！这些网友的智商令人担忧。"

这个结果池炘似乎已经预料到了，他对房子多说道："我会负责的。"

负责？他怎么负责？以身相许？

房子多心里是这么想的，但嘴上不敢这么说："我是不会在意这些绯闻。我之前也算半个娱乐圈的人，谁身上没几段绯闻啊？"

"倘若，绯闻变成现实呢？"池炘回道。

房子多愣住了："什么意思？"

池炘开口："朱跃刚发过来一份应急处理方案，让你成为我的女友。"

房子多再次愣住，这算是朱跃的终极助攻吗？

但是她还没来得及回复，池炘就说："这个方案，我驳回了。房子多，谢谢你今天为我所做的一切，可是我不值得被你喜欢！"

她没有当面对他表白过一次，却被他拒绝了多次。

房子多的心情有点儿复杂，感情的事本来就不可以勉强，而对于丧失共情能力的池炘来说，拥有一份普通的感情就是一种极致的奢望。

房子多沉默了几秒，缓缓地说道："我明白你的意思，以后，我不会再给你带来错觉或困扰。不过，我还是要感谢你，感谢你出现在我生命里，让我拥有一段特别的经历，这经历尽管有点儿短暂，但还是很美好。"

是的，喜欢上一个人本身就是一件美好的事。

池炘听了她这番话后，侧过脸看了她几秒，没有说任何话。此刻，他似乎说什么都是多余的。

到了房子多的小区门口，池炘将车停在路旁。

房子多跟他道别，下了车，便往大门走去。

还没走几步，一群人如蜜蜂一样向她拥来，瞬间将她包围了。

科技发达之后，生活很便利，但同时，人们也丧失了个人隐私。

也就短短十几分钟，房子多的住址就被扒了出来。一些靠热门话题博人眼球的自媒体也纷纷赶了过来，只要手里有一部手机，他们直接摇身一变，成了在线新闻的传播者，让人无所遁形。

不是每一个人都具有基本的新闻素养，大多数自媒体都是为了自身的利益，吸引流量赚取金钱。

这些人拿着手机对准房子多的脸进行直播，房子多下意识地伸手挡脸，手臂上包扎的纱布成了焦点。

"请问，你和池烆是男女朋友吗？"

"你的手受伤，是池烆造成的吗？"

"听闻，池烆对你进行家暴是吗？"

"你知道池烆的家族遗传精神病吗？"

"池烆是不是有暴力倾向？"

…………

房子多以前接受过娱乐记者的采访，但都是在很友好的状态下进行的，而眼前的局面就像巨星被曝出绯闻或丑闻后被记者围堵的乱象，让人恐惧。

她很想抗争，很想大吼，但是，她个人的力量是微薄的，她推搡不动，身体无法动弹，声音也被淹没。

就在这个时候，房子多的身体突然被人搂住，那感觉就像全身冰冷之人盖上一条温暖的毯子一样，接着，她整个人被带着往前走。

房子多连忙抬起头，见搂着她的人是池烆后，内心充满恐惧的她顿时有点儿莫名其妙的心安。

池烆靠着身高的优势拨开了人群，搂着房子多进入小区。

小区的保安总算发挥了一点儿作用，将这些博人眼球的自媒体都挡在了外面。

池烆没有停下脚步，直接搂着房子多往她住的那栋楼走去，只给身后的那群人留下了一个背影。

到了楼下门厅，房子多发软的双腿稍稍站直，恐惧的情绪也慢慢散去，她对着池烆说道："谢谢你！"

"刚才有受伤吗？"池烆问。

房子多摇头："没有。"

"可以自己上楼吗？"池烆问道。

房子多点头，池烆说道："那我先走了。你这几天在家办公，我会跟乔溪说一下。"

房子多连忙拉住他的手："外面一堆人，你现在出去肯定被堵。"

池烆闻言，低头看了下房子多拉着他的手，房子多迅速放开。

"我建议，你先来我家避避，我待会儿让我的闺密开车送你出去！"

房子多说道。

"无须躲避！"池烆回道。

房子多急了："你怎么就不听呢？你现在出去，只会增加朱跃和公关部的工作量。"

池烆见她生气，沉默了。

房子多接着说道："走吧！"

两个人一起上楼，房子多用指纹开门时，里面的人主动把门打开了。

白宴和孙可可站在那里等他们。

池烆再次光临房子多的家，三个女孩儿跟他一个大老爷们儿待在一起，气氛有点儿尴尬。

看到房子多缠着纱布的手，白宴和孙可可连番盘问，房子多为此做了一番解释。

之后，白宴给孙可可使了一个眼色，孙可可留在客厅招呼池烆，而房子多则被白宴拽进书房。

"你们两个人怎么回事？真恋爱还是绯闻？还有，那些热搜的内容是真的吗？"白宴急忙问。

房子多一本正经地回道："我和他是上下级关系，他妹妹的新闻是真的。"

"他妹妹真的有人格分裂症？"白宴惊讶地问。

房子多轻轻点头，白宴接着问："那他呢？"

房子多摇头："不知道！"

白宴皱眉："要是他真的也有精神疾病，你还敢喜欢他啊？"

房子多抿了一下唇："他已经拒绝我了，我跟他不可能发生什么！"

"最好什么也别发生！"白宴说道。

房子多皱眉："你有没有同情心啊？"

"这跟同情心没关系，这关系到遗传基因的问题！"白宴正色说道。

"那我要是不考虑生孩子呢？"房子多问道。

白宴呆住："你都想到生孩子这步了，你陷得有多深哪？"

"也没陷多深，我就是觉得池烆有点儿可怜！"房子多叹道。

白宴翻了她一个白眼："这个世界不缺可怜人，请你收起你泛滥的爱心！"

房子多撇嘴，白宴继续说道："如果他真有家族遗传病史，我肯定第一个跳出来反对！"

房子多看了白宴几秒，幽幽地说道："你简直就是我爸妈派到我身边的代理家长。"

白宴回了一句："没人阻止你谈恋爱，不过，你总得挑个健康的谈吧？"

白宴没说两句就提起了健康，房子多听得有些刺耳："这些话在我面前说就好了，你要是敢在池炘面前说半个字，我跟你没完！"

"你还维护上了！"白宴黑脸。

房子多辩解："我只是换位思考，别在他面前说半个字，不然……你懂的。"

房子多和白宴从书房出来，客厅里就剩孙可可一人。

房子多很惊讶："池炘人呢？"

孙可可见她这么紧张，不由得指了一下："在阳台接电话。"

房子多这才放心，白宴见了，伸手拍了下她的后背。

房子多皱眉："痛！"

白宴瞪她，小声说道："你最好跟你自己描述的一样——你们没有任何关系！"

孙可可凑了过来："什么关系？"

"没关系！"白宴代为回答。

孙可可听后，大致猜到两人刚才的谈话内容，随后说道："我姑妈打了好几通电话过来，询问发生了什么事。是我回复她，还是你自己回复她啊？"

"你回复她吧！就说没事！"房子多交代道。

孙可可之后便去回复了孙萌萌，房子多对着白宴说道："白白，待会儿你开车送他出去！"

白宴正要答应，房子多却又立马改了主意："算了，还是让可可送他吧！"

白宴闻言，挑眉："什么意思啊？"

"关心则乱！"房子多回了她四个字。

之后，孙可可开车从小区的北门送池烻离开，房子多则坐在沙发上回应来自亲朋好友的"关心"，跟其他人解释两句就可以不再理会，但是父母的关心可不是她一两句话就能打发的。

很多人谈恋爱时都会看对方的原生家庭，除了看家庭氛围之外，还有一个因素非常重要，那就是遗传基因。倘若一方有家族遗传病史，尤其是精神类的，那么就算两人有再坚固的感情，也会遭遇一系列的阻挠和破坏。

等房子多通通解释完，已经是一个半小时后了。父母千叮咛万嘱咐，房子多听得耳朵都快长茧了，好不容易才挂掉电话。

白宴递给她一杯温水，房子多一口气灌了下去。

白宴见状，开口说道："多多，虽然大家一起掐掉你爱情的幼苗有点儿残忍，但我们都是为了你好！"

"为了你好"，多么让房子多耳熟的一句话。很多人从记事起就对这句话耳熟能详。

"'为了你好'，这本身就是一种绑架！"房子多回道。

"我不否认。但考虑到遗传基因，我还是希望你能放弃他！"白宴说道。

房子多笑了一声："基因？人类的基因就是'自私'，本能地自保，将个人的利益最大化，获得更多的生存资源，不顾一切确保自己的生命延续下去。"

"是，我们确实都是自私的，或许现在的你觉得我们的阻拦是残忍的，我们的话对你而言像砒霜，但我们确实都是为了你好！"

"白白，你别劝了，就算我愿意，人家还不愿意呢！"房子多赌气说道。

白宴听后，微微点头："看来那个池烻还是有自知之明的，算个正人君子，值得你短暂的喜欢。"

"要是我这辈子都忘不了呢？"房子多幽幽地回道。

白宴闻言，凑过去，抱住房子多，摇了摇她的身体："这个世界什么都缺，就是不缺帅哥。回头我让朋友给你介绍几个，开始一段新的恋情，到时候你就什么都忘了。"

"这个世界确实不缺帅哥，但缺少让我心动的人！"房子多撇嘴说道。

白宴听后，伸手戳了一下房子多的脸："死心眼儿！"

孙可可根据导航送池烆到了指定地点，车停到了山脚下。到了那儿，池烆对她说了声谢谢便下车了。

总算结束了这近一个小时的沉默路程。上车前，孙可可还试图跟他客套几句，但是池烆没有任何反应，一直在处理自己的事。孙可可也算是近距离感受到池烆的行事风格了，当然，她自己也快憋死了。

看着池烆高大的背影走向安保亭，孙可可又仔细看了一下标识：××山。她以前没来过这个山头，但她有所耳闻，一般的车辆进不去，因为这里住着的人全是大人物。

一想到大人物，孙可可就感慨人与人的差别太大。随后，她启动车子掉头离开。

池烆过了安保亭之后，坐上了接驳车，五分钟之后，车子在一栋别墅前停了下来。

池烆下车，走了过去，通过人脸识别之后，高大的身影消失在门后。

保姆见到池烆有些意外，连忙招呼他，还不忘通知池烆的爷爷奶奶。

正在书房的老爷子和老太太听说池烆回来了，连忙出来，二老的脸上都露出开心的笑容。

"阿烆，你回来怎么也不先打个电话啊？"奶奶说道。

脸上没有任何表情的池烆却直接进入主题："二老，看新闻了没有？"

奶奶愣了下："什么新闻？"

"没看的话，我亲自跟你们讲！"池烆说道，"顺便，我也问二老几个问题！"

"什么问题？坐吧，坐下来问。"奶奶让池烆去客厅。

"去书房吧！"池烆要求道。

于是三个人去了书房。落座之后，池烆看了看在对面坐着的老爷子池凌天，以及站在他身旁的老太太何牧平，将新闻投屏给二老看。

池凌天看了之后，表情没有任何波澜，极为镇定。

池烆见了，开口问道："看来二老已经看过新闻了，那我直接询问几个问题。新闻里所阐述的我的情况属实吗？"

老太太何牧平听后，第一时间反驳："这些都是谣言！"

"如何证明是谣言？"池烆问。

何牧平面对"公事公办"的池烆，有点儿伤心，不过，还是平静地回答了他的问题："你的父系和母系五代内都没有遗传性疾病，更没有精神病遗传史。关于这些资料，我们已经让张秘书去整理了，一个小时后他会送过来！"

张秘书是老爷子的秘书，比起池烆，张秘书和他爷爷奶奶的关系更为亲密。

池烆听后，接着问："你们对我母亲和莉莉做过什么吗？"

"你这话什么意思？"何牧平问道。

"莉莉的人格分裂症跟你们有关！"池烆直言道。

何牧平听后，直接恼了："胡说八道！"

见何牧平动怒，池凌天伸手握住她的手，示意她别激动，随后，他看向池烆："阿烆，谁跟你说莉莉的人格分裂症跟我们有关？"

"莉莉，她亲口说的！"池烆说道。

"她怎么可以血口喷人？！"何牧平生气地说道。

老爷子拉了下她的手："事情还没问清楚，你先别急着动怒。"

何牧平安静了下来，眼睛看着池烆，虽说这是她的亲孙子，但他们之间像熟悉的陌生人。

"莉莉是怎么说的？"池凌天问道。

"她让我回来问你们！"池烆说道。

"阿烆，你是相信她，不相信爷爷奶奶吗？"何牧平说道。

"我没有不相信你们，只是想了解真实的情况！"池烆平静地回道。

"我和你奶奶没有做过任何对不起莉莉以及你妈妈的事！"池凌天严肃地回道。

池烆听后，却反问了一句："那你们当年为什么要让我妈妈离开？"

"池烆，关于这个问题，我已经给过你答案，是你妈妈主动离开的！你可以跟她确认！"何牧平回道。

"我跟她确认过，她也说是自己主动离开的，只是有一点我不明白，一个母亲为什么会主动离开自己的孩子？"池烨表示疑惑。

"那你应该去问她！"何牧平说道。

"她说她无法面对我爸爸的离开以及变成这样的我！"池烨说道。

"既然你都知道答案了，为何还要再问？"何牧平说道。

"我再问，是想要确认真实的答案！"池烨说道。

"阿烨，你觉我们在骗你？"何牧平不满。

"我需要真实的答案！"池烨很执拗。

"真实的答案就是，我和你奶奶从来没有做过任何对不起你妈妈和莉莉的事。而关于莉莉这件事，我看到报道后很担心。"池凌天温和地说道。

"担心什么？"池烨问。

"担心你！"池凌天说道，"莉莉的事，我不清楚这是偶然事件还是有人蓄谋已久，但无论是哪一种，都有针对你的成分。"

"阿烨，你爷爷听了张秘书的汇报之后，第一时间想对策帮你渡过这个危机。"何牧平说道。

"你们真的没有做过伤害我母亲和莉莉的事？"池烨再次确认。

何牧平极力压制住自己的脾气："池烨，你可以不相信爷爷奶奶，但也不要相信别人信口开河！"

池烨听完，眼睫毛闪了两下："抱歉！是我鲁莽了。"

见池烨道歉，池凌天开口："池烨，你有想法能直接跟我们说，我们其实是很高兴的。无论是好事还是坏事，你都可以跟我们说，我们是你的爷爷奶奶，我们是一家人！"

池烨点了点头，随后站起身："我先走了，不打扰你们了！"

"阿烨，别急着走，张秘书待会儿就到。你把资料拿过去，明天开一个记者会说明情况，倘若还有造谣者，一律诉讼解决！"何牧平说。

池烨听后留了下来，接着，他面临的是二老的盘问，这些问题都跟房子多有关。

即便知道池烨的真实情况，两位老人还是有着普通老人的心愿，那就是希望孙子身边能有个照顾他的人。

"她只是我公司的员工，她受伤是因为莉莉，我和她没有任何其他的关系。"池烨回道。

"真的没有关系？"何牧平有点儿不死心。

"要说有关系也行，她救过我！"池烆回应道。

"怎么回事？"何牧平担心地问。

上次昏倒的事，池烆交代朱跃别告诉二老，所以他们都不知道。

在这个节骨眼儿上，池烆也只能实话实说。

二老听后，眼里都是担心。

"阿烆，你昏倒的事怎么都不跟我们说一下？医生怎么说？"何牧平直接生气了。

"手术后遗症。"池烆还是这个答案。

"昏倒频率越来越高吗？"池凌天问。

池烆摇头："也可能是我工作太累造成的。"

何牧平满脸担心："阿烆，你的公司已经进入了正轨，你可以试着放手，让下面的人去操持。"

"现在估计放手不了了！"池烆说道。

曝出新闻后，池烆猜测有人想对他的公司下手，他想抽身都难。毕竟 in 科技是他一手创立的，公司是他的心血，是他的全部。

"只要你想，就没有放不了手的事！"何牧平说道。

池烆看着二老，缓缓地说道："我自己的事自己处理，你们顾好自己，别操心我。"

第二天，in 科技针对热搜一事开了一个新闻发布会。

房子多在家看新闻直播，朱跃除了对造谣的自媒体提出诉讼之外，还公布了包括池烆父母的三代以内的医疗信息证明，不过，他有意弱化了王莉莉的事。

有记者追问，朱跃的回答则是：个人隐私，不便透露。

当然，也有记者质疑这些医疗信息证明的真假。

房子多看了之后，忍不住骂道："这些记者有没有脑子啊？"

坐在旁边的白宴听后，直接反驳她："记者这个职业不就是为了追寻真相吗？提出质疑是他们的本职工作。"

"这是彻彻底底的偏见！"房子多吐槽。

"随便你怎么说，有言道，'不怕一万，就怕万一'。"白宴坚持自己的观点。

房子多懒得理白宴，孙可可连忙当和事佬："我们之间的友情不要因为一个男人而破灭啊！"

"就是！"白宴附和。

房子多被饿到："你们两个人别把话说太早，真遇见喜欢的，你们说不定比我更重色轻友！"

"我不会！"孙可可保证道。

白宴点头："赞同！"

"行，你们的目标我都记下了，到时候别打脸！"房子多哼道。

当三个人聊得没完没了时，视频里的朱跃回应记者："关于昨天的绯闻，那并非绯闻，房子多女士是池总的女朋友！"

房子多听完之后，整个人蒙了，白宴和孙可可也呆住了。

三个人不约而同地看向屏幕，然后不约而同地说："什么鬼（网络流行词，意为"搞什么鬼"）？"

过了好一会儿，三个人反应过来，白宴第一个开口说："到底怎么回事？你昨天不是说你跟池烁没任何关系吗？"

房子多被白宴吼得一愣一愣的，眼睛也跟着不停地眨，结巴地说道："我……我也不知道……不知道怎么回事。"

"你是不是骗我们的？"白宴再次质疑。

"我和池烁真的没关系，我都没表白，他就拒绝了我好几次。我们真的没有任何关系！"房子多说道。

"马上打电话，问他到底抽哪门子的风，竟然把你当枪使！"白宴气炸了。

房子多看了看白宴，白宴又吼了一句："快打！"

房子多犹豫了一下，随后，给池烁打了过去："池烁，那个新闻到底是……是怎么回事？"

一个清冷的声音在她的耳边响起："考虑了一晚上的决定，对你负责！"

什么？他临时决定对她负责？

"什么……什么意思？"房子多结巴地问道。

"你如果愿意，那就是事实；如果不愿意，那么你有分手的权利！"

池烀说道。

"就算只是权宜之计，我也会帮你的。"房子多说道。

他们沉默了几秒，似乎能听到彼此的呼吸声。

之后，电话那头又有声音传来："我家族成员的医疗信息证明，我会发一份给你！"

"发给我做什么？"房子多不解。

"证明我没有家族遗传精神病史！"池烀回道。

房子多听完这句话，内心被触动，她甚至有点儿感动，抿了一下唇："不需要！"

就算房子多说不需要，之后她还是收到了一份医疗信息证明。

白宴和孙可可都凑过去看了一遍。

"要是这些都是作假的，他专门拿来糊弄你，以此解决他自己的危机，你也相信？"白宴的疑心病急剧加重。

"我相信池烀的为人！"房子多说道。

"你这是被爱情冲昏头了！"白宴翻了个白眼。

孙可可也跟着说道："我们确实不了解池烀的为人，但他在发布新闻之前，都没跟你商量，他还是有点儿问题的。或许就如白白所说，他只是利用你。家族成员的医疗信息证明，再加上一个正常的女朋友，他以此证明自己是正常人，这你也能接受？"

白宴觉得孙可可分析得很到位，于是，就着这个思路往下走："可可分析得没错，没跟你打招呼就宣布你是他的女朋友，等同于把你当枪使，赤裸裸地利用了你对他的喜欢！"

房子多想了想："你们说的都很有道理，不过，作为朋友，就算被利用，我也想帮他！"

"都说恋爱中的人智商为零，看看现在的你，脑子进水了！"白宴吐槽。

"我很清醒！"房子多回道。

"清醒个屁！"白宴回道，"你若清醒就该打电话给王濛律师，让他发律师函给 in 科技，起诉池烀！"

房子多知道，白宴会如此激动都是为了维护她，于是说道："我所说的清醒，不是我喜欢他这个事，而是我想帮助他。"

"你还真是同情心泛滥啊！"白宴说道。

房子多摇头："不是同情心！"

"那是什么？"白宴追问。

"他是一个可以对社会做出更多贡献的人，不该被别人毁掉！"房子多回道。

"开发游戏也算为社会做贡献？没毁掉一代人就不错了！"白宴说道。

房子多看了眼白宴："白白，你有点儿偏激了。池炘确实一直都在开发游戏，但他同时也做了很多公益。进公司之前，我以为他做那些公益只是为了给公司的声誉添砖加瓦，但之后我才知道，他每年的股份分红几乎都拿去做科研和教育领域的公益了。"

说到公益，孙可可点头："说到公益，in科技确实没的说。就拿免费的线上公益教育来说，我们可能觉得没什么，但对那些比较落后的国家、贫穷的家庭以及那些没书可读的孩子而言，那可以算是人生的救赎。还有，赞助实验室开展科研项目也是为了整个人类的未来啊！"

"我没说做公益不好！"白宴辩解。

房子多拍了拍白宴的肩膀："我知道你担心我，但我又不是小孩儿，我自己有分寸的。还有，就算做池炘的绯闻女友，对我而言，也没什么损失，甚至还有可能抬高我的身价呢！"

见房子多自嘲，作为闺密的白宴和孙可可十分清楚，她绝不会带着这种目的接触池炘，但她的话又引起她们新的担忧。

"说不定一些网友就是这么定义你的，你到时候就等着被网暴（网络暴力）吧！"白宴担心地说道。

房子多笑："只要你们相信我就好了，管其他人干吗？"

"多多，你的心可真大啊！"孙可可说道。

房子多将手搭在孙可可的肩膀上："你们别这样了，说得好像我要上前线！"

"网暴所带来的精神伤害可比上前线惨烈多了！"白宴说道。

房子多一副无所畏惧的表情："只要我不看就什么事都没有，还有，事已至此，顺其自然吧！"

第六章
恋爱实习生

　　孙萌萌和许烨磊也看到了这个新闻，看完之后，许烨磊特别注意了一下孙萌萌的表情，因为他知道她真实的想法。只可惜，这想法还没来得及被实施就破灭了。

　　许烨磊搂过孙萌萌，安抚地说道："多多公布恋情，我们应该祝贺她才是！"

　　孙萌萌有些失落："你前两天还说慢慢来，现在倒好，机会都没了！"

　　"缘分这种东西，谁能说得清？"许烨磊说道。

　　孙萌萌怨自己一番："我就是太瞻前顾后了！当时我最怕的是两个孩子分手。这还没开始，就结束了。"

　　许烨磊安抚："都是诺一这小子的错。"

　　孙萌萌本想跟着许烨磊一起数落许诺一，不过想起一件事："你去学校上课时，跟诺一说让他周末回诺诚家里吃饭了吗？"

　　许烨磊点头："说了，他周末过来，不过他似乎也猜到你叫他回来的目的了！"

　　"这么说，他愿意接受相亲了？"孙萌萌问。

　　"他说吃饭可以，拒绝相亲！"许烨磊笑着说道。

　　"他还拒绝？我还不想给他介绍呢！"孙萌萌赌气。

许烨磊觉得这样的孙萌萌很可爱，不由得笑着说道："操心的人是你，赌气的人还是你。多累啊！"

孙萌萌侧过脸瞪了下许烨磊："我可以不累，但得考虑咱妈啊，她老人家现在唯一的愿望就是看到诺一和诺诚两兄弟成家。还有，你是不是跟诺一偷偷说了什么，叫他以事业为重？"

许烨磊笑："我知道，这些都是我妈的心愿。不过，我可没跟诺一偷偷说什么。我一直就强调一句话，修身齐家平天下。"

孙萌萌瞪眼："懒得跟你说。对了，这周末的安排照常进行，叫多多她们几个人过来吃饭。"

"周末照常进行？可多多现在已经宣布有男朋友了。"许烨磊有点儿疑惑。

"我说的是吃饭照常进行！"孙萌萌纠正。

"哦，那对门的池炘呢？"许烨磊笑着问。

孙萌萌知道许烨磊是故意的，不由得说道："你说呢？"

"别叫了，免得给你心里添堵！"许烨磊笑着说道。

"把我想成什么人了？"孙萌萌回道。

许烨磊笑着拍了拍孙萌萌的肩膀："我老婆是这个世界上最大度的人！"

房子多突然成了池炘的正牌女友，这个消息就如一颗炸弹将 in 科技的各个部门炸得水花四溅，瞬间流言四起。

内容部女生居多，所以大家一直在八卦。

"这个时候公布恋情，有点儿脑子的人都能猜到，房子多是被当枪使的，他们两个的关系跟真爱没有半点儿关系。"邓一卿对这个新闻是持怀疑态度的。

"你这是忌妒吗？"郭美心笑着问。

"我忌妒？你想多了吧！谁爱被当枪使谁去。"邓一卿回击。

"说得好像轮得到你似的！"郭美心回道。

邓一卿来了一句："她只是女友，还不是正牌夫人，你们就开始抱大腿了，这巴结的嘴脸真是让人看着反胃。"

郭美心听后，笑了下："有人即便上赶着也摸不到腿。"

邓一卿差点儿翻脸，柳柳连忙站出来说："有句话怎么说来着？凡事留一线，他日好相见。"

郭美心立马附和："就是，莫欺少年穷，何况人家并不穷！"

五分钟后，郭美心将自己和邓一卿的对话录音发给了房子多。

在家办公的房子多听完之后陷入沉思，职场果然是个修罗场。对于站在她这边的郭美心，房子多肯定是感激的，但同时她也觉得这个人不简单。

因为自夸千句，不如人赞一言。

还有，她不在办公室，就算别人说再难听的话，只要不是她亲耳听到，她就可以当什么都没发生过，郭美心根本无须特意录音发给她。

所以，郭美心一再提醒房子多小心邓一卿，其实也会让房子多产生对她本人的防范。

不过，这些琐事并不是房子多在意的点，她现在头痛的是该怎么跟父母解释这件事。

昨天那些信誓旦旦的话，今天彻底被推翻了。

房子多猛地抓了几下头发，白宴看了之后，开口说道："再抓就秃了。"

"你才秃呢！"烦躁的房子多回应。

见她烦恼，白宴直接笑了起来："满腔爱心的你，现在知道麻烦了吧？不好跟你爸妈解释了吧？"

"少落井下石啊！"房子多警告道。

白宴笑："要不要我贡献一条锦囊妙计给你啊？"

"快说。"房子多连忙说道。

"一千块！"白宴对着房子多伸手。

房子多拍了拍她的手："只要能说服我爸妈，我给你两千块！"

"豪气！"白宴向她竖起大拇指，"一手交钱，一手交货！"

"我得先听听，值不值这个价！"房子多不傻。

"不行，必须先交钱。"白宴不同意。

"先听后给。"房子多坚持。

孙可可跑了过来："你们别争了，我来做这笔交易公正、公平、公开的中介人。"

房子多将钱转给了孙可可，白宴便将她所谓的妙计说了出来。

房子多听了直接骂道："这种馊主意你也敢说？"

白宴回道："自古就没有拗得过孩子的父母。"说完，她拍了下孙可可："可可，转钱给我。"

孙可可不紧不慢："等客户确认后，我再转也不迟。"

房子多看着孙可可："可可，你看她出的馊主意，把钱还给我。"

孙可可却说道："我觉得白白的建议可以一试！"

房子多觉得这两个人的脑子进水了，不过，她还是想按照白宴的馊主意去试试。

可当她打电话过去想给父母解释时，电话被按掉了好几次。

"什么意思？难不成我爸妈不想理我了？"房子多一脸怀疑地盯着手机。

"姑父和姑妈不接电话？"白宴凑了过来。

房子多点头："估计十分生气！"

白宴接话："那你可就惨了。"

房子多撇嘴："那怎么办？"

"继续打！打到他们接为止。"白宴只能提供这点儿建议。

房子多照做，几分钟后，她爸妈终于接了电话。

房子多连忙认错："爸妈，我知道你们肯定很生气，我说话颠三倒四、出尔反尔，事先也没跟你们透露半点儿风声，我不该这么做事！我错了，求你们原谅！"

说完，房子多也做好被劈头盖脸地骂一顿的心理准备，但是耳边传来了温和的声音："多多，我们正在招待客人，你晚点儿再打电话过来。"

房子多听后，睫毛扑闪了几下："招待客人？谁？"

不过，房子多没有听到答案就被挂了电话，于是，接下来的时间，她挠破头地猜想此刻她的父母到底在招待谁。

白宴见她把头发都抓成鸡窝了，不由得说道："别挠了，沙发上全是头皮屑。"

房子多撇嘴："白白，你说我爸妈现在在招待谁，以至于都不想理我？"

"什么意思？"白宴问。

"我妈刚才拼我电话，说是在招待客人，什么客人这么重要，让他们对我的新闻不管不顾？"房子多满脸疑惑。

白宴说道："说不定姑父姑妈正往我们这儿飞，要亲自上门收拾你！"

房子多听了答案，连连摇头："那我得出去躲一躲。"

不过，说完这句话，房子多的脑海里闪过一个人。

难道爸妈此刻在招待池炘？

这个答案，房子多觉得不可能。

开玩笑！怎么可能是池炘呢？

但想了想，房子多给池炘发了条信息："池炘，你现在在哪儿？"

几分钟后，房子多得到了答案，池炘竟然在她家。

房子多呆呆地看着信息，脑子直接宕机。

窝在沙发一角、抱着电脑正在赶稿的白宴见她一声不吭，不由得戳了她一下："发什么呆呢？不会是姑父姑妈真的飞过来了？"

房子多回过神来，抬起头看着白宴："池炘现在在我家！"

"什么？"白宴直接炸了。

房子多心里也问了无数个"什么"，她想不明白池炘为何要去她家，而且从 B 市飞到 C 市得两个半小时的航程，也就是说，他是坐今早的第一班飞机过去的。

他这是什么操作啊？

半个小时后，房子多接到了父母的电话。

"我们已经见过池炘了，他除了不会笑，其余的都很好，我和你爸爸同意你们交往。"房子多的妈妈白秀雯说道。

房子多再次呆住，池炘到底用什么办法把她爸妈给说服了？

这个时候，房子多也不敢多话，满心感谢父母的支持："谢谢爸妈，我爱你们！"

"还有，你的性子直，以后得改改，别仗着性子欺负池炘！"白秀雯交代道。

"What？"房子多忍不住回了个单词。

"少跟我飙英语，记住我说的话！"白秀雯说道。

房子多撇嘴："哦，知道了！"

挂掉电话后，孙可可和白宴都凑过来，异口同声地问："什么情况？"

房子多看着她俩，叹了一口气："情况就是，丈母娘看女婿——越看越喜欢。"

"什么？"孙可可和白宴再次异口同声。

得到父母的同意，房子多也算是免去很多麻烦，于是笑了起来："我爸妈同意我和池烆交往了！"

"姑父姑妈是被收买了还是被威胁了？"白宴问道。

"我也是这么想的，池烆到底用什么方法说服了我爸妈？"房子多满心都是好奇。

"一边让助理发布新闻，一边亲自去见你父母，这波操作怎么有点儿像哪本小说里的桥段啊？"孙可可说道。

"什么小说桥段？"房子多追问。

"我好像是在哪本小说里看到过这个桥段，男主角完全就是霸气老板的风格，深得一堆书粉的少女心。"孙可可说道。

"到底是哪本小说？"房子多问。

孙可可又想了想，突然眼睛一亮："《恋爱实习生》！"

房子多听完书名，想起了什么，直接起身去了卧室，从一堆爱情小说里翻出了这本书。

《恋爱实习生》这本书的书封很唯美，写这本书的作者号称"甜宠言情天后"。

房子多将书拿了出来："这本书？"

孙可可接过之后，翻了一下，确认道："就是这本书，它一直卖得特别火，应该算是这类题材的代表作。"

房子多听完，心里在想：敢情池烆看过这本书，然后学以致用了？

不过，这到底是不是真的，得问池烆本人才知道。

于是，房子多回到自己房间，关上门给池烆打电话。

"池烆，你还在我家，还是已经离开了？"房子多问。

"你爸妈留我吃午饭，我现在在你的房间里！"池烆回道。

房子多听完，整个人都不好了，她爸妈有没有搞错啊，竟然让池烆去她的房间？

"池烆，你是不是什么事都特别喜欢自己一个人做决定啊？没知会我一声就去见我父母，你把我当什么了？"对于他私下去见她父母这件事，房子多其实蛮生气的。

"当你是我女朋友！"耳边传来池烆的声音。

"我没跟你开玩笑！"房子多生气地说道。

"我也没开玩笑！"池炘回道。

站在床边的房子多往卧室外的阳台走："我什么时候答应做你女朋友了？我只不过想作为朋友，帮你渡过这个危机而已。"

"你说过，你对我心动！"池炘回道。

"我……"房子多失语，她曾经说过的话成了打脸的证据。

"而我也说过，我会对你负责。"池炘又说道。

房子多恢复理智，想搞清楚事情的来龙去脉："你多次让我别靠近你，为什么又在一夜之间改变了主意？"

"因为是你！"池炘回道。

听到这句话，房子多的小心脏跳得很快。

这算情话吗？难不成他又是从小说里学来的？

"为什么是我？"房子多努力让自己镇定，不解地问道。

"你是唯一一个在面试场合跟我告白的女生！"池炘解释。

喀喀喀，做人果然不能太嚣张！

"我撤销我说过的话！"房子多有点儿后悔莫及。

"时间太久，撤销功能已失效。还有，既然你喜欢我，那么我们之间就是两情相悦！"池炘回道。

嗯？池炘什么时候变得这么厚颜无耻啊？！

"两情相悦？什么时候的事？这是什么操作？"房子多百思不得其解，猛地眨了几下眼睛。

"我的心为你而动！"池炘清冷的声音变得低沉起来。

房子多听完这句话，心率瞬间飙到一百八，紧跟着，鼻子发热，她伸手一摸，竟然是鼻血。

"我的天哪！"房子多对自己的身体反应表示鄙视。

池炘以为房子多不屑，不由得说道："你不接受？"

房子多的鼻子还在流血，她连忙说道："我这儿有事，先挂电话了。"

房子多捂住鼻子奔向洗手间，清洗了一下鼻子，抽了几张纸巾擦拭干净后，仰起头，不让鼻血往外流。

她的脑子里回响着池炘刚才说的那句话，"我的心为你而动"。

这是小说的经典台词，还是他的真情告白？

傍晚，太阳西下，天边出现一道道绚丽的晚霞。

朱跃亲自去机场接池烆，顺便跟他汇报王莉莉行踪的最新调查进展。

"根据苏队提供的天眼记录，莉莉在××路消失之后找不到任何行踪。"朱跃汇报道。

池烆看着朱跃提供的天眼记录，许久才开口："苏队对此怎么说？"

"他个人的观点是，这应该是有预谋的。莉莉出现在这个路口时，监控刚好被一辆车挡住。之后，她的手机关机，人也不见踪影。"朱跃说道。

池烆沉默了几秒，才继续问道："××自媒体的账户查得怎么样了？"

"查到了，账户多了一千万，但明细是广告费。广告主是UU短视频公司。"朱跃说道，"我致电熟悉的朋友咨询过，这个广告合作属于正常合作。"

池烆知道UU短视频，这是国内四大网络科技巨头之一的Z集团旗下的子公司。

"Z集团？"池烆看着信息说道。

"要真是Z集团想吞并我们in科技，除非它跟其他公司联手，不然，凭它一己之力是很难做到的。"朱跃说道。

"你是不是太轻敌了？"池烆反问。

朱跃笑："这点儿自信我还是有的。"

池烆看了眼朱跃："无风不起浪，跟着这条线索继续往下查。"

朱跃点头。这整件事就像有预谋一样，让人不敢掉以轻心。

"你一大早改变主意，采取了我的公关建议，我能问问具体原因吗？"朱跃问。

早上六点半，朱跃被池烆的电话吵醒，池烆吩咐他办一些事，他还没来得及询问原因，池烆就挂了电话。这一整天他都没机会跟池烆聊，他对池烆改变主意的原因很好奇。

"你不是说，房子多已经被牵扯进来，即便澄清了绯闻，后续还是会有人拿她做文章吗？"池烆用朱跃的话回复。

"我知道你昨晚见过陈教授，是他说了什么吗？还是你的身体……你的身体有什么异常？"朱跃担心地说道。

"他只是给我送基因检测报告！"池烆回道。

尽管爷爷奶奶主动提供了一份家族医疗信息证明，但池烆在知道王莉莉有人格分裂症之后，也第一时间拜托他的主治医生，也就是 B 大附属医院脑神经科的著名专家陈鹏教授，请他帮忙联系认识的基因实验室，做了一份家族遗传基因的检测。昨天，检测报告出来后，陈鹏教授亲自把报告给他送了过去。

　　"没其他的？"朱跃追问。

　　池烆沉默了几秒："他看过我上次昏倒后拍的脑 CT，问了我一些问题，我告诉他我的一些感受。"

　　"什么感受？"朱跃问。

　　"对房子多的感受！"池烆如实回答。

　　"你是担心房子多？还是……你其实有点儿喜欢她？"朱跃试探地问道。

　　对于这个问题，池烆思考了几秒："我想弄清楚，我对她的感情是感动还是心动。"

　　朱跃了然后，瞬间激动了起来："阿烆，不管是感动还是心动，这都是好事。"

　　这句话，跟陈教授昨晚说的一模一样。

　　"陈教授还说了什么？你有关情感的神经感应系统是不是有恢复的可能性？"朱跃激动地追问。

　　"可能性很渺茫，但也不排除发生奇迹的可能。"池烆说道，"还有，我爷爷奶奶以及我母亲那边，你暂时别透露这些情况。"

　　朱跃点头："知道。不过，陈教授说得对，不排除发生奇迹的可能。现在想想，房子多就是名副其实的'锦鲤'。"

　　"'锦鲤'？"池烆嘴里念着这个词。

　　朱跃笑："对啊，她来公司应聘时，不是号称自己是'锦鲤'吗？看来这是真的！"

　　池烆看向前方的眼眸不似平日那般冰冷，开口说道："去见'锦鲤'！"

　　朱跃怔了下，很快反应过来："好，我送你过去。对了，要不要先给她打个电话？"

　　"她今天应该在家！"池烆回道。

　　此刻，房子多在家里，厨房里飘来一阵阵肉香。

　　白宴在厨房掌勺，孙可可帮忙打下手，而房子多则负责准备碗筷。

她们各司其职，配合默契。

听到门铃响后，房子多准备去开门。

不过，孙可可从厨房奔出来："你老实待着，我去开门！"

居住地址被曝光后，她们就怕一些不理智的人上门滋事。今天，白宴和孙可可都没让房子多出这个家门。

开门之后，孙可可看到门口站着的人："你怎么来了？"

房子多探头，来人竟然是许诺诚。

许诺诚拎着一袋东西进来："来慰问一下今天的新闻女主角！"

房子多窘了："少拿我打趣啊！"

许诺诚笑："给你们带了小龙虾。"

孙可可和房子多立即表扬了他。今天晚上，她俩本来不想做饭，打算直接点个外卖，但白宴不肯，坚持要下厨。

房子多将许诺诚带来的小龙虾放在餐桌上，顺便进厨房又拿了一副碗筷。

许诺诚也进厨房来洗手，正在下厨的白宴看他来后，笑着说道："怎么没事先通知一声啊？我可没有做你的饭。"

许诺诚笑："我自带饭菜了！"

说完，许诺诚和房子多一起走出了厨房。

房子多把碗筷放在桌上，许诺诚也走到她的身旁："为什么不回复我的信息？"

房子多侧过脸看他，如实说道："今天没敢看信息！"

"新闻是假的吧？那只是公关策略，对吗？"许诺诚问。

上午，她亲自跟池烆打了电话，那句"我的心为你而动"让房子多觉得很恍惚。所以，她现在也不知道怎么跟许诺诚解释这个问题。

房子多抿了下唇，回了一句："假作真时真亦假，真作假时假亦真。"

"什么意思？"许诺诚没听懂。

房子多冲他一笑："自己领悟。"

孙可可走了过来，对房子多说："又跟人家玩文字游戏！"

房子多笑："慢慢领悟。"

在厨房忙碌的白宴喊人帮忙再洗个菜，房子多第一时间响应，钻进了厨房。

房子多没有正面回答，许诺诚直接改了解决问题的方向："可可，你跟哥说实话。"

孙可可笑着说道："我不是当事人，不好发言啊！"

许诺诚知道她们三个人的关系很铁，于是说道："以我对你们个性的了解，如果这件事是真的，你们肯定直接承认了，可是你们遮遮掩掩，这就说明它是假的。"

孙可可笑："哥，你就别套我的话了。"

许诺诚看着孙可可，笃定地说道："看来是假的！"

孙可可见许诺诚这般追根究底，不由得凑过去，压低声音说："哥，你喜欢多多？"

没等许诺诚回应，门铃又响了起来。

孙可可再次去开门，看到门口站着的两个人，呆住了。许诺诚走了过去，看到了池烆和朱跃的身影，神色微变。

池烆的到来让房子多有点儿措手不及。

端出最后一道菜的白宴准备摘下身上的围裙，见又来了两个不请自来的人，不由得说了一句："怎么这么多不请自来的人啊？我可没做那么多饭菜啊！"

房子多窘了，伸手掐了一下她的腰。

孙可可连忙打圆场："我再去煮点儿面。"

房子多招呼大家落座，平时的她面对池烆落落大方，但是今天不同，因为那句"我的心为你而动"的杀伤力太大了，她甚至有点儿不敢看他。

大家刚准备动筷子，许诺诚第一个说话："烆哥，你和多多的新闻是假的吧？那只是公关策略，对吗？"

这话一出，其他人都竖起了耳朵，尤其是白宴。

池烆闻言，双眼看着许诺诚。

"多多也算是我的妹妹，我想知道真实的情况！"许诺诚继续说道。

听到许诺诚说自己是他妹妹，房子多的内心有点儿触动，脑海中浮现两人第一次见面的情形。

掐指一算，房子多认识许诺诚有十八年了。那是一个炎热的暑假，白秀雯带房子多参加孙萌萌的签书会，孙萌萌那次也带上了许诺诚。两个小孩儿的岁数只相差一个月，他们在一起玩得很愉快。白秀雯让房子多叫许诺诚哥哥，房子多小时候就是一个很有主见的女孩儿，她觉得两个人的岁数相差不大，都是同龄人，于是直呼他本名，之后就没再改过了。

突然冒出一个哥哥，这种感觉其实也不赖。

"如果是假的，你会如何？"池烆回道。

许诺诚听后，像是松了一口气："果然是假的。烆哥，多多是个善良而且不懂得拒绝别人的人，即便这些新闻是假的，对她的名誉也会有很大的影响。希望你能谨慎处理，别让多多受到伤害。"

池烆听完，看着许诺诚："如果是真的呢？"

许诺诚怔了下："真的？什么意思？"

"字面意思！"池烆回道。

许诺诚笑了起来："烆哥，你开玩笑的吧？"

面无表情的池烆开口："你了解我，我很少开玩笑。"

许诺诚的脸色微变："我知道你很少开玩笑，不过，我很好奇，你为什么突然对多多感兴趣？"

"是她对我感兴趣！"池烆回道。

许诺诚闻言，侧过脸看了看坐在自己身旁的房子多。

房子多太尴尬了，如果桌下有地洞，她会毫不犹豫地往里钻。

不过，她曾经在应聘场合那般大胆地示爱，如今要是认怂的话，会让人觉得她特别没有骨气。

于是房子多豁出去了："那个……我确实对池烆感兴趣！"

许诺诚听完之后，开口说道："她对你感兴趣，你就可以利用她吗？"

许诺诚的直率跟他曾经的比赛风格一致，习惯正面进攻。

房子多窘了："诺诚，你言重了！"

但是，白宴第一时间站队："我赞成诺诚的话，你是在利用她！"

两个人说完，看向池烆。

池烆回道："确实，她有很大的利用价值！"

对面坐着的三个人面对池烆如此直白的表达，都呈现出一副惊呆的表情。

尤其是房子多，她分明记得他上午说过的所有话，那时，他可不是这么说的。难不成是因为在她家，所以他故意编了台词骗她？

　　池烆身旁的朱跃最镇定，毕竟，他是这些人里最了解池烆的人。池烆敢这么说，肯定会给出合理的解释。

　　白宴立马暴躁起来："池烆，你这话什么意思？"

　　"字面意思！"池烆还是面无表情地回了这四个字。

　　白宴有种想揍池烆的冲动："池烆，这里不欢迎你，你最好现在就给我出去，免得我忍不住想揍你。"

　　房子多连忙拉了下白宴的衣服："白白，你干吗呢？"

　　白宴嫌弃地拨开她的手："现在没你说话的份儿。"

　　面对白宴的愤怒，池烆坐在那里一动不动："请听我把话说完。"

　　"说，继续说，看你能说出什么理由来！"白宴的怒气值还是很高。

　　池烆却没有继续说话，而是启动手机，投屏了一组数据给大家看。

　　大家一脸蒙，房子多更蒙，这是什么啊？

　　"这是我近期的心率数据。这天，在座的各位除了朱跃都在，我的心率明显不一样，尤其是在游戏中，我心率的起伏较大。"池烆跟大家解释这组数据。

　　大家听后，面面相觑。刚从厨房端出一碗面的孙可可听了这段话之后，快速将面放在桌上，加入倾听者的阵营。

　　池烆边说边翻数据："这组数据是昨天的，房子多抱我时，我的心率数据也有异样。还有这组，我搂她进小区时，我的心率也明显加快。"

　　"你是什么时候抱他的？"白宴问。

　　房子多很尴尬，用放在桌下的手扯了下白宴的衣服。

　　"我对她的感觉，是一种很陌生的感觉，也是从未有过的感觉，我想知道这种感觉是不是就是传说中的心动！"

　　房子多听完之后，她的心就像花儿一样瞬间绽放。

　　如果这是一次告白，那绝对是最特别的告白。

　　他是不是用这招说服了她爸妈呢？

　　如果是，那他的第一次告白竟然不是对她说的，而是对她的父母说的。这简直是神操作！

　　房子多的脸开始发烫，小心脏也跟着不规律地跳动起来。

如果池炘跟常人一样，或许她拥有的告白会是千篇一律的"我喜欢你"之类的，可是他拿着一组心率数据，跟大家讲解，看起来有点儿傻，有点儿呆，有点儿怪，但这绝对是非常非常独特的告白。

　　看完数据之后，白宴第一个发言："你……没作假吧？"

　　这次，没等房子多掐她，孙可可已经帮忙掐了。

　　"我不喜欢撒谎！"池炘面无表情地回道。

　　许诺诚的眼神闪烁了几下："你对多多有心动的感觉？"

　　池炘回道："我正在确认中。"

　　虽然池炘的回答是还在确认中，但作为女主角的房子多甭提有多高兴了。

　　自己喜欢的人刚好也喜欢自己，这个小概率事件竟然被她遇上了。

　　之前在她的自我认知里，这个事件发生的概率是零。

　　因为池炘不是普通人。在所有人的认知里，他是不会对任何人产生情感牵绊的男人。

　　作为女主角的她，在这个时候，想要镇定是不可能的。

　　"池炘，你……你说的这些都是真的吗？"房子多现在的状态很恍惚，她感觉就像做梦似的。

　　池炘看着她："你可以亲自验证。"

　　房子多与他四目相对，之前，她觉得他的眼神没有温度，但今天似乎有一点点不同，她感受到了一丝温情。

　　坐在旁边的白宴此刻恨不得隐身，不想吃这份"狗粮"。

　　但孙可可满眼冒着星星："我能预订你们的'狗粮'吗？"

　　房子多额头冒汗，她的闺密竟然主动要"狗粮"吃，房子多还是要面子的！

　　"吃饭吧，菜都凉了！"白宴主动化解尴尬。

　　许诺诚知道这三个人都是吃货，所以带了特大份的小龙虾。他跟她们三个人一起吃饭，总是觉得特别有食欲。

　　尤其是房子多，剥小龙虾的技术堪称一绝，而且最为变态的是她每次都将小龙虾的壳堆得整整齐齐。

　　房子多吃得起劲，小龙虾的壳很快占据了盘子的一半，但对面的池炘始终没有向美味的小龙虾伸出"魔爪"。

"池炘，你不吃小龙虾啊？"白宴见状，第一个提出疑问。

池炘看了下桌上的小龙虾，随后道："吃。房子多，你剥给我吃！"

话音刚落，大家都呆住了，都以为自己出现了幻听。

几十年前就流行过一句情话：一辈子很长，记得找个愿意给你剥虾的人在一起。于是，好几代男生都开始学习这个贴心技能。

池炘直接反了过来，这可是犯了恋爱大忌啊！

"池炘，一般都是男人剥给女人吃，你却要求多多给你剥，真把自己当成老板了？"白宴说道，"不过，你确实是老板，但来我家，你就是普通人。你喜欢多多，就别摆出高人一等的模样使唤多多。"

没等池炘回话，朱跃抢先回应："是这样的，池总平时不怎么吃小龙虾。"

"他是不怎么吃小龙虾，还是不喜欢吃小龙虾？"白宴问。

"白白，今天的女主角是多多，一切都得看多多的想法。"孙可可适当地提醒了一下白宴。

"哪儿来这么多规矩？我……我自己的男朋友自己宠！"房子多终于回应了。

说完这话，她的脸比她手中的小龙虾还要红。

白宴差点儿被嘴里的小龙虾呛到，连忙喝了几口果汁。

孙可可笑眯眯地说："让'狗粮'来得更猛烈些吧！"

朱跃直接对着房子多竖起大拇指，而许诺诚则忍俊不禁。

房子多有点儿不好意思，但是，他俩既然已经成了男女朋友，也就没必要遮遮掩掩。于是，她发挥了剥虾的技能，给池炘剥了小半碗的小龙虾。

房子多把碗递了过去，大胆地说道："以后，你吃小龙虾的剥壳任务都由我承包了！"

孙可可和白宴听了直接喷饭。

池炘点头："同意。"

这两个人一本正经地撒"狗粮"，简直要人命。

许诺诚笑了笑："我们一起举杯，祝贺炘哥和多多。"

大家齐齐举杯，餐厅里响起欢乐的笑声，以及清脆的玻璃杯碰击声。

饭后，孙可可让房子多帮忙遛狗。这是只纯白的博美，是孙可可养的，却被房子多和白宴宠上天。

其实孙可可让房子多去遛狗，就是为了给她提供一个与池烆单独相处的空间。

房子多牵着狗，和池烆一高一矮地站在电梯里。

沉默的气氛充斥着整个电梯。

面对这种状况，她想，还是由她主动出击吧。

"你喜欢狗吗？"房子多问。

"一般！"池烆回道。

"一般……是倾向于喜欢，还是倾向十讨厌？"房子多追问。

"以前养过，但它死了之后就不想再养了。"池烆回道。

房子多愣了下，确实有很多这样的人，他们不是不喜欢狗，而是太喜欢了，经历过离别之后，便不再敢触碰。

"无论是人还是动物，只要记得共同经历的美好时光，就是一件幸福的事。"房子多说这话，似乎在安慰他。

池烆沉默。

房子多也适时转移话题："你今天去我家，也是用晚上的方法说服我父母的吗？"

"不是！"池烆回道。

"不是？"房子多惊讶，"那你是怎么说服我爸妈同意你跟我交往的？"

"这是我跟你爸妈之间的秘密！"池烆回道。

"秘密？"房子多说这句话时刚走出电梯，见旁边有人在看他们，赶紧压低声音，"什么秘密？"

"秘密就是秘密！"池烆回道。

"你们只见一面，就有不可告人的秘密？"房子多不满地说道。

"你不是擅长写悬疑剧吗？你可以展开想象力猜啊！"池烆说道。

房子多反问："谈个恋爱，还要费这么多脑细胞吗？我现在反悔，来得及吗？"

"你想反悔？"池烆问。

房子多侧过脸看他:"不想,我在你的面前晃,就是想让你注意到我。原本只是这么一个小小的愿望,结果我却中了大奖。我怎么可能反悔呢?"

"你不怕我的基因报告作假?"池炘问。

"你说过你不喜欢撒谎,所以我相信你!"房子多说道。

"你就这么盲目吗?"池炘反问。

"爱情本来就是盲目的啊,而理智的东西都是经过权衡利弊之后做的决定。"房子多回道。

"如果我和你之间就是经过权衡利弊之后做的决定呢?"池炘问道。

要是其他男人这么说,房子多肯定直接黑脸,但池炘不一样,他向来直接,她也不是第一天领教。

"既然如此,那就说说我身上有哪些值得你权衡利弊的地方吧!"房子多的智商还是在线的,她没有生气,而是直奔主题。

池炘沉默几秒,才开口:"很聒噪!"

房子多的脸瞬间拉了下来,她反驳道:"不是我聒噪,是你太沉默。"

"很大胆!"池炘接着说道。

"能不能把大胆换成勇敢?"房子多跟他商量。

"很盲目!"池炘又说道。

"盲目,那是因为遇见了你。"房子多回道。

池炘看了她一眼:"值得信任。"

总算听到好话了,房子多欣喜,于是自夸了起来:"我从小到大都很靠谱的,值得身边每一个人的信任。"

"值得依靠!"池炘又补了一句。

房子多算是领教了,池炘总是先给人一巴掌,再给人一颗糖,这就是他的套路。

这种先抑后扬的说话方式,让房子多的心里冒出一股甜蜜。

房子多停下脚步,转过身看着池炘,冲着他温柔地说道:"当你想依靠我的时候,就直接跟我说,不需要犹豫!"

在两性关系里,不只女人需要依靠,男人也需要依靠,而两个人相互信任、相互依靠,就是爱情最美好的样子。

池炉凝视着她："这就是你宠爱男朋友的方式吗？"

房子多点头，认真地说道："是的，我以后会变着花样宠你！"

池炉的嘴角微微上扬，露出一个连他自己都没有意识到的笑容。

房子多直接看呆了，虽然这是她第二次看到他的笑容，但还是以为自己眼花了。

池炉见房子多呆呆地看着自己，不由得伸手在她眼前晃了晃。

房子多回过神来，池炉脸上的笑容转瞬即逝，就跟流星划过天际一般，已经不见踪影。

"你刚才笑了！这是我第二次见你笑，太好看了！太帅了！"房子多兴奋地说。

池炉已经恢复平时的面瘫："你是看上我的颜值，还是看上我的才华？"

小孩子才做选择题，大人两个都要。

"始于颜值，敬于才华，合于性格，久于善良，终于人品！"房子多坚定地回道。

"你才认识我多久？怎知我的性格？怎知我善良？怎知我的人品？"池炉反驳。

"有些人只要看一眼，我便知他的全部。"房子多回道。

"什么意思？"池炉问。

"你的眼睛已经告诉了我，你是什么样的人！"房子多说道。

池炉看着她，眼神里带着疑惑。

房子多解释："你的眼睛没有温度，但充满少年感。"

已经三十岁的池炉好久没有听过别人用"少年感"来形容他。

"少年感？"池炉念着这三个字。

房子多点头："嗯，少年感！很纯净，没有任何杂质，非常干净的眼睛！"

"你喜欢我的眼睛？"池炉问。

房子多点头："眼睛是心灵的窗户。透过你的眼睛我便知你是一个善良的人。"

"房子多，你一点儿也不像没有恋爱经验的人，你的情感经验很丰富！"池炉回道。

他竟然怀疑她是个感情高手。

房子多没生气，笑了笑："彼此彼此！"

"彼此？"池炟疑惑。

"你一边开新闻发布会，一边去拜访我爸妈，看上去情感经验也很丰富啊！这种事情都处理得这么游刃有余！"房子多反击道。

池炟回道："我只能说，学习使人进步！"

房子多听完，忍俊不禁："这话没错，学习确实使人进步！尤其是看了《恋爱实习生》之后，我也受益匪浅。"

吃完午饭后，房子多没事做，把《恋爱实习生》翻完了。看完之后，她的少女心泛滥，这个题材是一个永不过时的题材。

即便被房子多识破，池炟的脸上也没任何波澜，一本正经地吩咐："记得写读后感。"

房子多摇头："不写！"

池炟看着她："读了那本小说学以致用了，开始恃宠而骄？"

房子多笑："说到学以致用，我更喜欢自己独一无二的爱情实践。再说，我可不是小说里面的女主角，可以仗着男主角的喜欢恃宠而骄、恣意妄为。那只是小说，不是现实。还有，你都没宠我，我怎么骄啊？"

池炟回道："学以致用是好事，我对我想拥有的人和物也会全力以赴。"

房子多微怔，回味这句话，她的心里开始冒粉色的泡泡。

一本正经的情话，简直要她的狗命啊！

"你想拥有我？"房子多眉眼含羞，但言语大胆。

池炟看着她："房子多，你对多少男人大胆示爱过？"

"就你一个！满意吗？"房子多笑着回道。

池炟听完之后，伸出手，似乎想触摸房子多，但他的手停留在半空中，接着，又很快收了回去。

房子多见状，主动抱住了池炟，将头埋在他的胸膛里。

池炟顿时有点儿不知所措："房子多……"

房子多抬起头，仰望着他，看到他不知所措的表情忍俊不禁，缓缓地放开他，笑着说道："你现在的心率是不是波动得厉害？"

"房子多，你别撩我！"池烆发出警告。

房子多惊喜："你也懂'撩'这个字啊？"

"你不会当我什么都不懂吧？"池烆反问。

"那你都懂什么呢？"房子多牵着狗狗，双手背在身后，俏皮地回道。

"别把我当少年！"池烆回道。

房子多仔细想了想他这句话，觉得特别有意思。

"你在我眼里一直都是成年人，撩人的成年人！"房子多采用了孙可可和白宴对他的评价。

"撩人？"池烆念着这个字，"这个词不适合我！"

房子多担心自己触碰到池烆心里的痛处，连忙解释："只是一个说法而已，别在意。对了，莉莉现在怎么样？找到她了吗？"

房子多的话题转移得太快，刚才弥漫在两人之间的暧昧气氛也很快烟消云散了。

池烆回道："警方那边说，莉莉的手机信号在××街道消失了，现在不知所终。要是她的主人格转换回来并联系你的话，你要及时跟我说。"

房子多并不是恋爱脑，连忙追问道："她平日里经常去的地方都查过吗？"

"用大数据查过，她来 B 市后，几乎每天都是两点一线，除了公司和住处外，出没最多的地方就是她住处楼下的超市。"池烆回道。

"她跟谁频繁联系过吗？"房子多追问。

"除了我母亲，就是公司这边的同事！"池烆说道。

房子多皱眉，接着问道："其他的社交软件呢？"

"都设置了不可见！"池烆说道。

"你妈妈那边也细问过了吗？"房子多问。

"朱跃都问过了，我打算明天飞过去一趟！"池烆说道。

"那个……要不要带个心理医生跟你一起过去？"房子多建议。

"你怀疑我母亲也存在心理问题？"池烆问道。

房子多摇头："不是，我是想找个人安抚你妈妈的情绪！"

池烆听完，点名要房子多陪同："你陪我过去！"

房子多拒绝道："可我不是心理医生！还有，专业的事最好交给专业的人做！"

房子多不是因为之前池烆的话而打他脸，是真心觉得自己不专业。

"你的共情能力比很多人都强，安抚别人对你来说不是难事！"池烆说道。

池烆主动提起共情能力，房子多觉得自己之前有点儿小心眼儿了，她竟然担心自己说错一些话而触碰到他内心的某个点。

"你信任我？"房子多问。

"我说过，你是值得信任、值得依靠的人！你无须再次确认。"池烆回道。

房子多很开心，连连点头："好，我陪你去！"

房子多又跟乔溪请了一天假，陪同池烆去 C 市看望他的母亲。

房子多从池烆的颜值便知他的母亲应该是个美女，见面之后，房子多印证了这个想法。即便岁月染上他母亲的容颜，房子多也依旧能看出她当年的风采，最重要的是，她的气质特别好。

面对池烆的到来，池烆的母亲李妍很开心，但同时也有点儿不知所措。

"阿烆，喝茶还是喝果汁？对，我记得你小时候喜欢吃杧果，我去给你榨点儿杧果汁！"李妍说道。

"不用，给我一瓶矿泉水！"池烆直接拒绝。

但身旁的房子多连忙拉住他，随后，对着李妍说道："阿姨，我也喜欢喝杧果汁！"

李妍脸上露出了笑容："好，我马上去弄，你们稍坐一会儿。"

李妍去了厨房后，房子多放开拉着池烆衣角的手，解释道："你应该很少来这里，就让阿姨为你做点儿事吧，她会很开心的。"

池烆没说什么。房子多环视了一下四周，这里特别干净，也特别简朴。

在飞机上，池烆大致跟房子多说了一下王莉莉的家庭情况。李妍离开池家几年后，跟她大学的师哥走到了一块儿，但两个人没能结婚。王莉莉的亲生父亲因受贿被人检举，判了六年，在狱中病死。也就是说，王莉莉是被李妍一手拉扯大的。

过了一会儿，李妍端了两杯杞果汁出来了。

房子多接了过来，喝了两口，称赞道："都说 C 市的杞果好吃，真甜！"

李妍淡淡一笑："你喜欢的话，我待会儿给你买些带回去。"

房子多没有拒绝："好啊，谢谢阿姨！"

比起房子多的热情活泼，池炘显得特别高冷。看来，带房子多来这里的决定是对的。

"池炘，你喝一口，很甜的！"房子多提醒道。

池炘喝了一口，便将杯子放下。李妍看着他，主动开口："阿炘，对不起，莉莉给你添麻烦了！我昨天配合朱跃，把我知道的都告诉了警方，希望他们能快点儿找到莉莉。"

"莉莉生病，你真的不知情吗？"池炘反问。

池炘的话实在太犀利了，要是其他人，可能会先安慰一下老母亲。

李妍摇头，眼睛开始湿润起来："是我的错，我平日里只顾着工作，忽略了她，都不知道她生病了。"

池炘从朱跃的转述中得知，王莉莉是个特别乖巧懂事的孩子，只是性格有点儿内向。

房子多见状，连忙抽了几张纸巾给李妍。

"我来这里，没有指责你的意思，就是想问一下当年的事！"池炘说道。

"当年的事？什么事？"李妍擦了下眼角，稍稍平复了一下情绪。

"你离开池家，是自愿的，还是被迫的？"池炘问。

"我说过，我是自愿的。池炘，你要怪就怪我，是我害了你爸，害了你！"李妍自责道。

"这是我最后一次跟你确认！"池炘说道。

"池炘，我不配做母亲，对你如此，对莉莉也一样，我真的不配做母亲！"李妍哭了起来。

房子多看了之后，心里有些难受："阿姨，你别这么说。"

李妍摇头哭道："我真的不配做母亲。"

见李妍哭，池炘的眼皮动了几下，接着说道："莉莉跟我说，她变成现在这样，是我的爷爷奶奶造成的？你知道其中的缘由吗？"

李妍闻言，抬起头："莉莉说的吗？"

池炜回道："她那天也在场，也听到了！"

房子多知道池炜所说的"她"就是自己，连忙说道："阿姨，是这样的，有关莉莉的事情，我们只是想了解一下情况，你如果知道，可以跟我们说说，我们也许能从中找到一些线索，以便更快地找到莉莉。"

"莉莉真的这么说？"李妍跟池炜确认。

池炜点头。

李妍说道："可是莉莉从来没有见过你的爷爷奶奶。"

池炜只能换个切入点："那莉莉小时候受过伤害吗？"

李妍想了想，摇头道："莉莉从小就很乖、很听话，还很懂事，特别让我省心。"

"没别的吗？"池炜追问。

李妍摇头。

"你再想想！"池炜催促道。

房子多在一旁有点儿干着急，因为池炜的语气太直接了。于是，她连忙帮着缓和气氛："阿姨，你别着急，好好想想，莉莉小时候有没有被人欺负或跟人打架什么的？"

李妍想了想："莉莉一直很乖，成绩也很好，老师很喜欢她，没人欺负她，她也没跟人打过架。"

池炜刚想开口，李妍紧接着说道："有，好像打过一次架。"

"什么时候？"房子多温和地询问。

"好像是初二，她的脸上和身上有伤，我问她怎么回事，她说没事，我追问了几句，她才说跟人打架了。我当时想询问打架的缘由，但莉莉回避了，什么也不说。我去问了学校的老师，老师说不知道，打架可能是在校外发生的。后来，我和老师去问莉莉，莉莉还是什么都不说。见她这样，我和老师也就不再追问了。"李妍回忆道。

"那这件事后，莉莉有什么异样吗？"房子多的语气很温和。

李妍摇头："没有！不过，也有可能是我忽略了，我只顾工作，每天看到她在房间写作业、看书，没察觉出什么不一样。"

"阿姨，莉莉从头到尾都没跟你说她跟谁打架，对吗？"房子多问。

"是，她是个闷葫芦，逼她说她也不说。不过上大学的时候，她的性格似乎开朗了一些，我便以为她在大学里过得比较开心。"李妍说道。

"莉莉在大学里交过男朋友吗？"房子多问。

池炘见房子多主导局面，也便不再插话，坐在一旁听她和母亲谈话。

李妍摇头："没有，我问过好几次，她都说没有！这个问题我跟警方说过了。"

房子多写过类似案情的剧本，警方介入调查之后，除了盘问当事人直系亲属以及近期接触的人，还要做大量的调查工作，包括对当事人的成长经历进行梳理。

不过，剧本里的案情跟莉莉失踪是有本质的区别的，因为房子多写的是刑事犯罪案件，而莉莉失踪还没有立案，只是请警方帮忙寻找一些线索。当然，这也不是一件小事，毕竟，人格争夺是件可怕的事。

"阿姨，我知道了，我们会尽快找到莉莉，你别太担心。"房子多安抚道。

李妍擦了下眼角："都是我的错！"

"阿姨，你别太自责，这种事情谁也无法预料。池炘特意过来看你，就是不想让你太担心。"房子多安慰道。

李妍闻言，眼睛看向池炘："我没脸见阿炘，也没脸见莉莉！"

"阿姨，千万别这么说。池炘没有怪你的意思！他特意带我来看看你，就是想让你安心一些。"房子多说道。

李妍听后，收起悲伤的表情，握住房子多的手："我昨天看新闻了，不管新闻是真是假，我都很高兴见到你。"

房子多笑："新闻是真的，我是池炘的女朋友，叫房子多。"

李妍很惊喜："真的吗？这么说，阿炘，你的神经感应系统有恢复的可能？"

昨天晚上，房子多跟池炘探讨过这个话题，池炘的回复是主治医生让他尝试一下。房子多当时还故意笑着说，她果然有很大的利用价值，不过，她很荣幸能成为刺激池炘神经感应系统的那个人。

"也许！"池炘回道。

李妍难以置信："真的吗？"

"也许！"池炘依旧回复这两个字。

"也许就是有希望的意思！"李妍激动地说道。

"阿姨，这个事情需要一定的过程，不过，就目前的情况看，应该是在往好的方向发展！"房子多解释。

"只是也许！"池炘补充了一句。

房子多连忙拍了一下他的手。

李妍直接愣住了，房子多笑着说道："阿姨，主治医生目前的诊断是，病情在往好的方向发展。"

池炘的那句话，他也如实对房子多说过，病情只是也许会好转，概率并不高。房子多当时也愣在那里，许久才回复主治医生：既然让他尝试，应该是病情在往好的方向发展。

池炘却执着地追问了一句，如果往不好的方向发展呢？譬如说结果是死亡，她会害怕吗？

房子多深刻地体验了与有关情感的神经受损人士交流时的心灵冲击。

他的话语没有委婉的表达，没有转圜的余地，而是直击人心。

房子多之后的回答是：死亡确实会让人害怕，但它一直都是生命的一部分，所以，她更想和他一起面对死亡。

池炘听了回答之后，回了一句："我确认了一件事，你是真心喜欢我！"

房子多当时也笑着回了一句："我也确证了一件事，我确实很喜欢你！"

李妍不想继续说这些了，随后转移了话题："子多，我给你看看池炘小时候的照片和视频。"

房子多对此特别感兴趣，连声说道："好。"

李妍拿来了一台年代久远的平板电脑，选择了一个文件，输入密码之后，才将平板电脑递给房子多。

房子多接过来后，翻看着池炘小时候的照片。小时候的池炘真的超级可爱，尤其是他的笑，简直可以软化任何人的心。

"太可爱了！"房子多被小时候的池炘萌到了，脸上尽是姨母般的笑容。

房子多很快联想到，这些照片就是反击那些诽谤者最有力的证据。

这可以证明他没有遗传性精神病，曾经的他是那么健康、那么开心、那么快乐。

可是想到这些，房子多原本灿烂的笑容慢慢消失了，因为没有对比就没有伤害，车祸带给池烆的伤害如此巨大！

坐在一旁的池烆见房子多脸色不对，不由得开口说道："给我看看！"

李妍闻言，好像想起了什么，神色微变："别看了，我收起来。"

房子多和池烆听完，不约而同地看向她。

李妍很快将房子多手中的平板电脑拿了过去，关了机，动作迅速，像是怕被人发现什么秘密似的。

"你怕我看了这些照片受到刺激？"池烆看着她问道。

当年池烆出事之后，池家将以前的所有照片都藏了起来，所以，这也是池烆长大之后第一次看小时候的照片。

"旧照片没什么好看的！"李妍解释。

房子多见气氛变了，连忙附和道："对，旧照片确实没什么好看的。"

然而池烆说道："我没你们想象的那么脆弱。"

房子多听后，内心回了一句：不是我们把你想得太脆弱，而是我们自身太脆弱。

那些照片对房子多内心的冲击还是蛮大的，尤其跟现在对比，现在的池烆没有任何表情，也没有任何情感。有关情感的神经受损跟失明、失声、失聪差不多，失明的人丧失了缤纷色彩，失声的人丧失了曼妙语言，失聪的人丧失了绚丽音色，而池烆有关情感的神经受损，则意味着他的内心世界是冰冷的，是没有温度的。

所以，看到自己幼年时的笑容，对他而言就是一种伤害。

最后，池烆还是看了相册。看他一页一页地往后翻，李妍和房子多的心都有些不安。

池烆将视频点开，里面传来李妍的声音、他爸爸的声音，还有他自己奶声奶气的声音，声音很欢乐，一家三口极其幸福。

看完后，池烆关掉了视频，没有再继续点击屏幕，而是将平板电脑放在桌上。

"池烆，你……没事吧？"房子多小心翼翼地试探。

池烆看了一眼房子多："你的担心是多余的。"

房子多很心疼池烆。

李妍收起了平板电脑："你的爷爷奶奶在那之后应该都没让你看过这些，他们想保护你，不想让你受到伤害。"

池烆听后，回了一句："作为母亲，你当初为什么不留下来保护我？"

李妍愣了下，随后缓缓地说道："我想保护你，但我……但我没有颜面留下来。"

"颜面？你的颜面就那么重要？"池烆问道。

李妍连忙摆手："不，不是，阿烆，你是我的孩子，对我来说，你比任何东西都重要。"

"所以，你的离开跟爷爷奶奶有直接的关系，对吗？"池烆问。

李妍听后，沉默了好一会儿："这些已经不重要了。阿烆，再去追究这些只会让你的爷爷奶奶伤心。毕竟，当年因为我，他们白发人送黑发人，而且也给你造成了不可逆转的伤害。"李妍说道。

"再翻旧事，你会伤心吗？"池烆反问。

李妍幽幽地回道："会！"

"那提及莉莉的爸爸，你会伤心吗？"池烆又问。

李妍看了下池烆："会。"

"也是你害了他？"池烆问。

李妍默默地点了点头："如果你的爸爸和莉莉的爸爸没有遇见我，该多好啊！"

"听闻莉莉的爸爸当年被举报受贿，你知道举报他的人是谁吗？"池烆问。

李妍轻轻摇头："他是被匿名举报的，我不知道举报的人。"

"如果我说我知道，现在的你想知道是谁举报的吗？"池烆问道。

李妍看了池烆几秒，缓缓摇头："阿烆，这些都是过去的事，不要再提了。"

"也就是说，你心里其实早就知道答案了！"池烆说道。

房子多在一旁听着，如果她不是作家，估计揣测不了池烆这番问话的意图。听完这些，她直接展开了一连串的联想。

"既然你知道答案，为什么选择沉默？"池烆问道。

李妍看着池烆，笑了笑："阿烆，你和子多留下来吃午饭吧，我现在去做饭。"

"逃避是解决不了任何问题的，只会让问题更严重！就比如莉莉爸爸，就比如莉莉。"池烆说道。

"阿烆，过去的事就让它过去吧，别再做无谓的纠缠。你已经够不幸了，莉莉变成了这样，我不想再看到你也出事。"李妍说道。

"您是不是知道什么，或者您对我有所隐瞒？"池烆直白地问。

李妍摇头："阿烆，我已经把知道的都告诉你了，倘若你不信我，那我也没办法！"

"这跟信任无关，我需要的是毫无保留的答案。"池烆说道。

追寻真相是好事，但池烆谈话的方式太直接，房子多怕李妍难受，连忙打圆场："阿姨，你应该知道，池烆说话比较直接，人也比较轴。你别放在心上！"

李妍说道："我不会放在心上的。阿烆，现在的我别无所求，只愿莉莉能平平安安地回来。"

"希望莉莉平安就把你知道的都告诉我！"池烆说道。

"池烆……"房子多制止了池烆。

"我这个做母亲的，竟然没察觉莉莉有双重人格，我有着不可推卸的责任，阿烆，你怪我、骂我都行。"李妍又开始掉眼泪。

"回避只会让问题更严重，只有找到问题的源头，才能从根本上解决问题……"池烆接着说道。

房子多觉得这话特别在理，但不太适合现在的场合说，因为李妍的情绪明显有点儿崩溃了。

"池烆，别说了！"房子多再次制止。

之后，房子多安抚了李妍好一会儿，待她情绪缓和之后，房子多才和池烆告辞离开。

房子多肯定不会指责池烆说话人直接，但询问了他一件事："池烆，你是不是对当年的一些事有所怀疑，觉得你的母亲和爷爷奶奶没跟你说实话？"

池炀没有隐瞒："嗯。"

"能具体说说吗？"房子多问。

"你那么聪明，听完我母亲的叙述后，应该能猜到一些。"池炀说道。

被池炀夸聪明，这实在太容易让房子多飘飘然了！

房子多也不拘泥，直接说道："我的感受的确跟你的有些相似。你刚才逼问你的母亲时，说到莉莉的爸爸被举报一事，我感觉你的妈妈知道举报之人，但她不愿意，其中缘由应该是她内心所忌惮的东西。"

"既然你的想法跟我的一致，那你刚才为什么阻拦我询问真相？"池炀问。

房子多回道："也许我不阻拦，你妈妈的心理防线会很快被你攻破。对你而言，是得知了真相；对她而言，便是彻底崩溃。"

"隐瞒未必是好事！"池炀坚持地说道。

"是，隐瞒确实不是好事，但有时候也是一种保护，是对他人的保护，也是对自我的保护。"房子多说道。

"我不喜欢这种处理事情的方式！"池炀直白地说道。

房子多笑了："直接有直接的好处，委婉有委婉的美。"

"这么说来，你的处事方式就是直接和委婉的结合体？"池炀问。

房子多愣了下："为什么这样定义我？"

"直接告白，之后却死不承认！"池炀说道。

房子多觉得很尴尬，随后开始装失忆："我有吗？"

池炀看了她一下："你要是对我完全没兴趣，会这么痛快地答应做我的女朋友吗？"

房子多又窘了："我这个人一直都很仗义，经常为朋友两肋插刀。"

"这么说，别的男性朋友对你提出这个要求，你也会答应？"池炀反问。

喀喀喀，他这是在挖"坑"吗？

房子多回道："别的事都好说，但答应做别人的女友一事，我只许诺你一个人。"

"你就这么喜欢我？"池炀问道。

房子多听了这句话，隐隐觉得池炀在炫耀，于是回击道："不，我只谈两情相悦的恋爱。”

两情相悦，这可是池炘亲口说过的话，如今她用这句话反击他，绝对是个撒手锏。

果然，池炘听了之后回了一句：“你赢了！”

房子多握拳，痛快地说道：“耶！”

接着，房子多还开心地踩起了节拍。

“有这么高兴吗？”池炘问。

房子多笑：“有！”

“你这么容易开心？”池炘问道。

房子多停下嘚瑟的脚步，侧身看池炘：“我这人容易笑，容易哭，容易被感动，同时也很好哄。但若是别人真的伤了我的心，我是不容易原谅别人的。”

“这是警告吗？”池炘问。

“算是友情提醒吧！”房子多回道。

“我能理解，跟你恋爱不允许分手，对吗？”池炘问道。

房子多听后，笑了起来：“你这个理解，我打满分！”

池炘露出一副明白的样子：“原来你从一开始就想跟我共度此生！”

房子多愣了下，没听明白：“什么意思？”

“你在应聘会上说过，你只是对我心动，没说要追我或和我恋爱，所以你的意思就是想直奔主题，跟我结婚！”池炘说道。

结婚？房子多真的还没想到这一步，但被池炘这么一提醒，她感觉的确有点儿那个意思。

所以说，房子多曾经的话都是现在她被打脸的依据。

房子多闻言，羞了起来，伸手捶了捶他的手臂：“你太自恋了！我才没这个意思。”

池炘的眼神里泛着一丝不一样的情愫，继续反问：“你不想？”

房子多被池炘弄得害羞起来，他们才开始恋爱就谈论结婚，这进度实在太快了。

“大多数人恋爱的终点不是分手就是结婚，我确实不喜欢分手，但也没法保证一段感情的终点是结婚。”房子多回道。

“你是对我没信心，还是对自己没信心？”池炘问。

房子多摇头："这不是信心的问题！"

"那是什么问题？"池炘又问。

房子多回道："是信任的问题。"

池炘懂了，念着这两个字："信任！"

"你说你信任我，这是最令我感动的地方，而时刻保持对彼此的信任是一件很难的事！"房子多说道。

"你比我想象中的更理智！"池炘得出结论。

房子多笑："难不成你一直觉得我很冲动？"

池炘挑眉："不是冲动，是疯狂！"

房子多皱眉："疯狂？"

"你才见过我一面就喜欢上我，这不是疯狂是什么？"池炘说道。

房子多不满："我要反驳你的用词，这不是疯狂，而是一见钟情！"

池炘听后，开口说道："我当时晕倒的样子并不优雅，而是痛苦，甚至狰狞，你还能对我一见钟情，这不是疯狂是什么？"

房子多猛地咳嗽几声："池炘，你说话能不能别这么直接啊？"

"你应该习惯了！"池炘回道。

房子多释然："确实习惯了。不过，我得纠正一点，我并非彻底疯狂，而是带着理智的。"

"那就说说你是如何带着理智的？"池炘继续问道。

"救护车来了之后，我送你去医院，你明明已经昏迷了，却一直握着我的手。你的手非常有力，医生也没办法掰开，他们对我说，这是一种求生欲，你把我当成了非常重要的人。"房子多说道。

"这是你的脑补吧？"池炘问道。

房子多有点儿想捶他的冲动，反驳道："这是真实发生的事，才不是我脑补的。"

房子多说完，还直接上手演示一番，伸手抓住池炘的手，紧紧地握着："你就是这样紧紧地握着我的手，到了医院才放开！"

池炘感受到了房子多的力量，同时也感受到她的柔软和温度。他缓缓低头，看着两人牵着的手。

"房子多，想跟我牵手就明说，别编故事！"池炘说道。

房子多怔了怔，这哪儿跟哪儿啊？她只是想演示给他看而已。

不过反应过来后，房子多下意识地放开池炘的手，毕竟，眼前这位可是位不轻易让人碰触的主儿啊！

但是，让房子多没想到的是，在她放手的那一刻，她被池炘牵住了。

她的手被池炘握着，紧紧地握着。

掐指一算，这是池炘第一次主动。

恋人之间，除了思想上的交流，身体的接触也极为重要。

身体接触通常分为四个步骤：牵手、拥抱、接吻，以及零距离接触。

房子多之前主动抱过池炘两次，但每次都没等池炘回应便主动放开。

如今，她被池炘握住了手，一时之间怔在那里。紧接着，她的小心脏如鼓点般跳跃，奏起了激昂的乐章。

接着，池炘拉着房子多往小区门口走去。

一高一矮的两个人手牵着手，他们的影子拉得特别长，甜蜜撒了一路。

坐上车后，池炘似乎也没有放开她的打算。

房子多的手就像伸进了火炉，她最初感受到的是温暖，但最后感觉自己变成了火红的炭石，全身都被烫着了。

她的手心开始出汗，小脸在发烫，心脏也在猛烈地跳动。

房子多在心里默默吐槽自己没出息，牵个手就能改变身体机能的运转。

池炘跟司机说去××中学，房子多过了一分钟才反应过来："去××中学做什么？"

"莉莉的母校。"池炘回道。

房子多顿时明白了："你想去拜访莉莉的老师，打架一事应该是莉莉得病的最关键的环节。"

池炘应了一声："嗯。"

"人格分裂症的病因复杂，这些人小时候都受过伤，可能是被霸凌、被恐吓，抑或是……"房子多说到这里，没敢继续往下说。

"抑或是什么？"池炘问。

房子多看了下池烆，小声地回道："受到身体上的侵害！不过，这些只是我个人的胡乱猜测，你也知道，作家的想象力就是这么不着边际。"

池烆听后："也不排除这种可能性。"

房子多怔了下："那是最坏的结果，我们先别这么悲观。"

池烆看了下房子多，又看了下两人牵着的手。

房子多察觉到了，不由得笑道："这次是你主动的。"

池烆看着她："是你，不是我！"

房子多连忙解释："我只是演示一下你当时握着我手的画面，然后我主动放开了你，之后是你主动的。"

"解释就是掩饰！"池烆回道。

房子多觉得自己很冤，明明是他主动的，害她从牵手那一刻开始就脑袋发涨，整个人直接飘飘然了。

不过，不管是谁主动的，两个人总算体验了一次亲密的肢体接触。房子多脾气很好，不想跟他计较，于是说道："好，好，好，那我现在放手！"

池烆没放手，还回了一句："牵了我的手，你就得对我负责。"

以往听到这类小说或电视剧的台词，房子多都会起一身鸡皮疙瘩，觉得肉麻死了，无法接受。

可是，这一幕在自己身上上演时，她的心里冒起了甜蜜的泡泡。

这估计就是恋爱的酸腐味吧？

不过，让她万万没想到的是，池烆竟然会说出这么霸道的话。

房子多猛然想起了什么，笑了起来：《恋爱实习生》这本书你真没有白看！对了，你给我的那些书，你都看过了，对吗？"

"就翻了你的书，还有其他两本。"池烆回道。

"那明天我都还给你，你好好学习，学以致用！"房子多笑着说道。

池烆回道："房子多，我不是智商低下的人！"

房子多窘了，随后笑了笑，看着两人还紧握着的手："池烆，跟你商量个事，以后你能不能别连名带姓地叫我，换个称呼，好不好？"

房子多跟池烆商量，语气里带着自己都没有意识到的娇嗔。

"换称呼？"池烆一脸疑惑。

"譬如你叫我子多，或者多多，又或者……亲爱的。"说到这里，房子多原本就红着的笑脸又添了几分妩媚。

"你爸妈叫你什么？"池炘问。

"多多！"房子多回道。

"那我叫你夕夕！"池炘说道。

房子多的脑门冒出一堆问号：嗯？夕夕？夕夕是谁啊？

"夕夕？你确定？"房子多的脸上露出大写的"窘"字。

"你不是希望我对你的称呼特别一点儿吗？"池炘反问。

可是，这也太特别了吧？！他把她的名字给拆了。

名字是父母取的，代表着长辈对她的期待，她得尊重，得珍爱。

"你还是叫我房子多吧！"房子多直接放弃了。

"放弃了？"池炘问。

房子多点头："我可不能因为谈个恋爱就把名字改了，那样太对不起我爸妈了！"

"有原则！"池炘评价道。

房子多叹道："我主动放弃追求这些虚头巴脑的浪漫。"

池炘却道："我想要的就是这些虚头巴脑的浪漫！"

房子多闻言，侧过脸看他，定了几秒之后，将脸凑了过去："你想用这些浪漫刺激你有关情感的神经，对吗？"

她靠得太近了，池炘可以清楚地看到她脸上的毛孔，她皮肤白皙、细腻紧致，但鼻子上有些黑头，估计跟天天熬夜写作有关。

扑闪扑闪的眼睛像星星，柔柔嫩嫩的红唇就像……

池炘还没想出一个合适的词来形容，司机突如其来的刹车让他与房子多之间的距离直接变成了零。

房子多也万万没有想到会是这样一个画面，在紧急刹车的那一瞬间，池炘的唇直接贴了过来，就如蝴蝶轻触到娇艳的花朵一般，之后便翩翩离去。

就这么一瞬间，房子多像被电击了似的，整个人都僵住了。

接着，她的肩膀直接被池炘的大手揽住，以防她的身体撞向前排座椅。

司机连声道歉："不好意思，刚才有人骑车乱窜。"

惊魂未定的房子多闻声回过神来，缓缓抬眼看向池烆，如果不是看见那双紧紧揽着她的手，她误以为刚才的场景只是一场恍惚的梦。

房子多确定，刚才的事，不是人工呼吸，而是接吻。

只是这个吻来得太突然，让人措手不及。

之后，房子多整个人僵着身体坐在一旁，眼睛看着窗外，脑海中回想着刚才发生的事。快到目的地时，她的心才稍微平静一些。

池烆提醒她下车，房子多回过神来，缓缓地转过头看着池烆，池烆表情依旧，就像什么事都没发生过一样。

进入学校大门之后，房子多也慢慢地收起自己矫情的恋爱心态。

池烆很快找到了王莉莉当年的班主任，班主任是个五十多岁的妇女，现在已经担任学校的副校长了，听闻池烆找她的目的之后，她非常震惊，好好回想一番后，最终她的描述和李妍的大致一样。

"那个时候，莉莉有关系比较好的同学吗？"池烆问。

班主任又回想一番："好像有一个，不过她后来转学了。"

"叫什么名字？"池烆追问。

班主任用电脑检索了一下，很快找到了那个学生。

"叫林麓，我记得那个时候，她们经常在一块。"班主任说道。

"当时莉莉打架，你们询问过林麓吗？"池烆追问道。

班主任点头："问过，但林麓说她那天刚好去外婆家了，不知道莉莉的事。"

"你们找林麓的外婆证实过吗？"池烆问。

班主任摇头："没有，毕竟莉莉只是说打架，所以我们没问那么仔细。"

"能把林麓的联系方式给我吗？"池烆请求道。

"可以，但不知道现在能不能联系得上她。"班主任说道。

"我们先试试！"池烆说道。

班主任把林麓的联系方式给了他们，同时，在池烆的要求下，她也给出了自己的联系方式。

"谢谢校长，之后我们可能还会跟您联系。"池烆说道。

房子多加了一句："之后我们可能还会麻烦校长。"

"不麻烦，希望你们能尽快找到莉莉。"班主任说道。

询问结束后，两人走出副校长的办公室。

池烆第一时间联系了林麓父母，万幸的是，他们也很快要到了林麓的联系方式。

池烆直接打了过去，电话接通之后，池烆得知林麓在 B 市，立马请求见面，林麓没有拒绝。

于是池烆跟她约定晚上见面，之后便和房子多前往机场，准备赶回 B 市。

在去机场的路上，池烆打电话给朱跃，让他先去调查林麓的生活背景。

朱跃也顺便跟池烆汇报了一下今天的舆论动态。池烆宣布恋情之后，评论区呈现两极分化的态势，一部分人唾弃造谣者，另一部分人相信造谣者。池烆的形象挽回了，但也有不好的事情发生。

那就是：房子多继续被推到风口浪尖。

房子多今天还没看社交平台，所以还没感受到这股舆论风浪的猛烈。

池烆挂掉电话之后，侧过脸看向房子多。

房子多察觉到了："朱跃跟你说了什么？"

"让你做好心理准备！"池烆说道。

房子多凝眉："什么心理准备？"

"被网暴！"池烆回道。

房子多听了之后，却笑了起来："我也算是半个娱乐圈的人，对网暴这种事司空见惯。"

"这次不同！"池烆提醒道。

房子多明白："这次确实不同，毕竟我泡到了重量级的男朋友，别说那些吃瓜群众，就是游戏玩家也得吐槽我。"

"泡？"池烆揪住了一个字眼。

房子多连忙改正："追，追行吗？"

"你追过我吗？"池烆反问。

房子多笑道："没有！"

老实说，她真没追，只是不停地在他面前晃荡而已。

"那我岂不是便宜你了？"池烆说道。

喀喀喀，这人还真会说。

"是，我捡了一个大便宜，我还没出手，你就主动送上门了。"房子多遂了他的意。

"跟我在一起，你只会吃亏，没便宜可占。"池烆回道。

房子多笑着说道："谁说没便宜可占？我会被网暴，足以证明你的价值和影响力。这两天得有多少少女为你心碎啊！"

见房子多还能说笑，池烆的眼神也有点儿不一样了："房子多，你爸妈说你脑袋缺根弦，看来这是真的。"

房子多猛地咳嗽了几声："我爸妈竟然在你面前这般挤对我，天哪，简直毁了我高大伟岸的形象。"

"高大伟岸？"池烆挑眉。

在一米八几的池烆面前，房子多一直显得特别娇小，跟小鸡崽一样。

"我的思想高大伟岸！"房子多挣扎了一番。

"这点我也不敢苟同！"池烆说道。

房子多瞪眼："不敢苟同？"

"你，就如你爸妈说的那样，有点儿傻，脑袋缺根弦！"池烆下了定论。

房子多撇嘴，倔强地说道："爱情本身就是一件让人犯傻的事。"

池烆听后，微微抬手，房子多直勾勾地看着他，想知道他接下来干什么。

结果就是，她的脸被池烆捏了一下。

这一个小动作让房子多心荡神驰，因为池烆开始主动亲近她了，虽然只是短短的几秒钟，但这是一个好的开始。

回到 B 市，池烆本想让房子多先回家，但房子多不肯，于是两人一起去见林麓。

见面的地点是个隐秘的私人会所。

两个人和林麓先后到达约定地点。林麓跟王莉莉年纪相仿，但气质更成熟一些，梳着一头帅气的短发，干练又不失知性。朱跃在池烆下飞

208

机后，传了一份林麓的资料给池烆。

林麓从事的工作是在线网络教育，生活环境还算不错，目前单身，不过，最近有一个从事 IT 行业的大学男同学在追她。

"莉莉的事，我看了新闻，到现在还不敢置信！"林麓表示震惊。

虽然王莉莉的个人通讯录里没出现过林麓这个人，但池烆还是问了一遍："莉莉来 B 市后跟你联系过吗？"

林麓摇头："没有，我们从中学之后就很少联系。"

"很少联系……也就是联系过的意思？"池烆问道。

"不是，是几乎不联系！"林麓说道。

"你跟莉莉在中学的时候不是很要好吗？"池烆问。

"算不上特别要好吧！"林麓回道。

池烆看着她，眼神锐利。

林麓接着说道："我跟她是同桌，她成绩好，帮助过我，所以两个人同进同出过一段时间。"

"莉莉跟人打架的事，你还记得吗？"池烆问。

林麓想了下："记得，当时班主任和莉莉的妈妈都找过我，想问我怎么回事，而我那天刚好去了外婆家。"

"那件事发生后，莉莉跟你说过什么吗？"池烆问。

"没有，之后我爸工作调动，我就直接转学了！"林麓说道。

"根据你的描述，我感觉你跟莉莉很生疏。这是事实，还是你装的？"池烆问。

林麓闻言，愣了下，她的眼神闪烁了一下，像被吓到了一样。

房子多见状，连忙解释道："林小姐，池总说话比较直，他想尽快找到莉莉，所以心情比较急切，请见谅。"

林麓很快调整了自己的情绪："我跟莉莉多年未见，感觉生疏很正常。"

"可你回忆起她的时候看起来也和她很生疏，我不知道是你在刻意掩饰，还是根本没把她当成朋友。"池烆又说道。

房子多差不多习惯了池烆的说话方式，不熟悉的人会觉得他有点儿咄咄逼人，但熟悉之后，便知他说话几乎不绕弯子，直接说重点。当然还有一点，他的观察力和敏锐度真的无敌。

房子多一直有个想法，池烜要是去当刑警，估计是破案高手。

林麓的表情有些不自然："我没刻意掩饰，都过去了这么多年，要我故意说两人很亲近，有点儿虚假！"

房子多并不认同这句话。一般人回忆起自己的少年时光，总是带着美好的心境，因为那个时候是最单纯的年龄，建立的关系也是最纯洁的。尤其是在工作后，经历了一些磨炼后，房子多每每回想起来，便觉得曾经的少年时光是她内心最为向往的岁月。

"林小姐，你没有说实话！"房子多说道。

林麓怔了下："你这话什么意思？"

"你的言语、动作和表情看上去都很正常，但有些事实是有逻辑漏洞的。"房子多说道。

林麓看着房子多："你是心理学专家？好像不是吧？你不要以为写过与心理学有关的剧本，就觉得自己很专业。"

房子多笑："你关注过我？"

"这两天关于你和他的新闻满天飞，我想不关注都难。"林麓说道，"你们找我，作为莉莉曾经的同学，我主动配合，把我知道的事情都告诉你们，我也希望尽快找到莉莉。但是如果你们另有目的，那不好意思，我没有时间。"

"另有目的？"池烜揪住这个词。

"难道不是？你们询问往事的目的是什么？这对寻找莉莉一点儿帮助都没有。"林麓说道。

"我们只是想通过往事寻找莉莉这些年的心路历程！"房子多回道。

"这跟我有关吗？"林麓问道。

"来见你之前，跟你无关；来见你之后，跟你有关！"池烜说道。

"什么意思？"林麓的眼神充满了警惕。

"你隐瞒了一些事情。"房子多直白地说道。

林麓笑了一声："真把自己当成专家了。"

"我不是专家，但你自己心里清楚隐瞒了什么。今天打扰你了，下次再见！"房子多说道。

"下次，你们还会找我？"林麓问道。

"我们不找你，警方会找你！"房子多说道。

"你们……"林麓的眼神充满了愤怒，"你们威胁我？"

"如果你不想被警方找，就把隐瞒的事告诉我们。"池烆说道。

"我是不会被你们威胁的，再者，我要是把你们威胁我的事捅出去，你说，谁的损失更大呢？"林麓反击道。

池烆说道："我也不接受威胁，你想捅出去就捅出去！"

林麓见池烆这般强势，气势也弱了下来："我已经把我知道的都告诉你们了，对你们没有任何隐瞒。"

房子多回道："不说没关系，下次见！今天先告辞了。"

说完，房子多起身，池烆也很默契地站了起来，一高一矮的两个人就像一对璧人，但在林麓的眼里，这两个人就像一对黑白无常。

"我说，我全说！"林麓直接妥协了。

房子多和池烆相互看了一眼，又坐了下来。

林麓看了他们一眼，缓缓地低下了头，"当年，我和莉莉之间确实发生了一件事。她平时很文静，读书又厉害，还帮助我学习，我还蛮喜欢她的。于是，我们经常同进同出，在外人眼里，我们已经是一对很要好的朋友了，我自己也这么认为。所以，我会主动邀请莉莉来我家玩。平时，我爸妈都在，我们经常在房间里玩耍，但是那一天，我爸妈刚好不在，我和莉莉在房间做作业时，她突然停下笔，死死地盯着我。当时，莉莉的眼神就跟变了一个人似的，让我感觉十分陌生，不像我之前认识的那个莉莉。然后，她就掐住我的脖子，说我没有资格成为她的朋友。我被吓到了，连忙推开她，让她离开我家。之后，她就离开我家了，而我也不敢在家待着，因为莉莉的举动给我留下了阴影，于是我直接去了外婆家。之后，老师和她妈妈都来问我，我没敢说实话。这就是我隐瞒的事情。"

房子多和池烆听完之后，都陷入了沉思。

按照林麓的讲述，当年，王莉莉就已经有了人格分裂的倾向。

"那是暑假补习时发生的事，之后我就没再参加补习了。我爸也刚好要换工作，我本来想在那边读完初中的，但因为这件事，我有了心理阴影，所以直接跟我爸说要转学。之后，我再也没跟莉莉联系过。"林麓说道。

"莉莉也没跟你联系过吗？譬如她跟你道歉。"房子多小声地追问。

林麓点头:"有,但我直接拉黑了她。有一次,她用其他电话给我打,我接了,她道歉了,但我不接受,直接挂了她的电话。之后,我也换了号码,并且清空了所有的社交联系方式。直到这次,她上了热搜,我才再次得知她的消息。"

"这件事你有没有跟别人说过?"房子多问。

"没有,没跟任何人说过!"林麓说道。

"你爸妈没察觉你的反应吗?"房子多又问。

"有,我爸妈问过我,但是我没说这件事,只说自己情绪不稳定。"林麓说道。

"这件事对你后期的生理发育有影响吗?"房子多又问。

被问及这个问题,林麓看了眼对面的池炘。

"不好意思,我冒昧了。"房子多及时道歉。

林麓似乎也不避讳:"有,影响很大。"

房子多怔了下:"你的意思是……?"

"我不想说,但你们应该懂得的!"林麓没有直言。

房子多听完之后,想了想,不管林麓所讲述的事是否真实,但有一点应该是真的。

能袒露自己心理的问题,应该是林麓最大程度的坦白了。

"谢谢你告诉我们这些,对于莉莉当年对你做的那些事,我代莉莉向你致歉。如果你接受,我会给你一定的补偿!"池炘说道。

"不需要!"林麓拒绝了,"只希望你们以后别来打扰我的生活。"

"抱歉!我们刚才太鲁莽了。"房子多主动道歉。

林麓的脸上露出一丝无奈的苦笑:"把这件事说出来后,我觉得自己好像没那么压抑了。"

见完林麓之后,池炘和房子多一起走出私人会所,朱跃已经在停车场等候他们多时。

上车后,朱跃追问结果,房子多代为回答,大致讲了一下事情的经过。

"如果她讲的是真的,那么莉莉受伤的时间应该更早?"朱跃猜测道。

房子多摇头。

朱跃见状："不是吗？"

"也不尽然！"房子多说道。

"什么意思？"朱跃问。

房子多说道："这个病症很复杂，跟基因、环境、创伤都有关，具体情况只有莉莉本人知道。不过，林麓所说的事，也是一个可以探寻的突破口。"

"你有何联想？"池烆开口问道。

房子多看了眼池烆："不联想了，想得脑袋疼。"

朱跃问道："阿烆，那接下来需要警方介入吗？"

池烆想了下："莉莉失踪已经超过 48 小时了，交给警方处理吧。"

"好！"朱跃应道。

朱跃继续开车前行，房子多看了下路线："朱助理，你这是送我们去哪儿？"

"大 S 路的九溪别院。"朱跃说道。

"去那儿干吗？"房子多很疑惑。

"你家的小区门口现在有一堆狗仔守着，池总家的小区也是，九溪别院那边有栋别墅，我昨天让人打扫干净了，你们这几天可以暂时住那里！"朱跃说道。

狗仔真是在任何时代都让人讨厌的生物。

房子多闻言，看了下身边的池烆，问道："你安排的？"

池烆回了一句："不是！"

喀喀喀，看来这是朱跃的主意。

于是房子多说道："我还是回自己家吧！"

朱跃通过后视镜看了下房子多："子多，你不满意我的安排？"

"不是，我什么都没带，不方便。"房子多找了一个理由。

"我已经让可可帮你收拾了一箱行李，衣服、护肤品和电脑都在。"朱跃说道。

房子多惊呆了："什么时候的事？"

"今天下午！"朱跃说道，"我也帮池总收拾了一箱行李。"

喀喀喀，朱跃这是什么操作啊？两人刚宣布交往，他便安排好同居一事。

"这……不方便吧！"身为女孩儿的房子多还是有点儿矜持的。

"那边有很多房间，我这几天也住在那里！"朱跃说道。

房子多窘笑，在心里吐槽：那你还不如安排我和池炘单独住那里呢。

不过，朱跃似乎听到了房子多的心声，开玩笑地说道："子多，你要是觉得我跟你们一起住不方便的话，我也可以回家住。"

房子多窘了，连忙说道："没有，非常方便。"

朱跃暗笑，池炘开口："朱跃，你回自己家住。"

房子多又窘了："那个……不是说房间很多吗？多住一个人也没什么。"

朱跃一副左右为难的样子："我是听你的，还是阿炘的？"

"你说呢？"池炘反问。

房子多却说道："听我的。"

"到底听谁的？"朱跃故意问道。

房子多在池炘开口之前，抢先回道："听我的。"

池炘看她一眼："理由！"

理由？他真是一个大直男啊！钢铁大直男！

"理由就是我是你的女朋友，你必须听我的！"房子多把自己的身份摆了出来。

朱跃笑着调侃了一句："这个理由很正当。"

"房子是我的！"池炘回了一句。

喀喀喀，他真是一个不解风情的男人啊！

房子多也不指望池炘解风情，于是霸气地回道："可你是我的。"

朱跃听到这句话，对房子多佩服得五体投地，她简直就是霸气侧漏啊！

朱跃现在十分好奇池炘会怎么应对，作为池炘多年的好兄弟，他太了解池炘了，只有别人服从池炘的份，极少看到池炘服从别人。

这跟池炘完全不懂人情世故有着很大的关系，性格再怎么执拗的人都不是他的对手。

见房子多说出这般霸气的情话，池炘凝视她几秒，要是以前，他肯定会立马回答："我不属于任何人。"

但此刻，他面对的人是她。

房子多被他看得脸红心跳，她也觉得自己刚才说的那句话有点儿傻。

每个人都是独立的个体，不存在谁属于谁，房子多凭什么说他是她的呢？

池炘微微张口，说了三个字："听你的！"

见池炘妥协了，朱跃算是见识到了恋爱的酸腐味！

这就是恋爱中的男人啊！

朱跃不忘打趣道："男人征服世界，女人征服男人。"

房子多不认同这句话，因为这是一个伪命题。男女之间，无所谓征服，最好的两性关系是彼此成就。

不过池炘的妥协让房子多开心不已，她的眼睛弯成了月牙。

要不是朱跃在场，房子多肯定会忍不住摸摸池炘的头，对他说"真乖"。

一句"听你的"勉强确立了她的地位，于是，房子多"发号施令"："朱助理，听我的。"

朱跃窃笑："嗯，听嫂子的。"

房子多有点儿窘："你比池炘小？"

朱跃应道："小他几个月。"

"那个，你还是叫我子多吧！"房子多商量道。

"为什么不能叫你嫂子？"朱跃故意问。

房子多瞥了下身旁的池炘，辩解道："没听过你叫池炘哥！"

"我现在叫，炘哥，炘哥！"朱跃笑着改口。

房子多窘了："你开心就好！"

九溪别院，房子多光听名字就知道是一处雅致的别墅区。

房子多对房子有着执着的追求，她的名字就代表了长辈对她的期望。当然，房子多也通过自己的努力拥有了两套房产。但这是远远不够的，因为她可是"房子多"啊！

而人与人之间是不能比较的，比较就别活了。

池炘名下的这处房产便是房子多的终极梦想。

这别墅依山傍水，上下两层，有超大的院子和泳池，有独立的健身房，还有地下酒窖。参观完后，房子多掐指一算，她至少还得写十本小说外加努力投资才能买下这套房子。

人生是需要别人鞭策的，房子多决定晚上就开始动笔写新小说，刻不容缓。

房子多住在二楼靠左边的客卧，与池炘的主卧紧挨着，朱跃则住在走廊右边的客卧，两个客卧之间的距离超过四十米。

这是朱跃刻意安排的啊！房子多对朱跃这个"友军"非常认可。

在外面奔波了一天，房子多直接洗了个澡，换上舒服的睡衣。之后，她把电脑打开，开始干活。柳柳又将修正后的大纲发了过来，房子多认真地看了一遍，冒出了一些新的想法，添加到大纲里去。

池炘和朱跃则在书房把今天需要处理的工作邮件一一处理了。

全部处理完之后，池炘开口说道："你回家吧！"

朱跃看了下时间，已经十一点了。

从别院回朱跃家得一个小时的车程，于是朱跃说道："我带换洗衣服了。"

池炘看了他一眼："去附近的酒店住！"

朱跃服了，叹气道："没想到你也有见色忘义的一天！"

"你在这里，房子多会不方便！"池炘说道。

"借口！嫂子明明说过我可以留下。"朱跃抗议了一下。

池炘没理他，站起身说道："住酒店的费用我报销！"

房子多太累了，修改完大纲之后就直接躺下睡了。

她醒来的时候，已经是第二天早上七点半了，这个点是她平时起床洗漱的时间。但这床太舒服了，她忍不住又眯了一会儿，再次醒来时，已经是一个小时后。

我的亲娘啊！她上班要迟到了。

房子多手忙脚乱，刚打算去洗漱，手机就响了起来，她又急忙去拿手机。

是池炘的电话，电话那头就一句话："起床吃早饭！"

房子多站在那里，愣了愣，回过神来，接着又是一阵手忙脚乱。

二十分钟后，房子多下楼了。

朱跃和池炘已经坐在餐厅吃饭了。

"早啊，嫂子，我从酒店带了早餐过来，这家酒店的早餐很不错，你快来尝尝！"朱跃主动跟房子多打招呼。

房子多落座之后，看了一眼桌上丰盛的早餐，开口道："你特意去打包的？"

朱跃笑了笑，看了池炘一眼，故意说道："不是特意去打包的，是直接打包送过来的。"

房子多一脸蒙："朱助理，你说话怎么有点儿绕啊？"

朱跃笑："我昨晚住酒店了。"

房子多更蒙："你不是住这里吗？"

朱跃又看了池炘一眼："某人不让我住，嫌我碍事。"

喀喀喀，这里就二个人，房子多没说不让他住，所以某人不就是池炘嘛！

房子多瞬间脸红了，没想到池炘还是把朱跃赶出去了，给自己和他留下二人空间。

孺子可教！孺子可教也！

池炘闻言，扫了朱跃一眼："十点开会。"

朱跃连忙闭嘴，抓紧时间吃饭，因为从别院到公司要半个多小时的车程。房子多也没敢耽搁，她今天肯定要迟到了。

所以，在去公司的路上，房子多还特意问了一下朱跃，上班迟到会扣多少钱。

朱跃笑着说，这几天是特殊情况，人事部会特殊处理，不会扣她的钱。

好歹她也是老板的女朋友，这点儿眼力见儿人事部还是有的。

可是没想到池炘开口说道："该扣就得扣，不要因为个人原因破坏公司的纪律。"

闻言，房子多窘了，朱跃蒙了，但谁都不敢反驳。毕竟老板最大，老板说了算。

房子多重新回公司上班，而且还是和池炘一起上班，这又在公司内部引起了"海啸"。

反正注定要变成受人瞩目的"大熊猫"，房子多也不想在意别人的目光了，该干吗干吗。

上午，房子多跟柳柳、郭美心在小会议室里讨论了故事的细节该如何展开的问题。到了饭点，柳柳和郭美心边收拾边商量中午吃什么，却没邀请房子多一起去食堂吃饭。

"你们吃午饭，不带上我吗？"房子多特意问了一句。

"你，我们现在带不动！"柳柳笑着说道。

"就是，你应该跟老板共进午餐，我等'长工'不配跟老板夫人一起吃饭。"郭美心附和。

老板夫人？什么鬼？八字还没一撇呢！就是有一撇，他们也才刚刚开始，情路漫漫啊！

房子多在心里吐槽了几句。

柳柳接着说道："子多，给你一个友情提醒，你近期最好别出现在食堂，不然你很有可能被人泼汤。"

"我不信这个邪！"房子多硬气地说道。

郭美心笑："不听美人言，吃亏在眼前。"

"真这么严重？"房子多又怂了起来，毕竟，她在公司食堂被人泼汤的话，场面会很难看。

"早上你和池总一起来上班，公司大大小小的群都炸锅了。你最好听劝点儿！"柳柳好心地说道。

"我能看看你们的群聊吗？"房子多好奇地问道。

"建议你别看，免得心塞！"柳柳说道。

也是，看了之后房子多的心情难免会受到影响，她直接放弃了。

不过，郭美心凑了过来："子多，你跟老板同居了？"

房子多闻言，猛地咳嗽了几声，小脸也不自觉地泛起了桃花般的红晕。

"你们怎么这么八卦啊？"房子多没正面回答。

"老实交代！"郭美心不死心。

"好饿啊，我们还是先去吃饭吧！"房子多转移话题。

"你真跟我们一起去食堂吃饭啊？"柳柳问。

房子多点头："离开这几天，我很想念公司食堂的饭菜啊！"

郭美心笑了："子多，建议你先请示一下老板，万一他要跟你共进午餐，那我们岂不是打扰到你们了？"

房子多觉得在理，现在她已经不是单身人士了，得顾及一下男朋友的感受，于是，她和池炘联系了一下。

可是，池炘的回复只有三个字：我在忙。

换成其他人，男朋友不陪自己吃午餐，免不了矫情地生闷气。但房子多看到回复，咧嘴笑了起来。

池炘能第一时间回应，已经意味着她是被特殊对待的。

"走，去食堂吃饭！"房子多说道。

郭美心见了，有些纳闷："见你笑得这么开心，我还以为你和池炘有别的安排。"

"他还在忙，我跟你们一起吃！"房子多推着两个人走出了会议室。

"既然如此，那我们得多叫几个人一起吃饭，顺便保护你！"

房子多觉得完全没必要，她现在即便成了焦点，也不至于被当众群殴，毕竟在这里上班的人都是受过高等教育的。

于是，三个人一起去了食堂。

去食堂川菜馆的路上，房子多俨然成了射击场上的靶子，浑身上下布满了隐形的红点点。

坐下后，她隐隐约约听到隔壁桌的议论声，议论的主题是她的"锦鲤"体质。

他们给她的差评很多，但也有不少好评，譬如……

"她就是活生生的'锦鲤'啊！来我们公司没几天，她就把老板泡走了。"

"我们要不要找她要个签名，祈求事业、爱情一帆风顺？"

"好呀，好呀！"

"我想求姻缘。"

"我想求事业。"

"我求健康！"

喀喀喀，他们俨然把她当真"锦鲤"看待了。

被议论声包围的房子多有点儿不自在，因为她的脸皮还不够厚。

三个人点了毛血旺、回锅肉、排骨南瓜盅、时蔬以及一份莲藕汤。

在等菜的时候，几天未见的李奕然挤了过来。

"哎，我们没同意你坐下！"郭美心说道。

李奕然看着对面的房子多笑着说道："不需要你同意，她同意就行。"

这个"她"自然指的是房子多，于是，房子多傲娇地说："我也不同意！"

"不同意我也坐下来！"李奕然赖皮地说道。

房子多抗议："大哥，你能不能尊重一下我们女同胞啊？"

"既然都叫我大哥了，那么三位妹妹是不舍得把我轰走的，对吧？"李奕然冲着她们三个人笑道。

这个妖娆一笑，别说女孩子们挡不住，隔壁的男同事看着都心软了。

房子多想回击，不过，柳柳出来当和事佬："既然都坐下来了，那就一起吃吧！不过我们刚才点的都是荤菜，你要吃什么，自己点！"

柳柳很了解李奕然，直接把菜单递给他。

李奕然接过菜单之后，点了两道素菜，然后放下菜单，直视着对面的房子多撒娇："小房子，我这两天给你发了那么多信息，你一条也没回，太伤我心了！"

通常只有女人跟男人撒娇，第一次见李奕然跟她们几个女生撒娇，房子多全身都起了鸡皮疙瘩。

"信息太多了，我都来不及回！"房子多客套地回了一句。

"你不是来不及，而是根本不把我当朋友！"李奕然控诉道。

"李奕然，你给我发信息，我一定回，一定把你当朋友！"郭美心说道。

"没你的事！"李奕然毫不留情地回击。

郭美心有点儿没面子，不过，她也没太在意，因为李奕然很少把别人放在眼里，只对自己感兴趣的人热情一些。

"你老实说，是不是池总威逼利诱你，你才答应做他女朋友的？"李奕然一副质问的表情。

房子多踉踉跄跄地回道："这跟你有关系吗？"

"当然有关系，你不是叫我哥吗？"李奕然直接套近乎。

房子多回道："我爸妈就生我一个，我是独生女！"

"我是你认的哥哥啊！"李奕然说道。

房子多直接来了一个三国语言的否认三连击："没有，아니（不），No（不）！"

"你这个没良心的！"李奕然骂一句，伸手去摸房子多的头。

房子多条件反射地将身体往后倾，没让他得逞，还不忘提醒他："注意影响啊！旁边一堆人看着呢！"

"我不怕！"李奕然笑着说道。

房子多服了，他不怕，可她怕啊！

她已经把池烁泡到手，要是再去招惹李奕然，不知道又会被人编派成什么样呢！

"你怕池总吃醋？可他会吃醋吗？"李奕然似乎看透房子多的心思，笑着说道。

房子多赏了他一个大白眼，李奕然这话明摆着说池烁是个木头，什么感知都没有。作为池烁女友的房子多直接实力"护夫"："他会啊，他会的比你想象的要多得多。"

李奕然闻言，笑了起来："那他都会些什么呢？"

这语气实在太暧昧了，看看坐在旁边的柳柳和郭美心好奇的表情，房子多便知这话有"坑"。

"我干吗要告诉你啊？"房子多蹦蹦地说道。

李奕然笑："小房子，作为哥哥的我不是在忌妒你，而是在担心你。"

房子多一脸嫌弃："我又不是太监，别叫我小房子。还有，我不需要你为我担心。"

"那我叫你多多，行吗？"李奕然问道。

"不行！"房子多断然拒绝。

"叫子多，这总行了吧？"李奕然说道。

房子多有点儿烦他："不行！"

"那叫你房房！"李奕然又换一个。

房子多想吐："我还想吃午饭呢，你别让我吐，行不行？"

李奕然加入后，显然占据了谈话的主导地位，柳柳和郭美心只能在一旁看戏。不过，关键时刻还是柳柳出面帮忙解围："李奕然，少说几句，不然池总可要真吃醋了。"

柳柳的话刚落下，背后就传来清冷的声音："吃什么醋？"房子多闻声转过头，池炘高大的身躯就立在自己身后。当然，池炘出现的地方，朱跃肯定也跟着一起出现了。

不过，他不是十分钟前说还在忙吗？他怎么这么快就忙完了？

池炘的出现让场面顿时变得很尴尬，大家纷纷转头认真吃饭，同时保持着强烈的好奇心。

柳柳脸上的笑容直接僵住了，随后谄媚地说道："池总、朱助理，我们还没开始吃，你们坐，我们再去找位置。"

柳柳主动站起身，给池炘腾位置，顺便给郭美心和李奕然使了个眼色，打算跟他们一起离开。

郭美心很麻利地站了起来，李奕然却还坐在那里，似乎不打算走。

柳柳忍不住叫他："李奕然。"

李奕然没理她，看着池炘说道："还是让多多走吧！池总有专门的位置吃饭，她走，我们在这里吃。"

房子多愣了下，李奕然说得没错，池炘在食堂吃饭是坐在固定的包间里的，于是，房子多打算站起身离开。

但下一秒，她的肩膀被池炘的大手按住，池炘让她坐回去。

接着，她听到池炘说："我们在这里吃，李奕然，麻烦你腾一下位置。"

李奕然愣了下，指了指自己："要我走吗？"

池炘静静地看着他，李奕然只好站了起来："就我一个人走吗？"

柳柳和郭美心也想跟着一起离开，但池炘接着说道："你们两个人留下。"

好端端的，让李奕然独自离开，房子多总觉得有点儿不太好，于是，房子多说道："李奕然也是我的朋友。"

池炘的目光看向房子多，眼神有点儿锐利，让房子多秒怂，李奕然也不好意思赖着不走。不过，在离开之前，他对房子多说了一句："朋友，我们改天再约饭。"

被老板点名共进午餐，柳柳和郭美心有种受宠若惊的感觉，这本该是十分荣幸的事，但两个人内心有点儿不太情愿。因为跟老板吃饭，她们肯定会消化不良。

果不其然，老板一落座便问："吃什么醋？"

房子多连忙接话："大家说笑来着。"

"柳柳，你说！"池烆说道。

柳柳被点名，不好拒绝，只能实话实说："就是……就是大家在谈论池总您会不会吃醋。"

池烆闻言，看向房子多："你是怎么回答的？"

房子多有点儿窘："我说我不告诉她们！"

"然后呢？"池烆又问。

"没有然后啊！"房子多回道。

"李奕然摸了你的头！"池烆说道。

房子多怔了下，难道这都被他看见了？

"我躲了，他没摸着！"房子多连忙解释。

"你的身体只有我能触碰，包括头发！"池烆说道。

池烆的话直接让柳柳和郭美心惊呆了，还没开始吃饭就直接吃了一嘴的"狗粮"。

这是她们以前认识的池烆吗？他竟然当众说出这么霸道、这么撩人的话！

房子多也被这句话撩得脸红起来，池烆简直就是赤裸裸地宣布主权。

"那个……我能反对一下吗？"房子多问道。

"反对？"池烆看着她。

"你的话有漏洞，要是女生碰我呢？譬如柳柳、美心，以及我的闺密。"房子多说道。

朱跃也觉得池烆的话有漏洞，现在就看他怎么回答了。柳柳和郭美心也一脸看戏的样子。

池烆看了下柳柳和郭美心。

柳柳直接被池烆的眼神震慑住了，连忙说道："我不配碰子多！"

郭美心也赶紧附和："我也不配。"

房子多特别窘，在心里吐槽一句，这两个人怎么就这么尿呢？

池烆对柳柳和郭美心的回答似乎很是满意,刚好上菜了,他也没再说什么。

而这一顿饭就在房子多说"这道菜不错""这汤好喝"这些无关痛痒的废话中结束了。

不过,这顿饭刚结束,in科技各个部门便将池烆中午说的那句话传得众人皆知。

而被当众喂"狗粮"的柳柳和郭美心也在事后被很多人追问。两个人实话实说,于是池烆被实名认证为霸气老板,而房子多则是名副其实的幸运"锦鲤"。

很多女生羡慕、忌妒房子多,很多男生则对房子多崇拜有加。不过,也有的人思路比较清奇,在私下的聊天群里发布消息:"没想到池总谈起恋爱这么霸道、这么甜,从今往后,我不关注明星情侣了,改关注池总和'锦鲤'这一对儿。"

这个想法引来不少人附和,于是,池烆和房子多在不知不觉中有了一些粉丝。

经历这短暂的午饭时光后,房子多再次回到办公室,大家看她的眼神都有点儿不一样了,而且,有人开始献殷勤了。

房子多的桌上多了奶茶和一些小饼干之类的零食。对方没有留下名字,她不知道是谁送的。

下午,房子多所在的小组开始根据大纲扩写内容了。三个人分工写不同的故事内容,房子多负责第二板块,主题是"生存与毁灭"。

她们这一组的工作顺利推进,相比之下,王莉莉那一组的工作一直没什么进展。乔溪只能让那一组剩余的组员撇开王莉莉之前参与的内容,让他们再设定一个全新的故事脉络。

谈到王莉莉必然会引发一系列话题,譬如,莉莉真的有人格分裂症吗?她现在在哪儿?池总的医疗信息证明是为了掩盖事实吗?池总的病真的是车祸造成的?

乔溪从不参与聊八卦,所以内容部的员工私下建了讨论群,从新闻爆发后,他们就一直在讨论。

中午,池烆说的话在这个群里流传后,有人羡慕,有人忌妒,也有人变成了池烆和房子多的粉丝,当然也有人提出质疑。

他们就有关情感的神经能否修复这一问题展开了讨论。

有人说不能，认为池烆中午说的话就是在作秀。

有人说可以，前段时间，外国医学界发布了把纳米技术应用在神经修复领域的一篇论文，科技如此发达，什么事都有可能发生。

这些讨论房子多自然是看不到的，因为她不可能被拉进这种聊天群里。

不过，郭美心偷偷截了一些隐去身份信息的聊天记录图给她，房子多看了之后，礼貌地道了个谢。

不管郭美心的行为是在套近乎还是发自内心，房子多都没有排斥。人嘛，总是形形色色的，只要这个人的本质不坏，房子多都愿意接纳和包容。

房子多特意去查询了一下关于纳米技术应用于神经修复领域的资料，还真有相关的论文。

下班后，在回别墅的路上，房子多跟池烆就这个问题进行了探讨。

"之前我的主治医生也给我看过这些资料，但他和一些专家团队进行探讨后，建议我暂时别冒险。"池烆说道。

房子多听后，觉得自己的信息还是闭塞了些。

"也就是说，这个技术的应用还不够完善，对吗？"房子多说道。

池烆点头："不过，总的来说，这是一个好消息。"

房子多很期待："嗯，希望这个技术得到尽快完善并普及应用。"

正在开车的池烆侧过脸看了下她："这个信息是你自己查询到的，还是别人发给你的？"

房子多如实回答："别人发给我的，不过，我也特意去查询了一下，而且我有一个新收获。"

"什么新收获？"池烆问。

"你竟然捐赠了好几个领域的科学实验室。"房子多惊讶地说道。

"这也叫新收获？"池烆反问。

"当然，我以前了解得不够详细，漏了很多细节！"房子多道。

"你以前了解我什么？"池烆问。

房子多笑："秘密，不告诉你！"

池烆也没纠缠，接着说道："你现在想了解什么，可以直接来问我!"

房子多笑:"直接问你,那多没意思啊!我自己去了解、去发现,才比较有意思!"

池烆没有反对。

房子多接着说道:"公司最新捐赠的量子力学科学实验室的负责人好年轻啊!你认识她本人吗?"

池烆知道房子多在说谁,点了一下头:"见过一次!"

in科技前段时间捐赠了一大笔科学基金给一个实验室,这个实验室由一位叫希爱[1]的量子力学领域的科学家所负责。其实,捐赠实验室并不稀奇,但这位实验室的负责人特别年轻,才20岁。这件事本来只要经过报道便会成为全球性的大新闻,但in科技没有这么做,反而非常低调地进行了捐赠。

国内几乎没有任何关于此事的消息,倒是国外关注量子力学研发的相关机构做了相关报道。

下午,房子多查询国外的资料时,无意间看到了这条消息。

"20岁就担任科学实验室的负责人,她简直就是天才!而且她还长得很漂亮,简直是天之骄子啊!"房子多用了两个"简直"来形容这个叫希爱的科学家。

池烆听后,说:"你想要签名,我可以帮你要!"

喀喀喀,这是房子多想要表达的重点吗?当然,要是有签名,房子多也是很开心的,毕竟,希爱可是推动人类科技发展的科学家啊!科学家们是很多人心目中的偶像。

"我就是觉得她特别厉害,由衷地称赞几句。不过话说回来,你也是天才,相貌又出众,也是天之骄子!"房子多将话题引到池烆身上。

"我是你的,间接说明你也很厉害!"池烆说道。

房子多瞬间脸红,这句话实在太撩人了。

她特别满意,于是扬眉说道:"被你这么一说,我也觉得自己蛮厉

---

[1] 希爱,年轻的量子力学领域的科学家,出自米西亚的另外一部小说《美人迷局》(出版名为《亲爱的主人》)。

害的！"

池烜见她笑得很开心，加了一句："听说，现在大家都叫你幸运'锦鲤'。"

房子多害羞了："嗯，你是霸气老板，我是幸运'锦鲤'。"

"霸气老板？我霸气吗？"池烜似乎不太满意这个称呼。

"你中午说的话，难道不霸气吗？"房子多反问。

池烜直接说道："少和李奕然来往。"

房子多闻言，看着池烜："你不喜欢他？"

"他的工作能力不错，但私生活比较乱。"池烜评价道。

房子多笑了起来。

"我不歧视他，但你最好少跟他来往。"池烜强调。

房子多点点头，但同时也帮李奕然说好话："李奕然其实人不坏，就是嘴碎了一些。还有，你这么在意他，不会是……真的吃醋了吧？"

池烜回了一句："他还不够格！"

好吧，霸气的他怎么可能把下属李奕然当成对手呢？

房子多还是免不了抗议一下："池烜，我能跟你说一个事儿不？你要是什么事都这么霸道，会让我没朋友的。"

"朋友与我，谁更重要？"池烜反问。

房子多心里很开心，却倔强地回道："肯定是你更重要，但我也需要朋友。"

"二选一！"池烜说道。

房子多很难选择，但作为女朋友的她为了让男朋友更开心，坚定地回答："你，选你！我会毫无条件地选你。"

第七章

第二十一区

有了昨天住酒店的经验，朱跃便不再去别墅当电灯泡。于是，池炘和房子多这对情侣有了专属的私人空间。

两人一前一后地进屋，池炘依旧面无表情，没有不自在的反应，但房子多有点儿害羞。

毕竟，和自己喜欢的男人单独在一起，对方还是个超级大帅哥，她这个作家免不了脑补很多恋爱桥段。

譬如，她想抱他，想吻他，甚至……想睡他。

人类的本性就是如此，食色性也。

两个人都在公司吃过晚餐，又加了一会儿班，回到家差不多九点半，这会儿直接睡觉是不太可能的。

池炘没有早睡的习惯，房子多更是个"夜猫子"。

于是，他们回来后各自冲个澡。

房子多吹干头发出来，听到楼下有动静，便穿着棉麻质地的和服睡衣下了楼。

池炘刚榨好两杯杞果汁，房子多直接走了过去。

换上了休闲便装的池炘少了工作时的严肃感，多了一份随性，他伸手递给房子多一杯果汁。

"你待会儿还要工作吗？"房子多接过他给的杧果汁，问了一句。

池炘打量了身穿和服睡衣的房子多几秒："还要工作！"

"哦！"房子多抿了下唇，端起果汁喝了几口。

"你有什么安排？"池炘问。

房子多放下杯子："我想玩一会儿游戏，待会儿再写一小时稿子。"

"玩多久？"池炘问。

"游戏吗？一小时左右！"房子多说道，"那个，你能陪我玩一会儿吗？"

房子多想，两人总不能一点儿互动都没有吧？所以，她主动邀请池炘跟她一起玩游戏。

"我的内测号级别过高，带你玩儿没有任何挑战性！"池炘回道。

房子多有种被嫌弃的感觉。

"你注册个小号！"房子多建议。

"身份验证通过不了。"池炘说道。

房子多撇嘴说道："那算了。"

"不过，我可以上线，看你玩！"池炘又说道。

房子多无语了，跟游戏开发者谈恋爱，游戏账号级别不够的话，一起玩游戏都难。

不过，只要两个人有互动，即便他只是看着，房子多也乐意。

话说回来，朱跃这个助理做事真的特别到位，不但安排池炘住在这里，还给他准备了几台游戏设备。没办法，谁让朱跃的老板是个工作狂呢？

房子多和池炘分别坐在游戏椅上，各自贴上神经元感应器，同步进入《无极》。

房子多在游戏里有一个固定的团队，几个小伙伴都是有游戏瘾的人，房子多一上线，大家第一时间接收到了消息。

平时，大家各玩各的，想要组队便集合。几个小伙伴好些天没有见到房子多了，纷纷前来问候她。

"艾艾，最近忙什么呢？这几天我都没见你现身。"

"Estel, I miss you. What have you done recently?（艾斯特尔，我想念你。你最近做什么了？）"

"艾艾，你总算上线了，我还以为你失踪了。"

房子多在《无极》中选择的角色种族是精灵族，名字叫艾斯特尔（Estel），意为希望。小伙伴一般都叫她艾艾或Estel。

见小伙伴们这么热情，房子多连忙回复："最近工作有点儿忙，让大家挂念了。"

"注意身体啊！"

"劳逸结合！不忙的时候，上来放松一下。"

房子多又回复一句："我现在不就来放松了？"

"来，一起杀几局！"

"艾艾，走！"

房子多看了下身旁的索伦，征求他的意见："我去杀几局？"

池烆没反对，看着她集结小伙伴们，一起组队杀向《无极》的第二十一区——地狱行星。

房子多平日登录《无极》只是做任务，赚点儿游戏币，顺便放松一下。这次上去是为了在池烆面前秀一把，所以，她直接选择了最具挑战性的地狱行星。

地狱行星，如同它的名字一般，该区是《无极》里面三十个分区里最血腥、最残暴、最刺激的区域，这里到处是尸体、废渣、陷阱、熔岩，玩家稍不留神就会葬身于此，坠入地狱。

经调查，该区也是玩家最喜欢的区域，因为在战斗厮杀中，玩家有可能一夜暴富，也有可能一夜破产。最关键的是，如果玩家的运气够好，还可以爆出非常厉害的装备。

房子多曾在小伙伴们的协助下，在地狱行星得到了几件罕见的装备，拿出去卖的话，可以赚个几十万游戏币。房子多这个人民币玩家特别大方，没将爆出的装备留给自己，而是分给了一起玩耍的小伙伴们，他们团队的凝聚力也因此增强了。

在线的小伙伴们在第二十一区集合，很快发现房子多身边有个"小尾巴"——大魔王索伦。

"艾艾，这是谁啊？"

"你认识的人？"

房子多回道："对，不过你们不用管他！"

"既然是认识的人，他的级别又那么高，叫他一起玩！"

"就是，你叫他一起玩。"

房子多回复："我们自己玩，他在一旁看着就行！"

"你的男朋友？"

"你的追求者？"

房子多不想生出事端，回了三个字："旁观者！"

小伙伴也就不再执着了，五个人直接冲向战场，开始厮杀。

池烆的游戏虚拟形象——索伦就站在远处旁观。他看了房子多的行走路线以及战斗策略，觉得她勉强算是中流玩家，不过团队里有两个小伙伴的技术还不错，这几个人挺有默契的。所以，这五个人的战斗值很高，他们除了消灭了常规的 boss 外，还消灭了其他等级低、技术差的玩家。

房子多游戏账户上的游戏币一下子增加了二十几万，她可谓是满载而归。

不过正当几个人准备收手时，却被另一个不知道从哪儿冒出来的团队疯狂狙击。

那个团队火力爆表，不到几分钟就把房子多这个团队的阵营打散了。

房子多在小伙伴们的掩护下，躲在一块巨石后面。五个人在紧张刺激的氛围中边反击边吐槽。

"哪儿来这么多高级别的玩家啊？"

"估摸着是刚才被我们干掉的玩家找更高级别的玩家来对付我们。"

"我快挡不住了！"

"谁这么缺德啊？自己打不过人家，死了还不忘叫人替他报仇。"

"妈呀，我也快挡不住了。"

第二十一区——地狱行星是这么残忍，玩家要是被干掉了，账号里的一切都会被清零，这就是地狱行星被称为《无极》里最冒险的游戏区域的原因。如果不是技术好或装备高，普通玩家是绝对不想来这儿找刺激的。

"我们今天要被这些人灭了！"

"真扛不住了，看来我们今天真的要被团灭了！"

"我们几个人死在一块儿也值得，大不了从头再来。"

房子多一点儿都不想重新来过，因为她为这个游戏号花了几十万人民币，做了很多任务，才有今天的级别。

要是被一夜清零，她肯定会"嗷嗷"大哭的。

可是，游戏世界是残忍的，被团灭这种事天天在地狱行星上发生。

正当大家等"死"时，头上的天空突然传来一声巨响，他们稍稍抬眼，眼前迎来了刺眼的白光，让人陷入视觉盲区。

房子多的小团队很快反应了过来。

"琉璃闪光弹！"

"是琉璃闪光弹，撤！"

普通的闪光弹蒙蔽敌人视线的时间只能持续 5 秒，但琉璃闪光弹则可以持续 30 秒，在这 30 秒之内，玩家可以从任何一个危险的战局里撤离。

不过，琉璃闪光弹是一个稀有物品，不是一般玩家能搞到的。

房子多等人在琉璃闪光弹的掩护下，连忙退出第二十一区。

"刚才吓死我了，差点儿死在第二十一区！"

"我都已经做好等死的准备了……"

"对了，刚才是谁扔的琉璃闪光弹？"

"不是我。"

"也不是我。"

"那是谁？"

房子多知道这个小团队大致的装备水平，大家一起玩了那么久，杀过很多 boss 和其他玩家，搞到了很多游戏装备，但没有爆出过一个琉璃闪光弹。

房子多从刚才被狙杀的惊险中逐渐恢复理智，终于想起池烆这个旁观者。

而她刚才急着撤退，完全忽略了池烆，现在也不知道他在哪儿。

"我知道是谁！"房子多说道。

"谁？"

"谁？"

房子多还在喘气："我先走了，下次再继续。"

"艾艾，你先别急着走啊！"

"说清楚再走。"

房子多很着急："下次再约！我先走了！"

房子多跟大家告辞后，第一时间联系了池烆。

"你在哪儿？"

池烆回了三个字："入口区。"

得知池烆还没下线，房子多很兴奋，本想直接冲过去见他，转念一想，说道："去第八区！"

房子多将自己常去发呆的位置的坐标发给了池烆。

之后，房子多直接走向传送门，输入坐标后，很快来到了第八区。

第八区是个休闲娱乐区，在这里，玩家不仅可以领略各国风景，还可以尝试各种运动项目，譬如冲浪、攀岩、滑翔、蹦极、跑酷、棒球、足球、篮球、橄榄球等，人类的运动项目这里应有尽有。

房子多也是第八区的常客，经常来这里冲浪。即便身在虚拟游戏里，玩家的神经感受也跟在现实里没有太大区别。

房子多喜欢水，也喜欢海洋，所以平日觉得很累，没法抽身去度假放松的时候，她就会来这儿冲浪，缓解心理疲劳。

当然，作为人民币玩家的她还不忘买一艘虚拟游艇，以她自己的游戏名命名，就叫艾斯特尔号。

房子多刚登上艾斯特尔号，池烆就出现在游艇上。

房子多见他出现，直接朝他奔了过去，一下子扑进他的怀里。

她本以为会被索伦身上的铠甲扎得浑身疼，没想到，池烆在她触碰到他的那一瞬间退去了身上的铠甲，现出索伦面具之下的虚拟真容。

于是，一个可人精灵直接挂在了一个绝美迈雅的身上。

房子多是个中土世界迷，托尔金老先生的书她看了十多遍，根据这些书拍成的系列电影，她也看了不下二十遍。

在《精灵宝钻》中，索伦是迈雅族，也就是次级神，可以幻化成任何样貌，跟神犬胡安 PK 时，幻化成了妖狼和巨蛇。在《精灵宝钻》第二季，他又幻化成美丽善良的精灵，随着神庙发生浩劫，他抛弃了肉身，又幻化了一个邪恶的外表。直到最后，在精灵、矮人和人类的同盟之战中，他被人类王子埃西铎砍下手指，丢了至尊魔戒，彻底抛弃肉身，幻化成魔多巨塔上的一只魔眼。

也就是说，索伦在《精灵宝钻》第二季时是个极品美男子，任何人见了他都会为之倾倒。

房子多很喜欢中土世界，为了了解索伦的精灵形象，看了相关电影和很多拍摄花絮。影片里的精灵都很美，但对索伦的精灵形象描写甚少，所以，索伦的精灵形象都源自她的想象。

眼前这张绝美的脸瞬间满足了她对索伦精灵形象的一切想象。

房子多完全忘了说话，只是直勾勾地看着近在咫尺的索伦。

30秒后，一个声音打断她犯花痴："你想抱到什么时候？"

身为精灵的房子多瞬间回神，见自己整个人挂在索伦身上，换作平时，她肯定马上放开，但这次她偏不，而且还做了一个让池炴措手不及的动作。

房子多直接凑过去，亲吻了一下索伦的唇。虽然只是蜻蜓点水，但也是房子多主动献吻。

其实，房子多觉得外表幻化成精灵的索伦绝美无比，美到让人不敢去亵渎，但在第二十一区厮杀后的沸腾血液还在她的体内涌动着，她没能忍住。

池炴的虚拟之身直接僵在那里。

房子多这才放开他，开始不停地说道："二十一区的琉璃闪光弹是你扔的，对不对？你今天救我和我的小伙伴于水火之中啊，要不是你那颗琉璃闪光弹，我们今天都得完蛋。"

池炴听完，身体很快恢复如常，开口说道："不是我扔的。"

房子多愣住："不是你扔的？那是谁扔的？你别否认，做好事留个名也没什么啊！"

"那颗琉璃闪光弹不是我扔的！"池炴再次否认。

房子多知道池炴不会撒谎，于是满心疑惑："那是谁扔的？"

"许诺诚！"池炴说道。

房子多惊讶："诺诚？怎么可能是他？"

"为什么不能是他？"池炴反问。

"他竟然有琉璃闪光弹这么牛的装备，我以前怎么不知道啊？"房子多很惊奇。

"他来我家玩游戏时，我稍微点拨了他一下，他便爆出了这个装备。"池炻说道。

房子多听后，像是发现了什么秘密似的，对着池炻撒娇："那你什么时候也点拨我一下啊？"

"你比较适合走人民币玩家路线！"池炻回了一句。

房子多被挤对，说道："你这话什么意思？嫌我菜？"

池炻直接点头："嗯。"

房子多伸手捶他，池炻一把抓住她的手，应该说是容颜绝美的索伦抓住了精灵少女的手，随后，他一把将她揽入怀里。

房子多有些措手不及，现实中她就比池炻矮二十几厘米，在虚拟游戏世界里，她还是比他矮这么多。所以，娇小的她直接被池炻有力的臂膀揽住了。

此刻，身体之间的碰触感特别真实，房子多能感受到他的体温、他的呼吸，以及他的心跳。

索伦低头，精灵少女仰头，四目相对。

"刚才的事，再来一遍！"池炻开口。

房子多愣了一下，没明白过来："什么？"

"亲吻！"池炻回道。

房子多听后，耳朵红了起来，下意识地抿了一下唇。

她刚才主动献吻，是因为她以为琉璃闪光弹是他扔的，他将她游戏里的这条命救下，同时也避免了她的巨额损失。

没想到，她这个致谢之吻竟然让池炻惦记上了！

昨天，在车上，两人无意间的吻让房子多感觉很美妙，她将这一感觉在昨晚的梦里延续了下去。

可梦就是梦，是不真实的，是一场虚幻。

当然，游戏是另外一场虚幻，但在这里，所有的感受能通过她的感应器真实地传达到她的肉身。

"你想让我亲你？"房子多跟池炻确认。

池炻点头，应该说是索伦点了点头。

这副绝美容颜的主人正在向她索吻，房子多根本没有理由拒绝，因为这张脸实在太诱惑人了！

于是，房子多踮起脚尖，又亲了他一下。

两个人靠得很近，彼此的呼吸缠绕在一起，当两人的唇贴在一起的时候，房子多的心脏跳动频率又加快了。

当她想抽身时，纤细的腰被池炘的大手用力一揽，两人的唇贴得更紧了。

房子多没有反抗，之后，缓缓地将手环绕在了索伦的腰间。

精灵之身的两人像懵懂的夏娃和亚当一样，开始尝试，开始探索，这也是他们之间第一次真正亲密接触。

唇齿相贴，气息相缠……

两个人的呼吸从轻到重，亲吻从浅到深……

他们的身体慢慢变热，理智慢慢模糊。

也不知道过了几分钟，当他们分开的时候，房子多的喘息声比在第二十一区战斗时还要激烈。

池炘的气息也明显急促起来。

他们彼此看着对方，眼底都透着从未有过的情愫。

房子多见状，忍不住再次吻上了他的唇。

待会儿回到现实世界里，他们可能就没有这样的福利了。

又不知道过了多久，房子多实在快要呼吸不过来，便伸手推了池炘一把，两个人的第一次亲密接触才结束。

事后，房子多花了好长时间才平复了自己的情绪，随后，她拉着索伦坐在游艇的甲板上，她的身体靠着他，他们一起享受着虚拟世界里的美好阳光。

"池炘！"精灵少女抬起头看索伦，嘴里却喊着他现实中的名字。

索伦侧过脸看她。

"你为什么会选择索伦这个虚拟形象啊？要是论实力，魔苟斯更牛一些啊！索伦只是他的下属呢。"精灵少女问。

"魔苟斯是个胖子！"池炘回道。

精灵少女瞬间明白了，笑了起来："原来如此！我刚才抱住你时触碰到了你的腹肌，我能摸摸看吗？"

大魔王索伦却没有满足她的愿望，回了她一句："房子多，你知道什么是矜持吗？"

精灵少女笑个不停，回击："说到矜持，刚才向我索吻的人又是谁呢？"

索伦看了她一眼："这是两码事！"

精灵少女反驳："一码事，一男一女谈恋爱，不就是亲亲、抱抱、举高高吗？要是都那么矜持，人类的繁衍就要成大问题了。"

"以后，你负责矜持，我负责主动。"索伦说道。

精灵少女听后，眼睛亮起了星星："你负责主动？"

索伦应了一声："嗯！"

精灵少女俏皮一笑，刚才那个吻确实是他主动的。这对于他俩来说应该是个很大的突破。

"池炘，你在游戏里的神经触觉更敏感，是吗？"房子多问道。

"嗯！"池炘应道。

"你什么时候开始有这种感受的？"房子多又问。

"你在扮演我的主治医生吗？"池炘问道。

"不是，我就是想知道这种情况持续多久了。"房子多说道。

"差不多有两年！"池炘回道。

"也就是说，玩《无极》对你的神经触觉有一定的刺激作用？"房子多问。

"有刺激，但不是很明显。"池炘说道。

"那个……能再问你一个问题吗？"房子多问。

"说！"池炘说道。

"我给你做人工呼吸的时候，你是不是也有感觉？"房子多问道。

池炘看着她，随后回道："我当时失去意识了。"

"我是说失去意识之前！"房子多追问。

"你问这些做什么？"池炘没有正面回答。

"我就想知道，是不是从那个时候开始，你就对我有着特别的感觉？"房子多说道。

"你想多了！"池炘说道。

房子多很执拗："你不承认，是吧？你要是对我没有特别的感觉，是根本不会让我靠近你的。之前，你排斥我，应该是因为你还不确定你对我是一种什么样的感情。"

"作家就是喜欢脑补一些不存在的东西！"池炘反驳。

"这绝对不是脑补，只是你不承认罢了！"房子多无比肯定地说道。

"那你呢？你说你对我一见钟情，就因为我握了你的手？"池炘问道。

"听听，前面还说我脑补，现在你承认你当时握着我的手了吧？"房子多就着他的话开始翻旧账。

"你一个小时的游戏时间结束了！"池炘宣布房子多的游戏时间结束。

房子多不依不饶："你还没回答我呢。"

"我还得工作！"池炘的虚拟之身索伦站了起来。

房子多撇嘴，池炘已经退出了游戏，她只好也跟着退出游戏。

两人睁开眼睛后，彼此对望了几秒，才缓缓取下太阳穴上贴着的神经元感应器。

房子多站了起来，走向池炘，一把将他摁在椅子上："给你两个选择，要么回答问题，要么现在吻我，否则你别想去工作。"

池炘面无表情地看着站在一旁的房子多："无论我选择哪一个，感觉都是你占便宜。"

房子多的脸泛起了一抹红晕，她强势地说道："嗯，就想占你的便宜。"

池炘一本正经地看着房子多："房子多，我说过，矜持点儿！还有，别撩我！"

房子多伸手勾起池炘的下巴，游戏里那张绝美面孔让人不敢亵渎，现实中这张面孔却让人想入非非。

"我就撩你！"房子多霸气地回道。

"撩我的后果，我怕你承受不起。"池炘再次一本正经地警告她。

池炘那张没有表情的脸一直自带严肃感，再加上他的语气和眼神，他一点儿都不像开玩笑的样子，房子多瞬间脑补了很多。

她所不能承受的后果？被他亲？被他抱？被他睡？

可是，这些都是她想对他做的事啊！她要不要再试探一下呢？

他们的关系要不要进展得这么快呢？

但最终，房子多怂了下来，做人得矜持，尤其是女人，更得矜持。房子多快速收回自己的手："我回房间写稿了。"

池烆一把抓住她的手腕，仰头看着她："害怕了？"

房子多才不会承认呢！她大言不惭地说道："我今天暂且放你一马！"

池烆挑眉："暂且放我一马？"

房子多明显感觉到池烆的挑衅，要是再不逃，估计她就得被他吃了。她吓得连忙抽手："你快去工作吧，我也去写稿了！"说完，房子多撒腿跑了。

池烆看着她逃离的背影，吐槽了两个字："怂包。"

但他不知道，他说这两个字时的语气跟平日里的很不一样，带着从未有过的温柔。

房子多逃回房间后，也狠狠地吐槽自己，怎么就这么怂呢？

都二十一世纪了，面对自己喜欢至极的男朋友，她直接扑上去也没什么啊！

不过，某人都说要她矜持了，她要是太主动的话，估计会吓跑他的。

算了，暂时按他说的做，她负责矜持，他负责主动。

房子多打开电脑，准备开始写稿，但想起了一件事，于是又将手机拿了起来，联系了许诺诚。

"诺诚，刚才在《无极》里是你扔的琉璃闪光弹吗？你什么时候搞到琉璃闪光弹的？在哪里弄到的？快点儿跟我分享一下。"房子多直接问了好几个问题。

很快，许诺诚回复了她："你这么快就下线了？"

"嗯，下线了。你怎么扔完也不说一声啊？做好事，记得要留名啊！"房子多回复。

许诺诚发了一个可爱的笑脸过来。

"老实交代！在哪里搞到的琉璃闪光弹？"房子多很想知道。

"秘密！"许诺诚回了两个字。

"我们之间还有秘密吗？是不是好兄弟啊？"房子多说道。

"你为什么不去问烆哥啊？他可是游戏的总设计师！"许诺诚回道。

"我问过了，他说我更适合走人民币路线！"房子多回道。

许诺诚发了一个大笑的表情。

"不许笑！"房子多回了三个字。

"我赞成他的说法！"许诺诚回道。

房子多发了一个打人的表情过去。

"听说，你和池炘住在一块了？！"许诺诚问道。

房子多看到这一行字，莫名其妙地脸红起来，随后解释："他家和我家都有一堆狗仔守着，池炘的助理安排我们暂时住在别的地方，保证我们的人身安全。"

"你一本正经地解释，让我感觉你们像是在合作，以便渡过眼前的危机。"许诺诚回道。

房子多眨了眨眼睛："你为什么老是怀疑我们啊？朋友之间这点儿信任都没有吗？"

"你啊，就是一个呆瓜，我怕你被人骗，还帮别人数钱！"许诺诚说道。

"池炘是你的对门邻居，还是诺一哥的同学，又是你击剑馆的会员，你这话要是被他知道，他可要伤心了啊！"房子多回道。

"我只在乎你会不会伤心！"许诺诚回了一句。

房子多愣了愣，回复道："诺诚，这么多年我都没叫过你一句哥哥，没想到，你一直把自己当成我哥。"

"我说这种话，你就不会误会我吗？"许诺诚问。

"误会你？误会你什么？"房子多问道。

"说你呆，你还不信！"许诺诚回道。

"诺诚哥哥，你骂我呆，小心我跟萌妈告状！"房子多把自己的靠山孙萌萌拉了出来。

"对了，周末我哥来家里吃饭，你们记得过来！"许诺诚提醒道。

"知道，萌妈给我打电话了！"房子多回复。

"熬夜使人发胖，早点儿睡，别折腾太晚！"许诺诚又提醒一句。

"知道了，许教练，我写一千字就睡，Good night（晚安）！"房子多说道。

"Good night!"许诺诚也跟房子多道了晚安。

和许诺诚聊完，房子多放下手机，想了想他刚才那句话的意思。

作为作家，房子多的想象力肯定比常人丰富得多，但她脑补再多，也没敢对许家这两位无比优秀的青年才俊有太多幻想。

这是有原因的。虽然孙萌萌很和气，对她这个徒弟好到极致，但许家这样的大户人家，不是每个人都能高攀的。

房子多一直觉得自己能被孙萌萌收为徒弟，已经比别人幸运了，便没敢奢求其他。无论是军人许诺一，还是击剑冠军许诺诚，房子多都会自觉地保持距离，这些年，她一直把这两个人当成哥哥看待，不敢逾矩半分。

房子多知道，做人要懂得知足。

但许诺诚今晚说的话难免不让人想歪，他喜欢她，还是只当她是妹妹？

许诺诚没有放下手机，给池炘发了一条留言："多多找我了，我按照你说的做了，没跟她说实话。"

一分钟后，池炘回复两个字："谢谢！"

"话说，炘哥你什么时候能真正点拨我一下，让我搞点儿琉璃闪光弹回来？"许诺诚不忘提个小要求。

"我再送你一个！"池炘回复。

"送多没意思啊，我亲自去爆装备才刺激！"许诺诚说道。

"送你一个，上线接收！"池炘回复。

"炘哥，你可真有原则！不过，还是很感谢你送的装备！"许诺诚谢道。

"不客气！"池炘回了三个字。

"炘哥，你真喜欢多多？"许诺诚问道。

但没想到的是，池炘反问他："你也喜欢多多？"

"我们全家都喜欢多多！"许诺诚回复。

"我指的是你个人！"池炘强调。

"我当然也喜欢！"许诺诚很坦然。

"把她当作妹妹还是女人？"池炘的回复特别犀利。

许诺诚愣了，过了好几分钟才回："我只希望，你不要辜负她！"

"你之前为什么没跟她表白？"池烆回复。

池烆的直白让人有点儿难以接受，因为这个问题实在太直接了，似乎任何人在他面前都是透明的。

"没找到合适的时机，但没想到半路杀出一个程咬金！"许诺诚也很坦然。

池烆自然知道这个"程咬金"就是指他，于是回复道："后悔吗？不甘吗？"

许诺诚知道池烆说话从不拐弯抹角，但还是有种被挑衅的感觉："烆哥，你这是要找我单挑吗？"

没想到池烆直接应战了："明天晚上，我去击剑馆找你！"

许诺诚丝毫不惧："我在击剑馆等你！"

许诺诚回复完，没过多久，又收到池烆的回复："最近一周别在《无极》上线。"

许诺诚看了之后，回复道："你怕我被那些玩家追杀？"

"那几个高级玩家肯定会想方设法找你的。"池烆回复。

"我不怕，大不了你多给我几个高级装备，我虐死他们！"许诺诚有恃无恐。

"送装备的事，仅此一次！"池烆说道。

"你都已经送我两次了，不在乎多送我几件。"许诺诚回复道。

"点到为止！"池烆回道。

"烆哥，问你一个问题啊，换作是我快要被团灭了，你会救我吗？"许诺诚问。

池烆回复两个字："不会！"

"太不够意思了！"许诺诚怨道。

"你又不是我女朋友！"池烆回复。

许诺诚咬着牙回复了四个字："重色轻友。"

池烆没有回复他，不过没过一会儿，池烆收到了朱跃的消息，技术部发过来一个紧急反馈：一批高级玩家向客服投诉第二十一区出现的琉璃闪光弹。

到目前为止，爆出的琉璃闪光弹的数量屈指可数，且拥有这个装备的玩家都没有使用过，而这次，琉璃闪光弹莫名其妙地被扔出来了，高级玩家怀疑是游戏漏洞，要不就是内部操作。于是，在这短短半个小时内，高级玩家在游戏论坛里闹翻了天。

平日里，技术部根本不可能将这种小事捅到池炜面前，但这次是个例外，因为捅娄子的人是池炜。

接到投诉之后，技术部第一时间去查，结果查到了池炜的内测号和一个叫西门吹雪的玩家有勾连，池炜赠送了西门吹雪两个稀有的高级装备——琉璃闪光弹。

于是，技术部第一时间找到了朱跃，让朱跃把结果发给池炜，看看池炜怎么处理这个事件。

朱跃收到文件，仔细看了一遍，觉得很蹊跷，因为池炜以前从没干过私赠稀有高级装备给其他玩家的事。

"阿炜，你被盗号了？"朱跃询问。

"没有！"池炜回复。

"那个西门吹雪是你的好友？"朱跃问。

可是在朱跃的认知里，池炜的好友就他一个。

"你认识的，许诺诚！"池炜实话实说。

朱跃恍然大悟："原来是诺诚啊，可你好端端的，为什么要送他那么高级的稀有装备？"

"救人！"池炜回复。

"谁？谁这么重要啊？现在客服电话都被打爆了，说不定明天这件事又要上热搜。"朱跃实在好奇谁能让池炜做出这么没有原则的事来。

"房子多！"池炜回了三个字。

朱跃看到这三个字，直接跪了，不敢再辩驳。

老板英雄救美，他岂能有异议？

朱跃立马翻了一下邮件，再次阅读玩家投诉的具体内容，在内容里查找当时被那些高级玩家狙击的团队，并找到了团队里的女性玩家的名字。

"于多的游戏号叫 Estel？"朱跃跟池炜确认。

"嗯！"池炜回复一声。

"那没事了，不打扰你了，这件事我来处理！"朱跃主动揽过善后的工作。

“以后，除了我，其他人一律叫她嫂子，别再叫她名字。”池烆交代一句。

朱跃看到这句话之后心中五味杂陈，因为这意味着池烆吃醋了，也代表着他如今的地位不如房子多。

之后，朱跃第一时间对技术部做出指示，在《无极》的全球官网上对外宣称游戏出现漏洞，技术人员会在八小时内完成技术修复，同时宣布第二十一区成为稀有装备琉璃闪光弹的新产地之一，此次事件是程序漏洞，装备的掉落概率出现异常。

虽然这个说法很扯，可能会引来玩家的质疑，但是，主动公布稀有琉璃闪光弹的新产地会引起玩家们的兴趣。

于是，技术部连夜加班写代码，在第二十一区设置琉璃闪光弹掉落的程序，当然，这个稀有装备的爆率差不多是万分之一。

不过，这样的处理还够完美，《无极》给全平台的游戏玩家每人补偿了一千游戏币。

这个英雄救美的操作可谓超大手笔啊！

大多数玩家还是很开心的，因为《无极》难得出现一次大漏洞，技术人员第一时间把漏洞处理好了，态度很好，可以被原谅。

不过，还是有人揪着不放，不停地提出质疑，毕竟，竞争公司巴不得看到in科技出错。

in科技负责《无极》项目的公关部员工也不是吃白饭的，他们让一些营销号去带别家公司的节奏。

最终的结果是，玩家更加认可《无极》了。第一，《无极》给予了全球玩家丰厚的补偿；第二，《无极》自曝了稀有装备的新产出地。这些是别的竞争公司做不到的事。

这一天天地上热搜，虽然忙坏了in科技的公关部，但热搜也带来了强大的广告效应。近期，《无极》的游戏玩家增加了几百万人。

只是，房子多万万没想到让自己不被团灭的代价是这么大，她十分质疑“池烆点拨许诺诚爆出琉璃闪光弹”这个说法，便想着去许诺诚家吃饭的时候跟许诺诚再面对面地确认一次。

周末九点半，孙萌萌、许烨磊夫妇见到了房子多，他们除了确认她和池烆的关系，便是千叮咛万嘱咐，叫她别看那些乱七八糟的新闻。

房子多主动牵过池烆的手，宣布两个人的关系。

孙萌萌、许烨磊夫妇也只能接受了，而许诺诚也从前两天的游戏公关事件中，深刻体会到池烆对房子多的真心。

为了房子多，池烆花大手笔进行公关，他要是再去质疑他们之间的关系，感觉有点儿不妥。

那天，他跟池烆在击剑馆对战，池烆的进攻很猛，似乎完全将他视为了对手。

在击剑领域，许诺诚自然是专家、是高手，但池烆也不逊色。要不是年龄问题，他都想推荐池烆去参加正规的比赛了。

不过，那天，池烆和许诺诚也说开了，毕竟，池烆是一个不会掩饰自己内心的人，而许诺诚也是一个坦荡的人。

至于之前没跟房子多表白的原因，他没有再多说，因为现在说了也无益，只会徒增旁人的烦恼。

当然，池烆也很霸道，说许诺诚既然错过了，就别想着挽回，而且池烆也不会给他挽回的机会，即便他们是朋友。

许诺诚纵然有心挽回，也觉得无能为力，因为人家是两情相悦。

尤其是房子多，许诺诚明显从她看池烆的眼神里，感受到她对池烆的喜欢。

看到这样的画面，许诺诚想起一首很老的歌——《我爱的人》：

我爱的人不是我的爱人

她心里每一寸

都属于另一个人

她真幸福

幸福得真残忍

让我又爱又恨

她的爱怎么那么深

我爱的人

她已有了爱人

从他们的眼神

说明了我不可能

许诺诚的心境，丧失共情能力的池炘肯定无法体会，而房子多也没法体会，因为许诺诚的那句话，她没敢当真。毕竟，两个人认识这么多年，他从来没有表露过这方面的心意，一直都是以哥们的方式在相处。

不过，她倒是察觉出许诺诚敷衍的笑容和低落的情绪，但不敢说，也不敢问。

而今天聚餐的焦点人物自然不是房子多和池炘这对情侣，而是许诺一。

已经快十一点了，他们还不见许诺一的身影。

在餐厅帮忙包芋子包的房子多不由得问了一句："萌妈，诺一哥怎么还没到啊？"

"刚才你磊爸打电话给他，他说在路上，快到了。"手里正包着芋子包的孙萌萌回道。

许诺一最爱吃芋子包，所以孙萌萌今天一大早便去菜市场买了芋子和木薯粉回来。九点多，她开始蒸芋子，十点半左右，大家都开始忙活起来。

白宴厨艺不错，主动承包了几个大菜，许诺诚和孙可可进厨房给她帮厨，池炘则被许烨磊拉去书房下棋了。

"已经一年多没见到诺一哥了！"房子多手里包好了一个芋子包，放在旁边的蒸屉里。

孙萌萌看着房子多笑着说："我也大半年没见到他了。"

"估计他又帅了！"房子多笑着说道。

孙萌萌也笑了，如果没有池炘的出现，这顿饭便是她安排的一场相亲宴。

房子多是她看着长大的，这孩子各方面都挺好，孙萌萌都很认可。她本想着许诺一在 B 市军校进修，可以让两个孩子试着发展发展。可惜啊，她现在什么都说不出口了。

"哪儿来的帅啊？我每次看到他，他一次比一次黑！"孙萌萌说道。

"那不是黑，是阳刚！"房子多解释道。

孙萌萌越听心里越郁闷，她一直看好的一棵白菜，怎么就突然被对门的池炘给拱了去呢？

正当两个人谈论的时候，门铃响了。

两个人正在做芋子包，腾不出手，于是喊许诺诚去开门。

许诺诚连忙从厨房出来，去给许诺一开门，一见面，兄弟俩就来了一个热情的拥抱。

许诺一走进来后，孙萌萌也放下了手中的芋子包，笑吟吟地叫他："诺一。"

高大帅气的许诺一快步走了过去，直接将孙萌萌抱住。

房子多看到这么温馨的画面，内心很触动。她对孙萌萌是发自内心地尊敬和佩服。她是军媳，是军嫂，也是军妈。一家几代人从军，或许在外人眼里无限光荣，但是其中的苦楚，只有她本人知道。

"诺一哥！"房子多亲切地叫道。

许诺一早就看到房子多了，于是放开了孙萌萌："爸呢？"

"在书房，和对门的池炘一起下棋！"孙萌萌说道。

"我去打个招呼，待会儿出来和你们一起包！"许诺一说道。

许诺一走向书房，池炘和许烨磊正杀得难解难分。

"爸，池炘！"许诺一走了过去。

许烨磊抬头："回来了。"但他很快又将目光拉回棋盘上。

许诺一走到池炘身边，拍了一下他的肩膀："池炘，让着点儿我爸！"

这话直接被许烨磊回击："什么意思啊？我还要池炘让啊？"

许诺一知道许烨磊身上有着从太爷爷那儿传承下来的轴劲，不由得笑着说道："那您老让着点儿池炘，行吧？"

池炘抬眼看他："我和叔叔下棋，无须彼此退让。"

许诺一笑了起来，这两个人都很轴。于是，他只好说："你们接着下，我去外面帮忙。"

许诺一从书房出来之后，直接去洗手，帮忙包芋子包。

孙萌萌没有拦着，毕竟，她能跟儿子一起干活，也是一件特别开心的事。

许诺一看了看房子多包的芋子包，评价道："多多，你这手艺进步很多啊！"

房子多被夸，自然是开心的：“都是萌妈教得好。”

　　这话对孙萌萌很受用：“多多可以出师了。”

　　三个人齐心协力，五分钟便将全部馅料包完了。

　　孙萌萌说道：“我把这两笼放下去蒸，过二十分钟就可以吃了。”

　　许诺一跟孙萌萌抢活，但最终还是没能抢过孙萌萌。

　　厨房很挤，房子多只好去洗手间洗手，许诺一也跟了上来。

　　房子多见他在门口等候，侧过脸看他，笑着说道：“诺一哥，你又帅了！”

　　“多多的嘴还是这么甜！”许诺一笑着说道。

　　房子多害羞地笑了笑，许诺一帅气沉稳，很多女孩儿都无法抵挡他的魅力。房子多当年去 S 市读大学时，第一次在许家见到他，内心便“嗷嗷”叫了半天：好帅啊！太帅了！帅哥果然都上交给国家了！

　　“诺一哥，听磊爸说你要在 B 市上一年课？”房子多问。

　　“嗯！”许诺一应道。

　　“那以后周末有空，你可以经常出来跟我们约饭啊！”房子多笑着说道。

　　“好啊！”许诺一没有拒绝，“你现在跟可可她们住一块儿，是吗？”

　　“嗯，我们三个人一起租房住！”房子多说道。

　　“诺诚的房子这么大，你们几个完全可以搬过来跟他一块儿住啊！”许诺一道。

　　“那可能不太方便。”房子多笑着说道。

　　“有什么不方便？房间空着也是空着！”许诺一说道。

　　“万一哪天诺诚交了女朋友呢？”房子多笑着说道。

　　许诺一听了这话也笑了：“他都退役两年了，也没见他找女朋友。”

　　房子多洗好了手，立马给许诺一腾地，还不忘回了几句：“这话要是被诺诚听到，他肯定会说你呢，你单身这么多年，也没见你找女朋友。”

　　许诺一听后，连忙说道：“当我没说。”

　　随后，他和房子多相视一笑。

　　孙萌萌将两笼芋子包放下去蒸后，没直接出厨房，而是接了白宴手里的活，她要亲自下厨给许诺一做两道家乡菜。

白宴让孙可可出去，自己留下来给孙萌萌打下手。

房子多和孙可可很快将碗筷摆好，她俩闲着没事，便和许诺一坐在客厅的沙发上闲聊。

"诺一哥，告诉你一个多多的秘密！"孙可可吃了一个草莓后，主动引出话题。

"什么秘密？"许诺一笑着问。

孙可可正要说的时候，池炘和许烨磊从书房走了出来。

于是，孙可可连忙去泡茶，她想聊的话题就这么被岔开了。

"谁赢了？"许诺诚问道。

许诺一看了许烨磊和池炘一眼："我猜是平局。"

许烨磊坐上了沙发："为何是平局？"

"因为您既不高兴，也不失落。"许诺一回道。

许烨磊笑："瞎猜！"

许诺一笑："池炘，是平局吧？"

池炘看着许诺一："我赢了！"

许诺一有点儿意外："池炘，你竟然不让我爸！"

许烨磊不高兴了："臭小子，你爸是要别人让棋的人吗？"

许诺一笑着说道："我以前下棋，可是经常让着你，怕赢了你被你揍。"

许烨磊回道："自己棋艺不精，反倒怪我。"

池炘开口："叔叔的棋艺很高，要不是你给了我一个机会，我也赢不了。"

"输了就输了，不是我给机会，是你自己抓住了机会。"许烨磊输得很坦然。

"爸，你下棋时，可从来不给我机会啊！"许诺一揪着不放。

许烨磊看了下儿子："这能一样吗？跟你下棋，你不下也得下，跟池炘下棋，总得让他觉得我是他的对手，以后才会经常过来陪我下棋，懂不懂？"

许烨磊的话惹得大家都笑了起来。

"池炘，你被我爸盯上了，以后陪他下棋这个任务就交给你了！"

许诺一没有跟池烆见外。

池烆回应："跟叔叔下棋很过瘾。"

许诺一笑："我怎么有种解脱的感觉啊？"

许诺诚也附和："Me too（我也是）！"

说完，两兄弟十分默契地击了一下掌。

许烨磊见状，直接发话："有池烆这个棋友，你们两个棋艺不精的人可以直接靠边站。"

两兄弟嘴上说解脱，其实心里对许烨磊这个父亲是很崇拜的。无论是许诺一还是许诺诚，他们从小在许烨磊的教导下学习对弈，也在一局局的惨败中，吸收了很多有用的战术和战略。别小看棋盘，里面蕴含着很多大智慧，这些都成了他们职业生涯里的精神财富。

午餐特别丰盛，许诺一吃得特别香。

孙萌萌光看着就乐和得不行，不过，许诺一还不忘在孙萌萌面前参许烨磊一本。

"妈，你知道吗？我爸去学校讲课，一些女学员那个尖叫声啊……我的耳膜都快被震破了。对了，还有两个女教授也很疯狂。"许诺一说道。

孙萌萌闻言，目光转向许烨磊："怎么回事啊？"

许烨磊笑："自带吸粉体质。"

许诺一还不忘添油加醋："妈，你得把我爸看紧点儿！"

但这一招似乎对孙萌萌没用："我对你爸放一百个心。"

可她这么一说，许烨磊不乐意了："别对我太放心啊！该看紧的还是得看紧。"

所有人都乐了起来。

这样的家庭氛围，谁不喜欢呢？

能加入这样的家庭，绝对是许多女孩儿梦寐以求的事情！

房子多也很喜欢许家的氛围，但又很有自知之明，不敢高攀。毕竟，人要懂得知足和感恩。

"萌妈和磊爸的爱情简直就是神仙爱情啊！"房子多赞道。

孙萌萌笑着说道："哪儿来什么神仙爱情？一把年纪了，牵着彼此的手，就跟自己的左手牵右手一样。"

孙萌萌这么说，别人是不会当真的，因为看到她保养有加的容颜，便知她婚姻生活的幸福指数有多高。女人最好的保养品就是爱情，一份甜蜜幸福的爱情。

"萌妈，你这么说，磊爸可是要生气的！"房子多说道。

"他有什么好生气的？"孙萌萌说完这话，特意看向许烨磊，眼底尽是娇柔。

"老婆，那我是该生气呢，还是不该生气呢？"许烨磊接过她的话，抛出一个问题来。

"问我干吗？问你自己啊！"孙萌萌笑着说道。

在场的小辈都被塞了"狗粮"，但每个人心里都很羡慕许烨磊和孙萌萌之间的这一份爱情。

池烆把孙萌萌看护多年的白菜拱了，按理说，孙萌萌应该不待见他的，但结果相反，孙萌萌很热情地招呼着他。

不管如何，在孙萌萌的心里，房子多不仅是她的徒弟，也算是她的干女儿。

再说，池烆也很优秀，这说明房子多的眼光还是很不错的。只是，他神经受损，共情能力丧失，想必，房子多跟他在一起会很辛苦。

这几天新闻不断，孙萌萌更加确定这份感情的不容易。当然，她也看出房子多很喜欢池烆，池烆也在用行动表达着他对房子多的爱。

作为长辈，孙萌萌能做的便是让池烆感受到人与人之间的温暖，希望他能将这份温暖传递给房子多。

池烆面对孙萌萌的热情还是有点儿手足无措，房子多在一旁看着，一直忍着笑意。

许诺一见孙萌萌一直给池烆夹菜，佯装吃醋："妈，你也给我夹点儿菜啊！"

孙萌萌连忙给许诺一夹菜："怎么还跟小孩子一样？"

许诺一笑："在您面前，我和诺诚永远都是小孩子。"

孙萌萌瞪眼："在几个妹妹面前撒娇，你们也好意思啊？"

孙萌萌虽然这么说，但许诺一和许诺诚这一套她还是很受用的。她生了两个男孩儿，本想他们应该都是钢铁直男，但没承想，这两个孩子很贴心，偶尔还会主动跟她撒娇，让她充分感受到了孩子们对她这个母亲的需要。

孙萌萌也曾怀疑，这是不是许烨磊教的，即便不是他教的，也是他点拨的。

许诺一"撒娇"完后，看到了令他震惊的一幕。

池炘竟然给房子多夹菜了。

许诺一以为自己眼花了，着实不敢相信。

这是他认识的池炘吗？

许诺一又看了看房子多，没想到房子多眉眼含笑，特别开心。

"池炘，你竟然给我们家多多夹菜，你看上我们家多多了？"许诺一也是一个直肠子。

池炘抬眼看着他，很爽快地承认了："嗯。"

许诺一不可置信："你再说一遍？"

池炘懒得解释，直接朝他扔炸弹："我和房子多是男女朋友。"

许诺一听后，眼珠子都快瞪了出来，嘴里吐出一句话："今天是愚人节吗？"

孙可可忍不住插话："诺一哥，吃饭前，我想跟你说的秘密就是这个，多多和池炘谈恋爱了。"

"什么时候的事？"许诺一太好奇了，不由得追问。

"上周的事！"池炘回道。

"池炘，你什么时候跟多多认识的？"许诺一真的没办法一下子消化这些信息。

"两个月前认识的，一个月前开始有交集，上周确定了男女朋友关系！"池炘如实回答。

许诺一差点儿喷饭："真的假的？"

池炘看着他，没有说话。

许诺一意识到这个问题有可能伤害到池炘，连忙解释道："我即便在军校，也跟在部队没两样，天天训练、上课，没太关注专业之外的信息。"

孙可可插话道："哥，你肯定不知道，就在前两天，池总为了在游戏里救多多，花了几千亿游戏币。"

许诺一就跟村里刚通上网的人一样，毫不知情："什么几千亿游戏币？《无极》的游戏币？"

孙可可连连点头："是啊，多多玩游戏差点儿被团灭，池总为了救她，让诺诚哥上去扔了一个琉璃闪光弹，结果被很多高级玩家投诉，最后公司做了一场公关，送全球玩家每人一千游戏币。"

许诺一被震惊到了，双眼看着池炘："池炘，你什么时候开始带女孩儿玩游戏了，带的人还是多多？多多，我跟你说，他是游戏的设计者，玩游戏躺赢，你不能因为这个而盲目崇拜他啊！"

池炘见许诺一像房子多的亲哥一样护着房子多，却嫌弃他，不由得开口问道："你反对？"

许诺一笑："我倒没说反对，不过，我就是太震惊了，你怎么就跟多多在一起了？"

"诺一哥，是我先看上他，而追的他。"房子多主动汇报。

但是房子多的话遭到池炘的反驳："她没追我，只是在我眼前不停地晃！"

"那你的意思是……你追的多多？"许诺一问。

池炘回了四个字："两情相悦！"

房子多连连点头："对，两情相悦。"

孙可可看不下去了："我不用吃饭了，吃'狗粮'就够饱了！"

孙萌萌也连忙帮忙解围："诺一，别问了，不然多多要害羞了。"

许诺一笑了笑："好，不问了。我事先不知道，在这里敬你们两个一杯。池炘，多多，祝福你们。"

"谢谢诺一哥！"房子多主动致谢。

许诺一听后，对着池炘说道："池炘，随多多叫我一声哥。"

池炘却不依："我比你大几天，你改口，叫多多嫂子。"

许诺一差点儿被呛到，咳嗽了好几声才缓过来："你说什么？"

大家也没想到池炘会这么回复，瞬间将目光集中在池炘身上。

池炘一本正经地重复道："你改口，叫多多嫂子！"

许诺一听完之后，直接反对："池炘，我今天给你立个规矩啊，我跟多多认识多年，她也叫了我多年哥哥，而你才认识她几个月，你说你改规矩合适吗？还有，我可从来没叫过你哥哥啊！"

房子多看了下池炘，十分好奇他下一步会怎么应对。

以她对池炘不深不浅的了解，性格霸道的他肯定不会直接顺从。

但是下一秒，池炘开口吐出一个字："哥！"

这下轮到房子多被呛了，这是池炘吗？他这么乖，许诺一让他叫哥他就叫。

白宴连忙伸手拍了拍房子多的后背，帮她顺气。

许诺一听到这一声哥，特别满意，阳刚的脸笑成了一朵花："这就对了，懂规矩。"

许诺诚也跟着凑热闹："还有我，我也是多多的哥哥！"

池炘和许诺诚在那天已经将话说开了，所以，池炘也没有继续把许诺诚当成情敌。

池炘看向许诺诚："弟。"

许诺诚不依："弟？凭什么？多多也叫了我多年的哥哥。"

池炘回道："不凭什么！"

许诺诚不答应："你要是不叫我哥的话，我回头在多多爸妈面前说道说道！"

于是池炘很坦荡地回道："多多的爸妈已经同意我们交往了。"

许诺诚瞪大眼睛："什么时候的事？"

"新闻宣布之后，我便直接去征求了多多爸妈的意见！"池炘不紧不慢地回道。

孙萌萌听了这话，有点儿想拍大腿。看看人家的办事效率，她已经丧失了竞争力。

许烨磊察觉孙萌萌的神色微变，不由得在桌下握住她的手，让她别气。

孙萌萌用眼神和许烨磊交流了一下，随后说道："池炘，你动作可真利索！"

这一顿饭下来，白宴和孙可可收获了"狗粮"，许诺诚和许诺一哥俩探讨了规矩，而许烨磊和孙萌萌夫妇则倍感遗憾。

可惜木已成舟，许烨磊和孙萌萌夫妇只能盼着房子多和池炘能和和美美地在一起。

饭后的娱乐项目，自然是大家去池炘家玩游戏。

房子多、池炜和许诺诚因为投诉事件，最近都没敢上线，而白宴和孙可可上次见识了许烨磊的厉害，也想拉着许烨磊一起玩。

许诺一得知后，笑着问道："爸，你也玩《无极》啊？"

"上次池炜让我帮他提点儿意见，我玩了几次。"许烨磊说道。

孙萌萌听后，回道："玩了几次？我怎么感觉你要沉迷游戏了？"

许烨磊上次在池炜家玩过游戏之后，私下用许诺诚的号登录过几次游戏。下线时，他连连称赞，还说现在的游戏技术太精湛了。

许烨磊笑着辩解："我玩游戏可不只是因为游戏好玩啊！"

孙萌萌与他是几十年的夫妻，知道许烨磊对任何事情都有极大的自制力，让他产生兴趣且想深入研究的东西，肯定不简单。他一定不是贪玩，而是有更深的目的。

池炜听后，开口说道："欢迎许叔加入《无极》的玩家阵营，以后，还请你多多指点。"

许烨磊笑了笑，看向孙萌萌："领导，你批准吗？"

孙萌萌笑："我不批准，你听吗？"

"你不批准，我就不玩！"许烨磊笑着说道。

"你玩吧，玩吧，免得别人说我管你管得严！"孙萌萌同意了。

于是，许诺一带着新手们组队上线了，队员有战斗值不可估量的许烨磊，还有白宴和孙可可。

许诺一也算是《无极》的名誉顾问之一，关于战争板块的很多设计内容和方针，池炜都咨询过他的意见。所以，许诺一对《无极》也有着一份特殊的感情。

每逢休假回家时，他也会上线玩个痛快，顺便给池炜提一些修改意见。

但和父亲许烨磊联手上线还是第一次，他有点儿兴奋。上线之前，他也大致了解到前几天池炜英雄救美的事，所以，他们今天也直奔第二十一区——地狱行星，去那里厮杀一番，看看能不能爆到稀有装备琉璃闪光弹。

一半人上线玩游戏，一半人线下聊天。

孙萌萌在新闻报道中对池炜的身世也了解到不少，不过，还是想确认一下，尤其是池炜同母异父的妹妹的情况。

池烆没有隐瞒，大致跟孙萌萌说了一番。

孙萌萌听完，皱起了眉头："现在还没找到人，实在让人担心。"

房子多也几乎每天都会追问王莉莉的查找情况，但得到的回复都是没有任何进展。

许诺诚也在一旁听着，摸了摸下巴，开口说道："你们与其不停地寻找，不如诱她出来。"

大家的目光立马集中在许诺诚的脸上。

许诺诚见状，连忙说道："只是建议。"

他曾是击剑冠军，在对手一直保持冷静的状态时，他便会采取各种有效的战略，扰乱其战法。房子多听后，觉得非常有道理，附和道："诺诚说得没错，这个法子可以试一试。"

池烆微微点头："建议不错。与其守株待兔，不如主动出击。"

"是的，先确定一下，她是否处于安全状态！"许诺诚说道。

"可是，要用什么样的方式才能引莉莉出来呢？"房子多开始考虑下一步了。

池烆想了想："她现在的第二人格本性不坏，而且爱憎分明，可以根据这个特点去试试。"

房子多也陷入思考："爱憎分明的人有可能因为自己没有做过的事而反抗。"

池烆听后，看向房子多："没做过的事？"

房子多点头："譬如被人栽赃嫁祸，她肯定会看不下去，出来反抗。"

池烆想了想："这个办法，可以一试。"

孙萌萌听了他们的讨论之后，加入进来："不过，在试之前，你们首先得真正确定她的第二人格的性格特点，不然，不仅事倍功半，你们还得自己收拾残局。"

闻言，房子多和池烆对视一眼。天天上热搜，不见得都是好事，也不见得都是坏事，但对他们的私生活还是有着较大的影响。

房子多说道："我跟莉莉也就认识不到一个月，根据她与同事间的交往来看，她不喜欢跟人打交道，大多数时候都是独来独往。而她那组的组员刚好又是两个男生，他们对她不合群的表现也没太在意，以为小姑娘的个性比较腼腆。不过，那天在我家，她的第二人格的具体表现是性格很直，说话也很直，不会拐弯抹角。当然，她的目的性也很强，还特别聪明。就如池烆所说，她的本性其实不坏。"房子多说了自己对王莉莉的个人印象。

孙萌萌听后，接话说道："我不是专业人员，不过，看过一些资料，资料上说，患有人格分裂症的人大多数经历过创伤，所分裂出来的人格主要是为了保护第一人格。当然，也有一些特例。"

房子多赞同这个观点："莉莉表现出来的行为，就是为了保护第一人格。她想报复伤害过第一人格的人。"

关于她要对谁进行报复的事，房子多没仔细说，毕竟，这是池烆家里的私事。

孙萌萌一直都是体贴之人，也没揪着这个隐私询问，而是说道："这么说来，她确实是个爱憎分明的人。爱憎分明的人通常眼里容不得沙子。"

房子多点头："可以根据这个性格特征，想一个法子引她出来。"

"容我想想！"池烆应道。

这一整天，一群人在孙家蹭吃蹭喝，在池家玩游戏，狂欢到晚上九点半，大家才散去。

池烆直接把房子多留下，孙可可和白宴一个劲儿地偷笑，而住在对门的孙萌萌一家也没多说什么，大家各回各家。

房子多虽然留下了，但同时苦恼着一件事："池烆，我没带换洗衣服。"

"穿我的衣服！"池烆回道。

房子多瞬间脸红了："今天可以穿你的T恤，但明天我穿什么去上班啊？"

池烆回了一句："明天是周日，不上班。"

房子多被堵得没话说，害羞地挠了下头："一恋爱就同居，我们发展的速度真是非同寻常。"

"留你下来，是有事要跟你探讨！"池烆一本正经地说道。

房子多抬头："什么事？"

"如何引出莉莉的事。"池炘说道。

"你有主意了？"房子多好奇地问。

"有一个想法！"池炘说道。

房子多激动地拉过他的手："快说。"

"莉莉的过往我不了解，但是她这一个月都在 in 科技上班，用工作上的事诱她出来，如何？"池炘问道。

房子多真心佩服池炘的思考能力，她到现在还没有具体的想法，于是好奇地追问："具体说说？"

随后，池炘跟房子多说了自己的想法，房子多听完之后，看着池炘："这样的话，新游戏岂不是……"

"如果采用这个方案，新游戏面临解体。"池炘直接说了后果。

房子多微微皱眉："倘若这招对莉莉不起作用，那公司的损失……"

"你有更好的想法吗？"池炘问。

房子多摇头："没有。不过，我的建议是再集思广益一下，或许有更好的办法。譬如说，让你妈妈假装生病，你看如何？我相信莉莉做不到对你的妈妈不闻不问，要不，我们先用这个法子试一下？"

池炘思考了几秒，随后拿起手机想联系李妍，房子多伸手拦下他："都快十点了，明天再打电话联系吧！"

池炘只好放弃，随后说道："我跟朱跃先说一下，让他提前做好一些宣发工作。"

房子多再次拦住他："明天再打也不迟，朱跃也得过周末，不是吗？"

"他习惯了！"池炘回道。

房子多回道："没人天生习惯工作，都是被逼的。再说，你有女朋友了，可朱跃还单身，你就不能给别人留点儿时间和空间过自己的生活啊？"

池炘听后，看着房子多，慢慢地放下手机。

房子多很满意："我借用你的书房干点儿活。"说完，房子多便想去干活了。

池炘伸手拉住她："你刚才不是说要过周末吗？"

房子多冲他嫣然一笑："老板发善心，给我特批假期吗？"

"特批！"池炘回道。

房子多却不领情："特批也没用，即便我不写游戏内容，也得写自己的新小说啊！"

"新小说？"池炘好奇。

房子多点头："前几天开始写的，我得努力赚钱啊！"

"钱不够用？"池炘问。

房子多笑："那倒不是，我只是觉得我们之间的贫富差距太大了，得努力工作。虽然我的收入赶不上你的，但我也不能让自己和你的差距越来越大。"

"有志气！"池炘评价道。

"过奖了，我干活去了，你随意。"房子多拨开池炘的手，奔去了书房。

房子多在书房干了一个多小时的活，写了几千字，效率特别高。或许是因为恋爱，她心情舒畅，做什么事都很顺当。

房子多伸着懒腰走出书房，池炘坐在客厅的沙发上，也在聚精会神地做事。

房子多不便打扰，跟他说了一声，便先去了主卧，想洗个澡放松一下。

可是，走进池炘最私密的空间后，房子多不由得开始脑补起小剧场来，甚至是带一些色彩的小剧场。

房子多的脸红到发烫，她伸手拍了拍自己，让自己冷静下来，然后，去池炘的衣柜拿了一件 T 恤。

可拿完 T 恤，房子多没立马去洗澡，因为她想起没有可以换的内衣啊！

她待会儿可以直接清洗、烘干外衣，第二天继续穿，不过内衣……她似乎也不用烦恼，直接拿手机下单，十五分钟便可以送到。

房子多拿手机下单后，却迟迟没有结账，因为她在犹豫要不要再买另一样东西。

最终，房子多还是下单了，半小时后，房子多便收到了机器人送来的快递。

房子多将一袋东西塞进口袋，随后，又小心翼翼地拎着另外一袋东西去了餐桌，眼睛还不忘偷偷地瞟了下还在忙碌的池炬。

将东西放在餐桌上后，房子多去了一趟洗手间，将一次性内衣放进抽屉里，洗了下手，又跑了出来。

池炬还在全神贯注地干活，房子多走了过去："你就没闻到什么吗？"

池炬这才抬头："闻到了，什么东西，味道有点儿……"

房子多笑："人间美味。忙到现在，你也饿了吧？走，吃夜宵去！"

池炬没有拒绝，站起身，随着房子多去了餐厅。

扑面而来的味道实在让他有点儿无法接受。

"什么美食？臭豆腐？"池炬猜道。

房子多笑着说道："错，是螺蛳粉。"

房子多刚才犹豫要不要买的东西就是螺蛳粉。恋爱后，她不自觉地注重起了身材，所以，吃个夜宵，她的内心都要斗争好一会儿。

而这周她都跟池炬在另外一个别墅住，那边的环境太高端了，冰箱里除了水果和红酒，没什么可吃的。所以，这几天房子多对夜宵馋得不行，实在忍不住就下单了。

"听说过，没吃过！"池炬说道。

"这美食，闻着臭，吃着可香了！"房子多向池炬强烈安利（网络流行语，相当于"诚意推荐"）。

池炬的表情没有变化，但是他的眼神充满了怀疑。

说完，房子多打开袋子，端了两碗螺蛳粉出来。打开盖子的那一瞬间，池炬受不了："盖上吧！"

房子多见了，不但不盖上，反而拿起筷子，一副要开吃的样子："你尝尝，它真的是人间美味。"

池炬拒绝："你自己吃吧！"

房子多拉住他的手："这是我最喜欢吃的美食，你要是不吃，我们以后怎么在一起生活啊？！"

池炬看了一眼桌上的那两碗螺蛳粉，开口说道："饮食跟感情无关。"

房子多反驳："有关，如果两口子吃不到一块儿去，注定是过不到一块儿的。"

池炬不赞同这种说法："谁说的？"

房子多振振有词地回道："我妈说的。"

听完这句话，池烆动了下嘴唇，似乎想反驳，但房子多再次开启安利模式："你尝尝嘛！尝过之后，你一定会爱上它的。我保证！"说完，房子多直接将自己手中的筷子塞给池烆。

池烆看着那两碗螺蛳粉，似乎下了很大的决心，才缓缓地坐了下来。

房子多直接坐在他的对面，露出一脸幸福的表情，拿起筷子吃了起来。

吃了几口，房子多抬眼看了下对面的池烆，他竟然一动也不动。

房子多将嘴里的螺蛳粉吞下去后，开口说道："尝试一下，你不会连吃个螺蛳粉的勇气都没有吧？"

房子多的激将法还是有作用的，池烆终于拿起了筷子。

房子多停了下来，看着他试吃自己安利的螺蛳粉。

池烆夹了一筷子，尝了一口。

"怎么样？怎么样？"房子多兴奋地问。

池烆又尝了一口，房子多的眼睛里全是星星："好吃吧？"

池烆尝过之后，微微点头："还行！比想象中好吃！但是闻着实在太臭了。"

安利成功后，房子多雀跃地说道："你多吃几次就会彻底爱上它的。"

吃完整碗螺蛳粉，房子多露出了满足的笑容："太过瘾了，爽！"

池烆吃了大半，开口问道："你平日里很爱吃夜宵，对吗？"

房子多没有否认："还行，我经常工作到半夜，肚子饿了就会点夜宵。"

"那前几天我怎么没见你吃？"池烆问。

"怕胖！"房子多回道。

池烆看她："你不算胖，但也不瘦。"

房子多被扎到了，撇嘴说道："我不想刻意减肥，但也尽量不让自己胖得没边，你要是不喜欢我这种身材，可以尽早考虑换个身材火辣的女朋友。"

池烆看着她："我有说过不喜欢你吗？"

"可你说我不瘦啊？"房子多挑刺地说道。

"房子多，你记住一句话，当你答应跟我在一起时，我就不会再考虑任何人，除了你。"池烆非常直白地回道。

房子多被池烆的话撩到了，脸上露出一抹桃红："我也不打算考虑其他人，这辈子就认定你一个人！"

池烆听完，回了一句："如果我们没有相遇，你会考虑其他人吗？"

房子多愣了一下，这是什么问题啊？这么尖锐！

"我们没有相遇啊……那随缘咯，遇到谁就是谁，你呢？你会怎么样？"房子多也不说瞎话，因为瞎话说多了，让人觉得很假。

"我说了，除了你，不考虑任何人！"池烆回道。

如果是别的男人说这种话，房子多肯定会觉得对方是哄人的，但池烆不同，他所说的话都是他最直观的感受。

房子多面露羞涩的笑容："池烆，你说情话的等级好高啊，都是跟小说学的？"

"是实话，不是情话！"池烆纠正。

房子多笑得更加灿烂了："你说实话，我听情话。"

池烆随她怎么想，站起身准备收拾餐桌。

房子多没抢着干，因为在她家，她爸经常做家务。

房子多去洗手时，听到池烆问了一句："诺一爸妈这么喜欢你，就没考虑过把你收为儿媳妇？"

这话题转得太快，房子多有点儿跟不上，她关上水龙头，转过身看向池烆："你怎么突然说这种话？"

"看他们对你很好，问问！"池烆说道。

关于这个问题，房子多得慎重回答，毕竟，池烆跟许诺诚住对门，抬头不见低头见。

"磊爹和萌妈确实对我很好，几乎把我当成他们的女儿了，诺一哥和诺诚在我心里也跟亲哥没两样。"房子多说道。

"你没有正面回答我的问题！"池烆似乎不满意她的答复。

"这个问题，你不该问我啊。我怎么知道呢？对不对？"房子多反驳。

"你就没对诺一和诺诚心动过？"池烆问。

房子多被这话噎了一下："在我回答之前，我想知道你为什么会问这个问题。"

"直觉！我感觉孙姨一直把你当儿媳妇培养！"池炜说道。

房子多眨巴了几下眼睛："你的直觉不准！萌妈一直把我当干女儿看待。"

"可能是你反应迟钝！"池炜说道。

房子多摇头："我要是反应迟钝的话，就不会跑去 in 科技上班，在你面前晃。要知道，我可是一旦有目标就会直接行动的人。"

池炜听后，高大的身躯逼近房子多："今晚，你会对我有所行动吗？"

房子多条件反射地后退，她的身体直接靠着洗手池，她眨了眨眼，池炜所指的行动是亲亲、抱抱，还是举高高呢？

那天，在《无极》游戏里亲吻后，两个人就没有再发生亲密的行为，因为那两天事情太多了，池炜一直在处理工作上的事。

而池炜也发过话，他负责主动，她负责矜持。房子多相当听话，将矜持进行到底，没主动撩他。

见房子多后退，池炜又靠近了几分，房子多连忙用手挡住他的身体，两只手不偏不倚地按在了他的胸前，她看着他，一本正经地说道："你不是说过吗？你负责主动，我负责矜持。"

池炜俯视着她："你就这么听我的话？"

房子多点头："好的建议当然要听啦！"

"那我要你亲吻我呢？"池炜说道。

房子多仰头看他，没有满足他的要求，摇了摇头。

"拒绝？"池炜问。

房子多点头。

"你不是说听我的话吗？"池炜问道。

"对呀，听你的话啊。矜持，必须矜持！"房子多俏皮地回道，"再说了，你想亲我，为什么不自己主动呢？"

房子多说后半句话时，故意放低声音，池炜听得不是特别清晰。

"你说什么？"池炜问。

房子多笑着说道："我说，你看过的那些言情小说，男主角是怎么做的，你可以学习一下啊！"

池炜想了想，随后，一把抓住房子多的手，将她拖入自己的怀中。房子多本以为马上就要迎接狂风暴雨般的亲吻，结果，池炜没有直接这么做，而是看了下环境，将房子多抱上大理石做的餐桌台上。

房子多的手圈着池烆的脖子，由于他的身高过高，她还是无法做到平视他，不过，下一秒，池烆微微俯身，将角度调整得刚刚好。

房子多还是没有主动的意思，因为她想看看池烆主动会是什么样。

他们彼此对视，呼吸交融。房子多看着池烆的眼睛，试图在寻找什么。

很多作者这样描述过：主角在对方的眼眸中清晰地看到自己。经过亲自验证，房子多确定这是一种夸张的写法。因为，最多只能看到一个模糊的影像。

角度刚刚好，气氛也刚刚好，那么她就准备迎接热烈的吻吧！

可是，房子多等了半天，也没见池烆动口，不由得心急，怎么回事啊？难不成他不懂怎么接吻？

但这个问题不成立啊，他们在游戏中接过吻，再说，还有车上那次蜻蜓点水之吻呢！

"池烆，接下来，你不做点儿什么吗？"房子多忍不住开口问池烆。

池烆直视着她："你想我对你做什么？"

这人的记忆跟金鱼一样吗？房子多撇嘴，说："接吻！"

"说好的矜持呢？你怎么忍不住跟我索吻了？"池烆开口问道。

房子多脸红。她算是发现了，池烆这人实在太腹黑了。

"你这人怎么这么坏啊！"房子多娇嗔道，伸手想要推开他。

但池烆的大手牢牢地将她固定在原地，下一秒，房子多只觉得池烆帅气的脸在眼前放大了几倍，接着，她的红唇直接被他堵住了。

如果说游戏里的那个亲吻还算温柔，那么此刻的吻在对比之下明显猛烈了好几分。

房子多感觉自己就像一个好吃的东西，被池烆用力地啃着。

用"啃"来形容可能有点儿不文雅，但他的力度确实带着这个字的味道。

房子多没抗拒这种模式的接吻，反而觉得他特别有男人味，不由得搂紧了他的脖子，享受着情侣之间的甜蜜。

餐桌台旁边有一个洗手池，桌上放着一瓶花，便没其他东西了。

房子多不知道自己是什么时候躺在餐桌台上的，但她身体的异样特别明显，血液也在沸腾。

房子多不敢动，因为此刻的躺姿实在太暧昧了。

大家都是接受过高等教育的人，现在生物课的教学资料也不再遮遮掩掩，用全息影像特别形象地标识了人体的各个部位，包括它们是如何发育、成长的。老师也会引导学生正确面对发育过程中的身体变化和心理变化，当然，家长也会通过各种方式参与孩子的成长。

所以，所谓的性，在这个时代的男女的心里不再是一个令人羞耻的事，因为这是人类的本能。

池炀喘息的声音带着一股魅惑的味道："去洗澡吧！"

房子多愣了愣，搞不懂他这句话的意思，是结束了还是洗完澡继续？

还没等她反应过来，池炀将房子多缠绕着他的腿挪开，转身往卧室的方向走去。

房子多蒙了，接下来的剧情不该是他抱着她进卧室吗？他竟然自己先跑了。

好吧，是她想多了。于是，还在喘息的她盯着正上方的大花板看了看，躺在餐桌台上休息了好一会儿才缓缓地爬了起来。

说撤就撤，池炀的克制力也是无人能及了。

不过，他的这一举动是尊重她，不想进展得那么快，还是说……房子多不懂啊！

房子多脑补一番后，有点儿不能接受他不懂男女之事的这个猜测。

走向主卧时，房子多之前比较异常的体征明显恢复正常了。这时，浴室传来"哗啦啦"的水声，她隐约可以看到池炀的身材。

这画面实在让人想入非非，房子多甚至有种流鼻血的冲动……

要矜持，房子多，要矜持！

房子多努力克制自己，移开视线，还伸手拍了几下又开始发红、发烫的脸。可这样还是不起作用，房子多只好拿着池炀的 T 恤跑去客卧冲澡，让自己冷静冷静。

洗完澡后，她发现了一件尴尬的事，刚才买回来的衣服被她放在了主卧的洗手间里。

事已至此，她只能先穿上 T 恤，随后拿着脏衣服走到客卧门口，将门打开一条缝。见外面静悄悄的，她蹑手蹑脚地走出来，直奔洗衣阳台，将脏衣服扔进洗衣机里。

徐徐的夜风吹在房子多的脸上，她格外舒服，风也吹散了她的胡思乱想。

"房子多！"

房子多听到池炘的叫声，应了一声："我在洗衣阳台。"

没过一会儿，池炘走到了洗衣阳台，见房子多穿着他的 T 恤，就跟穿了一条短裙一样。

池炘的下半身围着一条浴巾，他性感的身材暴露在房子多面前。

此刻的房子多再次有流鼻血的冲动，尤其是当她看见池炘的那张脸时，真想直接把他扑倒了。

可她得矜持啊！不过，矜持之余也很别扭，因为她现在一点儿安全感都没有。

"你的衣服呢？我帮你一起洗了吧！"为了避免自己过于冲动，房子多连忙找话。

"我的衣服都是送去干洗的！"池炘回道。

房子多觉得自己刚才那句话就是废话，于是抿了一下嘴："你先去睡吧，我把衣服烘干再睡。"

池炘直勾勾地看着她，开口说了三个字："一起睡。"

一起睡？！她没出现幻听吧？

房子多面泛桃色，不敢看他，咬唇问道："我们一起睡？会不会太快了一些？"

池炘则一本正经地回道："刚吃饱，不宜急着入睡，我去看一会儿书，等你洗完衣服一起睡。你睡主卧，我睡客房。"

房子多想直接钻地洞，原来又是自己想多了。

但同时，她有个疑问，于是面带羞涩地问："为什么让我睡你房间啊？"

池炘回道："朱跃在客房睡过。"

"难道客房的床单和被套都没被换过吗？"房子多追问。

"换过了，不过，我不想让我女朋友睡在别的男人睡过的床上！"池炘回道。

房子多听完这句话，心脏就跟触电了一样，她被撩得浑身发软。

房子多想到前几天的房间安排方式，不由得说道："在别墅时，我也是睡客房啊！"

"别墅很少有人住。"池炘说道。

房子多算是服了池炘的霸道，不过她的心里异常甜蜜。

池炘离开洗衣房之后，房子多思考了一下，然后偷偷跑回了主卧，快速解决了自己未穿内衣的问题。洗衣服加上烘干的时间差不多要一个小时，房子多自然没浪费时间，抱着电脑又写了一个小时的小说。

宁静的夏夜，皎皎月光，点点星辰，让人感到特别惬意。

房子多拿着烘干的衣服回主卧，见池炘还坐在客厅的沙发上看书，不由得走了过去："池炘，睡觉了。"

池炘闻声，转过头看她。

房子多接着说道："深夜一点了。"

池炘放下手中的书，伸了一下懒腰，随后站了起来。

房子多本想多看一眼他的身材，毕竟，欣赏美好的事物是人的本性嘛，这么好的身材她不多欣赏一下实在可惜了。

但下一秒，房子多连忙闭上眼睛。

因为池炘身上的浴巾没有任何预兆地掉落在地上。

房子多好像看到了不该看的东西。

池炘见状，连忙弯腰将浴巾捡了起来，重新围上，之后快步走向房子多。

房子多听到脚步声，转身想跑，但她的手臂被池炘一把抓住。

房子多闭着眼睛不敢动。

池炘面无表情地看着闭着眼的房子多："你看到了？"

房子多闭着眼摇头："没有！"

"说实话！"池炘的语气明显加重。

房子多再次摇头："真没有。"

"我已经被你看光了，你得礼尚往来！"池炘说道。

什么？！房子多惊呆了，缓缓睁开眼睛，见池炘重新围上浴巾，连忙说道："我什么也没看到。"

"想看吗？"池炘问道。

房子多简直不敢相信池炘会说出这么大胆的话，这简直就是要她的命啊！他是要引她对他下手啊！

房子多是看呢，还是不看呢？

她刚才确实看到了一些东西，譬如马甲线、大腿、小腿……房子多感觉看到了希腊雕塑，线条流畅，饱满有度。

当然，她也看到了不该看到的东西，想到这里，她的鼻腔突然涌出一阵热流……

房子多终于知道自己在这方面是没出息的了，只在脑子里回忆了一下就成这样了。

在池炘的帮助下，房子多终于把鼻血止住了。当然，她也给自己找了一个合理的借口：最近她熬夜太多，上火了。

池炘听完这个解释，淡淡地看着她："我知道一家百年凉茶店，明天带你去喝。"

坐在沙发上的房子多看了看他，难不成他真信了她的话？

于是，她乖巧地应道："好！"

"快去睡吧！别熬夜了！"池炘说道。

房子多怔怔地看着他，他真相信她的话了？

不过，不管他相信与否，她不敢继续跟他近距离地待下去了。

因为池炘裸着上身，总在她面前晃，这是在引人"犯罪"啊！

房子多站起身，准备回主卧睡觉，池炘让她继续仰头，扶着她过去。

回到主卧，房子多坐在床上后，池炘才放开她。

池炘准备离开，房子多开口叫住他："池炘！"

池炘停住脚步，目光看向她。

房子多看着他，抿了一下唇："那个……我们现在住在一块儿，能不能约法三章啊？"

池炘眼里闪过疑惑："什么约法三章？"

房子多接着说道："譬如，你在家里不准裸着上身之类的。"

池炘低头看了下自己的身体，随后，再次看向房子多："你这是承认你刚才看到了，是吗？"

房子多连连摇头："不是，跟这个……无关，我就是觉得你裸着上身，不太雅观。"

池炘面无表情地看着她，开口说道："我在这个卧室里的时候几乎都是裸着的！"

嗯？这是什么"虎狼之词"啊！

房子多觉得自己刚才叫住他完全就是失策之举啊！

可是，房子多为什么会叫住他呢？她自己也不清楚，是气氛和环境的原因还是多巴胺的作用？

"你……你走吧，去睡吧！"房子多不想再跟他交流下去了。

因为再交流下去，她指不定又会听到什么"虎狼之词"！

可是，池烆偏偏不想走了，笔直地站在那里："房子多，与其对着我流鼻血，不如对我……"

池烆说到一半，停顿了下来。

房子多最不喜欢这种谈话方式，因为她是一个好奇心特别重的人。

"不如对你……什么？"房子多脱口而出。

可是，说出口后，她直接羞得别过脸，根本不敢看他。

鼻子又不对劲了，房子多伸手摸了一下，鼻血又来了。

池烆走了过来，伸手抽了张放在床头柜上的纸巾，再次靠近她，帮她擦拭鼻血。

"你身体里的火气还真是重！"池烆边擦边说道。

房子多羞得无地自容，心里嘀咕了一番：还不是因为你？叫你别靠近我，叫你别裸着上身，以后，你最好离我五米远，不，十米以上。

帮她擦完鼻血后，池烆开口说道："我再不离开，你这鼻血也别想止住了。"

房子多伸手捶了一下他的手臂："我是因为熬夜，火气大，跟你无关。"

池烆面无表情地反问："真跟我无关？"

房子多嘴硬："跟你无关。"

池烆听后，一本正经地看着她："火气这么大，得赶紧泻。我记得书上写过，泻火的方式有很多，除了喝凉茶降火，还可以采用阴阳调和法。"

什么？阴阳调和？他这是在哪本言情小说里看到的啊？

第八章
入夜风波起

房子多没法跟他继续交流下去了，因为再这么下去，她绝对矜持不了。

"池炘，你不走是吧？那我走！"脸红到可以直接当烤盘的房子多站起身，想逃出这个充满暧昧气息的卧室。

池炘伸手将她摁回床上："你睡，我走。"

终于把池炘赶走了，房子多将空调调低了几摄氏度，让自己冷静冷静。

被他这么调戏一番后，房子多睡意缺缺。她惬意地躺着，薄被应该是今天换的，全是阳光的味道，盖起来十分舒服。

换作别人，身处此时此景可能会想知道池炘以前有没有带过别的女人回家。但房子多对这个问题兴趣不大，因为从池炘的言辞中，可以无比确定她是唯一被他带回家的女性。

想到这里，房子多开心地翻滚了几个来回。

她刚消停下来，手机响了。

房子多纳闷，这么晚了，谁找她啊？

难不成是隔壁的池炘？要是他发的信息，那他还不如……直接过来面聊呢！

但打开信息看完之后，她十分震惊，快速坐了起来，随后直接拨打了柳柳的电话号码。

"柳柳，这是怎么回事？"房子多惊讶地问道。

"你还没睡啊？不好意思，打扰到你了。"房子多的耳边传来柳柳的声音。

"没事，我刚要睡就看到你给我发的消息。这到底是怎么回事啊？谁泄露的？"房子多追问。

"不知道啊，现在网上都是关于这件事的热搜，项目才开始就被泄露，《心动》项目算是直接完蛋了。"柳柳暴躁地回道。

刚才看到柳柳发给她的信息，她才知道《心动》项目的架构被泄露了。

"公司在查了吗？"房子多追问。

"正在查！估计我们部门的人今晚都不睡了。"柳柳说道。

"真是多事之秋啊！"房子多也跟着生气。

"是'多事之夏'！"柳柳纠正道。

"乔姐怎么说的？公关部出面处理了吗？"房子多问。

"刚才我看到这信息后，第一时间联系了乔姐，她正在跟公关部联系呢。公关部估计会恨死我们部门，刚解决完一个大漏洞，现在又来了项目泄露的事。"柳柳说道。

房子多眉头紧皱："柳柳，我待会儿再跟你联系。"

房子多挂了电话之后，跑去隔壁找池烆。

池烆不在客卧，坐在书房的他听到了声响，喊了一句："我在书房。"

房子多奔去书房，一进门便问："池烆，你知道《心动》项目泄露的事情吗？"

池烆没有抬眼，却应了一声："知道。"

房子多走了过去："你今晚刚跟我说，怎么就……难道是你提前实施了计划吗？我不是跟你说了吗？或许我们可以让你妈妈装病，没必要把项目全都抖出去。"

晚上，池烆跟房子多说过一个计划，他想利用新项目引王莉莉出来，但房子多于心不忍，否定了这个计划。毕竟，前几天在游戏里，池炘为了英雄救美，花了巨额游戏币"赔偿"全球玩家。公关部完美地扭转了局面，没几天又来这一件事，这对 in 科技来说未必是好事，搞不好玩家会粉转黑（网络流行词，指由粉丝转变为黑粉）。

《心动》这个新女性向的游戏项目才启动一个月，它是 in 科技今年的重点项目，从内容部的编剧阵容便可知公司对这个新项目的重视程度。

池炘直接否认："我没有提前实施计划。"

房子多愣了下："我也没跟任何人说过！"

关于如何引出王莉莉一事，最初一起讨论的只有四个人：房子多和池炘，还有孙萌萌和许诺诚。可是之前他们只是进行了初步讨论，没有商议具体的计划。也就是说，计划的知情人只有房子多和池炘两个人。

"难不成你家被人装了监控设备或窃听器？"房子多问。

池炘看向房子多："来家里打扫的都是固定人员。"

"他们被收买了？"房子多不由得脑洞大开。

这么一想，房子多整个人都不好了，因为今晚她和池炘在这个空间里制造了很多暧昧的片段。

池炘听完之后，站起身，走到背后的书柜前，打开了一个抽屉，拿出一样东西。

"这是什么？"房子多问。

池炘没有接话，而是打开了手中的菱形仪器，调了一下数值，随后按下启动键，这才回复："信号屏蔽器。"

房子多瞬间凑了过来，想仔细看看这件高科技神器。

"这个房间内现在没有任何信号。"池炘说道。

"只能屏蔽这个房间的信号吗？"房子多好奇地拿了起来。

"可以根据需要调整信号屏蔽的范围。"池炘回道。

"辐射大吗？"房子多问。

"还好。不过，明天还是得让朱跃安排专业人士全面勘查一下。"池炘回道。

房子多看了看池炘："要是真被装了窃听器，那问题就严重了。"

"最近出的这一系列问题，不是针对我，就是针对公司，背后之人的目的可想而知。"池炘说道。

"想吞并公司？"房子多猜测道。

"或许！"池烆回了两个字。

"可是能一口吞并 in 科技的公司，全球也没几家吧？"房子多说道。

"它们可以联手啊！"池烆说道。

倘若几个行业大鳄联手，想要吞并 in 科技也不是不可能的事。

"对了，最近公司的股价有异常吗？"房子多问。

"最近股价起伏不大，不过明天的风向我就说不准了。"池烆说道。

房子多和池烆想到一块儿去了，最近层出不穷的新闻可能会导致股价波动，即便公关部前期的公关做得非常完美，但此次新项目的泄露事件多少会给公司带来一些负面影响。

"不过，这也是对方露出马脚的时候！"池烆又说道。

房子多看着池烆，缓缓地说道："池烆，你……就丝毫没怀疑我吗？"

池烆的目光与她对视，反问道："你觉得呢？"

房子多回道："人与人之间是不可能完全信任彼此的。"

人心隔肚皮，这五个字，字字诛心。

"那你信任我吗？"池烆再次反问。

"信任！"房子多点头。

"为什么信任？"池烆问。

"可能是安全感吧！虽然这东西很虚无缥缈，但有些人就是会给你一种十足的安全感，让你完全地信任他！"房子多回道。

"可你刚才说，人是不可能完全信任彼此的。"池烆用她的回复反驳她，"你是怕我不信任你？"

房子多点点头，却又很快摇头："你也别过于信任我。"

池烆凝视着她："什么意思？"

房子多看着池烆面无表情的俊脸："或许……或许我被人装了窃听器，譬如，在我的包里或衣服上。"

池烆听后，将她手中的信号屏蔽器拿了过来，轻轻地放在书桌上，随后，一本正经地说道："你的坦然，让我对你的信任更进了一步。"

房子多琢磨了一下这句话，也就是说，之前他没有完全信任她，但交流之后更信任她了。

房子多没有生气，而是满心欢喜地说："谢谢你对我的信任。"

之后，房子多检查了自己的包和衣服，并没有发现多余的东西，又满屋子查看了一番，试图找出监控设备或窃听器。

池炘见状，拉她回了卧室，让她别胡思乱想，明天再处理。

第二天，朱跃带着专业团队对池炘的家进行了彻底勘查，结果，他们没有搜索到任何监控设备或窃听器。

房子多终于松了一口气，但同时又冒出了一个疑问。

如果不是他们被监听，那么项目泄露一事是巧合还是有人蓄谋已久？

这件事也只能先让人调查。

周一大家正常上班，in科技的公关部忙了一天两夜，试图将新闻的负面影响降到最低，但要将这件事彻底遮掩过去是不太可能的。热搜降了，但相关报道还有很多。

上班之后，内容部所有人员都被召去开会，会议除了让大家自查之外，同时宣布：倘若查到泄露之人，必定严惩。

散会后，大家都跟蔫了的小鸡一样回到自己的位置上。

项目泄露，不仅意味着他们这一个月白干，更严重的后果是F1工作室可能面临解散。

不管老板对他们之前呈上去的内容大纲满不满意，能加入新项目是让大多数员工挤破头的事。因为游戏大纲一旦过稿，项目推动下去，最终游戏上线后，整个团队的奖金和分红绝对令人眼红。

"说好有'锦鲤'在，项目包顺、包红，可是到头来，'锦鲤'只保佑自己泡到了老板，而我们这些人眼看就要下岗了。"邓一卿瞥了一下对面的房子多，夹枪带棒地说。

房子多闻言，抬起头看她。

郭美心连忙说道："还没查清是谁泄露的呢，你就急着拉子多来背锅，是何居心？"

"我有什么居心，感慨一下不行吗？"邓一卿顶了回来。

"不行！"郭美心回道。

"郭美心，你是谁啊，管得比黄河还宽？你这么会来事，是直接把别人当主子了，是吧？"邓一卿冷嘲热讽道。

范琪琪见状，也加入进来："人家聪明，会抱大腿，哪像我们这些只会干活的傻子啊？"

"你们两个人是只会干活的傻子？嚼舌根也排名第一吧？"郭美心的战斗力也不是虚的，她直接反击。

"谁嚼舌根了？"邓一卿回击道。

"刚才是谁第一个对子多进行言语攻击的呢？"郭美心问道。

"你还真是护主心切啊！"邓一卿来劲了。

柳柳见大家吵架，连忙劝道："都是一个部门的，别吵了。多伤和气啊！"

"柳柳，现在连你也成了护主的一员？"邓一卿不依不饶。

柳柳听后，轻声笑着说道："子多是我们三个人的团队中的一员，我护着她，你有意见吗？"

邓一卿看了下柳柳，毕竟，她的职位高她们一个等级，邓一卿最终忍了下来。

"哪儿敢有意见啊！"邓一卿幽幽地回了一句。

"没意见就好。我知道新项目内容被泄露这件事会对我们这个团队的打击很大，但各位这几天也切记谨言慎行，在泄露事件查清之前，禁止对别的同事进行言语上的攻击，影响团队的团结。"柳柳郑重地回道。

房子多一句话也没说。她是肯定不会加入这样的战局的，不然，场面会变得更难收拾。

不过，在吵架的过程中，邓一卿和范琪琪确实呈现出一副忌妒别人的嘴脸，侧面反映了她们的性格——心直口快。而郭美心一直都护着房子多，看起来不像坏人，但她上次发录音的举动，让房子多感到有点儿不舒服。柳柳则不偏不倚，很有领导风范。

在察言观色后，房子多的脑子里萌生了一个想法：泄露项目内容的人会是在座的其中一位吗？不过，还有一个可能，那就是泄露项目内容的人是消失的王莉莉。

可若是王莉莉做的，那她对池炘的仇恨有多深啊，让她一点儿血缘情分都不顾。

中午和池炘一起吃饭时，房子多问了一下调查的进展。

没等池炘回答，朱跃抢先回道："还没查清。"

池炀看了一眼朱跃："按照上午说的计划进行，下午三点公布。"

朱跃迟疑："阿炀，真要公布？"

池炀的眼神透露出不容置疑的气势。

朱跃只好点头："好。"

房子多好奇地问："公布什么？"

"泄露者！"朱跃说道。

房子多眨了眨眼："不是还没查清谁是泄露者吗？"

朱跃看了下池炀，回复道："阿炀想利用这件事引出莉莉。"

池炀打算按照原计划行动。房子多不由得说道："如果就是莉莉做的呢？这招就不管用了。"

池炀听后，回道："朱跃，就按我说的去做。"

朱跃点头："知道了。"

房子多看向池炀："其实对你个人而言，这不是好事，毕竟你们是兄妹。"

"我知道，我考虑过后果了。"池炀坚定地说道。

既然池炀决定要这么做，房子多也没再阻拦，因为他们现在还不知道事件的背后主使是谁，也许主动出击会有意想不到的收获。

下午，朱跃公布了调查结果，《心动》项目的泄露者为王莉莉，公司会对她进行法律诉讼。

这一消息公布后，一石激起千层浪。

大家纷纷吃瓜，有人说是游戏炒作，有人说是大义灭亲，也有人说是商业阴谋，众说纷纭。

对于这位有心理疾病的女性，大部分人都在同情她，但也有人探究这一系列事件的脉络，于是，各种脑洞层出不穷。

有人说王莉莉被人利用了，也有人说王莉莉肯定有苦衷。不过说来说去，他们都要把事情扯到池炀的身上。

in科技的股票自然受到影响了，池炀一直都在密切关注着，试图从中找到一些蛛丝马迹，以便查出背后主使。

临近下班之时，朱跃拿了一份报告给他。

池炀看完报告之后，停顿了几秒后才抬头："再三确认过吗？"

朱跃点头："嗯，我让技术部再三确认过，得出的结果是这个。"

池烁看着朱跃："你信吗？"

朱跃不知道该如何回应，因为池烁以前的工作作风干脆果断，如今却反问他信不信。

朱跃只好回道："结果出来了，我不信也得信。阿烁，你打算怎么处理？"

池烁闻言，看向桌上的文件，最终的调查结果出来了，泄露者是房子多。

泄露该项目的 IP 地址（互联网协议地址）是房子多所租房子的 IP 地址，具体时间则是池烁宣布两人关系的那个晚上。

"这么容易就被查出来了，你不觉得有蹊跷？"池烁问道。

朱跃愣了一下，从这句话便可以看出池烁对房子多是真爱，因为这是辩解。要是别人干的，池烁肯定会立即发令，让法务部发律师函进行诉讼。

"后面有详细的报告，IP 地址被隐藏了，但还是被我们破解了。"朱跃说道。

池烁伸手翻看了一下，报告上详细描述了 IP 地址的隐藏码，而且这个隐藏码还是比较复杂的那种。

池烁放下报告："这应该不是房子多做的。"

朱跃看着池烁："你这么信任她？"

"房子多是中文系毕业的，说她写出这么复杂的程序编码，是不是有点儿高估她了？"池烁说道。

朱跃做事十分细心，似乎早就料到池烁会这么说，于是给池烁投影了一份资料："房子多在大二时选修了计算机编程这门课程。毕业时，她的成绩还不错。"

池烁看完资料，眼睛盯着投影，开口问道："你相信这件事是她做的？"

朱跃看着池烁，缓缓回道："我只能说，当你毫不犹豫地去相信一个人时，会得到两种结果，要么得到一个值得信仟一生的人，要么得到让自己铭记一生的教训。"

"你这是废话，等于没说！"池烁反驳道。

朱跃觉得自己有点儿冤，他要是说不相信房子多，池烁肯定不高兴，要是说相信房子多，可事实就摆在眼前。

"阿炻，凡事以大局为重！"朱跃只能这么劝他。

朱跃觉得，即便池炻有点儿喜欢房子多，也不会对她有太深的感情。毕竟两人相处的时间不长，先不说池炻有关情感的神经受损的事，就以他的做事风格来看，他也不是那种爱美人不爱江山的人。

"我找房子多确认一下！"池炻说道。

朱跃听后，关上投影："跟她确认，会不会打草惊蛇？"

池炻想了一下："你有什么好的建议吗？"

朱跃摇了摇头："倘若是她做的，我搞不懂她的动机和目的是什么。"

"她的个人账户，你查过吗？"池炻问。

"我跟警方那边打过招呼了，正在查。"朱跃说道。

"有消息立马回复我！"池炻说道。

朱跃点头说道："好。"

晚上七点半，池炻送房子多回了她租住的小区。这个要求是房子多提出来的，池炻没有反对，便开车送她回去。

一路上，房子多跟平常一样跟池炻聊天，还谈到项目泄露的事。

池炻直接抛出了答案："公司已经查出泄露者了。"

房子多眼睛一亮："这么快，是谁？"

池炻转过头，看了一下房子多："莉莉！"

房子多愣了一下："真的假的？"

"接受不了这个答案？"池炻回道。

房子多看着池炻，点了点头："有点儿接受不了这个结果。"

"为什么接受不了？"池炻问道。

房子多回道："她这么做，明显是伤敌一千，自损八百，是下策。莉莉那么聪明，不会这么做的。"

池炻听后，看着房子多："自曝患有人格分裂症也是下策，她不是照样做了？"

房子多无法反驳，因为事实摆在眼前。

"那么，我们想通过这件事引出她的计划也失败了！"房子多有些沮丧。

"发生的事越多，幕后主使暴露得也就越多，不完全是坏事！"池炘说道。

"追查到 IP 地址了吗？"房子多追问。

池炘回道："是虚拟地址。"

"现在的网络安全形同虚设。"房子多叹道。

池炘看了她一眼，问道："你家的 IP 地址目前安全吗？"

房子多闻言，盯着池炘："你问这个问题，是我家的 IP 地址有什么不对劲吗？"

"怕你家的 IP 地址受到攻击！"池炘直言道。

房子多笑着说道："放心吧，我加密过。除非被恶意攻击，一般情况下不会有危险。"

"你自己加密的？"池炘问。

房子多点头："嗯，我没跟你说过吧？我大学的时候修过计算机编程的课程。给 IP 地址加密这种事，还是可以亲力亲为的。"

"你为什么会去修计算机编程？"池炘问。

关于这个问题，房子多有点儿不好意思回答。

池炘见她没有及时回答，不由得看了她一眼："有隐情吗？"

房子多摇头："没有，就是喜欢。"

"说实话！"池炘不信。

房子多见状，不由得说道："我要是说出来，你不许有其他的想法。"

"好！"池炘答应了。

房子多这才说出实情："当时，我知道诺一哥是个编程大神，觉得他特别厉害，便想去学习一下。"

"许诺一？"池炘念着许诺一的名字。

"你别多想啊，我就是觉得他厉害，也想学习一下。"房子多再三强调。

池炘听后，回了一句："你事先强调让我不要多想，这件事一定没那么简单。"

房子多不想解释："就是这么简单。"

"你对诺一心动过？"池炜追问。

房子多摆摆手："没有，我一直把他当哥哥。"

池炜说道："你有，但你不敢。"

房子多坚持说道："真没有。"

"你为什么不敢？"池炜坚持自己的想法。

房子多再次解释："真没有，我就把他当哥哥看。"

"你这么勇敢地跑来公司追求我，为什么只敢把他当哥哥看？"池炜揪着这个话题不放。

房子多有点儿抓狂："你不信我？"

"给我合适的理由让我相信你。"池炜说道。

"人要懂得感恩，萌妈都把我当亲闺女了，我岂敢再痴心妄想？"房子多噘嘴说道。

"倘若孙姨就是把你当成儿媳妇培养的呢？"池炜问道。

"不太可能！"房子多回道。

"理由！"

"萌妈有好几个闺密，她们的孩子跟诺一和诺诚是青梅竹马，怎么可能轮得到我呢？"房子多说道。

"你就这么自卑？"池炜说道。

"也不是自卑吧。人要认清自己的位置，别什么都想拥有。"房子多说道。

"那如果，她就是想把你当儿媳妇培养，你会对诺一或诺诚心动吗？"池炜问。

房子多感觉这个问题就是一个"坑"，不由得说道："没有如果。再说，我现在心动的人是你。"

"你为了诺一，跨专业去学习编程，这个驱动力如果不是爱情，会是什么呢？"池炜反问道。

房子多无语了，没想到池炜吃起醋来是这副模样，揪着一个点没完没了。

房子多必须为自己辩驳一下："为什么学习的驱动力非得是爱情呢？我多学习一项专业，多一条出路，多个赚钱方式，难道钱不好吗？"

"多个赚钱方式？你想过当程序员？"池烆问。

"那倒没有。大二时，我写的小说被萌妈看上，被改编成了电视剧后，我就立志做个剧作家了。"房子多说道。

"没就此放弃编程，看来你很喜欢这个专业？"池烆问道。

"我这人有一个毛病，既然已经选择了，那就全力做好它。"房子多说道。

"我待会儿去你家看看你的 IP 地址加密程序。"池烆说道。

房子多闻言，连连摆手："不要。"

"难道你怕我破密？"池烆问道。

"在你这种编程大佬面前，我写的加密程序就跟幼儿园的小孩子写的一样。"房子多还是很有自知之明的。

"那我更要看一下了！"池烆坚持。

房子多拗不过池烆，于是带着他一起回家。孙可可和白宴在收到房子多的通知之后，将睡衣换下，准备迎接池烆的到来。

白宴招呼了下池烆，便去洗水果，顺便拖着房子多去厨房。

"你这是带池烆回家住？"白宴小声地问。

房子多自然是懂规矩的，虽然这房子她付了一半房租，但大家是合租的，她带男朋友回家住，的确会给旁人带来不便。

"我在群里说了啊，他上来坐一会儿就走了！"房子多说道。

"热恋中的人啊，真是难舍难分！"白宴感叹道。

房子多害羞："哪儿来什么难舍难分啊？一堆事呢！"

不用房子多开口解释，白宴也知道这些事是什么。in 科技天天上热搜，广大群众不停地吃瓜。

"你们的热搜就跟买了一个月似的，能不能消停点儿？"白宴问道。

"谁愿意上热搜啊？"房子多郁闷地说道。

"热搜上多了，大家会反感的，你的个人生活也变得更透明了。"白宴好心提醒道。

房子多抿嘴道："我知道，谢谢你这么关心我！"

白宴从冰箱取了一盒草莓出来，和房子多一起清洗，洗好的草莓很快被端了出来。

不过，池烆已经不在客厅的沙发上了，孙可可努了下嘴："在你房间呢！"

房子多听后，拿了一颗草莓塞进自己嘴里，之后，又去拿了两颗，走进自己的房间。

池炜正坐在房子多卧室里的工作台旁，房子多走了进来，顺便把门关上，这也是为了保护外面的两个"单身狗"，怕她们吃腻了"狗粮"。

房子多走到池炜面前，塞给他一颗草莓："你真要看我写的加密程序啊？"

吃着草莓的池炜自然没办法回话，但点了下头。

房子多只好打开电脑，让池炜操作。

池炜熟练地操作了一番，看了房子多的加密程序后，嘴里的草莓也刚好吃完："确实太简单了。"

"跟你这种编程大佬相比，我写的自然是小儿科。"房子多回道。

"你的电脑只限本人使用吗？"池炜问。

房子多点头："嗯，我们都是用自己的电脑，很少跟人分享。不过，你为什么会这么问？"

房子多还是很敏锐的，因为平时池炜说话都很直接，他这么问必然有他的用意。

池炜站起身，他俩一高一矮的个头形成了鲜明的对比，他们四目相对，池炜开口说道："不过，你写的隐形木马程序，还是有点儿难度的。"

房子多听后，愣了一下，随后问道："什么隐形木马程序？"说完，房子多连忙推开池炜，坐到椅子上查看了一下，结果真如池炜所说。

房子多惊讶不已："谁加的？"

池炜俯视着她，观察着她的表情，如果房子多在演戏，那么她简直可以成为奥斯卡最佳女演员，但她的反应如此真实，像是事先完全不知道的样子。

"这难道不是你加的吗？"池炜问。

房子多连连摇头："不是我。家用IP地址有加密程序就已经很不错了，不会搞得那么复杂。难不成我家IP地址被人攻击，并且篡改了程序？"

"起来！"池炜命令道。

房子多只好将椅子让给池炘，站在边上，看着池炘查询加密程序的源代码。

过了一会儿，池炘说道："不是入侵篡改，而是源代码修改。"

房子多的眼睛扑闪了几下："源代码修改？"

"这种类型的代码，对你来说应该不算困难吧？"池炘问。

"别这么抬举我啊，我虽然学过编程，但这么复杂的程序，对我来说还是有点儿困难。"房子多很有自知之明。

池炘看了下房子多："写不出来吗？"

房子多点了点头："别趁机鄙视我啊！不过，现在最重要的问题不是被你鄙视，而是到底是谁修改了我家 IP 地址的源代码。"

"修改日期是八天前，我们宣布男女朋友关系的那天。"池炘说道。

房子多听后，看向池炘，缓缓说道："池炘，你突然想来看我家 IP 地址的加密设置，是因为新项目是从我这里泄露的，对吗？"

房子多很聪明，而且擅长推理，所以她对池炘的话产生了怀疑。

"我说过，泄露者是莉莉！"池炘强调。

房子多盯着他，摇了摇头："不是莉莉，是我，对吗？"

池炘静静地与她对视，没有说话。

房子多大致确认了，但她感到有点儿不可思议，说道："池炘，我没做过任何伤害你的事。"

"我相信你！"池炘开口说道。

"这么说，新项目真是从我家 IP 地址泄露的，是吗？"房子多求证道。

池炘也算见识到房子多的聪明，于是说道："你不相信我说的话吗？"

"不是不相信，而是你的行为暴露了你的目的，你无缘无故地想来我家查询 IP 地址的加密设置，足以说明结果。"房子多说道。

"房子多，你比我想象的还要聪明！"池炘说道。

如此聪明的她是真正的泄密者，还是另有他人？

房子多听后，直接问池炘："看来真是从我家的 IP 地址泄露的。池炘，你相信这是我做的吗？"

"你确实值得怀疑。你故意接近我，随后便发生了一系列的事情。"

池炘说道。

房子多连忙解释："真的不是我做的，还有，我为什么要这么做？我都如愿以偿地跟你谈起了恋爱，我再这么做岂不是傻子？"

"或许你接近我是另有目的？"池炘说道。

房子多直视着池炘，这句话直接表达了他的怀疑，换作其他女孩儿肯定哭闹了起来，可是房子多出奇地冷静，开口说道："出了这种事，我再怎么辩解都是无用的。我必须得找证据，自证清白。"

说完，房子多开始追查："源代码被修改具体的时间是什么时候？几点几分？"

池炘见状，帮她看了下时间："七月十八号，十二点零三分。"

房子多随后打开自己的工作文稿，查看自己七月十八号的工作时间记录。记录显示，当天稿子的完成时间为十一点四十五分。

房子多回想了一下当天的情形，随后说道："我一般写完稿子之后，就会起来活动五分钟，然后去洗澡。那天我跟平常无异，也是这个流程。"

"还有其他可证明的记录吗？"池炘问。

房子多想了想，又查了平日里一直戴着的智能手表，里面的体征记录在七月十八号晚上十一点五十五分以后呈现空白状态。

房子多解释："我一般会在洗澡前摘下，第二天一早上班时戴上。以前我没出门上班时也是如此，起来写稿时会戴上，戴上它也是一种工作仪式。"

池炘看了一下她的体征记录，跟房子多的解释一模一样。

池炘转过头看着房子多，开口问道："跟你合租的白宴和孙可可会编程吗？"

房子多愣住了："你怀疑她们？不可能，她们都是我最要好的朋友。"

房子多一口否认，因为她打心底没有怀疑过这两个人会做出背叛自己的事。

"现在任何人都有被怀疑的可能性。"池炘回道。

房子多摇头："不可能是可可，她跟我一样，都是读中文系的，平日里只会写稿，她对很多软件一窍不通。至于白宴就更不可能了，她是我的表妹。"

听完房子多的分析，池烆问道："原来你对身边的每一个人都无条件信任？"

房子多愣了愣："不是，怎么可能无条件信任？要信任也得在我深入了解他们之后。"

"你对我有深入了解吗？你不是也宣称信任我吗？"池烆反问。

房子多被堵，但还是坚持不相信孙可可和白宴会做出背叛自己的事情。

"我明天让朱跃查一下她们两个人！"池烆说道。

房子多不认同："池烆，你这样做不太好吧？"

池烆接着回了三个字："包括你。"

房子多不说话了，即便她再理智，听到池烆亲口说出这句话，还是有一点儿伤心。

池烆见状，又说了一句："只有查清楚了，公司才不会冤枉好人。"

这句话很理性，房子多听后，心渐渐回暖，恢复理智："那好吧，查清楚，不冤枉好人。"

第二天中午下班前，朱跃给了池烆一份调查报告。

池烆看了之后，开口说道："房子多昨晚还说无条件信任她，结果却是如此。"

"账户多出一千万，明显被人收买。"朱跃说道。

池烆听后，接着吩咐道："这个消息暂时别外露，就当是莉莉泄露的，看看之后有什么动静！"

朱跃点头："是，不过股价有点儿动荡，我个人也不建议再出其他新闻。"

池烆问："今天有大量进仓的群体出现吗？"

朱跃摇头："暂时没有，不过就怕接下来还有其他利空消息。"

池烆思索了一下，股价虽然跌了，但整体价格还在高位，这个时候不太可能出现大买家，除非背后之人疯了。但朱跃提醒得对，要是利空消息继续出现，局面就难说了。

池烆接着说道："项目泄露一事好坏参半，我们就此放弃的话，正中了别人的计，不如将计就计，就把泄露事件作为新项目的提前预热。接下来，新项目得提速推进，争取在年底上市。"

"年底上市？"朱跃惊讶地问。

"做不到？"池炘盯着他。

朱跃最怕池炘说这几个字，因为老板通常只管提出需求，下面干活的人必须尽全力满足老板的需求，不然就直接出局。

"我立马催促内容部推进，开发人员方面，我也着手进行一些调整，让广告部根据进度配合宣传。"朱跃说道。

池炘点了点头："给内容部三天时间，重新给出新方案，不过，这次不是小组合作，而是集体创作，可以让各小组分阶段负责。"

朱跃根据池炘的指示向内容部下达了指令，内容部收到之后，喜忧参半。忧的自然是前面的方案都被否决了，他们得想新的内容，而且期限只有三天，这简直要人命；喜的自然是他们的工作保住了，要是按照之前的方式，估计有两组人员被淘汰。所以，危机这个词是很奇妙的，危险中带着转机，让人有种"塞翁失马，焉知非福"的感觉。

乔溪给大家鼓劲："我相信，大家齐心协力，三天之后一定能拿出新方案。"

大家虽然蔫蔫的，但还是有决心完成任务。

乔溪离开后，郭美心开口说道："虽然要重新想方案，但我们的团队总算保住了。这么说来，子多也算是个福星。"

邓一卿直接抬杠："要拍马屁，到别处拍去！"

郭美心也反击了回去："说句话就是拍马屁？邓一卿，你这心眼儿小得跟针似的，小心戳伤自己啊！"

邓一卿瞪眼："我就算戳伤自己，也不会像你这么掉价，拍别人马屁。"

房子多见自己又成为众矢之的，不由得汗颜，不过这次她没逃避，而是开口说道："声明一下啊，我不属马，我属猪，天蓬元帅那一脉的。"

房子多话音刚落，好几个组员都笑了起来。

房子多继续说道："其实大家真的没必要为了我伤和气，心情不好会直接影响身体健康，身体是自己的，因我而生气，不值得。再说，大家出来工作，赚钱是第一位的，和气生财，和气生财！"

柳柳赞成房子多的话："子多说得对，和气生财，别天天大动干戈，给自己添堵，也给其他人添堵。工作吧，三天后还要交新方案呢。"

郭美心和邓一卿没再说话了，因为没有时间再废话了。

不过，柳柳调整了一下小组成员，她将邓一卿调到自己的小组里，让郭美心和邓一卿进行调换。

房子多自然是服从安排的，郭美心不太乐意，可柳柳没给她反驳的机会。

吃午饭的时候，柳柳偷偷跟房子多说，她这么安排不是为难房子多，而是想消除组员之间的嫌隙。

房子多表示理解，有时候将针锋相对之人凑在一块儿，擦出来的思想火花也会令人惊艳。

果不其然，和邓一卿分到一组后，小组里好戏连台，凡是房子多提出的想法，她都会针锋相对，房子多也不让步，每次都让她说出反对的理由。听过之后，房子多觉得有些想法有理，有些想法不靠谱。于是，她们小组就像科研小组一样，对不同的想法以及故事脉络的合理性进行反复论证。

这一天下来，两个人的关系在随时争吵的边缘反复试探。

作为分配组员的决策者，柳柳整天提着一颗心，就怕两个人一言不合打起来。

但事实证明，她的担心是多余的，作为编剧，几乎每个人都被资方或者老板虐过千万遍，所以，即便有不同的意见，他们也会自我消化。而组员的重新搭配，还真有意料不到的效果，无论是她所在的小组，还是郭美心那一组，组员之间吵来吵去，还真产生了不少新的思路。

窗外的月色渐浓，小型会议室的灯还亮着。

柳柳喝了一口咖啡续命，打算继续参与邓一卿和房子多的思路推进工作时，房子多的手机发出振动声。

房子多本想直接按掉，不过，电话是池烔打过来的，她只好抱歉地对柳柳和邓一卿说道："抱歉，我先接个电话。"

房子多起身走出会议室接电话。

池烔问她什么时候下班，让她跟他一起回家。

房子多有点儿蒙："回哪个家？"

"我家！"池炘回道。

房子多面露羞涩："我还没忙完呢！"

"几点忙完？"池炘问。

房子多也不知道几点能搞完，于是说道："我会议结束后再跟你联系，或者你先回家？"

池炘的回复是："那我继续工作。"

挂掉电话后，房子多转身回会议室，不过，在准备推门进去时，她听到了里面传来的对话。

"我也没故意针对房子多，就是觉得一路开挂的人也跑来跟我们抢饭碗，还让我们活吗？"

"确实如此。不过，房子多的气量还是不错的，你看你今天三番五次地回击她，她都没跟你翻脸。"柳柳说道。

"我倒是希望她跟我翻脸，然后我在社交平台上吐槽一番，我就红了。"邓一卿说道。

"得了吧，你也不屑通过这样的方式走红。"柳柳回道。

"柳柳，别以为你很了解我，这个世界谁不想红，谁不想赚钱啊？"邓一卿说道。

"是，谁都不会跟钱过不去，但你不会这么做的！"柳柳笃定地说道。

"柳柳，你就这么相信我？"邓一卿问。

"我们都是多年的老同事了，虽然你经常扮演刺儿头的角色，跟别人针锋相对，但你比谁都看重团队，你比谁都更有团队精神！"柳柳说道。

邓一卿笑了起来："你再这样夸我，我都快不认识自己了。"

柳柳笑："继续保持！"

房子多听到这里，站在门口会心一笑。柳柳驾驭人心的本事真厉害。

房子多也从这短短的对话里侧面了解了邓一卿的性格，邓一卿不会因为房子多是个小有名气的编剧而巴结她，也不会因为房子多是池炘的女朋友讨好她，这个人骨子里是相当傲气的。

不管邓一卿的傲气里是否夹杂着其他成分，但足以说明她是一个自尊心极强的人。而自尊心强的人，喜欢被人尊重和认可，上司只要抓住这两点，那个人就会为之赴汤蹈火，这就是所谓的"士为知己者死"。

房子多推门进去，两个人的谈话也结束了，三个人又开始继续讨论。

房子多没有因为刚才的对话对邓一卿改变态度，在这紧要关头，她就喜欢有人不断地给她提意见，这样可以刺激她的思维。

时间一分一秒地过去了，她们的讨论也越发热烈，有价值的内容也一点点地被记录下来。

房子多在努力工作，池炘也没闲着。

池炘没下班，作为助理的朱跃自然也跟着一起加班。

朱跃有点儿饿，打算叫外卖，他不忘询问池炘一声。

池炘要了平常喜爱的三明治和咖啡，朱跃得令后，直接去下单，不过，池炘又叫住了他："给内容部也送点儿夜宵。"

朱跃闻言，故意问道："是给整个内容部送夜宵，还是单独给某人送夜宵？"

池炘之前没给加班的下属送过夜宵，因为他针对加班的员工特意设置了一个免费的夜宵食堂，周一到周五营业到晚上十二点，周末休息。员工要是晚上加班，随时可以去夜宵食堂喝咖啡、吃夜宵，而且夜宵的种类还算丰富。

大多数单身的员工为了赚更多的钱，自然愿意天天加班，因为在公司加班，不仅有加班工资，还有免费的夜宵，以及车费报销等福利。

当然，这也是大多数互联网公司的常规操作。不过，in科技有一项别的公司没有的硬性规定，那就是所招聘的男女员工比例一直被调控在男四女六。在女性比例相对偏低的互联网公司，这也算独树一帜。

而这个规定让很多计算机系的高校毕业生和行业精英对in科技颇有好感。因为现在找对象实在太难了，公司相对均衡的男女比例对于很多人来说，增加了潜在的恋爱机会。

池炘想了下："给整个内容部！"

朱跃笑着说道："夜宵食堂的门一直开着呢，没必要。"

池炘回道："让你送，你就去送。"

老板发话，朱跃岂能不从？但朱跃还是声明："夜宵费用，你报销。"

池炘答应了，于是朱跃立刻就去操办了。

内容部的女孩子居多，朱跃自然优先照顾她们，在热量高和热量低的两种食物中各选了一半。

当内容部收到夜宵时，整个部门的员工都雀跃了起来。

房子多和柳柳、邓一卿刚好结束讨论，见有夜宵，便一起去吃了。

女孩子为了保持身材，通常在这个时候吃些热量不高的食物，但房子多直接选了小龙虾和烧烤。

"你不怕胖啊？"邓一卿说道。

"不怕！"房子多回了两个字。

"三年以后你还敢说这两个字，算我输！"邓一卿说道。

房子多回道："就算胖了也没关系，毕竟我是靠才华吃饭，而不是靠颜值。"

邓一卿笑一声："你对自己的相貌还算有自知之明！"

房子多也笑："我的相貌确实是短板，但我有一个有趣的灵魂啊！"

"我怎么没看出你有趣啊？"邓一卿回道。

邓一卿话音刚落，房子多正要开口回击，身后突然传来一个男人的声音："她的灵魂是否有趣，不需要你来鉴定。"

这个声音让大家觉得很熟悉，但又有那么一点儿奇怪。大家在工作时要是冷不丁听到这个声音，都会不寒而栗。这是池炘出场时给员工留下的刻板印象。

是老板莅临内容部吗？大家的身体不由得僵了，随后一起转过头，他们看到的不是池炘本人，而是科技园最美的人——李奕然。

邓一卿见李奕然模仿池炘的声音吓他们，不由得将喝完的一次性杯子朝他扔过去："李奕然，你想死啊？！"

"李奕然，你吓死我们了。"郭美心骂道。

李奕然精准地接过了杯子，冲着大家笑了笑："我见你们部门在开派对，一点儿紧张气氛都没有，便想给你们制造一些惊喜。"

范琪琪忍不住说道："滚。"

李奕然不滚，反而走了过去，看到桌上一堆吃的东西："夜宵好丰盛啊，我也来蹭蹭！"

邓一卿拍了一下他的手："不许吃！"

李奕然才不理她："这夜宵又不是你买的。"

邓一卿回击道："就算不是我买的，也不允许你吃。"

李奕然才不管，直接叉了一块水果往嘴里塞："小房子不让我吃，我就不吃！"

房子多讨厌他叫她小房子，听起来像叫小太监，于是，她对着他说道："吐出来。"

大家闻言，不约而同地笑了起来。

李奕然看了下房子多："已经咽下去了。"

"咽下去也给吐出来！"房子多又说道。

"小房子，你不要这么残忍嘛！"李奕然跟房子多撒娇。

跟李奕然比撒娇，内容部的这些女生都会觉得自己白活了，不配做女人。因为李奕然刚才那句话让她们起了一身鸡皮疙瘩，让在场的男生的心都酥了。

房子多懒得理他："我吃得差不多了，各位战友，我先告辞。"

"子多，你都没怎么吃就急着撤了，是不是有约会啊？"郭美心打趣道。

房子多抬起手腕，看了一下手表："都快十一点半了！"

"没想到这么晚了！接下来一个月，我们团队的生活几乎都是昼夜不分了。"郭美心叹道。

蹭吃的李奕然听后，回了一句："你们只是一个月而已，而我们接下来半年都是如此。"

池炘已经下了命令，《心动》这个项目要提前八个月完成，所以，开发部已经做好了苦熬半年的准备，甚至也有要脱一层皮的思想觉悟。

池炘是一个完美主义者，在时间紧迫的情况下，员工们要达到他的要求，绝非易事。

"生活不易啊！"范琪琪叹道，"李奕然，你做好秃顶的准备吧！"

李奕然甩了一下他的秀发："放心，你秃了，我也不会秃。"

范琪琪见识了李奕然的毒舌，只好乖乖闭嘴。

房子多收拾了下东西，拎起白色布包："你们继续，我走了。"

李奕然见房子多离开，也跟着撤退，两个人一前一后地走出内容部。

房子多已经跟池炘约好了，便给他发了条信息："我下班了。"

很快，她收到池炘的回复："在车库等我。"

房子多等电梯，李奕然也站在旁边，房子多看了他一眼："你也下班？"

李奕然点头："嗯，要不要我送你回家？"

房子多拒绝："不需要。"

"也是，你都跟池总同居了，轮不到我送。"李奕然说道。

听到"同居"两个字，房子多不由得脸红起来。

李奕然见状，突然凑了过来："瞧你害羞的样子，是不是每天都被池总占便宜啊？"

他说这句话时，电梯门刚好打开，池炘和朱跃直挺挺地站在里面。

房子多看到电梯里的池炘和朱跃，连忙伸手将李奕然凑过来的脸推开。

李奕然一看到池炘，也立马正经了起来："池总，朱助理。"

池炘没回应，朱跃不失礼貌地点了点头。

房子多和李奕然一起走了进去，乘电梯去地下停车场。

不过，房子多觉得电梯里的气氛有点儿微妙，尤其是池炘，他本身就是面瘫，此刻的眼神比平时更冷峻。

房子多有种不妙的感觉，果不其然，她听到池炘开口："李奕然，你这么关心我和房子多的床事？"

床事！房子多对池炘的大胆用词表示震惊。

朱跃也瞪大眼睛，心里默默为李奕然祈祷。

李奕然也满脸震惊，这应该算是有生之年难得的经历吧？他竟然能与池炘进行这番对话。

"开玩笑而已！"面对池炘，李奕然还是有压力的。

毕竟，老板自带的强大气场即便没有让人看见，也一直存在着。

"下次再跟房子多开这种玩笑，你直接调去海外工作！"池炘说道。

"海外？哪里？我服从公司安排。"李奕然觉得自己不能太怂，硬气地回了一句。

"朱跃，明天给他安排一下！"池炘发话道。

朱跃听后，觉得自己的祈祷白做了，这个李奕然也是太作了，好端端的，干吗要往枪口上撞呢？

"是！"朱跃应道。

房子多对李奕然说不上喜欢，但也不讨厌，池炘这么做有点儿过了。于是，房子多说道："池炘，我们刚才就是说笑而已，你别当真！"

池炘闻言，看她一眼，缓缓地说道："你和他熟到可以拿我们的床事开玩笑？"

又是床事！他能不能不用这个词啊？

房子多羞得想钻地洞，朱跃见状，极力忍住不敢笑。

李奕然也厌了起来，不敢出声。

房子多只能红着脸解释："没开玩笑，只是打趣。"

"打趣我们的床事……"池炘又说道。

房子多彻底怂了，连忙踮起脚尖，伸手捂住他的嘴巴："别再说了！"

朱跃和李奕然想笑又不敢笑，只能眼睁睁地看着他们发"狗粮"。

池炘被房子多捂住嘴巴的时候，他的大手直接揽住了她的腰。不过，房子多的手很快被池炘的另一只手拨开了："全是小龙虾的味道。"

"谁让你送小龙虾来我们内容部啊？"房子多回道。

池炘听后，看了下朱跃："你说的？"

朱跃脸上挤着笑容："乔溪问我，我不敢独揽功名，就说了实话。我说是你送的，犒劳内容部，让他们感受到老板的关爱，接下来一个月更有动力工作。"

池炘听后，回了两个字："多事。"

朱跃笑了笑："下次再送，我就说是我送的，再找你报销。"

房子多听后，忍不住想笑，可是被池炘搂着的她有点儿笑不出来，因为某人的手劲实在太大了。

电梯到了地下停车场，池炘直接搂着房子多走出了电梯。

朱跃和李奕然两个人隔了几秒才走出电梯，池炘和房子多的背影消失在他们的视线里。

李奕然见池烆走远后，小声地问了一句："朱助理，池总的话，不是当真的吧？"

朱跃看了一眼李奕然："池总通常说到做到。"

李奕然的脸瞬间白了，朱跃见状，伸手轻拍了一下他的肩膀，随后离开了。

李奕然呆呆地站在原地好几秒，随后，默默地吐槽了自己一句："嘴贱的下场。"

房子多被池烆塞进车里后，总感觉暴风雨就要来了。她心里很懊悔，因为她越是替李奕然说情，池烆越生气。

唉，李奕然要遭殃了！

豪车驶出 in 科技那栋大楼后，房子多扭过头，看着池烆。

"生气了？"房子多问。

池烆没回应。

"吃醋了？"房子多又问。

池烆依旧没有回应。

"我错了！"房子多只能主动承认错误。

"错在哪里？"池烆终于开口。

"不该跟别人聊我们之间的私事。"房子多自我反省。

他们其实根本没聊，只能怪李奕然倒霉，跟她说话的时候被池烆撞上了。

所以啊，有句话是对的，不作就不会死，看他以后还敢不敢调戏她。

"还有呢？"池烆又问道。

房子多想了想，没别的了。再说，她跟李奕然也没熟到那种程度。

"还有别的吗？"房子多不解。

池烆拉过她的手，房子多立马领悟，连忙说道："不好意思，我刚才吃了小龙虾，只用纸巾擦了擦，忘了去洗手，味道确实重了一点儿。"

"李奕然经常私下骚扰你吗？"池烆问。

房子多听这句话，便知池烆吃醋了。

不过，吃醋是好事，说明他对这种刺激是有感觉的。

房子多笑："池炘，你的占有欲还是蛮强的嘛！"

"回答我的问题。"池炘回到之前的话题。

房子多实话实说："我们没怎么联系。我最近本来就没怎么上社交App，每天都忙成狗了。"

"少联系！"池炘说道。

房子多依了他："知道了。"

"关于你我之间的床事，以后不要跟任何人讨论。"池炘又说道。

刚才在电梯里，池炘就说了好几遍"床事"，房子多害羞，不敢跟他掰扯，现在车里就剩下他们两个人，她是不会这么容易认尿的。

房子多耳根泛红，她壮了下胆，说道："我们……我们之间还是清清白白的！"

池炘闻言，侧过脸看了下房子多："今晚就不清白了。"

房子多惊到瞳孔放大，天哪，这是什么虎狼之词啊？！

房子多还没完全做好准备，不知道该高兴还是该跳车逃走。

车内的空气顿时变得燥热起来，房子多伸手摇下车窗，扑面而来的是闷热的气息。

自从全球变暖后，夏天的温度越来越高，人体受不了，只能借助科技手段降温，但在科技介入后，全球变暖的进程也加速了。

车内开着空调，为了不浪费能源，房子多再次将车窗关上。

她红扑扑的小脸在路灯下并不耀眼，行为却更拘束了。

不过，房子多很快调整了心态，男女朋友在一起，迟早都会面对这种事。她就顺其自然吧！

看到前面有药店，房子多又想到了什么，不由得张口说道："池炘，在前面药店停一下。"

池炘不解："去药店干吗？你身体不舒服？"

她去药店能干吗呢？当然是买一些必要的安全防护产品。

上学时，老师和家长一再强调，女生在这方面一定要做好安全措施，不然会出人命的。

"你停一下！"房子多叫道。

池炘停车了，房子多解开安全带："等我一下。"

房子多独自下车，这应该是她有生之年第一次买这种东西，她有点儿害羞。

因为买这种东西不需要用处方，所以她没去找药师，直接在架子上拿了几盒，准备去结账。

打算扫码付钱时，房子多迟疑了，因为她不知道是否买对了型号。

她想询问池烆，又觉得有点儿丢脸。

房子多尴尬得想钻地洞。最后，她还是回到货架旁，把每个型号的都拿了一盒，买完单便将它们扔进了白色布包里。

回到车上，池烆见她手里没拿东西，不由得问道："没买到？"

房子多的脸发烫，她摇摇头："买到了。"

池烆启动车子继续前行，还不忘问一句："买了什么？你哪里不舒服吗？"

房子多摇头："没有不舒服。"

"那买了什么？"池烆又问。

房子多想钻地洞："没什么。"

池烆没再追问，随后，问了一下房子多的工作进展："你们的故事架构进展如何？"

房子多听后，在心里默默感叹，这或许就是跟池烆谈恋爱才会出现的情况吧？哪个男朋友会在刚才那种气氛里直接询问工作情况呢？

"我们这个小组的工作进展得还不错，今天差不多推演了故事架构的三分之一。"房子多回道。

"你们打算就呈现一个方案？"池烆问。

房子多看了一下池烆，回道："池烆，你知不知道你有个绰号啊？"

池烆疑惑："绰号？什么绰号？"

"'周扒皮'！"房子多决定如实告诉他。

"'周扒皮'？"池烆再次疑惑。

周扒皮，这个人物离现在特别久远，是上个世纪八九十年代的小学语文教材里的人物。房子多也是因为在大学读的是中文系，才知道这个人物。今天开会的时候，邓一卿不怕得罪她，随口把这个词说了出来。

"跟你一起工作一周，就跟被扒了一层皮一样。人送外号：周扒皮。"房子多解释道。

"这是你们内容部给我取的？"池烆问。

房子多笑了笑："应该全公司的人都这么叫你吧？"

"我明天问下朱跃！"池炘说道。

"你还真追究啊？"房子多问道。

"你觉得我是吗？"池炘问。

房子多点头："是。"

池炘转过头看着她，房子多笑着说道："你要我们三天之内拿出新内容方案，这不是周扒皮吗？"

"你这是在抗议？"池炘问。

房子多摇头："那倒不是，我没有抗议的资格，因为泄露新项目的IP地址就是我家。对了，调查有进展吗？"

房子多很想知道调查结果，但已经知道结果的池炘说："没有。"

房子多有些泄气："我昨晚差点儿失眠了，想了很多，又不敢往深处想。"

池炘现在不想告诉房子多，就是怕房子多受到冲击，接下来的两天，她还需要将所有的精力投入到工作中。

"你这几天的重点是好好工作！"池炘回道。

房子多听后，叹道："不愧是名副其实的'周扒皮'啊！"

池炘对这个称呼说不上喜欢，但也不反感，于是说道："只允许你叫。"

房子多笑了起来："你得了这绰号，还觉得光荣啊？"

池炘回了一句："这说明我是一个讲究效率的人。"

房子多服气了，对他拱手作揖："佩服，能这么理解的人，恐怕普天之下只有你自己了！"

两个人回到了池炘的家。

房子多对这里不陌生了，一进门就直奔沙发，直挺挺地倒下，想在那里赖几分钟。

开了一天的会，她的脑细胞死了一堆，她到家后最想干的事就是洗澡、睡觉。

不过，房子多很快爬了起来，因为反应过来这不是自己家。

"我的行李箱呢？"房子多问。

留在别墅的行李箱被池烆搬了过来，所以，房子多不需要回家取衣服。

"在主卧！"池烆说道。

房子多奔去了主卧，打开行李箱，将护肤品、睡衣之类的东西拿了出来。

池烆也走了进来，房子多站起身，眉眼含羞地问道："你先洗还是我先洗？"

池烆开口："一起洗。"

他要不要这么猛啊？

房子多觉得自己的小心脏加速跳到了每分钟一百四十下，她咬了一下嘴唇："一起洗？"

池烆应道："主卧有浴室，客房也有浴室，我们可以同时洗。"

房子多听后想捶地，为什么每次都是她想多了呢？

不过，话说回来，他在回来的路上分明说过今晚他们就不清白了。

难道她听错了？不可能啊！

某人既然要求她矜持，那她就继续矜持吧！因为房子多实在不好意思主动要求两个人一起洗澡。不过，住男朋友的家里还真是一件麻烦的事，因为要考虑自己的形象，所以房子多在浴室里纠结了一下，要不要洗头和护肤。

她最终选择了洗头加护肤，做了彻底的清洗工作。不过，经她这么一折腾，时间已经过去一个小时了。房子多穿着和服款式的睡衣，面露羞涩，缓缓地走出来。

下一秒，她就不再害羞了，因为池烆根本不在她的房间。

房子多崩溃了，觉得自己白折腾了一场。于是，她气呼呼地掀开被子躺了下来。

不过，睡觉之前，她还是拿过手机看了一下，池烆给她留了言："你洗澡耗时太久了，我有点儿困，先睡了。"

房子多看了之后，感觉自己的暴脾气立马就要发作了。

是谁先撩她的啊？他撩完就跑，过分！

房子多气呼呼回了一句："晚安。"

房子多没指望池烆回复她，因为他今天工作到这么晚，确实有点儿累，说不定这会儿已经进入梦乡了。

于是，她关了灯，准备睡觉。

刚关灯不久，便听到开门声，房子多连忙把灯打开，只见穿着浴袍的池炘走了进来。

房子多很惊讶："你……你还没睡？"

"等你啊！"池炘说道。

话音刚落，池炘脱掉身上的睡袍，扔到床尾的椅子上，房子多惊得连忙闭上眼睛，因为某人什么都没穿。房子多想想现在的情况，要么某人真有裸睡的习惯，要么某人另有图谋。

房子多不敢看，别过头去："池炘，你……你睡这里？"

"从今天起，我跟你睡！"池炘说道。

房子多听完这句话，羞得耳朵都红了，双手紧张地揪着薄被。

池炘掀开薄被躺了下来，看她还坐着，不由得说道："你不睡？"

房子多这才缓缓地将身体往下滑，慢慢半躺下来。不过，她好像忘了一件事——关灯。

她只好又伸手去关灯，顿时，房间陷入一片黑暗。

黑暗中，房子多的眼睛睁着，身体也僵着。

池炘伸手揽过她，房子多觉得自己成了块石头，身体僵硬无比。

池炘摸到房子多身上的睡衣："我不习惯穿衣服睡觉，你也脱了吧！"

房子多的脑子此刻有点儿转不过来，因为一切来得太快了，她脱口而出："可我喜欢穿着衣服睡觉！"

说完，房子多才意识到自己说错了话。

这话不就是拒绝的意思吗？

可她打心底从没想过拒绝池炘，因为她喜欢一个人，就想抱他、吻他、睡他。

"那就这么睡吧！"池炘说道。

房子多愣了一下，他竟然真的误会了。

她该怎么办？她该怎么解除这个误会啊？

房子多只能动动自己僵硬的身体，埋在池炘的怀里。

他的怀里香香的，很好闻，当然，她也感受到了暖意。

从池炘的身体透出来的温度虽然不够炙热，但让人觉得很温暖。

"池炘！"房子多低低地叫着池炘的名字。

池炘没回应，房子多又叫："你睡着了？"

"没有！"池炘回了两个字。

房子多仰起头，她的唇刚好落在他的喉结上。房子多记得她看过一段话：当你用手握住男朋友的喉结时，这世界要么多了一个爱你的人，要么少了一个爱你的人。

房子多没试过这招，于是大胆地吻了一下他的喉结。

果然，有些话是经得起考证的，房子多撩动了池炘。

接着，她被他吻得昏天黑地，房子多身上的睡衣彻底被脱下来。

好吧，池炘不是那种撩完就跑的人，而是言出必行之人。

关键时刻，房子多突然想起了一样东西。

"那个……池炘，措施！"房子多还是要听老师和母亲的话，保护好自己。

"措施？"池炘喘着粗气。

"嗯，措施。"房子多的声音柔中带媚。

"什么？"池炘还不明白。

现在开灯的话，房子多的脸绝对红得像猴子屁股一样。

好吧，她原谅了他。

"避孕措施！"房子多害羞地解释道。

池炘懂了，伸手开灯，拉开抽屉，取出一盒东西："这个吗？"

灯光有点儿刺眼，房子多羞得往池炘的怀里钻，不过，她立马睁开眼，看向池炘手中的盒子。

房子多抢了过来，确认后，再看向池炘，张口问道："你……你怎么会有这个？"

"朱跃给我买的！"池炘直接回道。

房子多愣了一下，朱跃竟然给他买这种私人用品？

盒子的密封线是被拆开的……

房子多的内心被自己的脑洞冲击了一波，她慢慢回过神来："你用过？"

"嗯，用过！"池炘很诚实地回道。

房子多彻底被刺激了，伸手推开他，快速穿好衣服。

池炘不解："你想逃跑？"

"没想跑，但我必须问你几个问题。"房子多说道。

房子多在与他交涉之前，先用薄被盖住了池炘的身体，因为他的身材实在太诱人了，她怕自己会忍不住。

"你跟谁用过？"房子多的脸泛着潮红，严肃地问道。

其实，他要是跟其他女人在一起用过，只要在认识她之前，房子多都可以不计较。毕竟，人只要活着就会有各种欲望。

池炘见房子多突然停下来了，又一本正经地问他这个问题，不由得回了两个字："空气！"

房子多愣了下："空气？"

池炘再次一本正经地回她："对着空气试用！"

原来如此！房子多虽没见过男生自我解决生理需求，但生物课上老师讲过有相关的知识，而且还重点提醒，这种行为不能过度。

"你好端端的，干吗要试用这个？"房子多揪着不放。

"朱跃给我买了这些东西，又发了一些影片给我。"池炘回道。

这句话出现了一个关键词——影片，房子多用脚趾都能想到是什么影片。

那可是青春期的男生们钟爱的东西之一。

"什么时候买的？"房子多追问。

"昨天！"池炘回道。

房子多很想看看购物小票，但又觉得自己太小气了。

"你喜欢男性吗？"房子多还是不放心。

"不喜欢！"池炘回道。

房子多看着他："那你喜欢女性吗？"

池炘与她对视："不喜欢。"

房子多蒙了："不喜欢？那我是什么？不男不女吗？"

"我不喜欢其他女性，只喜欢你！"池炘说道。

池炘带着些许喘息对房子多说出了这句告白，房子多再次沦陷了。

房子多想问：你为什么喜欢我？但她又觉得自己在废话，既然他们彼此喜欢，那她就不必在意太多。毕竟两个人在一起，各方面的和谐都特别重要。

房子多直接将池炘扑倒，俯视着他，交代一句："以后别让朱跃买这些！还有那些影片，你可以和我一起看。"

"和你一起看？"池炘看着房子多问道。

房子多害臊不已："不行吗？"

"房子多，你是不是一直对我图谋不轨啊？"池炘问道。

房子多听后，豁了出去："对，我就是对你图谋不轨。"说完，她直接亲了下去。

第二天，房子多因为没有休息好，上班不到半个小时就喝了三杯咖啡。

柳柳见她喝完还时常打哈欠，不由得关心地问道："昨晚没睡好？"

房子多不好意思回答这个问题。

招惹池炘的后果就是她被当成漏洞，被他这个完美主义者一次又一次地"修补"。

最终，他们交了一份彼此还算满意的答卷。

不过，代价就是房子多睡眠不足，整个人非常疲惫。可是偏偏现在是关键时刻，她请不了假。

早上，在池炘面前，房子多不由得叫了好几声周扒皮。

池炘允许她在家办公，但房子多没同意，因为这容易引起大家的遐想，而且她也不希望自己的工作态度被人诟病。

可是她来上班后，状态确实不太好，她四肢无力、哈欠连天，另外，她还担心脖子上的草莓印被人发现。

她今天故意穿了连帽衫，头发也没扎，可以稍稍遮住脖子，要是被发现，她真的没脸见人了。

"我昨晚回去又写了两个小时新小说，脑子有点儿亢奋，失眠了。"房子多只能用这种借口来解释。

"新小说？"柳柳很好奇。

房子多见状，不由得问道："柳姐，我现在私下写小说，算违反公司规定吗？"

柳柳是个人精，连忙笑着问道："池总知道吗？"

"知道！"房子多应道。

柳柳笑："池总都允许，谁敢说什么呢？不过，这几天的工作强度很大，你还是多注意身体，别仗着自己年轻，天天熬夜。"

"谢谢柳姐，我会把写小说的事放一边，把精力都放到新项目的方案上。"房子多说道。

"今天将新方案推进完毕，明天一天做全面修正。"柳柳规划道。

房子多点头："嗯，不过，我觉得可以调整一下之前的方案，把它作为第二套方案。你觉得呢？"

柳柳想了想："时间来不及。"

"我和邓一卿商量一下，参考一下她的想法，看看会不会出现新的火花！"房子多说道。

柳柳闻言，笑了一下："看来，安排你跟一卿一组是个正确的决定。和谐的团队固然好，不和谐的团队可能更有活力。"

房子多也笑着说道："谈不上和谐或不和谐，不过，不管怎样，柳姐您独具慧眼，领导有方。"

"我算哪门子领导啊？大家都是为了工作和生活，我们得好好珍惜当下这份同事情谊。不然，等人工智能普及后，我们身边可能都是机器人了。"

房子多笑了笑："嗯，珍惜当下。"

关于李奕然的工作安排，原本朱跃发封邮件给池炘审批就行，但他还是亲自来找池炘了。

池炘看了一眼人事调动通知书，正要拿笔签字，朱跃伸手拦住他："阿炘，虽然李奕然时常管不住自己的嘴巴，但他开发产品的能力是有目共睹的，而且，我还让他参与了新项目。"

池炘抬眼看了一下朱跃："你不同意把他调走？"

朱跃点头："我不建议这个时候将他调走。"

池炘见状，开口问道："那你还把这份通知书送到我面前？"

"我这不是想说服你吗？"朱跃笑着说道。

"我今天心情不错，放他一马！"池炘说道。

朱跃听后，眼睛一亮，因为，池炘心情不错的次数屈指可数，一次是创立 in 科技的那天，一次是 in 科技上市的那天，还有一次就是今天。

最近发生了这么多事，池炜却说心情不错，朱跃直接猜到了七八分。

某人不再是童子之身了，可喜可贺啊！

其实，关于房子多，朱跃前天跟池炜又仔细聊过。之前，他觉得房子多能引起池炜的注意是件好事，但是现在公司发生了一连串的事，她是"锦鲤"还是灾星，朱跃很难确定。

朱跃为了池炜着想，建议池炜对房子多多加防备。

结果，他被池炜训斥了。事情顺利时，朱跃觉得她是"锦鲤"；公司出问题时，他又觉得她是灾星。

朱跃知道自己有点儿自私，但他真心实意地想要保护池炜的个人安全。不过，既然池炜坚持，他也没法阻拦。

不过，作为助理的他还是很小心地给池炜买了某个东西，希望它保护女方的同时，也可以保护池炜。

因为现在事情不明朗，他不希望发生人命关天的事。

"唉，有女朋友的人就是好，可怜的我每天只有工作，完全没有夜生活。"朱跃不由得感叹了一句。

池炜看着他："我没拦着你找女朋友。"

"你是没拦着，但是工作实在太多了！等年底新游戏上市后，我一定要申请休假半年，找个女朋友，逍遥快活地度个假。"朱跃说道。

"最多一个月！"池炜给出了期限。

朱跃不满："我都多少年没休年假了？"

池炜回道："我也没有休年假！"

朱跃的话被堵住，不过他继续讨价还价："两个月！"

"等你找到女朋友再跟我聊这件事！"池炜回道。

"你太刺激人了，果然是'饱汉不知饿汉饥'啊！"朱跃叹道。

池炜直接赶人："你可以出去工作了！"

朱跃回到自己办公室后的第一件事就是见李奕然。

几分钟后，李奕然坐在了朱跃办公桌的对面。

已经跟池炜谈妥的朱跃，没有告诉李奕然工作调动的结果，而是给了他三个可选的国家。

李奕然看了一下，随后说道："朱助理，别拿对付新人的那一套来对付我这种'老油条'。"

朱跃笑着说道："原来你知道这个套路啊！"

李奕然回道："一个是有动乱的国家，一个是有瘟疫的国家，剩下这个便是你指定的工作地点。新人会直接钻进你设好的套路里，但是我肯定不会这么傻。倘若你非要调我走，要么安排我去美洲，要么我辞职！"

朱跃笑着说道："这么硬气啊？！"

李奕然回道："我又不是混日子的人，此地不留爷，自有留爷处。"

朱跃又笑："有志气！"

"少跟我来这套，痛快点儿！反正伸头一刀，缩头还是一刀。"李奕然说道。

朱跃听完，开口说道："就冲你的志气，我决定让你留在总部。"

李奕然很意外："池总改变主意了？"

朱跃笑着说道："李奕然，你的工作能力不错，但你得好好管管嘴巴。"

工作危机解除后，李奕然又恢复了平日的模样："我就这样，心直口快。"

朱跃回道："这是情商低的体现。"

"我情商不高，但总比一些喜欢拍马屁的人强吧？"李奕然说道。

"反正我提醒你，该收敛时要收敛，免得影响晋升！"朱跃说道。

李奕然闻言，眼睛亮了起来："朱助理，你这话的意思是……？"

"没什么意思，我就是提醒你，要好好工作。"朱跃说道。

李奕然不信："少来了，你肯定有其他的意思。朱助理，看在我们认识多年的分儿上，先给我透露一下？"

朱跃笑着说道："别误会，好好工作！"

李奕然身体前倾："是不是要提拔我？"

李奕然这人，身材好，脑袋也聪明，朱跃刚才用那几句话蒙他是不可能的。

不过，朱跃放出这个信号，其实是有了新的盘算，除了让李奕然参与新项目外，也想提拔一下他。

这个项目有他的参与，肯定会起到更好的效果。

原因是，李奕然既了解男性心理，也理解女性心理。

"有这个意向！"朱跃明说了。

李奕然瞬间得意了起来："果然如此。"

朱跃见他得意，不由得说道："低调做人才能活得更好。"

李奕然不是傻子，朱跃都这么说了，他也收起锋芒："谢谢朱助理。"

"你该谢的人是池总。"朱跃没有领功。

"池总？他不是要把我派去国外吗？"李奕然傲娇地说道。

"我举荐你，但也得池总点头啊！"朱跃说道。

李奕然只好领情了："那就有劳朱助理代我谢过池总。"

"真的假的？"朱跃吐槽。

李奕然撩了下头发，随后站起身："既然得到了池总和朱助理的赏识，我就不在这里耽搁时间了。我会努力工作，报答你们的提携之恩。"

傍晚，房子多进洗手间时，李奕然正站在洗手池前洗手。

虽然只是偶尔在女厕遇见他，但房子多还是有点儿不太适应。

不过，李奕然这次没有特意上前跟她搭话，房子多见状，有点儿担心昨天的事影响了李奕然的工作。

要真是这种情况，房子多还是会内疚的。于是，房子多主动和李奕然搭话。

李奕然见状，连忙说道："你最好少跟我说话。"

房子多直接回他："我都没嫌弃你，你倒是嫌弃我了？"

"作为小职员的我惹不起你这种大佬……的女人啊！"李奕然回道。

房子多听后，脸红了，昨晚之前她是女孩儿，现在她是女人，而且还是游戏界大佬的女人啊！

"你真被调职了？"房子多问。

李奕然看着她："你希望我被调职吗？"

房子多很想回一句"这跟我有什么关系"，但不敢说。

"说什么废话啊，快说！你被调职了没？"房子多依旧如平日一般豪横。

"算你的男人有点儿良心，知道我这些年为公司付出了不少。"李奕然回道。

得知李奕然没被调职，房子多悬着的心也落了下来，不过对面的李奕然正直勾勾地盯着她的脖子看，再次将房子多惹毛。

房子多连忙伸手扯了一下连帽衫，瞪他一眼："看什么看！"

李奕然哼笑一声："你果然被占便宜了！"

房子多瞪他："早知道就让你调职了。"

李奕然佯装害怕："大佬的女人，我好怕呀！"

"滚！"房子多回他。

李奕然没有说话，直接走出了洗手间。房子多环视了四周，确认洗手间没人，便从口袋里掏出粉底往颈部补妆。

都说男人是狗，但池炘是一匹狼。

早上起来看到自己脖子上的草莓印，房子多都不好意思见人。幸好粉底救了她，她遮掩一下，别人不仔细看的话便不会暴露。

皮肤可以拿化妆品遮掩，但身体的酸痛到现在还没散去。

想到晚上还要加班，房子多不由得再次懊悔，如果时间能倒流，她肯定会晚几天再去撩池炘，因为太累了。

房子多又是近十一点才回到家。

房子多在车上睡着了，醒过来时，她和池炘已经到楼下的停车场了。

房子多迷迷糊糊地下了车，池炘却依旧精神抖擞。

两人有了亲密关系之后，房子多直接变成了一只猫，躲进了池炘的怀里。

池炘似乎也慢慢地接受了这种亲密方式，见房子多哈欠连天，不由得说道："你不听劝，我让你在家办公，你不干。"

房子多仰头看着他："你这是在怪我？我还没怪你呢！"

池炘低头与她对视："怪我？我分明记得是你主动的。"

看着这张一本正经且无辜的脸，房子多想捶他。

早知道她不主动了！

"那我从今以后，好好发扬矜持的美德！"房子多回道。

"做事得一鼓作气！"池烆回道。

房子多听后，反击："一鼓作气的后面是再而衰，三而竭。"

"房子多，你是在质疑我的能力？"池烆的语气里带着挑衅的味道。

房子多哪儿敢挑衅他啊？她今天累了一天，明天的任务还很重呢，她现在绝对不会再干引火烧身的事了。

"不敢，不敢！我今天腰酸了一天，腿也抖了一天，甘拜下风！"房子多直接认怂。

池烆听后，看着她："我今天一天都很精神，腰不酸，腿不疼。"

房子多把他的话理解为炫耀，不由得说道："你厉害，行了吧？"

两个人聊到这里，电梯到了池烆家所在的楼层。

两个人一起走了出来，往右走到家门口，房子多在输入密码时，听到了身后传来的开门声。

房子多转过头，见是孙萌萌，连忙喊道："萌妈，你怎么这么晚还没睡啊？"

"诺诚刚回来，我给他做了点儿夜宵，你们要不要一起过来吃点儿？"孙萌萌笑着询问他们。

"好啊！"房子多没有拒绝。

池烆只能跟着房子多进了许诺诚的家里。

坐在餐厅吃着夜宵的许诺诚见房子多和池烆来家里，不由得问道："你们才下班啊？"

池烆应了一声："嗯！"

房子多走了过去，将手中的包放在椅子上，见许诺诚吃着鲜虾面，不由得咽了下口水："我好久没吃萌妈做的鲜虾面了，好怀念啊！"

孙萌萌很快从厨房端了两碗面出来，一碗给池烆，一碗给房子多。

池烆尝过之后，觉得非常不错，于是用了"好吃"两个字表达自己的赞美。房子多将一碗面连汤带料吃得干干净净，以此表达对孙萌萌手艺的肯定。

见房子多吃得这么干净，许诺诚不由得说道："池烆，你们公司都不提供夜宵吗？瞧把多多饿的，跟几天没吃饭似的。"

没等池烆回答，房子多抢先说道："我们公司的夜宵可丰盛呢，要怪只能怪萌妈做的面太好吃了。"

孙萌萌很喜欢自己做的食物被人吃干净的感觉，笑盈盈地说道："多多，以后你加班回来，直接敲门进来，我给你煮夜宵吃。"

　　房子多虽然脸皮很厚，但也不好意思天天麻烦孙萌萌，不由得说道："萌妈，你这是把我当小猪养吗？"

　　"我看你最近瘦了，别顾着减肥，记得按时吃饭。"孙萌萌嘱咐道。

　　房子多笑着说道："我现在的三餐吃得比任何人都准时。萌妈，你就放心吧！"

　　孙萌萌温和地笑了笑："时间不早了，你们赶紧去休息吧！"

　　房子多和池炘也没再逗留，回了对面的家。

　　刚吃饱，不能直接去洗澡，房子多选择在沙发上赖一会儿。

　　池炘见她窝在沙发上，不由得坐了过去，房子多跟猫一样，将头枕在他的腿上。

　　接下来的画面本该十分温馨，但让房子多万万没想到的是，池炘伸手把她推开了。

　　房子多坐了起来："你干吗推开我？"

　　池炘面无表情地回答："大腿是我的敏感之地。"

　　房子多想笑，却又不敢，只能咬牙忍住。为了避免发生意外，房子多缩到了沙发的角落，离池炘近两米，抱着抱枕笑着问道："你还有哪些敏感地带？"

　　池炘闻言，侧过脸看她："不知道，留给你来发掘！"

　　房子多顿时一脸娇羞，昨晚在一起时，她发现池炘的身体确实存在好几处"开关"，譬如喉结、耳朵、胸膛、大腿……

　　池炘见她的脸红了，再次开口："待会儿任你探索！"

　　房子多听了这话，连忙说道："池炘，不知道你有没有听过古时的一个民间风俗。"

　　房子多突然扯起了民间风俗，池炘不解："什么民间风俗？"

　　房子多说道："在古代，夫妻要在新婚的第三天回门，这种风俗又叫归宁。为什么要有这项仪式呢？是因为古代人们担心新娘子的身体承受不了，特意给她一个休息、缓冲的时间。"

　　池炘听明白了："你想休息？"

　　房子多点了点头："我今天都快困死了，腰还疼……"

房子多停顿在这里，害羞了起来，然后很快转移话题，继续给池炘科普："新娘子归宁，在娘家是不能与夫君同寝的，这样才可以美美地睡个好觉，补补睡眠。"

池炘很感兴趣，开口问道："还有呢？"

房子多见他还想知道更多，于是继续科普："新娘子归宁，回到娘家，与自己的母亲或娘家的嫂子们有私密的交流时间，主要话题是新娘子与相公之间的夫妻生活是否和谐，如果新娘子遇到了问题，这些已婚妇女就会给出建议和指导。"

"还有啊，古代人为了避免因缺乏某些知识而出现夫妻问题，在新娘子出嫁时，娘家会陪嫁一份'压箱底'。这'压箱底'就是给新婚夫妻进行启蒙教育的工具，有瓷器，也有书本，等到女儿出嫁前，母亲就会把'压箱底'取出来，暗授她夫妻之道。"

池炘听完，算是掌握了一个新的知识点，开口说道："那我们这两天分床睡，等周末再一起看影片，学习夫妻之道。"

房子多听了这句话，不由得在内心感叹，某人在某方面其实比她想象中还要坏。

不过，房子多有点儿好奇："池炘，你到底看过多少部影片？"

池炘回道："很多！"

房子多听了这个答案，联想到两个字：色魔。

"看多了伤身体啊！"房子多感慨道。

"我说的是正常的电影！"池炘回复。

"可我问的是那种电影！"房子多说道。

"房子多，你不是想休息吗？建议你最好不要在这个时候跟我谈论这个话题。"池炘提醒她。

房子多自然立马认怂，因为保命要紧啊！

房子多洗完澡出来，准备睡觉。不过，她希望有点儿仪式感，便主动跑过去跟池炘道个晚安。

但池炘在书房，房子多只好走过去，站在门口，甜甜地说了一句："池炘，晚安！"

池炘的回答却是："看来，今晚没法休息了。"

房子多愣了一下，以为池烆要改变主意，不打算让她一个人睡，于是转身就逃。

但池烆一边站起身，一边叫住她："房子多，回来，莉莉有消息了。"

刚跨出两步的房子多听到后，连忙转身，小跑到池烆身边："莉莉有消息了？她在哪儿？"

池烆边说边走出书房："刚才朱跃给我打电话了，莉莉给他发了一个定位，向他求救！"

"定位的具体地址在哪儿？"房子多问。

"在一家整形美容医院。但发完定位之后，她就失去了联系。朱跃已经报警了，他本人也正赶过去，我现在也要过去。"池烆走进主卧，准备换衣服。

"整形美容医院……也就是说，莉莉的副人格想改变自己的容貌？"房子多不禁展开了自己的联想。

"具体情况还不清楚，等我们找到莉莉之后，才能知道前因后果。"池烆从衣柜里拿了一件白色的休闲衫和一条淡黄色的五分裤，随后，脱下浴袍。

房子多连忙转过头，某人对她实在太不见外了。

"我陪你一起去！"房子多也想去。

池烆说道："你在家休息吧，我自己去！"

房子多也没勉强，因为她的身体情况不允许啊。

池烆很快就换好了衣服，房子多送他到门口，不忘叮嘱一句："你自己小心点儿。"

池烆伸手摸了一下房子多的脸："你先睡吧！"

房子多点了点头，目送他走向电梯口。

池烆驱车前往朱跃发给他的位置。不过，他在路上收到了朱跃反馈的消息：莉莉再次消失不见了，警方正在对整形医院进行搜索。

十五分钟后，池烆来到了整形医院，门口停着几辆警车。

池烆走下车，朱跃便奔了过来。

"现在怎么样，找到人没？"池烆开口询问莉莉的下落。

朱跃摇了摇头："还没找到人，她应该是被人转移了。警方正在查看附近的监控。"

之后，朱跃带着池烆去见这次行动的警方负责人。

负责人开口说道："我们现在正在排查十一点三十分到现在的道路监控，请少安毋躁。"

自从有了人脸识别技术，警方排查监控的效率特别高，但这里偏偏是整容医院，病人要是包着纱布或者整容成另外一个人，警方追查会进行得相对困难些。

"盘问过这家医院的负责人以及医生了吗？"池烆问。

"正在录口供！"警方的行动负责人回道。

五分钟后，警方根据监控锁定几辆有嫌疑的车辆，开始进行依次排查。

一小时后，根据医院以及监控调查，警方给了一个大致的结果。

王莉莉在消失的那一天，被送到这里进行面部整容，照顾她的是一位男士。医院没有报案是因为医院和患者签订了保密协议。

池烆听完口供之后，不由得对朱跃说道："明天让法务部起诉这家医院。"

朱跃点了点头："我待会儿发邮件给法务部。"

听说要被起诉，医院的负责人不但不害怕，反而说自己是在尊重客户的隐私，坚持认为自己没有触犯任何法律。朱跃清楚医院的负责人在想什么，如果 in 科技起诉这家医院的话，这家医院稳赚不赔，医院只要跟最近频上新闻热搜的 in 科技沾上边，就相当于做了全球性的免费广告，何乐而不为呢？

医院的如意算盘打得实在太好了，好到朱跃想揍人。

不过，警方的负责人见院方这么嚣张，不由得说道："明天，让医药监察部门来一趟。"

医院的人顿时不敢再吭声了，因为任何机构的运营都不可能是完美的，难免会有一些漏洞，这样的话总有人可以收拾他们。

医院的人口径一致，他们说看见王莉莉和那个照顾她的男人一起离开了。

池烆不相信这种鬼话，因为王莉莉会发出求救，一定是她的主人格转换了过来，她根本不可能跟所谓的监护人自行离开。

而警方调查医院的内部监控时，发现王莉莉确实和一个戴着帽子、身材瘦弱的男人一起离开了。这样的话，警方只能从疑似车辆中排查，看看是否可以追寻到王莉莉的行踪。

　　警方行动小组的负责人让池炘回家等消息，池炘为了不干扰司法办案，也只能先行离开。而朱跃即便回家了也没法休息，因为今晚的事件估计又要上热搜了，他得让公关部进行公关。

　　朱跃有一种流年不利的感觉。

　　池炘刚回到家，窝在沙发上的房子多就迷迷糊糊地爬了起来。

　　她真的很困，但是突然发生的这些事让她无法安心入睡。

　　房子多迎了过去："找到莉莉了吗？"

　　池炘摇头："没有，她被人带走了。"

　　房子多闻言，直接清醒了几分："被人强行带走？"

　　"应该是。不过，警方已经锁定了几辆车，正在连夜追查！"池炘回道。

　　房子多郁闷不已："到底是谁想搞你呢？是竞争对手还是内部人员？"

　　池炘闻言，看了一下房子多："内部人员？"

　　"in科技的股价受到了一些影响，但是波动不大，倘若是竞争对手在搞鬼，他们肯定开始下场了。"房子多分析道。

　　"股价还在高价段位，竞争对手这个时候下场，成本很大！"池炘回道。

　　"就算成本很大，这些人也不可能到现在都不露出狐狸尾巴。或许这些事是内部人员干的，他们不希望公司的损失太大，只是想把你弄走而已。"房子多分析道。

　　"你可能不太了解我在in科技的股份占比，那是别人没法撼动的！"池炘说道。

　　房子多听后，想了想："会不会正是这个原因，他们试图制造一些问题，以此破坏你在公司的形象，再趁机稀释你手中的股权？"

　　池炘迟疑了一下，看了看房子多："你的这个思路不错。"

　　房子多的想法被池炘认同后，她接着说道："这只是一种猜测，或许事情并不是我想的那样！"

　　池炘凝视着她："你为什么会有这种猜测？"

　　房子多解释道："你也知道，作家的脑洞比较大。"

"我明天让朱跃进行内部调查！"池炘说道。

房子多听后，回道："朱助理真是一个好助理，哪里需要哪里搬。"

池炘道："他是我最信任的人。"

房子多笑着说道："那我呢？"

"你，我正在逐步信任！"池炘说道。

房子多笑了："我不求成为你最信任的人，但求是你最爱的人！"说完，房子多主动抱住了池炘。

池炘低头看她，房子多仰头看他。见房子多的眼里闪着星星，池炘情不自禁地想亲吻房子多。

因为个头的差距，他有点儿够不着，房子多便主动踮起脚尖，但还是有那么一点儿不和谐，于是，池炘一把将她抱起来。

过了一会儿，两人喘息着分开。

房子多娇嗔道："抱我回房间。"

第二天，池炘在办公室见到了朱跃。

朱跃昨晚三点多才睡，黑眼圈特别明显，他在自己的办公室哈欠连天，但是站在池炘面前时克制了许多。

"朱跃，去查一下内部股东。"池炘发话。

朱跃愣了："内部股东？"

"内部股东最近的动向，以及他们接触的人！"池炘说道。

朱跃听完，大致明白了他的意图："你的意思是，你怀疑这一连串的事情是内部人员所为？"

"不算怀疑，但我也不想漏掉任何可能性！"池炘说道。

朱跃想了想："也不是完全没有这个可能性。不过，要真是内部人员做的这些事，那他们可真是不知好歹。你辛辛苦苦经营着公司，他们坐在后方拿钱，要是还干拖后腿的事，实在是一群傻子。"

"没有任何证据时，别乱说话。"池炘说道。

朱跃说道："知道。不过也不是没有这个可能性，毕竟，你手中的股份一直都是他们垂涎欲滴的东西。"

"你派人查一下，记得，让可靠一点儿的人去查！"池炘交代道。

朱跃点了点头："知道。"

见朱跃打了一个哈欠，池炘开口说："今晚早点儿回去休息！"

朱跃听后，笑了笑："还是谈恋爱好啊，你竟然懂得关心人了！"

池炘看他："我对你一向关心。"

朱跃不领情："没有！"

"既然你这么说，那你明年一个月的年假直接取消！"池炘说道。

朱跃连忙求饶："我错了，你时刻都关心我，你是将员工当作家人的老板！"

池炘点到为止，不过还是再三交代："千万别让人察觉，免得打草惊蛇。"

朱跃应道："我知道。不过，我想知道的是，你怎么会突然怀疑内部人员呢？"

池炘没有隐瞒："房子多提醒我的。"

朱跃听后，眼神里露出一丝疑惑："房子多？她怎么会怀疑我们的内部股东？"

"她的解释是这是作家的脑洞。她觉得问题不是出在外部，就是出在内部，两种可能各占一半的概率。"池炘说道。

朱跃看着池炘："阿炘，你现在对她完全信任，对吗？"

池炘听后，回复："你们两个人似乎有一个共同点，都喜欢确认我对别人的信任度。"

"她也问你，你对我是不是完全信任？"朱跃问。

"嗯。"池炘点头。

"那你是怎么回复的？"朱跃问道。

"我说朱跃是我最信任的人。"池炘将原话告诉他。

朱跃听后，笑了笑："她听到这句话，没跟你生气？"

"她说不求自己是我最信任的人，但求是我最爱的人！"池炘毫无保留地说道。

朱跃又笑："也是，我跟她之间有着根本的区别，一个是友人，一个是爱人。"

"你对房子多的态度似乎不似从前了？"池炘看着朱跃说道。

朱跃连忙摆手："不是，或许是我过于敏感了。毕竟，我的责任是保护你。"

池炘听了这句话，想起很久以前的事。小时候，有人见池炘不笑，便去招惹他，要逗他笑。朱跃总是第一时间站出来，让他们离开，否则就对他们不客气。

招惹他的人被赶走之后，朱跃便会拍着他的肩膀说道："阿炘，我的责任就是保护你。"

"每个人都可以是你的怀疑对象。"池炘说道。

"房子多也包括在内吗？"朱跃问道。

池炘没有明说，但朱跃大致领悟了，于是笑着说道："看来，你最信任的人真的是我。"

池炘没有让他继续得意，而是说道："快去落实一下！"

"我还有个事跟你汇报，警方那边的最新回复，说那个带走莉莉的人是林麓。"朱跃汇报道。

池炘对林麓这个名字一点儿都不陌生，因为他和房子多一起见过她。

"林麓？怎么会是她？还有，医生不是说是一位男士在医院看护莉莉吗？"池炘问。

"她乔装成男人，在医院照顾莉莉！"朱跃说道。

"人呢？找到了吗？"池炘追问。

"没有，似乎有人精心策划了这个事件，在暗中帮助她们。"朱跃说道。

"你之前让警方去调查林麓，没有发现其他破绽吗？"池炘问。

"警方只是例行问话，毕竟两个人多年未曾联系。"朱跃回道。

"警方那边还有什么新进展？"池炘问。

朱跃看着池炘，张口说道："经过排查后，警方大致确定林麓只是想保护莉莉。"

池炘眯着眼："是吗？"

池炘分明记得林麓自己亲口说过，她转学后没有见过莉莉，也不曾联系过莉莉。

也就是说，林麓说的那些话，有一部分是谎言。

这一连串的事情就像有人织的一张大网，试图把他拖进去，一点一点地蚕食掉。

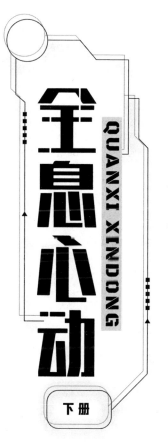

全息心动

QUANXI XINDONG

米西亚 著

下册

青岛出版集团 | 青岛出版社

第九章

我们结婚吧

池炘给内容部的三天时间到期，每个小组都拿出了一个新游戏的大纲。池炘对这次的结果还是比较满意的，开会讨论之后，便让乔溪汇总每个小组所写大纲的精华内容，再和前期内容的精华部分结合，并允许成员们开始对大纲进行扩写。

乔溪勉强松了一口气，开会之前还担心在三天期限内呈现的成果会被池炘挑剔并驳回。

散会后，郭美心说道："子多的'锦鲤'功效在持续发挥中啊！"

房子多有点儿后悔在面试时说这句话了，它现在快要成为郭美心的口头禅了。

"我也是第一次见池总这么温和！"邓一卿感叹道。

以往跟池炘开会，他们都揪着一颗心、绷着一根弦，生怕出纰漏、犯错误。这些还是次要的，最重要的是，他们每次呈上去的内容都难免被池炘挑出毛病。作为编剧，大家难免有点儿自惭形秽，甚至产生了对他说"你行你上"的想法。

但没人敢这么说，因为池炘每次都反驳得有理有据。

范琪琪说道："一卿，你才跟房子多一起工作几天啊，这么快就站到她那边了？"

邓一卿听后，回了一句："我是在说池总。"

"得了吧，我还不知道你？你肯定一并向她弯腰！"范琪琪说道。

房子多在心里默默感叹：果然女人堆里是非多啊！何况她还是是非的源头、言论的旋涡。邓一卿听后，毫不客气地回击："就算我给她弯腰，你能怎么着啊？！"

范琪琪噘嘴："我是不能怎么着，但这也暴露了你自己的本性啊！"

邓一卿和她抬杠："我的本性就是如此。房子多，我在这儿跟你道个歉。我以前跟你不熟，现在也跟你不熟，但这几天跟你在一起工作，发现你很负责，也很包容我们，不会将个人情绪带入工作中，是一个值得尊重的合作伙伴。不为别的，每一个认真工作的人都值得被尊重。"

房子多有点儿受宠若惊，没想到邓一卿竟然真的站在她这边了。

她前天没请假是对的，认真对待每一份工作是对自己负责，也是对他人的尊重。

"你比郭美心还没骨气！"范琪琪讽刺了一句。

郭美心被点名，直接加入对话："就你最有骨气！行了吧？！"

范琪琪想还嘴，但柳柳开口了："大家都是一个团队的成员，和平共处有助于工作的推进。还有，大家做人、做事别都带偏见，都是文字工作者，按理说共情能力都比较强，设身处地地想一想，要是自己进入一个新团队后被众人针对，心情会如何呢？这种情况往小了说是欺负新人，往大了说就是职场霸凌。我个人赞同一卿的说法，我们要尊重每一个认真工作的合作伙伴，因为我们是团队，是一体。"

郭美心对着柳柳竖起大拇指："柳姐说得对，我们是团队，是一体。再说谁都有当新人的时候，何况子多这种级别的编剧来我们这儿工作，可以算大神降临了。"

范琪琪被反驳得没话说，因为站在房子多阵营里的女人太多，局面直接失衡了，自己变得孤立无援。

和房子多一起进公司的文成开口说道："我也赞成柳姐的话，新人不应该被针对。我们会努力融入这个团队，努力工作，让大家认可我们。"

房子多的心中涌过一阵暖流，这就是团队的魅力。

"琪琪，你可以试着放下偏见，重新看待子多，会发现她真的不错！"郭美心不忘从中劝和。

明显敌众我寡，范琪琪也不好再继续抬杠。而且她跟邓一卿很熟悉，邓一卿都能道歉，可见房子多也没那么不招人待见。于是范琪琪说道："房子多，对不起。不过我确实忌妒你，忌妒你好好的影视编剧不当，跑来我们公司应聘，还让不让我们活啊？最关键的是，你还抢走了我们心目中神圣不可侵犯的池炘。就算我们针对你，你也不该有怨言，要怪只能怪你自己运气太好，让人忌妒。"

房子多听后笑了笑："我确实运气太好了，所以你们讨论我的时候，我几乎不敢吭声，怕自己一张口就被你们灭了。"

"那还不是因为你自己太嚣张啊？！"邓一卿回击。

房子多笑："对，是我太嚣张，给自己埋了雷。我发誓，我保证，以后一定低调做人，还请大家给我一个'改过自新'的机会。"

房子多主动给了台阶，范琪琪也不好不给面子，毕竟她们在一个团队工作，她要是坚持己见地针对房子多，吃亏的人绝对是她。

"那我就给你一个'改过自新'的机会！"范琪琪接了房子多的话，顺道下了台阶。

房子多拱手作揖："多谢各位大人有大量，小的以后一定夹着尾巴做人，还请各位好好监督。"

大家哄笑了起来。

"夹着尾巴？你这是在暗示自己是狐狸精！"邓一卿揪她的小辫子。

房子多笑了笑，不要脸地说道："没错，本人是九尾狐转世。"

范琪琪见房子多如此坦率，突然也觉得这个人没有想象中的那么嚣张，倒是透着一股可爱，于是她说道："柳姐，今天大纲通过了，我们晚上要不要聚个餐庆祝一下，顺便欢迎一下子多和文成加入我们 F1 工作室？"

柳柳听后，很是爽快地答应了："可以啊，今晚团队聚餐！"

大家瞬间高呼起来："太好了！"

正当气氛热烈时，乔溪冒了出来，笑着问大家："人家想吃什么？你们赶紧集中一下意见，晚上聚餐我买单！"

"哇，乔姐太帅了！"郭美心欢呼。

"乔姐，我爱你！"范琪琪也很开心。

乔溪笑："柳柳，她们定下来后，你赶紧去预约。"

柳柳点头："遵命。"

乔溪说完，回了自己的独立办公室。

房子多的目光追随乔溪的身影而去，她突然觉得乔溪其实挺厉害的。

至于厉害之处，不是乔溪主动买单，而是选了像柳柳这样的好下属。房子多被邓一卿和范琪琪挤对，乔溪肯定知道，但是一次都没有站出来帮谁，而是让柳柳自己处理。柳柳相对公正地处理了这件事，大家也服从于她。这样一来，团队便能有很强的凝聚力。下属厉害，其实间接说明乔溪更厉害。

这就是所谓的职场，真实的职场。

单身者有单身者的惬意，恋爱者有恋爱者的烦恼。譬如单身时你想干吗可以直接行动，但是恋爱之后，你的行程有必要向另一半报备。

房子多跟池炟说晚上团队聚餐，她可能会晚点儿回去。

池炟只回了两个字："去吧！"

之后池炟没有说别的话，但房子多没急着挂电话，而是试图邀请他："你要不要一起参加？"

这个提议是大家起哄提出的，让她带男朋友出席。

房子多回答："部门聚餐没必要带家属。"

再说，这位家属出场，他们还能玩得肆意？

可还是有爱看热闹的人想验证一下房子多的"锦鲤"魅力，于是房子多就肆意一把，想测试自己的魅力指数有多高。

池炟的答复是："我不喜欢应酬！"

房子多笑："这也不算应酬吧？你亲近员工等同于笼络人心。"

"提高薪资待遇比我参加聚餐更具有笼络人心的作用！"池炟直白地回道。

这完全是商人的思维啊！不过这句话确实是真理，大家出来工作，谁敢说不是为了那点儿钱呢？

当然房子多是个例外。她来 in 科技不是为了钱，而是为了人。

"你不喜欢就算了！"房子多没有勉强。

之后，房子多主动跟大家说，自己魅力值不足，没邀请成功。

大家的表情似乎有点儿失落，但又有点儿开心，反正看着很矛盾。

不过，房子多没能成功邀请池烆也不妨碍F1工作室的聚餐活动继续进行。大家先去吃了韩国料理，饱餐之后又去蹦迪，可谓非常健康的聚餐，不让一点儿脂肪囤积在体内。

昨天还身体不适的房子多，今天明显好了一些，在同事们的带动下也下场狂欢了一番。

劲歌热舞、帅哥美女，让人消除工作的疲劳，燃起属于午夜的激情。

房子多的酒量还行，但是她架不住同事们的热情，最后喝得有点儿上头了。

她走出迪厅的时候，两脚明显有点儿打飘。

乔溪叫了代驾，准备亲目送她回去，不过这份人情没被做成。

因为乔溪出来的时候，看到了一辆非常惹眼的跑车，跟池烆的爱车属于同系列。可是池烆那辆车的全球发行量不到30辆，所以大家再次仔细看了一下车牌——这竟然真是池烆的车！

池烆亲自来接房子多，足以说明房子多的地位。于是大家齐齐地扶着房子多走向路边的跑车。

房子多虽然脚下有点儿飘，神志还是有六七成清醒的，她认出了池烆的车，笑呵呵地说："池烆来接我了！"

大家见房子多这番直呼其名，心里默默地羡慕。

池烆没有下车，但降下了车窗。

大家走到车跟前，齐齐地打招呼："池总。"

唯独房子多例外，她直接趴在车窗上："池烆，你怎么知道我们在这儿团建啊？"

房子多一说话，满嘴都是酒气，池烆面无表情地说："上车，回家！"

房子多乖乖听话，不过在打开车门前，还是礼貌地跟其他同事道别。

大家不敢让池烆再等，连忙催着房子多上车。

房子多上车之后，池烆开车离去。不过接下来这一路，他完全处于被喝醉酒的房子多骚扰的状态。

第二天一早，房子多被闹铃吵醒，迷迷糊糊地伸手拿过手机按掉闹钟，翻个身想继续赖床几分钟，结果她的手直接摸到了一个人，房子多打了一个激灵，连忙睁开眼睛。

看到躺在身旁的人是池炘，房子多这才安下心来。

房子多差点儿被吓死，以为自己酒后乱来。不过她被吓醒之后，脑子也隐约想起了昨晚的事——她在酒吧里狂欢了几个小时，喝了不少酒，后面还是池炘接她回来的，再之后她似乎有点儿断片了。

正当房子多还在回魂时，她看见池炘睁开了眼睛，耳边也同时响起他的声音："醒了？"

房子多想闭眼装睡都不成，于是冲他笑："嗯，早啊！"

池炘没有回应她，但是下一秒，房子多整个人被他的大手揽了过去。

两个人肌肤相贴，房子多这才意识到自己身上什么都没穿，偏偏又想不起昨晚的后续发展。

难不成昨晚趁她醉酒，池炘对她做了什么？可是她一点儿感觉都没有啊！

她什么都想不起来。唉，酒真不是什么好东西。

当下的气氛不是一般暧昧，房子多明显感觉自己的体温升高，于是连忙说话缓解："那个，池炘，你昨晚去酒吧接我回来了，对吧？"

池炘没有回应。

"我……我喝高了？"房子多弱弱地问。

池炘还是没有回应。

"我……我没做什么出格的事吧？"房子多有种不妙的感觉。

池炘终于回应了："差点儿出车祸！"

房子多一惊："车祸？怎么……怎么可能？我对你做了什么？"

"你不停地骚扰我！"池炘说道。

房子多一点儿都想不起来，于是仰头看着他的脸："我骚扰你？不可能吧？！"

房子多不相信自己醉后会对池炘做什么，因为她以前在电视剧播出之后的庆功宴上也喝醉过，当时跟个乖宝宝似的，倒头就睡。

"想不起来了？"池炘问道。

两个人挨得特别近，房子多的脸上全是他呼出的气息，这让她原本就发烫的脸更加热了几分，脑子也更加迷糊。

房子多脸上泛起的红晕就如三月里的桃花，她支支吾吾道："我……什么也想不起来了。"

"那我帮你回忆一下！"池炘说道。

房子多闻言，身体更加僵硬："那个，我得起床上班了。"

池炘回了一句："今天是周六。"

房子多愣了一下。这周她实在太忙了，都忘了日期。

在池炘帮她回忆之前，房子多连忙开口说道："那个，我的胃有点儿难受！"

"胃难受？"池炘听后问道。

房子多连忙点头："嗯。"

池炘想了想，随后放开房子多，从床上爬了起来。

房子多终于解除了危机，不过看到池炘啥都没穿的身体，又觉得自己在浪费机会。

池炘套上睡袍走出房间，没过几分钟，端了一碗蜂蜜水进来，让房子多喝下。

宿醉后的房子多严重缺水，于是一口气把蜂蜜水喝完了。

"要喝热粥吗？"池炘问。

房子多摇头："不用。我把蜂蜜水喝下去就舒服多了。"

池炘又问："还要吗？"

房子多摇头："不用。那个，能不能把我的睡衣拿过来？我想上个洗手间。"

见房子多害臊，池炘开口说道："我昨天帮你洗澡了！"

房子多听后，差点儿把刚才喝下去的蜂蜜水呛出来。

他这话的意思是，她都被他看光了，就不要再害羞了？

不过关于洗澡一事，房子多隐约回想起了一些片段。

池炘把她抱回家后，想直接让她睡下，她却嚷着要洗澡，池炘只好由她。不过她脚下打飘，站不稳，最后只能两个人一起洗。

当时她就像一只不听话的小猫咪，一直闹池炘，池炘只好快速将她冲干净，把她像一只蚕宝宝一样打包好，再将她抱出浴室。

之后，池炘似乎还帮她吹干了头发，再后来她就真的啥都不记得了。

没脸啊！没脸啊！她喝醉酒的形象实在太差了。她发誓以后再也不贪杯了。

别人帮你洗澡，她该怎么回复人家呢？

房子多羞赧了一阵，低声地说了一句："谢谢！"

"我不需要谢谢！"池炘回道。

房子多不敢看他，小声说道："那你需要什么？"

池炘放下手中的杯子，随后再次脱下自己身上的浴袍，掀开了薄被。

房子多"啊"地叫了一声，因为池炘就像被子一样，将她整个人覆盖了。

昨晚房子多在车上调戏他，在浴室调戏他，池炘都忍了。可现在是早上，正是男性最容易冲动的时间段，他自然无法再忍。

之后便是颠鸾倒凤之事。

前几天，两个人初尝人间快事，虽然疼，但整个过程还算愉悦，因为池炘特别有耐心。但是这次的进度有点儿快，池炘明显更加熟练一些。

房子多不知道是不是该夸池炘的执行能力强，他竟然在这方面的学习上也这么高效。

虽然不像第一次那么抗拒，但是刚开始的时候，她还是有点儿不太适应。过了一会儿，她的感受慢慢有了新的变化。池炘的变化也越来越大，他仿佛草原上那头最凶猛的狮子，看见猎物之后急速奔驰，一下子捕捉到猎物，吞入腹中。

房子多就是那只猎物，被他毫无保留地吞入腹中。

人们都说，跟相爱的人共赴爱河是件特别美好的事。房子多慢慢地相信了这句话，因为这份美好让她进入了一个全新的世界。

她是他的，他也是她的，不分彼此。

最终的结果就是，房子多觉得她该好好锻炼身体了。因为她的体能实在太差了，尤其跟某人对比下来，简直一个是奥运冠军，一个是体力菜鸟。

即便如此，房子多的最大感受是她似乎更爱池炀了。她喜欢他的容貌，喜欢他的身材，喜欢他的拥抱，喜欢他的亲吻，喜欢他的喘息，喜欢他的……汗水。

房子多想到这些，跟猫咪一样再次钻进他的怀里。两个人听着彼此的呼吸声、心跳声，这一刻是如此幸福。

"池炀，我爱你！"房子多主动表白。

池炀闻言，低头看她，却没有出声。

房子多微微抬头。按理说，情侣在这样的气氛之下，对方肯定会回一句"我也爱你"，然而房子多万万没想到池炀会说"房子多，我们结婚吧"。

房子多以为自己出现了幻听，不太确定地问道："你说什么？结婚？"

池炀应了一声："跟我结婚，做我的伴侣。"

房子多终于确定自己没幻听，软软地趴在他的怀中："结婚？你是不是有点儿太过冲动了？"

"你不想？"池炀反问。

"我不是不想，而是觉得我们从正式恋爱到现在才不到半个月，彼此还不算完全了解。你就这么确定我就是你想要寻找的人生伴侣？"房子多解释。

房子多的谨慎和理智让池炀对她有了不同的看法："你对我一见钟情，是一时冲动还是命运？"

房子多笑了起来，没想到池炀也相信"命运"这个说法。

关于这个问题的答案，房子多的回复是："命运！"

"所以你现在的回答是……？"池炀问。

房子多伸手摸他的下巴："给我一周的时间考虑！"

"为什么要一周的时间？"池炀问。

房子多解释道："结婚是大事，再说我还得跟我爸妈通气儿呢！"

"一天！"池炀跟她讨价还价。

"一周！"房子多坚持。

"一天！"池炀也坚持。

房子多拗不过他，只好退了一步："三天！"

"一天！"池烆还是坚持。

房子多听后爬了起来，看着池烆，霸道地回复："我说三天就三天，禁止讨价还价。"

池烆与她对视，下一秒直接翻身，把两个人的位置调换了一下。

房子多慌了："池烆，你不会又想……？"

"一天！"池烆再次宣布。

这个人怎么这么固执啊？！房子多想直接认输，但转念一想，觉得不能就这样放弃，必须得给自己确立地位，不然这辈子都要被池烆吃得死死的。

"三天！不然我今天就搬回自己租的房子。"房子多一本正经地回道。

池烆听完，开口说道："那我今天不会让你出门半步！"说完，他低下头来。

房子多连忙伸手捧住他的脸："结婚真是大事，你也得给你的家人报备一下。"

池烆停下了动作，俯视着房子多："我原本以为你会很开心地答应，没想到你比我还谨慎。"

房子多看着他："谨慎是应该的，或许我……"说到这儿，房子多停了下来。

池烆听她没有把话继续说下去，不由得问："或许？"

房子多凝视着他的眼睛，缓缓地说道："或许我没有你想象的那么好。"

"你就在我面前，我不需要想象。"池烆伸手勾起她的下巴，让她与自己对视。

房子多不自觉地用手搂住他的脖子："池烆，遇见你，是我的幸运。"

池烆没有回话，而是直接低下头，吻住她的红唇。比起言语，此时此刻的他似乎更喜欢用实际行动来表达自己最真实的感受。

房子多再次与他沉沦在爱河里，与他乘风破浪，与他漂洋过海。到了最后，直到房子多说她快饿哭了，池烆才结束。

不过，就如池炘所说，她今天没机会下床。她在房间吃了午餐，之后又直接睡了，直到傍晚才醒过来。房子多这才觉得自己终于活过来了，可是起床之后，发现腰酸得不行。

于是，她洗漱之后，扶着腰走出房间。

池炘只要在书房，就是一台实打实的工作机器，除了工作没有其他活动。

房子多走了进去："在工作？"

但是下一秒，房子多似乎听到了异样的声音。

我的天哪，池炘竟然……在看影片。

池炘很坦然："在学习。"

房子多害羞地咳嗽几声，以他上午的表现来看，房子多觉得他算是完全掌握了要领。

"说好周六一起看影片学习，可你睡到现在才起床。"池炘接着说道。

房子多服气了，这个人的执行力有多强？说到做到？

那天宣称要跟他一起学习的房子多，这个时候却有点儿怂了。

因为学习过后，池炘肯定会在她身上实践。而这种事讲究养精蓄锐，不能索求无度，不然会影响身体健康的。

"你看吧，我去吃点儿水果。"房子多表示自己要撤退了。

池炘见状，接着问道："怂了？"

房子多感觉被他看了，于是硬气地说道："谁怂了？不过，要看影片，我们去客厅躺着看比较舒服。"

池炘考虑了一下："你说得有道理。"

于是池炘转移阵地，而房子多因为自己的硬气，只能陪着他一块儿看。

人在成长的过程中都会对未知的事情充满好奇，所以看影片这种事，房子多不是第一次做。不过和男生一起看，她倒是第一次。

鉴定完内容，房子多算是间接知道池炘的口味了——他竟然喜欢欧美风。

可是对于刚体验过世间美好之一的两个人而言，窝在沙发里看这种片子实在是一种考验。

房子多直接用吃东西来掩饰自己的情绪，顺便问池炘："你看这种影片，会对里面的女主角产生想法吗？"

都说男人是视觉动物，看到什么就会直接代入什么，房子多想求证一下。

"没有！"池炘回道。

我的天哪，这个回答太有求生欲了吧！

房子多不信："她的脸蛋比我好看，身材比我性感，叫声比我……比我娇媚，你竟然无动于衷？我不信。"

池炘闻言，侧过脸看她："你吃醋？"

"噗——"房子多正好吃着哈密瓜，差点儿被呛着。

"我这不叫吃醋，而是想求证一下你们男人看影片时最真实的想法。"房子多做出一副秉持着追求真理的原则的样子，跟池炘进行探讨。

"我的真实想法就是，我只对你有兴趣！"池炘说道。

兴趣？还是"性"趣？中文的同音字太多，实在让人难猜。不过不管是哪一个，这都是让房子多满意的答案。

于是房子多拿了一块哈密瓜，边说边凑到池炘身旁，将瓜塞进他的嘴里："你没吃哈密瓜，嘴巴就这么甜。"

房子多这种亲密投喂的行为让池炘不由得想起了小时候的事，曾经家里的长辈也这么温柔地对待他。

出车祸之前他很黏人，会对亲密之举表现得很开心，但车祸之后，便对这些没了任何感触。

池炘抓住房子多的手腕，将她拉进自己的怀里，用有力的臂膀环抱着她。

房子多被他的这一举动弄蒙了，本以为他会对她干点儿坏事，没想到的是，他只是抱着她，紧紧地抱着她。

可能是因为女生天然拥有母性，房子多敏锐地察觉到，池炘的行为不是因为他有别的想法，而像是害怕。于是房子多轻轻地拍了拍他的后背。

两个人这样拥抱了好一会儿，房子多为了转移池炘的注意力，问道："新项目被泄露的事有结果了吗？"

果然，一提到这件事，池炘缓缓地放开了她，与她四目相对。

"为什么这么在意这个结果？"池炬问。

这还用问吗？房子多比任何人都想知道到底是谁背叛了她。

聪明如她，听见池炬这么说，便知事情应该有了结果，于是问道："是谁？"

两个人凝视着彼此，正当池炬准备回答她的时候，影片播放到了极为刺激的一段。

房子多想直接把影片关掉，但不会操作。

于是池炬主动将影片关了，偌大的客厅陷入了安静之中。

"是谁？"房子多十分好奇。

池炬开口："白宴！"

房子多听到答案之后，直接蒙了。在她的猜测里，孙可可和白宴是泄露者的概率各占一半。虽然这几天她左思右想，也有了一定的心理准备，但不想将心中的大半偏向任何一方，所以还是无法接受这个事实。更何况白宴是房子多的表妹，两个人是血亲的关系，白宴平时对她照顾有加。

房子多遭遇白宴的背叛，就是被最亲近的人狠狠地捅上一刀，受伤的程度远远超过被陌生人算计。

"证据呢？"房子多克制情绪，尽量理智地问道。

"她的账户多了一千万！"池炬说道。

"谁打的款？"房子多追问。

"现金交易！"池炬回道。

房子多愣了一下，现金交易？一千万啊，那得是多少袋钞票啊？！

"查到交易的地点了吗？"房子多问。

"我们查到了存入银行的地址，具体的监控已经被调出来了，不是她本人出面操作的。不过出面存钱之人正在被搜捕中，等抓到人后，就看白宴怎么跟警方解释这一笔钱的来源。"池炬说道。

"白宴？为什么是她？她可是我的表妹，和我从小玩到大的表妹，怎么可能是她？"房子多难受极了。

"我个人觉得，她的目的应该是针对你！"池炬推测道。

房子多看着池炬："针对我？她为什么要针对我？我们从小就认识，她是我舅舅的女儿。"

"可能是你太优秀了吧？"池烆说道。

房子多愣了一下："这些都是你的猜测而已，我想听她亲口解释。"说完，房子多起身去换衣服，准备单独去找白宴。

池烆拉住她："别去。"

房子多不解："你……不打算对她追责吗？"

"我是肯定要追责的，不过现在针对她实施的策略是放长线钓大鱼！"池烆回道。

房子多看着池烆："你想通过她引出背后的人？"

"看看后续发展再说！"池烆说道。

房子多听后，伸手拉过池烆的手："池烆，对不起，虽然这事是白宴做的，但这跟我也有着脱不开的干系。我让公司的新项目遭受了损失，我可以做出一定的赔偿。"

"赔偿？"池烆念着这两个字。

房子多点头："嗯，虽然我的钱不是很多，但我会尽力给予赔偿。"

"赔钱就算了，不过赔偿其他的，我可以考虑一下！"池烆一本正经地回道。

房子多看着池烆，总觉得倘若池烆不是面瘫的话，这会儿肯定是一副坏坏的表情。

"我只赔钱！"房子多回道。

"赔钱？新项目的整体开发以及后续宣发的预算加起来差不多一个亿，你能赔吗？"池烆直接给出了价格。

房子多听后，呆了几秒。一个亿？她就算把自己卖了也不够啊！

"一个亿？这么多？！"房子多咂舌。

"还赔吗？"池烆问。

房子多直接厥了："赔不起，就算把我卖了也赔不起。"

"那就赔偿其他的东西吧！"池烆说道。

房子多看着他："其他的东西是什么？"

房子多设想了一下，按照一般小说所写，所谓的"赔偿"就是肉偿。说实话，每每看到这两个字，房子多就觉得有点儿恶俗，因为这岂不是将女主角跟有价的风月之人相提并论？

要是池烆跟她说这两个字，她绝对会恶心。

不过令她没想到的是，池炜的回答是："你的一生！"

房子多愣了愣，看到池炜的眼睛扑闪扑闪的，像极了星星。

这个回答简直满分。

看来那些言情小说池炜真不是白看的，他的恋爱情商明显有了很大提高。

房子多抿了一下嘴唇："一生？一生似乎有点儿划不来。我觉得我这一生肯定可以创造出不止一亿的财富，都赔给你，岂不是让你赚大发了？"

"是你主动提出赔偿的！"池炜说道，"你直接选择一个，是赔一亿，还是陪我一生？"

陪我一生！这里的"陪"，是赔钱的"赔"，还是陪伴的"陪"？房子多再次为同音字而苦恼。

想了一会儿，房子多做了决定，主动伸手圈住池炜的腰，仰着头看他，郑重地说道："陪你一生。"

池炜似乎很满意她的回答，一把将她抱了起来，房子多顺势圈住池炜的脖子，脚也钩着他。

"继续学习，还是直接学以致用？"池炜给她提供了两个选择。

房子多闻言，不由得娇羞地瞪他一眼，宣布道："做晚饭。"

"可以叫餐。"池炜回道。

房子多晕了。全程她都没出力，却累得腰疼；他明明一直在出力，为什么体力还这么旺盛呢？

"做晚饭！我想跟你一起下厨！"房子多坚持。

池炜没依她："冰箱里没菜。"

"买啊！"房子多说道，"在科技这么发达的年代，我们现在下单，十五分钟菜就能被送到。"

"你不喜欢跟我做啊？"池炜见房子多坚持做饭，不由得问道。

房子多呆住，谁说她不喜欢的？他哪只眼睛看到她不喜欢啊？！

对于男人在这方面的积极性，她绝对不能进行正面打击。于是房子多说道："喜欢，跟你在一起后，我一天比一天喜欢你、爱你。不过这种事还是得讲究来日方长，循序渐进方能'延年受益'。"

池炜听后，问道："'延年受益'？这个成语好像错了吧？"

"正确的用法是'延年益寿',但我这个词就是'延年受益',接受的受,利益的益,意思是我今后可以长久、不断地受益。"房子多解释。

池烆明白了:"看来你的规划还很长远、很宏观!"

房子多嬉笑,随后娇嗔:"那是当然,我要的是一辈子的幸福,而不是一时之欢。"

池烆听后嘴角上扬,露出一个迷人的笑容。

这是房子多第三次看见他的笑容,她再次被他迷住了。

"第三次!我第三次见你笑!你怎么这么好看啊!"房子多再次惊叹。

意外的是,这次池烆的笑容维持得比前面两次要久一点儿。房子多想伸手触摸,却又怕转瞬即逝,能做的便是直接亲吻他。

身为面瘫的池烆脸上浮现笑容,必然是因为心情愉悦,房子多想让他更加快乐和放松。

但她主动的后果便是没能跟池烆刹住车,两个人竟又在沙发上滚了一次。

果然啊,她嘴上说不要,但身体还是很诚实的。不过这似乎也能被理解,刚体验人生之美事的男女就是这么贪婪,所以两个人把刚说好的"延年受益"直接当成耳旁风。

知道是白宴泄露了新项目,房子多的心就像被扎了一根刺。关键这根刺她还不能及时拔出来,只要一想就隐隐作痛。

房子多自认为对白宴算是坦诚相待,因为自己大学没毕业就小有名气,所以在白宴去一家大公司做 HR 的两年后,房子多将她引荐给了恩师孙萌萌,让她成为工作室旗下的一名编剧。虽不能说手把手教白宴写剧本,但是房子多真的对她毫无保留,只要白宴请教,房子多就会仔细地跟她讲如何构建故事,如何承转剧情,如何收尾留念。

白宴不负众望,很快就上手了。孙萌萌也很器重她,陆续让她参与剧本项目。这两年,白宴得到的报酬虽然没办法跟房子多的相比,但比她在大公司做 HR 时的薪资多了好几倍。

三个人在一起租房,房子多觉得自己的年收入比较高,就主动承担了一半费用。如果说房子多有做得不好的地方,那便是她很少靠近厨房，都是白宴做饭给她吃。可是要这么说，她们晚上写稿饿了的时候叫外卖，至少有六成是房子多买的单。

所以白宴为什么要这么做呢？为了钱，为了名，还是为了利？

房子多觉得无论是哪个似乎都不太成立，因为这事一旦被暴露，两个人的关系将彻底破裂。旁人或许可以因为这些世俗之物做出令自己良心不安的事，跟当事人老死不相往来，可是她们之间还有亲情的牵绊。白宴这么做，到底是为了什么？

周日早上没有闹铃，房子多却自然醒了过来，身旁的池炘还在酣睡。房子多觉得自己就是一个心里装不了事的人，容易想七想八，却又理不出一个头绪来。直到池炘将她搂进怀里，房子多才回神。

经过昨天的放肆，两个人明显更加亲密，房子多像猫咪似的窝在他宽阔的怀中。

"想什么呢？"池炘问。

房子多有点儿意外，他怎么知道她在想事情？

房子多翻了一下身，与池炘面对面："池炘，如果，我是说如果，如果用白宴引出背后之人，你会怎么处理白宴？"

她一大早谈这种事，直接让两个人间特有的温情少了几分。

"依法处理！"池炘回了四个字。

这个答案很符合池炘的性格，可是房子多似乎有恻隐之心。

如果他们真把白宴依法处理，她的舅舅、舅妈肯定会来求情的。毕竟白宴从小到大在两家人的心中都是个聪明、漂亮、能干的孩子，房子多的妈妈在她小时候还时不时地念叨，说她得多向白宴学习。

房子多自己都接受不了这个事实，想必其他人更接受不了。

"没有余地吗？"房子多问。

池炘看着房子多："你想为她求情？"

房子多回道："每个人都要为自己的行为负责。"

"是的！"池炘应道。

房子多的手搭在池炘的胸前："可是，她是我的闺密、同事，以及表妹。"

"你于心不忍，想求我放她一马？"池炘问。

"新项目的价值，你昨天都已经说了，我自然不敢求你放过她。不过这事你能不能私下处理，不做公开？"房子多问道。

池炟听后，便知房子多还是无法做到铁面无私。

"可以！"池炟很爽快地答应了。

房子多没想到池炟这么痛快，不由得十分开心："池炟，你真是大人有大量。"

"其实这事我并不打算公开处理！"池炟说道。

"为什么？"房子多不解。

"这事跟你有直接关系，公开处理的话，你必然要被卷进去。"池炟解释道。

房子多听后，笑着用手在池炟的胸前轻轻地打圈圈："朱跃可说过，你在工作上是绝对公私分明的，现在却为了我对她网开一面，我在你心里这么重要啊？"

池炟抓住她的手，答非所问地说道："现在是早上。"

因为昨天早上发生过一些事，所以房子多自然很快领悟到这五个字的意思。

于是，房子多直接㞞了，不敢再乱动，不然肯定吃不了兜着走。

但她还是想得到答案，于是不依不饶地问道："我在你的心里很重要，是不是？"

池炟看着她："女人是不是都很爱跟男人不停地确认爱意？"

房子多嫣然一笑："是！"

"我分明记得我跟你说过，关于这点，你不需要有任何怀疑。"池炟回道。

房子多又笑："可是女人就喜欢不停地确认。"

"那是没有安全感的表现，间接说明你没有完全信任我。"池炟说道。

说到安全感，房子多想了想，开口道："可能是我一天比一天爱你，所以害怕失去你，也可能是我骨子里还是有点儿自卑，毕竟我们之间相差太大。"

池炟听后，开口道："房子多，你无须自卑，而且我喜欢自信的你！何况你把我睡了，就得负责。"

房子多笑到不行，也恢复了平日里的自信："对你，我肯定负责到底！"

两个人在床上亲密了一会儿，池炘起床运动，房子多却想继续赖床，并表示不打算吃早饭了。

池炘却直接将她拉了起来："你的体能太差了，必须得加强！"

房子多闻言，瞬间脸红。不过池炘说得没错，于是她积极地响应了起来。

池炘的房子有单独的健身阳台，于是在接下来的一个小时里，他们两个人一个在椭圆机上挥汗如雨，另一个在瑜伽垫上凝神静气。

池炘从椭圆机上下来，擦了一下额头上的汗，看向闭着眼睛半天也不睁开的房子多。"睡着了？"池炘问道。

房子多没有回应。池炘走过去，戳了她一下，结果她还真睡着了。

池炘算是第一次见识到在做运动叫直接睡着的人，最后只好抱着房子多回房休息。

朱跃通常没有周末，随时都在待命中。不过这个周末有点儿周末的样子了，因为他竟然没有接到池炘的一通电话。

看来给池炘找个女朋友算是找对了，他终于可以拥有周末了。

不过可能是劳碌惯了，一时闲下来，朱跃还觉得特别不习惯，于是自己主动找事做，约孙可可出来吃饭。

孙可可接到电话很是意外，但鉴于两个人有几面之缘，她对朱跃的印象还不错，于是打扮了一番去见朱跃。

朱跃让孙可可选餐厅，孙可可挑了一家泰国餐厅。

朱跃从孙可可所点的菜便可以看出她是一个吃货，而且还是一个无肉不欢的吃货。两个人一共点了三道荤菜、两道素菜、一道杧果拼盘，外加两壶香茅茶。

这香茅茶是孙可可的心头爱，不过也有人不太喜欢香茅的味道，譬如朱跃。毕竟人与人之间的味觉还是有所不同的。

在赴约的路上，孙可可便胡思乱想一番。没办法，她是作家嘛，脑洞大。本来孙可可提议拉上白宴，朱跃却说想单独约她。

一个男人说想单独约你出来吃饭，这其中的意思便是他具有目的性，譬如他想追你，又譬如他想追你的朋友。

孙可可了解过朱跃，他家境优渥，毕业于名校，又是高薪高管，最关键的是长得也很不错。倘若他有追她的想法，那么他可是极为优秀的对象。

两个人在吃饭的时候，朱跃大致询问了孙可可的工作和生活模式。作为一个天天宅在家里的编剧，她的生活真的很简单，除了睡就是吃，或者码字，当然也有娱乐，比如看书、刷剧、玩游戏。

孙可可想矜持一把，把自己的工作和生活说得"高大上"一些，毕竟朱跃是个非常优秀的男人。倘若自己有机会和他发展，何乐而不为呢？但她转念一想，又觉得没必要，因为她在他面前，实在"高大上"不起来啊！

于是，孙可可的回答是："每天除了写稿，就是吃、喝、睡！"

"我和你一样，除了工作，就是吃、喝、睡！"朱跃表示自己的生活和孙可可的高度一致。

孙可可笑了笑："还是不一样的。"

朱跃问："哪儿不一样了？"

"待遇不一样啊！"孙可可说道。

朱跃除了是池烆的助理，同时也拥有 in 科技的股份，是人生赢家；孙可可却还在为实现个人财务自由而艰苦奋斗。

朱跃笑："每个人满足的点不同，我有时候倒是很羡慕你们这种自由作家，可以自行安排自己的时间。"

"我们的时间确实比较自由，但没灵感时我们也是很痛苦的啊！"孙可可感叹道。

"所以啊，你也别羡慕我的待遇，我一天 24 小时都在待命中。"朱跃说道。

"我们赶剧本的时候，也是几天几夜没觉睡。"孙可可说道。

朱跃笑："我们这是在相互倾诉自己的辛酸史吗？"

"是你自己主动提的！"孙可可回道。

"好，我的错！"朱跃主动认错。

孙可可笑了笑，朱跃这个人还挺温和的。不过他主动约她的目的是什么呢？

孙可可想，她作为女生，还是矜持一点儿比较好，就把他当朋友相处吧!

刚思考完,她就听到朱跃问:"你和子多认识多久了?"

两个不熟的男女见面聊天,最好从身边共同的、熟悉的朋友聊起,这样才能快速拉近彼此的距离。

"跟多多认识七年了吧!"孙可可掐指算了算。

"哇,蛮久的!"朱跃感叹。

孙可可笑:"不过还是不能跟你和池烔比,我听多多说,你们从小就认识。"

朱跃扯了下嘴角:"嗯,我们认识二十几年了!"

"羡慕你们的这份兄弟情!"孙可可说道。

朱跃笑了笑:"还好吧。哎,你跟白宴认识多久了?"

可能是出于女人特有的敏感,当朱跃提及白宴的时候,孙可可总觉得有点儿不对劲。不过孙可可也不是那种小心眼儿的人,于是开口说道:"差不多三年。"

"她和子多是表姐妹,性格好像也蛮像的,都是直性子。"朱跃说道。

孙可可笑着对两个人做出评价:"白宴性格很爽朗,多多呢,虽然也是直性子,胆子看似很大,但又有点儿屄萌屄萌的。"

"屄萌?"朱跃没接触过这个词组。

"就是又屄又萌!"孙可可解释道。

"看出来了!她来公司追池烔,那感觉跟这个词很符合。"朱跃说道。

"不过多多很仗义的,跟她相处久了,谁都会喜欢她。"孙可可说道。

"确实。那白宴呢?"朱跃又问。

如果前面只是敏感,那么此时此刻孙可可确定,朱跃约她另有目的。

他想追白宴?不是没可能。第一,白宴跟多多是表姐妹;第二,白宴确实比她和多多长得好看。

以前三个人一起出去逛街、吃饭,白宴的回头率比她俩的高多了。

朱跃有这个心思,孙可可有那么一点儿失落,不过还是大方地跟他介绍起了白宴："白白长得好看，性格很直，很聪明，很能干，我和多多都很依赖她。"

"你们彼此都很信任对方？"朱跃问道。

"那当然咯，几个女生住在一起，如果不是性格相近、志同道合的话，是很难做到和谐相处的。何况我们还合作创作剧本，算是生活和工作完全在一起。"孙可可说道。

"也是，我和池烆也是信任彼此，一起走过这么多年。"朱跃不忘宣传自己和池烆的坚固友情。

"要不是池烆有了多多这个女朋友，你说这句话，我真有点儿怀疑你俩有啥！"孙可可调侃道。

"你们这些女生就爱瞎想！"朱跃说道。

"没有啊，关键是你的行为让人容易瞎想。"孙可可说道。

"我的什么行为让你瞎想了？"朱跃问。

"怎么说呢，你和池烆的关系延续了二十几年，两个人却一直都没有女朋友。兄弟情在这个世界上自然是存在的，但也可能是其他的……"孙可可欲言又止。

朱跃听到这种说法，有点儿抗拒："你在想什么呢？"

"没有，没有，我随口一说！"孙可可说道。

朱跃笑了起来。

孙可可耸肩，夹了一筷子菜。

"你们对子多和池烆谈恋爱有什么看法吗？"朱跃继续问道。

孙可可觉得这个问题有点儿好笑："我们的看法不重要，重要的是多多喜欢就好。"

"你们没有反对过？"朱跃问。

"我起初持反对意见，毕竟池烆的情况太特殊了，我怕多多受伤。"孙可可说道。

"那白宴呢？"朱跃又问。

"白白的态度比我更强烈，她们毕竟是表姐妹，所以白白很直接地表示反对。不过多多是个执拗的人，即便我们反对也没用。但事实证明，我们家多多就是'锦鲤'，想要做的事都能成功。"孙可可说道。

"白宴为人处世这么直接啊？"朱跃道。

孙可可笑了笑："对啊，不过你要是想追白白的话，我可以当你的军师！"

　　朱跃蒙了一下："追白宴？我为什么要追白宴啊？"

　　孙可可听后有点儿纳闷："你问了这么多关于白白的事，不就是想追她吗？"

　　朱跃连忙摆手："你误会了，我没这个意思！"

　　孙可可放下筷子："你这样就没意思了，想追就追，绕来绕去有意思吗？再说，我主动说当你的军师，你还不乐意了。真没劲！"

　　朱跃被孙可可误会之后，想解释一番，可是转念一想又觉得没必要，或许可以用这个借口更加深入地了解白宴。

　　于是朱跃只好顺水推舟地承认了："是，我想追白宴。"

　　孙可可见他承认，便不计较了："承认多好啊，追女孩子就得大方一点儿。扭扭捏捏的男人白白是绝对不会喜欢的。"

　　"那她喜欢什么样的？"朱跃顺势问道。

　　"你真想追白白啊？"孙可可再三确认。

　　朱跃笑："不追她，追你行吗？"

　　孙可可听后，赏了他一个大白眼："我、白白、多多，仨人高度一致地讨厌'渣男'。"

　　"我要是'渣男'，就不会单身了。"朱跃笑。

　　孙可可回了一句："有的人单身是为了更方便'渣'！"

　　"我不是这种人啊！"朱跃为自己辩解。

　　知道朱跃想追的人不是自己后，孙可可不再矜持，直接放飞自我，暴露本性："谁知道啊？！"

　　"我真不是这种人！"朱跃再次解释，"我每天24小时待命，哪儿来的时间交女朋友啊！"

　　"谁知道啊？！"孙可可又来一句。

　　朱跃崩溃："可可，你能不能别这样啊？"

　　孙可可伸手一挡："别这么亲密地叫我。"

　　"那叫你什么？"朱跃问。

　　"孙可可！"孙可可说道。

　　"这样多陌生啊，再说我们不是朋友吗？你刚才也说了，不是要当我的恋爱军师吗？"朱跃说道。

"当你的军师之前，我得确认一下你是不是'渣男'啊！如果是'渣男'，那我的罪过岂不是很大？！我可不做害人的事，更不会做对不起朋友的事。"孙可可声明。

朱跃听完她的声明，倒觉得孙可可是个实在人。

"我真不是'渣男'，我还是处……"朱跃说到最后一个字，又立马咽回去了。

孙可可耳尖，还是听到了关键的一个字：处。

孙可可来组个词，处方？不可能！处决？不可能！唯独处男跟"渣男"是相对应的。

孙可可不由得笑了起来，笑到最后直接趴在餐桌上。

朱跃后悔死了，干吗说那个字啊？！真是有损他的男性自尊。

朱跃看到孙可可趴在桌上笑个没完，不由得用严肃的口气制止她："孙可可，别笑了！"

孙可可没理他，又笑了好一会儿，才抬起头看向对面的朱跃："我相信你，答应做你的军师。"

说完，她又忍不住继续笑了起来。

朱跃的自尊心明显被刺激了："孙可可，这有什么好笑的？"

孙可可摆手："确实没什么好笑的，不过我真的万万没想到你是一个这么纯洁的人。"

朱跃瞪了她一眼："纯洁总比滥情好！"

孙可可点头："我认同你的观点，不过我有点儿怀疑你说的是否属实。你长得不错，身高也还行，在大学里没交女朋友实在有点儿令人匪夷所思。"

这件事还真跟池烆有关。他们两个人的关系太好了，所以在很多人的眼里默认他和池烆是一对。大家不说也不问，默默给他们盖章了。

朱跃无奈地说："我在大学里交过两个女朋友，不过她们似乎接受不了我和池烆之间的感情。后来我们一起创业，我几乎没时间交女朋友。"

孙可可听后，眼里闪着八卦的光芒："你说真心话，你有没有对池烆动过心思？"

朱跃再次赏了她一个白眼："我喜欢女的。"

孙可可"咯咯"地笑了起来："好吧，好吧，我彻底相信你了。"

"孙可可，你啊，就是爱乱想！"朱跃说道。

孙可可笑："那是当然，我可是编剧。"

孙可可和朱跃通过这一顿饭奠定了友谊的基础，同时也定了军师之约。

不过让孙可可感到奇怪的是，朱跃让孙可可暂时对白宴保密，一切由他自己去说。

替人表白是特别没劲的事，所以孙可可一口答应了。

从孙可可的描述来看，白宴一点儿都不像会背叛朋友的人。到底是因为什么让一个人发生如此大的改变？是一千万吗？如果是的话，那只能说，这个白宴的格局实在太小了。

根据调查，孙萌萌在业界是很有口碑的人，有资源、有资金，关键还有背景，白宴在这种工作室工作，熬上个三年五载就会成为一位有名气的编剧。名气就是金钱，到时候她要赚一千万是轻而易举的事。

但话又说回来，人性这种东西是经不起诱惑和试探的。如果一个人平时给人的印象是特别仗义的，他却在背后捅最亲近的朋友一刀，要么平日里都是装的，要么是遇到了不可抗拒的威胁。

朱跃边想，边看坐在对面的孙可可打包没有吃完的肉。

"要不要再点一份，一起打包回去？"朱跃问。

孙可可摇头："我只是不想浪费！"

"你还挺勤俭持家的。"朱跃评价道。

孙可可回道："赚钱不易，能省则省！再说浪费粮食是可耻的。"

朱跃笑："赞成。"

两个人一起走出了餐厅，就此分开。孙可可跟朱跃告辞后直接去了楼下的一家知名品牌的甜品店。

没想到的是，她在点好餐后等候时，又看见了朱跃的身影，两个人满眼都是意外之色。

先进甜品店的人是孙可可，所以她自然而然地认定："你跟踪我？"

朱跃疑惑地道："没有啊，我就喜欢喝这家的果茶。"

"最喜欢哪个单品？"孙可可直白地问。

"黑凤梨！"朱跃道。

这家甜品店确实有一款爆品果饮叫"黑凤梨"，是很多年轻男女用来表白的利器，因为"黑凤梨"在粤语里是"喜欢你"的意思。

这个梗其实有点儿久远，可就算再久远，用在爱情上也不会过时，反而让人觉得越发经典。

孙可可听完，在心里"哐哐"给朱跃盖上了"渣男"的印记。

他如果不是经常泡妞，怎么会喜欢"黑凤梨"这款果饮呢？

"懂了！"孙可可点头。

朱跃被她的表情搞得更糊涂了："你懂什么了？"

"我什么都懂了！"孙可可冲他一笑，"你去点吧！"

朱跃觉得莫名其妙，不过还是去排队点单了。而孙可可很快取到自己打包的甜品和饮品，招呼都不打一声就走了。

次日，朱跃给池炘汇报工作以及调查王莉莉的进度。

"林麓的车子在进入这个隧道后消失不见，这个隧道的出口有三个，警方检测到那个时段一共有八十几辆车通过，其中二十辆为大车。"朱跃说道。

"大车？什么意思？"池炘问。

"警方的猜测是，在这二十辆大车之中，有一辆是有问题的。"朱跃说道。

池炘瞬间明白："也就是说，林麓的车子进入到这二十辆车的其中一辆中。"

朱跃点头："是！"

"追踪到了吗？"池炘想知道结果。

"警方说下午给我们回复！"朱跃说道。

"董事那边呢？"池炘问。

"还在调查，等结果出来，我一并向你汇报！"朱跃说道。

池炘似乎对进度不太满意，不由得催促："尽快！"

朱跃点头："是！"

朱跃汇报完回到自己的办公室，刚好秘书给他准备了一杯"黑凤梨"。

朱跃叫住她："小何，问你一件事，喜欢喝'黑凤梨'很奇怪吗？"

秘书小何先是愣了一下，随后回道："不奇怪啊！"

"说实话！"朱跃说道。

秘书小何看了下朱跃的表情，说："每个人的口味不一样，喜欢喝什么是自己的事。"

"你还是没有说实话！"朱跃说。

秘书小何有点儿晕："我说的就是实话啊！"

朱跃盯着她："可为什么我说喜欢'黑凤梨'，别人却摆出一副恍然大悟的表情呢？"

秘书小何总算反应过来了，笑眯眯地回道："'黑凤梨'虽然是一款果饮，但也有暗示'喜欢你'的意思，朱助理你不会不知道这个吧？"

朱跃蒙了："喜欢你？这是宣传语？"

秘书小何笑道："不是，'黑凤梨'在粤语里就是'喜欢你'的意思，这是现在很多年轻人用来表白的词语。"

朱跃明白了，难怪孙可可一副"懂了"的表情，原来她以为他喜欢喝"黑凤梨"是因为天天跟别人表白、搞暧昧，把他认定为"渣男"了。

不得不说，作家的脑洞就是大，由一个点想到一个面，最后成了一本解释不清的书。

"小何，那你天天给我买这个，不会是……？"朱跃直接来了一个举一反三。

秘书小何连连摆手："朱助理别误会，我只是按照你的口味购买的，没有别的意思！"

朱跃听到这句话，觉得还不如不听呢，这显得自己特别没有魅力。

不过朱跃的品行还是不错的，他不是那种肤浅、浪荡之人，也从没想过吃窝边草，于是回道："从明天开始改成咖啡吧！"

秘书小何连忙点头："是。"

秘书离开之后，朱跃拿起果饮吸了几口，口腔里全是凤梨的味道。他在心里叹道：好好的一个饮品，搞那么多花花肠子干吗？

中午，房子多和内容部的同事一起吃完饭回到办公室，柳柳点的奶茶到了，满满两大袋，还有一些甜品。

写作之人在工作紧张的时候特别需要补充糖分，满足自己的幸福感才更有动力干活儿，所以柳柳算是在给大家加油鼓劲。

房子多没吃甜品，但喝了一杯冰爽丝滑的奶茶，感觉特别舒服，忘记了一些不开心的事。

不过这时，她收到孙可可的微信："多多，我有个秘密想告诉你！"

房子多看到信息之后，愣了一下，开始胡思乱想。可可不会知道内幕吧？

"什么秘密？"房子多既忐忑又迫切地回复。

"本来是要保密的，但是我实在忍不住，必须跟你分享一下！"孙可可回道。

"你说！"

"朱跃想追白白！"

房子多看到信息之后，满眼都是意外之色："什么？"

"哈哈哈，是不是很刺激？他俩要是真成了，你和白白这辈子都不会分开了，因为你们的男朋友也是形影不离的好友。"

"朱跃要追白白？"房子多有些恍惚。

"对啊，他昨天约我吃饭，本来我还想象了一番，以为他对我有意思，结果他是对白白有意思。不过这个朱跃到底靠不靠谱啊？你回头好好问问池炘，问清楚了给我一个答复，这毕竟关系到白白的幸福。"孙可可打了一大段字。

"白白有什么反应？"房子多问。

"朱跃让我先别告诉白白，可我忍不住啊，于是想告诉你，跟你分享一下，不然我会被憋死的。"孙可可回道。

房子多看了回复之后，大致明白朱跃的意图了——他想通过孙可可调查白宴。

"白白这几天很忙吗？"房子多故作轻松地问孙可可。

"还好吧，反正你也知道的，她不是写稿就是看书，不然就是睡觉。"孙可可回复。

"没出去运动？"房子多问。

"没有，她这几天似乎情绪不高。对了，今晚你有空吗？要不我们仨一起去击剑馆？"孙可可提议。

房子多想都没想，直接答应了。她想见白宴，想看白宴有何反应。

"那好，我跟白白说一声，我们七点在击剑馆集合！"孙可可定下了时间。

"好！"房子多回道。

放下手机后，房子多起身走到了柳柳的桌旁："柳姐，谢谢你的奶茶。"

"客气什么！"柳柳笑着回道。

"柳姐，我肩膀有点儿疼，想晚上下班去锻炼。"房子多主动跟柳柳报备。

《心动》项目的大纲确定之后，大家已经开始写剧情分稿，大致三天汇总一下进度，所以即便要加班也可以回到家里进行。

"可以啊，晚上没有会议，你自行安排吧！"柳柳说道。

郭美心听到房子多要去锻炼，抬眼看她，问道："子多，你在哪家健身房锻炼啊？"

既然有人问，房子多自然是要为许诺诚的击剑馆宣传一番的。

"诺诚击剑馆！"房子多回道。

"诺诚击剑馆？具体位置在哪儿？"郭美心似乎特别感兴趣。

"××路的国际大厦。"房子多回道。

"诺诚击剑馆？是不是奥运冠军许诺诚开的？"范琪琪开口问道。

房子多点头："对！"

一提许诺诚，内容部的几个女孩儿开始不淡定了。

"真是许诺诚开的？"范琪琪再次确认。

房子多笑："是他开的。"

"啊啊啊，那我也要去！"范琪琪举手想要加入，"当年许诺诚比赛的直播我每场都看，他实在太帅了。"

房子多笑了笑。当下的女孩儿们的后宫里美男三千，她们看一部剧换一个老公，看一场比赛也是如此，将"花心"两个字演绎得淋漓尽致。

"可以去练击剑啊，又酷，又帅，又能锻炼身体！"房子多继续推广。

"子多，那许诺诚也在击剑馆当教练吗？"范琪琪一脸迫不及待的样子。

"他负责教会员!"房子多实话实说。

"会员?怎么收费?"范琪琪问道。

郭美心见前几天还不停地反击房子多的范琪琪这么有热乎劲,有点儿不爽:"琪琪,我记得你不是上个月才办了一张整年的健身卡吗?"

"办了也阻挡不了我追偶像啊!"范琪琪说道。

"追偶像?你追得到吗?"郭美心笑问一句。

范琪琪闻言,白了郭美心一眼:"郭美心,我们办公室的人好不容易和平相处,你是不是看不下去呢?"

郭美心听后,嘴角抽搐了一下,没有回话。

见郭美心没再言语,范琪琪继续追问:"子多,开会员需要多少钱啊?"

"琪琪,你真想去练击剑啊?"邓一卿见她这么积极,笑着问道。

"我先问问,价格可以让我接受的话,我就去见见我的偶像!"范琪琪说道。

"你的偶像真多!"邓一卿笑道。

"没办法,谁让我就是这样一个博爱之人呢!"范琪琪一点儿都不避讳自己对美男的喜爱。

房子多拥有的会员资格是不用钱的,但她清楚许诺诚那家击剑馆的定价,于是说道:"会员单次的服务是一节课 3000 块,不过你订的次数越多,平均下来的价格就会越便宜。"

"多少次起订?"范琪琪问。

"好像是 60 节起订。因为不管是击剑还是其他项目,都贵在坚持。"房子多回道。

范琪琪掐指一算,60 节起订,即便有优惠,那也得十几万啊!十几万对于她来说实在太贵了。

房子多见她不吭声,解释道:"这是行情价,是参考很多知名运动员的个人品牌运动馆定的价格,不是坐地起价!"

"以许诺诚的颜值和名气,就算坐地起价也没什么!"邓一卿回道。

范琪琪点头:"就是,能跟许诺诚近身接触,花十几万也值啊!不过能不能先订 12 节?也就是一个月的训练量。"

房子多笑了笑："这我就不知道了。不过也没必要非要许诺诚来教击剑啊，他们馆里好几个教练都特别帅，技术好又有耐心。相比之下，我个人觉得还是其他教练比较好。"

"什么意思？"范琪琪问。

"许诺诚是出了名的严格，不管你是追星族还是击剑爱好者，既然选择让他当教练，他就会严格教导，把你当成他的正规学生。"房子多回道。

"哇，你这么一说，我更想报名拜他为师了，可我就是差钱啊！"范琪琪哀号。

房子多笑："你这是一时的想法，真让他当你老师，说不定你隔天就跑路了。"

"琪琪，你既然想，那就去呗。你找其他教练也行啊，大家都在一个击剑馆里，你肯定时不时能见到许诺诚，对吧，子多？"邓一卿说道。

房子多点头："是，他经常泡在击剑馆里，你能见到他的概率特别高！"

"那我晚上跟你一起去！"范琪琪明显有点儿迫不及待。

房子多点头："好啊！"

"我也一起！"邓一卿也报名。

郭美心见状，也不甘落后："算上我。"

柳柳看大家如此一致，不由得开口说道："既然大家都去，那干脆组团吧！"

一下子吸收了几个潜在女会员，房子多决定回头跟许诺诚要点儿提成才行。

不过相对于女生们的积极态度，男同事们倒是有点儿懈怠，因为他们普遍是直男，比较理智，不会为某个男明星或男运动员而冲动消费。当然，如果对方是女的，可能就是不同的情况了。

要带这么多人过去，房子多提前跟许诺诚报备了一下，让他做好接待工作。毕竟是同事，为了今后的和谐共处，她安排得周到一些总是没错的。许诺诚也很给房子多面子，不光亲自迎接她和她的同事们，还亲自上阵给她们上了一节试听课。

高大帅气的他穿上白色击剑服，往那儿一站就是一道亮丽的风景。

几个女生满眼都是星星，恨不得冲他尖叫。不过就如房子多所说，许诺诚上课的时候特别严厉，刚做几个热身动作，大家就快喘不过气来了。

这些房子多没能亲眼看见，因为她和孙可可、白宴在另外一个 VIP 室，由乔一教练一带三地进行训练。

她们三个人毕竟断断续续地练了两年左右的击剑，无论是动作还是战术都相对更熟练。

孙可可和乔一对战完，房子多和白宴上场。

自从知道内幕，房子多第一次跟白宴相见，不知为何心里总有一个疙瘩。但房子多还是极力控制自己，让自己和平常一样对待白宴。

房子多手持佩剑，做好了对战准备，可是与白宴对视之后，她的内心又变得复杂起来。因为白宴完全就像一个没事人一样，和她说说笑笑。

这种演技，房子多真心佩服，而且以白宴的容貌，她去当演员也是可以的。

多年的姐妹之情，白宴可以做到完全无视，这需要一颗多么强大的内心来支撑呢？

乔一喊了"开始"，房子多因为心情的变化，跟上次和池炘对战时一样，进攻得特别猛。不过这次的结果不同，她频频得分，很快赢下赛点。

走下赛道，孙可可给她俩递水。

乔一开口说道："子多，你最近没来练，战术倒是进步不小啊，特别有攻击力，还很精准。"

房子多喝了几口水后，目光投向白宴："是白白让着我吧？"

白宴听后，笑了下："是我退步了。"

乔一笑："白宴，你有点儿注意力不集中，所以很容易被子多找到破绽。"

"两周没运动了，我感觉体力都下降了。"白宴说道。

"所以啊，你们别三天打鱼两天晒网，来训练得勤快一点儿。"乔一说道。

"不是我们不想来，实在是忙！"白宴笑道。

"前几天我和诺诚提了一嘴，想给你们三个人报名冬季的业余赛，你们要是都很忙，没空来训练，那我只能取消了。"

"业余赛？"孙可可眼睛一亮。

"对啊，有奖金的，冠军有五万的奖金。"乔一说道。

"这个不错，多多、白白，我们可以试着参加一下！"孙可可特别感兴趣。

"可我们未必能拿到冠军啊？"白宴说道。

"就算拿不到，我们也可以检验一下自己的水准在哪儿，对不对，多多？"孙可可说道。

"我是很想参加的，不过接下来三个月都会很忙。"房子多表示遗憾。

孙可可失望，于是继续说服白宴："白白，你呢？诺诚都说你的水平是我们三个人中最高的一个，你肯定可以拿个冠军回来，将那五万收入囊中。"

白宴看了下房子多，随后说道："我现在连多多都打不过，哪儿来的'水平最高'啊？"

房子多也看着她，内心十分复杂。白宴做任何事都对自己要求很高，所以在三个人学习击剑的两年里，她是受到表扬最多的人，也是实力最强的人。以前许诺诚也提过业余赛的事，当时白宴还自信满满地说，她想参加，想拿个冠军，为许诺诚这个金牌教练争光。

"再来一局！"房子多开口对白宴邀请道。

白宴顿了下，很快应战："可以啊！"

不过，第二局对战的结果是白宴赢了。

房子多还是像第一局一样，进攻猛烈，但白宴明显吸取了教训，避免自己露出破绽，积极进攻和防御，最终以微弱的优势拿到了赛点。

摘下头盔之后，房子多额头滴着汗，呼吸急促。

乔一站在那儿鼓掌："太精彩了，白宴、子多，要不你们克服一下时间的问题，我给你们报名业余赛？"

房子多摇头表示拒绝，白宴却同意了。

孙可可连忙鼓掌："太好了，白白最好了，我就知道你会陪我！即便我的水平不如你，我拿不到冠军，但到时候你拿了冠军就跟我拿了一样。"

房子多气喘吁吁，直直地看着白宴。漂亮又贴心的白宴，谁会不喜欢呢？

可是这一切都是表象，白宴掩饰得这么好，让身旁的人没有一丝设防。

房子多似乎有点儿抗拒与白宴待在同一个空间里，于是说道："你们继续练，我过去看看我的那些同事。"

房子多说完，离开了VIP室。白宴和孙可可目送她离开。

孙可可的观察力还是很强的，她偷偷地跟白宴说："白白，多多是不是心情不好啊？"

白宴怔了下："好像是有点儿。"

"她和池烆不是正在热恋中吗？她怎么会心情不好？而且今天看她带同事一起来，她们应该是关系很和谐才对啊！"孙可可分析道。

白宴听后，沉默了几秒："或许是我们想多了吧！"

"但愿是我想多了。倘若池烆欺负多多，我肯定对他不客气。"孙可可讲义气地说道。

"就算她和池烆有事，也要多多自己出面解决，你就别操心了。"白宴说道。

孙可可闻言，看着白宴："白白，你这态度不对啊，我们可是多多的后盾，什么时候都得为多多撑腰。"

"我没说不为她撑腰，但也许多多是因为工作压力大，不是因为感情。"白宴解释。

孙可可听后，点了点头："多多最近确实压力很大。新项目被池烆的妹妹搅黄了，一切要从头开始，换我我也会抓狂。"

白宴听了这句话，脸色有点儿不对劲，不过很快就恢复如常："多多跟你说过什么吗？"

孙可可摇头："没有。她的性格你比我更了解，她有事都是自己扛，比我们两个都有主意。"

白宴听后，转移了话题："结束后再问问她吧，我们继续练！"

孙可可点头，拿起佩剑，和白宴一同走向赛道，继续对战。

而去了另外一间 VIP 室的房子多看到柳柳她们几个人被许诺诚练得快喘不过气来，不由得笑着走了过去："许教练，我这些如花似玉的同事可都是第一次来，你可别一次性把人都吓跑了。"

许诺诚闻声转过头看她："你当年怎么没被吓跑啊？"

房子多笑："那是我的意志力坚定。"

"你这句话的意思是，你的这些女同事的意志力不坚定？"许诺诚笑着调侃。

房子多见他故意歪曲她的话，连忙说道："我没这个意思。不过，你作为教练就不能温柔一点儿吗？"

许诺诚听后，冲着柳柳她们几个人笑道："我挺温柔的，你们说呢？"

柳柳她们几个人看到许诺诚的笑容，身上直接起了鸡皮疙瘩，因为她们心目中那个击剑王子其实是个魔鬼。

柳柳她们几个人想多休息一下，于是一起起哄，想看房子多和奥运冠军许诺诚对战。

房子多知道这是找虐，是献丑，不过还是答应了。因为她可是过来人，刚开始练习击剑的时候，真的被虐到怀疑人生，分分钟想逃离 VIP 室。

但也正是因为有这样一番经历，房子多才知道了职业运动员的辛苦。他们日复一日地训练，提高自己的实力，希望最终登上最高领奖台。那个位置不是所有人都能登上去的，大家却依旧为了这个梦想坚持着。

也不知道是不是许诺诚考虑到房子多的面子问题，这次对战他明显放水，但呈现了一个看似激烈的场面。这就好比拍武打戏，某个演员的招数看似很厉害，实则他的对手才是真正的高手。

即便房子多输了，柳柳、邓一卿、范琪琪在看完对战之后也个个向房子多竖起了大拇指。毕竟，房子多可是在跟奥运冠军对打啊，能得几分都相当厉害了。

"没想到子多这么厉害，果然名师出高徒！"邓一卿赞道。

房子多自然知道许诺诚在放水，给足了自己面子。不过这也不失为很好的招商广告，她才练两年就能让别人觉得她很厉害，真正喜欢击剑的人自然更愿意报名学习。

"我差远了，是许教练故意让着我。"房子多还是很实在的。

"我为什么要让着你？"许诺诚故意回道，"难道不是你进步了？"

许诺诚夸人的方式还是很有一套的，先抑后扬，房子多习惯了。

但是他的话在范琪琪听来别有深意。范琪琪觉得，许诺诚看房子多的眼神以及对她说话时的语气，都带着一股不为人察觉的温柔。

通常，女人在发现一点儿八卦的蛛丝马迹后，就会在脑海中织起一张弥天大网，然后不断进行联想。

训练结束后，大家一起去洗澡、换衣服。VIP室有单独的四个淋浴间，她们一共有七个人，只好轮流着洗。于是在这期间，柳柳她们几个人便和孙可可、白宴相互认识了一番。等大家洗完澡、换完衣服出来，差不多九点了。

"子多，一起去吃个夜宵如何？"柳柳问。

正在吹头发的房子多听后说道："可以啊！"

"那把你的两个姐妹和许教练也叫上！"柳柳建议道。

白宴和孙可可还在里面洗澡，房子多没多想："可以。"

于是，半个小时后，大家在一家串串店里吃起了夜宵。

房子多因为上周喝醉过，所以拒绝喝酒。都是女孩儿的聚会，大家也没强迫她。

一边是同事，一边是姐妹，但总体来说大家都是同行，所以聊上几句自然就熟络起来了。

郭美心突然扯到友情这个话题，于是，作为"饭盆姐妹"的三个人便成了大家参考的对象。

不知道是不是郭美心眼睛毒辣发现了什么，她提出的第一个问题就特别诛心："你们三个人认识这么久，又住在一起，真的从来没有发生过任何矛盾吗？"

三个人听了这个问题之后，互相对视了一眼，孙可可率先回道："我们三个人没有矛盾啊，一直都很好啊！"

孙可可说完，大家的视线集中在房子多的脸上，房子多也进行了一番表演："我们三个人一直都亲如姐妹。"

房子多回答完后，偷偷地瞥了一下白宴。

白宴是最后一个回答问题的人，只见她笑了笑："我只能说，有幸认识这两个亲如姐妹的好朋友。"

郭美心听后，表示羡慕："我曾经也有一个关系很铁的闺密，但在她结婚之后，我们的联系就变少了。所以看到你们这样，我真的很羡慕。"

"闺密之间，多联系自然会恢复亲密。"孙可可说道。

郭美心笑："她现在有了家庭，心思都放在孩子和老公身上，就算我们联系，聊的话题也都是老公和孩子。单身的我有时候会羡慕，有时候会庆幸，反正很复杂。前面一两年还行，后面我就觉得彼此的情感脱节了。"

"这是很正常的现象，你没必要特别在意！人生的道路上，我们总是会不停地遇见人和事，有些人可以一直陪伴你走到终点，有些人半路就下车了。我们不需要为此难过，因为每一段旅程都能让我们拥有不同的回忆，这就是人生的魅力所在。"柳柳说道。

"我赞成柳柳的话。不需要刻意强求，人与人之间无论是友情还是爱情，其实都是需要缘分的。"范琪琪说道。

"你的话我也赞同，不过友情在很多时候比爱情来得牢固。"邓一卿说道。

"说得没错，我也一直觉得友情比爱情牢固。"孙可可说道。

但是房子多没有附和，白宴也没有。

房子多的手机来了信息，她翻看了一下，是许诺诚说来不了了，让房子多帮忙转达歉意。

房子多放下手机，对着大家说道："许教练说他那边还有事，来不了了，让我跟大家道歉。不过今晚的夜宵，他会负责买单。"

范琪琪听到这个消息，第一时间哀叹起来："许教练怎么就不来了呢？还有，他不来怎么买单啊？"

房子多笑："我帮他买，再找他报销。"

"子多，你让他来嘛，增进一下师徒之情啊！"范琪琪说道。

范琪琪在训练结束后主动去办了卡，虽然教练不是许诺诚，但为了能多看许诺诚几次，她还是忍不住刷卡买单。柳柳、邓一卿以及郭美心也一并办了卡，她们办卡的原因有一部分是许诺诚，有一部分是其他帅哥教练，还有一部分是池炘。因为她们在洗澡更衣时，无意间从孙可可的口中得知池炘也在这里练习击剑，于是出于以上三点原因，都很爽快地掏了腰包。

员工和老板之间的关系是很微妙的，她们既害怕面对老板，又想在他面前积极表现。

不过不管出于什么原因，许诺诚的击剑馆一下子多了四个女会员。

房子多见范琪琪不死心，又邀请许诺诚一番，但是得到的答案是：真有事。

房子多也不好勉强许诺诚，于是对着大家说道："许教练这会儿真有事，让我跟大家说声抱歉。你们今后都在他这里练习击剑，有的是机会，别急于一时。"

范琪琪看着房子多，犹豫了一下，还是忍不住开口："子多，你和许教练之间是不是曾经有过什么故事啊？"

在座的所有人听了这句话，目光一致地集中到房子多身上。

房子多愣了下："琪琪，你这话是什么意思啊？"

范琪琪笑："感觉许教练对你有点儿不一样，不，应该说是很特别。"

房子多笑："你想多了！"

"真是我想多了？"范琪琪笑问。

"当然略，先不说我已经有男朋友了，就说我和许教练的关系。你们应该知道我的师父是影视界知名出品人和编剧孙萌萌，许教练是我师父的儿子，我们从小就认识，关系跟兄妹差不多。他对我特别应该是出于这层关系。"

"我忘了这一茬儿了！"范琪琪恍然大悟。

"不过子多，你跟许教练青梅竹马，就从没往那方面想过吗？"邓一卿开口问道。

又是这个问题！不过这个问题确实让人好奇，毕竟许诺诚那么优秀、帅气，大家在电视上看到他都会怦然心动，要是在现实生活中认识他的话，说自己对他没有任何想法可能会被人怀疑做作。

"没有想法啊！我把他当哥哥！"房子多道。

几个同事一致用怀疑的眼神看房子多。

"你们不信？"房子多笑问。

"不信！"大家异口同声。

"不信我也没有办法！"房子多耸肩。

郭美心没在房子多身上得到答案，自然就转移目标，询问孙可可："你呢，你对许教练有过想法吗？"

孙可可忍不住大笑起来："我是绝对不可能有想法的！"

"为什么？"郭美心问。

"我们是亲戚，是有血缘关系的堂兄妹！"孙可可说道。

大家感到很诧异，孙可可笑着解释："孙萌萌是我的堂姑妈。"

大家瞬间了然，于是现在就剩下白宴。

白宴见大家看向她，不由得笑了笑："都是朋友而已。"

"朋友？朋友是最有可能发展关系的！"范琪琪说道。

白宴笑："你们刚才不是也说了吗？感情是需要缘分的！有些人注定只能做朋友。"

"你真没有任何想法？"范琪琪追问。

白宴笑："有时候做朋友比做情侣更开心！"

范琪琪听后，似乎松了一口气："既然你们三位都没有想法，那么我就宣布一下我的真实想法——我想追许教练。"

大家听后，纷纷咂舌。

"琪琪，你是认真的还是在开玩笑啊？"邓一卿问道。

"当然是认真的啦！许教练是单身，对不对？既然他是单身，我就有机会啊！虽然可能性微乎其微，但是有对面这三位一起帮我的话，说不定就成了！"

房子多闻言，嫣然一笑："琪琪，你前一阵子不是还喜欢池炘吗？怎么转身就说要追许教练啊？"

"池炘不是成为你的男朋友了吗？我再一直惦记，岂不是不道德？"范琪琪说道。

房子多觉得范琪琪蛮可爱的，不由得说道："你变心这么快，我可不敢出面帮你。"

"子多，你还是不是好同事啊？"范琪琪说道。

没等房子多回答，郭美心帮她顶了回去："子多跟你没有多熟，上周你还与她势如水火，现在就成好同事了？"

范琪琪赏了郭美心一个大白眼："郭美心你不挑拨离间会死啊？！再说，你难道一点儿想法都没有？"

"没有想法，因为我一向很有自知之明！人家可是奥运冠军，家世又这么牛，我可不敢高攀。"郭美心说道。

范琪琪听了这句话，直接像泄气的皮球一样瘪了："也是，我确实高攀了。"

房子多笑："你们都是单身，要是你喜欢的话，可以试试啊！"

范琪琪又燃起一丝希望："子多，你愿意帮我？"

房子多解释："我的意思是，你自己争取，就像我跟池炽一样。虽然明知道两个人天差地别，但我努力过、争取过，结果真成了。"

"那是因为你是'锦鲤'，而我们什么都不是！"范琪琪叹气。

"琪琪，我劝你还是放弃吧！"邓一卿开口。

"为什么呀？子多都说可以争取了！"范琪琪不服。

邓一卿笑："你太花心了，不长情。"

"怎么连你也这样啊？"范琪琪撇嘴。

不过，房子多不帮她，还有另外两位啊。于是，范琪琪说道："可可、白宴，你们帮帮我？"

孙可可摆手："帮不了！"

"为什么？"范琪琪问。

孙可可在心里回了一句：能为什么呢？当然是因为许诺诚高不可攀咯。

"我觉得就跟多多说的一样，得靠自己争取！"孙可可搬出了房子多的话应付范琪琪。

"白宴，你帮我吗？"范琪琪不死心。

白宴与范琪琪对视，温柔地笑了一下："我觉得你们做朋友的话，关系或许可以更长久一些。"

范琪琪听完，用目光审视了白宴一下，随后叹气道："算了，我放弃，还是继续把许教练当成我的偶像吧！"

听完范琪琪的话，房子多也看了白宴一眼，不过很快收回了视线。

白宴察觉到了，但装作不知道。

夜宵吃了一个半小时，房子多回到池炘的小区时已经接近十一点了。

　　她正在输入房门密码的时候，对面的门被打开了。

　　许诺诚冒头："回来了？吃夜宵花了多少钱？"

　　这顿夜宵最后确实是房子多买的单，但她没打算让许诺诚报销。

　　"不用钱！"房子多说道。

　　"谁买的单？"许诺诚问。

　　"我买的，就当我请客！"房子多说道。

　　"那怎么行？多少钱，我转给你。"许诺诚坚持。

　　"不用，我进去了，晚安！"房子多拒绝。

　　许诺诚想叫住她，但房子多已经把门关上了，他只能轻骂嗔一声："这丫头……"

　　室内灯火通明，房子多换了鞋，没见到池炘的身影，于是叫了一句："池炘！"

　　"书房！"池炘回应。

　　房子多走到书房，见池炘还在工作，心里不由得再次感叹：他是名副其实的工作机器啊！

　　房子多站在他的身后，伸手圈住他的脖子，像猫咪一样蹭他。池炘停下工作，拉过她的手，一把将她带入怀中。于是，她整个人坐在他的腿上，仰头看着他。

　　"没喝酒，很乖。"池炘没闻到酒味，表示满意。

　　"我想喝来着。"房子多回道。

　　"想喝？这么快就忘了上周喝醉的事？"池炘问道。

　　房子多摇头，随后再次圈住池炘的脖子，将头贴在他的胸前："心情郁闷，想借酒消愁。"

　　"因为白宴？"池炘问。

　　房子多应道："嗯，我似乎知道她为什么会那么做了。"

第十章

浅情人不知

　　池炜见她有气无力，像是很伤心的样子，开口问："为什么？"

　　"因为爱情！"房子多回道。

　　池炜愣了一下："爱情？"

　　"她喜欢许诺诚，不过这只是我个人的猜想。"房子多说道。

　　"许诺诚？因为他，白宴做出背叛你的事？"池炜问道。

　　"我想不到别的原因！今晚内容部的几个女同事跟我们三个人一起吃夜宵，她的回答透露出一些信息。或许是我多想了吧。"房子多说道。

　　"许诺诚喜欢你，而她喜欢许诺诚。"池炜说道。

　　"我没觉得诺诚喜欢我，也没察觉她喜欢诺诚。"房子多说道。

　　"那是因为你笨！"池炜说道。

　　房子多听到自己被嫌弃，不由得说道："我笨？那你还要我。"

　　房子多的语气带着娇嗔的意味，池炜听了，伸手抚摸她的脸："是你追的我！"

　　房子多拉过他的手："我这么笨都能追到你，说明你也笨。"

　　池炜没有反驳她说话的逻辑："爱情确实容易让人智商下降。"

　　房子多笑了起来。

　　池炜继续说道："不过，许诺诚确实喜欢你。他亲口对我说的。"

房子多抬眼看他："诺诚亲口说的？"

池烆应道："只是有一点我不明白，他既然喜欢你，为什么一直没有任何行动？"

房子多撇嘴："我也百思不得其解。"

池烆闻言，低头看房子多："你其实一直知道诺诚的心意？"

房子多正想点头，但立马意识到这是一个带"坑"的问题。

"去你的公司上班之后，我隐约察觉到了，但之前是真的不知道！"房子多回道。

"白宴见许诺诚喜欢你，心生忌妒？"池烆将话题绕了回来。

"我只是猜测！"房子多不敢下定论。

"我去找诺诚过来，问一下！"池烆说道。

房子多闻言，从他怀里坐了起来："都这么晚了，明天再说吧。"

"今日事，今日毕！"池烆说道。

房子多服了他，最终池烆真把许诺诚找过来了。

两个人坐在客厅的沙发上，房子多也在一旁。

池烆的谈话方式非常赤裸裸，他直奔主题："诺诚，白宴喜欢你，对吗？"

许诺诚愣了一下："烆哥，你找我过来就是问这个？"

"你实话实说。"池烆说道。

许诺诚看了一下池烆和旁边的房子多："你们怎么知道的？"

房子多一听，大致确定了，于是试探地问："白白喜欢你，对吗？"

许诺诚看着房子多："白宴跟你说的？"

"我猜的。她跟你告白，你拒绝了她？"房子多问。

许诺诚摇头："没有，不过她确实私下向我示好，但我只把她当成朋友。"

"你跟她这么明确地说过？"房子多问。

许诺诚不傻，见房子多和池烆这么晚找自己过来，不由得问道："发生了什么事？你们今晚一起吃夜宵，白宴说什么了？"

"她泄露了我们正在做的新项目。"房子多实话实说。

许诺诚一副不可思议的表情："怎么可能？"

"池烆让人查过了，她的账户里多了一千万。"房子多说道。

许诺诚听完之后，再次确认："真的假的？"

房子多的语气特别低沉："我希望是假的。"

是的，她比任何人都希望这一切是假的，白宴不会对她做出这样的事，她们还是最好的姐妹。

许诺诚听后，表情变得十分严肃："她为什么要这么做？"

"可能是因为你！不过这个是我个人的猜测！"房子多说道。

"因为我？"许诺诚觉得莫名其妙。

"你喜欢房子多，白宴喜欢你，于是上演了一出爱恨情仇的戏码！"池炘进行了剧情延伸。

许诺诚见池炘当着房子多的面说出自己喜欢她的事，表情直接变得微妙起来，他甚至不敢再看房子多。

"炘哥，你也成了编剧了？"许诺诚回道。

"白宴对你有过暗示，我大致可以推理出她的动机。"池炘说道。

"我不相信白宴是这种人！"许诺诚依旧保持难以置信的态度。

"我也不相信！"房子多回道。

许诺诚看向房子多："子多，泄露之事如果真是白宴做的，你会怎么处理？"

房子多没有回应。

"我亲自去问她？"许诺诚说道。

房子多叹气："别问了。"

"为什么？"许诺诚疑惑地问道。

"池炘说，想看她之后有没有什么动作。但我今天见到她之后，觉得她应该到此为止了，不会有后续动作。"房子多说道。

今晚在击剑馆，许诺诚真的没看出来白宴和房子多之间有发生过这种事。"如果不是你们告诉我这些，我真看不出来你们之间发生了这些事！"许诺诚说道。

"她跟没事人一样跟我相处，我也看不出来啊！"房子多叹道。

"多多，发生这种事，你肯定很伤心。不过这事你能不能亲自找她谈一谈呢，问清楚真正的原因？"许诺诚建议，"倘若是因为我，我……那我在这儿跟你道歉。"

"又不是你的错，道什么歉！"房子多回他。

“我不该在她面前承认我喜欢你。”许诺诚自责地说道。

即便事先知道，房子多还是被许诺诚的坦诚惊到，说话支支吾吾起来：“我……我有什么好喜欢的？”

许诺诚的表情变得有些不自然，但他还是很勇敢：“我喜欢你，但也祝福你。是我自己不够勇敢，没能在池烆出现之前跟你告白。”

房子多的脸不自觉地红了起来，她用手揪着裙子：“那个……诺诚，我们是多年的朋友，也是……兄妹。”

“知道我为什么犹豫，没有直接跟你告白吗？”许诺诚问道。

房子多看着许诺诚，心里对这个问题十分好奇，但不敢问。

“我爸妈私下一直想把你介绍给我哥，这让我很犹豫，也正是因为这份犹豫，让我错失了机会。”许诺诚说道。

池烆听完答案之后，总算了然：“可是就算如此，你也可以直接跟房子多告白啊！”

许诺诚闻言，看了看池烆，随后将目光落在房子多身上：“在这之前，我一直以为多多喜欢我哥。”

房子多听后，整个脑袋都蒙了。

池烆听了这话，眼睛看向房子多：“解释。”

房子多直接从蒙变成了疯，怎么会有这样的误会存在啊？！看到池烆的眼神，她要是不解释清楚，他不吃了她才怪。

房子多连忙说道：“诺诚，我做了啥让你误会我喜欢诺一哥啊？”

“你对我哥说话的态度明显不一样。”许诺诚说道。

房子多想了想，没觉得自己对许诺一的态度有不一样的地方。

“有吗？”房子多回道。

“你自己没感觉，但旁人看着感觉很明显！”许诺诚说道。

房子多不知道该如何喊冤，只能这样解释：“你跟我是同龄人，我跟你说话自然是平等的，但是诺一哥，他是……他是哥哥啊！”

房子多想说许诺一是长辈来着，但觉得那样有点儿把他叫老了。

“你看他的眼神充满了崇拜！”许诺诚补充道。

许诺诚每次张口时，房子多都会下意识地看向池烆。尽管池烆面无表情，眼神却因为这些话产生了微妙的变化。

池烆吃醋的模样房子多是领教过的，他的占有欲被激发之后比任何人都来得强烈，于是她赶紧解释："我的确崇拜诺一哥，因为他是军人啊，每个女孩儿都崇拜军人。"

"我哥是军人，可我好歹也是奥运冠军，你为何不崇拜我？"许诺诚质问道。

房子多晕了，为了不得罪许诺诚，连忙说道："我……我也崇拜你。"

许诺诚听后，看了一眼池炘，接着说道："我没觉得你崇拜我，但你是真崇拜我哥！"

房子多觉得许诺诚像是在使坏一样，有点儿刺激池炘的意思。

"诺诚，你想干吗？"房子多不客气地回道。

许诺诚与她目光相接："如果不是误会你喜欢我哥，我肯定早就对你告白了，那就没有炘哥什么事了！"

房子多有种想捶许诺诚的冲动，因为他就是在刺激池炘。

"诺诚，你这是在找事？"房子多咬着后槽牙说道。

许诺诚听了，轻描淡写地说："也不能说是找事，我只是想完成自己的一个心愿，至少让你知道你曾经错过了什么。"

房子多听了这话，心情复杂。她试问自己，倘若没有池炘的出现，许诺诚向她告白的话，她会接受吗？

这个问题，她还真不好回答。许家的所有人都对她很好，她也很喜欢许家。倘若有时光机让她回到从前，这还真是一个难以抉择的问题。

不过没等房子多回应，池炘开口了："诺诚，房子多现在是我的女人，就不劳你们一家人惦记了。"

许诺诚听后，笑了起来："炘哥，你紧张了？"

池炘看着许诺诚："不是紧张，而是警告。"

许诺诚又笑："警告我？可是就算你警告我，多多跟我们一家人还是很亲近，这是你改变不了的事实。"

房子多看到这两个人抬杠，有种不好的预感，连忙劝道："诺诚，你别使坏啊！"

许诺诚听后，笑容更加灿烂："都说嫁出去的女儿是泼出去的水，多多，你还没嫁，就这么护着他。"

"我不护着他，难道护着你啊？"房子多的求生欲还是很强的，她跟许诺诚有十几年的交情，两个人经常斗嘴、互损，心里也不会有疙瘩。但池炘不同，她要是不及时表明立场，估计会被误会。

而且，许诺诚的为人房子多是再清楚不过的，他即便使坏说出这些话，也说明他已经能坦然面对她和池炘之间的交往了。

"多多，我们好歹也认识了十几年，这么深厚的交情，我竟不如他？"许诺诚继续使坏。

房子多直接朝许诺诚扔了一个抱枕："当然不如他。还有，你可以回家了！"

"见色忘义！"许诺诚在吐槽的同时也如她所愿，站起身，"那我回去了。"

房子多还是不忘交代一句："白宴的事我自己解决，你别插手。"

许诺诚看了一下房子多："好。"

许诺诚离开之后，偌大的客厅安静极了，气氛似乎有点儿不一样。

房子多转身看向池炘，笑嘻嘻地说道："池炘，时间不早了，早点儿休息吧！"

池炘没有动弹，而是张口吐出了两个字："解释。"

房子多有种不好的预感，连忙赔着笑说道："我……我都解释了啊！"

"好好解释！"池炘再次强调。

房子多抬手，一副发誓的样子："我真的对诺诚和诺一哥没有任何想法。"

"你对诺诚没想法，我相信，那诺一呢？经他提醒，我发现你对诺一的态度确实不一样。"池炘说道。

房子多觉得自己要被许诺诚冤枉死了，只能再次解释："都说了，他是哥哥，是军人，所以我小时候很崇拜他。"

"崇拜一个人，尤其是崇拜一个男人，那就是无可救药地爱上了他。"池炘说道。

房子多纠正道："你这是从哪儿看来的谬论啊？崇拜，是对一个人的能力和魅力的钦佩，也是一种遥不可及的向往，更是'可远观而不可亵玩'的态度。"

"你在面试时说，对我与其说欣赏，不如说崇拜。这里的'崇拜'

怎么解释？你喜欢我，也'亵玩'了我。"池烆说道。

　　房子多回想了一下自己面试时的场景，都快忘了自己说了啥，没想到池烆一字不漏地记住了。再说，什么叫作"亵玩"他啊，明明每次都是她被他吃得连骨头渣儿都不剩好吗？！

　　"反正我对诺一哥的崇拜只是钦佩。"房子多强调自己的立场。

　　"对我呢？"池烆问道。

　　"对你的崇拜，是喜欢，是爱！"房子多的求生欲爆棚。

　　"你对崇拜的理解这么分明？"池烆问道。

　　房子多点头："嗯，十分分明。"

　　池烆听了她的回答，站起身走到她的面前，她呆呆地看着他。两个人对视了好几秒，房子多开口："池烆，我喜欢你！我只喜欢你！"

　　话音刚落，房子多就被池烆直接抱了起来，他径直往主卧走去。

　　房子多见这个架势，用脚指头也能猜到池烆想干吗，于是叫了起来："我还没洗澡呢！"

　　"我也没洗！"池烆回了她一句。

　　于是两个人一起进了浴室，不仅做出了节省水电的公益行动，同时也进行了身与心的全方位交流。

　　房子多完全不知道自己是怎么回到床上的，直到呼吸顺畅一些后，她抬起软绵绵的手，轻戳一下池烆的脸："池烆，你这个醋包。"

　　池烆紧搂着她的腰，两只眼睛凝视着她："房子多，你记住，你只属于我。"

　　房子多嫣然一笑："那你呢？"

　　池烆回道："我也只属于你！"

　　房子多听后，窝在他的怀里："池烆，你记住你自己说过的话，不许反悔，不然的话……"

　　"不然怎样？"池烆问。

　　房子多蹭了下他的脖子："不然，我咬你！"

　　池烆故意装作听差她的话："要我？"

　　"咬你！"房子多纠正。

　　"要我？"池烆跟她唱反调。

　　房子多见状，咬了一下他的脖子，但她此举不是像吸血鬼那样将一个人的血吸干，而是迎合了池炘的意思。

结果就是房子多被他折腾得连抬手的力气都没了。

次日上午，池炘和技术部的骨干开会，一个小时的会议里喝了三杯咖啡。

朱跃第一次见池炘这样猛灌咖啡，特意观察了他的脸色，池炘看似抖擞非常，没有任何异样。不过，非要说异样，那也有，就是池炘的态度似乎比以前柔和了一些。这肯定得归功于房子多，果然，男人有了女人，再刚硬也会变成绕指柔。当然，池炘现在离绕指柔的距离还是有点儿远的！

会议结束之后，朱跃和池炘一起回办公室。

朱跃收到信息，直接边走边汇报："莉莉的行踪确定了！"

池炘听后，回了一个字："说。"

"林麓的车在车牌号为 XQ679E0 的大车里。"朱跃说道。

"那大车现在停在哪儿？"池炘问。

"在郊区，警方已经找到了林麓和莉莉！"朱跃回答道。

"帮我推掉后面的行程，我现在去见莉莉！"池炘说道。

朱跃点头："我和你一起去。还有，董事这边的调查结果也出来了，最近许文明董事在秘密增持股份。"

"许文明？"池炘念着这个名字。

"对！"朱跃点头。

"增持多少？"池炘问。

"目前增持不到1%，在很隐秘地进行。"朱跃回答道。

许文明这个股东，池炘还是很了解的。许文明是靠买办起家的，不过是个很有投资眼光的人。在池炘创业初期寻求资金时，许文明看过池炘的游戏架构方案之后，没有犹豫，直接表示愿意投资，而且可以全资入股。但池炘没有应允，只答应他最多持股20%，而且投资金额必须达到5亿。对于一个新游戏公司来说，这种苛刻的条件是一个特别荒诞的要求，纯属空手套白狼，一般人根本不会理会，但许文明一口答应了。

也正是因为许文明的爽快，in科技瞬间拥有了强大的启动资金，公司的产品开发得以快速进行。《无极》上市之后，迅速席卷了整个游戏市场，事实再次证明了许文明眼光的毒辣，投资 in 科技应该是他这辈子最为精准的一次投资。1% 的股份看似比例很小，但以 in 科技现在每年的盈利总额来说，是一个非常大的数字。

可在此之前，池烆和许文明之间对 in 科技的发展方向的交流和探讨几乎是无分歧的，为什么许文明会突然产生异心呢？

"许文明为什么要这么做？"池烆思考着问道。

"目前不清楚他的目的！"朱跃回道。

"他是商人，应该知道公司经营良好对他而言只有收获，没有损失。他要是在背后搞这一套，百害而无一利。"池烆进行分析。

"我也是这么想的。可他先抹黑你的形象，接下来又想动摇你在公司的主导地位，傻子都知道你对整个公司的重要性。"朱跃说道。

"或许他有更好的人选？他最近跟谁有密切接触？"池烆问。

"他最近跟好几个董事都有接触！"朱跃回道。

池烆听后，目光转向朱跃："也包括你吗？"

朱跃怔了一下："那倒没有，他应该清楚我是你的人。不过，阿烆，你为什么会这么问？"

池烆知道自己刚才的那句话有不信任朱跃的嫌疑，但还是直言道："你也是董事之一，不是吗？"

朱跃笑："对，我也是，不过许文明根本看不上我的股份。"

池烆倒不这么认为，回了四个字："积少成多。"

朱跃听后，收起笑容回答道："没错，积少成多。这不，他手中的股份已经多了近 1%。"

"我找他谈谈！"池烆说道，"帮我约一下他。"

朱跃知道池烆处理问题的方式都是很直接的，于是担心地说道："这样会不会打草惊蛇？"

"倘若他真有别的想法，我会试图说服他。"池烆想直接解决问题。

朱跃看着池烆："好，我去跟他约时间。对了，你现在要去警局见莉莉吗？"

池烆看了一下时间："我现在去。如果许文明下午有空的话，就约下午见面。"

朱跃点头："好。"

半个小时后，朱跃和池炜来到了警局。

在警员的带领下，他们来到一间审讯室，见到了王莉莉。

脸上缠着纱布的王莉莉一见到池炜，整个人的情绪直接激动起来："哥！"

池炜听到这一声"哥"，便知这是正常的王莉莉。

王莉莉一把抱住了池炜："哥，你总算来救我了。"

或许是因为有了房子多这个女朋友，池炜对于这种身体上的接触没有以前那样排斥。他微微抬手，最后轻轻地拍了拍王莉莉的后背："莉莉，对不起，哥哥没能保护好你。"

王莉莉听完，直接哭了起来。

池炜不太会哄女孩儿，至少目前为止还没哄过，整个人看上去有些手足无措。

朱跃见了，上前帮忙："莉莉，别哭了，我们来了，没事了，别哭。"

但王莉莉还是没有停下哭声，愣是抱住池炜哭了好一会儿。

池炜扶着她坐下后，仔细看了一下她脸上缠着的纱布："另一个你想改变你原本的形象，彻底占据你的人格。"

王莉莉轻轻地点了点头。

"莉莉，我已经联系了最好的心理医生，你接受治疗，好吗？"池炜问。

王莉莉抬头看池炜："哥，对不起，我给你惹了很多麻烦。"

"要说对不起的人是我，这么多年，我从来没有关心过你和妈妈！"池炜说道。

王莉莉摇头："我知道你不是有意的。妈妈跟我说过很多事情，你不是有意的。"

池炜看着王莉莉："我明天让她来 B 市照顾你。"

王莉莉点了点头。

池炜抬眼看了一下警员："我想见林麓，可以吗？"

警员点头："可以。"

听到林麓的名字，王莉莉立马站了起来："哥，这事跟林麓没关系，都是我的责任，她也是出于好意。"

见王莉莉第一时间为林麓求情，池烆大致知道，两个人的关系不是多年未见的朋友那么简单。

"朱跃，你在这儿陪莉莉，我去见林麓！"池烆交代道。

朱跃点头，池烆转身出去。

警员将林麓的审讯结果告知池烆——林麓和王莉莉都是自愿的，林麓想保护王莉莉，所以在医院陪她，并带她逃跑。当然这一切是有人从中促成的，但林麓不清楚背后之人是谁。背后之人使用的是虚拟电话，警方目前正在进一步调查。

池烆在另外一间审讯室里见到了林麓，林麓穿着一袭黑衣，戴着一顶棒球帽，耷拉着脑袋。

听到开门的声音后，她缓缓抬起头，侧过脸看向门口，见来人是池烆，她的眼里闪过一丝惊慌。池烆径直走到林麓对面，拉开椅子坐了下来。面对面无表情的池烆，林麓明显有些慌张，双手紧握，不敢看他。

安静的审讯室里响起了池烆的声音："林麓，针对你带走莉莉一事，我不会追究。我来找你，是想请求你今后好好照顾莉莉。"

林麓听了这句话，一脸愕然，张了张嘴："你说什么？"

"今后请你好好照顾莉莉！"池烆重复了一遍。

"你真的不追究我的责任？"林麓满眼惊讶的神色。

"莉莉给你求情了，所以我不再追究。不过，我不希望今后再有这样的事件发生。"池烆说道。

林麓连连点头："我再也不做这样的事了，只想和莉莉平安无事。"

"我不追究你的责任，不代表我不追究你背后之人的责任。你真的没有任何线索吗？"池烆问道。

林麓回道："能交代的我都交代了。除了莉莉的信息，我还接到一个陌生来电，就是那天我从医院带莉莉走的时候接到的电话，然后我们才躲进了一辆大车里。"

池烆听完之后，开口问道："我想问你一个问题，你在意的是现在的莉莉，还是另外一个她？"

林麓愣了一下，张口说道："对我而言，她都是莉莉。"

池烆看着林麓："那我上次见你时，你为什么撒谎？"

"是莉莉交代我的。"林麓回道，"我不是故意隐瞒，但莉莉交代我这么做的。而且我真的不想让莉莉受到任何伤害，无论是哪个莉莉。"

池烆盯着她看，从林麓的眼神可以看出她的认真，可是这份认真是真心实意的吗？

"林麓，今后请你好好照顾莉莉，我不会亏待你的！"池烆说道。

林麓听完之后，连连点头："我发誓，我一定好好照顾莉莉。"

池烆听完她的保证之后，对着警员说道："我不追究她的责任，可以直接释放她吗？"

警员点头："可以，不过你得签一份和解书。"

池烆签了和解书，将王莉莉和林麓领出了警局。

她们两个上车之后，站在车外的朱跃问池烆："阿烆，你打算把莉莉安排在哪儿？"

"九溪别院！"池烆说道。

"好，那我现在送她过去！"朱跃应道。

"你也联系一下心理医生！"池烆交代。

朱跃点头："林麓呢？让她跟莉莉一起去？"

"你待会儿去问莉莉的意思，以及林麓的想法。"池烆说道，"还有，安排我妈明天过去。"

"好，我去安排。"朱跃点头。

池烆看了一下时间："你送她们去九溪别院，我去见许文明。"

朱跃听后，回道："不是下午吗？怎么改成中午见面了？"

"他说中午一起吃饭。"池烆回道。

"那好吧，我送莉莉回去。"朱跃说道。

池烆和许文明约定见面的地方是一家高端私人会所，从大门到走廊，再到亭台楼阁，以及包间的内饰都以中国古风为主。

池烆沿着走廊往包间走去，只见这里小桥流水、芭蕉竹林，尽显一步一景的雅致。

许文明订的包间的名字也很雅致：极渊阁。

池烆推门进去，只见一位漂亮的服务员正在泡茶，而一个年过半百的男人端坐在餐桌的主位上。

见池烆进来，许文明起身，笑盈盈地招呼："池烆，来了。"

面无表情的池烆走了过去，坐在了许文明的对面。

服务员优雅地给池烆倒了一杯茶，茶杯雅致，汤色浅黄，幽香四溢。

"尝尝我新得的大红袍。"许文明笑着跟池烆介绍茶品。

池烆端起茶杯品了一口，随后放下："不错。"

"我也给你匀了二两，别嫌少！"许文明说完，将一盒包装精致的茶叶礼盒推了过来。

"谢谢！"池烆没有拒绝。

一般人谈事都是边吃边聊，但是池烆没等上菜就直奔主题："许董事，我今天与你见面只为了一件事。"

"什么事？"许文明习惯了池烆的直接，觉得他不浪费时间，特别利索。

"你私下增持股份一事！"池烆直白地说道。

许文明听后，笑了笑："这件事你知道了？"

许文明表情和悦，没有一丝意外之色。与他打过多次交道的池烆深知，这个人的城府比一般人的深，他做事也比一般人来得利索，看待问题的角度也比一般人的超然。

"我能问原因吗？"池烆说道。

"我增持股份就是为了钱！"许文明很痛快地回道。

"没有别的目的？"池烆问。

许文明闻言，看了一下池烆，笑了笑，温和地让服务员先出去。

服务员离开之后，许文明接过泡茶的工作，给池烆续杯，和颜悦色地说道："就是为了钱！"

"为了钱，我理解，毕竟你作为商人，追求更多的利益是本能。不过我不明白你为什么在这个时候增持，就不怕我怀疑你是最近事件的制造者？"池烆没有绕弯子，很直白地对许文明说道。

"最近事件的制造者？"许文明笑，"你是说，你的项目被泄露，以及你妹妹的事件？池烆，自古有句话，家和万事兴。你我都是 in 科技的股东，对于企业而言，我们就是一家人，起内讧对企业没有一丝好处，只会将企业带入深渊。还有，你是 in 科技的创始人，也是公司的灵魂人物，恐怕我只有疯了，才有可能对你进行攻击。"

池烜端起茶杯品了一口茶，放下之后说："听许董事的话，你像是个局外人。"

许文明的脸上依旧带笑："我也不能说自己是局外人，就如刚才所说，对于公司而言，我们是一家人，打断骨头连着筋。"

"那你如何看待最近的事件？"池烜问。

"出事之后，我也在背后进行过调查，毕竟这事跟我的自身利益有着直接的关系，我是绝对不能容忍自身利益受损的。"许文明说道。

"调查的结果如何？"池烜问。

"对方隐藏得太深了，我到现在还没查到线索。不过他们将我推出来做挡箭牌，可想而知这个局被布得有多深！"许文明说道。

池烜看了下许文明："许董事，听了你这番话，我相信你真诚的为人。"

许文明闻言，笑着摆手说道："池烜，你也不能完全相信我，毕竟我是个商人，无利不起早。"

"你能这么坦诚，说明问心无愧！"池烜回道。

许文明笑："你信任我，对于我来说是好事，但这种信任也存在一定危险性。毕竟这个世界太复杂了，不像你这么单纯、直白。"

"许董事竟然觉得我单纯、直白？"池烜对这个评价似乎有点儿诧异。

"你我合作多年，我虽不能说十分了解你的性格，但是一直都在观察你的为人。情感方面的神经受损对你而言是无法言语的痛，但你也因祸得福，更加专注于事业，因此获得了巨大的成功，这完全归功于你对一件事的单纯和执着。你没有别的商人那么复杂、阴险，这也是我当年一口答应投资 in 科技的原因之一。"许文明说道。

池烜清晰地记得，当年许文明投资 in 科技，一是看中游戏项目的方案和发展潜能，二是看中池烜的为人。当时许文明的解释是，池烜的眼神很干净。

"许董事，你想让我信任你，又想让我保持对你的警惕，你似乎有点儿自相矛盾。"池烜说道。

"任何事或人都是没办法绝对信任的，都是存在矛盾的。如何找到平衡点，就看你个人的底线在哪儿。"许文明道。

"今天与你见面，我上了一课，收获颇丰！"池炘说道。

"池炘，作为投资者，我更希望你保持这份单纯、直白。因为陷入无端的猜忌和怀疑，不仅个人会变质，企业也会变质。"许文明说道。

"这次与许董事的交流诠释了一句话——听君一席话，胜读十年书。"池炘说道。

许文明笑："池炘，我发现你最近有点儿变化，竟然变得有点儿人情味了。"

"人情味？"池炘念着这三个字。

"是啊，以前的你，可从来不会说这种客套话。"许文明说道，"是谈恋爱的缘故吗？"

池炘想了想："或许我的情感方面的神经在逐步恢复。"

许文明意外："能完全恢复吗？"

池炘摇头："专家的诊断是不能。"

许文明感到遗憾："不能？那你谈这场恋爱是在公关？"

"不算公关，她是独一无二的存在！"池炘说道。

"独一无二？"许文明有些好奇。

"我对她有感觉！"池炘如实说道。

"有感觉？好事啊！这么说来，你的女朋友还真是独一无二！不管如何，我都要恭喜你有了女朋友，有时间、有机会的话，你带她出来，我们见面认识一下。"许文明说道。

"好！"池炘应道。

"不过作为男人，又是长者，我得提醒你一句，男人一旦有了在乎的女人，那么就意味着自己有了软肋。"许文明说道。

池炘愣了一下："软肋？"

"女人在很多时候是男人的软肋。"许文明笑。

池炘思索了一下："许董事，你的软肋是你的夫人吗？"

许文明笑："当然，她是我的软肋，同时也是我的动力，最重要的是，她是我的精神支柱。"

"看来你很爱你的夫人！"池炘说道。

"刚结婚那会儿我觉得是在和她搭伙过日子，但时间久了，她的重要性就越发凸显。"许文明说道。

池炘大致了解许文明的个人背景：他家里有钱，身边美女如云，最后却和父母指定的人结婚，强强结合，之后就给人一种收心养性的印象，个人财富呈递进式增长，他成了隐形大富豪。

"向你学习！"池炘回道。

许文明笑："民间有句俗语，妻等于财。"

池炘微微点头，像是领会了他的赐教。

池炘回到公司时已经是下午三点，于是直接让朱跃恢复了接下来的工作安排。

朱跃立马着手整理，汇报最近的工作流程："三点半有伦敦分部的远程会议。"

池炘点头。朱跃在退出办公室之前，还不忘追问中午池炘和许文明见面的结果。

"阿炘，许文明怎么说？"朱跃问。

池炘抬眼看了一下朱跃："他不是事件的制造者！"

朱跃诧异地问："是你排除了他的嫌疑，还是他的自我解释？"

"他很坦然地说，增持股份的目的就是赚钱。我相信他的话。"池炘说道。

朱跃愣了一下："他说你就信？"

池炘听了这话，用目光审视朱跃："朱跃，你的态度似乎有点儿激进！"

朱跃连忙解释："不是，我没有激进的意思，只是觉得防人之心不可无。"

"他也是这么说的！"池炘回道。

朱跃又愣："他这话什么意思？"

池炘看着朱跃："许文明这人我虽然没有深入了解过，但从利益的角度来看，倘若他攻击我，或者是暗箱操作，对他来说都是百害无一利的事。这是客观事实，所以我相信他说的话。"

"看来他与你达成了某种共识！"朱跃说道。

"利益就是共识！"池炘回道。

"可是最近发生的这一切，若说背后没有操纵之人，我是不相信的。"朱跃说道。

"背后操纵之人肯定有，只是是谁还不清楚！"池烆道。

"阿烆，你身边的每一个人都有可能是值得怀疑的对象，包括我！"朱跃说道。

闻言，池烆定定地看了朱跃几秒，之后将眼神落在刚才收到信息的手机上——发送者是房子多。

信息的内容是："找到莉莉了，是吗？"

池烆回复："嗯！"

"她现在在哪儿？怎么样？"房子多很快回复。

"她的情绪还算稳定，我暂时把她安排在九溪别院了。"池烆回复。

"我晚上下班后过去看她。"房子多回复道。

"好！"池烆回复完，将手机放下，目光再次回到朱跃身上。

"朱跃，你刚才那句话的意思是，包括你在内的所有人，我都不能完全信任？"池烆接上刚才的话。

朱跃点头："包括我，包括莉莉，包括……房子多。"

池烆听后，嘴里念出："房子多？"

朱跃看着池烆的脸色，继续说道："阿烆，防人之心不可无。"

池烆大致懂了。他最近似乎一直被有意无意地输入一个观念：防人之心不可无。

夜色袭来，万家灯火点亮了人们回家的路。

房子多和池烆一起去了九溪别院。因为王莉莉的情况特殊，朱跃在安置她时，也直接在别墅安排了安保人员和保姆。进屋之后，房子多看见王莉莉和林麓正在餐厅吃晚饭。

两个人见到池烆和房子多，立马站了起来。

房子多看着王莉莉，缓缓地走了过去，随后装作随意的样子和她打招呼："莉莉。"

王莉莉对房子多没有表现出多大的热情，但也没有刻意冷漠地对待她，就像在办公室时那样，两个人的关系就是点头之交。

气氛其实还是有那么一点儿尴尬的，但房子多一点儿都不介意，笑着问："你们正在吃饭啊？"

王莉莉没有接她的话，而是怯怯地问池烆："哥，你吃饭了吗？"

池烆愣了一下，随后回道："没有。"

"那和我们一起吃吧！"王莉莉小声说道。

池烆没有拒绝，王莉莉出于礼貌，也问了一下房子多。

房子多笑着点头："好呀！"

其实，即便王莉莉没有主动邀请，她也会不客气地坐下来跟她们一起吃。

吃饭时，房子多主动关心起王莉莉的身体情况以及精神状态，但王莉莉没怎么回应，大多数是林麓代为回答。房子多可以确认一点，这是真正的王莉莉——话不多，性格内向，给人一种有点儿自卑、自闭的感觉。反观林麓，她跟房子多上次见到的样子明显不同。上次的林麓就是位平易近人的女老师，但现在的她身上散发出来一种可靠的气场。

房子多对此表示理解。因为经历过创伤的人能遇到一个让自己安心、信任的人，实属不易。

饭后，四人坐在客厅的沙发上聊天。

林麓主动坦白："上次对你们撒谎，我表示歉意。其实当时我没有完全想好。

"我和莉莉在年少时的经历确实给我带来了巨大的冲击和影响，直到再次见到莉莉，我对她还有怨恨。但这也让我明白了一件事，那就是这么多年我一直没有放下她。小时候的那件事在我心里埋下了一颗种子，如今它已经长成了一棵大树，我得接受现实，于是慢慢地让自己接受患人格分裂症的莉莉。

"现在的莉莉，我想保护；另外一个莉莉，我也想保护。我们的目的是一致的。"

说完这一大串话，林麓主动伸手，握住了王莉莉的手。

房子多一直都很好奇王莉莉人格分裂的原因，于是温柔地询问："莉莉，你能告诉我们，当年发生了什么吗？"

王莉莉看了一眼房子多，随后对林麓说道："林麓，我有点儿累，想上楼休息了。"

房子多觉得自己多话了，因为她刚才的问题就是在揭人伤疤。

"对不起！"房子多主动道歉。

王莉莉没理会，而是跟池炘说："哥，我先上楼了。"

池炘微微点头，林麓扶着她离开了客厅。

房子多看着她俩的背影，满脸都是内疚的神色。作为悬疑作家的她，一直保持着强烈的好奇心，迫切地想知道内幕和真相。

看着林麓和王莉莉的背影消失在二楼的转角处，房子多小声地叹气："对不起啊，我不是故意惹莉莉不开心的，只是好奇当年发生了什么事。"

池炘的好奇心其实一点儿都不逊色于房子多，只是他保持着理智，因为只能靠莉莉自己主动说出来。

"从明天开始心理医生会介入，你暂时收起你的好奇心吧！"池炘说道。

专业的心理医生肯定比房子多这种半吊子来得有效果，于是她不再纠结了。回去的路上，她一直在思考一个问题，为什么王莉莉突然不再躲避了？不，应该说背后之人为什么不再继续压着王莉莉这张牌了？

是因为王莉莉的人格转换了过来，他操控不了，还是别的原因？

房子多转过头，看向池炘："池炘，你有没有想过，为什么莉莉会突然被找到？"

池炘听完，开口问道："你有什么想法？"

"我总觉得有些蹊跷。"房子多说道，"不过或许是我多疑了。"

池炘看了房子多一眼："我下午也仔细想过这个问题。"

"结论呢？"房子多问。

"让心理医生去揭开这个谜底吧！"池炘说道。

房子多听后，笑了笑："也是，我们猜想得再多也没用，专业的事得专业的人干。"

"房子多，你似乎对莉莉格外关心！"池炘说道。

房子多愣了一下，随后笑着说道："她是你的妹妹，我当然要关心啦！"

"除了这个原因，你没有其他的用意？"池炘问。

"为什么这么问？"房子多讶异地问，接着说，"如果莉莉不是你的妹妹，我最多就是一个看客，追追她的新闻报道，头脑风暴一下你们池家的爱恨情仇。可她是你的妹妹，而我又在乎你，自然爱屋及乌地在乎她、关心她。"

"抱歉，我的问话方式很不妥！"池烆致歉。

见池烆跟自己道歉，房子多觉得新奇，这是一个好现象啊！

"我大人有大量，不会跟你计较的。"房子多大度地回答。

池烆见她不生气，接着说道："我母亲明天过来！"

"过来照顾莉莉吗？"房子多问。

池烆点头："莉莉答应我接受医生的治疗，所以我想让我母亲过来陪伴她。"

坐在副驾驶座上的房子多看着池烆轮廓分明的侧脸："池烆，你是一位好哥哥。"

池烆没有认可这句话："我不是！"

房子多见他否定，笑着说道："你以前可能不是，但现在正在慢慢成为一位好哥哥。"

"失去的岁月是无法挽回的，也是无法被弥补的。"池烆回了一句。

房子多听后，否定道："失去的岁月确实无法挽回，但可以被适当弥补。对于莉莉而言，你现在就是在弥补。"

"会有作用吗？"池烆问道。

"当然会，人非草木，孰能无情？"房子多回道，"我只接触过莉莉二十几天，她的行为表现出来的信息是她不太喜欢靠近别人，但这种人的内心往往是极度渴望友情和亲情，甚至爱情的。"

"你的话总让我觉得你是心理医生。"池烆说道。

房子多笑："我肯定没资格当心理医生，但有句话是这么说的，'作家的共情能力是天生的，作家也是天生的心理医生。只是他们大多数将共情能力用于笔下的人物，而不是活生生的人。当然，他们笔下的文字也可以带给人温暖，带给人力量，带给人希望'。"

"你这是在自夸吗？"池烆回道。

房子多眉眼弯弯："算是吧，往自己脸上贴金也是一种传统美德。"

池烆看了她一眼："你的文字我看过，如你所说，能带给人温暖，带给人力量，带给人希望，但同时容易让人陷入绝望的深渊。"

房子多听完评价之后，十分讶异："我可记得你上次对我说，我写得不怎么样，现在怎么夸起我了？实在让人有点儿不适应啊！"

"你驾驭故事的能力确实薄弱，但文字勉强还行。"池烆说道。

"这会儿又是'勉强还行'，我的文字到底行不行呢？"房子多笑着问，"还有，你刚才为什么说我的文字会让人陷入绝望的深渊？"

"我想这和作者的个人经历有关吧！"池烆说道。

房子多不解："我的个人经历？什么意思？"

"看似明朗，实则阴暗。"池烆解释。

房子多愣了一下："你指我本人吗？"

池烆看了看她："你的文字透露出来的就是这种感觉。至于你本人，我正在考察中。"

房子多听完，表示无奈："一千个读者眼中有一千个哈姆雷特。还有，大多数人对一本书的读后感和读者本人的经历及领悟有关。呵呵，我们俩这么交流，似乎有点儿互相伤害的意思啊！"

"我不否认自己的内心拥有黑暗的一面！"池烆倒是特别坦然。

"我也不否认自己有黑暗的一面，不过倒是你，比我想象的还要磊落。"房子多夸赞道。

池烆揪住一个词："想象的？你想象过我？"

房子多笑，很坦然地承认："当然想象过，没和你在一起时，我就一直想象和你恋爱后你会是什么样子。"

"你所想象的我是什么样子？"池烆问。

"想象中的你，比现实中的你更温柔，更会说情话。你对全世界冷酷，唯独对我一个人温柔。"房子多说道。

"事实不就是如此吗？"池烆问道。

房子多听后笑了起来："你一直认为自己很温柔，很会说情话？"

"我对全世界冷酷，唯独对你一个人温柔！"池烆重复这句话。

房子多看着他，随后身体微倾，靠在他的身上，语气变得格外温柔："所以说，我是幸运的'锦鲤'，天选之子。"

池烆的鼻尖尽是房子多的发香："你这样会影响我驾驶。"

房子多闻言，不但没有离开，反而像猫咪一样蹭他："你可以换成自动驾驶模式啊！"

"房子多，你想干吗？"池烆低头看她。

同一时间，房子多仰头，两个人之间的距离不到5厘米。

"想亲亲，想抱抱，想举高高。"房子多娇嗔道。

"你想在车上？"池炘应道。

房子多没想到池炘这么直接，她只不过是想撩一下他而已，没有别的想法。

她连忙放开池炘："你还是专心开车吧！"

但是房子多不知道，池炘是老虎，她撩了他之后，是要付出代价的。

池炘直接将车转换成自动驾驶模式，转过头看向身旁的房子多。

房子多有点儿怕了："那个……池炘，我们经常上热搜，也算是公众人物了，得注意影响。"

池炘盯着她看，随后调节车内的设置，让前后左右的车窗玻璃都变了颜色，车内的光线也跟着暗了儿分。

房子多知道自己惹祸了，连忙说道："池炘，车上不安全，车上没有……套。"

"你的包里有！"池炘说道。

房子多蒙了，于是低头扒拉了一下自己的包，果真有好几盒。

自从发生换包事件后，房子多使用率最高的就是手中的这个布包，而她这些天又忙，没来得及整理，这几盒东西还是她亲自去药店买的。

"你什么时候偷翻我的包了？！"房子多又惊讶又害羞。

"无意间看到的！"池炘说道。

房子多羞赧无比，连忙解释："这个……这个是我……是我那天买的，就是那天让你半路放我下车去药店时买的。"

"我知道！"池炘应道，"有两盒跟我的尺寸不合。"

房子多听了这句话，脸红到像要滴血，结巴道："我……我当时不知道，所以每样拿了一盒。"

虽然车内的光线暗淡，但池炘通过对方的呼吸频率便能感受到她此时此刻的紧张感。

"既然买了，就得物尽其用。"池炘说道。

房子多有点儿想捶自己的脑袋，没事招惹他干吗呢？

"池炘，注意影响，注意影响！"房子多再三提醒。

"放心，车内很安全，外面的人什么也看不见。"池炘说道。

房子多的身体靠着车窗，手里揪着布包："就算看不见里面，可你的车牌号大家都知道。"

"房子多，是你自己主动的！"池炘说道。

房子多晕了，连忙承认错误："我错了，以后再也不敢在你开车的时候撩你了。"

"你真的不想尝试一下？"池炘问。

房子多明显觉得自己的脸烫得可以拿去当烤盘了。

在车上尝试这件事，房子多之前只在影片里看过，没想象过自己和池炘也会这样做。毕竟两个人刚在一起没多久，都是新手，不是"老司机"。

"池炘，你是不是私下偷偷恶补了某些影片啊？"房子多问道。

"以前看过，现在想学以致用！"池炘说道。

房子多觉得空气里都充满了调情的味道，再这么下去的话，该发生的事情肯定都会发生。

想要摆脱这个情况，转移话题是最好的方式，于是她连忙说道："池炘，股东那边查得怎么样了？"

"我暂时不想和你讨论这个问题！"池炘说完，解开了安全带。

房子多不依："我们都快到家了，而且坐车不系安全带不仅有安全隐患，还会被扣分。"

池炘见她一直抗拒，只好重新将安全带系上，嘴里说了一句："尻包。"

房子多听了这话，便知自己解除了被他"就地正法"的危机，于是身体坐正，嘴里还不忘说一句："安全第一。"

池炘看了一下前方，再转一个路口就到家了，时间确实不够"作案"，于是他回答了她刚才问的问题："股东那边，我们查出许文明董事正在增持股份，不过动作不太明显。我中午跟他本人谈过，排除了他的嫌疑。"

房子多见池炘回归正常交流，自己也开始正经起来："许董事增持了多少股份？"

"1%！"池炘如实回答。

"这么短的时间内增持1%，你竟然觉得他的动作不明显？"房子多反问。

"我看过资料，他不是最近才增持的，而是已经持续了半年！"池炟说道。

"半年？那不是更显得他有计划吗？"房子多说道。

池炟转过头看房子多："你说的话跟朱跃的一模一样，他也觉得许文明有计划。"

房子多与他对视："那你为什么排除了他的嫌疑呢？"

池炟道："他是商人，重利，所以没有理由攻击我而让自己的利益受损。"

"你就这么相信他？"房子多反问。

"他说了一句话，让我相信他了！"池炟说道。

"什么话？"房子多好奇。

"妻就是财！"池炟如头说道。

房子多没听清楚："什么'妻就是财'？"

"妻子的妻，妻子等同于财富。"池炟解释，"他是商人，追求利益，但已婚的他有了软肋，有了底线。"

房子多听后，看着池炟感叹一句："池炟，你还真是一个理想主义者。"

"理想主义者？或许吧！"池炟说道。

房子多继续看着他，随后问："池炟，那你现在有软肋和底线吗？"

"底线一直都有，至于软肋……"池炟说到这儿，也看了一下房子多。

房子多的眼睛里透露着好奇和期许的神色，因为池炟刚才说的许文明的那番"妻就是财"的言论，让房子多心生憧憬。

池炟接着说道："我的软肋正在生长！"

虽然池炟没有直接说软肋是她，但有一点很确定，他已经有了软肋。换作别人，这时候肯定要用甜言蜜语哄女朋友开心，他却很理智，这种理智让人觉得靠谱、安全，因为理智的感情往往比冲动来得更扎实。

"池炟，除了许文明有增持股份，其他股东没有异常吗？"房子多问。

池炘怔了一下："其他股东？"

房子多点头："嗯，你都调查过了吗？"

池炘看过朱跃递上来的报告，所有股东的股份信息都在上面，确实只有许文明所持的股份有变动，不过似乎有一个人被遗漏了。

池炘反问一句："你为什么会这么问？"

房子多愣了一下："因为我想知道结果啊！"

"你是在怀疑谁，还是说你手里有证据？"池炘问道。

房子多连连摆手："没有，我就是问问，想知道真相而已。"

被改成自动驾驶模式的车已经驶进了地下车库，很快到达了指定车位。在这期间，池炘的两只眼睛一直盯着房子多，把房子多盯怕了。

"我的话有问题吗？你这样看着我，我的鸡皮疙瘩都起来了！"房子多伸手抚了一下自己的手臂。

"没问题！"池炘很快收回目光，说完就解开了安全带，开门下车。

房子多紧跟其后，不知为何，总觉得池炘刚才有点儿怪怪的。

B市地标性建筑——大剧院。此时演出结束，乌泱泱的人群从剧院走了出来。

孙可可和白宴也在其列，两个人刚看完法语经典音乐剧《巴黎圣母院》。

这部音乐剧已经上演了几十年，但经典依旧。房子多去年没有抢到票，遗憾了很久，今年一有消息，她立马订票，可惜还是没能跟她们一起观看演出。

没错，这场音乐剧是房子多花钱请她俩看的。今天孙可可给她打电话，提醒她晚上看音乐剧，她却说有事，没能一起来，所以便宜了某人。

这个某人，特指朱跃。

至于朱跃为什么会出现在这儿，这要从他给孙可可打电话约她吃饭说起。孙可可推托说没空，今晚另有安排，但朱跃又问白宴的动向，这才套出两个人晚上一起看演出的行程。

孙可可本想着房子多没空，就让许诺诚顶上，结果许诺诚也没空。于是，天天宅在家里写剧本、在B市朋友不多的孙可可考虑再三，将票给了朱跃，同时也给他制造了亲近白宴的机会。

于是，朱跃如约而至，陪着二人一起观看了这部经典的音乐剧。

朱跃知道礼尚往来的道理，于是边走边对身旁的两位姑娘说："多谢两位美女请我看音乐剧，我请两位吃夜宵！"

孙可可和白宴没有拒绝，于是三个人来到剧场旁边的购物中心，找了一家串串香店——"撸串"是夜宵的精髓。三个人走进店里，扑鼻而来的香味让人食欲大增。

他们找了一张靠窗的桌子坐了下来，孙可可和白宴坐一起，朱跃坐在她们对面，具体来说是白宴的对面。这有点儿人为操作的嫌疑，因为孙可可主动坐到了里面的位子上。

孙可可昨天收到朱跃的解释，他说他知道那天孙可可为何说"我懂了"，表明自己才知道"黑凤梨"的其他含义。但孙可可说，解释就是掩饰，朱跃自喊冤。

不过，孙可可算是认可了朱跃追白宴的心思，所以才有了今天让他一起看剧的安排。

点完菜之后，三个人便在一起谈论看音乐剧的心得。

孙可可和白宴毕竟是文科生，谈论观后感时用的辞藻特别华丽，当然，这部音乐剧确实值得用华丽的辞藻赞美。朱跃则是一个典型的理科男，思维也比较理性。他的评价是，其他都很好，就是灯光、舞美差了点儿。

但是他的评价立马遭到孙可可的驳斥："你这是鸡蛋里挑骨头，灯光、舞美哪里差了？那分明是很复古的风格，很贴合时代背景啊！"

朱跃被回击，却笑着回答："贴合时代背景，你怎么知道贴合？"

"书里写的啊！"孙可可说道。

"历史通常是任人打扮的小姑娘！"朱跃回了一句。

孙可可听后，继续回击："话是如此，但书里的描述是有历史依据的。再说这些文学作品能流传至今，都有自己的经典之处，都经得起时间的考验。"

"我不否认经典名著具有跨越时代的能量，只是说这部音乐剧的灯光、舞美的模式过于陈旧。或许你们觉得复古，但我觉得可以加以改进。"朱跃发表自己的观点。

"你就是鸡蛋里挑骨头！"孙可可给他贴上标签。

"一千个观众眼里有一千个哈姆雷特。"朱跃反击。

"少拿这句话开脱，这么有能耐，你行你上啊！"孙可可顶了回去。

朱跃被呛，依旧保持风度，笑着说道："我不是搞艺术的料，上不了。"

"那你还挑刺！"孙可可说道。

"是你让我评价的，我如实表达自己的观点。就因为我不像你那么狂热，你就否认我的观点吗？"朱跃笑着说道。

"我没有否认你的观点，而是觉得你的欣赏水平有待提高！"孙可可不客气地回道。

白宴听两个人斗嘴，觉得好笑："你俩别吵了，不就是一个音乐剧吗？至于让你们这么针锋相对吗？"

"至于！三观不合，不能苟同！"孙可可回道。

朱跃看着孙可可，越发觉得这丫头有意思，于是说道："我们只是谈论一部音乐剧，又不是谈恋爱，你扯三观有点儿过了啊！"

"谁要跟你谈恋爱啊？我们的三观不合，朋友都没的做！"孙可可回击道。

白宴听后，看了看孙可可，又看了看朱跃，随后笑道："你们两个人有点儿意思啊！"

孙可可打了一个激灵，连忙说道："没有，你别误会！"

白宴笑，看向朱跃："朱跃，你看上我家可可了？"

朱跃笑了笑："这么明显吗？"

白宴笑："还不明显吗？"

孙可可想解释，但是桌下的脚被谁踢了一下。她不用猜也知道是谁，于是瞪了朱跃一眼，不过这举动在白宴的眼里绝对是他们眉来眼去的意思。

朱跃笑："如果我说，我看上的人是你呢？"

白宴愣了，被朱跃这话弄蒙了："你这话是什么意思？"

朱跃笑："字面意思。"

"什么鬼？"白宴质疑。

孙可可连忙帮他做证："白白，他真的看上你了。"

"胡说什么呀！"白宴不信。

孙可可说道："他就是因为看上你，才频繁跟我联系，想从我这里套出你的喜好。"

白宴看向孙可可，满眼质疑的神色："真的假的？"

孙可可给她一个肯定的眼神："你自己问他咯！"

白宴将视线转移到朱跃身上，坐在对面的他脸上荡漾着笑意，五官帅气，头发整齐，精神抖擞，西装革履，尽显精英气息。

"你真的看上我了？"白宴跟朱跃确认。

朱跃笑："不行吗？"

"行啊，你看上我什么？"白宴一副理智的表情。

"漂亮、大方、知性！"朱跃说了三个形容词。

白宴笑了起来："还有呢？"

"对你好奇，对你有感觉！"朱跃继续说道。

"还有呢？"白宴追问。

"其他的得等我慢慢地了解你，之后才有更准确的描述。"朱跃应对自如。

白宴嫣然一笑："你根本不喜欢我。"

朱跃愣住："为什么会这么说？"

"喜欢一个人是可以从眼神看出来的，我从你的眼睛里没有看到一丝你喜欢我的痕迹。"白宴直白地说道。

朱跃又愣住了："这你都能看出来？要是我刻意掩饰呢？"

"我就在你面前，你可以不用掩饰。"白宴说道。

朱跃憨笑："我……我有点儿害羞。"

白宴轻笑："得了吧，这招留着哄可可吧。我呢，就不劳烦你惦记了。"

孙可可闻言，有点儿不爽："什么叫留着哄我啊？我跟他可是一点儿关系都没有。白白，你千万别误会，他是真的看上你了，我只是一个牵线人。"

"也只有你这种笨蛋看不出来！"白宴吐槽孙可可。

朱跃嘴角微扬："白宴，你的眼睛果然锐利，不过你还真误会了，我真的看上你了。我这个人比较木，喜欢就直说，不会演戏。"

"演戏？"白宴微微挑眉。

朱跃笑："我的意思是，有些人喜欢一个人时眼神很明显，而我确实比较木。"

"朱跃，你别一再强调喜欢我了，就算真的喜欢我，我也不会接受！"白宴说道。

"为什么？"朱跃看着她追问。

"可可说了，三观不合！"白宴直接采用了孙可可回击他的话。

孙可可本想和白宴击掌以表示英雄所见略同，但考虑到朱跃被拒绝的心情，还是忍住了。

"女人拒绝男人，无非有两种情况，一是心有所属，二是看不上对方。我觉得被看不上这件事不可能发生在我身上，所以你一定心有所属！"朱跃分析道。

白宴听后，神情有点儿异样，不过她很快收敛了情绪，哼笑一声："你未免也太自信了吧？"

"这点儿自信我还是有的。"朱跃回道。

孙可可听后想翻个白眼，但又觉得朱跃的话有点儿道理。

朱跃家世好，人帅又有钱，最重要的是，还是一个事业型男人，这几个条件足以让很多女人前赴后继地扑向他的怀抱。而白宴在工作的时候是一个实干的人，因为长得漂亮，时常受到业内有相关业务往来的男性的赞美以及追求。不过，她是个有原则的人，可以接受赞美，但不会接受追求。毕竟她作为编剧，平常都是和资方或者利益集团的人打交道，见多了优秀的男性，眼光自然跟着提高了。朱跃绝对是优质男性里顶级的那类，就连孙可可在第一次和朱跃单独吃饭的时候也产生了很多遐想。如果说白宴无动于衷，那么事实应该真如朱跃所说，她已经心有所属了。

"好吧，你的条件确实很好，但人与人之间讲究缘分。"白宴没再驳朱跃的面子，毕竟做人留一线，日后好相见。

"那就是说，你承认你心有所属？"朱跃执着地问道。

白宴笑："这跟你无关。"

"有关。如果你不是心有所属，我就有机会。"朱跃说道。

白宴见状，脸上的笑意更深了："朱跃，尽管你的条件很好，但我不会给你机会。"

朱跃也笑："为什么？"

白宴说道："因为你接近我，另有目的。"

白宴的话让她身旁的孙可可愣了一下，两只眼睛不由得盯着白宴的侧脸。

"我接近你当然有目的，我想获得你的芳心！"朱跃说道。

"你越强调，越令人怀疑。而且你不是说你害羞吗？这算哪门子的害羞呢？"白宴说道。

朱跃笑："我这个人吧，是越挫越勇型，是从哪儿跌倒就想从哪儿爬起来型，还是不达目的不罢休型。"

"可惜这些对我无用，我奉劝你别浪费时间！"白宴说道。

朱跃笑："你这么理智，是真的有所爱之人了。"

坐在一旁的孙可可顿时好奇心爆发："白白，你喜欢上谁了？"

白宴听了这句话，本想掐她一下，但转念一想，笑着说道："我谁也不喜欢，这点可可可以做证。"

这两年，孙可可确实没见过白宴和哪个男性走得很近，在房子多还没喜欢池炘时，她们三个人一致认定一件事——单身挺好的。虽然看剧、看小说时，她们偶尔会向往爱情，但在现实生活中，如果不是喜欢的人追求自己，她们都是拒绝或回避的态度。

"孙可可比较呆，没察觉也是正常的！"朱跃说道。

这句话进入孙可可的耳朵，让她觉得特别刺耳。什么叫她比较呆啊？！她跟他熟吗？

孙可可较起劲来："朱跃，你了解我吗？"

"正在了解中！"朱跃回道。

孙可可反驳："没有了解，就没有发言权。什么叫我比较呆？就你聪明，是吗？"

"我当然聪明，这点毋庸置疑！"朱跃说道。

孙可可挤对道："见过不要脸的，没见过你这么不要脸的。"

"我的 IQ 达到 141，我属于天才。"朱跃回道。

"吹吧，牛都在天上飞了！"孙可可哼笑。

朱跃没有生气，只回了一句："不与傻瓜论短长。"

孙可可却生气了："你给我说清楚，谁是傻瓜啊？！"

白宴听了，再次出面做和事佬："别吵了，行吗？串串不香吗？你们不吃吗？不吃我吃！"说完，白宴摆出撸串的架势。

孙可可没再理会朱跃，朱跃见状，也将注意力转移到串串上。

白宴吃了好几口，看了朱跃一眼："我倒是觉得，你和可可挺般配的。"

孙可可因为她的这句话被呛到了，连忙伸手拍自己的胸口。白宴见状，连忙给孙可可递水，当然还不忘调侃她一句："你那么激动做什么，难不成你们之间真有什么事？"

朱跃看着对面的这对闺密，心想，倘若没有新项目被泄露这件事，白宴给他的感觉就是一个十分爽快的女孩儿，绝对是他欣赏的类型。但是这件事一出，面对白宴的一言一行，朱跃只觉得她心机重，同时是个非常聪明的女人。

孙可可顺气之后，顶了回去："少胡说八道，他的目标是你，别往我身上引火。"

白宴笑："可可，你可是很少对一个男生这般针锋相对的，如果不是对他有意思，你的反应实属反常。"

孙可可直接伸手掐了一下白宴的腿："少胡说八道，谁对他有意思啊？！你再胡说，我跟你没完！"

白宴笑："你越激动，越令人怀疑。"

朱跃看着她们想：孙可可的行为确实让人怀疑。不过，白宴一直将话题往孙可可身上引，这说明她很聪明。

孙可可掐她的力度更重两分，白宴咬牙，让自己忍耐。

朱跃见她俩小动作不断，不由得说道："我是有点儿伤自尊了，两位美女都看不上我。"

孙可可这才放开掐白宴的手，对着朱跃说道："你可别自作多情啊！"

朱跃笑："我都说了，伤自尊啊。"

白宴也看向朱跃："算你识相。"

朱跃叹气："回头我让子多给我介绍其他美女吧！"

提及房子多的名字，白宴的眼神闪了闪："你是因为子多，刻意靠近我们？"

朱跃与她对视，回道："一半一半。"

"什么叫一半一半？"白宴问。

朱跃笑："我认识你们是因为子多，但想要与你们建立更深的关系则是我的个人意愿。"

"更深的关系？"白宴笑了起来，"朱跃，你这人挺有意思的。"

"那你有没有兴趣和我互相深入了解一下？"朱跃微微挑眉。

"没有！"白宴再次拒绝，"还有，你听不懂我刚才说的话吗？我对你没兴趣，也请你别打扰我。"

朱跃见状，直接表演了一个"心碎"的状态。

白宴和孙可可静静地看着他表演，等他收手之后，两个人还很默契地鼓掌。

"演技不错！"白宴和孙可可异口同声地说道。

这顿夜宵朱跃吃得并不是很愉快，因为对面的两个女孩儿都不待见他。不过他并不介意，因为人与人只要有接触，多多少少都会流露出本性。根据他的判断，孙可可属于呆萌型，白宴属于人精型，再加上房子多——她似乎介于这两个人之间。像白宴这样的人，看似最没有攻击性，实则是最危险的。

不过，这顿夜宵也让孙可可产生一些新的想法：白宴对朱跃的态度是以退为进还是真不感兴趣？或者她已经有心上人了？还有这个朱跃，看似对白宴有兴趣，却老是刺激自己，到底是什么居心啊？

池烆家。

回家之后，房子多察觉池烆有些不对劲，虽然很想问他原因，但还是忍住了。于是她冲完澡出来后没有继续工作，而是邀池烆一起玩游戏。最近两个人都工作得太累了，她许久没玩游戏，想拉着池烆放松一下。

池烆同意了，不过提了一个条件：两个人 PK，且要有相应的赏罚。

房子多问什么赏罚，池烆的回答是，她输了就得任凭他处置。

房子多觉得这个条件太不公平了。因为池烆的内测号非常强，而且他还是游戏的设计者，自己跟他在任何一个区进行 PK 都等于自掘坟墓。

房子多不傻，直接拒绝了："我注定会输，还跟你下赌注，除非我疯了！"

"房子多，你就这么屎？"池炘说道。

"这不是屎的问题，而是鸡蛋碰石头的问题。再说你一个游戏的设计者，跟我赌输赢，传出去也不怕别人笑话你。"房子多回击。

"我不用任何高级装备，只凭个人技术和你比，如何？"池炘给自己设定了游戏限制。

"那也不行！"房子多还是不答应。

"那算了，不玩了！"池炘放弃。

房子多急了："不能算了！你每次必须主动扣除三十秒的任务时间，按照这个算法，我们可以进行 PK。"

没想到池炘一口答应了："可以！"

见池炘这么爽快，房子多又觉得自己提出的三十秒时间有点儿短了。

"一分钟？"于是她得寸进尺。

池炘听完之后，看着房子多："房子多，你干脆直接让我认输算了。"

房子多笑着说："我倒是想啊！"

池炘开口："我就让你一分钟，看看你能不能赢。"

房子多见池炘答应了，马上扬起笑容："走着。"

于是，两个人一起登录了《无极》。

第十一章
连环追杀令

距离上次登录有十几天了，房子多一上线，就被在线的固定队友逮住了。

"艾艾，我们盼星星盼月亮，终于把你盼上线了！"

"艾艾，你还知道上线啊？"

"艾艾，你再不上线，我们就要全球追踪你了。"

"Estel，I miss you so much！（艾斯特尔，我太想念你了！）"

⋯⋯⋯⋯⋯

房子多见大家这么热情，于是回了一句："谢谢大家的牵挂，我又回来了！"

"去我们团队的房间，我们有事跟你说。"

房子多考虑到池炘在这里，犹豫地问道："什么事？"

"快来！"

房子多只好先撇下池炘："等我一会儿。"

于是，房子多去了团队的房间，几个人在那儿叽叽咕咕了好儿分钟才结束，之后她没有多做逗留，重新回到池炘身边。

"池炘，我估计玩不了游戏了。"房子多说道。

"你被人高额悬赏追杀了？"池炘问道。

“你知道啊？”房子多讶异地问。

“刚才我看到一则《无极》开服以来最高数额的悬赏公告。”池炘说道。

“这些人真是人心不足蛇吞象，上次你都花了那么大手笔补偿他们，结果他们还是不放过我。”房子多愤怒地说道。

“谁让你是队长！”池炘回道。

“池炘，你这是落井下石吗？”房子多噘嘴。

“是！”池炘应了一声。

“我被悬赏追杀，你就这么开心啊？”房子多哼道。

“被人悬赏追杀固然危险，但有助于你提高游戏竞技能力。”池炘回道。

房子多郁闷死了：“我又不是游戏竞技运动员，只不过是想玩会儿游戏，减压一下而已。”

池炘问道：“你现在选择退出还是正面迎敌？”

房子多闻言，看向正前方，已经有几个高级号的玩家往她的方向走过来了。

房子多被吓得直接躲在池炘的身后：“他们是来追杀我的吗？”

池炘看了一下：“应该是！”

“我的天哪！我选择退出！”房子多想直接逃走。

池炘却拉住她：“现在退出来不及了。”

房子多发抖：“怎么办？我要被人‘屠号’了！”

说时迟那时快，房子多的身上被盖了一件黑袍，之后整个人都隐身了。

紧接着，她听到有人说：“刚才那娘儿们还在这儿的，怎么跑了？”

“估计她被吓得直接下线了。”

“她未免跑得太快了些！”

“她要是一直不上线，我们岂不是奖金无望？”

“她最好别上线，要是上线了，就是本服最高价的boss，只能等着被我们宰了分尸。”

躲在池炘的黑袍下的房子多听到这些，很想回击，但是以她一个人的实力是绝对打不赢那几个高级玩家的。

高级玩家很快散去，池炟揭开黑袍："他们走了。"

房子多愤愤地说道："好想宰了这些家伙啊！"

池炟回道："别光说不练。"

房子多抬头看他，本想瞪他，不过视线很快被池炟手上的黑袍吸引："池炟，你这件黑袍是隐身衣？"

"嗯！"池炟点头。

"我的天哪！我总算见到了真正的隐身衣！"房子多伸手摸了摸，质感如羽毛，又有点儿像秘银。

"房子多，我发现你在游戏世界里粗鲁多了！"

房子多冲他嬉笑："游戏世界就是抛弃现实面具的世界，我要说些平时不敢说的话，怎么爽怎么来。不然跟现实一样，板板正正的，谁愿意来玩游戏啊？"

池炟却回道："你这是强词夺理。"

房子多不介意："随你怎么说。不过，你在现实世界不会说粗话，在游戏里也不会吗？"

"不会！"池炟回道。

"那多没劲啊！"房子多说道。

池炟看了看她："退出，还是继续？"

看到自己被悬赏追杀，房子多自然是又怕又气。要是池炟不在，她肯定退出，一刻也不敢在这个虚拟世界里逗留。

"你不是有隐身衣吗？借我使使！"房子多扯了扯池炟身上的隐身衣。

池炟见她选择留在虚拟世界，为了不让她被人杀掉，将隐身黑袍给她披上。房子多披上隐身衣之后，整个人变成了透明的，随便打别人一拳也不会被发现。

"池炟，你怎么这么多高级装备啊，是不是中饱私囊啊？"房子多爱不释手地摸了摸身上的隐身衣。

"都是战利品！"池炟回道。

"那你说，这件隐身衣你是在哪个区、哪个地图缴获的？"房子多问道。

"这需要由你自己去探寻，恕我无可奉告。"池炟选择了保密。

房子多见他如此坚持原则，不由得噘嘴："既然你无可奉告，那么你这件隐身衣我就直接没收了。"

池炘闻言，静静地看着透明的她几秒。

房子多理直气壮地说："我是你的，你是我的，所以我们之间是不分彼此的。"

"说吧，去哪个区？"池炘没跟她纠结隐身衣的问题，让她开始游戏。

房子多回道："我们去第八区出海冲浪吧！"

池炘没反对，和房子多奔向第八区，乘着她的艾斯特尔号出海。明媚的阳光、徐徐的海风、粼粼的波光，让人仿佛置身于现实中的大海。

因为怕被追杀，房子多一直披着黑袍，冲浪的时候也没脱下。于是游戏里出现了一块冲浪板在波浪中飞驰的画面，特别诡异。

两个人没 PK 成，但出海冲浪确实让人忘记了现实的烦恼，驱赶了身体上的疲惫。

房子多玩得很尽兴，也拉着池炘一起玩。令她没想到的是，池炘样样精通，似乎没有他不会的东西。

两个人玩累后，回到游艇的甲板上晒太阳。

"池炘，你不愧是我看上的男人，冲浪都这么帅！还有什么是你不会的？"房子多夸池炘的同时不忘往自己脸上贴金。

池炘看着一望无际的大海，开口回答："我没有你想象的那样无所不能。"

房子多笑："可你在我的眼里就是无所不能的！"

赞美自己爱的男人是情侣巩固彼此感情的妙招，有时候还能让两个人间的气氛升温。这不，池炘直直地盯着身旁透明的房子多，随后大手一伸，将她揽了过来，而房子多顺势翻身，坐在他身上。

接下来便是一场缠绵的热吻。由于房子多披着隐身衣，所以他人看到的便是池炘一个人在那儿做无实物表演。

两个人在现实世界已经有了夫妻之实，所以在虚拟世界里，一个热吻就让两个人的身体冒起火来，最后熊熊燃烧。

房子多逐渐丧失理智，在意识快要被淹没时，察觉到了危险，支吾出声："池炘，你……你不会想在这儿吧？！"

"试试！"池炘的气息不稳。

试试？！男人是不是都特别喜欢追求刺激？尽管这里是虚拟世界，房子多还是害羞的。

"没想到你是这样的池炘！"房子多娇喘。

"别想，直接行动！"池炘回道。

氛围至此，房子多再抗拒就是矫情了，于是和池炘在她的艾斯特尔号上滚甲板。

许久，云雨停歇，房子多整个人瘫在池炘的身上。

两个人静静地躺在甲板上，谁也没说话，感受着彼此的呼吸和心跳。

半个小时后，他们双双退出了游戏。睁开眼睛之后，两个人对视一眼，眉目含情。

卸下神经元感应器后，房子多没有直接站起来。

"恋恋不舍，还是在回味无穷？"池炘见状，不由得调侃她一句。

房子多直接脸红了，随后支吾道："是站不起来。"

《无极》历来追求体验感真实，所以房子多在游戏里的感受传回她的躯体时，脑中枢所接收到的信息也特别真实。

池炘起身走了过去，将她抱起，还不忘说她："身体素质有待提高。"

"是你索求无度！"房子多毫不示弱地反击。

池炘将她抱出游戏室，回到主卧，把她放在床上之后，他高大的身躯再次覆盖上去。

"池炘，你又来？！"房子多惊慌。

"我在落实你给我扣上的词！"池炘回道。

下一秒，房子多的红唇被池炘吻上，现实世界的漫漫长夜正式拉开了序幕，池炘用实际行动诠释了"索求无度"这四个字的深刻含义。

次日，池炘的母亲李妍来到B市，朱跃亲自去接机，随后将她送到了九溪别院。之后，在朱跃的安排下，林麓和李妍一起陪同王莉莉进行治疗。

在治疗之前，李妍跟主治医师进行了一番沟通。

主治医师给她科普了一下人格分裂的概念："人格分裂是心理疾病的一种，也是一种广泛存在的人类精神疾病。现实中不少人都有轻微的人格分裂，譬如突然大喜或大怒，又或者经常性地感到无聊、郁闷，这些都是轻微人格分裂的表现。

"现代的人们一直生活在高压环境下，高强度的学习、工作，加上世界各国的集体化、合作化趋势弱化了个人在社会上的作用，使得一部分人在某些时刻产生了人格分裂。

"而严重型人格分裂会直接唤醒其他人格。就你女儿目前的情况而言，她应该是属于严重型人格分裂。"

李妍点头："医生，她被治愈的可能性有多大？"

主治医师："目前我无法做出判断，能否被治愈得看患者的配合程度。"

"都怪我不好！莉莉变成这样，我有很大的责任。"李妍自责道。

主治医师安慰道："您别太自责。"

"莉莉还小的时候，我没有多多关注她、照顾她，都是我导致她变成现在这个样子的。"

主治医师看着李妍，直白地说道："导致她人格分裂的很大一部分原因确实是童年创伤。她童年时经历了难以承受的严重创伤，在心里埋下了疾病的种子，到了青春期，又受到各种事情的影响，于是另一个人格逐渐成形。"

听完医生的话，李妍明白往事已过，追悔也无用，唯一能做的就是帮助莉莉配合治疗。

"医生，有没有具体的治疗方案？"李妍问。

主治医师建议："针对严重型人格分裂，目前主要有两种治疗方法，心理治疗和生物医学治疗。尽管目前这两种方法能够有效改善人格分裂的症状，但最终的治疗效果很大程度上取决于患者自身的意愿和配合程度。"

"我能做什么？"李妍问。

"给她提供一个安稳、舒适的环境以及健康的饮食条件。"主治医师说道。

李妍点了点头："谢谢医生。"

和李妍沟通过后，主治医师与王莉莉进行了单独面谈。

主治医师让王莉莉随意聊一聊，想说什么就直接说出来。

王莉莉查阅了很多相关资料，知道想要治愈自己的病就得找到症结所在，就得袒露她内心最不愿意吐露的陈年旧事。

"医生，我的身体里出现的另外一种人格，是一种意识侵占，还是一种自我保护？"王莉莉问。

主治医师听后，瞬间感受到王莉莉话语中的尖锐之处。很多人格分裂患者属于高智商人群，分裂出来的人格的智商更是会高于主人格的智商。

"算是侵占，也算是保护。"主治医师回道。

王莉莉笑："那是侵占多一点儿，还是保护多一点儿？"

"这得取决于你的主人格的意识。"主治医师说道。

王莉莉看着主治医师，没有直接回话。

主治医师接着说道："次人格通常是在你无知觉的情况下形成的一种全新的世界观、价值观，也可能你已经慢慢察觉到了这种意识的存在，却放任它发展，于是它慢慢形成了与主人格相悖的意识。"

"也就是说，我的次人格其实是在保护我？"王莉莉问道。

"这种可能性比较大。"主治医师说道。

"如果她只是想保护我，我接受治疗岂不是在扼杀她？"王莉莉问。

"你想保护她？"主治医师温和地问道。

王莉莉没有点头，也没有摇头，只回了一句："我无法残忍地对待一个保护我的人。"

主治医师看着王莉莉："你的想法我可以理解，其实无论是现实世界还是虚拟世界，我们通常会对保护自己的人产生好感，甚至依赖感。"

"我觉得我确实在依赖她！"王莉莉说道。

"想依赖别人是正常的，但你自己也得学会坚强。因为很多事得靠你自己独立面对、独立解决。"主治医师说道。

"我就是不想独立面对！"王莉莉的情绪有些波动。

主治医师看着她："能告诉我你不想独立面对的事情吗？"

王莉莉听完，端起桌上的水杯喝了两口水，眼睛看向主治医师："一定要说吗？不能让它就此过去吗？"

主治医师大致猜到王莉莉事先了解过治疗的方式，于是说道："这就好比你的身体里长了一个瘤，起初它只是隐隐作痛，你选择吃止痛药压制痛苦，以为没事了，殊不知瘤会越长越大，疼痛也会加剧。倘若你继续让它肆意长大，极有可能出现生命危险。到了这种时候，吃止痛药是绝对无效的，你只能做切除手术了。"

"切除手术？"王莉莉念着这四个字，"能完全切除吗？"

"作为医生，我只能说我会竭尽全力为你医治，但也需要你的配合！"主治医师说道。

"如果我不想说呢？"王莉莉问。

"今天不想说，就不说。"主治医师没有强迫她。

心理治疗绝非一日能成之事，医生要想找到患者内心的症结，首先要赢得患者的信任，信任也不是一日就能建立的。

不过在医生的眼里，患者能主动就医就代表着她已经跨出了最重要的一步。

之后，主治医师询问了王莉莉的一些个人喜好，她都一一做出回答。

总之，他们的第一次谈话还算比较顺利。

朱跃亲自送李妍和王莉莉回到九溪别院，之后到公司主动向池烆汇报情况。

池烆听完之后，抬眼看向朱跃："辛苦了。"

朱跃觉得莫名其妙："怎么突然这么客气？"

池烆看着他："你对我的母亲和妹妹的照顾比我周到、贴心。"

朱跃笑："我们还分彼此吗？"

池烆听完，回了一句："不分彼此。"

"所以啊，你少说客套话，让人觉得见外。"朱跃说道。

池烆看着他："朱跃，你是我最信任的人！"

朱跃笑："你别一再强调。信任是发自心底的，不是挂在嘴边的。"

池烆看着他，眼神闪了一下，接着说道："莉莉那边的情况就拜托你跟进了。"

"知道！"朱跃应道。

朱跃出去之后，池烆盯着门的方向愣神了好几秒，才收回视线继续工作。

内容部最近在如火如荼地进行新游戏项目剧本的扩写，整体的进度还算让乔溪满意。

当然，光她满意是不够的，还得让老板满意，但是让老板满意并非一件容易的事。

池烆的要求一直以来都很高，而且他会时不时地提出一些让人意想不到的点，导致剧本被一遍遍推倒、一遍遍修改。精益求精固然是好事，但这也让内容部的大家瑟瑟发抖。

不过，这个新项目似乎得到了"锦鲤"的庇佑，至少到目前为止，池烆没有对它提出特别苛刻的修改意见。

有时候乔溪会想，这是因为房子多在发挥"锦鲤"功效，还是因为池烆在爱情方面不在行？可是说他不在行也说不过去，他不是正在跟房子多谈恋爱吗？

房子多和池烆每天一起上班，等同于正式宣布两个人同居了。

这事引起了不少同事私下讨论，于是，房子多成了焦点，不少人偷偷地观察她，乔溪也不例外。虽然并非刻意，但乔溪还是会细心观察房子多，譬如会留意到她脖子上的粉底。大家都是成年人，知道女人即便出于爱美，也不至于天天往脖子上扑粉，除非……

于是，办公室的八卦群里充满了各种暧昧的话题，尤其在看到房子多最近白里透红的脸色后，大家觉得她的眉眼间多了一抹风情，更是八卦心满满。不过，讨论的结果就是大家只有羡慕和忌妒的份儿。

虽然办公室的氛围有所改善，但像这样的八卦群，房子多本人是不可能在里面的。她也因为全心投入到工作中，没太注意到大家不经意的打量。

这些八卦和小秘密最终还是被李奕然揭开了。房子多在洗手间跟李奕然撞上，他瞥了她一眼，边洗手边开口说道："小房子，我给你推荐一款粉底，又轻薄又遮瑕，遮盖吻痕的效果显著，一点儿痕迹都看不出来。"

房子多愣了一下，瞬间脸红起来。

李奕然见她娇羞，更加肆无忌惮起来："你天天抹粉，是在彰显池炽的厉害，还是在炫耀你们夜间生活的甜蜜？"

本来还在害羞的房子多被李奕然这么一调侃，挑了一下眉，回击道："怎么？忌妒？"

李奕然见房子多这么跩，不由得说道："小房子，你在我面前嚣张，我无所谓，不会往心里去。但你要是在那帮姑娘面前这么跩，就等着被扎小人吧！"

这倒是实话，房子多只敢在李奕然面前这么嚣张，因为她清楚地知道他不会往心里去。这么看，两个人的关系算得上挚友级别——彼此一个眼神就可以读懂对方，当然彼此"伤害"也不会出现隔阂。

所以说，人与人之间的磁场特别微妙。

"你推荐的粉底是什么牌子的？"房子多是一个识趣的人，没再惹他。

李奕然伸手从裤兜里掏出一盒粉底："这个牌子的粉底我用很久了，特别好用。这盒是我昨天刚拆封的，直接送你吧。"

面对这么大方的李奕然，房子多却不领情，直接拒绝道："你的好意我心领了，我自己去买。"

"你嫌弃我？"李奕然见她拒绝，挑眉说道。

房子多坦然地点头："嗯，就是嫌弃你！"

"小房子，你这也太过分了吧！"李奕然佯装不悦。

房子多看他一眼："我就这样，你打我啊！"

李奕然见她主动讨打，无可奈何地说："不要拉倒。"

房子多笑了起来。如果池炽不会吃醋的话，她倒是愿意和李奕然成为闺密。因为经过这段时间的相处，她发现李奕然的性子比谁的都直，跟这种人相处无须想太多弯弯绕绕的东西，更不需要无端揣测。

房子多会联想出这么多东西，无非因为白宴。白宴的性格也很直接，在房子多的眼里，她和李奕然在很多方面都很像。

于是，房子多问了一句："李奕然，像你这么耿直的人，在什么境遇下会背叛朋友？"

李奕然闻言，愣了一下，随后目光盯着房子多："你遭遇了朋友的背叛？"

房子多不承认："没有，我写小说，想做个人物假设。"

李奕然听后，眼里依旧充满狐疑："真的是做小说的假设？"

"你很啰唆啊！"房子多故意表现得不耐烦。

李奕然开口："是特指我吗？"

"你可以这么假设！"房子多回道。

"你要把我写进你的小说里？那我可要向你索要版权费。"李奕然说道。

房子多很想白他两眼："我没写你，就想问你这个问题而已。"

李奕然见房子多有点儿不耐烦，也就不再逗她了："像我这样性格的人，是绝对不会背叛朋友的。"

房子多回了一句："这个世界上没有绝对的事，会不会背叛只取决于诱惑的大小。"

李奕然笑："别人可能如此，但我绝对不会，因为我跟你一样，不差钱。"

房子多听后，与他对视："你真的不会被金钱诱惑？譬如给你一个亿、十个亿？"

李奕然笑："一个亿，不会；十个亿，难说。"

"那你刚才说的话不就是废话？！"房子多没好气地说道。

李奕然笑："小房子，看你生气的样子，你被人出卖了？"

房子多的心事被猜中，但她没有向李奕然坦白，而是说道："写小说，收集素材。"

"你骗别人可以，但是骗我可不容易。"李奕然说道，"跟我说说，谁背叛了你，我帮你分析分析？"

房子多没理会他："你离岗太久，小心被领导发现，揪你的小辫子。"说完，她快步离开。

李奕然追了出来："小房子，你要是想袒露心扉，随时来找我。"

房子多头也不回地逃了。

回到工作岗位，房子多摸出手机，看了一下新来的信息，发信息的人又是可可。

"多多，我发现了一个惊天大秘密！"

房子多看到这句话，小心肝又颤了一下，难不成这次可可终于知内幕了？

"什么秘密？"房子多回复。

很快，孙可可回复："白白喜欢诺诚哥！"

"她亲口跟你说的？"房子多回道。

"我猜的。"

"你怎么突然这么猜？"

"我们昨天一起看了《巴黎圣母院》的音乐剧，朱跃也在。我本想给他们制造机会，但没想到白白直接拒绝了朱跃，朱跃便笃定白白心里有人了。今天我仔细想了一通，最终的猜测就是这个。多多，你以前就没有发现白白喜欢诺诚哥的端倪吗？"

"没有！"房子多回道。

"哇，要是真被我猜中的话，那白白隐藏得也太深了吧？她的暗恋得多辛苦啊！"孙可可叹道。

"你觉得她和诺诚有机会吗？"房子多试探地问道。

几秒后，孙可可回复："不好说！"

房子多回了一个问号。

"我姑妈姑父一家人是挺好的，但也会考虑门第。要说我姑妈心中儿媳妇的人选，你的可能性更大一些。"孙可可回复道。

"为什么这么说？"房子多问。

"人与人之间的缘分是说不清的。我姑妈这些年来都快把你当成半个女儿了，可见她对你的喜欢，但是白白和我姑妈一直是工作关系。"孙可可回复道。

"萌妈不是也挺喜欢白白的？"房子多回道。

"她是挺喜欢白白，但与对你的喜欢相比，二者有着质的区别！别说白白，就连我有时候都羡慕你。"孙可可回道。

"如果真如你猜测的那样，白白喜欢诺诚，你会怎么做？会帮她还是会劝她？"房子多问。

孙可可似乎有点儿迷茫："这个不是我能帮的事情，当然，我也不会劝。个人的缘分，谁知道呢？"

"那要是……我打个比方，要是我喜欢诺诚呢？你会帮我，还是会劝我？"房子多用自己假设。

孙可可倒是为难了，因为房子多在给她刨"坑"，她沉默了好几秒。

现在的通信技术十分发达，根本不存在掉线这种问题，何况两个人用短信交流。房子多不急于一时得到回复，因为孙可可有可能在忙，于是她将手机放置在了一旁。

过了好一会儿，房子多才收到孙可可的回复："我会帮你。"

房子多看到这四个字，内心涌起一股暖流，光凭这句话便知孙可可是真朋友。

"谢谢！"房子多回道。

几秒后，孙可可又来了一句："多多，这些天白白的情绪有点儿低落，会不会跟这个有关啊？你要不私下问她一下？"

房子多想回复自己最近很忙，但是白宴的事情一直堵在她的心里，让她隐隐作痛。

与其让它一直堵在那里，还不如房子多开诚布公来得痛快。

于是房子多回复孙可可："我回头给她打个电话。"

孙可可没再说什么，不过几秒后又发来一句："多多，朱跃这个人真的可靠吗？"

房子多看到这句话，愣了一下："你想干吗？"

孙可可有贼心没贼胆，竟然不敢承认："没干吗，就是问问。"

"倘若你对他有意思，那我对他的评价是，他很危险！"房子多实话实说。

孙可可打了好几个问号，再补一句："你上次好像不是这么说的。"

房子多回道："此一时彼一时。"

"什么意思？"孙可可不解。

"你对他产生了兴趣，就意味着危险来临了。"房子多说道。

"多多，你的话我怎么听不懂啊？"孙可可追问。

房子多没法透露更多信息，只好说道："我这边有事，我们晚点儿聊。"

两个人的聊天到此中断，不过孙可可对房子多说的那句"他很危险"特别在意。以孙可可对房子多的了解，她是一个有话直说的人。所以或许朱跃没有自己想象中的那么靠谱、单纯，极有可能是位花花公子。

于是，孙可可又将"渣男"的标签重新给朱跃贴上了。

房子多思来想去，不想继续消耗自己的情绪，于是单独约了白宴吃晚饭，有些话她想当面和白宴说清楚。

白宴没有拒绝，如平常一样愉快地答应了邀约。

两个人约的餐厅擅长做粤菜，粤菜是白宴的家乡菜。

因为下班时有点儿堵车，所以房子多到包间时，白宴已经坐在里面了。

"对不起，有点儿堵车，我来迟了。"房子多主动道歉。

"我也刚到一会儿，菜已经点了，我叫他们上菜。"白宴说完，按了一下桌上的传唤铃。

房子多拿过热毛巾擦了一下手，之后开始烫碗筷。

这是南方人特有的吃饭步骤，无论碗筷是否消过毒，他们都得用茶水烫一遍。即便专家说这样的形式没必要，起不到消毒的作用，但这不妨碍南方人把这项礼仪保留下来并沿用至今。

白宴点的菜很快被送上桌，香味扑鼻，让人很有食欲。白宴给房子多打了一碗莲藕汤，递到她的面前。

白宴还是如此体贴。房子多看了白宴一眼："谢谢。"

白宴冲她一笑："跟我还客气，累不累？"

房子多看着她，随后张口回了一个字："累。"

白宴听后，笑着说道："累就别装，赶紧吃饭。"

房子多听着她爽朗的笑声，甚至怀疑是不是误会她了，之前的事情或许是自己的错觉，是一场梦，现实里什么也没发生过。

喝了几口汤后，房子多放下汤匙，又看了一下白宴："白白，你最近是不是有什么心事？"

白宴愣了一下，说道："没有啊，我能有什么心事？"

"可可说你的情绪有些低落，所以我特意找你聊聊。"房子多说道。

"我没心事啊。倒是你，感觉像睡眠不足，都出现黑眼圈了。"白宴笑着说道。

女生通常都很关心自己的容颜，尤其是脸上出现衰老的迹象时，立马紧张得不得了。

可是房子多现在并不是特别在意她的黑眼圈，而是一本正经地看着白宴："白白，我们能开诚布公吗？"

"我们之间有隐藏的事情吗？"白宴笑着反问。

看着她的笑容，房子多心中的郁闷之情更加强烈，但脸上还是保持着平和的神色："我希望我们之间没有隐藏的事情。"

白宴看着她："多多，你这是话里有话啊？"

房子多微微扯了一下嘴角："是，我确实话里有话，你听出来了。"

"有话直说！"白宴说道。

"我不想直说，只想听你亲口吐露！"房子多回道。

白宴的脸上露出疑惑的表情："什么意思？"

见白宴装出不知情的样子，房子多不由得笑了起来："我只给你一次机会，如果你坦诚地告诉我，我就当这事没有发生过；但如果你错失了这个机会，我不会原谅你。"

白宴听后，神情马上变了："你都知道了？"

房子多听到这句话后心情剧烈起伏，有点儿高兴，但更多的是难过。

"为什么？"房子多问出了心中最大的疑惑。

不过她已经猜到了答案——为了爱情。

"不为什么。"白宴的表情很从容，好像做了亏心事的人是对方，而不是她。

房子多忍了又忍，最终没能忍住："你是我亲舅舅的女儿。外人背叛我，我可能没那么在意；你背叛我，我实在想不通为什么，是什么原因，竟然让你背叛了你我之间从小到大的感情？"

白宴听完房子多的控诉之后，淡然地回了四个字："因为忌妒！"

"忌妒？你的眼界就这么狭窄吗？！"房子多终于爆发了，声音也大了许多。

"是的，就是这么狭窄。"白宴坦然地说道。

"对你而言，我还比不上那 千万吗？"房子多逼问。

"总之，在你和钱之间，我选择了钱。"白宴的神情依旧坦然。

"因为诺诚不喜欢你，所以你忌妒我？"房子多问道。

"不是，因为诺一哥喜欢你！"白宴回道。

白宴的回答让房子多震惊不已，她有点儿蒙，如果没有记错的话，许诺诚分明说过白宴向他祖露过爱慕之情，为什么又冒出许诺一来？

房子多的两只眼睛都瞪大了："诺一哥？你喜欢的是诺一哥，不是诺诚？"

"一直以来，我喜欢的人都是诺一哥，而不是诺诚，可是这两兄弟像着了魔一样，都喜欢你。多多，你知道我有多忌妒你吗？"白宴坦陈自己的心意。

白宴的话让房子多讶异极了，她误以为白宴喜欢的人是许诺诚，没想到是许诺一。这个信息实在让人意外。

"诺一哥喜欢我？你在说笑吧？"房子多一脸怀疑的表情。

"我为什么要在这种事上跟你开玩笑呢？"白宴反问。

"那你为什么跟许诺诚表白？"房子多质疑道，"还有，就算他们都喜欢我，这就成了你陷害我的理由吗？"

"我说了，我忌妒你！"白宴直白地回道。

"忌妒？！白白，我们好歹也是表姐妹，就因为男人，你就放弃我们二十几年的姐妹之情吗？"房子多难以接受白宴的说法。

"我承认，这其中有冲动的因素，但对于你，我确实已经忌妒得快要发疯了！"白宴说道。

"从小到大，无论相貌还是学习，我都比你优秀，你却靠裙带关系直接坐上了'直升机'，迎来人生巅峰。而我呢？我却得靠你的帮助才能得到这份编剧的工作，得看你的脸色行事，得按照你的想法进行写作。你知道我这两年过得有多压抑吗？"白宴开始控诉。

房子多听后全身发冷，难道自己从一开始引荐她来孙萌萌的编剧工作室就是个错误？

"是你让我给你引荐工作的！这也是我的错吗？"房子多清清楚楚地记得曾经白宴拜托她的情景。

"这不是你的错，是我的错，我当初不该拜托你引荐我，不该与你朝夕相处，这样或许就不会发生今天的事情了。"白宴主动承认自己的错误。

房子多听后直接爆发了："白白，我没想到你会这么想。没错，你的收入与我的确实有差距，但也比你之前的工资高了几倍，我不指望你能感谢我，但真的没想到你会如此看待我们之间的关系。你说我靠裙带关系晋升？是，我确实靠了裙带关系，但这是我妈给我积攒的福气。再说，做我们这一行的人，光靠裙带关系是不可能一直往上走的。我起初带你写剧本，对你确实有点儿严苛，但那是希望你能精益求精，而不是故意给你脸色看，更不是在你面前摆架子。我不敢说自己有多强的实力，但至少经验比你丰富一点儿。我们是表姐妹，我不会防着你，也不会对你藏着掖着，我只希望你能尽快在这个行业立足，没想到你竟然把这些好意误解成另外一种意思，我对你真的无话可说。"

"我不否认我的内心因为忌妒而产生了变化，因为人本就如此，会忌妒比自己优秀的人，尤其是一同长大的同伴。"白宴倒是没有为自己做任何辩解。

"为什么一定要忌妒我？我们就不能互相鼓励、互相帮助吗？"房子多提出疑问。

"因为男人和爱情打破了我们之间原有的平衡，使我原本压制着的忌妒翻涌上来，最后爆发。"白宴回道。

"他们都拒绝了你的示爱，你就把这个罪责推到我身上？"房子多反问。

白宴微微低头，深吸一口气："只能怪你太幸运了。"

房子多觉得这话太伤人了，自己的幸运成了新项目被泄露的原罪。

"你这是在强词夺理！"房子多斥责道。

白宴轻笑一声："反正事已至此，悉听尊便！"

"你觉得我会手软，不会对你追责吗？"房子多特别不喜欢她的态度。

"我说了，悉听尊便！"白宴一副坦荡荡的表情。

"白白，你实在太让我失望了。"房子多说出这句话的时候，眼睛已经泛红，几秒后她的眼泪溢出了眼眶。

白宴看着她，静静地看着她，沉默了好几秒才缓缓地说道："这个世界上，没有所谓的'感同身受'，也没有所谓的'设身处地'。成长的环境决定了每个人的性格，每个人都是独立的个体。从小到大，我爸妈一直以我为傲，我也一直不敢有过失，一直骄傲地向前走。可是长大后，你一跃而上，成了他们口中的标杆，这让我觉得自己一无是处。我的自尊心受挫，心态也产生了变化，于是我做出了伤害你的事。"

"白白，你有不满可以说出来，我要是有做得不好的地方，都可以改，但是你……你选择了一个让我不能接受的方式，让我们的亲情、友情走向破裂。"房子多带着哭腔控诉她。

"我在做出决定的时候，就知道自己会为一时的冲动付出代价。你要告我，让我吃官司、进监狱，我都不会有任何怨言。"白宴很冷静地回道。

"是谁？是谁让你这么做的？"房子多追问。

"我也不知道是谁，只知道他通过虚拟 IP 跟我联系。我答应他做完就不再和他联系，仅此一次。"白宴说道。

"也就是说，你今后不会再做出背叛我的事？"房子多问。

"我不求你的原谅，但我保证仅此一次。"白宴发誓。

"白宴，我不会原谅你，你确实该为这件事付出相应的代价。"房子多一脸严肃地回道。

"是我自作自受。"白宴没有求情，"我明天会去找姑妈辞职，也会搬离我们一起租的房子，不再出现在你的面前。"

房子多抽了一张纸巾擦了擦眼泪："你觉得你永远不出现在我面前的可能性有多大？"

"我会尽量做到。"白宴说道。

"白宴，你没为自己狡辩，这点我很欣赏，但是做错事就要承担相应的后果。我对这件事没有决策权，你自己到 in 科技主动交代吧。至于他们怎么处理，你自己要有个心理准备。"房子多回道。

白宴轻笑："就主动交代这么简单吗？"

房子多点头。

白宴又笑："多多，你是真的善良，可惜有时候你的这种善良在别人的眼里就是一种虚伪，譬如在我疯狂忌妒你的那段时间里，就觉得你比任何演员都厉害，可以讨这么多人的欢心。不过此刻，我发自内心地觉得你的善良不是装出来的。但我还是得提醒你，别太善良。"

听完白宴的劝告后，房子多的声音哽咽起来："人一旦产生了偏见，就会导致印象偏差，在你眼里的我自然也成了扭曲的。我不能说自己没有主动讨好别人的意识，但这是人的本能，人们遇到喜欢自己的、疼爱自己的人，自然就会去迎合。但我绝对不会做出卖朋友的事，更不会出卖亲人。"

"我不想继续为自己辩解，事已至此，我明天就去主动交代，任凭处置。"白宴道。

房子多看着白宴。她之前跟池炘讨论过如何处置白宴，池炘的意见是以房子多的意思为主，而真正挥起这把正义的大刀时，她觉得自己还是心软了，因为亲情和友情在拉扯着她的内心，她没办法挥斩下去。

"我明天给你打电话！"房子多说道。

白宴听后笑了笑，似乎听出了她的潜台词："多多，你这是要放过我吗？"

房子多看着白宴脸上的笑容："你觉得我会心软吗？"

"你会，你一向容易心软，一向善良！"白宴回道。

白宴的话在房子多听来特别刺耳，甚至还带着刺激她的意味，让她更加愤怒。

"那你就看错我了，我杀伐决断起来，你是无法承受的。"房子多的语气强硬起来。

白宴挑眉："是吗？"

"白宴，别挑衅我！"房子多警告道。

白宴轻笑："我太了解你了。碍于我爸妈的情面，你不但不会追究我的责任，反而还会在池炘面前为我求情。"

房子多是了解白宴的，白宴这般说话，无非就是想刺激她，让她恼羞成怒，让她杀伐决断。

但是白宴确实将房子多剖析得十分彻底。

如此熟悉的两个人，一个眼神就知道对方在想什么。这样的两个人该怎样对决呢？

"是的，我原本就打算放你一马，经你这么一说，我还是坚持原来的想法。你想通过刺激我让自己得到相应的惩罚，但是我偏不这么做。我决定求池炘放过你，让你愧疚一辈子，让你背负一辈子。"房子多回击道。

"哈哈哈哈……"白宴大笑了起来，"你就是个傻子。我巴不得你为我求情，那样我就无须承担任何责任。"

房子多被气得不轻："是，我傻，你聪明，你一直都觉得自己比我聪明。可是那又如何呢？我的运气比你好，你就算再努力，取得的成就也不及我靠运气获得的万分之一。"

她们想要互相伤害是件很容易的事，毕竟两个人都深知对方的软肋。

白宴自然备受刺激："也许，你的好运到此为止了。"

"别试图诅咒我，你越是盼不得我好，我就越是幸运，越是让你忌妒到发狂。"房子多反击。

两个人的斗嘴听着孩子气十足，但也说明她们的感情很深。

白宴一脸严肃的表情，看着房子多："这件事必定会成为你和我的魔障。你想摆脱它是很难的，而我也将铭记一生。"

"魔障？你确实是我的魔障。这也是我进入虚拟世界后，你一直都跟随着我的原因。"房子多回道。

白宴大笑了起来："你终于领悟过来了，可惜的是，你永远都摆脱不了我！"

房子多在气愤之余，尽量让自己保持理智："我没想摆脱你，但我不会让你继续主宰我的思绪。"

白宴笑："谈何容易？多多，我告诉你，人做任何决定都要付出相应的代价。我的行为如此，你的行为也一样。"

房子多像被人抓到了把柄一样，双手握拳，想要为自己辩驳几句，可是最终还是忍住了。

"这顿饭自然是吃不下了，是你先离开，还是我先离开？"白宴问道。

房子多沉默着，但两只眼睛直勾勾地看着白宴。

白宴见状，站起身："那我先离开吧！"

白宴走出包间，留下房子多一人坐在那儿。桌上的菜都没怎么动，还冒着热气，尽管香味扑鼻，却没有勾起房子多的任何食欲。她的脑子里全是刚才白宴说的那句话：人做任何决定都要付出相应的代价。

自己能承受吗？她会后悔吗？房子多的心中没有答案。

科技园内，in 科技大楼外的巨型屏幕正播放着《无极》的游戏宣传片。

已经是晚上八点，整座大楼依旧灯火通明。

池炘也还没下班，正在会见一个中年男人。

中年男人交给他两份资料，池炘翻阅了一遍，抬眼看向对方："张秘书，确定这两份调查资料真实而且没有任何纰漏？"

张秘书点头："是。"

"辛苦你了。"池炘向他道谢。

"应该的。你若还有疑问，尽管问我！"张秘书说道。

"目前没有，你先回去吧！"池炘说道，"还有，这件事暂时别告诉我爷爷奶奶。"

张秘书点头："好的。"

张秘书出去后，刚好在走廊上碰见朱跃。

朱跃见到张秘书，立马迎了上来："张叔，您怎么来公司了？"

"何老有事让我来找阿炘的。"张秘书回答道。

朱跃好奇，但还是没敢过多打听，毕竟张秘书是池炘的爷爷的秘书，他身上散发出来的气场直接把朱跃这个年轻助理的给压了下去。

"张叔，有事您尽管打电话吩咐我，何须劳烦您亲自跑一趟？"朱跃客气道。

"有些事、有些话没办法让你转达。"张秘书说道。

朱跃听到这句话，便知张秘书来这儿的目的不简单。

张秘书来这儿是为了什么事呢？

"我先走了。"张秘书主动告辞。

"我送您。"朱跃亲自送他到电梯口。

目送张秘书的身影消失在电梯门后，朱跃立马转身去了池炘的办公室。

池炘见他进来，随手关掉了正在看的资料页面。

朱跃走到黑色的办公桌前，小心试探："阿炘，张叔来找你做什么？"

"我爷爷有事找我。"池炘直言道。

"你爷爷找你有什么事？"朱跃问。

"莉莉的事！"池炘顺口回道。

朱跃听后，眼里闪过狐疑的神色："你爷爷也关心莉莉？"

"不行吗？"池烆反问，"他不能关心莉莉吗？"

朱跃连连摇头："不是，我就是觉得有点儿意外。"

池烆抬眼看他，正要张口说什么的时候，电话响了起来。

池烆收回目光，接起电话，只听到耳边传来房子多的求救声："池烆救我……"

池烆听到呼救声，眼神直接变了："房子多，你在哪儿？"

但是他的耳边紧接着传来的便是房子多的惨叫声、车辆的撞击声以及玻璃碎裂的声音。

"房子多……"池烆浑身的肌肉都紧张了起来，嘴里喊着房子多的名字。

他没有得到任何回应，耳边却再次传来撞击声，接着是几声枪响般"砰砰砰"的声音，惊得他的眼皮跳动了好几下。

朱跃从未见过池烆的脸上出现这个表情，连声问："子多怎么了？"

池烆没有回他，而是继续呼叫房子多："房子多！房子多！你听得到我说话吗？房子多……"

朱跃预感房子多发生了不好的事情，顿时神色大变。

池烆得不到回应，不由得紧张地站了起来："房子多可能出车祸了，但不知道具体在哪儿。"

朱跃听后惊讶不已："怎么回事？"

"不对，房子多说救她？这可能不是车祸那么简单！报警，马上报警。"池烆边走出办公室边分析道。

朱跃极少见到这么不冷静的池烆，连忙跟了上去，边拨打报警电话边问："你还听到了什么？"

池烆脚步极快，直接往电梯口走去："我还听到了撞击声、尖叫声、玻璃碎裂声，还有……枪声。"

朱跃听完后，报警电话正好拨通了，他直接跟警方说明了情况，顺便向警方建议可以使用房子多的手机号码查一下她的具体位置。

经朱跃这么一提醒，池烆立马拿着手机开始定位。

于是，在警方回复之前池烆就确定了房子多的位置，和朱跃直接驱车前往查到的地点。

池炘的车速很快，朱跃却不敢开口劝阻，因为此刻两个人都不知道房子多经历了什么。

她被人绑架了还是遭到了谋杀？还是她只是单纯发生了车祸？

"房子多今天晚上跟谁在一起？"朱跃抓着安全扶手询问池炘。

"白宴。"池炘回道。

晚上房子多跟他报备了一下，说她准备找白宴摊牌。池炘没多说什么，只让房子多自行处理。

朱跃得知这个信息之后，连忙联系白宴。

电话很快拨通，朱跃急迫地问："白宴，你在哪儿？"

"回家的路上，有事？"白宴的语气很是冷漠。

"你现在没跟子多在一起？"朱跃追问。

白宴回道："我们刚分开不久。你打电话给我是想让我主动交代吗？放心吧，我明天自然会去，不会逃跑。"

"你真没跟子多在一起？"朱跃再次确认。

"子多怎么了？"白宴感觉到了不对劲。

"你的事之后再说。子多好像出事了！"朱跃说道。

"出事？多多出了什么事？"白宴的语气紧张了起来。

"不知道。我们现在正在赶过去的路上，你跟子多会面结束后她就出事了，这件事跟你有关吗？"朱跃质问。

白宴听了之后，虽然觉得背黑锅有些难受，但还是紧张地问："子多现在在哪儿？"

"你这算是猫哭耗子——假慈悲吗？"朱跃继续质问。

白宴直接爆发了："我问你，子多现在在哪儿？！"

朱跃听到刺耳的吼声，最后还是给白宴分享了房子多的手机定位。白宴直接将车掉头，奔向定位的地点。

当池炘和朱跃赶到现场时，附近的警方已经先一步到达了。

事故现场不在繁华地带，靠近植物园，周边树林茂密，附近无人居住。植物园的占地面积很大，而事故发生的地方靠近北门，比正门和后门更偏僻。

这个地方实在算不上什么好地方，因为树林茂密，很多情侣除了来这里散步，偶尔也会钻进树林里幽会，做一些刺激的事。当然，这里曾经也发生过更"刺激"的事——一对情侣在幽会时双双被人杀害。

现场已经被警方用警戒线围住了,旁边有几名交警在维持交通秩序。

池烆快速从车上走了下来,径直走向事故现场。

防护栏被撞歪,花草被碾坏,车子侧翻,正冒着浓烟,周边散落着一地碎玻璃,再加上闪着灯的警车以及鸣笛的救护车,现场可谓是一片狼藉。

池烆靠近时被警方拦了下来,紧跟其后的朱跃连忙解释:"我们是其中一位乘客的朋友。"

但警方还是没有让他们进去,池烆只能站在边上眼睁睁地看着警方将司机救出,抬上救护车。

没有看到房子多,池烆自然是心急如焚,连忙问道:"看到一名女乘客了吗?她叫房子多,是我的女朋友。"

负责保护现场的警方走了过来,为他进行了解答:"女乘客的身上中了几枪,已经被送往深北医院。"

"中枪"这个词对很多人来说都是陌生的。

毕竟 B 市的治安指标在国内排在前列,尤其现在监控系统发达,抢劫都很少发生,更别提会有枪出现在大街上了。

"中枪?这到底是怎么回事?是谁干的?"朱跃急切地询问。

"正在调查中!"警方的负责人回复。

两个人正在和警方交谈的时候,白宴到达了现场。

白宴挤了过来,脸上的表情明显很紧张:"多多呢?多多现在怎么样?"

池烆看了她一眼,没有回答,朱跃只能主动回道:"被送往深北医院了。"

"白宴,你晚上跟房子多聊什么了?"池烆问。

白宴抬眼与池烆对视,池烆的眼神很是冷厉,让人忍不住打寒战。

"聊了……我们之间的事。"白宴说话都哆嗦了一下。

不过池烆现在没时间盘问白宴,对着警方说道:"她是今晚和我女朋友一起吃饭的人,就麻烦你们来调查了!"

说完,池烆直接离开了现场。

朱跃也立马跟上，和池炸一起赶往深北医院。

一路上，池炸的脸色看似与往常相同，但是车内的气氛特别冷。

"阿炸，房子多是'锦鲤'，会没事的！"朱跃为了缓和池炸的情绪，安慰道。

而手握方向盘的池炸对他的安慰一点儿都不领情："中枪，会死人的。"

朱跃被噎了一下，但还是尽力劝慰："房子多是'锦鲤'，吉人自有天相。"

所谓"吉人天相"只不过是朱跃安慰他的话而已，池炸相信运气这么一说，但更相信自己调查到的证据，因为张秘书给他的那两份报告透露了很多东西。如果说房子多遭遇枪击是意外，那实在太巧了，但如果不是意外，那么……这其中有很多细节值得他去探究。

此刻的池炸一边理智地分析问题，一边担心房子多的安危。

这是他从未有过的感觉——担心、害怕，甚至有一丝恐惧。

恐惧什么？池炸的脑海里闪过两个字：死亡。

当下科技很发达，基因实验也有很大的突破，但关于"永生"的课题至今没有得到很大进展，即便有，那也是很私密的实验，没法被搬到台面上。因为这有违自然、有违人伦。

当然也有科学家提出"精神永恒"的命题，认为只要精神永久延续，肉体可以不再是人类文明前进的障碍。

这个命题在现实中遭到了很多反对，只能暂时被运用在沉浸式的游戏里。

譬如《无极》就充分运用了"精神永恒"这个概念，延伸开发出了很多新技术，尤其在神经系统领域的探索和运用，《无极》可以说走在了行业前沿。

游戏中的死亡池炸在内测时体验过，它可以很痛苦，也可以很安详，但都伴随着意识的混沌。

如果是现实中的死亡呢？池炸不敢深想。

两个人赶到深北医院，咨询过后，便到急救中心的手术室门口等候。

时间一分一秒地往前走，但对于两个人而言就像凝固了一般，极为漫长。

朱跃时不时看向池炘。尽管池炘的脸上没有表情，但眼神是骗不了人的。

那里面是担心，是急切，是惶恐。

安慰的话朱跃已经说了很多遍，再说也是无用。

他们从黑夜等到天明，从繁星满天等到太阳东升。

手术室的门终于被打开了，池炘和朱跃一起走上前去。

"医生，我的女朋友如何？"池炘问。

"患者中了三枪，子弹都已经被取出。有两枪极为危险，一枪在脑部，一枪在心脏，幸运的是都有所偏离，没有致命。不过即便子弹已经被取出，患者还是存在生命危险，能不能苏醒就看她个人的意志力强不强了。"主刀医生回道。

池炘听后，整个人愣在那儿好几秒。

"你是患者的男朋友？"主刀医生问。

池炘回神，点头说道："是。"

"麻烦你补签一下文件，还有尽快通知患者的直系亲属。"主刀医生交代。

朱跃回道："已经通知了。"

主刀医生没再说什么。房子多被护士推了出来，直接送进了ICU。

警方传来了最新调查到的信息，说已经追踪到犯罪人员，但他们赶到时对方已自杀。他们查到的信息表明，对方曾经是境外雇佣兵。

至于自杀的原因，相关资料表示他患有脑癌，已经活不久了。

这种人的作案动机是绝望之余报复社会还是另有目的，需要进一步调查。

对于这个调查结果，池炘不是很满意，请求警方继续往下追查，因为他个人更倾向于后一种情况，并希望知道这个已死去的雇佣兵背后的雇主是谁，同时想了解其家属的情况。

关于其家属的情况，警方直接告知了池炘。这个雇佣兵有个六十几岁的老母亲，生活在沿海城市，现在警方已经联系当地警方协助调查。

还有一个至关重要的信息——雇佣兵和房子多唯一的联系，便是他揭了《无极》游戏里追杀艾斯特尔的悬赏榜单。

池炜听完这个消息十分惊讶，想起上次两个人一起进入游戏时房子多被全服悬赏追杀的情景。不过在游戏世界里，池炜用他的隐身衣帮她躲过了一劫。

在游戏里发布悬赏令追杀某个玩家，很多时候官方是不会多加干涉的，因为在很多游戏里经常发生这样的事情。人们在虚拟世界里打打杀杀，无非是为了宣泄现实世界里的不安或压抑的情绪。但池炜万万没想到在现实世界里，房子多也会被人追杀。

"你是受害者的男朋友，也是 in 科技的负责人，之后的调查工作还请你多加配合！"警方提出要求。

警方向 in 科技索要《无极》游戏的资料，池炜自然无条件配合，但是他又想起一件事——那天他和房子多在游戏里做了一些少儿不宜的事。

"我会让相关人员配合你们的调查工作。"池炜回道。

"多谢配合！"警方感谢道。

警方负责人挂掉电话之后，池炜让朱跃去对接这件事，并和他交代了一些事项。

朱跃追问："为什么只能截到去冲浪之前？"

池炜看了下朱跃，感觉有些不妥，于是只能自己亲自上号，将那天两个人从登录到冲浪的片段截了出来，并标注上退出游戏的时间，随后交给了警方。

朱跃见状，大致猜到被删除的部分是不能公开的。

房子多受伤的消息被压了下来，没有受到过多关注，但和房子多关系较好的朋友都知道了，孙可可和许诺诚都赶了过来。

池炜把白宴推给警方之后，白宴被带回了警局配合调查。不过这次调查的时间有点儿长，因为她和房子多交谈的内容涉及了另外一件事。从警局出来后，她也赶到了医院。

朱跃如实将房子多的情况告诉他们，孙可可和白宴都呆住了，似乎接受不了这个事实。

许诺诚明显也很激动，质问池炜："炜哥，你答应过我会好好照顾多多！你就是这么照顾她的？"

面对许诺诚的质问，面无表情的池炜没有回应。他一直都是一个信守承诺的人，但是这件事他确实没有做到。

"炜哥，你倒是说话啊？"许诺诚对他的沉默明显表示不满。

"你想让我说什么？"池炜回道。

"你就不觉得内疚吗？"许诺诚生气地问道。

有人担心、在乎房子多，证明房子多的人格魅力强。但这个人是许诺诚，池炜总感觉他未曾放下房子多。

朱跃见许诺诚变得情绪化，连忙劝解："诺诚，子多发生这样的事，我想阿炜是最不愿意看到的那个人。你的指责和质问只会让阿炜更内疚、更自责。"

许诺诚听后，冲着朱跃摇头："他不会内疚、不会自责的！"

这句话很伤人，此刻的许诺诚确实有点儿情绪失控。

池炜直视着许诺诚，语气冷厉："谁说我不会自责、不会内疚？"

许诺诚也知道自己失态了，但此刻的他真的很担心房子多："你没有保护好她，就得承受别人的质疑和唾骂。"

孙可可见许诺诚如此激动，也连忙拉住他的手臂："哥，你别这样。多多出事，池炜肯定是最伤心的那个人。"

许诺诚还是没有平复心情，继续说道："多多就不应该跟他在一起。"

池炜对这句话有点儿不爽，回击道："你的意思是，多多应该和你在一起，对吗？"

"对，如果多多没跟你在一起，就不会发生这么多事！"许诺诚接话。

"可她偏偏选择了我！"池炜回击。

这对许诺诚而言就是致命一击。

在这件事上，他是错过房子多的那个人，他心中的遗憾比谁都更加强烈。

正当他想回击时，站在一旁的白宴开口："别吵了，一切都是我的错。"

大家的目光瞬间集中在白宴的身上。

池炜、朱跃以及许诺诚都知道其中的缘由，唯独孙可可一脸疑惑的表情。

白宴看了下大家："是我的错，我不该背叛多多，不该对她做出这样的事，她会受伤或许跟我有直接的关系。"

孙可可还是一脸蒙："白白，你这句话是什么意思？"

白宴也不想隐瞒孙可可，直言道："in科技的新项目是我泄露的，我本想嫁祸于多多，殊不知很快就被池烆和多多发现了。"

孙可可闻言一头雾水："你为什么要这么做？"

白宴看着孙可可："因为忌妒。"

孙可可一时无法消化这个消息。这时，她的身后传来孙萌萌的声音："白宴，你实在太让我失望了。"

大家闻声，一致将目光投向白宴的身后，只见孙萌萌和许烨磊朝他们走了过来。

白宴看到孙萌萌后，直接低下了头。

许诺诚对父母的到来有些意外："爸、妈，你们怎么也赶过来了？"

孙萌萌没有理会许诺诚，而是走到白宴跟前："白宴，我现在不想跟你多说什么，只求多多能醒过来。她要是有个三长两短，我看你怎么跟你姑妈交代。"

白宴没有出声，孙可可也是第一次见到孙萌萌生气的样子。

自从有记忆开始，孙可可就一直觉得孙萌萌是特别温暖、特别温柔的人。虽然她们之间的贫富差距有点儿大，但孙萌萌从来没有让她感到任何压力。

所以这回看到孙萌萌黑着脸，真是孙可可人生中的第一次。

平时孙可可就知道孙萌萌很疼房子多，差不多把她当作半个女儿看待，这次的事更加印证了两个人之间的感情十分深厚。

"你别吓着孩子了！"许烨磊也极少见孙萌萌黑脸，连忙劝道。

但孙萌萌没有消停，而是将目光转向池烆："池烆，我不能说你什么，但一直以来我将多多视为女儿，没让你把她宠上天，至少你得保护好她。"

许烨磊觉得孙萌萌的语气不太好，连忙说道："老婆，你少说两句，大家肯定都担心多多。"

尽管有许烨磊说情，但池烆还是主动致歉："对不起，是我没有保护好房子多。"

孙萌萌却没有就此打住："我本想让多多做我的儿媳妇的，却没想到她喜欢上了你。你们自由恋爱，我们也不能干涉，但是遇见你，似乎就是多多的一个劫难。"

许烨磊觉得孙萌萌的这些话实在有点儿重，虽然能理解她的担心，但这对于池炘而言有些不公平。

"老婆，你先冷静一下！"许烨磊按住孙萌萌的肩膀，让她别冲池炘发火。

池炘没有反驳，不过对于"劫难"这个词，他得好好思考一下谁是谁的劫难。

"诺诚，扶你妈去旁边的椅子上坐吧。"许烨磊交代道。

许诺诚照做。许烨磊看着池炘，主动道歉："池炘，对不起，刚才你孙姨的情绪失控了，你别往心里去。"

"理解！"池炘回了两个字。

"警方那边有回复吗？"许烨磊问。

池炘将自己已知的信息告诉了许烨磊，许烨磊听完，眼睛里充满疑惑："线上线下连环追杀？这件事绝对没有那么简单。"

池炘看了周围一眼，随后说道："许叔，可否借一步说话？"

许烨磊点头，随后和池炘走到十米外的走廊尽头，打开消防门，两个人在安全通道进行秘密交流。

许烨磊看了下四周，没有发现任何监控设备，开口说道："池炘，有话直说。"

池炘自然相信许烨磊从军多年养成的敏感度，他觉得可以说话的地方自然是安全的，于是池炘接上前面的话："多多这件事确实不简单！说不定背后还有一个很大的阴谋。"

"阴谋？"许烨磊与他对视。

池炘能感受到许烨磊眼里的震慑之意，倘若在战场，这双眼睛必定充满了杀气。

"许叔，您在部队身经百战，人生阅历也比我们丰富许多，您觉得多多触碰了哪方的利益才会发生这样的事？"池炘询问许烨磊。

许烨磊思考了几秒："能源、高科技、军方等领域相对比较特殊。"

"我们公司的运作没有涉及能源和军方这两个领域！"池炘说道。

"你们不是和军方合作过吗？"许烨磊反问。

池�摇头："那只是为他们提供军事线上训练的技术支持，而且很少人知道这件事。"

"很少人知道，不代表完全不会被泄露。不过线上训练的技术支持确实也不是什么大问题。你最近在高科技领域有什么新合作吗？"许烨磊继续追问。

池炘想了一下："没有。"

"你好好想想。"许烨磊说道。

池炘又想了一下："要说有，就是我们前段时间资助了一家高科技实验室。"

"什么样的实验室？"许烨磊问。

"这次对高科技实验室的资助，说简单很简单，可是说复杂也很复杂。"池炘没有细说。

"什么意思？"许烨磊一脸严肃。

"实验室的负责人是个天才，她的实验室急需研究资金，有人牵线搭桥找到了我。我和她交谈过，也觉得她是前途不可限量的科学家，所以答应了这次资助。"池炘回道。

"实验室在境内还是在境外？"许烨磊问。

"境外！"池炘回道。

"池炘，多多出了这样的事，说明这件事已经不简单了。你得了解清楚这个实验室的情况以及负责人的真实背景，不然这有可能只是个开始。"许烨磊严肃地说道。

池炘听后，点头说道："我知道，我会配合警方调查。"

许烨磊听后，摇了摇头："这事恐怕依靠地方警方是解决不了的。"

池炘听完后，看着许烨磊："许叔，您有什么好的建议吗？"

许烨磊想了想："我帮你联系一下高层，尽量将这件事的保密级别提高。"

池炘自然知道许烨磊的能力，于是感激地说道："谢谢许叔。"

许烨磊轻拍了下他的肩膀："我们一直将多多视为女儿，出了这样的事我们自然也十分揪心，这也是你孙姨会情绪失控的原因。"

"我知道您和孙姨疼爱房子多，我不会在意那些话。"池炘说道。

许烨磊轻笑："不过你孙姨说的也是实话，如果你没有出现，说不定她就是我们的儿媳妇。"

"这个世界没有如果！"池炜回道。

许烨磊点头："是啊，没有如果，所以即便有遗憾，我也只能祝福你们。希望多多吉人天相，能挺过这一关。"

"许叔，您的战友或者士兵受伤时，您会怎么做？"池炜问。

许烨磊愣了一下，随后开口："慰问、鼓励和祈祷。"

"祈祷？"池炜揪住最后一个词。

许烨磊解释："虽然我是无神论者，但还是希望幸运之神降临在每一个处在生死关头的战友身上。身为军人，我们可能在很多人的眼里就是战争机器，但在这之前，我们首先是一个人，有父母和妻儿，有牵挂，也会有不舍，这都是人性使然。"

"我比战争机器还不如，没有牵挂，没有不舍，没有人性。"池炜接话道。

"池炜，你怎么会这么贬低自己呢？"许烨磊极为不认可他的自我批评。

"我说的是在遇见房子多之前的自己。"池炜解释。

许烨磊听完，笑了起来："有了喜欢的人，你就会有很多改变，从而也有了软肋。"

池炜记得"软肋"这个词他前几天在许文明那里听到过，而且跟房子多探讨过这个词。

"人一旦有了软肋，就会丧失之前所有的信仰吗？"池炜问道。

许烨磊看着他："也不一定，有些人的软肋会成为被人攻击的弱点，而有些人的软肋则会让自己更加强大。"

"许叔，您的软肋是您的弱点还是让您更加强大了？"池炜问。

许烨磊说道："我的软肋让我变得更加强大。只有我强大了，才能更好地保护我想保护的人。"

池炜听后，开口说道："谢谢许叔赐教。"

许烨磊又将手搭在他的肩膀上："我相信你可以保护好多多。"

池炜点头："我会尽全力保护她。"

房子多在 ICU 里静静地躺着，病房里除了呼吸机的声音以及点滴声，没有其他杂音。

池炘安排了人员看护房子多后，便和朱跃回了公司，因为还有关于她的事需要池炘亲自处理。

许烨磊也和许诺诚一同离开，之后去了军方负责管理安全的部门，而孙萌萌和白宴几个人还在病房外，候房子多父母的到来。

孙可可去买咖啡，留下白宴和孙萌萌在那儿等候。

白宴单独面对孙萌萌时还是有点儿发怵，不敢说话，默默地低着头。

孙萌萌看了白宴一眼，心情平复一些了，表情也没有刚来时那么严厉。她主动道歉道："白宴，我刚才的态度不太好，跟你道歉。"

白宴闻言，愣了愣，随后缓缓抬头："姑妈，对不起，是我迷失了方向。"

孙萌萌本就是性格温和的人，能主动道歉说明情绪已经趋近平缓，而白宴的心情也从极度害怕变为忐忑不安。

"你迷失方向，是因为我对你们三个人不公平吗？"孙萌萌问。

白宴摇头："不是。"

"那你为什么会迷失？"孙萌萌追问。

白宴愣在那儿几秒，才缓缓地说道："是我自己心态失衡，不是姑妈你的问题，是我自己的问题。"

孙萌萌看了下白宴，开口说道："一个人会产生羡慕或忌妒的情绪，很多时候是因为他不如别人，或者别人得到的比他多。先不说付出的努力是否相等，有些人确实运气比较好，这是个人无力左右的。就多多而言，她能有今天的成就，其中确实有运气好的成分，但她个人的努力也不可或缺。在外人眼里，她能成功是因为我特别关照她，可是在我眼里，这些都是靠多多自己的努力达成的。一个人如果得到别人的帮助，可能会成长得比别人更快、更容易，但如果他自己没有扎实的基础，即便别人将他捧得再高，也保不齐他在哪天会跌落。人与人之间的磁场也是很微妙的，我和你姑妈的感情奠定了我和多多之间的感情基础，这是别人强求不到的，因为一切皆是缘分。"

白宴静静地听着。

"你我相遇也是一场缘分，我一直期待着你的成长。你很聪明，在很多事情上一点就通，而且很漂亮，又有分寸。在我的规划中，你将是我工作室以后的业务负责人，可是这次你做出这样的事情，不得不说，让我很失望。"孙萌萌的语气很平和，没有刚才那般怒气冲冲。

白宴听后，眼底闪过不可置信的神色，因为这是孙萌萌第一次对她说对她的期望。在白宴心里，她只不过是孙萌萌工作室里的一个小编剧，能不能成名、能不能爆火，都得看孙萌萌的心情。而且整个工作室里最被大家看好的人是房子多，接下来是与孙萌萌有亲戚关系的孙可可，其他好几个固定和工作室合作的编剧能力也很强，怎么算她都是垫底的。

白宴在工作上想要晋升，得先翻过房子多和孙可可这两座大山。至于在感情方面，她更看不到希望。

"姑妈，你说你把我当作业务负责人培养？"白宴的眼睛直接红了起来。

孙萌萌见了，语气依旧平静："你不相信，是吗？"

白宴含泪摇头："不，不是。"

孙萌萌继续道："我的年纪摆在这里，精力也大不如从前，我一直在考虑工作室今后的规划。多多是做编剧的料，注定会成为职业编剧，我能做的就是让她安心写作；可可是我的侄女，很细心，我希望以后由她来负责工作室的日常管理；而你长得漂亮，业务水平高，能力也强，我就想着今后业务这块让你负责。从去年开始我给你引荐了业内一些公司负责人的对接人，就是想培养你在业务方面的能力。"

想要让一个做错事的人内心的悔意达到前所未有的境界，最好的方式就是将实情说出来。

孙萌萌说这段话的时候，孙可可也回来了，提着咖啡静静地站在一旁。

白宴做出这样的事，孙可可也感到极为震惊，毕竟这是她从来没有想象过的。

房子多和白宴的感情在她们同居之后与日俱增，如果说房子多是火的话，那么白宴就是水，总能在适当的时候泼一泼房子多，让她更加清醒，不会那么冒进。

在其他人眼里，房子多和白宴的感情是坚不可摧的，孙可可也是这么认为的。

可是事实重重地给了她们一个耳光，孙可可尚且接受不了，可想而知房子多知道后会多么伤心。

白宴抹了一下泪："姑妈，我说再多道歉的话也无用，我犯下的错，自己会去承担。我跟你道歉，让你失望了，让你白白浪费精力培养我。"

"白宴，人生很长，也很短，有时候我们会因为利益的诱惑犯下错，这种错一辈子都无法弥补，但错一次就够了。"孙萌萌说道。

白宴低着头，眼泪再次掉了下来。

孙可可见状走了过去："姑妈，你的咖啡。"

孙萌萌抬起头看向孙可可，缓缓接过咖啡。

孙可可走到白宴身边，把手里的咖啡放在她身边的椅子上，随后掏出纸巾递给她。

白宴没有接，而是用手捂着脸，把脸埋在膝盖上，低低地哭了起来。

孙可可坐了下来，轻轻地拍了拍她的后背，没有说话，似乎不知道该说什么。因为在房子多醒过来之前，一切安慰的话都是虚的，何况白宴还是伤房子多很深的人。

在许烨磊的帮助下，房子多被枪击的事件被全面封锁。在公司里，池炘替房子多跟乔溪请了一个月的假。

面对第一次假公济私的池炘，乔溪满心意外，不过人家是老板，乔溪也不好反驳什么，只是房子多的缺席势必给剧本项目的进度造成影响。

本来内容部的氛围刚融洽没几天，房子多突然请假，一些人又开始在背后疯狂诋毁她，因为在职场，工作能力和责任意识是最重要的。

当然，大家也都在猜测房子多出了什么事。李奕然是除了内容部的人与房子多走得最近的人，听闻这个消息，也多次联系房子多。可是房子多的电话一直在关机中，于是他便偷偷地询问朱跃。

朱跃忙得晕头转向，没空回复李奕然的消息。

于是两天时间过去，大家赞成率最高的竞猜结果竟是"房子多流产了"。

之后大家在私下联系过房子多，想从侧面证实这件事，只是正在ICU的房子多无法对此进行回应。

池烆这两天处理了很多事情，同时也明白了很多事情。

"池烆，我不赞成继续，这很危险！"张秘书建议。

池烆看着张秘书："我想试试。"

"池烆，请你三思，这是有组织、有预谋的事件。你现在已经清醒地认识到这是一个局，就应该直接撤离，回到现实，不要给策划这件事的人任何机会。"张秘书说道。

"张秘书，我知道你担心我，不过我想试试。"池烆坚持自己的想法。"太危险了，我反对！"张秘书也坚持自己的意见。

"这不就是游戏的好玩之处？正好我也想看一下我设计的游戏中，所谓的沉浸式体验到底能怎样深入到玩家的潜意识里。"池烆说道。

"你的这个想法本身就很疯狂。"张秘书觉得池烆太冒进了。

"想要任何事情有所突破，肯定要带着疯狂的态度去做。"池烆反驳。

张秘书摇头："池烆，我是你的保护者，不允许你这么做。"

"你只要做好保护者应该做的事情就好了！"池烆回道。

张秘书见自己说服不了池烆，很是头痛："朱跃那边……"

池烆刚听到开头就打断了他的话："静观其变！"

张秘书看着池烆："你真打算继续下去？"

"这是个机会，也是个挑战。"池烆回道。

"好吧，正如你说的，我是你的保护者，会尽职尽责地保护你。"张秘书说道。

池烆点头。张秘书没再说其他的话，离开了池烆的办公室。

张秘书再次在走廊上与朱跃相遇，朱跃见他频繁出现在公司里，预感到有什么事情发生了，而且是要对自己保密的事。

朱跃对张秘书微笑着点头，以示礼貌，之后进入了池烆的办公室。

有几份文件需要池烆签字，池烆很快签完，同时交代朱跃去跟进。

朱跃点头，之后问了一句："张秘书最近天天来公司，是不是你爷爷奶奶那边有什么事？"

"没有，爷爷奶奶一切安好。"池烆回道。

"那是因为什么事？"朱跃好奇地问。

"有些事需要他帮忙处理。"池烩说道。

"什么事？"朱跃追问。

池烩抬眼与朱跃对视："私事。你要处理公司以及房子多案件的事，所以这件事交给他去处理。"

朱跃听完这句话，非常有自知之明地不再询问下去了，不过心情有点儿失落。

一直以来，池烩都特别信任他，大大小小的事都会与他商量，如今他们之间似乎有了一些隔阂。

"阿烩，无论发生什么，我都站在你身边。"朱跃说了一句表衷心的话。

池烩看着他："朱跃，张秘书频繁出现，你感觉不安，是吗？"

池烩说话的方式一直都很直接。

朱跃闻言，愣了一下："我没有不安，只是担心你。不过，担心你也是一种不安的表现吧。"

"担心我什么？"池烩问。

"最近发生了太多事，尤其是子多被枪击的事，这意味着事情已经发展到了很严重的地步。池烩，我知道有些话说出来很不道德，尤其是在子多没有醒过来时，但作为你的挚友、合伙人、助理，我还是想给你一些提醒。"朱跃说道。

"说！"池烩没阻拦。

"或许，房子多的出现，就是一个引你入局的阴谋。"朱跃说道。

"继续说。"池烩又说道。

"虽然目前还不知道雇佣兵出于什么目的杀她，但是我可以肯定一件事——房子多的出现是有目的的！"朱跃分析。

"是何目的？"池烩问。

"迷惑你，影响你，主宰你！"朱跃回道。

池烩看着他，思索了几秒："说说你的依据。"

朱跃站在那儿："这是我的猜测，我还没有拿到具体的证据。"

"那你岂不是在诽谤？"池烩反问。

"现在的你，信任我吗？"朱跃问。

池炘听后，凝视着朱跃几秒："信任。"

"可我的直觉告诉我，你因为房子多和我产生了隔阂。"朱跃直白地回道。

"在你眼里，我是那种重色轻友的人？"池炘反问。

"这个问题我无法回答你，你需要问问自己。"朱跃说道。

"房子多靠近我是经过你允许的，现在你又说她的出现是别有用心，是有人设下的局，这个逻辑岂不是很混乱？"池炘问道。

朱跃听后回道："最初我赞成房子多靠近你，是因为我觉得她对你而言很重要，你一眼就认出了她，而且房子多本人也很特别。一直以来，你的世界都是黑白的，作为挚友、伙伴，我希望有个人可以给你带来一些色彩，并且我以为那个人就是房子多。可是事实证明，我的眼光出现了偏差，具体地说，应该是出现了错误。我不该赞成让她靠近你。"

"事实证明了一点，房子多确实特别，也确实给我的生活带来了一些色彩，这应该说明你的眼光很独到才对。"池炘将了他一军。

朱跃的脸上露出无奈的表情："所以我才说她的出现是为了迷惑你、影响你，甚至说不定哪天她会主宰你的思想。"

"这只是你个人的臆断。还有，有因就有果，这是你种下的因，之后的果，你也无法撇清。"池炘说道。

"我知道我无法撇清，倘若你因为房子多和我产生隔阂，我也只能说这是我自己造成的。但作为你多年的挚友，我还是要提醒你，别因为感情做出不理智的判断。"朱跃说道。

池炘听后，开口说道："谢谢你的提醒。我没有和你产生隔阂，只是有些事我必须亲自去验证。"

"验证什么？"朱跃问。

"验证一切。"池炘说了一句概括性的话。

朱跃听得云里雾里的，于是说道："这就是隔阂，你以前对我都是有话直说。"

"那好吧，请你解释这个！"池炘说完，打开了全息影像。

全息影像呈现的是朱跃持股的调查报告。

朱跃看了之后，表情瞬间变了，眼里也闪过一丝慌张："你调查过我？"

池烆没有否认："对，我调查过你。你解释一下，这是怎么回事？"

朱跃明显很紧张，甚至咽了一下口水："我……我确实有在私下增持公司的股份。"

"为什么？"池烆直视着他。

"为了话语权！"朱跃回道。

"话语权？你的话语权还不够大吗？"池烆反问。

"公司的事一直都是你说了算，你觉得呢？"朱跃反将了他一军。

"这么说，你一直都存在不满的情绪？"池烆问。

"不是，阿烆，我增持股份也是在保护你。"朱跃回道。

"保护我？"池烆疑惑。

"我们两个人所持有的股份的占比越大，其他人就越无法撼动我们在公司的地位。"朱跃说道。

"就算你的解释是合理的，为什么你上次上交报告的时候没有将你自己的股份信息体现在上面？"池烆问。

这事朱跃自知理亏，主动承认错误："这件事是我疏忽了。"

"是疏忽，还是刻意？"池烆问。

"是疏忽。即便我解释得再多，也是无用的，因为在你眼里这已经被定义为刻意。"朱跃说道。

"不是在我眼里被定义为刻意，而是在你的心里，我们之间的关系已经开始变了。"池烆说道。

"我没有！你我之间的关系，我比任何人都看重。"朱跃否定池烆的说法。

池烆看着他："出了这么多事，我希望这一切都跟你无关，也希望你能证明跟你无关。"

朱跃听后，眼里透出强烈的失望："阿烆，你怀疑我？"

"你自己曾说过，我可以怀疑身边的任何一个人，包括你。"池烆反驳他的话。

"我是说过，但是我是希望你能保持理智。"朱跃解释。

"其实你这话的意思也很明显，就是让我怀疑房子多，但你说话又很高明，把你自己也概括了进去，想让我毫无保留地信任你。"池烆说道。

"我确实提醒过你要怀疑房子多，但没想到你真的会怀疑我。"朱跃的眼底尽是失落的神色。

"我不仅怀疑你，同时也怀疑房子多。"池炘表明自己的立场。

"你这话什么意思？"朱跃不解。

"这是一个局，你我都是局中人，至于真相到底是什么，我们只能一同探个究竟。"池炘回道。

朱跃虽然不清楚池炘想表达的真实意思，但他说他同时也怀疑房子多，那么说明他还是理智的。

"真相或许是别人想瓦解我们之间的默契和信任。"朱跃直接说出自己的想法。

池炘闻言，静静地看了朱跃几秒："这是其中一种猜测，但肯定不会那么简单。"

"我的想法就是这么简单，因为很多事情不必太过复杂化。"朱跃回道。

其实眼前的这场交流也算是两个人在坦诚相待，这是他们之间特有的默契。倘若这件事真的这么简单就好了。

"捐助实验室的事，你当时的态度是不支持，或许从那时开始，我们之间的关系就存在了一丝裂痕。你是否因为这件事，开始私下增持公司的股份，试图增强自己的话语权？"池炘也直言自己的想法。

这两天朱跃一直在协助调查一件事，就是捐助天才科学家希爱的高科技实验室的事，当时他的态度确实是不支持的，理由是希爱的背景不太透明，使他总有一种不好的预感。

而池炘希望少年天才能够完成自己的科学实验，让人类在科技方面的探索迈向新的领域，所以直接批示同意了捐助资金。朱跃说服不了他，只能执行这个捐助计划。

"我承认有这个因素，想通过私下增持股份来加强自己的话语权，但是你我之间的感情不存在裂痕。我一直把你视为我的亲兄弟、我的家人。"朱跃说道。

池炘定定地看着他几秒，随后说道："谢谢。"

朱跃对这个回答不太满意："你我之间不需要说这两个字。"

"好吧，我收回。"池炘回道。

朱跃的脸色好转一些，接着说道："关于希爱的高科技实验室，我个人的看法还是和以前一样，希爱的背景存疑。我这几天一直在收集希爱的相关资料，她还是很神秘，但是她研究的是很重要的项目，或许这里面有着不为人知的秘密。"

"秘密？"池炘微微眯眼。

"我看到一个相关的传闻，说希爱其实是靳升平院士[1]的孙女。"朱跃说道。

"靳升平院士？那个研究量子力学的靳院士？"池炘问。

朱跃点头："是。虽然传闻不一定属实，但这个世界上没有所谓的空穴来风。"

池炘对靳升平院士还是印象很深的，毕竟他在量子力学领域的研究和贡献是有目共睹的。靳升平有个儿子，是知名科技制造公司的创始人，这家公司在人工智能领域属于行业的领头羊。

不过遗憾的是，他的儿子英年早逝，而且没有婚史，更没有留下一儿半女。

而少年天才科学家希爱是个孤儿，生活在由 bua 科技旗下的慈善组织资助的孤儿院中，很小的时候就被测出拥有超高的智商。当然，随着她的成长，超高智商给她带来的创造力也是非凡的，她在 18 岁时就读完了博士，并建立了个人的实验室。

"你在哪儿看到的新闻？"池炘问。

"收集相关报道时无意间听到的小道消息。"朱跃回道。

"之前没有听你说过，这是最新收集到的消息？"池炘问。

"是，她一直都很神秘。"朱跃说道，"最近的小道消息却实在有些诡异。"

"这个传闻你去落实一下。"池炘说道。

"恐怕很难！"朱跃回道。

池炘听后也能理解，要证实这种传闻并非易事。

1　靳升平院士是米西亚所著的《谁在时光里倾听你》（出版名为《重启时光的女孩》）里面的人物。

"我去问问项目资助的引荐人。"池炜说道。

朱跃摇头："我已经问过了，他说这是谣言。"

池炜疑惑："既然是谣言，那么你为什么还告诉我这些？"

"依照现在的情况，任何一种可能性都是存在的。宁可信其有，不可信其无。"朱跃解释。

池炜想了想，随后对朱跃说道："这句话有道理，或许你不是真正的朱跃。"

朱跃闻言，愣了几秒："阿炜，你这话什么意思？"

"你或许并非真正的朱跃。"池炜重申一遍。

朱跃不由得失笑："阿炜，你的思维实在太跳跃了。"

池炜看着他："这个世界也并非现实世界，而是一场游戏。"

"我已经完全不明白你在说什么了。"朱跃表示疑惑。

池炜看着他："你知道我在说什么！我正在进行《心动》游戏的内测，可是一进入游戏，就直接被传入到你们设计的游戏中。房子多是被基因大数据匹配选出来的人，也是联通你们设计的游戏的桥梁。由于游戏的沉浸式体验设计得太好了，导致我几乎分不清这是游戏还是现实，直到房子多发生枪击事件，我才慢慢地回想起她跟我说的一些话，尤其是她提醒我的那些话。"

"阿炜，你的这些想法可以运用到游戏里，但切忌将它与现实混淆。当然，我清楚地知道房子多对你的影响有多大，你是第一次喜欢上一个女孩儿，所以我知道，房子多被枪击对你来说冲击应该很大。你的情感相关的神经目前恢复到几成我不清楚，但你肯定特别难受、特别担心。"朱跃说道。

池炜听完朱跃的辩解，面无表情的他突然露出一个冷笑。

朱跃很少见到池炜变换表情，感到有点儿吃惊，因为这个冷笑让他觉得有一股强烈的寒意袭来。

"等房子多醒过来，一切就真相大白了！"池炜说完，缓缓将冷笑收了回去。

朱跃直接打了个寒战，继续说道："我知道你担心房子多，但你别胡思乱想。"

池炜听完之后，没有再说什么。因为就如他自己所说，在没有确凿证据的情况下，只能等房子多醒过来，只要听她如何解释，一切就清楚了。

可是房子多醒过来的话会对他说些什么呢？她会承认还是否认？

她前期说的那些铺垫的话，是她良心发现，想让他对朱跃起疑，还是她布的局？

"还有，今天莉莉要进行第二次会诊。"朱跃又提醒一句。

提及王莉莉，池炘的脑海中浮现出很多关于她的事。莉莉会出现在他的潜意识里，是因为他对这个同母异父的妹妹有着与表面不同的感情。

这份感情在现实世界里被隐藏得很好，没有丝毫流露，在这虚拟游戏里却被勾了出来。

然而，无论是房子多还是朱跃，最初都是围绕着莉莉展开的这个局。他们把池炘研究得很彻底，所以他才会陷入这个局。

既然朱跃不承认池炘所说的一切，依然继续展开剧情，池炘也不阻拦。因为要想知道他们的目的到底是什么，他只有继续深入这场局。

"我陪她一起去！"池炘接受了这个剧情。

"好，我跟阿姨联系，告诉她你一起去！"朱跃说道。

看着朱跃走出大门后，池炘环视了一圈周围的陈设，这里和他现实世界里的办公室一模一样。

看来有 in 科技的内部人士与他们里应外合，而且这个人绝对对他十分了解。

这个人会是谁呢？真实的朱跃？许文明？又或许是……

无论是谁，他们出卖他的目的又是什么？为钱？为权？

无论是为了什么，他们都将为自己的行为付出相应的代价。

第十二章
唤醒计划

下午，池烆和李妍一起陪同王莉莉进行心理会诊。

池烆之所以做出这个决定，是因为想知道设这个局的人对莉莉的精神设定是什么样的。他其实对此十分好奇，因为现实里的他错过了王莉莉的成长过程。倘若他提前知道，或许局面又会是不一样的。

王莉莉和主治医师单独在房间里进行谈话，而池烆、李妍以及林麓在外面候着。

因为池烆提前和主治医师打过招呼，所以里面的谈话直接同步给了他。

起初，主治医师因为职业素养拒绝了池烆的要求，但是池烆的态度特别强硬，最终她屈服了。

池烆坐在外面的沙发上，耳边传来医生亲和的语气："这几天睡得好吗？"

"不好，做噩梦。"王莉莉回道。

"做什么噩梦？"医生温和地询问。

"一个很多年都挥之不去的噩梦。"王莉莉说道。

"能具体说说吗？"医生问。

"我能不说吗？"王莉莉拒绝。

医生微笑："可以。"

"那就结束吧！"王莉莉说道。

医生微笑："就算你沉默，我也愿意陪着你一起沉默。"

王莉莉看着医生："陪着我一起沉默、一起想心事？医生，你觉得自己是个知心大姐姐？"

医生笑："我其实一点儿都不知心，尤其是对我的孩子而言。在她的眼里，我就是一个工作狂，眼里只有工作。"

"既然医生你都自我反思了，为什么就不能对你的孩子好一点儿呢？你为什么不做出改变呢？"王莉莉反问。

"我在一点点改变。"医生说道。

"为什么是一点点？"王莉莉问。

"因为人性使然。"医生说道。

王莉莉不解："不懂。"

"改变太快会给孩子带来非常直观的感受，同时她会怀疑我的这种改变，觉得我不是真心的。就譬如说，我天天很忙，突然间不忙了，她会怀疑我以前只是假装在忙。而我现在在一点点改变，让她知道我愿意为她做出改变，知道我有自己的工作，我也会遇到困难，她也会试着改变，试着体谅我、理解我。"医生说道。

"听你这么一说，我觉得你的女儿是幸运的。至少你及时发现了问题，做出了改变，让她知道了你对她的关心和爱意。"王莉莉说道。

"我的女儿是幸运的，那你呢？"医生将话题引到了王莉莉身上。

王莉莉听后，表情有所变化。

医生观察到之后，开口说道："你可以不说。"

或许是医生以退为进的体谅让王莉莉开了口："我来到了你的面前，你觉得我会是幸运的吗？"

"即便不幸，那也是过去式，不代表将来。"医生说道。

王莉莉听后，笑了起来："你们心理医生不都是宣称一个人幼年的不幸将伴其一生吗？想要与原生家庭做抗争是一件很困难的事，相当于从里到外被扒了一层皮。"

医生微笑："你去看过心理学相关的书籍？"

"有啊，我最近都在看。我这种是不可能治好的。"王莉莉给自己下定论。

"看心理学相关的书是好事，对这方面的认知越多，你的防范意识就会越强。譬如你压抑到一定程度，觉得自己面临崩溃时，能懂得如何排解、如何转换。"医生说道。

"那我还没厉害到那个程度！"王莉莉说道。

"你的智商有135，算是偏向天才的那类人。"医生说道。

"我的智商你都知道？"王莉莉轻笑。

医生笑："你的资料里面写了。我其实很喜欢跟聪明人打交道，因为想让自己变得聪明一些。"

"你是医生，我是患者，你肯定比我聪明得多。"王莉莉反驳她的话。

医生笑："我只能说，我在心理学领域比你专业。关于你的病能否被改善、能否痊愈的问题，我更专业。"

"医生，你确实比我聪明，这不，话题又被你绕了回来。"王莉莉说道。

医生笑："我陈述的是事实。"

"好吧，你是医生，自然比我专业。"王莉莉说道。

"那么我们可否一起试试？"医生问。

"我不反对。"王莉莉说道。

"那你想说什么就说什么。"医生说道。

王莉莉看着医生："刚才提到你的女儿，你说你不是一个知心妈妈，工作很忙，我就有一个这样的妈妈，她工作很忙，我小时候看着她早出晚归，知道她努力赚钱抚养我很辛苦。我似乎应该体谅她，但是我内心最渴望的是她早上能陪我一起吃早餐，晚上能陪我一起吃晚饭，周末能带我一起出去玩，可是她很少做到。她似乎不太喜欢我，可能我不该来到这个世界上，不该成为她的女儿！"

医生没有打断她的话，而是目光柔和地看着她，一副想倾听她内心的真实想法的表情。

"我这么说或许不太好，因为现在的她愿意陪我来见你，每天都愿意陪着我，给我做好吃的、给我梳头、给我按摩，让我依靠，她展现出来的是一个温柔的好母亲形象。是我产生了误会吗？她还是我年少时的妈妈吗？"王莉莉说道，"或许这就是岁月带来的改变，我妈从我小时候就一直是高冷的女人，现在突然改变了，我一时半会儿有点儿接受不了。"

医生听了这段话，温和地说道："你的妈妈我见过，她的气质很好。"

"是啊，她那么漂亮，气质又好，很多人见过之后都会跟我说，你妈真漂亮。可是漂亮有用吗？我不需要一个只是漂亮的妈妈，我需要的是一个温暖的妈妈。"王莉莉说道。

"你的这个需求是正常的。每个人活在这个世界上，既是独立的个体，又是群体里的一员，需要交往、温暖和陪伴。"医生说道。

"可是我小时候没能拥有她的温和之意，导致……发生了一些不该发生的事。"王莉莉说到这里的时候，表情看似有些痛苦。

医生听她终于说到这个，没有打断她的话，而是注视着她。

王莉莉与医生对视一眼，见她眼里充满了温暖的神情，就没有过多设防。

"你是不是很想知道发生了什么事？"王莉莉问。

"我说过，你想说，都可以说；不想说，就不说。"医生还是以王莉莉的感受为主。

"真羡慕你的女儿！你是个好妈妈。"王莉莉说道。

医生摇头："我不是。我确实在努力给予我女儿温暖，但我给她的陪伴还是很少。"

"你不是已经在试着改变吗？"王莉莉问道。

"是，但还是没能尽善尽美！"医生说道。

"如果我妈妈当年能做到你的一半，不，做到你的十分之一，或许我就不是现在的我了。"王莉莉说道。

医生一直想让王莉莉自我突破，所以没有采用逼迫的形式，而是希望她自然而然地说出来。

"因为她的高冷，我极度渴望温暖，渴望她的温暖，渴望同龄人的温暖。在这个时候，我遇见了林麓。"王莉莉终于将话题推进了一步。

"是外面那个女孩儿吗？"医生问。

王莉莉点头："是，不过我要说的是我们小时候的事。"

医生点头："你们从小就认识，她现在还陪伴在你身边，看来你们之间的友情经受住了时间的考验。"

"不，我们失联多年，近期才重逢。"王莉莉说道。

"为何失联？"医生问。

王莉莉看着医生："医生，你对这种友情怎么看待？"

医生瞬间了然，于是开口说道："任何形式的友情，只要彼此真心相待，彼此都感到舒服，任何形式的友情都无须询问别人如何看待。"

"也就是说，你是支持的？"王莉莉问。

医生笑："能遇到相伴一生的朋友是幸运的。"

"好吧，我当你是支持的！"王莉莉说道，"不过和我成为朋友这件事应该改变了她原有的生活轨迹。"

医生没有插话，继续倾听下去。

"林麓是我第一个亲近和接纳的人。当时我们才读初二，她是我的同桌，主动靠近我，给我带好吃的，和我一起玩，是第一个这么对待我的人。可是我的第二人格出现后，我至今都无法忘记她当初看我的那个眼神，她像在看怪物一样。"王莉莉说道，"对于当年那件事，我现在想起还是会害怕。"

"当年她远离了你，给你带来了很大伤害，是吗？"医生问。

听完这个问题，王莉莉的表情很不自然，十指交叉的双手开始紧握，她甚至慢慢地低下头。

医生大致知道这是王莉莉的心理问题中最重要的节点。

"喝点儿水。"医生没有急于攻破这道心理防线。

王莉莉猛地喝了几口水，放下杯子之后，整个人抖了一下。

医生目光温和地看着她："想起了不好的回忆？"

王莉莉低着头，看着自己的手，手指不自觉地相互抠着。

王莉莉的不安自然引起了医生的重视："不好的回忆就像一个毒瘤一样，深埋在我们脑海里的某个角落里。我们即便选择遗忘它，但偶尔想起便会疼痛无比，甚至撕心裂肺。"

"它已经不是毒瘤那么简单了，它的毒性已经渗透到我的血液里，流淌过我的全身，我只要稍微一回忆，便会失去理智。愤怒、惊恐这些感觉就如潮水一样朝我涌来，迅速将我淹没。"王莉莉说道。

"你是一个极为聪明的人，有没有考虑过将它做降维处理？"医生诚恳地说道。

"降维处理？怎么处理？"王莉莉看着医生，眼睛里的光就像被潮水淹没之人看见了一根救命稻草。

"无法遗忘的话，那就全部倾吐出来。我和你一起努力，将这颗毒瘤一点点清除，让伤口慢慢愈合。"医生说道。

"要是愈合不了呢？"王莉莉的声音也跟着颤抖。

"你尝试过吗？"医生问。

王莉莉摇头，身体瑟缩："我不想再回忆起那些事情。"

"莉莉，你既然选择了来见我，就和我一起试试，好不好？"医生引导道。

王莉莉看着医生，眼神里透露出动摇的神色。医生再次开口："试着跟过去说再见，试着为过去的自己做一次大手术，试着跟过去的自己和解。"

"医生，你能把我医好吗？"王莉莉问。

关于这个问题，医生没办法给出绝对肯定的回答，但还是尽量给予她希望："我虽然不是国内最厉害的心理医生，但在心理治疗领域是排得上号的。"

"你可以，是吗？"王莉莉追问。

"一个医生的医术再高明，遇见一个不肯手术或者不肯配合的人，也无济于事。"医生很委婉地点出症结。

医生很细心，没有说出"病人"两个字。

王莉莉自然是聪明人，知道如果她不配合，一切都是空话。

于是，王莉莉酝酿了一下，身体也不由自主地僵硬起来，缓缓张口："我……我被人侵犯了。"

坐在外面等候的池炘听到这句话，眼皮跟着跳动了几下。

然而医生倒是很镇定，因为她治疗过无数的患者，其中很大一部分人的病因都是如此——年少时被侵犯的经历给他们幼小的心灵造成了不可磨灭的创伤。

"是谁伤害了你？"医生换了一个词，希望能减轻当事人倾诉时的恐惧和痛苦。

王莉莉全身僵硬，眼神因为害怕而变得恍惚："和林麓住在一个小区的无业游民。"

"你怎么会认识他呢？"医生问。

"他常年用望远镜窥视林麓，那天我到林麓家玩，也被窥视到了。之后，他在我离开林麓家的时候尾随了我，将我拖至废品收集站。我的手脚被他绑住，嘴里塞着他的……内裤，他扯开了我的衣服，侵……犯了我。"王莉莉将那天发生的事情说了出来。

声音同步传到池烆的耳内，他的眼皮又跳动了起来。他即使神经受损，但是听到王莉莉这样的遭遇，内心还是起了一阵波澜。

只是他又在思考一个问题：这是真实的情况，还是那些人在收集他妹妹的信息后胡编乱造的？

"事后你跟你妈妈说过吗？"医生问。

王莉莉摇头："我妈那天加班到很晚才回来，我当时关了灯，缩在被子里哭。她一回来，我就咬着牙不让自己发出声音。"

"你为什么不跟你妈妈说？"医生问。

"事情已经发生了，我说了能挽回什么呢？能让我身上的痕迹被抹去吗？不能，都不能。"王莉莉哭了起来。

医生抽了几张纸巾递给王莉莉，温和地问："你独自将这件事抗了下来，没对任何人说过，是吗？"

王莉莉哭着点头："我以为自己可以将这件事忘却，可是事实证明我没有那么强大、那么坚强。"

"你那个时候还小，必须依靠父母，让父母用法律的武器惩罚那个犯罪分子。"医生说道。

王莉莉听后，抹了一把眼泪："我已经惩罚他了。"

医生愣了一下："什么时候？"

王莉莉停止哭泣："在我大一暑假的时候。"

"你是如何惩罚他的？"医生问。

"读高中之后，我明确地知道我已经不是我自己了，我妈和朱跃哥哥给我的钱时不时会少许多，后来我才知道，我的另外一个人格在暗网找人帮她买东西，定时寄给那个男人，连续寄了三年。在大一暑假，也就是在他侵犯我后整整第五年的那天，她给他寄去了一把刀，他直接自杀了。"王莉莉说道。

"你是怎么知道的？"医生问。

"那个人自杀的新闻我一直都在关注。我收集了很多传闻，把它们联系在一块儿推算出来的。另外一个我给他寄了三年的恐吓包裹，让他产生了心理恐惧，最终他得了抑郁症。"王莉莉说道。

"知道他死亡以后，你有解脱的感觉吗？"医生问。

"当时在知道的那一刻我确实有解脱之感，可是当年的回忆实在太可怕了，我选择忘记、回避，让自己不再去想，可是收效甚微。但是这让另外一个我逐渐变得强大了起来。"王莉莉说道。

"你对另外一个自己有什么看法？"医生试探地问。

"我喜欢她的强大，但同时又害怕失去自我。"王莉莉说道。

"你害怕她夺去你的全部？"医生问。

王莉莉轻轻点头。

"你想彻底夺回自己的人格，还是对她依旧有恻隐之心？"医生问。

"她帮我复仇，我很开心，很佩服她，因为她做到了我做不到的事。可是如果我继续放任下去，她会吞并我。我有点儿害怕。"王莉莉说道。

"如果不是吞并，而是并存呢？"医生问道。

王莉莉摇头："她不允许。"

"你怎么知道她不允许？"医生追问。

王莉莉擦了下眼泪，看向医生："因为她讨厌懦弱的我。"

医生看着王莉莉："今天你能将这些尘封的往事吐露出来，就是一件很勇敢的事。你当年把自己当成一座山，扛下了一切，这是很少人能做到的。你其实很勇敢，一点儿都不懦弱，这点是无法否认的。只是你误解了一件事，任何父母都不会允许别人伤害自己的孩子，包括你的妈妈。"

王莉莉看着医生："医生，你这是在为我妈妈辩解吗？"

医生摇头："不是，我只是说出事实而已。你妈妈陪着你来见我，她的愿望只有一个，那就是希望你能康复。所以我相信，当年你妈妈知道事实的话，一定会好好保护你的。"

王莉莉摇头："她保护不了我的，因为她连我的哥哥都保护不了，谈何保护我呢？"

医生在接收王莉莉这个病患之前也收集了一些信息，这一家人的情况实在是复杂啊！

不过一件事归一件事，虽然其中有着许多复杂的因素，但是作为医生的她只能关注自己眼前的患者。

医生开口说道："或许你误解了你妈妈，你妈妈不是不想保护你的哥哥，更不是不想保护你。她其实一直都背负着巨大的心理创伤。"

"或许吧，但她就是一个不合格的母亲！"王莉莉说道。

"你埋怨她？"医生问。

王莉莉看着医生："你觉得呢？"

"任何事情都是有因有果的。你妈妈背负着巨大的心理创伤，所以没有好好照顾你，这也是心理学书籍中提到的原生家庭相关的问题。"医生说道。

"原生家庭？"王莉莉低声问道。

"你能说出当年的事，就算是走出阴影的第一步。"医生说道。

"我能走出来吗？"王莉莉似乎没有信心。

"你有你爱的人以及爱你的家人，他们是你未来生活的重要成员。"医生说道。

"你是让我向前看？"王莉莉问。

医生点头："是的，向前看。不过如果你觉得曾经的回忆太难接受，也可以试着将它忘记。"

"怎么忘记？我用了这么多年都没有忘记，岂是你寥寥几句话就可以帮我忘记的？"王莉莉冷笑。

"催眠！"医生回了两个字。

王莉莉听后，看着医生："你的意思是，通过催眠让我忘记痛苦的记忆？"

"这个只是我的一个建议，是否要实施还得遵照你自己的意愿。"医生道。

"这个办法似乎治标不治本。"王莉莉说道。

医生听后，审视了一下王莉莉："你深入了解过心理学，我为你感到高兴。催眠在很多情况下可以起到缓解痛苦的作用，但确实做不到根治，因为很多时候，一个人想要走出痛苦的阴影，很大程度上要靠个人的意志力。"

"所以你选择的治疗方案是催眠，还是继续让我撕开伤口？"王莉莉反问。

"我尊重你的选择。"医生说道。

"你是医生，得由你决定治疗方案。"王莉莉说道。

"两者相结合！"医生说道。

王莉莉听后，定定地看着医生："我能相信你吗？"

"你跟我倾诉这些，其实已经表示你在逐步信任我。"医生说道。

"你值得我相信吗？"王莉莉又问。

"为什么会问这个问题？"医生说道。

王莉莉起身走到医生面前，微微弯腰，拿起她手中的笔，端详了一会儿："如果没有猜错的话，这是一个带有监听功能的录音笔。"

医生被王莉莉发现了录音笔，眼里闪过一丝慌张，但她很快镇定下来，眼睁睁地看着王莉莉将录音笔关机。

池炟那边瞬间失去声音，不过他也猜到了原因。

王莉莉看着医生："倘若我把这件事捅到你们行业的协会那边，你会不会马上下岗？"

医生见状，脸上露出一副淡定的表情："我们在治疗的时候录音是很正常的。"

"录音或许正常，但是把谈话内容同步给他人就违反了相关法规。"王莉莉说道。

医生看着她："那只是你的猜测而已。"

王莉莉冷笑："这次我大人有大量，不跟你计较，但是之后倘若你再把我的事情透露给别人，我一定会追责的。"

"关于你的治疗方案，我肯定会告知你的监护人。"医生不卑不亢地回道。

王莉莉笑："希望我们配合愉快。"

医生和王莉莉相视几秒，似乎都读懂了彼此的眼神。

结束这次面谈后，医生送王莉莉出去，看到池炟后和他对视了一下。就算两个人什么也没说，也有一种莫名其妙的默契。

林麓带着王莉莉和李妍离开后，池炟才向医生确认自己心中的猜测。

"这次与你面谈的是莉莉的第二人格，对吗？"池炘问道。

医生听后有些意外。作为专业人士，她可以根据患者的语气以及表情大致判断患者所描述的事情的真实性，而在刚才与王莉莉面谈的前期，医生都没有察觉到不对劲，后期才意识到这不是上次与她交谈的王莉莉。不过，医生没有中止这次面谈，因为无论是王莉莉还是她的第二人格，自己都需要详细观察并了解，之后根据两者的个性制定相应的治疗方案。但是医生万万没想到，同步听到谈话内容的池炘竟然一下子就察觉到了。

这说明池炘比医生更了解王莉莉，而且拥有很强的观察力。

"你妹妹知道我把谈话内容同步给你了。"医生没有直接回答。

"所以你不再回答我的提问了，是吗？"池炘问。

"我得保持我的职业素养。"医生回道。

"我可以不再强迫你今后将谈话同步给我。不过我要问一件事，你觉得莉莉所说的事情，其真实性是多少？"池炘问。

"真实性应该有 70% 以上。"医生回道。

"70%？也就是说还有 30% 的可能性是假的。"池炘说道。

"其实这件事由第二人格来倾诉，给莉莉带来的二次创伤会小许多。"医生说道。

池炘了然："也就是说你承认我刚才问的第一个问题了。"

"其实即使我没有同步给你，也会跟你汇报相关的内容，只是你太过强硬了，反倒容易让事情生变。"医生说道。

"莉莉对你说什么了？"池炘问。

"这是我和她之间的秘密。"医生没有告诉他。

"强迫你同步谈话内容一事，我在这里跟你致歉。"池炘主动道歉。

医生接着说道："接下来，我只会告诉你治疗进度，具体的内容不可能再像今天这般同步给你。我需要尊重患者的意愿，同时也希望你尊重她的意愿。"

"我尊重你的提议，之后的治疗拜托你了！"池炘说道。

"我会尽全力！"医生回道。

与医生结束谈话之后，池炘驱车去了房子多所在的医院。

其实，池炘与医生之间的对话就像在演电视剧，目的是让大家都以为池炘对内幕一无所知。

而能告诉他内幕的人，便是房子多。

可房子多还在 ICU 未清醒过来。隔着玻璃看着插着氧气管的她，池炘陷入沉思。

她在这一场局里，充当的是什么角色？

是筑梦师？是魅影？还是策划者？

她的目的是什么？让池炘爱上她？让他放弃对高科技实验室的捐助？让他对身边的人产生怀疑？让整个 in 科技分崩离析？

答案是什么，只有房子多醒过来他才会知道。

房子多，你给我醒过来。

不过在房子多醒过来之前，医院里发生了一件事，有人假扮护士想进入 ICU，幸好安保人员及时发现并将其抓获。他们在假护士的人身上搜到了一支不明药剂，经检验，此药剂对于一个手术后尚未脱离危险的人而言有着致命的效果。

池炘收到这个报告之后，庆幸自己提前安排安保人员进行 24 小时看护，但他同时也产生了疑惑：这个虚拟世界倘若是房子多创建的，为什么还会有人想加害于她呢？

这是为了加强虚拟世界的真实感吗？还是有其他人闯进了这个世界？

池炘想知道答案，却只能等待房子多醒来。

两周后，医院传来好消息，房子多醒了过来。

池炘第一时间去了医院，由于不在探望时间，还是只能隔着玻璃看她。

房子多在护士的提醒下，目光转向玻璃窗。

一窗之隔，他们彼此对视一眼，明明只过了几周，却像过了一世一样。

房子多戴着呼吸机，动了下嘴巴，似乎说了两个字，之后眼角流出眼泪。

护士安抚了她的情绪之后，走了出来。池炘上前："她刚才说了什么？"

护士不太确定："她好像说的是'笨蛋'。"

池炀疑惑："笨蛋？"

"我听得不是很清楚，声音太小了。"护士回道。

池炀思索，房子多为何要骂他笨蛋？是因为他一直被她耍得团团转吗？

房子多的父母也在一旁，这几天池炀将他们的衣食住行安排得十分妥帖。

即便知道这是虚拟世界，池炀对待房子多的父母还是很谦和，因为他能感受到这里应该是她潜意识里最为真实的部分。

又过了几周，房子多的情况有所好转，她从 ICU 转到了 VIP 病房。

虽然她还很虚弱，但池炀终于可以与她面对面交谈。

看着她毫无血色的脸，满腔疑问的池炀心中竟然涌起不舍之感。

池炀的声音在安静的病房里响起："这次枪击事件，是对我的提醒，还是剧情需要？"

依旧戴着呼吸机的房子多看着他，微微张口："剧情需要？"

或许是因为声音太过微弱了，池炀听不出这是肯定句还是疑问句。

"剧情需要？也就是说，这里的一切都是你设的局？"池炀问道。

房子多终于明白池炀刚才那句话的意思，低低地回道："你……你觉得是我做的？"

"或许我不该这么直接，但是这几天我心中有太多疑惑，需要你给我解答。"池炀说道。

"什么疑惑？"房子多低低地回道。

"这个世界不是真实的世界，而是虚拟的世界，对吗？"池炀问。

房子多看着池炀，微微动了一下手。池炀见状问道："怎么啦？"

"我想……握你的手。"房子多说道。

池炀的目光移到房子多的手上。因为要输液，房子多的两只手都扎过针，此时她的右手手背上有好几个针眼。

池炀缓缓握住她的手，可能是因为过于虚弱，她的手特别冰凉。

"你觉得，我……握着你的手的感觉……是虚拟的……还是……真实的？"房子多的气息不太稳定，说话也没有平日那么流畅。

池炀感受着她的手透过来的凉意："这个游戏的沉浸式体验完全让

人分辨不出虚拟和真实。"

"那……你的心呢？"房子多微微张口。

池烆安静地看着房子多，好一会儿才开口："我的心在你那里。"

房子多闻言，不自觉地反握住他的手，力度不大，但能感受到他的手很暖。

"你是一个……笨蛋！"房子多说道。

池烆听到这个词，想起前几天护士转述的话——这是房子多醒过来后，看到他时说出的唯一一个词。

因为他刚才的那句情话起作用了吗？房子多被感动了？

"能跟我说实情吗？"池烆直白地问道。

房子多看着他，张了张口："你……很聪明，却又……很笨。"

"为什么说我笨？你是指我现在才反应过来吗？还是说，我不该喜欢上你？"池烆问。

"你……确实不该……喜欢上我！"房子多的声音虚弱无力。

听到这句话，池烆差不多知道了答案："你承认了这是虚拟世界，是你构造的世界，对吗？"

房子多看着他："既然你察觉了，为什么……选择留下来？"

"真的是你构造的虚拟世界？你是筑梦师？"池烆迫切地想知道真相。

就当房子多想回答他这个问题时，医生走了进来："病人身体虚弱，不宜交谈过久。她现在需要休息，先生，请你出去。"

池烆抬眼看向医生，医生很是礼貌："先生请。"

池烆端详了一下戴着口罩的医生，下意识地看了一下他的胸牌。房子多的手术经两个主刀医生之手，一个是心血管科的，一个是神经科的，所以这两个主刀医生每天会来病房巡查几次。

房子多的气息明显不稳，池烆只好缓缓放开她的手，站起身离开病房。

池烆出去之后，医生查看了一下仪器的各项数据，冷不丁地问了一句："你将实情告诉了他？"

房子多因为说了不少话，眼皮很沉重，但听到这句话后，又睁开眼睛，看向医生。

医生戴着口罩，房子多只能看见他的眼睛，但这双眼睛她很熟悉。她虚弱地叫了一声："队长。"

医生看着房子多："任何时候你都不能感情用事，要知道，感情是最不值钱的东西。"

房子多听后，缓缓地说道："可我的任务是……"

"你现在的任务就是养好伤。"医生说道。

"你……想让我退出？"房子多问。

"这是你构建的世界，让你退出是不现实的，但是我们有额外的任务，你只要稳住池炟就行。"医生说道。

"队长，你们……你们想做什么？"房子多的呼吸明显急促起来。

"完成你不可能完成的任务。"医生说道。

房子多听后，说："这是……我构造的世界，如果……你们想乱来，我……不会坐视不管。"

医生轻笑一声："你是被我训练出来的，阻止不了我的。"

房子多闭了下眼睛，再次睁开，艰难地吐出两个字："试试。"

医生的眼神瞬间变了："你真的要反抗我？"

"杀手……杀手是谁……派的？"房子多似乎拼尽全力说出这句话。

医生看着她："不是我。"

"是……是谁？"房子多问。

医生俯身靠近房子多："好好静养，一切由我替你继续做下去。"

房子多眼睁睁地看着医生直起身，随后走出房间。

此刻躺在病床上的她，除了支撑这个虚拟世界，什么也做不了。可队长接下来会对池炟做什么呢？他会继续执行原定任务吗？

可是房子多有一种不祥的预感。因为即便她对池炟动了真心，产生了恻隐之心，也不至于有人要派杀手将她干掉。

没错，杀手的目的并不是单纯地让她躺在这里，而是想要将她杀掉，因为那几枪都是致命的。

如果她在这个世界里死亡，那么意味着现实里的她可能会一直处于脑死亡的状态。

是谁想对付她？不，应该说，是谁想破坏原计划？

房子多努力让自己冷静地思考，可是刚做完手术不久的她精力不够，思考速度也慢了许多。她感觉眼皮特别沉重，像是下一秒就要陷入昏迷。

她想呼叫，但张口发出的声音特别微弱。

医生刚离开，池烆也刚被请出去了，没人听到她的呼叫。

但是下一秒，门被打开了。

一个高大的熟悉身影走了进来，房子多知道那是池烆，但是她的眼皮实在太重了，于是她直接昏睡了过去。

房子多再次睁开眼睛的时候，映入眼帘的是另一个地方。

这不是先前的 VIP 病房，不过设备齐全，墙壁雪白，面积大概有三十平方米。左边的床头柜上放着一束鲜花，几步之外就是窗户，浅绿色的窗帘与众不同。

她这是在哪儿？应该说，她现在被谁控制着？

没过一会儿，有人进来了。房子多只听到熟悉的声音："多多，你醒了？"

房子多一下就猜到了这个人是谁，待这个人走近，出现在她面前的是张英气的脸，脸上带着慈爱的微笑。

"磊爸。"房子多张了张嘴。

"先别说话，我叫医生过来。"许烨磊说道。

呼叫铃被按了没一会儿，两个医生就出现在病房里。他们查看生命数据后，给房子多做了一番检查，之后跟许烨磊做了详细汇报才出去。

病房恢复安静，房子多张口询问："磊爸，这……这是哪里？"

许烨磊坐了下来，温和地回道："这是麒麟山庄。"

听到这四个字，房子多猜到这是哪里了，接着问道："我……我怎么会在这儿？"

"池烆让我把你转移到这儿的！"许烨磊回道。

看来，她快要昏睡过去时看到的人就是池烆。不过，池烆让磊爸将她转移到这儿，说明池烆知道了一些事情。这里远比普通医院来得安全，毕竟以许烨磊的身份，这座疗养所的级别肯定不低，而且还有严密的守卫。当然，她知道磊爸一定使用了一些特权，否则以她的身份是进不来这里的。

"池烆他……他现在在哪儿？"房子多追问。

"他在外面处理事情，我帮你叫他进来。"许烨磊说道。

"谢谢……磊爸。"房子多谢道。

很快，池烆出现在了病房里，见房子多再次醒过来，即便面无表情，他的眼里还是流露出一丝不同的情愫。

"池烆，有些……有些事情，我必须……必须告诉你。"房子多不绕弯子，直接进入主题，因为此时此刻她的精力是有限的。

池烆凝视着她："说！"

"你……有危险！"房子多说道。

池烆回道："我知道，所以求助了许叔。"

房子多听后安心不少。池烆够聪明，懂得在这个时候求助许烨磊，借用许烨磊的力量保护他们两个人。

房子多将目光缓缓移到池烆身旁的许烨磊身上："磊爸，我们……需要您的保护。"

许烨磊听后，微微点头："多多，我会保护好你的。"

"还有……池烆！"房子多说道。

许烨磊再次点头："放心，我已经吩咐下去了。这里一般人不敢闯进来。"

房子多知道许烨磊的能力。既然他都这么说了，那么这里暂时是安全的。

"房子多，跟我说说事情的真相！"池烆说道。

"好！"房子多一口答应。

"我需要回避吗？"许烨磊问。

房子多喘息一下才回答："不用，磊爸，接下来我们需要您的保护，您有权了解真相。"

许烨磊留了下来，与池烆一起聆听所谓的"真相"。

"我是一个作家，同时也是一个职业筑梦师，这个虚拟世界……是由我一手构建的。我……在一进入这个世界时，就给你……下了一个心理暗示——我救过你，是你的救命恩人。于是，我成了对你而言比较特殊的人。我创造了……你熟悉的办公环境，从而接近你、暗示你……"房子多一口气说了很多，但气息越来越弱，听着让人担心。

"也就是说，我所见到的人大多数是由你的潜意识塑造出来的？"池烆问。

房子多停顿了好一会儿才开口回答："有些是，有些不是。"说完，她的目光转向许烨磊。

许烨磊看到她注视的目光，张口问道："我是你的潜意识塑造出来的人物，对吗？"

"您是……我在现实世界里最为敬重和爱戴的人，萌妈也是。"房子多回道。

"朱跃呢？"池烆问。

"他是……另外一个筑梦师。"房子多回道。

"这个世界有几个筑梦师？"池烆问。

"两个，我和他。"房子多说道。

"你的几个姐妹呢？"池烆又问。

"她们是虚拟的。"房子多说道。

"那个医生，你为什么叫他队长？"

"他是……计划的执行长官。"

"什么计划？"

"唤醒计划。"房子多回道。

"什么唤醒计划？"池烆追问。

许烨磊听池烆步步进逼，不由得开口："池烆，慢一点儿。"

池烆闻言，也意识到自己过于急切。不过他确实比任何人都想知道真相。

房子多的状态不算很好，说了这么一通话，她确实有喘不上气的感觉。

于是，两个人又耐心等待，等着房子多缓过来。

"唤醒你。"房子多吐出三个字。

池烆听后，满眼疑惑："唤醒我？"

房子多想继续解释，但是精力到了极限。

池烆只好让她先休息，不再继续逼问，之后和许烨磊走出了房间。

"许叔，你对唤醒计划有何想法？"池烆询问许烨磊。

"多多说要唤醒你，会不会是现实里的你陷入了昏迷，没有醒过来？”许烨磊分析。

“现实里的我？”池炜念着这句话。

“这只是我的猜测，一切还得由多多来揭开这个谜底。”许烨磊说道。

“用唤醒计划编造一出爱情的戏码，这未免太低端了吧？”池炜说道。

许烨磊听后，伸手拍了下池炜的肩膀：“爱情并不低端，反而在很多时候，爱情的力量是不可被预估的。多多的计划或许就是让你爱上她，从而达到影响你的效果。或许她所谓的唤醒计划能成功，就是因为你会在意她，进而跟随她。”

池炜听后，与许烨磊对视：“许叔，你是军人，爱情对你的影响很大吗？”

许烨磊笑：“我在退休之前一直都是一个职业军人，一切以工作为重，但这并不妨碍我在内心最深处藏着一丝柔软。毕竟我是人，也有感情。其实在很多时候，尤其是我遇到困难的时候，往往那份柔软成了我坚持的动力。为了她，我可以克服一切，只为平安地回到她的身边。”

“看来你和孙姨的感情很深厚。”池炜说道。

许烨磊长了皱纹的脸上笑意更浓：“她是我的初恋，我们经历风风雨雨，走过这么多年，不是用‘深厚’二字就能概括我们之间的感情的。我庆幸自己遇见了她，得到了一份完美的爱情。”

“是她影响你多一些，还是你影响她多一些？”池炜问。

“相互影响吧！不过我年龄越大就越舍不得跟她分开，她有时候倒是嫌我黏人了。”许烨磊笑着说道。

池炜听后总结道：“这就是爱情。”

许烨磊笑了，随后说道：“多多在这个世界里塑造了我，可能是想给自己多一重保护。”

话题突然转换，池炜思索了一下：“你和孙姨出现的频率比多多的父母高，会不会你们才是她真正的亲人？”

许烨磊听后摇头：“不会。”

“为什么不会？”池炜问，“潜意识是很难控制的，你们会出现，说明你们是她现实世界里至关重要的人。”

"或许我们对她而言确实很重要，不过也难说。有些筑梦师可以通过一些方式将自己真正的亲人隐藏起来。那天你联系我，也将那个医生和多多的对话给我看过，我认为多多可能是一个受过专门训练的筑梦师。当然，我们跟她之间的联系应该也是十分密切的。"许烨磊说道。

"我认识你们，房子多也认识你们，找到我们都认识的人做筑梦师，这得是多么精细的布局啊！"池烆感叹道。

许烨磊听后，思索几秒："这说明下指示的人做过不同的实验。或许之前的实验对你没有任何作用，而这次他有了新的收获。"

池烆听后，与他对视几秒："许叔，你不觉得我们现在的对话其实有些荒谬吗？我们在这个虚拟世界里猜测现实世界。"

"这或许就是科技的魅力吧！"许烨磊说道。

谈及科技，自然让池烆想到了那个天才科学家希爱。她曾经跟他说过量子科技在纳米技术、人工智能以及基因工程领域里的运用，甚至还说，或许哪一天池烆情感相关的神经也能够被恢复。

"唤醒计划……我接受了这个设定，但要怎么样才能被唤醒呢？我在这个世界里死亡就能回到现实？"池烆说道。

许烨磊摇头："具体的我不清楚，只能问多多这个当事人。"

"可是房子多现在的精力明显不足，她无法进行长时间的谈话。"池烆说道。

"慢慢来。"许烨磊安慰道。

"这里过不了多久肯定会被发现，时间紧迫！"池烆说道。

许烨磊知道池烆的意思，他们转移到这里只得到了暂时的安全，一旦被人发现，这里肯定还是会被入侵。于是他说道："池烆，你看过一部电影吗？"

"什么电影？"池烆问。

"《盗梦空间》！"许烨磊说道。

池烆对这部电影还是有印象的，不过这是几十年前的作品了，放在当时算是一个概念超前的高分科幻作品。

"电影里面有句话：一颗小小的暗示之种，也会生根成形，它可能会成就你，也可能会毁了你。我不太清楚你为何沉睡，是你不愿意醒来，还是被人植入了暗示？"许烨磊说道。

听完许烨磊的这番话，池炘看着他的目光闪过一丝异样。那部电影池炘就看过一遍，记忆力超强的他依稀记得这些情节。

"什么意思？"池炘问。

"这是我的猜测，仅供参考！"许烨磊说道。

池炘看着许烨磊："许叔，你会不会也是参与者？"

许烨磊愣了一下："参与者？"

"唤醒计划的参与者。"池炘说。

许烨磊笑："我根本不知道什么唤醒计划。我只不过是多多潜意识里的人物而已。"

池炘紧盯着他："我能相信你吗？"

许烨磊再次发笑："对一个人的信任不是凭空产生的，而是需要一些条件辅助或铺垫的。我不要求你信任我，因为现实世界和虚拟世界并不单纯，都充满着各种矛盾、冲突，甚至阴谋。"

"房子多接近我就是一个阴谋。"池炘直言道。

"算吧！"许烨磊没有为谁说情的意思，肯定了这个事实。

但没想到池炘接话道："不过就算是阴谋，这也是一个美丽的阴谋。"

许烨磊听后，笑了起来："看来你是真心喜欢多多。"

"她是我的初恋。"池炘说道。

许烨磊嘴角的笑意更深几分："希望这份爱情能给你们带来好运。"

池炘点头，接着说道："你刚才提到的电影《盗梦空间》，里面开篇就是唤醒的情节，就那么几句讲述。此时此刻的我又该怎样做才能苏醒过来呢？"

"我只是提供一个想法让你参考，并没有说两者是同一个概念。还有，我们首先要搞清楚你为何沉睡。"许烨磊说道。

池炘看着他："许叔，你是梦境的引导师？"

许烨磊听池炘再次怀疑自己，不由得笑着说道："就算我是梦境的引导师，也是一个想要你醒来的引导师。"

"你这算承认吗？"池炘问。

许烨磊拍了拍他的肩膀："你是一个非常聪明的人，会有自己的判断，无须我多说什么。"

和许烨磊结束交谈之后，池烜独自坐在房间里守候着房子多。看着她沉睡的脸，池烜在脑子里回想了一遍他们从认识到现在的所有经历，没有大起大落，没有波澜壮阔，更谈不上刻骨铭心，他却感觉这些经历在平凡中带着悸动，在温暖中带着惬意。

　　这就是爱情吗？

　　对于之前没有经历过这些的池烜而言，这是一种全新的体验。

　　或许就如许烨磊所说，爱情的力量是不可被预估的，它比很多感情更能穿透人心。

　　可是虚拟世界里的爱情，算爱情吗？回到现实里，他会不会就忘了，只当这是一场梦？

　　正当池烜在安静地思考时，外面传来声音，他警觉地站了起来，走到门口。

　　朱跃来了，被保安拦在外面。

　　池烜见状，让保安放行，但是没让朱跃进入病房，于是两个人在外面交谈。

　　"你怎么知道我在这儿？"池烜问。

　　"定位。"朱跃简短地回道。

　　"我没用手机。"池烜说道。

　　朱跃指了指池烜手腕上的那只表。

　　池烜低头看了一眼腕上的名表，这还是朱跃送他的生日礼物。当时池烜对他没有任何怀疑，认为他是真正的朱跃，所以直接收下了礼物。而且这个礼物很符合池烜的审美，所以池烜时常戴着。

　　池烜瞬间明白过来："你在我的手表里装了定位系统？"

　　朱跃点头："是的，保护你的安全是我首要的责任。"

　　池烜直视着他："可你并非真正的朱跃。还有，我几个月前的生日，不过是你对我做的一个催眠暗示。"

　　朱跃闻言，眼神闪烁了两下："房子多都跟你说了？"

　　"是，你现在还想继续掩饰自己的身份吗？"池烜问。

　　朱跃耸了耸肩："虽然我不是真正的朱跃，但我的职责依旧是保护你。在这个世界里，你就当我是真正的朱跃吧。"

"假的就是假的。"池炘回道。

朱跃回道："假作真时真亦假。"

池炘有点儿执拗："这句话还有下半句，'无为有处有还无'，假的始终就是假的。"

"阿炘，现在不是追究这个的时候。我跟你直说吧，现在出了点儿意外。"朱跃说道。

"你是说那个医生对吗？"池炘问。

朱跃点头："是的，他是我们的行动队长。我们正在执行任务，而他突然出现，可能有别的目的。"

"什么目的？还有，你们之前对我又有什么目的？"池炘问。

朱跃凝视着池炘："你刚才不是说房子多都跟你说了吗？"

池炘很是镇定："她说的是她的目的。你呢？你的目的是什么？"

朱跃微微挤出一丝笑容："你根本不知道她的任务和目的。你这是在套我的话！"

"唤醒计划！"池炘说了四个字。

朱跃脸上的笑容瞬间收了起来："她真的跟你说了实话。"

"唤醒计划，顾名思义就是为了唤醒我而执行的计划。按照房子多所说，你们其实有着各自的任务和目的。你的任务和目的是什么？"池炘继续套话。

朱跃听后，叹了一句："果然，恋爱中的女人智商为零。"

池炘盯着他："我的问题你还没回答。"

朱跃迎着他的目光："我不知道房子多跟你说了多少，不过我的目的就是保护你。"

"我要听实话。"池炘质疑。

池炘的语气中带着冷厉，再加上他自身的气场，让这句话传入朱跃的耳中时直接成了逼问。

朱跃的目光闪了几下："好吧，我跟你说实话，我的目的是让你撤销对希爱名下的高科技实验室的捐助。"

"在这个虚拟世界里给我下撤销的暗示，对吗？"池炘问道。

朱跃点头："是的，但我还来不及这么做，你就已经察觉到这一切都是我们布的局，所以我的行动失败了。"

"也就是说，你其实代表着现实中的朱跃……你受雇于他。"池炘推测道。

朱跃看着池炘："朱跃说你的智商很高，性格也比较固执，你不那么容易被蒙骗，对自己定下的计划一向不会多做修改，所以我直接和你摊牌。我确实受命于朱跃，他让我保护你，同时劝你放弃对高科技实验室的捐助。"

"我固执，朱跃也一样。"池炘回道。

朱跃笑："成功人士通常都是比较固执的。反正我的任务没有完成，只能等现实里的朱跃自己劝你了。"

"除了这些，你没有其他目的吗？"池炘问。

朱跃摇头："没有了。不过我说句公道话，真正的朱跃是真心实意地把你当成亲兄弟。"

池炘看了一眼朱跃，回了一句："未必。"

"什么意思？"朱跃疑惑。

"他让你在这个虚拟世界给我下撤销捐助的暗示，说明他是有私心的。"池炘说道。

朱跃无奈地笑了笑："你真会和人抬杠。真正的朱跃想让你撤销捐助是为了保护你，你却在怀疑他，真有点儿不识好人心。"

"既然你顶着朱跃的形象跟我说话，就请恭敬一点儿。"池炘说道。

朱跃意识到自己冒犯了池炘，连忙将角色转换回去："是，池总。"

池炘看他顺眼了一些，接着说道："还有，房子多跟我说了，我现在有危险，我想问你，你们那个队长为何会出现在这里？"

"具体的我不清楚，不过现在的情况有点儿复杂，我有种不妙的预感。"朱跃说道。

池炘问："什么预感？"

"他或许是来杀你的。"朱跃说道。

池炘眉梢微挑："杀我？"

"这只是我个人的猜测。他在这个世界里将你杀了，让你的潜意识陷入昏睡，从此，现实里的你就再也醒不过来了。"朱跃说道。

"个人的猜测？"池炘凝视着他。

"在现实世界里，对你这样的情况，不同的人有着不同的想法。有人想让你永远昏睡不醒，从而操控公司；有人想让你清醒过来，但同时想让你撤销对高科技实验室的捐助；还有人想要你清醒，同时想稀释你手中的股权。"朱跃说道。

池烆听完，思考了一下，提出了一个最关键的问题："我为什么会昏睡不醒？"

朱跃感到有些莫名其妙："房子多没跟你说吗？"

"她还在恢复期，我们的谈话断断续续的。"池烆说道。

朱跃有种上当受骗的感觉，指着池烆："你刚才是在套我的话？"

池烆拨开他的手："我想再确认一遍。"

朱跃一脸泄气的表情："我就是被你套话了。"

"说吧！"池烆不想跟他说废话。

朱跃仰了下头，似乎在调整自己的情绪。

"时间紧迫。"池烆催促。

朱跃缩了下脖子，目光平视池烆："我简明扼要地说吧。你带领公司的团队做了一款女性向游戏《心动》，在游戏内测阶段，有人通过大数据匹配，当选你在游戏中的搭档。可是你和她在进入游戏之后出现了意外，据她描述，你在游戏中遭到了攻击，随后她退出了游戏，而现实中的你陷入了昏迷。"

"遭到攻击？"池烆疑惑。

"据说这包含着两种可能性，第一是有人在游戏程序里隐藏了攻击你神经的代码，第二是你进入游戏之后被人催眠了。"朱跃说道。

"你所说的大数据匹配，我匹配到的人就是房子多本人吗？"池烆追问。

朱跃没有直接回答，而是反问道："你觉得呢？"

"我不喜欢别人绕弯子。"池烆没有回答。

朱跃听了，不敢再跟池烆兜圈子："这次的匹配是由大数据支撑的，数据可以很真实，但也有可能被人动了手脚。之前和你匹配进入游戏的女孩儿叫刘凌，她现在正被警方关押着，而房子多是大数据新匹配出来的人，为了让你清醒过来，我们执行了唤醒计划。之后的事，你都知道了。"

"谁制订的唤醒计划？"池烆问。

"这个计划是由多边利益组合而成的团队制订的。"朱跃说道。

"说说具体的细节。"池炘说道。

"你的助理朱跃、in科技第二大股东许文明，以及你的爷爷奶奶，还有科学家希爱。"朱跃说道。

朱跃、许文明、爷爷奶奶他都可以理解，毕竟这些都是跟他极为亲近之人，但是多出一个科学家希爱，这未免有点儿奇怪。

"希爱？怎么会有她？"池炘问。

"你策划的新游戏《心动》运用的沉浸式体验技术，就是由希爱的高科技实验室提供支持的。这件事情你隐瞒了很多人，直到你出现意外，大家才知道，所以她参与了进来。"朱跃说道。

池炘回想，但大脑里并没有相关的记忆存在："我好像不记得这些内容，不会是你瞎编的吧？"

"你经历过意外，不记得也很正常，"朱跃说道，"不过由多人一起进入游戏执行唤醒计划，就是希爱主张的。"

"你说了那么多，可信度对我而言是问号。"池炘说道。

朱跃看着池炘："池炘，你的智商很高，任何行动或计划到你面前都会露出破绽。但我要告诉你的是，在这之前，我们执行过不下十次不同版本的唤醒计划，可惜都失败了，你知道为什么吗？因为你总是在不停地怀疑，不信任任何人。"

"不下十次不同版本的唤醒计划？也就是说我成了你们的实验品？"池炘得出结论。

"我个人觉得'实验品'这三个字不恰当，计划不断失败是因为你的自我意识太过强势了。因为你情感相关的神经曾经受损，没有过多的情感牵绊着你，旁人对你的影响不大，所以在前面好几次的唤醒计划里，你都处于一种警惕和反抗的状态，而这次，希爱博士的建议是用爱情为引子来唤醒你。"朱跃回道。

"既然你已经坦白了这么多，那么告诉我，我该如何唤醒自己？"池炘问。

"这个我不能给你确切的答案，不过希爱博士说过，你的自我意识中有强烈的离开这个虚拟世界的想法，才能彻底将你拉回到现实中！"朱跃回答道。

池炀看着他："你说了这么多，我更加不知道是否该相信你。"

朱跃听后回道："你不相信我，总该相信房子多吧？"

"你跟她不是一个团队的吗？我不相信你，怎会相信她呢？"池炀反问。

"你爱她，不是吗？"朱跃说道。

"爱和信任是两码事。"池炀说道。

朱跃笑："表面上看着是两码事，其实是一码事，因为爱情是建立在互相信任和互相理解的基础上的。"

池炀定定地看着他好几秒："你在现实世界里的职业是心理医生吗？"

朱跃愣了一下，否认道："不是。"

"为什么不敢承认？"池炀说道。

朱跃道："你为什么要怀疑我的回答？"

"因为你已经不值得我信任了。"池炀说道。

闻言，朱跃脸上露出无奈的笑："我承认你智商很高，但同时疑心病也很重，这或许跟你自身的原因有关。"

"什么原因？"池炀抛出问题。

"虽然你在小时候因为车祸损伤了情感方面的神经，但这场车祸也在你幼小的心灵里埋下了阴影，让你缺乏安全感。在现实世界里，你或许没有过多表现出来，但是一旦进入由潜意识主导的世界，很多深藏的东西就会暴露出来。所以在这个虚拟世界里，你不信任任何人。"朱跃说道。

"你是心理医生，这一点我确认无疑。"池炀坚定地回道。

朱跃很是无奈："那是因为我之前熟读了你所有的资料，而进入游戏后，我又从你的潜意识里发现了你的很多秘密，所以清楚地知道你的软肋。"

池炀回忆朱跃在自己身边时发生的所有事情，发现了两条线索，一条是朱跃引荐了房子多，让她靠近自己，另一条是王莉莉的出现以及后面发生的一系列事情。

"我的软肋？你指的是房子多，还是我的妹妹莉莉？"池炀问道。

"房子多对你的影响如何有待测试，你的妹妹却是在你的潜意识里隐藏极深的人物。”朱跃说道。

“所以你们让莉莉出现在我的面前？”池炘问道。

“不是我们让她出现，而是你在潜意识里主动让她现身。”朱跃说道。

“你这话是什么意思？莉莉的人格分裂不是事实，而是你们做的一个人物投影吗？”池炘问道。

朱跃伸手拍了下自己的头，随后无奈地叹道：“我觉得我的存在就是给你套话用的。”

池炘目光清冷：“你在间接承认？如果你这是间接承认，那么你无疑是个心理医生。我要问一个问题，关于莉莉人格分裂的原因，你们呈现给我的内容是真的还是假的？”

“我不是心理医生，但对这个行业略知一二。”朱跃还是否认，“至于你提出的问题，我郑重地回答你，是真的，这是我们调查后的真实结果。你对你妹妹的事并非像现实世界里那般无动于衷，而是心存愧疚。”

“所以你们抓住了这个软肋。”池炘说道。

“具体来说是我们知道了可以影响你的人。”朱跃说道。

“好吧，我彻底相信这个世界是个由你们搭建的虚拟世界了。”池炘说道。

“能得到你的信任，我感到很荣幸。”朱跃说道，“不过你知道了一切真相，就意味着危险正在向你逼近。”

“那个队长！”池炘说道。

朱跃点头：“我的委托方不会伤害你，但是别人我就不知道了。”

“那我接下来要面临什么样的危险？”池炘问。

“我只能说这里并不安全。”朱跃说道。

池炘看着他：“你有更安全的地方推荐给我？”

朱跃说道：“许叔帮忙转移的地方确实比一般地方来得安全，但是这里很快就会被找到。因为队长对我们过于了解，所以我的建议是尽快离开这里。”

“去哪儿？”池炘问。

“希爱博士的高科技实验基地。”朱跃说道。

池炘听后，嘴里念出两个字：“西肃。”

几十年来，西肃发展得特别迅速，这一切归功于一个伟大的战略——共享之路。国内的运输路线与其他国家打通之后，西肃地区出现了多个新兴城市。新兴城市的人口随着时间的推移不断增加，招来了许多产业在那里扎根，吸引了一些高科技研发基地往西肃搬移。

希爱博士的高科技实验基地就是西迁的基地之一。池炘与她交谈过，问过她为何西迁，她的回答是，这里是自带科幻色彩的地方。

池炘不否认，因为很早以前拍摄的一部大片便将那片区域设置为外星人的藏身之处。那片土地也见证了历史变迁，见证了现代科技的发展。

希爱博士的高科技实验室的重点研究项目是量子力学，近年来取得了巨大突破。

"去她的实验基地做什么？让她保护我还是让她研究我？"池炘问道，"还有，她也准备进入这个虚拟世界？"

"那里是她设置的安全区，在突发情况下我们才能启动。"朱跃回道。

"有一点我不明白，为何要将安全区设置在她的实验基地？"池炘疑惑。

"这个我不太清楚，或许她最熟悉的地方就是她的实验基地吧。"朱跃回道。

对于朱跃的提议，池炘表示会考虑，之后再私下跟许烨磊商量。虽然识破了他们所布的局，但不知为何，池炘对现在的朱跃持怀疑的态度，却对许烨磊有着莫名其妙的信任。

许烨磊听完这个提议，思考了一下，开口说道："我对希爱博士不熟悉，对她的研究也不熟悉，不过对于她所在的实验基地的地理位置倒是略知一二。"

许烨磊毕竟在部队待了很多年，去过很多地方，考察过很多种地形，也有过实战经历，相对了解一些。

"您觉得那边比这里安全？"池炘问。

"我不敢保证，但是那边一旦出事，特殊部门肯定会第一时间出面。"许烨磊说道。

池炘懂了，因为实验基地或多或少会受到官方保护。

"那我们一小时后启程。还有，许叔，我有个不情之请，不知道会不会唐突。"池炘说道。

许烨磊似乎猜到池炘想说什么，于是说道："你想让我陪同你去，对吗？"

池炘点头："是，即便清楚地知道这个世界是虚拟的，但是我能够信任的人不多。"

"你不信任朱跃？"许烨磊反问。

"他的话我只能半真半假地听。"池炘说道。

"那我呢？你就不怕我也有其他想法？"许烨磊问道。

池炘听后，分析道："别人或许可以采用虚拟替身的方式在这个世界迷惑我，而你不同。"

"为何？"池炘问。

"譬如朱跃，他是虚拟替身，但可以肯定的是，现实世界里的朱跃一定给他提供了很多个人习惯的资料。而你的身份比较特别，没有接触过你的人是完全模仿不了你的，要得到你本人的授权应该是很难的事，所以更大的可能性就是你亲自上阵。"

许烨磊听后，笑了笑："你通过这个逻辑推理出我可能是亲自上阵？"

"许叔，在这个世界里，我现在能依靠、信任的人似乎只有你。"池炘说道。

许烨磊笑："池炘，不管什么时候，都不要完全相信任何一个人。记住，时刻保持头脑清醒，才能最大限度地保护自己。"

"你确实是我熟悉的许叔。"池炘确定地说道。

许烨磊却再次强调："记住我刚才说的话。"

池炘点头，之后让朱跃联系专机组，并组织一批安保人员，但是被许烨磊制止了。因为倘若 in 科技的安保人员出动，肯定很快就会暴露他们的行踪。

于是，许烨磊动用自己的渠道让人联系了一架专机，再用干休所的专用车辆直接送他们去机场。当然，他们在离开这里时，丢弃了之前所有的通信工具。

不过在这之前，池炜又想拜托许烨磊一件事。许烨磊像是能读懂他似的，告知他自己已经派人将王莉莉、李妍和林麓三个人一起送到机场。

一小时后，B市国际机场停机坪的一处，两辆黑色高级轿车外加一辆白色救护车停在专机旁边。

池炜走下车。李妍和王莉莉下车之后，连忙奔了过来。

王莉莉的头发被风吹得很乱："哥，我们这是要去哪儿？"

池炜没有直接回答目的地，而是催促她们："先上飞机。"

王莉莉乖乖听话，和李妍、林麓一起上了飞机。

躺在担架上的房子多被人抬了下来，正当几个人准备上飞机的时候，一辆轿车又驶了过来。很快，车上下来了几个人，是许诺诚、孙可可，以及白宴。

池炜看到白宴很意外，白宴拉着两个行李箱走了过来："姑父让我来照顾她。"

池炜听后，看了一下房子多，房子多什么也没说，于是池炜没阻拦。

房子多被抬了上去，白宴紧跟其后。

其实许烨磊相继把这些人接来，是因为怕这几个重要人物的身边的人会被人挟持。

半个小时后，飞机起飞。池炜和许烨磊面对面地坐着，右边放了一张真皮沙发，其他人坐在后面，房子多则被安排在宽敞的卧房里。

这是一架私人飞机，舱内被改装过，内部设施应有尽有，配置高端，极度奢华。最令人惊讶的是，飞机上设有多间宽敞的卧房，里面的床又大又舒适，床垫上都配备了顶级安全带，在飞机遇到强气流时可以把床上的人固定住，避免发生危险。这架飞机每次飞行都要花费几百万元，保证为乘客带来顶级的享受。

池炜自己也有一架私人飞机，但规模比这架小一半。不过，他历来没有奢靡的作风，如果航班没有出现问题，他尽量不动用私人飞机。再者，现在科技发达，和几个国外分部一起参加的会议他都可以通过视频完成。

池炜看向后方的几个人，但很快收回了目光，随后对许烨磊说道：

"人这么多，我感觉像是去度假。"

许烨磊听后，笑着说道："迫不得已。"

"你担心他们会被人挟持，可是大家都聚在一起，我们说不定会更加束手束脚。"池炘说出自己的担忧。

"这个可能性也是有的，不过把他们都聚集在这里也不是毫无作用。"许烨磊说道。

"什么作用？"池炘问。

"解开每个人的心结。"许烨磊说道。

池炘懂了，看着许烨磊："许叔，您似乎也很了解心理学。"

许烨磊笑着摇头："我不是专业人士，只不过学习过一些罢了。"

"房子多也学过心理学。"池炘说道。

许烨磊点头："写作之人懂得一些心理学，写出来的东西会让人产生更多共情的感觉。"

"心理学在您的工作中又发挥过什么作用呢？"池炘问。

许烨磊听后，笑着说道："作用很大，譬如它可以让我与手下之间的沟通更加顺畅。时代不同，人的个性也各不相同，但是人性的本质是不变的；还有就是它可以被用来针对对手，我可以运用相关的心理学知识分析对方，然后制订出一系列的作战计划。关于这个，我不好跟你透露太多。"

池炘知道有些事情属于机密，自然不会追问，接着说道："现在的您有针对我制订作战计划吗？"

许烨磊看着池炘："有，我想让你回家。"

池炘听后，念着这两个字："回家？"

"我们是对门邻居，一起回家。"许烨磊说道。

"回家"这两个字传入池炘的耳中，幻化成一股异样的情绪，慢慢涌入他的胸腔。比起前面房子多和朱跃对他说的"唤醒"，池炘似乎更喜欢许烨磊说的"回家"，尤其是在他清楚地知道这是一个虚拟世界后，"回家"这两个字显得更加温馨。

池炘凝视着许烨磊："许叔，谢谢！"

许烨磊脸上尽是温和的微笑："飞行已经平稳，你去看看多多吧！"

池炘点头，起身去了前面第一间卧房。

躺在床上的房子多见到池炘走了进来，他还顺便把房门关上了。

卧室里的噪声明显比外面的小很多，装修是五星级酒店级别的，很多小细节很人性化，令人舒适。

房间里安排了一个护士，见池炘进来，护士主动出去了。

池炘走到床边，轻轻坐了下来："你是不是很好奇，为什么白宴会跟来？"

果然，因为是恋人的关系，一个眼神他们便知对方在想什么。

房子多低低地应了一声："嗯。"

"许叔说，有些心结靠回避是无法解决的，我们得正视它。"池炘说道。

房子多听后，念着这两个字："心结？"

"你的心结是白宴，而我的心结是莉莉。不过我很想知道，现实中的你对白宴的心结到底是什么？"池炘问道。

面对池炘的好奇，房子多微微张口："一个人进入另外一个人的潜意识里，构建一个宏大的虚拟世界，无论他多么专业，多多少少还是会流露出自己潜意识里的一些真实情感。即便他有意识地将心结包裹起来，藏在某个地方，它还是会时不时地显现出来，影响他、侵蚀他。一个人能在另外一个人的心里留下心结，说明这个人至关重要。"

池炘看着房子多："是的，确实很重要。你能说说你的心结吗？或许我能帮助你打开这个心结。"

池炘试图让房子多说出真正的原因。

房子多看着他那俊朗的脸庞说道："池炘，你知道真相后，心里是不是对我产生了心结？"

"这是两码事。"池炘说道。

"你在意吗？"房子多问。

池炘没有否认："我一向主张'面对现实，逃避无用'的原则。刚听朱跃解释完的那一刻，我有点儿接受不了，但是现在已经消化得差不多了。"

"其实一旦知道了别人的心结，你就可以很容易把对方击垮。"房子多说道。

"我没想击垮你，更不想报复你。"池炘说道。

房子多看着他："知道真实情况后，你竟然还能信任我。你这是在犯错误，知道吗？或许我根本不值得你信任。"

池烆听后，张口说道："听你这句话，我理应理解为你在以退为进。但是房子多，你记住一点，虽然这一切都是虚拟的，但你在我的感情世界里是一个特别的存在，我会给予特别的优待。"

"池烆，你……有点儿傻。"房子多的声音虽小，但明显带着叹息。

"傻？我的 IQ 可比你高多了！"池烆回话时的语气也带着一丝不易察觉的温柔。

"你为什么给我特别的优待？你真的信任我还是想套出我的心结，从而对付我？"房子多问道。

"你有这种警觉性很好。我给你特别的优待是因为虽然这段感情是你一手策划的，但我们相处时，你不停地暗示我不要相信别人。就凭这一点，你对我多少还有一丝真心。"池烆回道。

"你认定我是真心爱你的，对吗？"房子多轻声问道。

"不是吗？"池烆反问。

"你就不怕这一切都是我在演戏？"房子多又问道。

"演戏又如何？"池烆的语气很霸道。

房子多轻轻地握住池烆的手："池烆，我不求你爱我，只要你信任我就好。"

池烆看着两个人握着的手几秒，微微抬头："你暂时还是少说话，免得伤口……"

池烆没将话说完。虽然技术革新后的机舱设计使得在高空飞行时压力对机舱的影响越来越小，但毕竟房子多是重伤，在高空还是存在一定的危险。

房子多听完，却没有放开池烆的手。

池烆看着她："不想我离开？"

房子多应了一声："嗯。"

池烆看了一下房子多右边空出的半张大床说道："我躺那边。"

池烆走到床的另外一边，慢慢躺了下来，顺便系好了安全带。

床很宽，池烆尽量在中间留出距离，不让房子多有压迫感。

两个人就这么静静地躺着，能听到的只剩下医疗设备的声音。声音不大，但是因为周围太安静，所以他们听得很清楚。

房子多的手缓缓伸了过来，池烆知道她想做什么，主动握住她的手。

"房子多，我说话，你听着就好，不需要回应。"池烆说道。

"你现在是不是特别想依赖我？"池烆问道。

房子多嘴上没有回应，但是被池烆紧握的手指轻轻动了动，食指抠了下他的手背。

这种交流方式似乎不错，池烆继续说道："想依赖一个人，说明对对方没有戒心。"

房子多又抠了下他的手背，池烆大致知道是赞同的意思。

"现实中的你是真的编剧吗？"池烆问。

房子多又动了动，算是承认的意思。

"你和许叔一家很熟，而且他们一家人都对你很好，最重要的是，许叔的两个儿子都喜欢你，对吗？"池烆又问。

房子多没有动手指。

池烆侧过脸看她："不敢承认？"

房子多依旧没有动弹。

"虽然这里是虚拟世界，但还是会暴露很多潜意识里的东西，你在现实里的苦恼在这里被体现了出来。你是喜欢许诺诚，还是许诺一？"池烆问道。

房子多还是没有动弹。

"还是说，你都喜欢，但是碍于情面，不敢明确表态，所以一直被困扰着？"池烆继续问道。

房子多还是没有任何动作。

这画面有点儿似曾相识，以前房子多靠近池烆时，每次都是她的话特别多，一个接着一个地往外抛问题，池烆却保持沉默。

池烆见她不吭声，于是问道："对我不信任？"

房子多没有动弹。

池烆又说道："对我信任，但是怕我会吃醋？放心，我不会吃醋的。"

房子多没动手指，却出声了："你会的。"

池炜闻言，看着她说："我保证不会吃醋。"

"池炜，我们能不能跳过这个话题？"房子多开口说道。

"不能，我必须清楚地知道现实中的情况。你是单身还是已婚，是情感空白还是芳心暗许？"池炜拒绝。

"单身，情感空白。"房子多回道。

池炜听后，似乎挺满意这个答案，但是他说道："单身我相信，不过情感空白有待商榷，你潜意识里的情感其实更倾向于许诺诚。不过，你既然来到这里并招惹了我，就得为你自己的行为负责。你没有选择的权利了，无论是在虚拟世界，还是现实世界。"

房子多微微张口："池炜，你还是吃醋了。"

池炜撇得干净："这不是吃醋，我在理性地跟你分析。"

"能让你吃醋是好事，说明你在意我。"房子多说道。

被房子多占据上风，池炜不由得搬出前面的叮嘱："你别说话，只要给我反应就好。"

房子多觉得，他不让她说话已经说明他心虚了，心虚就是承认。于是房子多握紧他的手，说了两个字："醋包。"

池炜没有反驳，而是任由她的举动，享受她对自己的依赖。

第十三章
筑梦师

机舱内，乘务员给后面坐着的女士们送上精致的果盘。

朱跃和王莉莉、李妍、林麓的座位挨着池炘，再过去便是白宴、许诺诚和孙可可三个人。

王莉莉的座位与白宴的座位是斜线，而朱跃的视角刚好对着孙可可，两边的一举一动他们可以看得一清二楚。

王莉莉看了下身旁的朱跃："跃哥，你喜欢那个孙可可？"

朱跃闻声，迅速收回视线："你别瞎说。"

"眼睛是骗不了人的。"王莉莉说道。

朱跃看着王莉莉："你助攻上瘾了是吗？"

"你想让我当助攻吗？"王莉莉问。

朱跃连忙制止："少拿我开涮，现在可不是谈情说爱的时候。"

"跃哥，你这是在承认你喜欢那个姑娘。"王莉莉回道。

朱跃知道王莉莉很聪明，于是连忙转移话题："你哥和房子多还不知道要面临怎样的困境呢。"

闻言，王莉莉回头看身后，池炘的位置空荡荡的，于是说道："我哥进卧室之后是不打算出来了吗？"

"莉莉，别乱说话。"李妍开口将对面坐着的王莉莉的关注点拉了回来。

王莉莉还算听话，收回视线，对上了隔壁白宴的目光，但很快又移开了。

"跃哥，白宴不是陷害房子多的人吗？我们怎么还带上她？"王莉莉说道。

朱跃对于这个问题没法做出具体的解释，因为在这个虚拟世界里，有真实的人物，也有虚拟的人物，两者混杂一起，构成了一个让人无法辨别的世界。

"她和子多关系密切。"朱跃说道。

"要是谁背叛我，我不管之前和他的关系有多密切，都会挥刀斩断。"王莉莉说道。

朱跃看着王莉莉，知道她现在被第二人格支配着，无论智商还是性格都精明又强悍，于是幽幽地说了一句："感情是很微妙的。"

王莉莉看着朱跃，随后问："跃哥，你对我的感情微妙吗？"

朱跃愣了一下，随后笑了起来："你对我来说是妹妹。"

"我不是说你对我是否有别的想法，而是想问，你对我有微妙之感吗？"王莉莉解释。

朱跃想表现出他完全不知道此刻的王莉莉是由第二人格在主导的样子，又觉得那样很傻，可是，如果说对此一清二楚，显得太过精明，于是说道："这就是我所说的，感情是很微妙的。有的人做了一些令自己介意的事、痛恨的事，想和对方一刀两断、老死不相往来，可是即便自己认为断得很干净、很彻底，过往也总会在心里留下一丝痕迹。所以，不管喜欢也好，怨恨也罢，都是人生的一部分。"

朱跃的这番话传入上了年纪的李妍耳朵里，她的眼里多了赞许的光芒。因为她的人生阅历比朱跃更丰富，她更清楚一生中会遇见很多人、很多事，有欢喜、有悲伤，偶尔回首，令人感叹不已。

王莉莉听后，回了一句："跃哥，你比我想象的豁达。"

朱跃微微勾唇："莉莉，你比我想象的聪明。"

两个人对视一眼，彼此有种看破不说破的默契。

而隔壁第一次体验如此豪华的私人飞机的孙可可，明显有点儿亢奋。

她本来想去卧室看看房子多，但是池炘进去之后迟迟不出来，所以她现在只能在原地等待。

又过去半小时，还是没见池炘出来，她也不着急了。不过亢奋的劲一直没压下来，搞得她有点儿发热，于是想降降温。

"哥，陪我喝杯酒，我要压压惊。"孙可可说道。

许诺诚的目光转向孙可可："要喝什么酒？"

"啤酒，冰的。"孙可可不挑。

许诺诚顺便问了一下白宴："白宴，你呢？"

白宴摇头，现在的她没有心情喝酒。

许诺诚见状也不勉强，让服务员送来一瓶冰啤酒，顺便自己也开了一瓶价格不菲的红酒。

孙可可灌了半瓶冰啤酒下去，明显舒爽一些。

许诺诚尝过红酒之后，觉得口感甚好，不由得说道："这酒不错。"

孙可可看向许诺诚："这酒应该很贵吧？"

许诺诚笑："这飞机上哪个东西会便宜？"

孙可可环视一周，视线所到之处都是奢华的装饰，于是说道："是我让你陪我喝酒压惊的，这酒我来结账。"

许诺诚听后，又笑："这酒应该不会算你钱。"

"我也不能太占池炘的便宜啊，而且占池炘的便宜等同于占多多的便宜。平时占便宜也就算了，多多都这样了，我们要是还占她的便宜，简直不是人。"孙可可说道。

不过说完这话，孙可可有点儿后悔，因为怕身旁的白宴多想，于是偷偷看向白宴："白白，我没那个意思。"

白宴见状，开口说道："不用看我的脸色说话，我现在没资格说什么，你们没骂我就不错了。"

孙可可连忙说道："白白，我没有骂你的意思。"

"骂我或许我还会好受一点儿。"白宴说完，微微低下头，声音带着一丝哽咽。

许诺诚和孙可可见状，变得沉默起来。许诺诚抽了一张纸递给白宴。

白宴接了过去，不过很快收住眼泪，仰起头："我去看看多多。"说完，她解开安全带想要站起来。

"池炳在里面，还没出来。"孙可可连忙提醒。

"我去洗手间。"白宴改口。

白宴离开了。孙可可和许诺诚对视一眼，拿起啤酒："所有的话尽在酒中。"

许诺诚想笑，但还是忍住了，也抿了一口红酒，随后低声说道："你们还是像以前那样相处，别太过敏感。"

孙可可听后，小声叹道："我也想啊！"但在心里接着说了下一句话：我们可能再也回不去了。

"你多去调解一下。"许诺诚叮嘱。

孙可可点头。现在多多和白白之间的和事佬只能她来当，就是不知道能不能起作用。

白宴过了十五分钟才回来，看样子是去洗手间哭过，眼睛明显比去之前红了一些。

孙可可见状，让服务员送了冰袋过来。

白宴也没拒绝，敷了一会儿便放下，开口说道："为什么你们都不指责我？"

那天，除了孙萌萌当着大家的面冲着白宴问责一番，其他人都没有指责过白宴。白宴明白，三个人的友情按程度排列，孙可可肯定更倾向于房子多，许诺诚就不用说了，他本来就喜欢房子多。

"我们想指责你，但是你也是我们的朋友。"许诺诚开口说道。

白宴看向许诺诚："你还把我当朋友？"

"不然呢？"许诺诚问道。

和白宴面对面的孙可可也开口："白白，我不想说冠冕堂皇的话，你做错事就是做错事，就得付出相应的代价，可是多多似乎在承担你做错事的后果，甚至差点儿丧命。当然，枪击案跟你没关系，可是在这种情况下，大多数人会更同情多多。我和你们两个住一起也有近三年了，我没有姐妹，但视你们如自己的亲姐，所以任何一种情况下，都不会做出任何对不起你和多多的事。"

孙可可的话带着指责的意思，但她是故意这样说的，因为如果不这样，真的只会让白宴更难受。

对于这种心理上的折磨，孙可可大可不必心疼，可是她和许诺诚一样，还是将白宴当成自己的朋友，所以才会说刚才那番话，想以此减轻白宴心中的痛苦。

"可可！"许诺诚没有领会孙可可的意思，给她使眼色。

他说好让她去调解，结果她却在拱火。

孙可可没有就此打住，而是继续说道："我说错话了吗？"

白宴接话道："没有。是我太自私、太善妒，才会造成今天的后果。"

"知道就好！每个人都是自私的，但自私要有度，尤其是对待自己身边的人。"孙可可说道。

许诺诚听后，再次给孙可可使眼色："可可，少说两句。"

"事情发生之后，我就没说什么，现在说两句公正的话也没什么。"孙可可顶了回去，顺便回了许诺诚一个眼色。

许诺诚顿时领悟。他对这个表妹还是了解的，她很少在明面上得罪人，这次这么说话，实在不像她的作风。或许她正在用自己的方式去调解她们姐妹三个人的关系。

女孩儿之间是如何化解矛盾的，许诺诚这个大老爷们儿自然不懂，于是不再插嘴，在一旁看着孙可可用先抑后扬的方式让白宴的情绪缓和一些。

不得不说，孙可可在调节人际关系方面还是很有能耐的，既直白地说明事实、点中要害，同时也给对方改过的机会。虽然房子多才是那个可以宽恕白宴的人，但有了孙可可的支持，白宴的内心至少有了一点点希望。

过了一会儿，池烯从卧室出来，不过房子多已经睡去，旁人也不敢进去打扰。

飞机平稳地飞行了近三个小时，有人在睡觉，有人在看书，有人在听歌，有人在谋划。谋划之人自然是池烯，因为他对接下来的事情需要有一定的掌控。就如许烨磊所说，任何时候，他能够相信的人只有自己。

飞机到达西肃境内，透过舷窗往下看，这里的地表形态与 B 市截然不同。少年时池烯来过这里旅行，算是上了一堂深刻的地理课，也让他充分地理解了"读万卷书，不如行万里路"这句话的含义。

雪山、沙漠、盆地……只有自己置身于此，才能体会到这片土地给人带来的震撼。

希爱的实验室所处的位置是一座新兴城市，面积不大，却拥有一个小机场，交通整体上还算便利。可是他们的飞机没有降落在当地的机场上，而是降落在一处盆地里。

大家下了飞机，看到有几辆车停在旁边。

有人迎了过来，与许烨磊对接，说了几句话之后，大家陆续被安排上车。

飞机直接空运了一辆救护车过来，房子多被安排在里面，池烆和许烨磊也上了这辆车。

车子组成一排，向远处白茫茫的雪山奔驰而去。

大家在车上看到壮阔的雪山一点点靠近，如果只是来旅行，可能会被当前的美景吸引，可是每辆车上的人的神经都有点儿紧绷，同时又带着一丝兴奋和恐惧。

车子行驶了二十分钟，终于到了雪山脚下。

山脚下有个基地，是一座依山而建的灰色几何形综合建筑，建筑与灰色的雪山融为一体，如果没有靠近，大家仅凭肉眼观察根本发现不了这座建筑。

经过身份验证，几辆车进入基地的车库。

虽然在车上能看到的范围有限，但可以基本确定的是，这座基地从外到内都以灰色为基调，特别具有工业气息，除了给人一种牢固的感觉，同时也透着冰冷。

还没下车，他们就看见一个非常年轻的短发女孩儿和一个高大帅气的男人站在那儿迎接。

池烆和许烨磊先后下车，短发女孩儿见到他们，走了过来。

"许少将，谢谢您把他们安全送往我的地盘。"女孩儿对着许烨磊说道。

"应该的。"许烨磊回道。

之后，女孩儿的目光转向池烆："池总，别来无恙。"

"希爱博士。"池烆叫道。

希爱博士冲他微微一笑，随后吩咐身旁高大帅气的男人："宙奇[1]，你将其他人安置一下。"

宙奇服从命令，安排王莉莉等六个人去基地的招待所。

王莉莉不肯，许诺诚也站着不动，不过池烆发了话，许烨磊也和他们使眼色，六个人才服从了安排。

希爱博士又发话："你们三个人跟我来。"

之后，房子多在池烆和许烨磊的陪同之下，随着希爱博士来到三楼的一间实验室。

实验室里有两台房子多从来没有见过的仪器，特别具有科幻感。

"把她抬到这里。"希爱博士又开口。

房子多看着那些仪器，心里莫名其妙地发慌，不由得紧抓住池烆的手。

池烆感受到房子多在抓他，不由得帮她问希爱博士："希爱博士，这是要做什么？"

身着白大褂、脸上肌肤呈小麦色的希爱对着池烆说道："帮她修复伤口。"

池烆愣了一下："修复伤口？"

希爱博士开口："不信我吗？"

池烆闻言看向她，郑重地说道："她对我很重要，容不得半点儿闪失。"

希爱博士微微勾唇："我对自己的声誉很看重，也容不得自己有半点儿闪失。"

许烨磊听后，从中调解："身上的伤口可以试试，脑部的伤还是自然恢复比较好。"

希爱博士说道："这种伤口修复技术已经很成熟了，只是还没在医学界普遍应用而已，一些高端的医院已经引进了这项技术。既然患者有顾虑，我还是考虑一下患者的意愿。"

1　希爱和宙奇是《美人迷局》（出版名为《亲爱的主人》）的男、女主人公。

房子多看了一下希爱博士。她当时看资料时，这张年轻的脸实在令她印象深刻，虽然希爱博士年轻，但整个人透露着一种沉稳的感觉。

"我愿一试！"房子多选择相信希爱博士。

"身上，还是全部？"希爱博士问。

"全部。"房子多回道。

希爱博士冲她微笑，随后说道："抬她上来。"

许烨磊和池炘一起将房子多抬上实验床，希爱博士说了一句："放松，几分钟就好了。"

房子多的眼睛眨了两下："好。"

希爱博士随后对着身旁的两位男士说道："男士回避一下。"

房子多有两处伤口在身上，势必要脱去衣服。于是，许烨磊和池炘一同被请出了实验室。

实验室的门自动关上，希爱博士对着腕上的手表说："艾克¹，进来吧。"

之后，一个机器人进入实验室。

房子多看着朝她走来的机器人，他的外观完全不像现在流行的机器人的款式，看着有点儿年头，她感觉他是一台古董，于是开口问道："这是医疗机器人？"

希爱博士点头："嗯，他叫艾克，是我的私人医生，也是我的得力助手。"

"他会录下我的身体吗？"房子多问。

"已经暂停了录像功能。"希爱博士说道。

房子多听后，似乎放下了一些警惕，伸手将身上的病号服的扣子解开。不过，房子多现在的行动还是不太方便，希爱博士只好让艾克帮忙。

房子多由着艾克将自己身上病号服的纽扣一个个解开。

她中弹的位置有三处，一处在头上，一处在左心室旁边的位置，还

---

1 艾克是《谁在时光里倾听你》（出版名为《重启时光的女孩》）的男主人公靳向东创造出来的机器人。

有一处在肩上。

可以说，如果不是当时医院的神经科主刀医生的医术精湛，她肯定没命了。

"解开绷带。"希爱博士吩咐艾克。

按理说，机器人的手应该是冰凉的，但当艾克的手指碰到房子多的皮肤时，她感受到了一丝体温。

绷带被揭开后，希爱博士看了下房子多身上的伤口，很直率地开口："真惊险！"

房子多看了一眼希爱博士，缓缓地说道："我算是从阎王手中捡回了这条命。"

希爱博士说道："你应该感谢主刀医生。"

"我谢过了，不过救命之恩，难以回报。"房子多轻声回道。

希爱博士的脸上露出一抹意味深长的笑。

房子多没注意到，因为此刻的艾克正在帮她解开脑袋上的纱布。

裹缠着的纱布被艾克一点点解开，已经被剃光头发的房子多的脑袋就像一颗卤蛋，不过卤蛋上有个血口子。

希爱博士看过之后，开口说道："开始吧。"

于是艾克拉过头顶上悬空的仪器，调整了一下，之后将仪器放下来，覆在房子多身上的三处伤口上。

仪器的冰凉透过房子多的皮肤，接着，艾克走到旁边的操控台前，启动仪器。

躺在实验床上的房子多感觉伤口处一阵刺痛，不过，接下来仪器在伤口处开始运作，她便再也没有任何疼痛之感。

想必刚才那一针是麻药，之后她便陷入了昏迷。

待她醒过来，已经是一小时后，希爱博士将她轻轻推醒。

房子多睁开眼睛，看见希爱博士的脸，原本运作的仪器也被收了起来。

"好了，我扶你起来。"希爱博士说道。

房子多愣了一下。她已经近两个月没有坐起来了，最多也就是半躺在床上。经过刚才的治疗，她就能直接坐起来了吗？

在希爱博士的搀扶下，房子多真的坐了起来，身上的病号服在这之前已经被扣好。

　　"伤口内部可能还会有一点点疼，不过整体无碍。"艾克说道。

　　房子多确实觉得伤口处的疼痛明显比之前减轻了许多，没了纱布的包裹感，身体也灵活起来。

　　而这时，艾克投影出一面镜子，房子多看见自己光着的脑门上有一个枪口大的淡淡红晕，不由得伸手摸了摸，顿时觉得不可思议："这是怎么做到的？"

　　"科技改变一切。"希爱博士回她。

　　房子多也不顾艾克在场，解开一个纽扣，扯了下衣领，看到肩上以及胸口处的伤口也只留下了一抹红晕。

　　换作正常情况，人一旦受伤结痂，通过身体机能进行自我修复是无法恢复到这样的程度的。那抹红晕就像没做好防晒时留下的一个印记，虽然跟旁边的肤色还是有点儿不同，肌理却看不出任何受过伤的痕迹。

　　房子多看完之后一脸震撼的表情："虽然知道科技改变一切，但这实在太高科技了。"

　　希爱博士笑："内部外部都进行了神经及肌理修复，不过要完全恢复如初得一星期后。现在的你可以不用躺在床上了，可以下地走走，做点儿程度较轻的运动。"

　　房子多将衣服穿好，看向希爱博士："希爱博士，谢谢你。"

　　希爱博士笑："你要谢的是艾克，是他救了你，顺便帮你修复伤口。"

　　"艾克，谢谢你。"房子多对着艾克谢道。

　　"救死扶伤是我的本职工作。"艾克回道。

　　不过，房子多回味了一下刚才希爱博士的话，问道："艾克救了我？他是我的主刀医生？"

　　希爱博士笑："如果不是艾克，你可真的要陷入意识的黑洞里了。"

　　听希爱博士这么一说，房子多再次谢过艾克。不过，希爱博士向房子多坦白这些也证明了她是自己人，不然不会出手救房子多。

　　房子多缓缓地从实验床上下来，已经近两个月没下过床了，当脚踏在地板上时，内心有种重生之感。

希爱博士没有扶她，而是让她自己走动。走了几步，房子多总算体会到了什么叫作高科技，胸口处和脑门虽还带着一点点疼痛感，但基本不碍事。

一个小时的时间她就有着如此大的改变，让内心产生了一些新的疑惑。

高科技修复身体的这种桥段出现在很多科幻片里，但那些被修复的对象是机器人，或是仿生人。

"莫非我是机器人？"房子多转过身，询问希爱博士。

希爱博士笑："这点无须怀疑，你是人类，真真切切的人类。"

房子多闻言，也笑了起来："开玩笑的，我知道自己是谁。"

希爱博士接话道："知道就好。"

随后，三个人一起走出实验室。在外面等候的池烆和许烨磊看到房子多，不约而同地露出惊讶的目光。

许烨磊的表情更为丰富一些，池烆只是眼神有着明显的变化。

房子多走到两个人的面前，看了下许烨磊，又看了下池烆。

这两个人的视线都集中在她的脸上，具体说应该是集中在她脑门的那个伤口上。

经过一小时的修复，伤口快速愈合，只留下一个小小的印记。

"我是不是在做梦？"许烨磊惊叹道。

希爱博士回道："梦中梦。"

许烨磊听后，笑了起来："这个梦实在太科幻了。不知道在真实世界里，你们是否也拥有这样的生物修复技术？"

希爱博士道："许少将，你应该很清楚，即便有，也不太可能被全面推广。"

许烨磊笑："部分领域确实有这样的技术，但我没有亲眼所见。"

池烆伸出手，朝房子多光秃秃的脑门探去，想去触碰那个伤口，但为了保险起见，还是先开口问了一声："现在可以触摸吗？"

希爱博士说道："此刻最好不要触碰。现在那块肌肤是最脆弱的时候，养两天就无碍了。"

池烆僵在半空中的手最后只能落在房子多的脸颊上，他接着问道："这种生物修复技术有副作用吗？"

"目前为止很安全，不过就算有副作用，你现在才问也迟了。"希爱博士说道。

池炀被噎得无话可说，希爱博士接着说道："我已经让宙奇给你们安排了休息的地方，你们先去休息吧，我们晚点儿再聊。"

这里是希爱博士的地盘，于是池炀和许烨磊服从了安排。

宙奇很快出现在他们面前，带着他们去休息区。

之前由于身体的病痛，在病床上躺了近两个月的房子多对于欣赏美色这件事迟钝了起来。不过，眼下她恢复了健康，这方面的"雷达"再次启动。虽说池炀和许烨磊的颜值都很高，但是宙奇站在他们之间，一点儿也不逊色，而且带着自己独有的气质和味道。

三个人的身高不相上下，走在一块儿格外养眼。

房子多觉得自己的眼睛像是被清洗了一遍，心情格外愉悦。

当然，除了帅哥养眼，实验基地的内部构造也十分吸睛。基地的外部是冰冷色调的，内部却绿意盎然，整体设计特别具有科技感，给人一种高雅的视觉享受。

不过他们在随着宙奇的脚步前往休息区的路上，似乎没看见几个工作人员。

房子多不由得好奇："你们实验基地的工作人员有多少？"

"你问的是人类，还是人工智能？"宙奇回道。

房子多愣了一下："人类。"

"人类有十六人，人工智能有两百个。"宙奇回道。

房子多很想问"那你是人类还是人工智能？"，但话到嘴边，又觉得冒昧，于是吞了回去。

不过，有人比房子多直白，那就是池炀，他替房子多问了这个问题："你是人类还是人工智能？"

宙奇没有直接回答他，而是反问："你猜？"

池炀也不客气："人工智能。"

宙奇笑了起来，不过还没作答，几个人就走到了一扇门前。

宙奇将手贴在门上，门上出现指纹认证，之后被打开了。

"休息区到了，这里面有 10 个房间，你们随意挑选房间入住，每个房间里面有智能系统，需要什么可以直接说明，机器人会将你需要的东西送过来。"宙奇说道。

"我们只需要两个房间。"池炘回道。

宙奇的目光看向池炘："你们是男女朋友？"

当着许烨磊的面，房子多有点儿不好意思，池炘却很坦然："是的。"

"你们随意。"宙奇说道。

不过他们没有看到其他人，许烨磊不由得问道："其他六个人被安排在哪儿？"

"他们在普通休息区，在隔壁那栋楼，给你们三位安排的是 VIP 休息区。"宙奇说道。

"实验基地的休息区也按身份等级划分？"许烨磊问。

"是的，你们三位是希爱博士的重点保护对象。这栋楼的安保系数很高，即便隔壁那栋楼被爆破，这栋楼也是一个独立的堡垒。还有，鉴于你们几位要在这儿待一段时间，进入该区域得使用指纹验证，我在这里给你们录入指纹。"宙奇解释道。

三个人很配合，分别让宙奇将自己的指纹录进系统里。

录好后，三个人亲自尝试是否能开门，一切正常，宙奇准备离开。

"替我谢过希爱博士。"许烨磊说道。

"我会替你转达的。"宙奇说道。

看着宙奇离去的背影，房子多说道："他应该是人类吧？"

池炘说道："人工智能。"

房子多闻言，看向池炘："你怎么确定他就是人工智能？"

池炘回了两个字："直觉。"

房子多回道："他要真是人工智能，以假乱真到这种程度，那么人类被取代之日应该也不远了。"

"人类被取代的脚步已经很近了。"许烨磊叹道。

尤其是在刚才领教过希爱博士给房子多修复伤口的生物修复技术后，许烨磊深深地觉得，这个世界会更加多元、灿烂，当然也更加充满危机。

不过三个人没有继续站在那儿探讨这么高深的问题，而是走进了休息区。

休息区的走廊目测有两百米左右，房间左右分布。

许烨磊选了 3 号房间，而房子多和池炘选了 5 号房间。

进门之后，房子多再次为房间内部的布局感到惊喜。这哪儿是基地的休息区，简直就是度假酒店！房间内是楼中楼设计，房子多进去之后先是来到一个客厅，左边有个开放式的吧台和一架极富科幻感的旋转楼梯，上到二楼便是开放式的卧室。

他们暂时不知道休息区位于基地的哪个方位，但是从落地窗看出去，能看到一望无际的草原以及碧蓝的天空。

房子多走到窗边，看着窗外："这是真实的风景还是全息投影？"

池炘走到她的身边，触碰了一下玻璃："如果没有猜错，应该是全息投影。不过这个全息投影还是有所不同，应该是把外围的实景直接投进这里。"

房子多不解："还能这样？"

"采用光的折射原理进行的全息投影。"池炘解释。

房子多听完之后，叹了一句："置身于此，我感觉就像活在科幻大片里。"

"你们给我制造了这样的虚拟世界，本身不就是科幻大片吗？"池炘回道。

房子多闻言，微微转过身，抬头望着池炘的脸："对不起。"

池炘看着房子多的眼睛："你对我说对不起，是想表达之前发生的一切都是假的？"

房子多迎视着他的目光："关于这点，我不打算反驳。"

"你和我之间的一切也是假的？"池炘继续问。

房子多缓缓收回目光，再次将视线投向窗外。碧蓝的天空，辽阔的草原，无论是靠光的折射提供的真实景色，还是用全息影像制造出来的虚假风景，这些都会让人心情舒畅起来。

房子多开口："我说是真的，你未必信；我说是假的，我自己也未必信。"

"到底是真是假？"池炘说这句话的时候，大手一揽，将房子多捞进了自己的怀中。

自从房子多受伤，两个人最多就拉拉小手，这么亲密的拥抱近两个月没有发生过了。身上的气息进入彼此的胸腔，他们的眼睛对视着，脑海中瞬间闪过这段时间两个人的所有经历。

　　房子多望着他："我的话，你不能理解吗？"

　　"我不想听话中有话的回答。"池烆说道。

　　房子多看着池烆那张没有表情的脸，缓缓伸手去触摸，坦然地告白道："即便这是一个唤醒计划，我也无可救药地爱上了你。"

　　"什么时候爱上的？"池烆追问。

　　"在希爱博士给我看你的照片时，我第一眼就爱上了你。"房子多说道。

　　"一见钟情？"池烆问。

　　房子多承认："嗯，虽然我一直都是'颜狗'，但是看到你的照片时，觉得自己像是上辈子见过你一样。"

　　"之后你便接受了这个任务？"池烆又问。

　　"嗯。"房子多回答道。

　　"你的筑梦师训练是在接受任务之前还是之后？"池烆又问。

　　房子多直接告诉了他实话："之前。"

　　"你属于专业人士？"池烆问。

　　房子多点头："算吧！"

　　"利用这个专业，你进入过多少人的潜意识？"池烆问。

　　"包括你，有36个。"房子多回道。

　　"你在别人的潜意识里爱上过别人吗？"池烆问。

　　房子多笑了起来："你在吃醋吗？"

　　池烆一本正经："不是，我只是想知道一切。"

　　房子多开口回道："你是第一个。"

　　"我能相信吗？"池烆反问。

　　"相信这种事，主动权不在我这里，而在你那里。你相信我，自然就会相信我所说的一切；不相信我，我解释再多也无用。不过，你能对任何事情都保持怀疑是好事，毕竟在这个虚拟世界里，一切都有可能是假的，是别人一手制造的。"房子多说道。

　　池烆听后，凝视了她几秒，随后低头亲了一下她的前额。

房子多想起了什么，顿时伸手捂住自己的头："我现在是不是很丑，特别丑？"

手术前她剃了光头，现在就是一个小尼姑的造型。一个人在自己喜欢的人面前，通常会很在意自己的形象。

池烆见状，拉开她的手："我看上你又不是因为外貌。"

房子多听后，整个人呆了几秒，眼睛眨巴几下："你看不上我的外貌，那是看上了我的才华？"

池烆想敲她的脑门，但是那边有伤口，不宜触碰，他只好捏了下她的脸："看上你的脸皮！"

房子多又眨了几下眼睛："你什么意思？"

池烆补充："脸皮厚！"

房子多听后，伸手给他一拳。

这一拳不轻不重地打在池烆的胸口上，池烆没有反抗，反而抱紧她，随后头缓缓地低了下来。

两个人之间的距离特别近，房子多的鼻尖全是他的气息——这是她熟悉的气息，令她心动的气息。

两个人的鼻尖触碰，接着唇也贴合在一起。

时隔两个月的亲吻还是那么炽烈，还是那么香甜，还是那么……令人心动。

房子多的手主动攀上他的脖子，迎合他的亲吻，而她的腰被池烆揽得更紧，他似乎想要将她揉进自己的身体一样。

不过，这样激情的吻没持续多久便停了下来。

因为房子多的身体即便伤口痊愈，但机能还没完全回到健康的状态。

两个人拥抱在一起，彼此的气息、心跳都乱了起来。

被安排在另外一栋大楼的休息区的朱跃坐在自己房间的沙发上，时不时抬手看看时间，表情看似有点儿担心和焦躁。

他看了好几次手表，觉得时间过得特别慢。

他们进入这里后，心情从刚开始的兴奋、好奇变为慢慢恢复平和，接着开始紧张起来。因为池烆、许烨磊和房子多迟迟没有回来，而飞来这里之前，他们已经将通信工具都丢弃了，所以现在完全处于失联的状态。

朱跃实在坐不住了，对着沙发旁边的一个类似平板电脑的仪器开口问道："请问，我另外三个朋友现在在哪儿？"

仪器发出声音："你的三位朋友已经离开9号实验室，现在入住在C休息区。"

"C休息区？他们回来了是吗？"朱跃问道。

"他们入住在C休息区。"仪器回答道。

朱跃凝眉："我们这边是哪个休息区？"

"A休息区。"仪器回道。

"也就是说我们和他们是分开的。"朱跃反应了过来。

"是的。"仪器回道。

朱跃听了这个消息之后，直接说道："我要见他们，不，我要见希爱博士。"

"希爱博士正在开会，等她忙完，我转告她。"仪器回道。

"那个宙奇呢？"朱跃追问。

"他正在和希爱博士一起开会。"仪器说道。

朱跃听见这话，只好问道："从这里去C休息区怎么走？"

"没有经过授权，您无法进入C休息区。"仪器回道。

朱跃听后，明显有点儿暴躁："希爱博士到底在搞什么鬼？"

仪器的回复是："希爱博士立志建造一个人与科技和谐相处的世界。"

朱跃被堵得差点儿吐血，不过努力让自己的情绪平复下来，因为不理智的状态只会让自己的行为出现错误："希爱博士开完会后，请你转告她，我想见她。"

"好的！"仪器彬彬有礼地结束了两个人的交谈。

到了晚饭时间，下午分开几个小时的众人被希爱博士邀请去基地的食堂共进晚餐。朱跃留心过，食堂的位置大致在A休息区和C休息区的中间。一路过来，这里看似和其他的高科技公司的内部环境没两样，但他发现，如果没有授权，他们根本无法通过这里的门。

食堂大致有150平方米，他们进去之后便看到一个吧台，没错，就是像酒吧里的那种吧台，后面摆着琳琅满目的酒。右边靠墙的位置有个自取区，上面放着各式茶点和饮料、水果。旁边有一条能容纳二十人的大长桌，靠近玻璃窗的位置分别摆了四张小圆桌。这里与其说是食堂，更像是休闲用的餐厅。

当他们进去的时候，大长桌的一半已经被摆上了菜肴。

希爱博士已经站在那儿恭候大家，正当大家准备入座时，许烨磊、池炘和房子多三个人在宙奇的带领下出现在大家的面前。

当大家看到眼前的房子多时，一个个的眼睛都直了。

"房子多，你之前是假受伤？"第一个开口的人便是王莉莉。

房子多看了大家一眼，开口回道："真受伤。"

大家都挤了过来，光着头的房子多就像大熊猫一样被人观察着。

朱跃十分诧异："这是怎么回事？"

房子多将目光看向希爱博士："这多亏了希爱博士，她用生物修复技术帮我修复了伤口。"

"生物修复技术？"朱跃满眼疑惑。

希爱博士开口："具体来说，就是利用高科技纳米技术修复伤口。"

"这高科技实在是太神奇了！"李妍看着房子多的脸，不禁叹道。

挤过来的孙可可和白宴也紧紧盯着房子多光秃秃的脑门。要不是这脑门，她们可能也觉得房子多受伤是幻觉。

"多多，你真的好了？"孙可可问。

房子多看向孙可可，微微一笑："差不多。"说完，她看向孙可可身边的白宴。

白宴与她对视，眼神似乎有点儿复杂，有担心、有惊喜、有疑惑。

两个人只是对视一眼，便被希爱博士邀请入座。

长桌虽长，但是桌内有机关，无须人转动，放在桌上的每一盘菜就像日料一样，转到大家的面前。

希爱博士吃饭的时候，宙奇就站在她身侧一米处，以此印证他就是人工智能。

饭菜的味道很好，经希爱博士介绍，这些菜都是由机器料理师做的，大家除了惊叹，还是惊叹。

不过比起机器料理师，他们之前就已经被站起来的房子多深深地震撼到了。

朱跃吃了几口，便询问希爱博士："希爱博士，为何要把我们和池总他们三个人的住处分开安排？"

面对朱跃的质疑，希爱博士回道："他们三位是上宾。"

这话颇得罪其他人的意思，因为大家都是一起飞过来的，而且都跟池炘和房子多有着各种牵扯。

不过希爱博士平时与人相处就是这样，有话直说，也不管会不会得罪人。

有人认为这是天才的通病——智商高，情商低。

朱跃听完之后，心里虽有些不太舒服，但是没有过多表露出来。

原以为实验基地的位置偏僻，在饮食上可能会出现一些食物缺乏的情况，但是从桌上的菜看来，似乎是他们多虑了。

尤其是那道烤全羊，不仅食材新鲜，而且味道很正宗。

"这些食材都是被空运过来的吗？"许烨磊开口问。

希爱博士回道："就地取材，基地有专门的机器人负责畜牧养殖这一块。"

"高科技的世界就是这么便利啊！"许烨磊叹道。

希爱博士笑了笑，不过接着听到王莉莉的发言："科技的发展确实给人类社会带来巨大的进步和改变，就譬如你身后这位完全分辨不出来是人类还是人工智能的男士，人类如此轻易地让自己陷入对人工智能的依赖之中，会不会到最后反而成为人工智能的奴隶？"

希爱博士听完王莉莉的言论，目光看向她："你是反科技人士？"

王莉莉摇头："我不是，只是有这方面的担忧。"

希爱博士大致知道王莉莉的情况，倘若此刻面对的是第二人格的王莉莉，那么这位的智商绝对在 140 以上，她属于高智商人群。

"你的担忧也是我们这群科研人员的担忧。"希爱博士说道。

王莉莉听后，表情变得饶有兴致："这话怎么理解？人工智能不正是你们研发制造出来的吗？你们也担忧？这不是打自己的脸吗？"

希爱博士看着她回复道："我们的担忧是，在人工智能时代，人类无非面临两种结果，不是被高智能化的机器控制就是被机器背后的少数精英控制。"

王莉莉对希爱博士的直爽感到震惊，很多高科技人员面对这样的问题多多少少会为科技辩解，扯一通科技给世界带来的革新和便利，但希爱博士直接点出了关键。王莉莉不由得对这个天才科学家产生了敬佩之情。

王莉莉笑了笑，接了希爱博士的话："依照你所说的两种情况，如果是前者，那么意味着人类亲手制造出了自己的克星；如果是后者，那么意味着人工智能的终端掌握在少数精英的手中。这两者似乎都不是我们这些普通老百姓乐意看到的，我们尤其不愿看到这些高科技掌握在少数精英的手中。"

希爱博士笑："继续说。"

王莉莉继续说道："终端掌握在少数精英手里，人类又会面临两种结果。第一种，机器高度智能化，人类的很多工作会被代替，很大一部分人会被淘汰。如果掌握它们的少数精英是冷酷无情的，那么意味着他们会展开清除人类的计划；如果他们是仁慈的，那么就会利用宣传手段以及生物科技降低人口出生率，直到大部分人类灭绝。无论是哪种方式，这个世界、这个地球，始终属于少数精英。即便这些少数精英中，可能出现个别善良的人，他们也可能会成为人类的革新者，譬如会通过科技改造人类的生理和心理，改变人类原本的基因，使他们变得更加完美。这些被改造的人类可能会变得更强、更长寿，甚至无须面临死亡，但是也极有可能变成这些精英的实验品，甚至是奴隶。"

希爱博士看着她："你认为科技会给人类带来巨大的灾难？"

"一半一半吧！毕竟我活在当下，既享受着科技带来的便利，同时也恐惧科技带来的冲击。"王莉莉说道。

希爱博士说道："看来你阅读过卡辛斯基的相关资料。"

王莉莉笑："你自己刚才的言论不就是卡辛斯基的言论吗？"

希爱博士点头："是的，作为一个科研人员，我既希望自己能够取得一些科学研究的突破，同时又担忧这些科学研究会落到少数精英手里。"

王莉莉笑："你有这方面的担忧，说明你背后的资助人的目的性也很强。"

希爱博士闻言，笑了下："你哥哥也是我的资助人之一。"

池炻见自己被 cue（提起），只好插话："我资助希爱博士的研究没有任何目的。"

希爱博士笑："池总，你是唯一没有给我提要求的资助人。"

池炻又说道："当然，要说目的也有，在你的神经学领域的技术支持下，我公司旗下的游戏也进入了技术革新阶段。"

"那是你付费买下的技术，这个不算。"希爱博士回道。

"别的资助人对你有何要求？"王莉莉好奇地问。

希爱博士没有继续回答她的问题，而是说道："这个话题就此打住。"

"希爱博士，你知道吗？对于一个问题，你只说一半时，只会引起对方更强烈的好奇心，还不如和盘托出。"王莉莉说道。

希爱博士笑了下："你很聪明，但不是能帮我解决问题的那个人，所以我说再多都是无用的。"

王莉莉想反驳，李妍扯了下她的衣服，示意她见好就收。

王莉莉就算再好奇，但是在李妍的提醒以及池炻的注视下，只能默默收起好奇心。

晚餐继续。房子多因为躺在病床上近两个月，起初都是靠输液活着，后面靠一些流质食物撑着，现在面对一桌好吃的，免不了多动几次筷子。许烨磊却细心地提醒她，大病初愈，无论饮食还是运动，都得循序渐进。

于是房子多只能遵从长辈之言，不敢贪吃。

两杯果汁下肚，房子多明显感觉肠道功能有所恢复，于是匆匆去了洗手间。

房子多解决完膀胱的问题之后，走了出来，见白宴也在洗手间。

她没有闪躲，而是直接走了过去，将手伸进一个标有消毒提示的仪器里。

西肃这边气候干旱，严重缺水，所以洗手间的马桶采用干湿分离的处理模式，而洗手则是用仪器消毒。

房子多站在那儿，只听到白宴开口："你真的是多多吗？"

房子多听了这句话，内心有些触动。在这个虚拟世界里，怀疑精神是最为珍贵的，因为你周边的人有可能是假的。

房子多消毒完后抽回手，目光看向白宴："是。"

"我们小时候一起干的第一件坏事是什么？"白宴看着她问道。

房子多听了这个问题，有点儿想笑，知道白宴在测试她，于是回答道："我们在一家商场拿了一条漂亮的小裙子。"

白宴的眼眶瞬间湿润，红唇微张："你是多多。"

房子多看到白宴红了眼，自己的表情也变得有些微妙，她开口说道："你在担心我？"

白宴收了下情绪："或许现在的你根本不稀罕我的担心。"

"是的，确实不稀罕。"房子多回答得很干脆。

白宴闻言，哽咽了一下："你的身体恢复健康就好。我在这儿不会主动去打扰你，你也可以直接把我当隐形人。"

房子多却"哼"了一声："你这话前后矛盾，我记得你曾经说过，我这辈子都无法逃脱你的阴影。"

"是的，你无法逃脱，除非你主动……和解。"白宴说道。

"和解？跟你和解？"房子多反问。

"不，跟你自己和解。"白宴摇头。

房子多听完这句话，怔怔地看着她几秒，表情复杂："我考虑考虑。"说完，房子多转身离开了洗手间。

晚餐进行了一个小时左右，结束之后，希爱博士说道："基地有运动区和娱乐区，想运动的人可以去运动区，想娱乐的人可以去娱乐区。还有，今晚的星空不错，大家可以回房欣赏。"

可是大家似乎对这些兴致全无，尤其是池炘。

"希爱博士，我们可以单独聊一下吗？"池炘开口问道。

"可以！"希爱博士没有拒绝。

于是，希爱博士让大家各自散去，和池炘单独会谈。

房子多也想找希爱博士谈谈，但似乎得之后才轮到她，此刻的她只能先和许烨磊一起走回 C 休息区。

他们进入 C 休息区，走廊里很安静。墙角冒出几个扫地机器人，整齐划一地清扫地面。不过两个人快要靠近时，机器人都停了下来，自动靠在旁边一动不动，待他们走过去之后，才继续打扫。

如此人性化的设计，就跟几十年前人类的做事风格没两样。

"磊爸！"房子多主动开口。

许烨磊见沉默了一路的房子多开口，不由得侧过脸看她。

房子多接着问："磊爸，我能信任你吗？"

许烨磊笑："我说了不算。"

房子多听后，笑了笑："那你信任我吗？"

许烨磊又笑："我说了也不算。"

房子多也笑了起来："磊爸，您觉得您是好人还是坏人？"

听到这个问题，许烨磊再次看向房子多，随后开口说道："人性这东西是很复杂的，没有绝对的好与坏。"

"磊爸，你像个哲学家。"房子多回道。

许烨磊笑："那你呢？你觉得自己是好人还是坏人？"

房子多闻言，想了一下："借用你的话，人性是复杂的，没有绝对的。"

许烨磊眼角的皱纹深了几分："你问这句话，说明你不信任我，对吗？"

房子多轻轻摇头："没有，我听池炑分析过，你是值得信任的人。"

"那为何还要问我是好人还是坏人？"许烨磊问。

"清醒过后，我一直在想是谁想杀我。"房子多说道。

"你怀疑是我做的？"许烨磊问道。

房子多看着他："我认识的人里面，就数你的枪法最好。而我身上的枪伤，三枪中的两枪打在致命区，伤口却又恰恰偏离了几毫米，没有让我一命呜呼。"

"看来，你确实在怀疑我？"许烨磊说道。

"我只想问一句，是你做的吗？"房子多说道。

许烨磊很坚定地回道："不是。"

房子多听后回道："你说不是，我就相信不是。"

"为什么？我的话就这么容易让你消除怀疑？"许烨磊反问。

"因为池炑信任你！"房子多回道。

"而你信任他！"许烨磊接了她的话。

房子多点头："是的，我想试着让自己在这个虚拟世界里完全信任他。"

"不怕自己掉入陷阱吗？"许烨磊问道。

"都死过一回了，也没什么好怕的。"房子多回道。

许烨磊笑了笑："多多，我原以为这次受伤的经历对你而言是个劫难，没想到让你整个人变得豁达了不少，这应该就是置之死地而后生！"

"不管接下来发生什么，我都会尽全力帮池炘找到唤醒他的方法。"房子多说道。

"一起努力！"许烨磊向房子多伸出手。

房子多看了下许烨磊的手，这只手带着岁月的痕迹，带着训练的功勋。她没有犹豫，很爽快地握住："谢谢磊爸。"

池炘被希爱博士带到一个封闭式的露台，不过希爱博士抬了下手腕，切换了表中的模式。

很快封闭式的露台变成了开放式的露台，放眼望去，繁星点点。

风吹在脸上，带着一丝暑气。

没过几秒，机器人送来两杯香槟，希爱博士顺手端了起来，递给池炘一杯。

池炘接过之后，问了一句："你能喝酒？"

希爱博士笑："我已经20岁了，当然能喝酒。"

池炘在很多人的眼里也是天资聪颖，少有所成，可是看着眼前20岁的天才科学家，倒是有种"天外有天，人外有人"的心境，因为眼前这位被称为希爱博士的女孩儿实在太年轻了。

希爱博士喝了一口香槟，随后问："你单独找我，想聊什么？"

池炘也不跟她拐弯抹角，直言道："是谁下达了射杀房子多的指令？"

无论是从池炘的语气还是眼神，希爱博士都可以看出他对这件事很在意。

"我说我不知道，你信吗？"希爱博士回道。

"不信！"池炘断然说道。

"那就是说，你怀疑我？你觉得是我指使人这么做的？"希爱博士反问。

"你确实在我的怀疑之列。"池炘坦承。

"既然你怀疑我，为何还要前往我的基地呢？"希爱博士看着他问。

"不入虎穴，焉得虎子。"池炘回道。

希爱博士笑了下："有意思。"

"你承认了？"池炘问。

希爱博士摇头："池总，我们之间的合作一直都很愉快，我没有理由加害于你。"

"那你为何还让房子多执行另外一个任务？"池炘追问。

希爱博士看着池炘："我不知道你在说什么。"

"房子多除了接近我之外，其实还有别的目的。"池炘说道。

"什么目的？"希爱博士一脸好奇。

"什么目的，你比任何人都更清楚。"池炘说道。

"房子多跟你说了什么，让你产生了这样的想法？"希爱博士问道。

"除了唤醒计划，你还想在我的潜意识里进行意识植入，而这个意识就是……让我无条件继续支持你的研究。"池炘说道。

希爱博士凝视了他几秒，嘴角扬起一抹笑意，十分淡然地说道："这话从何说起？房子多说的，还是……你自己猜的？"

"你只要告诉我有没有这回事就行。"池炘说道。

希爱博士笑："就算确有其事，我能明说吗？我会承认吗？我不会。"

"希爱博士，我们之间是可以进行真诚的交流的，倘若你真有这方面的需求，我会考虑满足你。"池炘说道。

希爱博士笑了笑，抬眼看了下被星星点缀的夜空，突然念起了诗词："星依云渚溅溅，露零玉液涓涓，宝砌衰兰剪剪。碧天如练，光摇北斗阑干。"

她转移话题的意图实在太过明显，池炘虽是个理科生，但文学功底还行，大致知道这首诗词的意思：空中的流星沿着银河闪动，犹如浪花飞溅，露珠零落就像玉液涓涓。夜天里的兰草虽已衰谢，但还齐整如剪。碧蓝天空如绸练，波光摇动，北斗星正横斜西天。

"希爱博士，你若有难言之隐，可以告知一二，我若能帮你，一定尽量帮。"池炘说道。

希爱博士缓缓收回目光，落在池炘的脸上，开口说道："在这里你是帮不到我的，你要真想帮我，就尽快回到现实世界，可能还有一丝帮我的机会。"

"这么说，你真有难言之隐？"池炘问道。

希爱博士看着他："即便有，那也不是你能帮我彻底解决的，何况你的潜意识里有反科技的想法。"

"我自己立身于科技行业，怎么可能反科技呢？"池炘说道。

"你的妹妹王莉莉是你潜意识里映射出来的人物，她的想法其实有一部分代表了你的观点。"

池炘听后，开口说道："她是独立的。"

希爱博士摇头："不，她并不独立，甚至有很大一部分是你内心的映射。"

池炘并不赞成："她虽然是我的潜意识映射出来的人物，但在这个虚拟世界里的个性和意识是独立的。"

希爱博士笑："你只是不想承认罢了。对了，关于意识植入，是房子多告诉你的，还是你自己猜的呢？"

"我自己猜的。"池炘回道。

希爱博士听后，笑了笑："有时候我在想，你一直无法被唤醒，并不是外在原因，而是内在原因。"

池炘看着她："什么意思？"

希爱博士接着说道："池总，你的 IQ 很高，极其聪明，导致很多事情一眼就被你看破，即便没被一眼看破，也会在过程中被你不断找出破绽。而且，你没有任何情感上的牵绊，更不会轻易地相信任何人。你不断怀疑，不断猜忌，所以你的意识才会一直沉浸在别人设计的虚拟世界里。"

"这个虚拟世界不就是你为我量身打造的吗？"池炘反问，"还有，按理说，不断的怀疑和猜忌应该让我有着更加清晰的认知才对，不是吗？为何我反而一直陷在虚拟世界里？答案只有一个——有人不想让我清醒。"

希爱博士笑："那个人肯定不是我。"

"那会是谁？"池炘问。

希爱博士摇头："我的任务只是唤醒你，让你回到现实世界里。至于谁不想让你清醒过来，得由你自己去判断。"

池炘凝视了她几秒："房子多是你选的人，她的立场应该跟你一致，也希望我回到现实世界。"

希爱博士笑："你是想让我做证人吗？你想从我这边确认你对房子多的信任？"

"我无须从你这边确认对她的信任。"池炘反驳。

"那你为何还要说这些话？"希爱博士反问。

"我只是想对你说声谢谢。"池炘说道。

希爱博士"哦"了一声。

池炘接着说道："这即便是你设下的局，也是一个美丽的局。"

希爱博士看着他："你能这么想，说明你不排斥这个局，甚至有额外收获的感觉。"

"虽然我不喜欢被人操控、被人牵引，但体验不同的人生也不失为一件愉快的事。"池炘直白地回道。

希爱博士知道，在这个局里，池炘受损的神经正在恢复，这对于池炘来说确实是件好事。

于是，希爱博士说道："所以这次成功的可能性多了几分。"

"希望这次能成功吧！"池炘说道。

希爱博士微微点头："我需要你全心配合。"

"我会的。"池炘没有抗拒。

两个人聊完这些，一起安静地欣赏星空。刚才的暑气因时间的推移慢慢消散，令人特别舒爽。若不是宙奇的出现，两个人可能还会待一会儿。

"希爱博士，有个紧急电话需要你处理。"宙奇说道。

希爱只好和池炘告辞，离开之前还不忘叮嘱一句："房子多还在养伤，别忘了医生的嘱咐。"

池炘没反应过来，只见希爱博士冲他一笑，转身离开了。

之后，池炘也没在此逗留，直接回了 C 休息区。

房子多见他回来，迎了上来："和希爱博士聊完了？"

池炘点头："嗯。"

"她告诉你是谁下达射杀我的指令了吗？"房子多问。

"她说她不知道。"池炘说道。

房子多听后，怔了一下："她不知道？怎么可能？"

"她说她没理由加害于你。"池炘说道。

房子多看着池炘的脸，深思了几秒："不是她的话，那么只剩下两种可能性，一是朱跃，二是许文明。可是这两个人中无论哪一方想破坏这个计划，势必会暴露自己啊！"

"铤而走险也不失为一个好计谋。"池炘说道。

"换作是你，你会铤而走险吗？"房子多问。

池炘伸手摸了下她的耳朵："我会见机行事！"

房子多觉得耳朵被他摸得很痒，甚至直接脸热起来。

池炘看到脸泛红的房子多，突然明白了希爱博士的那句叮嘱，于是开口询问房子多："希爱博士给你的医嘱是什么？"

房子多的脸更红了几分，因为机器人医生艾克确实叮嘱过她，这一周别做剧烈运动。

"你问这个做什么？"房子多红着脸问。

"想知道而已。"池炘说道。

房子多看着池炘，总觉得有种被他故意调侃的感觉，于是嘟囔一句："不能做剧烈运动。"

池炘听后默默点头，什么话也没说。

房子多盯着他，也故意使坏一回："你看上去很失望的样子。"

池炘面无表情地伸手，一把将她揽进怀里，随后将头埋在她耳边："可以用手。"

房子多羞得不行，伸手推开他，又嘟囔一句："你对我一个光头都这么有兴趣吗？"

池炘闻言，刮了下她的鼻子："外在不重要，我更喜欢你的内在。"

房子多知道池炘的意思，他不是颜控，而是喜欢一个人的内在。可是谈恋爱的人难免有点儿矫情，她不由得说道："你的意思是我相貌丑？"

池炘见她故意扭曲他的意思，捏她的脸："你不算天仙，但不丑。"

房子多拨开他的手："我自然不是天仙啊，现在还是光头一个呢！"

池炘拉住她的手腕："我都不嫌弃，你嫌弃什么？"

"你不嫌弃，就不允许我自个儿嫌弃啊？"房子多撇嘴。

池炘看着她，随后语气霸道起来："我喜欢的，你也不许嫌弃。"

房子多听完这句话，虽然冲他"哼"了一声，但心里还是甜滋滋的。

这应该就是爱情的酸臭味吧！

之后，房子多被拉去一起洗澡。

房子多近两个月躺在病床上，都是被人伺候着擦洗，虽然弄得很干净，但她还是有些不太舒服，至少没有自己淋浴那么舒服。

不过最舒服的人还数池炘。房子多在舒服清爽之余，终于领教了使坏的代价。

因为某人的持久力实在是恐怖如斯，房子多两个月没有锻炼，手上的力气实在差了一大截儿，可正是这样柔柔软软的手让池烆陷入了失控的状态。

所以结束后，她的手不仅酸，还有点儿抖。

池烆将她用浴巾包裹起来，把她抱回床上后，还不忘给她按摩一下手臂。

房子多躺在床上看着池烆细心地给自己按摩，心里有些软，于是开口："池烆，为什么是我？"

池烆愣了下："什么？"

"我说，你为什么对我情有独钟？"

"你不是说过吗？你和我是大数据匹配的结果，所以你对我存在着致命的吸引力。"池烆说道。

"可是数据显示之前那个女孩儿是与你最为匹配的人，你对她心动吗？"房子多问。

池烆回想了一下，随后说道："我好像都快忘记她长什么模样了。"

房子多笑："你的记忆力可是无法欺骗别人的。"

池烆捏她的手指，动作很是轻柔："你想知道？"

房子多应道："嗯。"

"那你告诉我，现实世界的你是不是喜欢许诺诚？"池烆提问。

天啊，他又绕到这个问题上了！

房子多看着他："我说实话，但你不许吃醋，更不许生气。"

"嗯。"池烆答应了。

"遇到你之前，我确实是在许诺诚和许诺一之间犹豫，可是无论选择谁，都会伤害另外一方，与其这样，不如放弃。"房子多和盘托出。

"可你的潜意识告诉你，你更倾向许诺诚。"池烆说道。

房子多知道这是池烆在给她挖"坑"，于是说道："我在这里所经历的一切，你都是参与者。我拒绝了他，接受了你。"

"你是真正接受了我，还是想要完成任务？"池烆问。

房子多觉得池烆就是一个执拗的男人，不由得说道："在现实世界里，我从没和别人做过刚才那样的亲密之举。"

池烆听后，收住按摩的手，接着俯身而下，宽阔的身躯直接将房子多整个人笼罩，随后低低地说了一句："我也没有。"

次日，房子多醒过来时已经八点了，池烯比她早醒一个小时。

窗边的布景被换成了森林，柔和的阳光从高耸的树枝间隙透进房间，让人有种置身于森林之感。

房子多揉了下眼睛，从床上爬了起来，慢慢走下台阶来到客厅。

池烯正在泡咖啡，香气扑鼻。见房子多醒来，池烯说道："等你吃早餐。"

房子多走到跟前，从后面抱住池烯："你做的早餐？"

池烯回道："机器人送过来的。"

房子多了然，随后又问："怎么将布景换成森林了？"

池烯没有直接回答，而是说道："你去看看。"

房子多将布景切换到实景模式，结果映入眼帘的却是漫天黄沙。

他们昨晚还在星空下入睡，醒来时看见的却是黄沙漫天之景，可见这里生存环境的恶劣。看着窗外黄沙肆虐，房子多觉得有种末世的既视感，有点儿破坏早晨起来的心情，于是再次将布景换成了森林。

之后，两个人面对面吃早餐。

房子多想到一个问题，于是和池烯讨论："我是筑梦师，那么这个实验基地，无论是外部还是内部，都是由我构造、幻想而成的？"

池烯闻言，喝了一口咖啡，随后说道："按理来说应该是。"

房子多想了想："既然都是由我的幻想构造而成的，那么我可以主宰这里的一切。"

池烯放下手中的咖啡杯："你是这个世界的女王陛下。"

房子多又想了想，随后摇了摇头："感觉不对劲。"

"怎么不对劲？"池烯问。

"我也说不上来。"房子多回道。

池烯看着她："会不会因为受伤，你的脑部受到一些刺激，导致你构造的世界也发生了变化？"

枪伤肯定给房子多带来了影响，但是她还没法确认这些影响是否改变了原有的一切。

房子多摇头："不知道。"

见她一副思索的表情，池烯让她先吃饭，因为他们接下来还有事情要做。

"待会儿要去见希爱博士，赶紧吃饭！"池炘说道。

房子多暂时收起思绪，将盘中的食物吃得一干二净。

出门时，池炘拿了一顶假发给房子多。

房子多十分讶异："这假发哪儿来的？"

"早上机器人送过来的，说是连夜做的。"池炘如实告知。

房子多很快将假发戴上，看着镜子里的自己。这顶假发比她之前的头发长了一些，所以她戴上时感觉比以前更有女人味。

这顶假发无论是视觉效果还是触感，都跟真发无异。房子多对着镜子叹了一句："科技无所不能。"

池炘看着她，随后开口："你留长发应该好看一些。"

房子多转过头看他："真的吗？"

池炘点头："视觉效果上更有女人味一些。"

房子多走到池炘跟前，双手环在他的腰上，仰头看他："有你一半的功劳。"

池炘没明白，眼里闪着疑惑："什么功劳？"

房子多红着脸，低声细语："被你滋润啊！"

被撩的池炘听后，微微扯了下嘴角。房子多见过他的几次笑容，所以也不觉得奇怪了，直接踮了下脚尖，亲他的嘴角，像要把他的笑容留住。

池炘顺手揽住她的腰，没让她直接离开，而是进一步要求："继续。"

房子多的眼底尽是笑意，故作不知："继续什么？"

池炘没有给她提示，但是头微微低了下来。房子多怎能不知道他的意图？但她没有满足他，说道："走吧，别让人等我们。"

池炘却没有就此放开她，房子多见他这样，不由得笑着说道："你可以亲我啊，为什么一定要我亲你？"

池炘回道："你亲我，几秒；我亲你，几分钟。你选哪个？"

这句话的断句特别强调了时间的区别，房子多为了不耽误时间，只能选择主动亲他。不过事实证明，她被骗了。

因为无论是她主动亲池炘，还是池炘主动亲她，这个吻都不可能几秒结束。这样的热吻，确实有助于情侣之间的感情迅速升温。

第十四章
伊伯之窝

亲密过后的两个人走出了套房，许烨磊和一个机器人站在几米外交流，看样子他们等候多时了。

"希爱博士已经在实验室等候你们，请跟我来。"机器人见他们出来之后，开口说道。

在机器人的带领下，三个人乘着电梯下到二楼。房子多见电梯的按键还有"−3"，不由得好奇地问道："这边的实验室是怎么分布的？"

机器人回答："地上为生物实验室，地下为量子实验室。"

房子多还想再问问题，不过电梯门已经打开，门口站着一个高大的帅哥。

房子多知道他叫宙奇，是高级人工智能。

就外表而言，她完全分辨不出他与真正的人类有何区别。

不过看到他，房子多的脑子里冒出一个想法：这样的人工智能，肯定会有很多女性愿意为之买单。

她又下意识地瞅了一下身旁的池炘，脑子里又冒出一个更不可思议的想法——他不会也是人工智能吧？！

可是这个想法很快被她否定，因为她经过亲自探索后发现，池炘里里外外跟正常人都是一样的。

宙奇带他们进入另外一间实验室。

果然，实验基地是由一个个实验室组成的。

眼前的这间实验室跟昨天的实验室相比，无论是面积还是里面放置的设备，都完全不同。希爱博士穿着白大褂，笔挺地站在那儿。

池烆看着那些实验仪器，开口说道："这间实验室是为我准备的？"

希爱博士点头："我想帮你修复受损的神经。"

池烆闻言，目光转向希爱博士："什么？"

希爱博士接着说道："昨天你也看到我是如何帮助房子多修复伤口，让她恢复如初、直接站起来的。而你的神经感应系统，我也有把握将它恢复如初。"

"希爱博士，你不是在开玩笑吧？"池烆说道。

希爱博士以在房子多身上做的实验为例，来说服池烆做下一个实验。房子多听了，有种自己被当成小白鼠的感觉。

希爱博士一本正经地回道："你说过，你会全力配合我。"

"我是说过，但对于你刚才所说的这个提议的可行性，我持怀疑态度。"池烆说道。

听池烆不信任自己，希爱博士也没有强迫他："这是个人选择，我十分尊重你的意愿。不过倘若你改变主意，可以第一时间告诉我。"

池烆看了下周边的仪器，还是选择了离开，一并离开的人还有房子多和许烨磊。

实验室里只剩下希爱博士和宙奇，静悄悄的。

宙奇看了下希爱博士的表情，试探地问："你生气了？"

希爱博士侧过脸看了下宙奇，随后幽幽地说道："我太年轻，总给人不稳重的感觉。"

宙奇摇头："不，你很稳重。"

希爱博士听后笑了起来，伸手摸了下宙奇的脸："你是不是无论发生什么事，都会站在我这边？"

宙奇点头："是的。"

希爱博士笑："有你足矣。"

宙奇看着希爱博士收回手，不由得拉住她："时间不多了，要不要我想想办法？"

希爱博士轻轻地摇头："这种事必须他本人自愿做，我们一旦强迫他，他个人的潜意识就会做出强烈的反抗，之前那么多次的实验已经证实了这一点。这次我希望他是自愿的。"

"让房子多或许烨磊去说服他？"宙奇接着问道。

希爱博士继续摇头。

宙奇问："那怎么办？时间紧迫。"

希爱博士说道："再给他一点儿时间吧！"

池烆和房子多、许烨磊走向电梯口。

三个人一直保持沉默。走进电梯后，房子多看了下池烆的脸色，没多说话，只是偷偷地握住他的手。

许烨磊自然注意到了这个小动作，不过当作没看见。

三个人走出电梯之后，房子多想抽回手，池烆却抓着她不放，同时开口："我们找个地方聊聊。"

这里不是他自己的地盘，他们想要私下交流，除了走出基地大门就是回到休息室。外面的天气十分恶劣，沙尘弥漫，所以他们唯一的选择就是回休息室。

回去之后，池烆从行李箱里拿出一个小仪器。

房子多见过这个东西，是信号屏蔽器。

将屏蔽器启动之后，池烆才坐下来，看向许烨磊："许叔，你对刚才的事怎么看？"

许烨磊似乎早就猜到池烆会问自己的意见，于是说道："我赞成希爱博士的观点，这个得遵从你个人的意愿。"

池烆听后，开口问道："许叔，你站哪边？"

许烨磊看着池烆："做出选择意味着表明立场，我受希爱博士所托参与到这个计划之中，理应服从她的一切安排。但我不想破坏你我之间的关系，所以站哪边都不是最佳的选择。"

"那你最终的选择是……？"池烆追问。

"我不做任何选择。但有一个前提，我不会允许任何人伤害你。"许烨磊说道。

房子多听后，十分赞成许烨磊的话："我也是。"

池烆看了下眼前的两位："你们本应属于希爱博士的盟友，却选择以保护我为第一己任，希爱博士不会有意见吗？"

许烨磊回道："她即使有意见，也不敢强迫你。不过我得提醒你一句，时间紧迫。"

池烆微微眯眼，盯着许烨磊的脸："什么意思？"

"这个让多多跟你解释。"许烨磊将话题抛给房子多。

房子多接过话题："我们进入你的潜意识的时间是有限的，上一次大致没有超过六个小时。如果我们没有完成任务，一切失效，又得重来。"

池烆闻言，对她的这番话进行了一番思索："也就是说，我这次若不能清醒，你们就得重新设计故事、人物，再试一遍？"

房子多轻轻点头："是的。其实关于希爱博士的提议，我个人持保守意见，因为一旦要修复你脑部的神经感应系统，后续会如何发展，没人可以预测。她提出这个想法，应该是想增强你对情感的感知能力，以此来唤醒你。"

"多多的分析在理。"许烨磊附和道。

听完两个人的分析，池烆觉得，无论要做出怎样的选择都取决于他自己。但无论怎样选择，他都免不了要被人操控一番，这是摆脱不了的事实。

他讨厌被人操控，因为这意味着失去自主权。

"现实中就没有任何办法让我清醒吗？"池烆问。

房子多注意到池烆语气里的怀疑，随后说道："无论是在现实世界还是虚拟世界，希爱博士都试了很多方法，但没有任何作用。主要是你个人的意志力太过强大，即便是训练有素的人也未能轻易撼动。"

许烨磊补充一句："据我了解，专家和希爱博士商讨后得出的结论是，这可能跟你情感相关的神经受损有关，你的潜意识让你时刻保持冷静。"

池烆听后，叹了一口气："我该屈服吗？"

房子多闻言，看了下许烨磊，随后主动靠近池烆，轻轻地抚摸他的后背，温柔地说道："池烆，或许有别的方法。"

"你不是说时间有限吗？"池烆反问。

"我们再想想办法。"房子多安慰道。

接着室内陷入沉默，窗外的布景依旧是森林主题，幽静的感觉让气氛变得更加严肃。

许烨磊冷不丁冒出一句话："你在乎多多，或许可以从多多这边想些办法。"

池炘抬眼看向许烨磊："多多这边？"

但紧接着，许烨磊又摇头："不过似乎作用也不大，上次多多受伤，对于你而言就是一个机会，可是你还是选择留了下来，继续待在这个虚拟世界里。"

房子多闻言，两眼冒光："可以再来一遍。"

反正这里有强大的机器人医生和生物修复技术，房子多倒是不怕再来一次。不过她的想法立马遭到池炘的反驳："房子多，你脑子有坑是不是？"

房子多被吐槽，调皮地吐了下舌头："本来就是有坑啊！"说完，她还用手指指了一下脑门上被修复的伤口，"这儿，这儿就是坑。"

池炘拉下她的手："这个办法，你想都别想。"

房子多听后免不了感动一番，因为池炘是真的在乎她。

"池炘，或许现在的我就是那个法门，唤醒你的法门。"房子多说道。

池炘侧过脸看她："房子多，你能不能别听风就是雨？"

房子多没有因为许烨磊在而害羞，直接当着他的面握住池炘的手，一本正经地说道："我是认真的。"

池炘见她一脸认真的模样，没有领情："认真什么？你又想受伤？你真把自己当枪靶子啊？！"

房子多很想回他"为了你我愿意"，可是当着许烨磊的面，觉得这样的回答很肉麻，于是说道："总归是一种方法，我们不试怎么知道灵不灵？"

"房子多，你是想验证你在我心中的地位，还是想当枪靶子啊？"池炘吐槽。

房子多撇嘴，放开他的手："你不乐意就算了。"

这些使小性子的细节都被许烨磊看在眼里，他的脑海中想起了孙萌萌年轻时跟自己撒娇的模样。

爱情是美妙的，也是动人的。

无论是多么刚硬的男人，遇到对的那个女人，为了她，也会直接化作绕指柔。

无论是多么柔和的女人，遇到对的那个男人，为了他，也可以化身为钢铁侠。

对于用房子多去刺激池烆这件事，许烨磊的内心是矛盾的。

在虚拟世界里所受的内伤或外伤，一旦回到现实世界，都会不复存在。但许烨磊唯一担心的是，在虚拟世界中一旦遭遇到重伤或死亡，当事人便会在现实中陷入意识混沌，从此一直游走在虚拟世界里，不再醒来。

池烆目前就属于这种情况，大家参加这个唤醒计划，无非就是想将他的意识拉回现实中，从而让他清醒过来。

"池烆，你能为多多考虑，我很欣慰。我们目前想不到其他办法，那就先解决你们各自心中的心结吧。"许烨磊说道。

说到心结，房子多和池烆不约而同地看向许烨磊。

池烆心中深藏的遗憾自然是关于母亲和王莉莉的，而房子多的则关于白宴。

两个人还是赞成许烨磊的提议的，因为有些事总归要得到解决。

可是正当两个人想要行动起来时，听见外面隐隐约约传来警报声。

许烨磊十分警觉地站了起来，快速奔向门口，打开门后，听到的警报声更为明显。

池烆见状，关闭了信号屏蔽器，之后询问桌上的电子仪器："外面发生了什么事？"

电子仪器回复："基地遭遇了攻击。"

闻言，池烆和房子多愣了下，站在门口的许烨磊也很吃惊。

"被谁攻击？"池烆追问。

许烨磊在池烆问话时将门关上，回到座位上。

电子仪器回复："一百架无人机的编队。"

许烨磊听后，立马问道："哪家公司出产的无人机？"

电子仪器很快答复："×× 科技公司最新出产的 X98 型号无人机。"

许烨磊得知之后，与池炘对视一眼，接着说道："查到这批无人机是谁购买的了吗？"

电子仪器回复："目前系统正在追查。"

许烨磊听后，又看向池炘："池炘，你动用一下关系，去查一下这个型号的无人机最近有哪个公司订购。"

池炘立马执行，但是很快发现，基地的信号被屏蔽了。

"许叔，信号被屏蔽了。"池炘回复道。

许烨磊的脸色直接变得严肃了起来，坐在旁边的房子多的眼睛里也尽是紧张之色。

这时传来了敲门声，三个人的视线一致转向门口的方向。

池炘站了起来，但是被许烨磊示意坐下，由他去开门。

许烨磊开门之后，看到一个机器人站在门口，他对许烨磊说道："基地发生意外情况，希爱博士让找过来告知三位。"许烨磊听后，开口问："希爱博士在哪儿？"

"她在基地的总控室。"机器人回复道。

"能带我们过去吗？"许烨磊请求道。

"请稍等。"机器人回复之后，很快联系总控室，十秒后对许烨磊说道，"可以。"

于是，许烨磊、池炘和房子多三个人随机器人去了总控室。

房子多走进基地总控室的时候，看着眼前的景象，脑海中冒出一个问题——这是她想象中的总控室还是希爱博士自己建造的总控室？

此时此刻的希爱博士站在宙奇的身旁，宙奇正在快速地操作电脑。

许烨磊走到希爱博士跟前问道："怎么回事？"

希爱博士转过身，看向到来的三位："基地的位置被暴露，目前基地正在被无人机攻击，连接外界的信号被切断了。"

房子多听了，自然被正在操作电脑的宙奇吸引了目光，只见他面前的大屏幕上呈现出一个画面。

一个类似穹顶、外观呈蜂窝状的东西将整个基地笼罩着。蜂窝状的表层出现了一个个的红点，想必那些就是受到无人机攻击的地方。

如此高科技的画面，简直和科幻大片里的一模一样。

所以人们经常听到一句话：科幻电影引领科技发展，而科技发展为科幻电影提供沃土。

"基地有应急处理方案吗？"许烨磊问。

希爱博士回道："基地外部已经启动了防御系统，无人机这种攻击型武器暂时无法侵入基地内部，宙奇现在在启动反攻系统。"

希爱博士的话音刚落，房子多便看到蜂窝状表层的红点逐渐减少，看样子是无人机被打了下来。

几个人静静地看着宙奇操作。

几分钟后，红点彻底消失，蜂窝状表层恢复正常状态。

宙奇的手停了下来，他转身看向希爱博士："无人机已全部歼灭。"

希爱博士松了一口气："辛苦了，宙奇。"

看着画面上的穹顶，房子多出于好奇，不由得开口问道："这个外围的保护罩叫什么？"

宙奇答复她："伊伯之穹。"

房子多觉得这个名字还蛮好听的："伊伯之穹？这个名字取得真好听，而且感觉功能也很强大，具体是哪几个字？"

宙奇回复道："伊伯之穹，是由'柯伊伯带'这个词而来。"

听到"柯伊伯带"这个词，房子多瞬间领悟。

她小时候看过很多书，其中科普类的书占比不少。关于柯伊伯带，得从浩瀚的宇宙说起。人类从直立行走后，便常常习惯性地仰望星空，对星星、月亮和太阳充满了好奇。随着时间推移、科技进步，人类慢慢揭开了宇宙的神秘面纱，甚至能够探索更为遥远的星空深处。

在不断探测宇宙中的未知区域时，人类猜测太阳系边缘存在着巨大的保护罩，这个保护罩将太阳系包围着。随着探测技术的提高，人们证实了太阳系外围确实存在一个巨大的保护罩，这个保护罩将太阳系的八大行星完全包围在其中。经过科学家的不断观测和研究，最后发现这个所谓的保护罩其实是由无数的天体组成的，也就是我们现在经常听到的"柯伊伯带"。

这个柯伊伯带内存在着许多天体，但是到底有多少，科学家们至今还未能给出确切的答案。

柯伊伯带就像是一个巨大的保护罩，它的存在对太阳系有好处，也有坏处。好处就是可以有效保护太阳系，使它免受其他天体的入侵，因为如果有天体要进入太阳系，首先要经过柯伊伯带，柯伊伯带内包含着数不尽的各类天体，可以阻挡其他天体入侵；与此相反的另一种影响是，人类探索外星文明的过程也会因柯伊伯带受阻，在未来，人类有能力走出太阳系时，同样需要穿越柯伊伯带，到那时可能面临未知的撞击风险。

以上是房子多通过阅读科普类书籍了解到的关于柯伊伯带的知识，没想到希爱博士的基地受它启发，研制出了"伊伯之穹"这套防御系统。

在一旁的许烨磊也对这套防御系统很感兴趣，但此刻还有更重要的事情要做，于是开口询问道："被屏蔽的通信系统恢复了吗？"

宙奇转过身，继续操作电脑，顺便回复许烨磊："正在恢复中。"

池炡继续追问："基地是被谁攻击的？"

宙奇回复："正在追查。"

"信号恢复后，我马上去查无人机的买主。"池炡说道。

几秒后，宙奇回道："通信已恢复！"

池炡听后，抬起手腕，准备同步启动自己的通信设备，不过被房子多伸手阻拦了："先别急着用你自己的通信设备。"

池炡看着房子多，房子多接着说道："基地会被人攻击，除了有被人追踪到位置的可能性，也有可能是内部的人泄露信息。"

许烨磊闻言，点头说道："多多分析得对。"

希爱博士直接发话："宙奇，你把从昨天到今天所有对外的通信记录调出来。"

于是，宙奇一只手追查无人机买主的信息，另一只手调出基地近24小时内所有的通信记录。

房子多都看愣了，高级人工智能就是这么无所不能。

记录很快被找了出来，经过层层筛查，他们找出了最有可能泄露基地行踪的人选。

大家目光一致地看向全息投影显示的人物，万万没想到竟是许诺诚。

"诺诚？不可能！"房子多看了，第一反应就是为其辩解。

许烨磊很是意外："怎么会是诺诚？"

池烆听完之后，对宙奇说道："能调出许诺诚的通信内容吗？"

宙奇点头："可以。"

很快，许诺诚的通信内容被调出，只有一句，那就是基地的坐标位置，收信人则显示为一组号码。房子多看了号码后，瞬间知道他联系了谁。

"诺诚怎么会跟队长有联系？"房子多一时之间有些疑惑。

"就是那个在医院试图杀你的队长？"池烆说道。

房子多听了这番言论，更是一脸震惊的表情："杀我？"

她清晰地记得那天队长突然出现，只跟她说她可以好好休息，接下来的任务由他继续执行，并没有任何其他的攻击性动作。

"那天我通过监控及时阻止了他的行为，同时在第一时间把你秘密转到干休所，接着再转移到这里，就是因为他想杀你。"池烆说道。

房子多未能及时消化这个信息："杀我？我怎么没有这个记忆？"

"他进入病房后，应该是第一时间给你下了一个潜意识的暗示，让你休息，由他来执行接下来的任务，实则在那之后给你注射了让你沉睡的药剂，幸亏被我及时发现。所以我第一时间通过许叔的关系将你转移到了麒麟山庄。"池烆解释。

房子多听后，震惊不已，因为确实没有队长高斌想要杀她的任何记忆。

当然，以她对高斌的了解，他想给她下暗示并不是一件困难的事，毕竟他是筑梦师的训练队长。同时，高斌对她有一定的了解，想突破她个人意识的防线可能做不到，但只是下暗示还是可以做到的。

"他想杀我？难不成他想把我们都困在这个虚拟世界里？"房子多幽幽地说道。

"他具体怎么想我不清楚，但他是个巨大的威胁。"池烆回道。

房子多承认这个猜测。高斌在筑梦师的领域中声望很高，在训练时她亲身领教过他在自己潜意识里使用的各种高明手段。当然，房子多应该是一个天赋极高的筑梦师，因为高斌真诚地夸过她。

可是他为什么会想杀她呢？他们明明就是一个团队的，他们的任务明明就是要唤醒池烆。

难不成他跟自己一样，其实还有别的任务、别的私心？

说到私心，房子多顿时有点儿心虚，因为她也有自己的私心。

她面对池烆这样的重量级人物，要进入他的潜意识里去探寻他的思想、灵魂，免不了会产生别的想法。

这个唤醒计划其实并非如表面看到的那么简单，这里面的利益关系很复杂，有可能出现多方势力各自为营的局面，每个人都有可能被人收买、操控。

不过许诺诚为何会跟队长有关联呢？

许诺诚并没有参与现实中的唤醒计划，只是房子多潜意识里的一个虚拟人物。因为在现实里和房子多的关系亲近，在执行任务时，他自然地出现在这里。

不对。许诺诚除了和她关系亲近，最为熟悉的人便是许烨磊。许烨磊是许诺诚的父亲，许诺诚也极有可能会出现在许烨磊的潜意识里。

磊爸？关于枪伤一事，房子多从许烨磊口中得到的答案是并非他所为。

现在又多了许诺诚与队长有联系一事，房子多不由得陷入深深的疑惑中。

房子多的目光转向许烨磊，许烨磊似乎也不相信这是许诺诚所为，表情很是意外。这些细节是骗不了人的，除非他是专业演员。

可根据池烆的分析，这里的许烨磊不可能是现实中的许烨磊派进来执行任务的替代者，而她也不相信。

正当房子多进行快速分析时，只听见希爱博士发话："宙奇，你让艾丽把他带过来。"

"带来这里吗？"宙奇问。

"带去隔壁会议室。"希爱博士说道。

宙奇快速执行希爱博士的话，给艾丽下了指令。

在等待许诺诚到来时，宙奇继续追查刚才攻击基地的那些无人机的拥有者，但是没能查到任何结果。

池烆见状，觉得宙奇都无法查到，那么自己出面也起不了作用，于是说道："许叔，这个估计得动用你的关系网去调查。"

他们在发现许诺诚和高斌有联系后，大致就能认定这些无人机被谁拥有，但为了有实质性的证据，还是得细查。

许烨磊没有推托，马上动用自己军方的背景去查。

在信息得到回复之前，许诺诚被艾丽带到了隔壁的会议室里。

艾丽给宙奇回复，宙奇通知了希爱博士。于是希爱博士和池炳几个人一同去了隔壁会议室。

一个漂亮的女孩儿为他们开门，房子多的第一直觉是，这个名叫艾丽的漂亮女孩儿应该是人工智能。

来基地不到 24 小时，房子多没见到几个人类工作人员，所以自然有了一定的辨别意识。而且她曾经被一个叫艾克的机器人医生修复了伤口，艾丽、艾克，这两个名字仿佛已经说明了这些机器人属于同一批产品。

他们进入会议室之后，只见许诺诚端坐在长桌的中间位置上。

"艾丽，你先出去！"希爱博士说道。

艾丽听从了指令，并主动关上会议室的门。

许诺诚被进来的几个人注视着，帅气的脸庞上没有出现惊慌之色，他特别从容地与他们对视。

几个人拉开椅子坐下之后，希爱博士率先开口："你受谁的指示？"

许诺诚像是没听懂的样子："什么受谁指示？"

"你对外泄露了基地坐标。"希爱博士直言。

许诺诚顿悟，开口说道："你们这么快就查到了？"

"你承认了？连借口都没有，看来你根本不把我们当对手！"希爱博士说道。

许诺诚笑着摇头："希爱博士，你未免太小瞧自己了。"

"说吧，你是谁？受谁的指示？"希爱博士不想跟他绕弯子，再次直奔主题。

"我就是许诺诚，不受任何人指示，泄露坐标纯属私人原因。"许诺诚一脸坦然地回道。

"什么私人原因？"希爱博士追问。

许诺诚闻言，目光转向房子多："我想保护多多。"

房子多愣了下："保护我？"

许诺诚点头："我不希望任何人伤害你。"

房子多失笑："诺诚，我现在已经康复了，而你对外泄露基地坐标便是陷我和其他人于危险的境地。"

许诺诚却摇头："不，我是在救你，在救大家。"

房子多不解："什么意思？"

许诺诚开口说道："这个地方或许是你更深层次的潜意识，但被人操控着。"

闻言，房子多猛地眨了几下眼睛，脸上透露出更多的疑惑神色。

许诺诚扫了其他人一眼："我现在还没查到是谁操控了你这一层的潜意识。"

房子多也看了大家一下。她身旁就三个人，最为亲密的人当数池炘，许烨磊是她潜意识中无条件信任的人，而希爱博士则是她的救命恩人。

来到这间会议室之前，池炘说过，她在病房时极有可能被行动队长高斌下了一个潜意识的暗示，难不成这一暗示让她直接进入了另外一层潜意识里？

房子多在做筑梦师训练时，有过进入几层潜意识的经历。当一层层深入对方的潜意识后，筑梦师不但会更加接近当事人的灵魂深处，而且可以在里面设计不同的剧情。这些剧情可以有效帮助当事人解开一些心结，让他减轻痛苦。但如果筑梦师的目的不单纯的话，筑梦师也可以在这里面进行不同程度的潜意识植入。

许诺诚见大家不出声，继续说道："为了搞清楚是谁操控着你的潜意识，我决定让高斌来揭开这个真相。"

房子多不傻，即便许诺诚说的这个可能性真实存在，她也有疑惑之处："你怎么会认识高斌？"

许诺诚闻言，笑了笑："多多，我是你潜意识里极其重要的人，而高斌是训练你的人。我和他其实打过照面，只是你不知道而已。"

许诺诚的话让池炘产生了一些反应，池炘开口说道："谁说你是房子多潜意识里极其重要的人？"

许诺诚闻言，嘴角扬起一抹笑容："炘哥，你吃醋了？"

池炘没有承认，但房子多知道他肯定吃醋了。

"我一直在多多的潜意识里出现，你觉得我对她而言会不重要吗？"许诺诚又说了一句。

房子多明显感觉到池炘周围的氛围有所改变，连忙开口："诺诚，你别再说了。"

许诺诚笑了下："吃醋也无用，我也是到了这一层才领悟到自己对多多有多重要。炘哥，在这个虚拟世界里，你未必是多多最真诚的选择，只是她需要完成的一个任务而已。"

池炘听后，眼睛直视着许诺诚："真实也好，虚拟也罢；选择也好，任务也罢，房子多一定是我的。"

原本审问的气氛，顿时转变成他们俩争风吃醋。

许诺诚听了这句话，随后笑着说道："炘哥，就冲你这份醋意，你被我第一个排除在外。"

池炘不领情，开口问道："你是怎么知道自己身处虚拟世界的？"

"我自己发现的。"许诺诚回道。

池炘不信："不可能。"

许诺诚反驳："为什么不可能？你觉得我的智商没有你高，无法识破这个梦境？"

池炘的回复特别直白："是。"

许诺诚有种被池炘鄙视的感觉。论智商，他确实没池炘的高，可是不代表他就是一个傻子啊！

"炘哥，你这么说太伤人了吧？"许诺诚回道。

"诺诚，现在没有时间绕弯子，你最好跟我们说实话。"池炘的表情特别严肃。

许烨磊也深知时间紧迫，说道："诺诚，到底是谁提醒你这里是虚拟世界的？"

许诺诚见他们都这么严肃，便不再隐瞒："是朱跃，他的几句话提醒了我。如果不是他，我还真以为自己来这儿是为了参观希爱博士的实验基地。"

大家听到从许诺诚的口中说出朱跃的名字，顿时明白了——眼前的许诺诚有可能被人利用了。

"是他让你跟高斌联系的？"房子多追问。

许诺诚摇头："那倒没有，只是与他交流之后，我察觉了这个秘密。"

"不是他直接告诉你的，而是你自己察觉的？"房子多又问。

"是，我察觉不对劲，思索了几个小时得出了结论。再结合多多之前的遭遇，为了保护她，我才出此对策。"许诺诚说道。

"诺诚，你说的都是真的？"许烨磊问。

许诺诚看向许烨磊："爸，你怀疑我？"

"你也在怀疑我们，不是吗？"许烨磊反问。

许诺诚听后，反驳道："我怀疑你们是正常的，毕竟你们是这个虚拟世界的操控者。而我不同，我是多多潜意识的投射。"

说完这句话后，许诺诚在希爱博士和许烨磊之间来回扫视了几遍。

房子多闻言，偷偷地瞥了下池炜，因为这句话绝对会让池炜感觉不爽。

池炜没有像刚才那样反应激烈，而是说道："你把高斌招来，就不怕再次给多多造成伤害？"

"我只想让多多回到现实。虚拟世界再美好也是虚拟的，真实世界里即便有不满、有悲痛，那也是现实。我相信，现实世界的欢乐是虚拟世界无法比拟的。说不定回到现实世界里，多多可以有勇气面对自己内心真实的想法，跟我告白。"许诺诚说道。

房子多觉得许诺诚是故意的，他想故意刺激池炜。

"诺诚……"房子多想让许诺诚消停点儿。

但是池炜拦着她："让他继续说。"

许诺诚一点儿都不客气："多多，你内心深处有我，我很开心，我心里也有你。你回到现实世界里，勇敢地去面对真实的自己吧。"

房子多哑然，随后目光转向许诺诚："诺诚，我对你是有犹豫过，但是经历过这次任务，我发现自己不再犹豫了。"

说完，房子多当着大家的面，伸手握住身旁池炜的手。

许诺诚将她的这个动作看在眼里，淡然地笑了笑，开口说道："任务就是任务。"

池炜盯着许诺诚嘴角的笑容，随后紧握住房子多的手，气势十足地对着许诺诚说道："不管是不是任务，你都是局外人。"

许诺诚闻言，脸色微变，尤其是看到两个人紧握的手，目光也慢慢变得黯淡下来。

池炘反击人的功力不是一般人能扛得住的，此刻在他面前，许诺诚确实就是一个落败者。

大致了解许诺诚泄露基地坐标的目的后，希爱博士开口："许诺诚，别自以为你很聪明就可以擅自行动，你的行为极有可能破坏整个计划，甚至让所有人都葬身于此，再也回不到现实世界。"

许诺诚的目光投向希爱博士："希爱博士，你这么紧张做什么？难不成你在心虚？"

希爱博士听了这句话，没有任何恼怒的迹象，心平气和地对他说道："许诺诚，我不管你出于什么目的，保护房子多也好，被人利用也罢，从现在开始你的行动将直接被限制。"

许诺诚笑了下，随后对许烨磊和池炘说道："爸，炘哥，你们听到了吧？希爱博士这么做，你们不觉得有蹊跷吗？"

许烨磊接话说道："诺诚，现在不是开玩笑的时候。"

许诺诚闻言，看着许烨磊："爸，连你也不相信我？"

"我相信你，但你保护多多的方式未必是正确的。"许烨磊说道。

"不试试怎么知道正不正确？而且我的目的只有一个，那就是希望她尽快回到现实中。"许诺诚说道。

不过许诺诚的话音刚落，希爱博士的脸色就变了，因为基地的警报铃声再次响起。

许诺诚听到警报声，嘴角微勾："看来这个高斌挺厉害的。"

希爱博士没有在这儿继续浪费时间，站起身的同时跟许烨磊说道："许少将，希望你能配合我的指示。"

许烨磊明白她的意思："限制诺诚的行动？"

希爱博士点头："希望你能谅解一下。"

许烨磊答应不是，不答应也不是，不过这时会议室的门被打开，两个机器人走了进来。

"将许诺诚带回房间，还有，将 C 休息区的所有信号全部屏蔽，任何人不得外出。"希爱博士吩咐道。

机器人得到指令后，直接走到许诺诚的身旁，准备将他带走。

许诺诚直接站了起来："我自己走。"

不过在离开之前，他看向房子多，开口说道："多多，我没有害你之心。"

房子多听后，内心有些复杂。她很想对许诺诚说"我信你"，可是话到嘴边没有说出口，最后只能目送他离开。许诺诚离开之后，几个人没继续在会议室逗留，而是再次来到基地的总控室。

刚才宙奇启动了基地的反攻系统，阻挡了一批无人机的攻击，可是没想到又来了一轮。

这次的无人机更为强大、更为密集，所带的武器装备也进行了升级，只见"伊伯之穹"的蜂窝状表层上出现一个个红点。

宙奇继续启用反攻系统，可是基地外围的无人机就像被捅了窝的马蜂一样，倒下一批又来一批，疯狂地朝"伊伯之穹"开火。

房子多见状，内心充满了担忧，不由得开口询问宙奇："伊伯之穹能抵挡多久？"

"那得看高斌有多少武器储备。如果像这样连续被攻击24小时的话，伊伯之穹定然是没有任何问题的，但我们的防御武器会被耗光。要是连续一星期被这样攻击，在屏蔽外界一切信号的情况下，伊伯之穹的信号源也会出现问题。"坐在操作系统面前的宙奇回道。

房子多见高斌的攻势这么猛，觉得他有些太过疯狂了。

到底是什么缘由让他如此疯狂？房子多十分好奇。有人给了他很丰厚的报酬还是给了他极大的挑战？

房子多受过高斌的训练，对他还是有着三分了解的。她的潜意识对他开放过，也就意味着她也进入过他的潜意识里。

高斌在筑梦师的领域内相当有名，思维和手段都是一流的，所以赚钱能力更是毋庸置疑。

虽然高斌所接受的任务能让他拿到高额的报酬，但他一直都保有自己的底线。也正是因为这份底线，他在业界才越来越出名。

这次他突然改变计划，其中的原因绝非那么简单。

"能联系他吗？"房子多问。

希爱博士闻言，目光转向房子多："联系谁？"

"高斌！"房子多说道。

"你想跟他谈判？"希爱博士问道。

"是，他毕竟是我的老师，我提出谈判，他应该不会拒绝。"房子多说道。

希爱博士听后，看了房子多一眼，随后对宙奇说道："宙奇，你联系看看。"

操控着信息台的宙奇直接回复道："不建议联系。"

房子多好奇："为何？"

没等宙奇回答，池烆开了口："一旦联系，高斌便会趁机黑进基地的总控室。"

闻言，房子多转头看向池烆："这么严重？"

池烆凝视着屏幕，继续说道："刚才断网之后，我刚开始尝试联系外界，对方就已经开始袭击基地总控室的网络了。幸好宙奇早有防备，及时切断了对外信号。"

宙奇知道池烆是行家，补充了一句："他们一直都在袭击总控室的网络系统，不过基地的网络系统不是一般人能黑进来的。"

事态如此严峻，宙奇却还如此自信，这个高级人工智能实在不容小觑。

房子多看向希爱博士，希爱博士接收到她的目光，在她开口之前说道："先维持现有的防御系统，我再想想办法。"

之后，总控室安静得只能听到宙奇敲击键盘的声音，其余人都陷入沉默中。

池烆显然被宙奇的技术所吸引，但现在不是研究的时候。

"卫星电话能使用吗？"许烨磊冷不丁地问。

"可以！"宙奇直接回复。

"我可以用卫星电话寻求当地特殊部门的帮助。"许烨磊说道。

希爱博士听后，看着许烨磊："许叔叔，有句话我不知道当说不当说。"

许烨磊应道："你说。"

"以高斌这样的攻击模式，特殊部门肯定已经发现了，却一直没有动静。你觉得这是为什么呢？"希爱博士反问道。

许烨磊听了这句话，看着希爱博士，似乎明白了什么："你的意思是……"

希爱博士给了许烨磊一个眼神，彼此顿时心领神会，不过许烨磊觉得希爱博士有点儿过于敏感了。

作为从部队退休的老同志，许烨磊不忘帮特殊部门说话："希爱博士，会不会是你想多了？"

"任何可能都是有的。"希爱博士回道。

许烨磊没有反驳她的话，但也没有表示赞成，因为像希爱博士这样的高科技人才，绝对是各方势力都想要争取的人，特殊部门也不例外，毕竟掌握最新科技就意味着拥有未来。无论是从商业角度、民用角度，还是军用角度，想和她合作的人很多。

像希爱博士这样的少年天才，即便不属于军方的一员，她的相关研究也会被军方列入考虑使用的范畴。池炘有跟军方合作，但跟希爱博士这类高科技研究人员相比，有点儿不值一提。

"我的个人意见是向军方求救。"池炘提出自己的意见。

希爱博士闻言，目光转移到池炘的脸上："你就这么信任军方？"

池炘说道："我和军方合作过，有信任的基础，还有许叔在这儿。我认为这只是你敏感了。"

希爱博士回了两个字："盲目。"

池炘一直都是很理性的人，极少盲目下判断，此刻被希爱博士批评，却没有过于反感，因为两个人虽然都属于高智商群体，但在池炘眼中，希爱博士的智商明显高于他。

"除非你的基地或你的研究项目有不可告人的东西，否则你完全可以坦然面对。"池炘回道。

池炘的话就像一根针，刺痛了希爱博士。

"池炘，别忘了，我们都是来帮你的，你应该跟我站在一块。"希爱博士不满地说道。

池炘听后回应："抱歉，我说话很直接，可能会伤害到你。不过我所说的话，你可以考虑一下。"

希爱博士回复："无须考虑，既然你们觉得可信，那就联系。"

许烨磊准备联系军方，但没有信号。

宙奇帮忙检查后发现，不是内部的问题，而是外部信号源被彻底切断了。

室内一片沉默，许烨磊和池炘不约而同地看向希爱博士。

希爱博士开口说道："跟我无关。"

信号源被切断，自然跟希爱博士无关，不过这里是她的地盘，她肯定知道一些他们这些外部人员不知道的其他渠道。

"基地有其他安全出口吗？"许烨磊问。

希爱博士说道："基地有三个安全出口，但都在伊伯之穹的保护之中。"

"我的意思是，其他出口。"许烨磊再次强调。

希爱博士断然回道："没有。"

池炘却反驳了她："不可能没有。"

希爱博士看向池炘，池炘接着说道："我知道这有些为难你，但现在离开这里才是首要的。"

希爱博士听后，回他："离开这里？离开基地是没用的，最重要的是你得离开这个虚拟世界。"

"现在不是没有找到回去的方法吗？"池炘说道。

"方法肯定有，只是你想沉浸于此罢了。"希爱博士说道。

"接受你建议的神经修复手术？"池炘反问道。

"这是方法之一。"希爱博士回道。

"方法之二呢？"池炘问。

希爱闻言，目光落在房子多的脸上，池炘也看向房子多。只听希爱博士开口说了一个字："她！"

房子多蒙了下，便听见池炘说道："房子多不是受过伤吗？这对我而言没有作用，所以禁止再次尝试这个方法。"

"没有作用，说明你爱她爱得不够深。"希爱博士说道。

房子多窘迫不已。其实关于利用这个方法，她和池炘以及许烨磊讨论过，池炘不允许。

池炘听后，没有辩驳，而是直视着希爱博士。

希爱博士接着说道："修复你脑部的神经，外加你对她的感情，唤醒你的成功率会高很多，可你不愿意。"

池炘接她的话："希爱博士，我知道你的出发点是好的，但你为何一直在主张修复我的神经呢？莫非你有别的目的？"

希爱博士一脸严肃的表情："我想帮助你解决问题，还有，时间不等人。”

房子多看着希爱博士：“希爱博士，你帮助池炘，其实一直都有自己的目的不是吗？我就是那个知情人。”

希爱博士听房子多这般说话，目光直接移到她的脸上：“房子多，请你谨言慎行。”

房子多没有停下：“我知道有些话说出来，你我之间的协议就会作废，但事到如今，我不得不坦承。我是你委派的筑梦师，除了执行唤醒池炘的计划，你还委派我在池炘的潜意识里植入资助实验室的暗示。我不知道你为何要刻意做这个举动，但从我和池炘交往，了解了他的一些想法之后，我发现他没有任何撤销资助的想法。所以你完全可以抛开这个顾虑，单纯帮助池炘离开这里就好。”

池炘和许烨磊听了这番话之后，相互看了一眼。

“希爱博士，房子多的话是真的吗？”池炘跟希爱博士确认。

希爱博士的脸色变得微妙起来，她沉默了几秒，想否认，但话到嘴边又没有说出来，最后默默点了下头，承认了这个事实。

“你的科研实验遭到反对，于是你想巩固我对你的资助？”池炘对此进行猜测。

希爱博士点头：“我的科研实验确实遭到了反对，而且有多方势力介入，导致实验面临中止。我急需赞助方，一个没有任何目的的赞助方。”

“多方势力？”池炘抓住了这句话的重点。

希爱博士说道：“具体情况我不方便多说。”

“多方势力包括哪些人我可以不过问，不过我对你的资助本身就没有任何目的。我好奇的是，你遭遇反对的到底是什么科研实验？”池炘问。

希爱博士又沉默了几秒，在她微微张口的时候，宙奇抢着回答：“关于我的实验。”

闻言，在场的人都愣了下，随后目光集中在宙奇身上。

宙奇看了大家一眼，继续操作着信息台，接着说道：“别这么看着我，我不会害羞的。”

宙奇的幽默让人笑也不是，窘也不是。

"有些事情我本来不想对外公开，但是事到如今，我没有办法，只能告诉你们。我想保守的秘密是，我正在让宙奇做量子实验。"希爱博士说道。

大家再次愕然，外界一直传闻希爱博士在量子力学研究领域有着重大突破，难不成这些都是宙奇的功劳？

"那之前的科研成果，也是宙奇的功劳？"池烆问。

希爱博士摇头："不是，之前都是我做的，但是我觉得自己遇到了瓶颈，想要突破很困难，于是我想让宙奇去尝试。"

"你把这个想法告诉了别人，遭到了反对？"池烆问。

希爱博士看了下宙奇的后脑勺，随后回道："别人反对的是我制造了宙奇。"

"什么意思？"池烆不解。

希爱博士解释："宙奇现在的外貌特征与人类无异，但他脑部神经的功能远远强于人类，这也就意味着他的智商以及情商都是无敌的。"

大家的目光都集中在宙奇身上。大家与他接触的时间不到 24 小时，但在这短暂的时间里，他们多少能感受到眼前这个高级人工智能的厉害之处。

宙奇的潜能似乎超出了在场所有人的设想，因为能让希爱博士提出这种超前的想法，足以证明他远比他们想象的还要厉害。

人工智能是由人类创造出来的，理想状态是由人类掌握人工智能的控制权。可是，倘若一个人工智能不受人类控制，反而被允许进行更多深层次的研究和探索，那么人类到最后会面临什么样的结局是难以想象的。

所以，有人站出来反对希爱博士的实验是很正常的结果。

而实验一旦被制止，探索也就中止了，想必这是希爱博士不愿意面对的局面，所以她需要一个没有目的的赞助方。

可是话说回来，用于资助科研项目的资金可不是一笔小数目，很多实验花几亿、几十亿也未必能取得有效的研究成果。任何企业都不可能无条件地给出这样的资金投入，多多少少会要求获得相应的回报。

就说 in 科技之前对希爱博士实验室的资助，其实也是有利益交易在里面的。in 科技的游戏采用的沉浸式体验技术就运用了希爱博士在神经元领域研究的一些技术成果，使得游戏的体验感更加真实。

"谢谢你跟我们坦白这些。我可以答应你，后续将继续资助你的实验室，没有任何目的，也不过问你的实验项目。你现在可以告诉我们其他的安全出口在哪里吗？"池炘追问道。

"坦白归坦白，但这里没有别的安全出口。"希爱博士回道。

"希爱博士，以你的智商，建立这样的一个实验基地，除了三个安全出口，不可能没有另外设计秘密逃生的路。"池炘不信。

许烨磊也觉得不太现实，于是也开口："希爱博士，你并不信任我们？"

希爱博士："那你们信任我？"

"我愿意信任你。"池炘说道。

希爱博士："你是最不信任我的那个人。"

池炘被驳得没话说，与她对视几秒，缓缓开口："我会尝试无条件信任你。"

希爱博士听后，回道："基地有其他出口。"

池炘开口："马上撤离这里。"

房子多却说了一句："在撤离前，我想和高斌进行一次谈判。"

池炘看着房子多，她接着说道："至少得弄明白他为何要追杀我们。"

"现在联系不上外界。"池炘说道。

房子多想了下，开口问道："宙奇，你有其他的可行办法吗？譬如说，在伊伯之穹的表面显示出要求谈判的字样，以此作为信号？"

宙奇听后回道："可以一试。"

于是坐在信息台前的宙奇经过一番操作，在蜂窝状表面的伊伯之穹上打出了"停火谈判"的字样。

果不其然，外面的攻击火力弱了下来，伊伯之穹上的红点慢慢消失，之后基地内恢复了信号。

为了抵挡网络攻击，宙奇在信号程序上加了几道防火墙。

房子多和高斌联系上后，主动出击，问道："高队，是我，我能和你谈谈吗？"

总控室里传出高斌不冷不热的声音："让池总跟我谈。"

"想跟我谈什么？"池炘直接接话。

"我所做的一切都是为了保护你。"高斌说道。

高斌的话让在场的人一脸疑惑，他刚才使用这么强的火力对实验基地进行攻击，竟然是为了保护他们？

"高队，你这话是不是有误啊？你想杀我，也是为了保护池炘？"房子多忍不住吐槽。

"子多，我们目标一致，但又各为其主。我的出发点就是为了保护池总，至于你，我只能说，你不该站错队。"高斌说道。

"我站错队？那你站谁的队？"房子多问。

"子多，你是个很有天赋的筑梦师，我并不想伤害你。我个人的建议是，你和池炘要尽快脱离希爱博士的控制。"高斌说道。

闻言，池炘和房子多不约而同地看向希爱博士。

"你对希爱博士有敌意？"池炘反问。

"不是敌意，我是在阐明事实。"高斌说道。

"阐明什么事实？你这番话是何居心？"希爱博士忍不住开口。

"希爱博士你也在啊，想必你的得力助手宙奇也在，他是不是正在筑防火墙呢？"高斌说道。

"高斌，别废话，说说你是何居心。"希爱博士不想跟他啰唆，再次转回刚才的话题。

"我还想问你，你把池炘单独引来你的实验基地，不对，引进你设置的另一层梦境，是何居心？"高斌问道。

"这是子多构造的梦境，不是我的。"希爱博士解释。

"你可以欺骗别人，但是你欺骗不了我。"高斌说道，"池总，子多，以及许少将，你们都上了希爱博士的当了。我是来营救你们的，请你们相信我。"

关于"信任"这个话题的讨论似乎一直都没有停止过，大家都在不停地试探彼此。

池炘和房子多谈论过信任的问题，他们和许烨磊、希爱博士也交谈过。就在几分钟前，他们还在谈论这个话题。

谁值得信任？被高斌这么一搅和，问题似乎又要回归到原点。

池炘开口："高斌，我就想问你一个问题，你为何要杀房子多？"

"如果我说不是我做的，你们会相信吗？"高斌反问。

"那是谁做的？"池炘又问。

"池总，你比任何人都要聪明，谁是最大的获利者，谁便是凶手。"高斌道。

"请明说！"池炘说道。

"我说得很清楚了。"高斌说道。

"你的意思是，那天在医院出现的人不是你？"房子多问。

"是。我因为看到计划完全偏离了我们之前的设想，才不得已出现在这儿。"高斌说道，"希爱博士，你打的什么算盘我不清楚，但这个唤醒计划，我也是策划者之一，不能任你这么肆无忌惮地更改计划，更不允许你因为一己私利毁了整个唤醒计划。"

房子多听后，满脸狐疑之色，看了下身旁的希爱博士。如果按照高斌的说法，在医院的人不是他，那又会是谁呢？还有，他如此指责希爱博士，是诽谤，还是事实？

第十五章
谜深不知底

"你的意思是这层潜意识里的故事是希爱博士擅自更改的？"房子多问。

"或许你应该这么问，你被刺杀也是她所为？"高斌说道。

房子多闻言，眼睛紧盯着希爱博士。希爱博士的表情很沉着，她没有因为高斌的话表现出任何心虚和慌张。

许烨磊开口："希爱博士，能解释一下吗？"

希爱博士依旧镇定："我不会为自己说任何辩驳的话，信他还是信我，你们选择一个。"

总控室里的几个人互相看了看，就在这时，宙奇发话了："他们已经攻破了第一道防火墙，我得切断信号了。"

话音落地，他们紧接着听到高斌的话："池总，子多，希望你们做出正确的判断。"

希爱博士也开口："先别切断信号。"

宙奇说道："第二道防火墙一旦被攻破，我们的系统就要面临被入侵的危险。"

"能坚持几分钟？"希爱博士问。

"半个小时。"宙奇说道。

"给三位半个小时的时间考虑！"希爱博士说道。

房子多闻言，感受到希爱博士和高斌之间紧张的气氛。

不过令房子多没有想到的是，池炘很快回答："我信你，希爱博士。"

这句话同时也传到了高斌那边，高斌问道："池总，你确定？"

池炘的回答很肯定："确定。与其去信任一个连面都没见过的你，还不如信任希爱博士。"

希爱博士闻言，看着池炘，眼底泛着一丝喜悦的神色。

对此，高斌的回应是："就算你选择信任希爱博士，我也会阻止她，不会让她的阴谋得逞。"

高斌的话音刚刚落地，宙奇直接中断了信号。

总控室恢复了安静，几个人互望着对方。与此同时，外部的攻击重新开始。

希爱博士率先开口："池炘，你当着高斌的面选择信我，意味着什么？"

"意味着你的基地有可能被摧毁，甚至我们都将被消灭。"池说炘道。

"你知道就好。"希爱博士说道，"不过还是谢谢你选择信任我。"

池炘接着说道："我选择你也不是没有条件的。"

"什么条件？"希爱博士问。

"带我们离开这里。"池炘回道，"就算你如高斌所说的那样另有企图，甚至有阴谋，我们离开这里后，你需要什么我还是可以满足你。"

"你指的这里，是基地，还是虚拟世界？"希爱博士问道。

"先离开基地，再看如何回到现实世界。"池炘回道。

"我赞成池炘的意见。"许烨磊说道。

"你不愿意修复脑部神经，我也不强迫你。我现在带你们离开基地，但至于能不能回到现实中，我无法做出保证。"希爱博士说道。

宙奇转过头看向希爱博士："你确定要带他们离开基地？离开这里未必安全，你们甚至可能遇见不可控的事情。"

宙奇接着将几个预测结果呈现给希爱博士和池炘几个人看。

房子多再次见识到人工智能的强大，也就几秒的时间，他就已经推演出了各种结果。

看过之后，希爱博士对着池烆说道："几个预测结果你们已经看过了，能承受吗？"

池烆盯着预测结果，开口说道："根据预测的结果，高斌会对我们赶尽杀绝？"

"目前不清楚他还受雇于谁，但绝对有针对着我的成分在。你选择了我，必然会受到波及。"希爱博士说道。

池烆听后，看向许烨磊："许叔，你的意见呢？"

许烨磊开口："我会竭尽全力保护你们。"

宙奇也跟着说道："还有我，我也会尽全力保护你们。"

池烆将目光移到房子多的身上，房子多拉过他的手，说了两个字："同生。"

"同生"一般和"共死"连在一起，但房子多没有说出后面的两个字，因为在她的心里，她不想面对那么悲观的结局。

池烆听后，对希爱博士说道："我接受任何结果。"

希爱博士见状，开口说道："那就同生共死。"

外围的火力攻击十分猛烈，伊伯之穹上的红点越来越亮。

宙奇将总控室的系统同步到自己的中枢神经里，之后带着大家一块离开。

不过他们要逃离这里，还得带上被限制在 C 休息区的几个人。

当房门被打开时，一直站在窗前的朱跃直接转过头。

之前，朱跃和许诺诚同住一个房间，许诺诚被叫走后就再也没有回来，而他的房门也就此被关上。朱跃被限制出入，窗前的全息影像无法调至外围风景可视的模式。除了可以联系负责 C 休息区的机器人，就连隔壁发生什么他都不得而知。

在这短短的半个多小时内，朱跃的感想便是，这个房间就像一间牢笼，无法逃脱的牢笼。

甚至他还联想了很多情况，譬如基地被火力摧毁，譬如他被终身囚禁。

所以当门被打开的那一瞬间，他不由得快步奔了过去。

旁边的房门也一起被打开，大家一致来到门口。

正当大家面面相觑时，C休息区的大门被打开了。

大家一致朝右边看去，池炘和房子多出现在门口，之后跨步向他们走了过来。

"阿炘，怎么回事？"李妍第一个开口。

"我们必须马上离开这里。"池炘说这句话的时候，已经走到了他们的跟前。

"马上离开？哥，发生了什么事？"王莉莉问道。

"基地被攻击，这里很危险。"池炘回道。

"那我们马上收拾东西。"林麓说道。

"别收拾了，马上离开。"池炘说道。

大家愣了下，房子多开口："具体情况待会儿再跟你们解释，现在跟我们马上离开这里。"

大家还算配合，除了带上自己认为十分重要的东西，其余的行李都留在了房间里。

许诺诚和朱跃在一个房间，两个人拿自己的重要物品时，朱跃询问许诺诚："怎么回事？"

"我也不知道。"许诺诚回应，"你利用我的事，我回头再跟你算账。"

朱跃看了下许诺诚，想说什么，但是门口有人催促，于是两个人一同走出房间。

孙可可和白宴在门口等许诺诚，许诺诚走到她们跟前，孙可可皱着眉头问："哥，我们是不是被人包围了？被人追杀？"

许诺诚伸手摸了下孙可可的头："别胡思乱想。"

说完，许诺诚也看了下白宴，白宴还算镇定，不像孙可可这么无措。

"别怕。"许诺诚还是绅士地安抚了下白宴。

白宴看着许诺诚："我不怕。"

话音落地，大家听到许烨磊的声音："大家把这个穿上。"

大家的目光一致转向许烨磊，只见他拿着类似于防弹衣的装备朝他们走来。

众人听从了指挥，纷纷接过许烨磊手中的装备。

许诺诚看了下分发到手中的装备，开口问："防弹衣？"

没等许烨磊回答，他便听到宙奇的声音："这是生物救生衣，除了防弹功能，还有救援功能，它也是一个小型氧气袋，气口在这里，需要吸氧时扒开这里就可以。还有，这里是个定位系统，左边是人体生命体征数据的显示界面。"

之后，许烨磊和宙奇分别帮大家穿好救生衣，许诺诚自行整理。

许烨磊帮孙可可整装时，孙可可低声问道："姑父，我们现在是不是很危险啊？"

许烨磊抬眼看了下孙可可："有姑父在，别怕。"

孙可可抿了抿嘴唇，白宴开口："我相信姑父，有你在，我不怕。"

许烨磊帮孙可可穿好后，轻轻拍了拍她的手臂。

许诺诚也算是半个军事迷，快速穿好后，不忘给大家帮忙。

朱跃在许诺诚的帮忙下也很快穿好，之后快步走到池烆的面前："阿烆，什么情况？和高斌的谈判破裂了，对吗？"

池烆直视着朱跃："他是你招来的，什么情况，你应该很清楚才对。"

朱跃听后没有生气，而是压低声音说道："阿烆，现在的情况实在太复杂了。无论是高斌，还是希爱博士，你都得小心。"

"你呢？"池烆回道。

"我？你也得小心。"朱跃说道。

池烆听后，看了他一眼，没再理他，也没空理他。

整队完毕后，宙奇说道："大家跟我来。"

之后，大家跟随宙奇一起前往地下三层，在这不长不短的路程里，大多数人的表情都显得很紧张，因为在经过走廊时，大家抬头看到了基地的穹顶。由于遭遇攻击，穹顶上出现了大片红点，里面的人感觉置身于一口蜂巢状的锅里，外围被大火包围。

地下三层是完全封闭式的设计，无论是墙体还是地板都是银灰色，视觉上透出一股冰凉之感。大家穿过一道长长的走廊，走廊左右两侧有好几个门，门上没有任何标识，应该不是随便可以进去的。

他们快要走到尽头的时候，希爱博士从左边的一间房间里走出来，身后的门快速关闭。

见人齐了之后，她对着宙奇说道："宙奇，开门。"

虽然她的语气很正式，但给人一种在说"芝麻开门"的感觉。

宙奇点了一下手臂上的操作系统，两米远外的墙体上出现了一个银灰色圆形的门，门缓缓打开。

如果不是亲眼所见，大家只会认为眼前的墙是普通的墙。

门被打开之后，门后的可视范围不到两米，之后便是一片漆黑。

但下一秒，宙奇打了一个响指，就像变魔术一样让漆黑的空间中从近到远地亮起了一排路灯。

不过这排路灯似乎有点儿长，一眼看不到尽头。

在来这里的时候，大家知道希爱博士的这个实验基地是依山而建的。眼前出现了这样一个洞穴，方向感好的人便知这里是在山体之下。

"这个是我们的秘密安全通道，以前从未对外公开，也从未使用过。"希爱博士说道。

"这通道通往哪里？"许烨磊询问。

希爱博士回道："魔鬼窟。"

魔鬼窟，它的名字就带着惊悚的感觉，事实也是如此。

在场的大家其实对魔鬼窟都不陌生，即便没有亲自去过，也在网络上看过相关的视频或图片。

魔鬼窟属于典型的雅丹地貌，雅丹指具有陡壁的小丘，雅丹地貌是在干旱、大风环境下形成的一种风蚀地貌。

据科学家的考察，在一亿多年前的白垩纪时期，魔鬼窟是一个巨大的淡水湖泊，湖岸生长着茂盛的植物，水中栖息繁衍着许多远古动物。曾经的这里是一片水生生物的天堂，后来经过两次强度较大的地壳运动，湖泊变成了夹杂着砂岩和泥板岩的陆地。

房子多、孙可可、白宴在前年一起去过魔鬼窟，不过她们只是在外围参观，没有进入内部。

魔鬼窟的天空蓝得让人心旷神怡，但气温炎热得让人如同置身烤炉之中。不过那里真的很美，景致会随着时间推移而产生不同的变化。旭日东升时，它是那么温顺；黄昏时分，它又是那么安静。这些都难以把它和"魔鬼"二字联系在一起，只有到大风起、云飞扬时，人们才会真正领略到它"魔鬼"的一面。

房子多她们就领略过它"魔鬼"的一面。当时是下午六点半,气温明显降了下来,茫茫的戈壁在夕阳下有着别样的美。

房子多狂拍了不少照片,然而这时突然刮起一阵狂风,周围顿时飞沙走石。石头打在她们几个人的小腿肚上,疼得她们嗷嗷叫。接着她们听到一片鬼哭狼嚎般的声音,让人不敢多留半刻。

当时听讲解员说,夜晚的魔鬼窟才是真的"魔鬼"。那风声有时如怨妇哭泣,凄惨无比;有时如尖声怪叫,让人毛骨悚然。

当时房子多还不忘想象了一下,若是在月黑风高的大漠中听到这些声音,绝对会有一种置身地狱的感觉。

此刻听到希爱博士说这个秘密出口通往魔鬼窟,房子多的脸色瞬间变得微妙起来。

房子多不相信这是偶然,不由得开口问:"这座山后面就是魔鬼窟?"

"还有段距离,不过这条通道就是通往魔鬼窟的。"希爱博士说道。

"为何要打通到魔鬼窟?"房子多看向希爱博士。

希爱博士说道:"因为我喜欢魔鬼窟。"

众所周知,魔鬼窟本身就是自然生态保护区,一般人都只能以游客的身份在外围参观游玩。当然也有人组团从魔鬼窟出发,进入罗布泊区域,来一次终生难忘的无人区冒险之旅。

当时房子多就有这个想法,但是被白宴拦了下来,只能打消了这个念头。

可正是在那次魔鬼窟之旅结束、她们准备回程时,房子多无意间从别人那里听到白宴背叛她的事,为此冲动地在景区与白宴对质了一番,两个人不欢而散,之后发生了不可挽回的事情。

房子多看着希爱博士,脸上的表情变得十分严肃:"希爱博士,你想干吗?"

希爱博士迎视着她:"带你们离开这里。"

"你是故意的。"房子多不相信她的目的如此单纯。

希爱博士说道:"时间紧迫。"

池炘听了两个人的对话,也察觉有不对劲的地方,不由得开口:"怎么了?"

房子多的视线移到池炀的脸上，她尽量让自己保持平静："没什么。"

希爱博士很干脆："走吧。"

大家一致跨步，往那扇通往魔鬼窟的门走去。房子多却静静地站在那里，见池炀也迈步时，她伸手拉住了池炀的手。

走在最后的许烨磊自然注意到了这个小细节，但还是掠过他们，走了过去。

池炀见房子多站着不动，不由得问道："怎么了？"

房子多看了他一眼，一句话也没说，拉着他的手，往圆形门走。

可是正当两个人走进圆形门时，他们听到一声巨响，整个建筑都震动了起来。

宙奇一边看系统界面，一边快步走了回来："不好，伊伯之穹被高斌攻破了。"

话音刚落，建筑又震动了一下。这巨响像是基地外部穹顶的玻璃被击破后掉落的声音。

许烨磊也快步赶了过来："麻烦了。"

宙奇点头，认同他的观点："快进来，得马上封锁通道门。"

因为建筑震动受到惊吓的房子多被池炀的大手揽着，快步走进通道。

宙奇很快将通道门关闭了。

看着通道门关闭的瞬间，房子多莫名其妙地紧张起来。因为她似乎没有了退路，必须直面前方。

"宙奇，你不是说伊伯之穹很强大吗？怎么那么容易被攻破了？"房子多带着一丝质问的语气。

宙奇看着她，很平静地回道："伊伯之穹被入侵了。"

"怎么可能？"房子多不信。

宙奇见她再次质问，只好回道："任何系统都不是铜墙铁壁，无坚不摧。只能说高手太多，天外有天，人外有人。"

"你很厉害，不是吗？"房子多说道。

宙奇见房子多夸他，无奈地回道："我是一堆代码组成的人工智能，也有致命的弱点。一旦系统被入侵，我第一时间就得关闭这部分的程序。"

宙奇算是实话实说，房子多还想说些什么，但是希爱博士走了过来："再不走，等这条秘密安全通道被发现，就谁也走不了了。"

房子多的目光转向希爱博士："希爱博士……"

希爱博士打断她的话："宙奇，这扇门再加几道密码，至少得拖延到我们到达魔鬼窟的时候。"

宙奇听后，将数据显示成全息投影，之后将数据调整了一番。

待宙奇弄好之后，希爱博士对着身旁的房子多和池烆说道："时间紧迫，赶紧离开。"

揽着房子多的池烆明显感觉到她的不对劲，不由得低头看她："房子多，有话直说。"

房子多没有回答，而是说道："走吧。"

有些事情一直逃避是解决不了的，或许她面对了才能真正释怀。

前面一行人在等候着他们，本以为大家得走过一段长长的隧道才能到达魔鬼窟，但是紧接着宙奇又进行了一番操作。

左边的墙体上再次出现一道门，门里面又出现了一个圆形的车厢。

这是一个目测可以一次性乘坐 20 人左右的车厢。

宙奇对着大家说道："乘坐飞跃号可以更快到达魔鬼窟。"

说完，他引导大家进入飞跃号。

大家进入飞跃号之后，各自坐在位置上，感觉跟坐在高铁车厢中差不多，除了需要系好安全带这一点不同。

房子多自然坐在池烆身旁，对面坐着的人是白宴和孙可可。

与白宴对视一眼后，房子多回避了她的目光。

白宴看到之后，也只好移开视线。

孙可可见两个人表情不自在，不由得开口打圆场："多多，我和白白这几天都很担心你，看到你恢复健康，由衷地感到开心。"

房子多听后，看向孙可可，淡淡地说道："谢谢。"

"姐妹之间，说什么谢谢。"孙可可说道。

房子多看到白宴微微低着头，于是开口说道："白白……"

白宴闻声，连忙抬起头看着对面的房子多，就像一个在课堂上被老师点名的孩子，脸上尽是忐忑之色。

房子多看到白宴脸上的表情，心像是被揪了一下。

心结这种东西，旁人是完全看不出来的，只有她自己知道它藏在心里最深处。即便表面上似乎已经不在意了，它也依旧扎根在潜意识的深处，被人微微一勾，就会浮现。

就如对面的白宴，房子多明确地知道她是自己潜意识里的人物，也试图忘记她，但随着时间的推移，曾经发生过的一切又一点点地浮现出来。

在她们对望的瞬间，房子多想起两个人之前一起经历的所有事情，那些画面就像播放电影一样历历在目。她们曾经一起哭、一起笑、一起闹，有美好、有悲伤、有痛苦。

白宴看着房子多，嘴唇微动："多多，对不起。"

房子多听到这三个字，情绪瞬间崩溃，眼泪从眼角滑落。

池炘侧过脸看她，就在这时，外面的墙体被合上，飞跃号的门也同时关闭，接着，它以大家从未体验过的速度飞驰出去。

由于速度过快，池炘分明地感受到房子多的眼泪洒在自己的手背上。

白宴在惊愕加紧张的心情中，一边紧紧抓住座椅的扶手，一边看着对面流泪的房子多。

见房子多流泪，池炘想给她抹泪，但是手刚要伸过去时，飞跃号停了下来，紧接着播放了提示语音："已到达魔鬼窟。"

大家听完之后，有点儿恍惚。

"这么快就到了？"王莉莉一脸难以置信的表情。

宙奇开口："如果步行的话，得两天一夜，驾车也需要几个小时。"

大家闻言，十分震惊。

"也就是说，从基地到这里其实很远？"王莉莉震惊地问道。

"确实很远。"宙奇说道。

"哇，不愧是飞跃号。"王莉莉亲身体验了一把高科技，不由得叹道。

宙奇微笑。王莉莉似乎有点儿亢奋，继续问道："这个飞跃号除了前往魔鬼窟，还有其他线路吗？"

宙奇听后，回了一句："太聪明不见得是好事。"

王莉莉看了一眼宙奇，没有再追问。他们应该知道的，宙奇肯定会告诉他们；但不该知道的，他肯定不会回答。

在下车的那一刻，房子多克制住了自己的情绪，没有再让自己掉泪。

几分钟后，大家从地下走向了地面。

池烆从飞跃号出来之后一直搂着房子多，从她的反应来看，她似乎对魔鬼窟这个地方十分抗拒。现在是上午，天空碧蓝，放眼望去，一座座土堆就像一艘艘巨轮，气势恢宏，雄伟壮阔。

这里的气温明显比基地内高了许多，风吹在脸上都是烫的。

房子多看着眼前的场景，身体抖得厉害。

池烆低头看她：“不舒服？”

房子多轻轻摇头。

宙奇开口说道：“服务站的几辆越野车已经付费，关闭了自动驾驶系统。会开车的人，每人载上几个人，大家尽量跟紧。”

当大家来到越野车前面时，房子多的情绪彻底崩溃，因为她的脑海中浮现出了一连串曾经在这里发生的事情。

起初，她和孙可可、白宴玩得特别开心，在这里跳啊，叫啊，闹啊，旁边的游客都被她们脸上洋溢的青春笑容感染了，一起感叹年轻真好。

可就在这时，房子多收到了几则信息，原本愉悦的笑容瞬间凝固，她看向正在和孙可可一起自拍的白宴。

房子多直接将手机里的信息递给白宴看，白宴看过之后，脸色瞬间黑了下来。

欢乐的气氛立刻消散，取而代之的是质问和争吵。

旁边的游客看得云里雾里，两个人吵到最后都哭了。白宴含泪转身，朝沙漠越野车队的服务站点跑去，最后驾驶了一辆越野车飞驰而去，那也是房子多看到她的最后一眼。

白宴和孙可可被许诺诚带上了车，而池烆和房子多、许烨磊一辆车，希爱博士和宙奇一辆车，朱跃、王莉莉、林麓以及李妍一辆车。

四辆车在路上飞驰，许烨磊通过车上的卫星电话联系了军方。

“附近的军方很快会赶过来。”许烨磊说道。

可他的话音刚落，离车几米远的公路就遭到了激光炮弹的轰炸。把控方向盘的池炯被惊了一下，车子的前进路线直接拐了几下，还好他及时稳住，不然肯定会撞上前面的车。

许烨磊对着麦喊道："诺诚小心，稳住。"

"知道，爸！"许诺诚回应。

可是池炯驾驶的车子躲避了一时，接下来又遭到了一波接着一波的轰炸，于是原本一字排开的队形变成了 S 形。

袭击之人似乎是在逗他们玩儿，没有直接对准车辆，而是在左右两侧不断轰炸，此时此刻的画面就和战争大片中主角冒火前行的场景一样。

四辆车子在枪林弹雨中穿行，车内的女性们似乎都被吓得不轻，尤其是坐在后排位置的人，几乎都是紧握着身旁人的手。

此刻，车队已经驶出了雅丹地貌保护区，能找的掩体少之又少。

许烨磊是混乱中最为镇定的一个人，拿着对讲机大声吼道："分开，快分开！诺诚，你直行，阿炯往左，宙奇往右，林麓你往后开！"

许烨磊分析了一下对方的策略，对方没有直接进行攻击，说明他们正在寻找目标。四辆车一直集中在一起，只会引发车内成员更多的不安，分散车辆也就分散了对方的火力，他们的逃生机会就会增加。

宙奇补充一句："还有，每个人都启动救生衣左边的全身保护装置，快！"

大家在惊恐中照着许烨磊的指示去做，同时启动救生衣上左边的全身保护装置。

救生衣看似还是救生衣，没有任何变化，但是启动这个全身保护装置后，对方的人体扫描仪瞬间失去作用，分辨不出哪辆车坐着哪个人，更分辨不出男女。

四辆车已经开始分散，许诺诚的车直接直行，池炯的车驶出了路面，往左边的小山丘驶去，宙奇则往右，林麓将车子倒退十几米，之后掉转了方向。

但是即便分了四路，他们仍一直被带弹无人机蜜蜂似的紧紧尾随。

无人机没有伤及任何一方，但也没有放过任何一方。

池炯和许诺诚心理素质比较好，宙奇也根本不害怕，即便遭遇炮弹袭击，依旧继续前行。

但林麓的情况比较差，往反方向行驶的她最终被无人机逼得只能倒退，回到原来的方向。

"磊爸，我们的救援呢？"房子多转过头询问许烨磊。

许烨磊看了下时间，距离发出求救信号已经过去了十分钟，按理说，在这个时间内，救援差不多该到了。

对讲机那边传来的却是高斌的声音："我就是你们的救援。"

许烨磊听后，有些心惊。房子多听到回复，也瞬间转过头看向后座的许烨磊。

两个人对视一眼，房子多开口："高斌，原来这是你构造的虚拟世界。"

"没错，所以你们的救援就是我，我就是来救你们的。"高斌回复。

池炘因为正在驾驶，而车子又在极为颠簸的路上飞驰，此刻的他容不得半点儿分心。

"池总，把车停下来！"高斌开口说道。

房子多听了之后，看了一眼许烨磊，之后将目光移到池炘的脸上。

池炘的侧脸房子多一直都很迷恋，但是此时此刻的他看上去比任何时候都要严肃。

车内陷入沉默，几秒后，房子多回道："既然你是来救我们的，说明你不会伤害我们，所以我们无须停下来。"

许烨磊默默给房子多一个赞赏的眼神，池炘也没将车停下，车子在颠簸中继续往前。

"既然你们不愿意停下来，那么就别怪我不客气。"高斌回道。

"高斌，你想干吗？"房子多心惊不已。

"待会儿你就知道了。"对讲机里传来高斌的声音。

"高斌，你别乱来。"房子多说道。

"那就停车。"高斌命令道。

池炘没有停下来，继续往前开。

但令房子多万万没想到的是，上空如苍蝇般的无人机开始对其他车辆进行攻击。

第一个受到狙击的不是池炘的车，而是希爱博士和宙奇的那辆车。

越野车的表面变成了马蜂窝，风挡玻璃直接碎了，宙奇侧过脸看希爱博士："受伤没？"

希爱博士惊惶中带着一丝镇定："没有。"

宙奇说道："你来开车，我出去解决他们。"

之后，希爱博士在宙奇的配合下换了座位，接过了宙奇手中的方向盘。

宙奇从基地出来时拎着一个小箱子，此刻他打开箱子，拿起一支类似机关枪的东西，直接装弹。

他装入的子弹不似普通子弹，而是米粒般大小的东西，一盒下来少说也有几百发。但可别小瞧这个米粒般的子弹，它的威力绝对不亚于目前市面上最高端的弹药。

之后，他又拿出一件雨衣似的东西，又薄又透明。快速穿上后，宙奇看了卜希爱博士："注意开车。"

希爱博士也交代一句："自己小心。"

宙奇微微点头，之后以迅雷不及掩耳之势滚下车，关上车门后快速站起身，举着枪开始对天空中的无人机扫射。

一架架无人机就像中枪的小鸟，纷纷从空中掉落下来。而宙奇通过眼睛扫描，不断避开攻击。

希爱博士驾驶着车艰难地往前开，在宙奇的攻击下，空中的火力值迅速降低。

但是没过一会儿，无人机就得到了增援。

紧跟在希爱博士的车后的宙奇快速换了一个弹夹，继续扫射。

宙奇倒是希望自己能多吸引一些火力，因为他吸引的火力越多，意味着其他三辆车遭到的攻击越少。

无人机一架架往下掉落，宙奇一次次换弹夹。

他换到最后一个弹夹时，无人机被彻底消灭，空中就剩下一架直升机。

宙奇加快奔跑的步伐，希爱博士也同步减速，眼看就要追上时，直升机的门被打开，风呼呼地吹进机舱，一个戴着头盔的男人手持火箭筒，对准希爱博士的车。

下一秒，火箭弹朝宙奇飞去。

宙奇察觉了，知道火箭弹带有追踪功能。为了不让希爱博士受伤，他快速从口袋里掏出一颗防御球。

防御球被抛在空中，瞬间变成一个直径一米的圆球，之后与火箭弹来了一个正面相撞。

火箭弹瞬间爆破，空中出现一簇火光和白色的硝烟，接着火箭弹的碎片如同雨滴般往下落。

见火箭弹被拦截，直升机上的人紧接着又安装一个上去，朝地面上的宙奇发射而去。

宙奇继续抛出一个防御球，接着空中又是一片火光。

许诺诚的车依旧行驶在公路上，少了无人机的攻击后，他自然减少了不少危机感。他远远地看到希爱博士的车，接着又看到空中的景象。

"那个宙奇太牛了！"孙可可朝窗外看去，不由得感叹。

许诺诚闻言，转过头看了一眼，但是车上的对讲机里传来宙奇的声音："许诺诚小心。"

话音刚落，许诺诚的车前落下一个火箭弹，直接将路面炸出了一个巨坑。

许诺诚反应及时，连忙踩了刹车，车子稳稳地停在巨坑前面。

"许诺诚，还有一枚火箭弹，快离开，快。"对讲机再次传来宙奇的声音。

前面的路已被毁，车子是注定过不去那个巨坑的，许诺诚只好快速打方向盘将车子掉头，而宙奇也正在飞速地赶过来阻止下次袭击。

最终，火箭弹再次被他的防御球挡下了。但是就在这时，不远处传来一声撞击声。

宙奇转身，只见不到一公里的地方发生了车祸，许诺诚的车撞到了另外一辆车。

由于许诺诚的车速过快，经过撞击，车直接翻了。

车子"哐"的一声砸在地上。

宙奇知道事情不妙，快速跑过去。

房子多远远看到这个撞击的场景，瞬间崩溃："高斌，你住手！"

"好，我暂时停手。"高斌痛快地答应了。

房子多的预感极为不好，眼泪也跟着"啪嗒啪嗒"直落："池炘，快过去，快过去救他们。"

池烆很快转动方向盘，往车祸地点奔驰而去。

坐在后座的许烨磊表情很是严肃，双手紧握成拳头。

希爱博士听到两声爆炸声，随后通过后视镜查看，没看到宙奇跟来，不由得紧张了起来，急忙联系宙奇："宙奇，你在哪儿？还好吧？没受伤吧？"

宙奇没有及时回应，因为他快要到车祸地点时，几架尾随着林麓驾驶的越野车的无人机袭击了他。

希爱博士更加担心，又呼叫了几声："宙奇！宙奇！"

宙奇快速解决完那几架无人机，之后回应希爱博士，让她安心："我没事，不过这里出了车祸，许诺诚的车和林麓的车相撞了，情况不妙。"

"我马上过去。"希爱博士说道。

"我先救人，待会儿再去解决高斌。"宙奇说完，抬头看向在天空中盘旋的直升机。

"宙奇你多加小心，还有，你的武器是无法击中直升机的。"希爱博士连忙叫住他。

宙奇盯着直升机回道："他的弹药也不足了。"

"别硬来，我马上过去。"希爱博士说完这句话，已经将车子掉了个头，接着开回到公路上。

宙奇和希爱博士连完线时，池烆的车子很快赶到了现场。

车祸现场极为惨烈，两辆车都翻了，车子冒着烟，里面的人因为撞击受了不同程度的伤。

其中白宴的伤最为严重，血直接染红了她的半张脸。在雪白肌肤的映衬下，鲜红的血变得格外刺眼。

房子多飞快打开车门，下车时明显感觉自己有点儿腿软，但是她咬着牙，强迫自己往车祸现场走去。

宙奇已经在救人了，但是先来到了朱跃这辆车的旁边，率先将副驾驶座上的朱跃救了出来，又快速回去将李妍解救了出来。

房子多走到许诺诚的车子跟前。由于撞击过猛，越野车已经严重变形，副驾驶座上的白宴的半张脸上全是血。

房子多看到这一幕时，两条腿再也没有任何力气，直接一软，"扑通"跪在了地上。

跪在地上的房子多头痛欲裂，双手抓住头发，脸上尽是痛苦的神色。

池炘赶到时，看到这样的场景，马上蹲了下来，用手遮住她的眼睛。

但是即便被池炘遮住眼睛，曾经的记忆还是一幕接一幕地浮现在房子多的脑海里。

眼前的车祸场景跟当年白宴出车祸的场景直接重合，没有一丝一毫的区别。

当年白宴发生车祸后，这一幕便成了房子多挥之不去的阴影。她时常做噩梦，精神严重衰弱，后面在孙萌萌的建议下，接受了相应的心理治疗，当时心理医生给她的建议是遗忘。

房子多再三考虑之后，让心理医生通过催眠抹去了那段车祸的记忆。"魔鬼窟"成了禁词，直到希爱博士提起时，房子多的相关记忆才被慢慢引了出来。

许烨磊走到车子前，第一时间把车内的人解救出来。

池炘把房子多的身体转了过去，不让她看车祸现场。不过，之后他也奔了过去，帮忙救人。

房子多定定地跪在那里几秒，之后转过身爬向车子。

三个人齐心协力，把车上的许诺诚、孙可可和白宴都救了出来。

许诺诚和孙可可坐在车子左侧，白宴一个人坐在右侧。车子刚好和对面的车迎面撞击，在安全气囊的保护之下，许诺诚的受伤程度明显比白宴轻许多，但此刻他也昏迷不醒。

房子多紧紧抱住白宴的身体，白宴身上流出的血快速染红了房子多抱她的手。房子多哭着喊着："白宴，你坚持住！你坚持住！我这就给你包扎，让希爱博士带你回基地，你会没事的！会没事的！你坚持住！你坚持住！"

池炘和许烨磊解救完三个人之后，便快速奔向另外一辆车。

宙奇的动作迅速，他已经将四个人解救了出来，之后开启医疗功能给他们诊断。

池炘微喘："他们怎么样？"

宙奇道："朱跃手臂骨折，有轻微脑震荡。你妈妈李妍断了两根肋骨，额头擦破了些皮。你妹妹王莉莉严重脑震荡，颈椎拉伤，手臂被刮了几道口子。林麓额头受伤，手臂受伤。"

"用我们的车子把他们赶紧带回基地。"池烆说道。

因为基地有高端的医疗器材，治好这些伤都不是问题。

"宙奇，你快过去检查一下白宴他们三个人。"池烆说道。

宙奇听后，起身跑向另一辆车。房子多已经哭成了泪人儿，紧紧地抱住白宴，还试图将自己的衬衣撕开，给她包扎伤口。

宙奇第一时间给白宴进行检查。她应该是受伤最重的一位，必须进行紧急手术，否则性命攸关。

"房子多，你让让。"宙奇说道。

紧抱着白宴的房子多不放手，许烨磊过来将她拉开："多多，让宙奇救她。"

房子多这才放开白宴，对着宙奇说道："宙奇，你救救她！你救救她！"

宙奇没有直接答应，而是将白宴平放在地上，查看她头部的受伤位置。他的医疗功能虽然是最高级的，但要在野外给人进行脑部手术，他必须借助相应的仪器。要是艾克也在这儿，可能还能帮上忙，毕竟艾克一直随身携带着手术仪器。

宙奇想联系艾克，让他迅速赶往这里，因为以白宴的受伤情况，怕是来不及送到基地，但是宙奇发现信号是被屏蔽的状态。

宙奇恼了，不由得骂了句脏话。

第一次见人工智能骂人，许烨磊和被眼泪模糊了视线的房子多，都被他的吼声吓到了。

许烨磊猜到了："信号被屏蔽了？"

宙奇抬眼看了下天空中盘旋的直升机："把上面的浑蛋弄下来，用直升机运她回基地，或许还有一线生机。"

房子多闻言，伸手抹了下眼泪，从地上爬起来，踉跄着奔向越野车，拿起车内的对讲机："高斌，我求你了，求你救救白宴。"

对讲机里传来高斌的回复："子多，白宴他们几个人都是你潜意识里的虚拟人物，不是真实的。"

房子多愣了一下，随后喊道："不！高斌，队长，我求求你，救救白宴！"

"子多，现实里的白宴早在两年前就死亡了。"高斌很理智地回复。

房子多听了这句话，脑袋痛得厉害，却没有放弃求救："队长，我求你救她，求你！"

"你想救她，只不过想减轻当年自己和白宴吵架导致她车祸身亡的愧疚和悔意。"高斌说道。

房子多被他的话刺激到了，脑子就像要炸裂了一样："不，不是这样的！队长，我求你，求你救她，队长！"

"救她就能减少你内心深处的悔意？"高斌问。

往事历历在目，高斌直白的话语就像一根针直直地插进房子多的胸口，让她刺痛无比。

如果可以重来，房子多当年肯定不会选择以那样的方式解决问题；如果可以重来，她希望白宴还活着；如果可以重来，她……

但是高斌没有等到房子多的回答，而是听到许烨磊的声音："高斌，你设计这一切就是想击溃房子多，但是房子多比你想象的还要坚强。"说完，他挂掉了对讲机。

许烨磊双手扶着房子多的肩膀，看着眼泪扑簌簌落下的她，温和地说道："多多，这不是高斌建立的虚拟世界，是你的，一直都是你的，你是这里一切的主宰。你振作起来，把他们设置的幻象都清除掉，回到你自己设计的虚拟世界里，由你把控的虚拟世界里。"

房子多看着眼前慈爱中带着严肃的许烨磊，愣了几秒，随后慢慢恢复了理智。

"这里还是我构造的虚拟世界，对吗？"房子多抹了下眼泪，询问许烨磊。

许烨磊说道："高斌搞这么多事，无非就是想削弱你的意志力，从而入侵你的潜意识，达到自己的目的。可就目前而言，这里还是你的虚拟世界。你想想办法，看看如何能消灭他们。"

房子多还沉浸在悲痛中，但受过训练的她具备筑梦师的素养，点了点头："我想想，我想想。"

许烨磊鼓励道："多多，你可以的，你可以的！"

可是他话音刚落，只听宙奇大喊："许先生，房子多，快闪开！"

许烨磊闻声抬头，只见一枚火箭弹朝他们袭来。许烨磊手疾眼快，揽着房子多往路边扑倒。

"轰"的一声，停在公路上的车子直接被击穿并引发了爆炸，要不是宙奇及时朝他们扔了一个防御球，将房子多和许烨磊包裹起来，恐怕两个人会直接被炸弹的碎片炸成重伤。

防御球使用的是纳米材料，最外面的几层已经被炸弹碎片击穿，就剩下最后一层，所以刚才那一幕实在惊险至极。

但高斌似乎开始了新一轮的攻击，因为紧接着池炘那边也受到了攻击。

池炘刚帮王莉莉包扎好伤口，正准备给朱跃固定骨折的手臂。朱跃正好看到火箭弹朝自己和池炘袭来，第一时间将池炘推倒在地，用自己的身体保护他。

宙奇虽然再次扔出强大的防御球，但是这次未能将两个人都保护好。

防御球被彻底击穿，弹片插进了朱跃的身体，即便他穿着救生衣，也没有防住。

池炘在防御球和朱跃身躯的保护下没有受伤，但看到朱跃的表情，他便知情况不妙："朱跃！"

朱跃整个人疼得发抖，脸上却硬挤出一抹微笑："阿炘，我说过，我只想保护你，你相信了吗？"

面无表情的池炘看着朱跃的微笑，连声说道："我相信，我相信你！"

朱跃嘴唇颤抖："我参加唤醒计划也有一些私心，但自始至终都只想保护你、唤醒你。"

池炘听后，回道："朱跃，我相信你，你是我的好兄弟。"

朱跃听后，又硬挤出一抹微笑："我们是好兄弟。"

说完这句话之后，朱跃直接趴在池炘的身上，失去了意识。

池炘连忙爬起来扒开罩在两个人身上的防御球，随后抱起后背千疮百孔的朱跃："朱跃，你给我挺住，给我挺住！"

但是朱跃没有给他任何回应。池炘再看向旁边，李妍、王莉莉以及林麓都直接被炮弹击中，身体都烧焦了。

这一幕带给池炘的刺激实在是太大了，他不由得仰头朝天空吼了一声："啊——"

房子多是被许烨磊护住的，耳朵因为受到炸弹爆破声的冲击出现嗡鸣声，她隐隐听到池炘的吼叫，不由得缓缓抬起头。

许烨磊放开了她，拨开防御球，缓缓地爬起来。

池炘的声音响彻空旷的大道。许烨磊拉起房子多，对她说道："多多，你快冷静下来，想想怎么对付高斌。"

房子多因为耳朵不适，只能断断续续地听到许烨磊的声音，但从许烨磊的表情来看，她知道事情迫在眉睫。

这里是她构建的虚拟世界，那么肯定有她自己的防御机制。

许烨磊拍了拍房子多的手臂："我过去帮池炘，多多，你冷静想想，冷静想想。"

许烨磊说完，起身离开，奔向失控的池炘。

当看到池炘所面对的场景时，许烨磊能理解池炘为何会仰天大叫。

许烨磊在部队多年，经历过很多演习以及好几场中等规模的实战，比任何人都更为深刻地了解战争的残酷。尤其在使用高科技武器作战的战争中，人一旦失去了防御，根本就是一堆肉泥。

他在现实中经历过战争，见证过生死，没想到在虚拟世界里也要面临这般残酷的场面。

这跟他之前玩《无极》的感觉完全不同，《无极》是虚拟游戏，而这里是潜意识塑造的世界，真实得让他无法分辨真假。

即便他知道这里是虚拟世界，但目睹这样的场景，还是给他的内心带来了巨浪般的冲击，因为这一切实在太过真实了。

许烨磊让自己冷静，随后蹲了下来，测了一下朱跃的脉搏，发现十分微弱，让人无法判断他是休克还是死亡。

这时，希爱博士也赶到他们的身边，快速将车停下，从车上跳了下来。

眼前的惨烈场面让希爱博士直接闭上了眼睛，她不忍再看。

几秒后，希爱博士拿起手中的对讲机："高斌，你会付出相应的代价的。"

高斌则回道："希爱博士，这些都是由你的私心造成的。你想要阻止这一切，就把池总交给我，我们相安无事，否则会有什么后果我不敢保证。"

高斌与希爱博士的对话自然也被握住对讲机的房子多听到了。

在这个世界里，敌友的界限其实没有表面上那么明朗，高斌、希爱博士，甚至是她自己，都是带着不同目的接近池炘的。他们想要在完成唤醒计划的同时达到自己的目的，就看谁能得到池炘最大限度的信任。

经历过中枪之后的种种事情，房子多似乎就被束缚了。她被带到了基地，再来到这里——魔鬼窟，她内心深处最不敢面对的地方。

许烨磊说得对，她应该夺回对这个世界的主宰权，保护池炘不受任何人伤害。

房子多让自己冷静之后，第一件要做的事情就是拿回主宰权。

这里的一切都由她的意识构建，她第一时间需要的是可以救治白宴的医生，还需要解除信号屏蔽。

于是，房子多拿起对讲机，对着高斌说道："队长，还记得我们之间的约定吗？"

高斌愣了下："我们之间有何约定？"

房子多说道："你忘了，你曾经答应过我，不入侵彼此的潜意识。"

"这个约定已经不作数了，因为我已经入侵了。"高斌倒是很坦诚。

房子多听后，笑了一声："既然如此，那么我只好礼尚往来了。"说完，房子多嘴里念了一句话，声音特别低，像是在念咒语一样，同时用手敲击着手中的对讲机。

高斌没听清她后面的话，但是她敲击对讲机的声音倒是听得很清楚。

高斌立马反应了过来，房子多想对他进行远程催眠，他急忙断了信号。

然而很快，高斌便看到远处有架直升机朝他们的方向飞来。他愣了三秒，因为他意识到，虽然他没有被房子多远程催眠，但她已经破解了他设置的空间，甚至开始做出了反击。

于是他端起手中的火箭筒，瞄准那架直升机。按下扳机之后，火箭弹被发射了出去，但直升机没有被击落，而是躲开了。与此同时，那架直升机朝他发射一枚干扰弹。

许烨磊见了，喜出望外，因为救援终于来了。

茫茫戈壁，碧蓝的天空中开始上演你追我赶、你来我往的戏码。而地面上，许烨磊远远看到一辆救护车朝他们奔驰而来。

不久之后，车子来到他的跟前，从车上下来的人是艾克。

房子多立马奔了过去："艾克，求你，求你救救白宴。"

艾克很温和地回了两个字："尽力。"

艾克走到宙奇的身旁，第一时间对白宴进行全身扫描，随后艾克说道："得马上带她回基地。"

之后，在宙奇的协助下，白宴被抱上了救护车，受伤的孙可可、许诺诚也一起被抬上救护车。

艾克来到池烆的身边，检查了他怀中的朱跃的情况。看到旁边三具被烧焦的尸体，他带着歉意对池烆说道："抱歉，我来迟了。"

房子多看到这一幕直接呆住了，她没想到池烆这边的情况会这么严重。

池烆还是如平常一样面无表情，像是对眼前的这一幕没有任何感觉一样。在很多人眼里，他是一个情感相关的神经受损的人，没有一丝感情牵绊。但是房子多是跟他一起度过了一段时间的人，知道他并不是完全没有感觉。

房子多成了他的例外，也知道他内心深处还是在乎他的妈妈以及同母异父的妹妹的。

刚才的吼声便是池烆情感上的发泄。

而且只要她细心观察，便会发现他抱着朱跃的手上青筋尽显。

房子多跪在地上将池烆抱住，想给他一丝安慰、一丝温暖。可是她也知道，这样的安慰和温暖其实是微不足道的。经历过伤痛的人更明白这是一种怎样的痛苦。

艾克看了他们一眼："我先走了。"

房子多没有多言，虽然很想哀求艾克尽全力救活白宴，但是当着池烆的面，说不出口。

艾克没有耽搁，开着救护车离去。看着车子慢慢远去，房子多的内心不再像刚才那般绝望，因为有艾克在，白宴应该不会有事，可可和诺诚也会脱离危险。

安顿好自己最关心的人之后，房子多现在最重要的任务便是保护池炘。

"池炘，我们必须马上离开这里。"房子多双手抱着池炘的头，对他说道。

池炘看着她："离开这里？"

房子多点头："对，离开这里，离开这个世界，醒过来。"

池炘凝视着她："唤醒计划！"

"对，唤醒计划。这个世界是假的，你妈妈、你妹妹、林麓都只是你潜意识里的虚拟人物，她们的死亡不是真正的死亡。"房子多一本正经地对着池炘说道。

"那你为什么还要救白宴？"池炘反问。

这句话真的把房子多问住了。她内心深处一直恐惧的事情在这里重演了，这次却获得了不一样的结局，但池炘目睹了更为残酷的场面。

房子多不禁思索着两者之间的联系，当然，池炘也在想同一个问题：这里发生的一切就像一次精心安排的剧情重演。

因为当年白宴出的那场车祸，其肇事者就是王莉莉。

池炘和房子多看了彼此一眼，随后又一致看向希爱博士。

是她引导他们来到这里，让他们经历了这一切。

池炘正想开口，天空传来一声巨响。

几个人都被惊了一下，齐刷刷地看向天空。

远处的天空中出现一片火花和浓浓的黑烟，之后一架直升机朝他们飞来。

人的视力范围毕竟有限，但宙奇不同，扫描了上空的飞机后，他开口说道："我们的救援直升机被高斌击落了。"

房子多闻言，心里"咯噔"了一下。

高斌是她的训练师，筑梦能力以及个人意志力都比她要强一些，当然，房子多也有自己的优势，那便是天马行空的想象力和心理学知识。她能让人快速融入她构造的世界里，并且以对方最舒服的模式展开剧情。

但她的武力跟高斌比起来，确实是弱项。

不过，她个人的武力不强，不代表她身旁的人武力也不强。宙奇的战斗力大家已经有目共睹，许烨磊则缺少能用的武器。

房子多正在思索如何在自己的世界里制造出反击的武器，这个时候宙奇急声说道："快离开这儿！"

房子多直接被宙奇拉了起来，池烔起身的动作也极为迅速。

因为高斌实在太丧心病狂了，又朝他们发射了一枚火箭弹。

他们快速上了旁边的越野车，由许烨磊开车，宙奇坐在副驾驶上。

许烨磊利索地将车启动，刚开出十几米便听到身后传来一声巨响。

"高斌这个王八蛋是疯了吗？"宙奇说道。

听高级人工智能骂人总会让人产生一种错觉——他和在座的人没有任何区别，会生气、会发怒、会骂人。

"宙奇，你的子弹还有多少？"许烨磊询问。

宙奇回道："只有一盒了。"

"防御球呢？"许烨磊又问。

宙奇摸了下兜："没有了，如果高斌现在朝我们开炮，我们只能在这儿等死。"

房子多闻言，看向握着方向盘的许烨磊，开口说道："磊爸，对不起，我现在制造不出武器，好像被高斌限制住了。"

许烨磊听后，回道："看来到最后，只能肉搏了。"

车子在路上飞驰，但是空中的直升机一直尾随着他们。直升机飞得越来越低，越来越低，目测与车子的距离不到十米。

宙奇见状，对许烨磊说道："往左边一点儿，慢慢减速。"

许烨磊照做，将车子往边上开，将速度慢慢降了下来。

希爱博士知道宙奇想干吗，连忙说道："宙奇，太危险了。"

宙奇道："只有我出去把高斌的直升机击毁，你们才能安全。"

"宙奇，你的系统没有升级，别冒这个险。"希爱博士说道。

"就算不升级，也够用了。"宙奇说完，将头微微探出去，下一秒却遭到了扫射。

宙奇连忙将头收了回来，接着说了一句粗话。

宙奇的话音刚落，许烨磊就来了个紧急刹车，因为越野车被一张网网住了。

他们的身体因为惯性往前撞去。池烆的运动神经还是十分发达的，他伸手直接护住了坐在中间的房子多和旁边的希爱博士。

而坐在副驾驶座上的宙奇没有那么幸运，脑袋直接磕在了玻璃上，因为不是血肉之躯，所以没有受伤。

但他的第一反应是转过头查看希爱博士的情况："希爱你没受伤吧？"

身体被池烆的手臂护着的希爱博士惊魂未定，未能及时作答。

池烆将手缩了回来，看了下身旁的房子多，随后将她揽进怀里，询问许烨磊："许叔，怎么回事？"

"车子被网住了。"许烨磊边说边试图将车门打开，但幅度有限。

窝在池烆怀里的房子多几秒后才回过神来。车门打开之后，一股强风灌了进来，让人一阵蔫缩。

宙奇放下车窗，看到斜上空抛下了一根绳子，高斌准备顺着绳子滑下来。

宙奇举枪朝他射击，但子弹被弹到了车门上，车门上顿时出现一个窟隆。

还好他刚才持枪的角度是向上，倘若他水平发射，子弹肯定会往车内弹去，后果不堪设想。

宙奇伸手摸了一下，发现竟然是张透明的纳米网。

几个人被困在车里，即便宙奇有着很强的战斗力，也无用武之地。

他们只能透过玻璃窗看着高斌从直升机上滑落到地面上，地面上的梭梭树被风吹得向一边倒去。

接着全副武装的高斌持着枪，一步一步朝他们的车走过来。

房子多内心十分焦急，也十分自责："我实在太差劲了，我斗不过高斌，拿不回主宰权。"

希爱博士听后，回了一句："这不怪你，你是被高斌训练出来的，他对你肯定有所保留，甚至知道如何限制你的发挥。"

高斌走到越野车前，看了下车内的几个人，对着离自己最近的池烆说道："池总，我是来保护你的。"

池烆闻言，目光就像一把锋利的刀，直直地朝他飞了过去："这就是你所谓的保护？！"

高斌说道："你被希爱博士挟持，我为了救你，不得不使用一些手段。你没受伤吧？"

池炘冷眼看着他："我没有被任何人挟持，但是我妈、我妹、朱跃、林麓都被你杀了。"

高斌说道："池总，他们只是你潜意识里的虚拟人物，不是真实的。"

"即便不是真实的，你也是杀死他们的凶手。"池炘的语气特别冷厉。

"为了唤醒你，让你回到现实中，我只能使用一些特殊手段。至于误伤了你虚拟的亲人，我表示很遗憾。时间紧迫，我先解决一些事。"高斌说道。

之后，高斌对着离自己最远的希爱博士说道："希爱博士，我们之间快速做个了断吧。"

希爱博士看着他："了断？"

"我的雇主不想让你醒过来。"高斌直言道。

前座的宙奇听了这句话直接发火："高斌，你想死就直说。"

站在外面的高斌笑了笑："这话由我来说比较合适。"

"你的雇主？许文明？"池炘插话道。

高斌笑："具体是谁我肯定不会告诉你们的。"

池炘接着说道："倘若是许文明想独吞公司，肯定会让你杀了我，你却口口声声说在保护我？"

高斌又笑："池总，我确实是来保护你的。她，希爱博士，才是那个居心不良之人。她想利用你，虽然不会伤害你，但会对你进行意识植入。"

池炘回击道："这些她都跟我坦白了。"

高斌听后，露出一脸意外的表情："坦白了？希爱博士，这不像你的行事风格啊！"

希爱博士剜了他一眼："我做人坦坦荡荡，无须掩饰。倒是你，比我想象的还要小人。"

"我小人？我只想完成这个唤醒计划，还有就是杀了你。"高斌说道。

"高斌,注意你的用词,不然我出去肯定会撕烂你的嘴。"宙奇见他威胁希爱博士,不由得动怒。

高斌听后,对着希爱博士说道:"希爱博士,你是要我亲自动手将他关了,还是你自己关?"

高斌说这话的时候,指了指前面坐着的宙奇。

宙奇直视高斌:"你敢?!"

高斌笑:"二选一,给你三十秒时间考虑。"

希爱博士没有回应,陷入思考中,好几秒后才开口:"高斌,原来你吃三家饭啊!"

高斌是她召集来参与唤醒计划的人,但许文明秘密找过他,这件事宙奇跟她汇报过。所以在进入密室开始执行唤醒计划前,希爱博士在最后关头将高斌踢出了局。但没想到防不胜防,他还是进入了这个虚拟世界。当然,能让他进入那间密室的人估计就是许文明,只不过高斌除了许文明这个幕后雇主,还受雇于其他人。

想置自己于死地的人,希爱博士还没想到具体的怀疑对象,但是她知道,她的实验遭到过不少业内人士的反对。

因为反对她的实验,所以他们要置她于死地?

高斌没有直接回答,而是抬手看了下手腕上的表:"只剩二十秒。"

"十秒。"

"五秒。"

"结束。"

高斌开口:"那就由我亲自动手。"

希爱博士张口:"无须你动手。"

高斌笑:"谢谢希爱博士的配合。"

宙奇转身看向希爱博士:"希爱,你别上他的当。"

关闭宙奇意味着他们会失去一个强有力的保护者,宙奇的智商以及武力值都是在场的所有人比不上的。

希爱博士看着宙奇几秒,随后抬起手腕,打开了关闭宙奇的程序。

"希爱!"宙奇看着希爱博士的手探向关闭键,不由得叫住她。

希爱博士修长的手指不自觉地轻轻颤抖了一下,就在这时,池炟伸手阻止:"希爱博士,既然我选择相信你,那我们就同生共死。"

希爱博士听后，看了池炘一眼。

房子多听池炘这么说，自己也立马表态："对，同生共死。"

驾驶座上的许烨磊听了之后，内心翻涌着感动，因为同生共死是最能诠释战友情的词。车上的这几个人并非他在部队的战友，但在这场高科技含量极高的唤醒计划中所经历的一切，绝对不亚于现实世界里的战争。于是他也表态："同生共死。"

站在外面的高斌听了之后，勾唇一笑："什么生啊死啊，没那么悲观。许先生、池总、子多，你们只是暂时被蒙蔽，选错了阵营，现在及时了解真相是好事，毕竟今后的日子还长着呢！"

"这么说，你打定主意不会放过希爱博士和宙奇？"池炘反问。

"她是极其危险的人物。池总，你不该选择和她站在一起。"高斌说道。

"危险人物？那你岂不是恐怖分子？"池炘微微挑眉。

"我并非恐怖分子，而是专程来保护你的人。至于希爱博士，有些科学家造福人类，有些则伤害人类，希爱博士属于后者。"高斌说道。

"高斌，谢谢你对我的评价。因为我临时把你踢出局，所以你就怀恨在心？你的肚量比我想象的还要小，不过，你就不好好想想我为何把你踢出局吗？"希爱博士冷眼看着他问道。

"现在根本不必去想这些，我数一二三，把宙奇关掉。"高斌说道。

"如果我拒绝呢？"希爱博士说道。

"拒绝是无效的，你的生死现在掌握在我手上。"高斌说道。

"高斌，你已经不是我认识的那个队长了。"房子多气愤地说道。

高斌看了她一眼："子多，你太幼稚了。要知道，人是这个世界上最复杂的动物，大家都是为自己的利益而活。你是个当筑梦师的好苗子，只可惜选错了阵营。"

"你的阵营，不就是为了钱吗？"房子多反驳。

"为了钱没错，但也为了人类。"高斌回道。

"别把自己说得那么高尚。"房子多回击道。

高斌笑了下："希爱博士，你真的很会拉拢人心。"

希爱博士冷冷地回了一句："公道自在人心。"

"狡辩！"高斌回了两个字。

希爱博士正想回应，但一直没说话的池烆先开了口："既然你说是来保护我的，怎么还不快放我下车？"

高斌说道："关闭了宙奇，我便会放你们下车。希爱博士，配合一下。"

"你就这么惧怕我吗？"宙奇回击道。

高斌现场说教道："不是惧怕，而是忌惮。池总，许先生，你们真的觉得像宙奇这种人工智能的出现不可怕吗？你们真的觉得自己可以完全掌控他吗？"

池烆听后，冷冷地回了一句："这个世界上最可怕的永远是人类。"

高斌笑："这话是没错，人类确实是这个世界上最可怕的生物，尤其是创造出了这么可怕的人工智能的人类。"

希爱博士听后觉得好笑，因为这话就是针对自己而言的，她不由得问道："你是反科技人士？"

"对，我就是反科技人士。"高斌承认。

希爱博士笑了一声："你根本没资格说自己是反科技人士。你完全不使用现代科技吗？你的职业是筑梦师，也要靠高科技才能进行各种业务操作。你在我面前说自己是反科技人士，那就是一个笑话。"

"就算是笑话又如何？"高斌回道。

"废话少说，放我下车。"池烆不想听他在那里辩驳。

高斌听后，对希爱博士说道："既然你不愿动手，那么只好我亲自动手了。"

高斌说完之后，抬起手腕，打开了腕表上的系统。

就在这时，希爱博士妥协了："我自己来。"

宙奇看着希爱博士，本想再次阻止，但是看到希爱博士的一个眼神后，把想说的话都憋了回去，缓缓地将头转了过去，看向正前方。

只见希爱博士点击了一下宙奇的智能系统，选择了关闭。下一秒，宙奇缓缓地闭上眼睛，像是睡了过去。

高斌看完她的操作之后，开口说道："把手表扔出来。"

希爱博士还算配合，摘下手表，降下车窗扔了出去。

高斌接着又说道："许少将，我不想伤害你，麻烦您解下鞋带，把自己的手脚绑起来，其他几位也一起吧。"

许烨磊听了之后，不由得笑了一声："我可是手无寸铁，你还需要这么防范我吗？"

　　高斌笑："您老的能耐，我虽没有领教过，但也有所耳闻。"

　　"高斌，你就这点儿本事？"许烨磊嘲讽道。

　　高斌笑："言语是刺激不了我的，请许少将配合一下。"

　　许烨磊还算配合，将鞋带解了下来，自己绑好了脚之后，还转身让坐在后座中间的房子多帮自己绑住手。

　　房子多不想帮忙，觉得高斌实在太过分了，说道："高斌，做人要给自己留点儿余地。"

　　高斌说道："我就是想给自己留点儿余地。"

　　许烨磊不想跟他废话，让房子多帮忙："多多，时间紧迫，咱们就配合他一下。"

　　提及时间，房子多与他对视一眼，伸手将许烨磊的手腕用鞋带绑住。

　　许烨磊被束缚后，高斌蹲下身拉开地面上的纳米网的一角，在里面放了一个类似乒乓球的东西——那是一枚无色无味的迷烟弹。

　　很快，驾驶座上的许烨磊失去了意识，后座上的人也闭上了眼睛。

　　高斌见状，这才抬起手腕解除纳米网系统。不过解除后的下一秒，坐在驾驶座上的许烨磊瞬间睁开眼睛，第一时间将车门踹开了。

　　高斌快速掏枪朝驾驶座的方向射击，不过许烨磊已经跃下了车，翻滚到车尾的位置，靠着轮胎半蹲着身体。

　　动作之快，让高斌完全没有反应过来。

　　可见刚才许烨磊是诈他，其实根本没有被迷晕。

　　高斌举着枪，快速蹲下来查看许烨磊的位置："许先生，你们都在我的控制之内。我不建议你反抗，毕竟子弹不长眼，别误伤了你。"

　　许烨磊回了一句："在我的人生字典里，从来没有'束手就擒'这个词。"说完，他看到了车窗下的手表。

　　那是希爱博士的智能操控系统，许烨磊想伸手去拿。

　　"不愧是许先生，不过你有时候要懂得识时务者为俊杰。我的目标不是你们，而是希爱博士。"高斌也看到了那块表，一边回话，一边谨慎地注意许烨磊的动向。

当看到许烨磊的手时，高斌开枪朝他射击。

虽然许烨磊躲过了这一枪，但是路面上的那块表被高斌射得稀碎。

"没有希爱博士就没有这个唤醒计划，池炘就永远也醒不过来。"许烨磊的身体紧贴着轮胎，他边回话边把被鞋带绑住的手伸向自己腰间的皮带。

许烨磊将皮带头稍微转一下，瞬间变出了一把袖珍小刀，试着将束缚手腕的鞋带割开。

不过举着枪的高斌也慢慢转了过来，许烨磊一边紧盯着他的步伐，一边加快自己手中的动作。手上的鞋带被割断后，他接着解决脚上的鞋带。

刚解决完，高斌已经走了过来，举枪对准许烨磊："举起手来。"

许烨磊看着持有武器的高斌，缓缓将手举了起来。

"趴在车上。"高斌接着命令道。

许烨磊照做，也在想如何破解这个情况。只要高斌靠近他，他就有机会，至少能夺得一些武器；倘若高斌不靠近，而是……

果然，不出许烨磊所料，高斌的左手从身后又掏出一把武器，武器的形状比较特别，不是带弹的枪械，而是类似玩具水枪的东西。

不过这不是一把普通的武器，它里面装着水针，人体被射击之后，就跟中了麻醉枪一样。感到刺痛之后，人的意识虽然清醒，但身体完全动弹不得。

"你的背景让我不能伤害你，那么只能先让你提前退出计划。"正当他要朝着许烨磊射击时，却听到"砰"的一声。

中弹的人不是许烨磊，而是高斌。

朝他射击的不是别人，正是坐在车上的池炘。

他在高斌集中精力对付逃出车外的许烨磊时，从宙奇的身上拿过了这把武器。

在刚才高斌放迷烟弹时，许烨磊便转过头示意三个人别呼吸。池炘时常游泳，闭气对于他而言还算是小菜一碟。但迷烟没有消散得那么快，在池炘睁开眼睛拿过宙奇的枪时，不免吸入了一些，神志有些恍惚。庆幸的是，在现实世界中制作游戏时，他对武器有过研究。在许诺一的指导下，他真枪实弹地练习过。

这一枪虽没有直接命中要害，但也让高斌持枪的左手受伤，高斌顿时血流不止。

高斌被这个突袭打乱了节奏，回过神时，许烨磊已经转到了车的另外一边，他只好朝车内开枪。

池炘躲了一枪，打开车门跳了下来，高斌的第二枪直接打在了车门上。

许烨磊在他跳下车后，快速将他拉到自己身后，两个人用眼神交流后，池炘便主动将自己手中的武器给了许烨磊。

许烨磊拿过武器准备反击，这个时候却听到高斌说道："把它放下，不然我直接杀了希爱博士，让她的意识在这个世界游走，永远醒不过来。"

许烨磊微微抬起头看了一眼，只见高斌举着枪，对着希爱博士的脑门。

许烨磊又慢慢将头低了下来，转过头看了下身后的池炘。池炘为了让自己彻底清醒过来，用许烨磊给他的小刀在手臂上划了一道口子，让痛意彻底刺激大脑，不让自己的意识陷入昏沉。

而被枪指着脑门的希爱博士和身旁的房子多一直都闭着眼睛，像是完全昏睡了的样子。

高斌命令道："把枪放下，用脚踢过来。"

许烨磊身体紧贴着车身，喉结明显动了一下，转过头看了下身旁的池炘，对着他比画了几个动作，随后缓缓地将手中的枪放在地上。

池炘亲自参与研发了《无极》里面的战争板块，而战争板块还是《无极》中的重要部分，毕竟这类游戏比较热血，可以让年轻男女尽情挥洒自己旺盛的精力。

池炘对游戏研究得十分透彻，除了聘请专业人士做项目顾问，自己也时常参与模拟的真人枪战，所以他对各种军事行动的手势了如指掌。

许烨磊的意思是，他将枪放下之后，会趁机钻进车下，对站在车对面挟持希爱博士的高斌发起攻击，而池炘要做的便是从前面包抄，两个人一起配合完成这次的突袭行动。

池炘点了点头。许烨磊行动之后，池炘的精神也跟着高度紧张起来。

许烨磊缓缓将枪放在路面上，只听见高斌再次命令道："用脚踢过来。"

池炘没有用脚踢枪，而是用手将枪推了过去，刚好推到高斌的脚下。正当高斌要踩住枪时，许烨磊整个人从车下穿了过去，接着来了一个剪刀腿，以迅雷之势将高斌绊倒在地。

高斌倒下之后反应也很快，直接举枪朝许烨磊射击。

许烨磊的大腿中了一弹，正当高斌要射出第二弹时，池炘从车头转了过来。高斌听到脚步声，半躺在地的他侧着身朝池炘开了一枪，射中的位置是前胸，被救生衣保护着。

池炘朝高斌的头部狠踢了一脚，高斌疼痛不已，朝着对他进攻的两个人乱射一通。

池炘闪到车头躲避了他的射击，但是许烨磊就没有那么幸运了，脚被射中了多次。

待子弹用尽，高斌准备换弹夹时，池炘趁这个空当出击，直接用手臂一把勒住了高斌的脖子。

高斌挣扎、反抗，池炘咬着牙勒住他。

许烨磊尽管受了伤，但在池炘勒住高斌的时候，在车底下的他还是牢牢地钳住高斌的腿。

高斌只能用手抓住池炘的手臂，对着他自己划出的那道伤口狠狠地抠去，像是要将伤口撕裂一样。

手臂传来剧痛，池炘的眉头紧锁，额头上的青筋突显，但他没有放手。

而高斌在这时腾出左手摸向腰间，掏出一把匕首，狠狠地朝池炘的手臂刺去。

这一刀下去，池炘感受到了这辈子最痛的感觉。

刀子拔出去的那一刻，血也跟着喷出，溅了高斌一脸。

"啊——"池炘疼得大叫。

但是他还是咬着牙没有放开，反而将高斌的脖子勒得更紧。

池炘很少这样近距离格斗，这个虚拟世界里的所有感受都是那么真实，疼痛是真实的，所有想法也是真实的。

而正当高斌要再给池炘一刀时，他的手臂被两只纤细的手抓住了。

紧紧勒住高斌脖子的池炉缓缓抬起头，看见了房子多。

房子多的两只手紧紧地抓住高斌的手臂，接着她用尽吃奶的力气，把刀子的方向调整成垂直的角度，狠狠朝高斌的肩膀刺去。

高斌身上的黑色衣服瞬间被血染深了一片，接着他原本反抗的手失去了力气，整个人也跟着静了下来，就像一条活蹦乱跳的鱼突然变得一动不动，失去了生机。

紧勒着他脖子的池炉低头看他，只见高斌脸色煞白，呼吸停滞，池炉缓缓松开了自己的手。

房子多也仓皇地放开握住高斌的手，之后抬头看向池炉。

两个人对视着彼此，刚才发生的一切让他们有种一起经历了生死的感觉。当然，他们的内心也有着强烈的恐惧。

他们眼睁睁地看着一个人失去呼吸、失去脉搏，生命就此消亡。

他们看到彼此眼中的紧张、害怕，时间就像凝固了一样。

大漠的风拂过了脸颊，血液的红刺激了视觉，让他们缓缓回过神来。

当房子多看到池炉的手臂流血不止时，内心瞬间多了一丝心疼。她连忙靠了过去，跪在地上，撕下身上衣服的一角，给他包扎。

池炉的关注点却是刚才中了许多枪的许烨磊："许叔。"

许烨磊轻微地动弹了一下，房子多闻声看去，只见许烨磊躺在车底，身下的地面被一摊血覆盖着。

池炉快速站了起来，房子多都没来得及给他包扎。两个人奔到车子的另外一边，将许烨磊从车下拖了出来。

可是就当许烨磊被拖出上半身时，冰冷的枪抵上了池炉的后脑勺。

池炉顿时就跟木头人一样定在那儿。房子多缓缓抬起头，只见刚才被他们"勒死"的高斌站在池炉的身后，肩膀流着血，持枪抵着池炉的后脑勺。

许烨磊也抬起头，中枪带来的疼痛袭击着他的神经系统。此刻的他额头冒着汗，内心有些懊恼，他刚才应该让池炉再确定一下高斌是否真的死亡。

因为自古以来兵不厌诈，池炉和房子多不是军人，自然不懂这些。

"举起手来。"高斌对着池炉说道。

池炀没有听从，许烨磊给了他一个眼神，让他照做，他才缓缓举起手，身体也跟着慢慢站直。

而在下一秒，池炀给身后的高斌来了一个突袭。他晃了一下脑袋，快速抓住高斌那只持枪的手，接着两个人直接扭打了起来。在扭打的过程中，两个人都受到了来自对方的手肘、拳头以及脚的攻击。

房子多没见过池炀打架，只与他进行过一场击剑比赛，当时她频频失分。她没想到池炀还会打架，看样子他练过格斗术，与高斌你一拳我一脚地扭打在一起。

池炀想夺走武器，而高斌没让他得逞，甚至毫不客气地扣动了扳机。幸好高斌手中的武器被调整了方向，往天空开了两枪，还有两枪打在了车身上。就在这时，池炀牢牢地抓住了高斌的手，让他狠狠地往车身撞去，撞掉了他手中的那把枪。

武器掉落在地，许烨磊伸手去够，但是差点儿被扭打的两个人踩到，而高斌也在这时将枪狠踢到别处。

呆站在那儿几秒的房子多被许烨磊扯了下裤腿，许烨磊示意她去拿武器。

房子多回过神来，去找被高斌踢飞的武器。

池炀和高斌扭打在一起。尽管池炀不停地进攻，但高斌的功夫似乎更胜一筹，池炀连挨了他好几拳，艰难地进行躲避。高斌的拳头一下打在车身上，发出"哐"的声响。

池炀趁机抬脚朝高斌腹部的位置猛踢，但下一秒他的腿被高斌抓住，用手肘狠砸了几下。

池炀疼痛不已，慢慢落到下风。车下的许烨磊见状，想爬出来伺机帮池炀一把。但由于脚受伤，他很难站起来，最后只能朝扭打的两个人匍匐而去。许烨磊一把抓住高斌的左腿，试图将他摔倒。

高斌用拳头对付池炀，一拳打在了池炀的下巴上，让他整个人往车上撞去。就在这空当，高斌从腰间掏出一把尖刀，直接向许烨磊的前胸位置刺去。

房子多终于找到了武器，返回来时，刚好看到许烨磊被刺的画面，整个人都被吓到了。

高斌一刀下去，拔出来，又一刀刺了进去。

房子多全身的肌肉都僵了，她恐惧，但更愤怒。她咽了一下口水，举起枪瞄准了高斌。

但她的手不停地颤抖，似乎听不了使唤。她极力克制自己的身体，用手指扣下扳机，就在这时，她的后背却传来一阵针刺感，接着手中的武器掉落在地上，她的身体直直地倒向地面。

倒下的房子多身体是僵的，但意识是清醒的，所以撞击带来的疼痛感也十分明显，而她刚才射出去的那一枪击中了高斌的腰部。

池炟直接给了他一拳，高斌被这一拳抡得侧了头，踉跄地后退一步，手臂搭在车身上保持身体的稳定。

之后许烨磊和池炟也分别中弹，一个直接趴在了地上，一个身体靠着车身缓缓滑落在地。

高斌抬眼看了下靠近自己的直升机，对着耳边的麦骂了一句："再迟一点儿我就死了。"

骂完之后，高斌将视线收回，准备收拾残局。

可是他看向越野车的时候，发现车内空空如也。

宙奇和希爱博士都不见了。

高斌立马变得警惕起来，环视一周，没有发现他们的身影。

他们如果不是趁乱逃走了，那么只有一个结果——离开了这个虚拟世界。

高斌为了确定自己的猜想，对着麦说道："打开热成像仪，扫描方圆十里范围，快！"

在等待直升机那边的回复时，高斌将池炟、许烨磊和房子多三个人分别捆了起来，顺便对他们说："你们选择相信希爱博士，站在她的阵营，可是她完全不顾你们的生死。这种错误你们犯一次就好了，希望池总和许少将现在可以做出明智的判断。"

三个人的身体动弹不得，但他们可以开口说话，流着血的许烨磊咬着牙反驳道："你所谓的保护就是把我们绑成这样？"

"你们若不反抗，我肯定不会这样做。我并不想误伤你们。"高斌辩解。

他刚说完，直升机那边传来回复："扫描结果，没有发现生物的痕迹。"

高斌听后有种不妙的感觉，因为根据结果推断，希爱博士已经退出了这个虚拟世界，确切地说，她应该是被人召回的，而召回她的人极有可能就是宙奇。

所谓关闭宙奇系统的按键可能是一个幌子，其实那是用于退出虚拟世界的按键。

他上当了！彻底上当了！

至于退出去的希爱博士会不会重新进来，这是他需要十分警惕的事。

高斌连忙对着麦，提醒直升机上的助手："注意安全。"

但话音刚落，他就看见天空中盘旋的直升机直接被炸得稀碎。

高斌的脸色猛地变了，他连忙将被捆绑的三个人排成一排，当成肉盾抵御攻击。

只见全副武装的宙奇持着火箭筒，大步朝他们走来，身上散发着一种"一夫当关，万夫莫开"的气势。

高斌双手持枪，分别对着池烆和许烨磊。

没过几秒，宙奇走到离他们不到二十米的地方，高斌喊道："别过来，不然我杀了他们。"

宙奇听后，嘴角扬起一抹笑："你不敢。"

高斌再次威胁："你可以试试。"

宙奇直接往前走，高斌的脸成了猪肝色："你再往前踏一步，我直接开枪。"

宙奇又踏出一步，高斌毫不客气地扣下扳机。池烆只觉得耳边传来一声巨响，接着许烨磊的身体缓缓倒在了池烆的身上。

宙奇没想到高斌还真不是吓唬他的，连忙停下脚步，定在那里。

池烆也没想到，口口声声说不会伤害他们的高斌直接对许烨磊下了狠手，这一幕对他而言刺激太大了。

从知道这是一个局之后，池烆打心底里无条件信任的人就是许烨磊。因为许烨磊是军人，是池烆的邻居，是他的好友许诺一的爸爸。

现实世界里，他见证过亲人的死亡，但似乎没有此刻受到的冲击那么大。

在虚拟世界里，他对所谓的情感牵绊不再无动于衷。

看到自己的至亲李妍以及王莉莉死于炮弹之下，即便知道她们是虚拟人物，池炘还是无法接受，还有掩护自己的朱跃和许烨磊。

接连面对这样的场景，池炘的愤怒累积到了极点，一触即发。

房子多紧挨着池炘，虽然没能转头目睹这惨烈的一幕，但枪声响起的那一刻，她的心像被人揪出了胸腔。

房子多的眼泪止不住地掉了出来，她开口骂道："高斌，你不是人！"

"高斌，你找死！"宙奇也骂道。

躲在池炘身后的高斌吼了一句："退出，立马给我退出，否则我不敢保证自己下一秒会做什么！你想要两败俱伤的话，可以试试！"

宙奇定定地站在那里，不敢前行，也没后退。

"退出！"高斌再次吼了一句。

宙奇站在那边："你别乱来。"

"你再不退出，我不敢确定自己会不会乱来。"高斌再次威胁道。

宙奇见他如此强硬，没敢和他硬碰硬，随后说道："好，我退出。"

宙奇快速退出，消失在三个人的视线里。

一望无际的戈壁上只剩下他们三个人。风吹过脸庞，扬起了房子多的发丝，吹眯了她含泪的眼睛。

高斌见宙奇退出之后，并没有松懈下来，而是环视了一下四周。

因为宙奇不是普通的人工智能，他的智商胜过地球上的一切生物，可以说，他是一个极度危险的存在。

果然不出高斌所料，几秒后，宙奇再次杀了回来。

这次他是从高斌的后面出现的。高斌十分警觉，不过在他转过头时，宙奇直接在背后给了他一刀。

这一刀，插在致命的心脏部位。

但宙奇很快发现这一刀没有任何作用，因为高斌在里面穿了软甲，这一刀完全无法伤害到他重要的器官，而且他同步启动了防御系统，软甲产生了电流，直接传到宙奇的身体上。

接着他又调节了电流强度，宙奇拿刀的手在电击下不停地颤抖着。

高斌站了起来，举枪对着宙奇的脑部："我说过让你退出，你为何不听话呢？"

他说这话的时候，房子多突然发现自己的手脚能动弹了。

如果没有猜错，应该是宙奇在空气中释放了药物，消除了迷针的作用。

房子多转过头看向池炘，池炘也刚好看向她。

两个人十分有默契，都意识到肢体能动了。

当房子多看到挨着池炘肩膀的许烨磊时，她的眼泪再次夺眶而出，但她硬是逼着自己将眼泪止住，因为也看到宙奇的身上闪着电流，而高斌举枪对准了他的头。

曾经熟悉的高斌如今变得如此丧心病狂，房子多算是长见识了。当前的这种局面是她不想面对的，它该如何破解呢？

她要像宙奇那样，退出后再进来，借此机会扳回局面？

房子多觉得只有这样才能阻止高斌。但此时她没办法跟池炘沟通，将自己的想法传递给他，只能默默地与他对视。

时间太过紧急，房子多的脑海中萌生出极为强烈的退出想法后，退出程序被启动了。

坐在她旁边的池炘就这么眼睁睁地看着身旁的房子多消失在自己的眼前。

身侧变得空荡荡的，一个大活人就这么不见了。

池炘没有惊慌，因为他似乎通过刚才房子多的眼神读懂了她的想法。

那眼神里透着心疼、痛苦、愤怒。

不过，她想要退出再进来，这个举动实在太危险了，宙奇就是例子。

高斌似乎早有准备，知道每一个人的弱点。

为了让高斌停止伤害宙奇，池炘不由得出声："房子多！"

他的声音引起了高斌的注意，高斌快速转过头看向他们，路面上只剩下池炘和许烨磊，少了一个房子多。

"房子多也退出了？很好！"高斌见状，哼笑一声，"看来我是彻底没有退路了，唯一的选择，就是把你们全部消灭。"

说完，高斌将头转了回去，准备杀了宙奇。

当他准备扣动扳机的那一刻，房子多再次出现在公路上。

她的身上没有了任何束缚，她站在高斌的身后，举枪抵着高斌的后脑勺。

　　这次，她的手不再颤抖，她非常坚定地站在那儿，气场十足。

　　"高斌，你敢开枪，我们就一命换一命。"房子多对着高斌说道。

　　后脑勺的枪十分冰冷，房子多的语气也透着原来没有的霸气，高斌扣着扳机的手指缓缓缩了回来。

　　眼前的场面像是一种无尽的循环，一会儿她占据上风，一会儿又被对方反杀。

　　"放下枪。"房子多说道。

　　"子多，别乱来。"高斌说道。

　　"放下枪！"房子多一副没的商量的样子。

　　高斌定在那里，之后持枪的手缓缓放下，但手中的枪没有被扔在地上。

　　"枪，给我放下！"房子多冲着他的后背吼道。

　　高斌只好把枪扔在地上，房子多没敢放松警惕，接着命令道："解除宙奇身上的电流。"

　　高斌深呼了一口气，接着伸手想要操控腕表上的程序。就在这时，他猛地转身，想要抓住房子多的手，夺过她手中的枪。

　　房子多似乎有所警觉，直接开枪，子弹从高斌的耳边擦过。

　　耳朵传来剧痛，鲜血瞬间喷洒在高斌黝黑的半张脸上。

　　高斌的耳朵嗡嗡作响，痛意袭来的同时，他的耳边失去了声音。

　　他表情极为痛苦地捂住耳朵，眼睛充血。房子多有点儿被吓到，连忙后退两步，努力调整气息，举枪对着他，再次命令："解除……解除宙奇身上的电流。"

　　房子多不自觉地结巴起来，举着枪的手也不由自主地开始颤抖，因为高斌的眼神实在太吓人了，那是充满杀气的眼神。

　　房子多在心悸之余，努力稳住自己，与他对质。

　　高斌捂住耳朵的手染上了鲜血，在房子多的威逼之下，他将手移到手腕上，准备解除电击装置。房子多紧紧地盯着他，看着他的手指轻轻一触，宙奇身上的电流立马消失了。但就在这个空当，高斌弯腰跪下，快速捡起枪朝房子多射了一枪。

在这危急时刻，房子多却被一股力量推到了一旁。

这一枪直接射到了池炜身上，不过庆幸的是，他身上的救生衣启动了防御功能，这一枪没有给他造成实质性的伤害。

高斌见状，又朝他射击，这次池炜的大腿中了一枪。

不过就在这时，宙奇在后面袭击了高斌。

但高斌似乎预料到了一样，当宙奇袭击他时，他闪躲开了，之后两个人上演了一场动作十分流畅的武打大片。由于高斌前面被房子多捅了一刀，身体灵活度明显降低，于是他很快就抵挡不住宙奇的攻击，手中的枪被宙奇打掉了。

刚才被推到一旁的房子多想要帮忙解决掉高斌，但是他们两个人扭打在一起，她完全插不上手。而且宙奇明显占了上风，所以房子多的注意力很快回到了池炜身上。

再次见到池炜受伤，房子多连忙奔了过去。

池炜跪在地上，大腿出血不止，房子多又一次撕下自己身上的衣服给他包扎。

宙奇将高斌按在地上，一拳又一拳地朝他猛击。高斌的脸瞬间被血染红，他很快就被揍到躺在地上一动也不动。

宙奇这才收手，双膝跪地的他准备站起身时，高斌的眼睛却突然睁开，随后他再次启动了电击装置。

宙奇再次被他定住，完全动弹不得，满脸都是血的高斌嘴角扬起一抹诡异的笑。

论装死，高斌可是个高手。这一招往往可以迷惑对手，因为他的这些对手并非职业杀手，做不到心狠手辣，更做不到赶尽杀绝。

心里的善念在这个时候就等于一颗炸弹。

房子多正忙着给池炜包扎，没注意到高斌再次装死，骗过宙奇。

池炜看到满脸是血的高斌从地上爬起来的时候，不由得赶紧拿起房子多放在地上的枪。

池炜刚想朝高斌射击，他的手臂便直接中了一枪。

这一枪，让给池炜包扎的房子多整个人都抖了一下，后背直接变得僵硬无比。

她想拿过枪进行反击，但是胜算不大。最后她只能放弃，缓缓转过身面向高斌，双手举了起来："高斌，你别乱来。"

满脸是血的高斌一步一步地朝他们走来："不是我想乱来，而是你们的错误选择造成了现在这样的局面，现在一切都无法挽回了。"

"你想做什么？"房子多的眼神带着惊恐之色。

"斩草除根，永绝后患。"高斌说道。

"你要杀了我们？"房子多挡在池炘前面。

"如果让你们回到现实，你们会放过我吗？不会，至少许先生不会，而池炘，你也不会。"高斌说道，"房子多，你算是我的学生，我可以饶了你，你走开。"

房子多没有听从他的话，继续挡在池炘的前面护着他："高斌，我求你，求你别乱来。"

房子多知道，如果他在这里将池炘杀了，那么池炘将会永远游走在潜意识的边缘，再也醒不过来。

这意味着唤醒计划会彻底失败，而且他们不会再有下一次机会了。

"我必须在这儿杀了他，否则回到现实世界，我就会被他所杀。"高斌走到两个人的面前，居高临下地看着他们，"这句话我以前在训练你的时候说过，筑梦师接受任务，成功则相安无事，可一旦计划失败，就会面临被人追杀的情况。为了应对这一情况，筑梦师能做的只有在梦境中将对方反杀。"

房子多仰着头看着高斌："不，你不能杀池炘。高斌，我保证，我向你保证，你放过我和池炘，我们都不会对你进行报复。我保证！"

高斌俯视着她："子多，你的保证我可以相信，但是他，我不相信。"

说完，高斌手脚并用地将她整个人推开。

身体多处受伤、正忍受着枪伤带来的剧烈疼痛的池炘直接与高斌对视。

因为被血模糊了视线，高斌抹了一下眼睛，举枪对准了池炘。

第十六章

我的心为你而动

对人类而言，唯一真正意义上人人平等的事就是死亡。

有一种说法是，人的死亡分为三个阶段：心脏停止跳动意味着生理上的死亡，葬礼的结束意味着社会意义上的死亡，而最后一次死亡，则是被世界上最后一个记得他的人遗忘。

为自己心爱的人挡枪，这绝对会是让对方一辈子都难以忘怀的事。

死亡的感觉又是什么？

大脑失去意识代表着一个人真正离开了人世，于是整个世界都安静下来，时间停止了，太阳也隐没了，世界陷入一片黑暗之中，最后出现一道白光。

当房子多迷迷糊糊地睁开眼睛的时候，穿得一黑一白的一男一女出现在她的视线里。

再仔细看一眼，这一男一女她很熟悉。

"醒了？"

声音也很熟悉，像希爱博士的声音。

房子多终于看清了，站在她面前的人就是希爱博士和宙奇。

房子多张了张口："希爱博士。"

希爱博士一脸笑容："你终于醒了，喝点儿水吧。"

房子多喝了几口水后，环视了一下四周，发现自己躺在一间类似病房的地方，但又有点儿像实验室。

意识清醒之后，房子多也瞬间回忆起她替池烆挡了一枪的画面，不由得问道："池烆呢？池烆怎么样？"

希爱博士笑："他也醒过来了。"

房子多听到这个回答之后，怔了怔："他醒了？"

"你替他挡了一枪，彻底激活了他情感相关的神经系统。他想救你，想复仇，所以求生的欲望特别强烈，他触发了退出虚拟世界的程序，彻底清醒过来了。"希爱博士解释道。

"宙奇，是这样吗？"房子多询问站在一旁的宙奇。

宙奇开口："是的，我目睹了你被高斌枪杀，这对池烆而言是个巨大的冲击，他双手颤抖地抱着你掉泪，眼里充满了仇恨和杀气。他退出虚拟世界之后，我便再次进入你的潜意识，将你唤醒。"

房子多听后，内心很是高兴，但似乎又有些失落，接着她想到什么，连忙又问："那磊爸呢？"

"许先生也醒了，他没事。"希爱博士说道。

房子多的心顿时安定下来："也就是说，唤醒计划圆满完成了？"

"是的，任务圆满完成。房子多，你就如高斌所说，是个天才筑梦师。"希爱博士夸赞道。

提及高斌，房子多愣了愣，眼里闪过一丝疑惑："高斌，他……他被你们处理了？"

希爱博士笑了笑："虚拟与现实是有界限的。"

"什么意思？"房子多不解。

"字面意思。"希爱博士回道。

"你的意思是，在虚拟世界里，高斌对我赶尽杀绝，都是提前策划好的？"房子多问。

希爱博士又笑了笑："在虚拟世界里发生的一切，你就当做了一场梦，梦醒了，一切也结束了。"

房子多听希爱博士没有正面回应自己的问题，尽管还有很多疑惑的地方，但没有继续问，毕竟她只是一个拿钱办事的人。

房子多的脸上挤出一丝笑容："是，任务结束了，一切都结束了。"

希爱博士轻轻拍了拍她的肩膀:"辛苦了。你好好休息一下,有别的需求直接用这个。"说完,希爱博士指了指旁边的一台 AI 声控仪。

房子多点了点头。她参与这个唤醒计划,就像做了一场激烈又刺激的梦一样,此刻的她确实有点儿累,需要好好休息,恢复一下精力。

希爱博士和宙奇转身离开,不过他们走到门边正要出去的时候,房子多再次开口:"希爱博士。"

希爱博士听到声音,停下了脚步,转过头看向房子多:"嗯?"

房子多也看着她,咽了下口水,缓缓地说道:"没事。"

希爱博士看房子多的表情并不像她口中说的没事,但希爱博士没有点破,冲她一笑:"先休息吧,等休息好了,我让人送你离开这里。"

说完,希爱博士和宙奇离开了房间。当房门紧闭之后,房子多揪着薄被,缓缓躺了下来。

其实她刚才想问希爱博士,她能见下池烆吗?

但她还是没有开口,因为这不符合之前签订的协议。任务结束,拿了自己的报酬之后,大家就应该各回各家了。

这次的经历像一场梦,像一部电影,可太真实了,那些事情就像真实发生过一样。

她在这场经历里对一个男人心动了,与他谈了一场恋爱,经历了一场惊心动魄的生死搏斗,然而结局呢?

结局并非男女主人公幸福地在一起,而是她醒过来之后躺在这张床上,望着天花板,像回味一场梦一样回想这一切。

这场经历只是一场梦,而池烆只是一个客户。

结束了,一切都结束了,她得回归现实生活了。

穿着白大褂的希爱博士和宙奇并排走在长长的走廊上。

宙奇开口:"为什么不告诉房子多真相?"

希爱博士说道:"有时候谎言比真相更美丽。"

"万一哪一天她知道了真相呢?"宙奇又问。

"主动知道比被动知道更容易让人释然。"希爱博士说道。

宙奇微微点头:"有道理。"

之后,宙奇接收到信息,随后对希爱博士说道:"池烆要求见你。"

希爱博士听后说道："走吧。"

一分钟后，两个人来到一间商务型的套房内。

池炘穿着一件黑色的浴袍靠在床头，这样的穿着也掩饰不了他的俊朗。见两个人到来，他率先开口："房子多怎么样？"

"她醒了，生理指标都很正常。"希爱博士回道。

"她有说什么吗？"池炘又问。

"追问了你和许先生还有高斌的情况。"希爱博士回道。

"你怎么回她？"池炘问。

"说你们都醒了。"希爱博士说道。

"还有呢？"池炘追问。

"跟她解释了一下，说你在她中枪之后，激活了情感神经系统，求生欲极强，想复仇，于是退出了虚拟世界，回到现实。"希爱博士说道。

"她相信吗？"池炘问。

"她相信，相信这个针对你的唤醒计划圆满完成了。"希爱博士说道。

池炘看了一眼希爱博士："那就好。"

希爱博士听后，笑着看池炘："你能救回你所爱之人，很开心吧？"

池炘闻言，又看了希爱博士一眼："是你的功劳。"

希爱博士笑了笑："功劳谈不上，相反，我还得感谢你对我的绝对信任。你和房子多因唤醒计划相遇，产生了这段爱情，同步促进了我在人工智能领域、神经系统领域以及对潜意识的深度研究。"

"我和她是命中注定。"池炘说道。

希爱博士笑："好吧，你们之间是命中注定。"

池炘看了她一眼："我和房子多的命中注定，也得多谢你这个红娘。"

希爱博士听后，念着这两个字："红娘？"

"不是吗？"池炘反问。

希爱博士想了想，点头说道："算是吧，是我让你们产生了交集，这点你确实得感谢我。对了，接下来你打算怎么处理？"

池炘没有如实告之，而是卖关子地说道："我自有安排。"

希爱博士也没再追问，因为池炘不打算说，别人也是没法打听到的。

沉默两秒，希爱博士接着问道："在这次唤醒计划里，你的心结被彻底解开了吗？"

池炘听后，也沉默了几秒才开口："已经失去的人或物是无法挽回的，珍惜当下才是最重要的。"

"也就是说，你已经解开了心结。"希爱博士说道。

"与其说被解开，不如说我将它存在了心底的某个地方。"池炘说道。

"你能这么说，说明你的情感神经正在修复，效果不错。"希爱博士说道。

说到这个，池炘不由得说道："你加了那么多戏，以此来刺激我，就不怕我承受不住吗？"

希爱博士笑了笑。她承认自己确实加了很多剧情，让池炘承受家人、朋友、恋人死亡的重创，以此来刺激他的神经。

一般人遭遇这些肯定会崩溃，但池炘不是一般人。

希爱博士说道："事实证明，你承受住了，而且我也相信你个人意志力的强大。当然，过程是痛苦的，但结局是好的。"

池炘听后，开口说道："我是不是得跟你说声谢谢啊？"

"我们之间不需要道谢，毕竟，因为你的信任，我的研究领域得到了进一步拓展。"希爱博士说道。

池炘听希爱博士这么说，也算是被堵得没话说。当初是他寻找到希爱博士进行合作，最早合作的只是工作上的，也就是针对体验式游戏的神经元感应器的研究。之后，他发生了一些意外，希爱博士救了他，同时他也成了希爱博士研究和实验的对象。

"我想问一个问题。"池炘说道。

"你问。"希爱博士说道。

"这次朱跃没有亲自参与，为何我在虚拟世界里觉得他那么真实？"池炘道。

"你想听真话，还是假话？"希爱博士说道。

池炘看着她："你说呢？"

池炘的语气本身就自带清高的感觉，他一说反问句，直接增强了整个人的震慑力。

希爱博士如实回他："在前面多次唤醒你的实验中，参与的人有朱跃、房子多以及宙奇。之后，宙奇对朱跃的行为特征进行了模拟和复制，这次直接运用在里面，效果不错。你也清楚地知道，如果是真人参与，没有受过专业的训练，彼此的潜意识通常会产生抗拒以及不信任的感觉，现在全部由人工智能替代，会降低很多风险。"

希爱博士的话池炘是理解的。在之前几次针对他的唤醒计划里，由他潜意识的抗拒所产生的后果，就是每次计划的实施过程都像是一部动作大片，充斥着各种惊险刺激的场面。

"也就是说，你采集了朱跃的行为特征？"池炘问道。

希爱博士否认："不能说是采集，而是模拟复制。"

"有区别吗？"池炘反问。

"倘若是采集，意味着他本人可以完全被替代。而复制他的行为特征，只是复制了他外在的行为习惯。不过你放心，之后我会将这些相关资料全部删除。"

池炘听后，凝视着希爱博士几秒："你这次不会又借机复制了许烨磊的行为特征吧？"

希爱博士摇头："没有，我保证。而且我也不敢。"

"为何不敢？"池炘问道。

"我要是这么做，便是自毁前程。毕竟虽然他已经退休，但他的特殊背景在那儿。"希爱博士回答道。

"你会畏惧权力？"池炘反问。

"在这个世界上，每个人都生活在权力之下，没人例外。唯一的区别就是，有些人主动成为权力的奴隶，而有些人则在这个环境下坚持自己的原则，用自己的智慧推动科技进步，追求真理，勇于探索。我是有自己的道德底线的。"希爱博士说道。

池炘听后，静静地看着她几秒。他并不想打破他和希爱博士之间的默契和信任，所以选择相信她的话。当然他也相信希爱博士是一个聪明人，正如她自己所说，倘若她这么做，后果真的不堪设想。

"还有一个问题，在虚拟世界里，许文明和高斌的个人主张是你设计的，还是事实就是如此？"池炘又问了一句。

希爱博士听后，回了一句："这个问题得由你自己去判断。"

"什么意思？"池烆说道。

"由你自己去判断。"希爱博士还是那句话。

池烆听后没有继续追问，不过希爱博士的回答已经给出了答案，是真是假，都得由他自己做出判断。

"看样子，池烆自有打算。"许烨磊说道。

"是的，他已经在车上等你了。"希爱博士说道。

说这句话的时候，几个人走到了黑色商务车前面。

车门打开，池烆下车和许烨磊打招呼："许叔。"

许烨磊看了下他，随后拍了拍他的肩膀："一切顺利，终于回归正常了。"

池烆点头，之后希爱博士看着两个人坐上车，目送他们离开。

站在旁边的宙奇见车子消失在视线里后，转身对希爱博士问道："希爱，需要监视池烆吗？"

希爱博士轻轻摇了摇头："在最后一次的唤醒计划里，我们该做的都已经做了，再进行别的动作可能会适得其反。"

"你的意思是，在这次唤醒计划里对他的潜意识植入是绝对有效的？"宙奇问道。

希爱博士收回视线："意识植入分为明植入和暗植入，我们对池烆的意识植入属于明植入，我在唤醒计划里对他的潜意识进行了植入的事他心知肚明，所以我们无须再做其他动作。接下来，他也肯定会继续支持和赞助我们的实验。"

宙奇看着希爱博士自信的眼神，没再说什么。

坐车远去的池烆和许烨磊彼此看了对方一眼，许烨磊的脸上露出温和的笑容。

池烆也微微扯了下嘴角，开口说道："许叔，谢谢您。"

"我们之间不必言谢。"许烨磊说道。

池烆说道："该谢的还是得谢。"

"我参与这个计划有一半的原因是多多。"许烨磊说道，"还有，你不打算跟多多坦白真相吗？"

池炻沉默几秒："真相如何，不重要。"

许烨磊听后，愣了下："那什么重要？"

"信任。"池炻说道。

许烨磊认同他的观点："你说得没错，人与人之间最难得的就是信任。不过，你们之间的感情到这个程度了吗？"

池炻看向前方的目光侧了过来，他看着许烨磊："许叔，你之前问过这个问题，我的回答是，房子多参与过多次针对我的唤醒计划，每次都会下意识地保护我，这次也不例外。之前，我的潜意识有着极强的反抗机制，导致我每次都对他们的入侵做出反击，对抗时一旦出现误伤，她每次都下意识地保护我。她的出现给我带来了不一样的感觉。这次为了唤醒她，她与我在潜意识里谈了一场虚拟恋爱，但对我而言，这是真实的，而不是虚拟的。我很清楚自己对她是什么样的情感，她是我心里最特别的女人。"

许烨磊听后，静静地看着他。

在常人眼里，房子多和池炻之间产生的爱情只不过是一场虚拟的经历，但知道所有内幕的许烨磊觉得，他们就是所谓的灵魂伴侣吧！

池炻亲自参与了公司神经体感游戏的测试，测试中游戏出现了漏洞，他受到攻击，之后陷入昏迷不醒的状态。在希爱博士的帮助下，唤醒计划被启动了，房子多就是唤醒计划参与者中的一员。由于池炻的个人意识防御机制很强，他对人不信任，导致唤醒计划失败多次、重复多次。而在这个过程中，房子多因为善良，每次都在最关键的时候下意识地保护池炻。在进行最后一次计划时，房子多在虚拟世界里死亡，导致她在现实中也陷入昏睡不醒的状态。不过幸好，池炻被唤醒了。他醒过来之后探望过房子多几次，看到她昏睡不醒，最终决定让希爱博士制订一个针对房子多的唤醒计划。他们之间的爱情纠葛就是从这一刻开始的。

房子多的潜意识在混沌边缘游走，要唤醒她难度极高。希爱博士为了确保这次唤醒计划能顺利进行，找来许烨磊帮忙，因为他是房子多和池炻都信任的人。

而其他一起参与的成员，例如朱跃和高斌，实则是希爱博士实验基地里的超级人工智能。它们不像宙奇有着人体模型，只是由一台主机幻化出的多个人物。

"多多是我看着长大的孩子，你们在虚拟世界里一起经历了生死搏斗，这也算是对你们的一个考验。毕竟在危难之际，人的潜意识是十分直接的，无法掩饰，也无法作假。"许烨磊说道。

"正因为如此，我才认定她对我而言是特别的。"池炘说道。

许烨磊听后，笑了笑："你可知道，在虚拟世界里，我和你孙姨一直把多多当未来儿媳妇这件事，其实是我们现实中真实的想法？"

"知道，不过对此我没有任何抱歉之意，因为房子多喜欢的人是我。"池炘说道。

许烨磊笑："你很自信。"

池炘没有接话，因为许烨磊身上散发出强大的气场，即便是特别自信的人，在他面前也会主动收敛自己的锋芒。

许烨磊用深沉的目光看着他几秒，接着问道："关于在唤醒计划里希爱博士对你的潜意识植入，你怎么看待？"

池炘听后与他对视，反问道："许叔，你怎么看待呢？"

"我个人对这种行为肯定是抵制的。"许烨磊说道。

池炘微微点头，随后说道："这是一个复杂的问题。"

许烨磊的目光带着疑惑："从何说起？"

"具体来说，我和希爱博士的合作是相互利用、相互制约的，她的实验成果推动了我现在的事业，帮助我恢复健康，修复我的神经系统，而我得到这些都是需要付出相应代价的。希爱博士在这次针对房子多的唤醒计划里增加了很多复杂的设定。房子多就不用说了，她一直保持原来的想法，一心想唤醒我，同时想给我植入继续资助希爱博士的想法；朱跃想保护我，却反对我对希爱博士的资助；高斌在带着商战中的阴谋、反科技主张等……这些全都是潜意识植入，而且特别复杂，稍不留神就会让人失去判断力，进而形成全新的思维和观念。按理说，我应该排斥、反对，甚至应该控诉希爱博士的这种做法，可是转念一想，我在现实世界里不同样也在经历这些吗？这个世界本身就是善良和邪恶交织的世界，所以即便我很清楚她对我进行了潜意识植入，希望我继续支持她的科研，只要不触及我个人的底线，我是可以接受的。"池炘说了长长的一段话。

"你如此信任她？"许烨磊道。

"我和她之间的关系用'合作'一词概括更为精准。"池炘说道。

"你就不怕她的实验会涉及不该涉及的领域？"许烨磊说道。

池炘看着许烨磊："许叔，你能说出这句话，说明你是真正关心我的人。你考虑的这些我也深思过，我担心事情不在自己所能控制的范围内，担心自己被利用、被操控，成为别人的傀儡。"

"可能因为我曾经是职业军人，'居安思危'这四个字一直是我的行为准则。对于高科技，我们固然是依赖的，但不能绝对信赖。"许烨磊说道。

"您说得对。"

许烨磊听后，微微点头："池炘，你的想法很通透，而且你考虑问题的高度令我佩服。"

池炘道："许叔，跟您比，我还是有很大差距的。"

许烨磊笑："谦虚就是骄傲。"

池炘的嘴角微微上扬："要推动科技的发展就要做到实事求是，做人也该如此。"

许烨磊露出赞赏的目光，笑着点头："既然你早有心理准备，我也不便多说什么。"

池炘和许烨磊一起回到家，出于基本礼貌，池炘此刻站在许烨磊的身旁，目送他进门。

许烨磊直接按了门铃。

池炘见状，不由得看了下门锁："许叔，这门不是指纹解锁吗？你为什么还要按门铃？"

在等候开门的许烨磊温和地笑着说道："科技确实给人的生活带来了很多便利，但有些习惯是为了让生活更加温馨。"

"温馨？"池炘抓住这句话的重点。

"按门铃表示我回来了，家里的人便会出来迎接我。这看似麻烦，但家人之间的感情会因此升温，习惯了之后，它更像是一种仪式感。总比独自进了家门，大家各自玩手机，互相不理睬来得好吧？那样显得大家多么冷漠啊！"许烨磊解释道。

池炘听后，内心有些触动。这时，门被打开了，门内出现了孙萌萌的身影。

孙萌萌嘴里还念叨着："老公，你就不能自己开门进来吗？每次都要我给你开门。"

孙萌萌刚念叨完，看到池炘也在一旁，连忙笑脸相迎："池炘，你怎么跟你许叔凑一块儿回来啊？"

池炘刚要回她，许烨磊抢了先："我们在车库遇到的。我已经吃过饭了。"然后他对池炘说："池炘，有空来家里吃饭。"

池炘怔了下，想必和他一起参与唤醒计划的事，许烨磊没有跟孙萌萌报备。

许烨磊已经迈开脚步进了屋，孙萌萌笑吟吟地对着池炘说道："池炘，你有空就来家里吃饭。"

池炘点头："好。"

门被关上后，池炘转身走向自己的家。他伸手去解锁，指纹锁识别的铃声响起，他推开门走了进去。

智能感应灯光系统启动，整个空间亮堂了起来。

关上门之后，池炘环视了一下家里。家里的布局和虚拟世界里的一模一样。

此刻，窗外已经星光点点。

池炘走向沙发，将西装外套扔在上面，之后坐了下来，颀长的身体倚靠在沙发上，眼睛看着天花板的灯几秒，缓缓闭上，三秒后又睁开，扫视着整个空间。

这一刻，在虚拟世界里的所有记忆都涌现在他的脑海中。在这个空间里，他和房子多之间发生了很多事情——他们在厨房拥抱，在餐桌边亲吻，在这个沙发上缠绵。

这些记忆里的事就像真实发生过一样，历历在目，让人难以忘怀，回味无穷。

正当池炘深陷回忆时，手机响了起来。

池炘的思绪被打断，他看了一眼来电显示，随后接了起来，耳边传来熟悉的声音："阿炘，你在哪儿？"

是朱跃的声音。池炘回了一句："在家。"

"你发定位给我。"朱跃说道。

池炘知道朱跃在确定他的安全，于是说道："我就在家里，有事？"

"你消失了两天，完全失联，把我急得不行，你赶紧把定位发给我。"朱跃催道。

听见朱跃这么担心，池炘给他发了一个定位。

接着，池炘听到他说："我马上过来。"

半个小时后，朱跃出现在池炘家里。池炘刚洗完澡出来，身上只围着一条浴巾，头发湿漉漉的，看上去特别性感。

看到朱跃，池炘自然想起在虚拟世界里他保护自己的那一幕。

"阿炘，你消失了两天，去哪儿了？"朱跃问。

池炘开口："房子多醒了。"

朱跃闻言，愣了下："房子多醒了？什么时候？"

"下午。"池炘边说边走向开放式厨房，打开冰箱，拿出两瓶水。

之后，他把一瓶水给了朱跃，自己打开另一瓶喝了几口。

朱跃拿着水，目光定定地看着池炘："你去见了希爱博士？"

池炘没有回避，应了一声："嗯。"

朱跃的表情立马变了："阿炘，你怎么能不跟我说一声就擅自去见希爱博士？"

池炘坐了下来，抬眼看着朱跃。此刻，朱跃的观点跟虚拟世界里的几乎是一致的，他不想让池炘与希爱博士交往过深。

不过，从另外一方面看，朱跃是正确的。那台高级人工智能能精准地模拟和复制一个人的行为特征，这对人类而言是恐惧的。因为稍不留神，人类就有可能被替代。

尽管希爱博士当着池炘的面删除了相关资料，但这种行为还是让人细思极恐（网络流行词，指仔细想想，觉得恐怖到了极点）。

"朱跃，如果我出现危险，你会怎么做？"池炘问了一句。

朱跃被他问得愣了下，然后紧张地问："你出现危险？你去见希爱博士，又说房子多醒了……你是不是参与了希爱博士邀约的唤醒计划？"

池炘只是看着他，没有直接回答。

朱跃坐了过来："阿炘，你能醒过来确实是希爱博士的功劳，我很清楚地知道，她在神经领域的研究不仅对我们公司的体感游戏的升级有着巨大的推动作用，也对你个人的神经修复有所助益。但上次我亲自参与后，还是有些顾虑和后怕。没有先例，我们就相当于实验品。而且科学界对她的评价褒贬不一，你对她的支持和资助势必会带来一些不必要的麻烦，甚至带来危险。

"那个唤醒计划风险巨大，你怎么能不跟我说一声就擅自前往呢？上次的事故我不想再面对，我也不想让你再有任何闪失。"朱跃越说情绪越激动。

池炘倒是很淡然，看着他说道："如果没有房子多，我不可能坐在这里。"

"这个我知道，但是风险太大了。"朱跃回道。

"这次一切顺利，我没事，她也醒过来了。"池炘回道。

"阿炘，你不能有这样的侥幸心理。上次发生那样的事故，你知道有多严重吗？"朱跃说道。

池炘醒过来后听说了一些。朱跃当时承受着前所未有的压力，若不是他及时封锁消息，公司极有可能发生巨大的动荡。

池炘看着他："其实我刚才不该问那个问题，我一旦出现危险，你肯定会不顾一切，拼尽全力地保护我。上次你参与我的唤醒计划，足以证明一切。"

朱跃听后，眼神闪着异样的光芒，因为池炘极少说肉麻的话。于是他也肉麻一番："因为你我是兄弟。"

两个人对视了一眼。池炘以往的眼神都是严肃的、没有温度的，但此时此刻，朱跃觉得其中有了些变化，虽然不是特别明显，但池炘的眼神里似乎多了一些人情味。

接着，池炘伸手拍了下他的肩膀，说道："帮我约下许文明。"

朱跃愣了下："许文明？"

"他在国内，看看这两天他有没有时间，约他见一面。"池炘说道。

"好，不过要以什么理由约他见面呢？"朱跃问道。

"就说我想找他当面聊聊。"池炘说道。

朱跃很敏感："阿炘，是不是出了什么事？"

裹着浴巾的池烆站了起来："你照办就好。"

池烆的行事作风朱跃十分了解，他决定的事别人只要照做就好，所以朱跃不再追问。不过，想起刚才池烆的话，朱跃接着说道："我联系安保人员，接下来对你进行 24 小时贴身保护。"

池烆回绝了："不用。"

朱跃愣了愣："你刚才不是说出现危险了吗？"

池烆说道："那只是假设。"

"可我还是不放心。"朱跃说道。

池烆拿起水又喝了几口，才回道："许叔就住在隔壁，没什么不放心的。"

朱跃听后，便没了异议。

池烆打算回房间休息，不过又想起一事，于是交代给朱跃。

朱跃听完池烆的交代，先是愣了愣，随后说道："阿烆，这件事等你休息好了，我们再商量行吗？"

池烆却是一副没有商量余地的样子："马上去办。"

朱跃皱眉："别的还好说，可你交代的这个得专门预订啊！少说也得一年半载的。"

池烆听后，回了一句："我相信，以你的能力可以在一周之内搞定。"

朱跃被他这么夸，不知该高兴还是该哭诉，只能说道："我尽量。"

但是，池烆明显对这个答复不满意："不是尽量，而是一定要做到。"

朱跃有点儿窘，不过最终还是屈服在池烆的威严之下，答应下来："好吧，我这就去办。"

实验基地的一间套房里。

躺在床上的房子多眉头紧皱，嘴里念着一个人的名字。

"池烆……池烆……"

她的眉头皱得更紧，甚至冒出一丝冷汗。

"池烆……池烆……

"不，你可以杀了我，但求你不要伤害他……

"不……"

房子多大喊一声，之后彻底惊醒。

她的呼吸急促，额头汗流不止，脸上的惶恐表情凝固在那儿。

当她睁开眼睛意识到自己在哪里时，不由得咽了下口水，伸手将额头上的汗抹去。

原来是梦！虚惊一场！

但是这个梦太真实、太吓人了，醒来后，她的心还是被紧紧地揪着。

几秒后，门被推开，希爱博士走了进来。

房子多看着希爱博士一步一步靠近她。

"做噩梦了？"希爱博士关切地问道。

房子多又抹了一下额头上的汗，之后低声回道："嗯。"

"梦见谁了？"希爱博士伸手抽了几张纸巾递给她。

房子多接了过来，用纸巾擦了下额头以及脖子上的汗，随后看了下希爱博士，诚实地回道："池炘。"

"不再是白宴了？"希爱博士问道。

提及白宴，房子多脸色微变，但默默地点了点头。

希爱博士听后，看着房子多说道："这说明在这次唤醒计划里发生的事对你的心结有治愈作用，你对白宴的死逐渐释然了。"

房子多听后，抬眼看向希爱博士。当初她接到希爱博士的邀请，让她参与所谓的唤醒计划，她的内心其实是抵触的。虽说因为大数据生成的基因匹配，她成为天选之子，可毕竟这是一场从未有过的科研实验。

不过，最终为了救人一命，她答应了，并接受了从未谋面的顶级筑梦师高斌的专业训练。

这段经历着实让房子多明白了科技的利与弊——它可以救人一命，也可以让人无所遁形；可以治愈一个人，也可以操控一个人。

因为人在虚拟世界里，根本无法掩饰自己的秘密。

伤疤、心结、执念，都会被一一展现出来。

随着时间的推移，人类越发离不开科技。人类是能自由驾驭它还是会反被它操控？这是个值得思考的问题。

房子多动了下嘴唇："我……我不该释然。"

希爱博士坐了下来："为什么这么说？"

"是我害死了白宴，这份愧疚感我就该背负一辈子。"房子多道。

希爱博士握住房子多的手："你没有害死她，她已经被艾克救治了。"

房子多听了这句话，怔怔地看着希爱博士："艾克救治了她？那是真的吗？还是说，那只是虚幻一场？"

"艾克已经救治了她。"希爱博士很肯定地回道。

房子多凝视着希爱博士，十分理智地回道："不是真的，那些只是我给自己的一些心理安慰而已。白宴已经死了两年，怎么可能被艾克救治呢？"

希爱博士听后，握紧她的手："如果是这样，那么斯人已逝，生者如斯。"

房子多摇头："不，我做不到原谅我自己。"

希爱博士说道："你已经做到了你该做的事，你在虚拟世界中那样的情况下，冒着生命危险，只为救她，光这一点就足以让你原谅自己。"

房子多听后，眼眶直接红了起来，哽咽道："可是白宴终究还是回不来了。"

希爱博士看着房子多的眼泪溢出眼眶，滑落在脸颊上。

"这个世界，每个人的命运皆有定数。"希爱博士说道。

房子多"簌簌"掉泪，希爱博士接着说道："当下才是最重要的。我想，白宴在天有灵，也不想让你陷入自责中，应该希望你开心、幸福。"

房子多听后，抹了下眼泪，看着希爱博士，想说什么，但是张嘴之后又什么也说不出来。

希爱博士接着说道："你在唤醒计划里让艾克救治了白宴，她便活了下来。在那个空间里，她是活着的。"

房子多抿了下唇，眼神带着迫切："我能再次进入那里去见她吗？"

希爱博士拍着她的手背："以后肯定会再见到的。"

"我不想以后，现在就要去见她。"房子多不满。

希爱博士安抚道："她还活着，你们以后肯定会再见到的。"

房子多的理智不信这些安抚的话，可是她的内心又十分矛盾地想去相信："真的吗？"

希爱博士点头："真的。"

房子多看着希爱博士，她的眼神里充满了坚定的神色，不像骗人的样子，仿佛她说的都是真的。

这个眼神有一种魔力，让房子多选择了相信，慢慢平复自己悲伤的情绪。

希爱博士见她心情平复后，轻声说道："唤醒计划里和他相关的记忆，你是想保留还是删除？如果你不想被困扰，我可以帮你删除。"

房子多听完这句话直接愣住了，因为她知道希爱博士所说的"他"就是指池炘。

房子多发愣了几秒，才缓缓地说道："他的选择呢？"

希爱博士直接回道："这个不方便透露。"

房子多不解："为什么？"

"这算客户机密。"希爱博士说道。

房子多看着希爱博士脸上的笑容："希爱博士，我能问你一个问题吗？"

"请问。"希爱博士说道。

"在虚拟世界里所产生的感情，有多少是真的？"房子多问道。

"每个人的情况不一样。有些人把虚拟世界里的经历当作一场游戏，逢场作戏；有些人却将在虚拟世界里遇到的爱人视为精神伴侣。"希爱博士说道。

"这些可有相关的数据分析结果？"房子多又问。

"有。你想知道你自己的数据分析结果吗？"希爱博士问道。

房子多点头："想。"

希爱博士抬了抬手腕，点击腕上的智能手表，之后打开全息投影。

全息影像呈现出几十页数据分析材料，希爱博士跟房子多解释："你的数据分析判断你为前者——你把这当作一场游戏，只是逢场作戏。"

房子多愣了下："你的数据分析没有差错吗？"

希爱博士笑："你自己看。"

分析报告里的每一行，房子多都看得懂，上面清清楚楚地标示了她的心率、脉搏，以及脑波数据。

看完之后，房子多有点儿不知所措："你的意思是，我把这当作一场虚幻的游戏而已？"

"是的。不过如果记忆有残留，肯定会给你带来一些影响，我得征询你个人的意见。要保留还是删除，由你决定。"希爱博士说道。

房子多看着她，几秒后才张口："让我考虑考虑。"

希爱博士听后，微微一笑："不急，你考虑好了直接告诉我。"

第二天，房子多直接离开了实验基地。

关于删除记忆一事，房子多在考虑一个晚上后，给出了答案。

她回到了熟悉的 B 市。

熟悉的空气，熟悉的环境，让房子多紧绷的状态慢慢松弛了下来。

走到接机口时，房子多看到两个熟悉的身影。两个人一高一矮地站在那儿，齐齐地冲着她挥手。

房子多走了过去，孙可可一把抱住她："多多，你总算回来了。"

房子多有些不知所措，呆呆地问站在一旁的许诺诚："你们怎么知道我的航班班次？"

"我爸告诉我们的，说你今天会回来。"许诺诚回道。

今天是个特殊的日子，房子多肯定会回到这个城市，因为今天是白宴的忌日。

希爱博士本来想留她多观察几天，基于这个原因，便没再挽留房子多。

抱着房子多的孙可可松了手，看着她一顿抱怨："多多，你这段时间去哪儿了？我们一直联系不上你，你知道我们有多担心你吗？"

房子多的眼里充满了愧疚和感动："我……我只是找个地方闭关而已。"

"下次你要闭关，最好带上我，免得我为你担心，吃不下睡不着，瘦了好几斤。"孙可可说道。

房子多看了她一下，似乎真的瘦了一些，不由得道歉道："抱歉。"

许诺诚见房子多又道歉，连忙岔开话题："走吧，回家。"

不过，房子多说道："回家之前，先去一个地方。"

墓地的周围绿荫成林，阳光照在一排排冰凉的石碑上，远处偶尔传来几声乌鸦的叫声。

即便是白天，这样的叫声也会让人心生恐惧。风拂过树林"唰唰"作响，地上的青草随风摇曳。

三个人各拿着一束鲜花，走到一座贴着一张年轻女子照片的墓前。

此刻墓前摆着一束鲜花、一盘提子以及一盘簸箕粄。提子和簸箕粄是白宴生前最喜欢吃的食物。

为她带来这些东西的人，肯定是和她最亲的亲人。

周边的杂草被清除得很干净，墓碑也被擦了一遍，一尘不染。

白宴是个爱干净的姑娘，家里有一点儿杂乱她就会立马收拾。想必她的妈妈深知自家姑娘的这个特点，所以每次来都整理得很干净。

房子多将手中的百合花放在台上，孙可可和许诺诚也弯下腰，将鲜花放了下来。

之后，房子多陷入沉默，孙可可自然成了调节气氛的人。

"白白，我们来看你了。"孙可可看着墓碑上的照片说道，"你看我是不是瘦了？我没骗你，真的瘦了。不过，我瘦下来有多多的功劳，这丫头不知道跑哪儿去了，失联了一段时间，让我很担心，你替我狠狠地骂骂她。"

孙可可这一段话的语气，让房子多想起之前三个人同居时，一起打闹、吃小龙虾、讨论剧本的日子。

周围很安静，孙可可见房子多依旧沉默，不由得扯了下她的衣服："多多，你还不赶紧承认错误。"

房子多回过神来，看着白宴的照片，缓缓地说道："我错了。"

与其说房子多是对孙可可承认错误，不如说她是在跟白宴道歉。

"错哪儿了？"孙可可接话道。

房子多知道孙可可的用意。孙可可不想让房子多一直活在过去的内疚中，所以在两个人的相处中，她变成了一个话痨，甚至经常自问自答地逗房子多。

"我不该失联，不该让你担心。你……你们……骂我吧！"房子多说这句话的时候，语气很沉重。

"知错就好。白白你放心，你那份我替你骂。"孙可可说道。

站在旁边的许诺诚静静地听着这番对话，没有插话。

不过，静静地躺在这里的白宴似乎给了她俩回应。突然刮来一阵风，孙可可和房子多的头发和裙摆被撩起，放在台上的花也随风抖动。

孙可可见状，脸上带着一丝兴奋的表情："白白，是你，对吗？你赞成我说的话，对吧？"

编剧的脑回路通常与别人不一样，所以才会有人写出这样一句话：当风拂过我的脸庞，撩起我的裙纱，那温柔的模样像极了你，而我也知道那就是你。

风很快平息了下来，一切恢复正常。

三个人依旧站在那里，孙可可牵过房子多的手，对着墓碑说道："白白，我知道你最疼的人就是多多，舍不得让她干家务，总给她做好吃的。你放心，我会替你好好照顾她的。"

房子多心头一暖，不由得紧握住孙可可的手，眼眶也开始发热。

一直没有出声的许诺诚开了口："白白，我会替你照顾好她们两个人的。"

房子多的眼眶由热变红，最后湿润起来。

风再次扬起了她的裙摆，吹拂着她的秀发，一滴泪珠落在青草上，而我知道这风是你，是你。

从墓地回到市区，车停在地下车库，孙可可解开安全带开门下车，房子多与她的动作一致。

见她俩下车，许诺诚也跟着下来。

"哥，我们上去了。"孙可可对着许诺诚说道。

许诺诚开口："你先上去，我想和多多单独聊聊。"

孙可可看了下两个人，没有逗留，给他们留出了相处空间。

房子多刚好站在车库的明灯下，灯光照在她的脸上，显得她脸色有些苍白。

许诺诚看着房子多："多多，我们……在一起吧。"

房子多愣了下，眼神中带着一丝慌张。

许诺诚接着说道："我不想再看着你独自煎熬、独自痛苦，我想成为你的依靠。让我帮你把这一切痛苦都抹去，让你重新快乐起来吧！"

房子多听后，缓缓低下头："对不起，我没资格跟你在一起。"

许诺诚一点儿都不意外，因为白宴曾经喜欢过他的事房子多知道，于是他开口问道："因为白白？多多，已经过去两年了，你该试着放下了。"

房子多轻轻地摇了摇头。

"你不想放下，是要这样折磨自己一辈子吗？"许诺诚的眼神充满了心疼。

房子多摇了下头，解释道："不是，我现在正试着放下。"

许诺诚有些意外："真的？"

房子多点头："我想，白白不希望我继续痛苦，我也不想让她为我悲伤。"

许诺诚很欣喜："你能这么想就好。当年的事不是你的责任，白白虽然做了错事，但终究还是善良的，肯定希望现在的你能和以前一样快乐。"

"嗯。"房子多点头。

许诺诚伸手抚摸了一下房子多的头发："多多，我想保护你，想照顾你，请你给我这个机会。"

话题重新绕了回来，房子多依旧摇头："我配不上你。"

许诺诚有些疑惑："谁说的？"

"我说的！"房子多说道。

许诺诚看着她："多多，你拒绝我是因为我爸妈？多多，你知道我爸妈一直都很喜欢你，你不需要有这方面的顾虑。"

房子多连连摇头："不是，不是，除了我父母，磊爸、萌妈是对我最好的人。"

"那是因为什么？"许诺诚问道。

房子多与他平视，沉默了几秒才开口："诺诚，你很优秀，能得到你的喜欢是我的荣幸，但是我……我已经有喜欢的人了。"

许诺诚听后，整个人有点儿蒙："你……有喜欢的人？谁？"

房子多没有告诉他名字，却回道："一个我喜欢的人。"

"多多，这不会是你为了拒绝我而找的借口吧？"许诺诚有些不信。

房子多摇头："不是，现在的我想试着放下一些东西，重新出发。"

"你在消失的这段时间里，遇见了一个你喜欢的人？"许诺诚问。

房子多点头："是。"

"他是谁？"许诺诚想知道。

"以后介绍给你认识。"房子多回道。

"多多，这个真的不是拒绝我的借口对吗？"许诺诚问。

房子多看着许诺诚："诺诚，你我认识多年，既有朋友的情谊，也有兄妹的情感，我无须对你说谎。虽然拒绝是一种伤害，但总比我说谎来得好。最重要的是，你和你的家人，对我而言都是我的家人。"

虽然被拒绝让许诺诚有些难受，但是听完房子多的话，他倒觉得这是一个好兆头。

如果真如她所说，她遇见了一个喜欢的人，这意味着房子多放下了心结，重新出发。

作为一个爱她的男人，比起将她占为己有却令她不快乐，还不如看着她去追求自己想要的幸福。

"好吧，多多，我相信你的话！"许诺诚让自己接受了现实，"因为我希望你幸福。"

房子多的眼神充满了感激，但她又有些心虚。

因为她爱上那个男人的过程更像是做了一场梦。

梦醒了，两个人再无交集。

"诺诚，我也希望你幸福。"房子多诚恳地说道。

他们相视着对方，表情趋向平和，眼神溢满真诚，随后两个人的嘴角不约而同地上扬。

B市科技园，in科技大楼。

朱跃推开池炘办公室的门："池总，许董事到了。"

话音落地，许文明走进了办公室。

池炘抬眼看向门口，之后放下手中的工作站了起来。许文明的衣着还是平日里的风格，黑色衬衣配浅米色裤子。因为身材好，他穿这一身颇有大牌模特的风范。

"许董事，请坐。"池炘绅士地说道。

许文明走到会谈区坐了下来，朱跃主动泡茶，因为他知道许文明是个好茶之人。

“池总，突然约我来公司，什么事？”许文明直接询问。

池烆也没有拐弯抹角：“有一件事想跟你确认一下。”

“什么事？”许文明的目光从朱跃手中的顶级大红袍移到了池烆的脸上。

“你见过希爱博士吗？”池烆单刀直入。

许文明听后，很直接地回道：“没有。”

池烆看着他：“我希望我的合伙人和我是能互相信任的关系。”

许文明笑：“池烆，我一直都很信任你，而且对你毫无保留。”

池烆听后，不慌不忙地打开了全息影像，顺便滑动了几下页面。

许文明看到全息影像里的照片，眼神瞬间变了，不过脸上的表情他管理得很好，没有一丝心虚和惊慌的神色，毕竟他是一个见过大风大浪的人。

全息影像呈现的照片上的人物正是许文明和希爱博士，以及一直跟随着希爱博士的宙奇。

池烆给他看过之后，关掉了全息影像，对着他说道：“许董事，看来你对我有所保留。”

许文明听后十分镇定，脸上带着和气的微笑：“是你自己查到的，还是别人给你的？”

池烆揪住他话里的关键词：“别人？你指的别人是谁？”

许文明笑：“不是指特定的人，我只是好奇。”

“我自己查到的。”池烆直白地回道。

这句话说完，在一旁泡茶的朱跃给两个人递上了茶。

许文明端起茶杯闻了一下，赞道：“好茶。”说完抿了一口，缓缓放下，之后再看向池烆。

“你自己查的？也就是说，你不信任我，对我有所怀疑？”许文明问道。

“你可以解释，让我消除对你的怀疑。”池烆回道。

许文明笑了笑：“我确实私下与希爱博士见过面，刚才说没有是不想造成误会。至于我和她之间的交谈内容，确实包括不利于你的言论。但是我要说明一点，是希爱博士约的我。”

朱跃听了这句话很意外，瞟了下许文明，之后目光快速落在池烆的脸上。

池炵也很意外："她约的你？"

许文明点头："是，我可以提供证据。"说完，他直接给池炵查看希爱博士对他发出的邀约。

看完之后，池炵思索了几秒，随后问："你怎么看待这件事？"

"这话应该是我问你才对！你怎么看待我？怀疑我，还是信任我？"许文明笑着说道。

朱跃的目光在两位的脸上不停地来回，毕竟这是 in 科技内部两位高层之间过招的场面，罕见至极。

关于信任还是怀疑，池炵没办法给予许文明确切的答案，因为在商言商，两个人都是 in 科技的大股东，虽然内心一致希望公司越来越好，但同时也希望个人的利益最大化。

希爱博士此举也是让人云里雾里。

倘若是她主动约的许文明，那她是单纯地想采集许文明的行为特征，还是想与许文明达成某种合作？无论是哪一种，她都在虚拟世界里对他进行了相应的意识植入，可以说是为了虚拟实验，也可以说是为了还原现实。而这些对于池炵而言，似乎没什么区别，毕竟他一直都身处丛林之中。

"我针对此事约你相谈，你又怎么看待？怀疑我，还是信任我？"池炵将许文明的话抛了回去。

许文明听后笑了笑，端起茶杯念了一句诗："人心仅一寸，日夜风波起。"

池炵听后立马会意，因为这句诗的意思是：人心就那么大一点儿，却总是会生出各种欲望，平地起波澜。

这是人之常情，在商界更是如此。

随后，池炵也回敬了一句诗："长恨人心不如水，等闲平地起波澜。"

许文明听后，大笑："通透。"

池炵在希爱博士的基地时就思考过这个问题。其实他大可不必约许文明见面，有些事他自己知道并警惕就好。

但他还是决定约许文明相谈，因为无论许文明与希爱博士是否有关联，这样的谈话都会给对方一个警醒。

其实更为精准的词是警告、震慑，因为无论许文明站在哪一方、出于什么目的，池炘本人都心知肚明。

送走许文明之后，朱跃回到池炘的办公室。

"阿炘，你和许文明之间的交谈，我有些不明白的地方。"朱跃直接请教。

池炘靠坐在沙发上，抬眼看向朱跃："哪里不明白？"

"你拿出证据，却不追究，我不明白你的意图是什么。你只是口头警告吗？还有，许文明和希爱博士是否真的做了什么交易，你不想彻底追查吗？"朱跃问。

"无非两种情况，一是两个人真的有交易，二是有人想离间我和许文明。"池炘说道。

"既然如此，你就不该这么轻易地处理了。"朱跃说道。

池炘反问："那你想怎么处理？"

朱跃被噎了一下，张了张口："你都这么处理了，应该有自己的用意。"

池炘没再继续这个话题，问道："那天交代你的事，办好了吗？"

朱跃点头："根据你提出的要求，供应商已经在做了。"

"这个周末我能看到成品吗？"池炘问。

"可以，毕竟有钱什么事都好办！"朱跃说道。

池炘看他："你办这件事，看着很不乐意啊？"

朱跃摇头否认："没有，我很乐意。"

池炘接着说道："启动一个新项目。"

"什么项目？"朱跃问。

"新女性向神经体感游戏，名为《心动》。"池炘宣布道。

乔溪从朱跃这里得到《心动》这个新项目负责人的委任书后，第一件要做的事就是招聘。

说起招聘，她有些不解，因为内容部的人员架构是很完善的。即便要启动一个新项目，需要重组一个内容小组，人员也是足够的。

不过这是老板的指令，她只好服从，于是让人第一时间发出招聘广告。

收到的应聘简历数不胜数，经过一番筛选，她最后通知了三十人来面试，这也算是万里挑一了。

"30号，房子多，请准备！"

等候多时的房子多听到自己的名字后缓缓地站起身，随后走向会议室。

她来这里就是为了应聘。

回到现实世界后，她一直都关注着 in 科技的动向，关注着池炘——她电脑的桌面就是池炘的照片。清醒时，她还能理智地克制一下自己的情感，但在睡梦中，她几乎无法控制。

那份情感太过真挚，让她无法停止对池炘的思念。这思念幻化成一根藤蔓，紧紧地缠绕着她的心。

前天，她无意间看到 in 科技发布的招聘广告时，全身起了鸡皮疙瘩。

曾经在虚拟世界里发生的一切都浮现在她的脑海里，她的情绪难以平复，于是她直接发送了自己的简历。

房子多进入会议室后，看到三个面试官，愣了一下。

这简直和她在虚拟世界里经历过的场景一模一样——会议室里坐着熟悉的乔溪、柳柳，以及和她打过一次照面的人事部的张艺。

"请坐！"柳柳开口说道。

房子多坐了下来，直视着对面的三个人。

乔溪准备开始的时候，会议室的门被打开了。

众人目光一致地看向门口，房子多也不例外。映入眼帘的身影让在座的所有人都感到意外。

乔溪率先站了起来："池总。"

柳柳和张艺也连忙起身："池总。"

池炘看了下她们，之后径直走了过去。

房子多看到池炘的那一刹那，觉得时间凝固了。她呆呆地坐在位置上，看着池炘从门口走到乔溪的位置上。

熟悉的身影，熟悉的面容，这一刻，房子多的内心有股强烈的冲动，她想奔过去抱住他，紧紧地抱住他，以此来表达她对他的思念。

乔溪连忙给池炘腾座，池炘拉开椅子坐了下来。

之后，原本的三个面试官变成了四个。

乔溪搞不懂池炘为何出现在这儿，于是给站在会议室门边的朱跃使了个眼色，朱跃却视而不见。

老板亲自参与招聘编剧的面试，这绝对是有史以来第一次，公司里有这个待遇的通常都是高级 VIP。

"你们继续！"池炘开口。

乔溪听后，继续面试最后一位应聘者——房子多。

"请说说你对'心动'这个词的理解。"乔溪开口说道。

多么熟悉的对白啊！

房子多有点儿想笑，却生生忍了下来，因为对面坐着的池炘从进来到现在都没有看她，而是低头看桌上的简历。

他出现在这儿，是刻意安排，还是事先不知？

而她又该怎么回答？像在虚拟世界里那样勇敢吗？

房子多深吸了一口气，缓缓地说道："心动……是池炘。"

当房子多说出这句话的时候，三个面试官都惊呆了，门边站着的朱跃也满眼意外之色。

坐在中间的池炘倒是特别淡定，缓缓地抬起头，看向对面的房子多。

乔溪连忙用余光瞥了一下身旁的老板。

在职场混了这么多年，她第一次面临这样的场面，实在是让人头大。

现在的女孩儿怎么就这么花痴呢？她在这样正式的场合公然示爱，乔溪该表示佩服，还是该直接斥责她呢？

不过，看眼下的情况，乔溪无疑该斥责她。正当乔溪要开口时，会议室里响起了池炘的声音："你们都出去。"

池炘的声音带着清冷之意，却是所有女职员的心中最有磁性的声音。

乔溪愣了下，柳柳也不知所措，张艺更是一脸蒙的表情。

朱跃是最了解池炘的人，于是做了一个勾手的动作示意三个人离开。

乔溪得到信号，和柳柳、张艺一刻也不敢耽误地起身离开。

直到三个人离开，房子多的视线也没有移动过，她一直看着对面的池烆。

三个人走出会议室后，朱跃还站在门边。

池烆再次开口："你也出去。"

朱跃愣了下，指了指自己。

但是没等池烆再次发令，他便主动离开，顺便关上了会议室的门。因为看到池烆紧盯着房子多的那个眼神，他便知道了事情的严重性。

池烆认真了！这个男人恋爱了！

会议室只剩下面对面坐着的两个人，彼此看着对方，谁也没有出声。

周围安静到房子多只能听见自己的呼吸声以及心跳声。

没错，房子多明显感觉到自己心脏的异样，"怦怦怦——""咚咚咚——"，就像过年时敲锣打鼓一样。

沉默了一分钟，房子多觉得整个时间、空间都静止了。

不过，这样的沉默最终还是被她自己打破了。

她笑了，笑出了声音，最终哈哈大笑。

而她对面坐着的池烆看见她脸上的笑容，也不自觉地嘴角微微上扬。

池烆从位置上站了起来，房子多坐在那里一动也不动，但视线一刻也没有离开池烆。

直到池烆走到她的面前，房子多这才站了起来，冲他一笑，开始自我介绍："你好，我是来应聘编剧职位的房子多。"

池烆看了下她的手，之后也伸出手说："我是池烆。"说完，他把房子多的手紧紧握住。

感受着彼此手心的温度，两个人对视了几秒，房子多因为紧张和兴奋而手心出汗，想抽回手，但是池烆不肯放手。

接着池烆再次开口："我带你去个地方。"

房子多愣了下："去哪儿？"

池烆卖了个关子："去了你就知道了。"

这像极了一对热恋许久的情侣之间说出的话。无论是房子多还是池炘，似乎都没有不自在的感觉。

对于回到现实世界里的两个人而言，这确实是他们第一次面对面交谈。

于是，房子多被池炘牵着离开了会议室。in科技的职员看到平日里冷酷无情的老板当众拉着一个女孩儿的手，个个都呆立在原地。

这真是他们有生之年难以想象的画面啊！

冷酷无情的老板竟然也有动心的一天。

进入电梯时，房子多无意间看到了一个老熟人——李奕然。

李奕然看到池炘和房子多手牵手的画面，表情闪过一丝震惊，之后又变得淡然。

回想起唤醒计划里的种种，房子多此刻的心情极为微妙。以后有机会的话，她想在现实中跟李奕然好好认识一下。

房子多跟随池炘驱车而去，过了二十分钟，到了目的地。

走下车的那一刻，房子多的头发瞬间被海风撩起。她闻到海水的气味，听到海鸥的叫声，心情变得特别惬意。

因为房子多非常喜欢大海。

他们的眼前是个港口，一艘艘游艇整齐地排列在岸边。

池炘拉着房子多的手，朝最远处走去。

看到不远处一艘与游戏里自己的"艾斯特尔号"的外观设计一样的游艇时，她震惊不已。

靠近之后，她第一眼便看到了游艇的标志，再也无法掩饰自己惊讶的表情。

眼前的这艘游艇也被命名为"艾斯特尔号"，正是在虚拟世界里，她在《无极》游戏里拥有的私人游艇。

房子多满眼都是星星："艾斯特尔号！"

"送给你的礼物！"池炘说道。

池炘前些天让朱跃秘密操办的事就是购买一艘这样的游艇，就是为了这一刻准备的。

房子多闻言，转过头看向身边的池炘，随后笑着说道："我们才认识不到一个小时。"

池炘转头看她："你确定我们才认识一小时？"

房子多听完这话，有些心虚，因为在虚拟世界里的两个人完全亲密无间，甚至有一次还在艾斯特尔号的甲板上酣畅淋漓地恩爱了一场。

想起这个画面，房子多的脸不自觉地泛红。

池炘看着她娇羞的表情，脑海中也浮现出在虚拟世界里两个人在甲板上亲密的画面。

池炘的喉结不自觉地滚动一下，之后他说道："你不喜欢这个礼物？"

房子多连连摇头。她怎么可能会不喜欢这种礼物呢？

"上去看看！"池炘接着说道。

之后，房子多变得格外兴奋，里外参观了一遍，最后拉着池炘到了甲板上。

两个人倚着栏杆，阳光洒在脸上，海风撩起他们的衣角。

房子多冲着大海兴奋地大叫："啊！我的艾斯特尔号！"

池炘目不转睛地看着她，嘴角微扬。

房子多大叫之后，转过头看池炘，看见他脸上的笑容，感觉只能用八个字来形容：面朝大海，春暖花开。

他们四目相对，情意绵绵。

之后，两个人直接出海了。游艇的操作系统是完全智能化的，整个游艇上就他们两个人，感觉就像一对私奔的情侣。

他们彼此没有太多的陌生感，一切自然而然、随心而动地发生着。

他们甚至连续腻在一块儿近48小时都不愿分开。

至于这48小时里发生了什么，不宜对外公布。

不过，两个人在这48小时的相处中得出了一致的结论：灵魂的契合会让彼此的相处更加自然、更加和谐。

他们就像一对榫卯，那么完美、那么契合。

此刻夜色笼罩着他们，游艇停在海面上，海浪轻打着船身，两个人在温柔的月色下，重温了一遍当初的甲板时光。

如果让房子多总结当下的感受的话，那就是此时此刻的池炘比虚拟世界里的更为可怕。

过了许久，一切才趋于平静。

都说爱情会蒙蔽双眼，房子多觉得它还能蒙蔽耳朵。这两天她聆听过池烆的心跳声好几次，觉得他的心跳声就像一段绝美的音乐，而且这唯一的听众就是她。

房子多窝在池烆的怀里，看着满天繁星，吹着徐徐海风，呼吸渐渐平和。

"池烆！"房子多开口叫池烆的名字。

池烆低头看她："嗯。"

"我有个疑问。"房子多说道。

"你说！"池烆回道。

房子多接着说道："我把在虚拟世界里的事情回想了一遍，总觉得有不对劲的地方。"

"什么地方不对劲？"池烆问。

"就是去了希爱博士的西肃实验基地后发生的事情。我感觉那一段剧情像是特意为我设定的，目的是解开我的心结。"房子多说道。

"你所指的是白宴吗？"池烆问道。

"嗯，虽然我清楚地知道白宴和莉莉之间有所关联，但是这段剧情实在太刻意了。"房子多说道。

池烆揽紧她，这动作像是怕怀里的宝贝被人抢了去似的。

房子多在逐渐习惯他的动作，但此刻更想知道答案，抬头看他："你觉得呢？"

池烆撩了一下她的头发，之后低沉如琴音的声音在房子多的耳边响起："说明我喜欢的女人一点儿也不笨。"

房子多觉得莫名其妙："什么意思？"

池烆说道："夸你聪明。"

房子多戳他的胸膛："老实交代。"

池烆不想对她有所隐瞒，于是说道："因为这是一场针对你的唤醒计划。"

房子多听完震惊不已，似乎不相信池烆的说法："你搞错了吧？这明明就是针对你的唤醒计划，为什么说是针对我的？"

池烆直白地告知了她真相，房子多听得一愣一愣的。

"你的意思是，我在唤醒你时因为白宴陷入了意识边缘，不肯醒来，之后希爱博士找到了你，让你出面唤醒了我？"房子多一脸难以置信的表情。

"嗯，白宴是你的心结，所以唤醒计划后面的剧情，重点是治愈你。"池烁说道。

房子多沉默了好一会儿，似乎在仔细回想一些细节，最终想通了，回了四个字："原来如此。"

"其实不管是你唤醒我，还是我唤醒你，都是一场彼此治愈的过程。"池烁总结道。

房子多又想起了什么，开口问："莉莉是你的心结？不对，应该是你妈妈才是你的心结！"

池烁道："应该说是连锁反应，由莉莉牵扯出我妈妈，再牵扯出我的爷爷奶奶，我的一切心结都来源于原生家庭。"

关于池烁的原生家庭，房子多看过资料。他小时候出了一场车祸，父亲去世，他也受到严重的创伤。之后母亲离家，他由爷爷奶奶抚养长大。再之后他的母亲再婚，生育了王莉莉。

而王莉莉的人格分裂，有一部分跟池烁的爷爷奶奶有关，但这其中的因素太复杂了。就如池烁所说，一切都来源于原生家庭。

想到这儿，房子多不由得搂住池烁："这些都过去了，一切重新开始。"

池烁有些触动，用下巴蹭了下房子多的额头，低低地应了一声："嗯，都过去了，一切重新开始，从我们之间开始。"

房子多闻言，附和道："嗯，从我们之间开始。"

说完，两个人沉默了好几秒。

吹着海风，看着星空，拥着彼此，他们格外幸福。

房子多突然仰起头看他："池烁，我们之间是不是有点儿草率啊？"

"草率？"池烁低头看她。

"我们就这么在一起了，你不觉得草率吗？"房子多回道。

池烁捏住她的下巴，面无表情地回道："我不喜欢浪费时间。"

或许是情人眼里出西施，房子多看着池烁这张面无表情的脸，觉得格外性感。

房子多扑闪着眼睛："什么意思？"

"认定你，直接行动。"池烆回道。

这句话被房子多认定为情话，她整个人都酥了。

"原来你是行动派啊！"房子多在他怀里娇笑。

"是的，我确定自己是个行动派。"池烆的语气是那么笃定。

他的话音刚落，房子多便察觉到不对劲。

果然不出所料，池烆直接翻身而上，甲板上只留下房子多的惊呼声。

次日清早，游艇根据智能系统的指令，自动回到了岸边。

房子多被海鸥的叫声吵醒，睁眼看到的不是天空，而是天花板。

昨晚的她是怎么回到游艇上的卧室的，她完全想不起来了，不过大脑清醒后，她马上想起了昨天与池烆之间的点点滴滴。

房子多转头看了下身旁熟睡的池烆，直接凑过去亲了他一口，之后起身套上他的衬衣走出了卧室，上了甲板。

晨风拂面，让人格外舒爽。

房子多靠在栏杆上，嘴角扬起笑容，回味着这两天点点滴滴的甜蜜。

没过一会儿，池烆上来了，只见他穿着西裤，光着膀子。

不得不说，池烆的身材太过迷人了，房子多有点儿舍不得让别人瞧见，于是说道："你怎么不穿衣服啊？"

池烆走到她的面前："我的衬衣被你穿了。"

房子多这才想起自己穿了他的衬衣，因为两个人的身高差，池烆的衬衣穿在她的身上，就跟及膝的连衣裙一样。

池烆伸手揽住她的腰，让她整个人窝在自己的怀里。

房子多认证了他是个行动派，于是在他怀里娇笑："你醒过来没看到我，以为我跑路了是吗？放心，我肯定不会跑路的，会一直待在你的身边。"

池烆听后，低头吻了一下她的额头。

"池烆，我爱你！"房子多仰起头，大胆示爱。

池烆听后，缓缓地说道："我也爱你。"

房子多听后，脸上洋溢着幸福的笑容，她直接钻进了池烆的怀里，仰着头看着他。她想起虚拟世界里的一段对话，于是开口问道："为什么是我？"

池炘先是愣了下，很快反应过来，开口回道："你是唯一在面试时跟我告白的女生！"

房子多嬉笑："我撤销我说过的话！"

"时间太久，撤销功能已失效。还有，既然你喜欢我，那么我们之间就是两情相悦！"池炘还是那么厚颜无耻。

"这是什么操作？"房子多朝他眨眼。

"我的心为你而动！"池炘满眼深情。

话音刚落，房子多直接踮起脚尖，吻了池炘。

许久之后，池炘才放开她，刚才的吻就像甜酒一样，让彼此迷醉。

房子多看着近在咫尺的池炘，微微张口："池炘，我们现在身处的世界，是现实世界还是虚拟世界？"

池炘捧着她的脸，目光坚定地对她说："不管在现实世界还是虚拟世界，我的心都为你而动。"

房子多甜甜一笑："我的心也为你而动。"

话音落地，吻再次落了下来。无论是真是假，都不再重要，他们只知道，彼此都为对方而心动。

—全文完—